批判的文学史

现代性与形式自觉

张旭东 著

上海人民出版社

目　录

序：文学认识“统一场”理论及其实践刍议 …………………… 1

第一辑　语言与价值：反思文学革命

启蒙主义“伦理自觉”与当代中国文化政治
——反思《新青年》早期论述中的文化与国家概念 ………… 3
“五四”新文化的深层结构性转换：再论白话革命的历史意义 …………………………………………… 35
中国现代主义起源的“名”“言”之辨：重读《阿Q正传》…… 61
新文化的激进阐释学与传统的再发明：重读《中国新文学的源流》 …………………………………… 95

第二辑　新文学的自我与形式自觉

杂文的自觉
——鲁迅“过渡期”写作的现代性与语言政治 ………… 139
“小品文”与社会个体性的建构：论周作人30年代写作的审美政治 …………………………………… 176
作为现代寓言和政治哲学的《骆驼祥子》 ………………… 210
附录：重读鲁迅与中国文学批评的反思
——在复旦大学中文系的演讲 ………………………… 248

第三辑　当代性与文学史写作

"革命机器"与"普遍的启蒙"
——《在延安文艺座谈会上的讲话》的历史语境与政治哲学内涵再思考 …… 273
当代性与文学史 …… 293
文艺文化思想领域40年回顾（1979—2019） …… 308
附录：政治为文艺确立主体
——就《在延安文艺座谈会上的讲话》发表67周年答《中国社会科学院报》 …… 338

第四辑　当代文学里的城市与自然史

上海的意象：城市偶像批判、"小文学"与现代性神话的消解 …… 347
"启蒙"的精神现象学：谈谈王安忆《启蒙时代》里的虚无与实在 …… 374
"妖精现实主义"：莫言《酒国》的叙事结构与自然史寓言 …… 401
如果上海开口说话
——《繁花》与现代性经验的叙事增补 …… 435
附录：语言、诗歌与时代
——关于当代中国文学的创造力的对谈 …… 476

序：文学认识“统一场”理论及其实践刍议

《批判的文学史》严格意义上并不是一部文学史著作，而是一组独立但彼此相关的文学批评、文学研究和文化思想讨论性质的论文合集。收录的文章都发表于新世纪，时间上接续了我第一本文集《幻想的秩序》（1998 年香港牛津版；2002 年篇目略加调整后由三联书店出版，书名改为《批评的踪迹》），但在研究范围、兴趣和方法上则有所深入和拓展。

文学批评和文学研究在 80 年代和 90 年代并不仅仅是一个专业分工，而是整个中国社会文化思想生活和公共讨论的一个引人注目的热点和最活跃的表达方式之一，其影响和辐射远远超过狭义的专业范围本身。随着 90 年代市场化进程，特别是进入新世纪以来，社会经济领域获得了空前发展，文学议题则相对边缘化。伴随大学文学教育的学科专业化发展，文学批评和文学研究也逐渐失去其公共性、思想性，而更多地成为一个知识“领域”。

其中“文学史”作为我国文学教育和文学研究的一个主要的研究范式和知识传承方式，本身是一个值得研究的现象。中国古代文学绵延不断的发展脉络和峰峦叠起的气象，镶嵌于其间的众多经典、名作和流派，本身需要不断地梳理和传授，也许客观上有助于中国文学研究传统里“史”的格局。相对于西方希腊和近代科学研究乐于探究事物原理并将其概念化、理论化的倾向，传统中国学术一般也更注重材料、经验的传承积累和叙事性编纂，促成文学研究领域的学者往往乐于以史家眼光、笔法撰写自己的研究心得。近代和“五四”以来大规模翻译、学习西方文学，或许也催生了某种介绍、盘点、概括和评价作家作品、观念思潮的“文学史”写作雏形。

50 年代以来苏联式大学专业化分工训练体系，虽然在今天看来是粗放型的，但也许却适应新中国成立初期人才和干部培养的需要。集体性写作或作为党史、国史在特定领域的脚注和贯彻的教材写作，连同相应的作家作品流派思潮资料整理、评价和“经典化”工作，也赋予“文学史”以某种学科基础的意义。此时初步定型的“文学史”研究和教学范式，不但基本上解决了如何把系统的专业知识信息“多快好省”地打包传授给学生的需要，也起到了统一认识、统一思想、统一趣味、统一阅读和意义阐释的作用。这种植根于特定社会文化制度条件和思想环境的学术传统，一旦确立下来，就不可避免地成为一代又一代学生和学者的认识论框架和学术合法性来源；成为他们具体学术工作、学术积累和学术认可的平台和承载，从而获得某种自身的生命和自我意识。自 80 年代以来，即便是试图挑战和突破这种一体化学术形态和思想形态的讨论，往往也不得不在它的框架和体系内，打着“文学史讨论”的幌子进行。

这样的知识生产方式和训练体系自然既有其历史合理性，也有其历史局限性。在整个 80 年代，文学批评和文学研究一定程度上可以说是“知识分子写作”的一个基本样式，从个人情感、群体心理到伦理冲突、社会矛盾、政治改革甚至经济发展，文学批评和文学研究的写作方式统统可以“介入”，仿佛文学的边界、思想的边界就是文学批评和文学研究的边界。这个理想的阶段尽管只是昙花一现，如今更多是作为怀旧的话题被人谈起，但其实在近代不乏先例。从法国启蒙运动的文学式和批评式写作（伏尔泰、狄德罗、卢梭）、德国浪漫派文学批评（施莱格尔兄弟、海涅），到 19 世纪俄国文学批评（别林斯基、车尔尼雪夫斯基），文学批评和文学研究执民族思想生活之牛耳、引领民族精神生活的风气和中心话题的现象比比皆是。在这种狂飙突进的时代，文学、批评和文学研究以自身的创造性、迫切性和重大议题，一马当先地走在了“文学史”的前面，界定了日后文学史写作的材料、框架和内在理路。作为一个特例，从白话革命到人民共和国建国初期的文化思想历程，则是通过“新文学”先驱和后继实践者自觉的文学史编纂和经典化努力，同时通过左翼文学批评和理论建设的艰苦探索和积累，最终以“中国现代文学学科基础”的形式确立下来。这种工作虽然在“文学史”框架下取得了最为具体的成果，但就其参与者群体自身的文学经验、审美判断力、知识理论抱负乃至政治自觉而言，根本上讲仍然是思想性的、批判的、创造的。可以说，正是这种批评和研究的内在动力、这种内在于文学史研究的理论性和当代性，使得现代文学学科为建国后整个中国文学研究领域提供了重要的参照和模版。这样看，随着专业建制内去思想化、反理论和非政治化倾向的发展，现代文学“二级学科”对整个文学研究领域学科影响力日益下降，甚至用以“安身立命”的文学史范式本身也往往需要向文学以外的领域（学术史、思想史、印刷文化、物质文化等等）求助，也就不值得奇怪了。

回顾那些文学史和社会史上的特殊瞬间，可以看到它们都像闪电照亮夜空般昭示了文学、文学批评、文学研究和文学史的基本问题和内在动机。比如文学阅读和文学批评应该归属“审美鉴赏”（康德所谓的“判断力”）范畴，还是认知、分析和理解（康德所谓的“纯粹理性”）范畴？就其非功利、无目的的合目的性而言，也就其在感官、想象、形式和风格的自律和自由中暗合了必然和规律而言，文学和其他艺术样式一样，需要一种同它的本质相适应的体验方式和感受方式。这是作为美学或艺术哲学的文学鉴赏。与此同时，文学和艺术一样，又是一种复杂现象和复杂结构，包含了高度构思和提炼的人类精神劳动，因此需要一种专门的、经过长期训练的知识、理论、经验、方法、技能方能够被全面深入系统地把握。这就是作为科学的文学研究，包括实证层面、形式分析层面、文学社会学和历史编纂学层面。不过文学批评和文学史的活动范围，仍然大大越出了这两个人类官能范畴。

引入康德的“实践理性”范畴，即一般意义上的道德律令和道德行动，或可以为我们描述这个越出的范围提供一个思考的起点。此外，如果我们尊重近代政治本体论和政治行动的相对自律性和特殊性，则不妨把政治性在道德律令和道德行动之外单列出来。事实上，一般所谓的文学创作、文学批评、文学研究和文学史写作的思想性和社会价值，往往可以归结到它们的道德立场和政治性，后者决定了前者的倾向性、道德激情、社会参与或介入的程度、宣传鼓动色彩，也决定了它的时代性和历史性。文学作品、文学批评、文学研究和文学史同这一系列时代的、道德的、价值观的、归根结底是政治性的因素的关系既深刻又微妙，深刻是因为后者构成了前者的“实践理性”和历史维度的内容，微妙则因为前者唯有保持自身审美或哲学上的独立性、自律性，也就说，通过把握好同自身道德和历史实质之间的距离，方能够受益于它而不是受制于它。

进入新世纪后，“文学批评”同“文学研究”逐渐分离，后者在学院制度中的专业化、建制化，在相当程度上聚焦于“文学史”的研究和教学范式。但与此同时，如何在“文学史”写作和思考框架内保持同文学作品的“判断力批判”式的审美张力；如何相对文学现象和文学本体论保持一种具有理论性、方法论价值的、科学的分析和研究的严格性和系统性；如何在审美范畴和纯粹认知范畴之外同社会历史的道德、价值和政治性议题保持一种具有历史意义的批判性互动，也就变成日益迫切的问题和潜台词凸显出来。

显然，在这样的问题视野里，作为一种专业训练方式和专业知识组织方式的“文学史”不能够、也不应该被要求承担起有关文学的总体性认识的方方面面的责任。然而，如果仅仅恪守某种“家法”而一味地回避源源不断地从文学的审美范畴、纯粹认知范畴和道德实践范畴生发出来的问题和挑战，“文学史”本身也将很快陷入孤立和枯竭的尴尬状态，因为“文学史”的“文学”基础和“史学”基础本身都不是第一性的，往往是未经“批判”的，因此是不牢靠的。它事实上依赖于作为约定俗成的制度和“行规”的中介、调和和“构建”而存在。对“文学史”理论和实践的反思，首先让我们看到文学史往往是更为基础性的文学阅读、文学分析、文学阐释和由此而来的意义的斗争之上的一种综合与串讲。因此狭义的、教科书意义上的文学史著作其实都不能算是“原创研究”，就其知识生产方式而言是一种衍生品或副产品。“文学史”写作样式的非本质、衍生、综合特点决定了它更多是一种专业信息资料汇编，虽然学者可以依托这样一个专业领域在特定历史和学术史氛围里设置其他的研究议题和话语实践。但如果“较真”的话，“文学史”写作的文学前提（比如文学史家对作品的判断能力和分析能力）和史学前提（比如“文学史”学者在史料搜集、整理编纂和总结工作中，相对于专业史学家的“史实”和“史识”功夫）都是可以探讨和存疑的。最终，在文学的审美判断和纯粹文学认知的双重意义上，“文学史知识并不能够给我们带来对‘文学是什么?’这个问题的满意答案”（保罗·德曼），也即我们通常所说的“史”和“论”的矛盾。

如此而来，“文学史”这个表面看起来天经地义、不容怀疑的研究教学方式，其实一直是不稳定、不安全、捉襟见肘、岌岌可危的，因为它的存在的知识前提和审美正当性随时可以受到来自更为基础性、本源性经验和认识系统的质疑，尤其是受到来自它的研究对象，即文学生产和文学阅读的挑战。这里的原因其实是任何最初喜爱文学、有兴趣对文学现象做进一步探讨的读者都明白、可一旦“搞专业”后却往往置诸脑后的：文学就其本体论而言，乃是一种永恒的自由和“创造性毁灭”；它永远在开始，永远被自身超越，但又永远回到自己的起点；这样的循环每时每刻都在语言和想象的世界里发生。就其作为纯粹认识对象而言，文学的规律虽然是可以分析、归纳和理论化的，但其活的审美内核却要求一种不同于理性逻辑分析的进路，因为文学的真理性最终只能通过高度自律的感性和审美判断方才能被把握。而作为一种历史现象，文学所及覆盖整个人类经验的外延和内涵，其复杂性、丰富性和微妙程度只有多学科、全方位的总体性讨论方可能有效地触及、破译。所有这一切，同“文学史”这种单一学科的、二次性、线性知识处理方式和写作方式，同它隐含的但难以完全避免的取舍、指点、评价、总结、说教和“权威”习惯和倾向也是南辕北辙的。

这样讲的话，难道“文学史”只是一个勉强拼凑起来的、大可弃之如敝帚的东西吗？当然不是！常识告诉我们，关于作家、流派、文学运动、风格文体、观念乃至文学社会学知识等林林总总有关文学的探讨需要一个“史”的考察维度，虽然对任何现象的历史考察本身都不能代替或穷尽对“事物本身”的理论分析和哲学探讨。事实上，相对于更为传统的注释、评点、鉴赏传统，也相对于印象式“才子型”议论，文学史研究强调文献资料基础、治学“家法”和知识传承，因此在系统的学术探讨的意义上，同更为综合、更获益于理论方法的文学研究追求其实倒是“站在路的同一边”的。无疑，这种严肃的学理性讨论，在文学研究范围里能够也需要来自感性、想象和审美判断力的助力，但却无论如何不能也不应被后者取代。在一个更宏观的视野里，我们可以看到历史上曾有过重要的、设置了深刻思想性议题的文学史著作（远有勃兰兑斯的《十九世纪文学主潮》，近有鲁迅的《中国小说史略》和周作人的《中国新文学的源流》，包括眼下“当代文学”领域里的种种讨论），仅就“文学史”写作本身所包含的可能性以及80年代、并由此上溯到50年代、30年代在“文学史”范围里形成的历次学术性、思想性讨论而言（近有以北京为中心的“二十世纪中国文学”讨论和以上海为中心的“人文精神”讨论；远有《中国新文学大系》和《中国新文学史稿》这样的新文学自我经典化的里程碑），它的存在和发扬光大仍然是极具价值的，但唯其如此，它也就要求我们去认真思考内在于这种固有范式的问题和挑战。

收在这个集子里的文章并非每篇都是带着上述问题或问题意识写出来的，但它们仍可说都同这个问题息息相关。这些文章当然没有、也未曾想提供解决问题的方案，但它们或许都在不同程度上、有时是下意识地探索某种能令自己较为满意的阅读方式、思考方式和写作方式。如果这些文章能给读者带来一些启发，那么这些启发一定只能在具体篇目讨论的具体问题里面，在对具体文本、现象和问题的具体分析中才得以暗示或显露。显然，“批判的文学史”不可能、也未曾想提供解决问题的方案，很难想象有一种单一的研究模式、思维方式、批评方法或学术文体风格能够有效地回应对一切挑战、解决所有问题。因此，“批判的文学史”能够做到的也许是有意识地通过种种专门的、个性化的、深入的研究，通过尽可能贴近文学文本、文学形式和文学经验，在知识领域二次性地建构起文学本体论和历史经验之间的总体性关系。可以说“批判的文学史”所企图的乃是一种更为宽泛、包容、充满好奇心、乐于挑战自己的而非狭隘的、排他的、固步自封的文学史写作。它力图在一个单一的、线性的叙事声音里编织起一幅较为复杂的、有其独立的哲学价值的思想图案；这里的经线是“审美判断力”意义上的“批判”和当代批评理论所提供的分析手法及方法论工具；纬线则是文学作品和文学现象本身的具体性、独特性及其所编码和再现的历史经验、道德寓言和“社会性象征行为”（socially symbolic act，杰姆逊）。

仅从个人写作感悟和体会来说，我认为，好的文学史写作同好的文学批评、文学研究是同位的、一体的；就是说，它们之间的关系和形态是带有内部多重性的一元论，但在概念和总体上则是不能分割的。准确地讲，合格的、令人信服的文学史写作必须同时也是合格的、令人信服的文学批评和合格的、令人信服的文学研究。反过来，好的文学批评和文学研究本身也必须具有文学史意义和价值；事实上，它们的集合体在客观意义上其实就构成了最高意义的文学史本身，因为除此以外文学史并没有、也不能提供任何额外的、剩余的信息和内容。更进一步讲，文学批评、文学史和作为科学的文学研究三者同在一个“阐释的循环”（hermeneutic circle）内部，彼此依赖、彼此指涉、彼此补充、彼此把他者设置为“部分”而把自己理解为“整体”。好的文学史作品，必然在其历史叙述中包含了或“走过了”种种文学批评、文学研究、理论分析、审美判断的“环节”并在所有这些环节上是合格的、靠得住的。同样，好的文学批评，也必然已经在批评阐释中不断穿越种种文学史的环节，在知识准备，经验和眼界上同样必须是合格的、靠得住的。它们之间这种互补的、竞争的、永远不可能穷尽的关系，构成了文学阅读和文学认识的理想原型。用不同语言之间的翻译作比方，这就好像我们可以想象一位“世界文学”和“比较文学”的理想读者：她可以用法语研究法国文学理论、用日语做日本文学批评，用中文写中国文学史。理想的、乌托邦的“批判的文学史”作者，或许应该像马克思、恩格斯在《德意志意识形态》里描述的那样，“上午打猎，下午捕鱼，傍晚从事畜牧，晚饭后从事批判，”但并不因此就以一个文学批评家、文学史学者、或文学理论家自居，因为这些专业分工尽管在外在的、异化的意义上是“不得已为之”，但却割裂了文学和有关文学的认识的本质上的内在的总体性。

2020 年全球疫情此起彼伏，往返于东西南北半球之间的海外华人和中国留学生中不少人被迫“打了全场”，可谓历尽艰险，其中的焦虑和心酸或不足与外人道。然而，好的文学史却必须是一种主动“打全场”的写作：它必须在文学史、文学批评、文学研究乃至广义的文化理论、意识形态批判领域之间连续不断地穿行；在各个“主场”之间不断访问、竞技、客居、甚至鸠占鹊巢、反客为主。其目的不是越俎代庖、包打天下，而只是为一种更喜欢追根刨底、更愿意比较、更重学理分析、更怀疑主义的治学方式所驱动。这样的“批判的文学史”在其思维方式面向上是一种更综合、更辩证、更具有总体性的思维方式；而在其“文学批评”的面向上，则是一种更善于凭借感性直觉、更尊重和欣赏想象力的个性、自由和自律性、能够同“判断力批判”的对象保持亲密接触的阅读方式。在所有它穿越、借道、援引和吸收营养的领域和环节，“批判的文学史”都应该是谦虚好学的，因为作为一种思维方式和写作方式，它在所有这些领域和环节里面看到的、寻求的是同盟军而非对立面。

“批判的文学史”必然是针对具体文本和具体问题的具体分析，究其实质，不如说它是借助狭义“文学史”框架去自由地进入种种文本分析、思想和学术问题史研究和公共性议题，其核心旨趣是通过文学阐释，在语言、形象、形式和结构空间里，通过批评实践去进行一场思想的战斗。经过一个相对漫长的“专业化”“学院化”“体制化”的异化或物化阶段，在专业化和“学院派”的尽头，我们似乎又看到了当年那个精力旺盛、意气风发、相信“文学就是人学”的“文学批评”“文学史”和“文学研究”，虽然这个当年的少年，如今已不再能被轻易指控为“意气用事”“肤浅”“游谈无根”或“食洋不化”，而是已经由知识和技能武装到牙齿（拜“专业化学院训练”之赐），甚至带上了某种历尽沧桑后的老成持重。

这样的批评或文学史，自然藏有着一份80年代以来文学研究界乃至整个知识界的问题清单，也带着新世纪以来文学研究领域和残存的公共性思想讨论的徽记和疤痕。现实主义与现代主义的问题；“象征”与“寓言”问题；新文学文学形式内部的价值革命和伦理革命问题；当代中国的史诗性“动作”在叙事和表象领域的“摹仿”问题；审美自律性、游戏性同历史叙事和道德批判的关系问题，等等，相信读者都能一一辨识。这些关注点或萦绕不去的问题，本身可以说是当代文学批评和文学史特殊地貌的一部分，有的是迈不过去的坎儿，有的是抹不平的心结，更多的则是顽固地反复出现在我们面前的问题和挑战，它们有的是审美风格的挑战、理论挑战；有的则是历史性的和实践性的问题。对于亲历者而言，它们都是一种集体性的历史决定，既限制了我们的视野和想象，也给予我们存在和体验的具体性。

2020年7月30日于纽约

第一辑

语言与价值：反思文学革命

启蒙主义"伦理自觉"与当代中国文化政治

——反思《新青年》早期论述中的文化与国家概念*

所谓"自觉"，无非是指人在面对对象世界时返诸自身的感知、认识、观照和理解。它区别于一般意识和认识之处在于，它在心灵内部的成像不是以客观知识的形式存在，而是以自我理解、自我期许的方式，为人在现实中的思考和行动提供动力、方向乃至意义说明和价值辩护。"自觉"带来的是一种具有内部生产力和创造性的自我形象，它一旦成形，就会驱动人按照这个内在的"本来面貌"去改造整个世界。自觉从来不仅仅意味着主观世界内部的突变，而更是主观与客观、主体与客体、意识与其环境、意志与其实现的历史条件之间辩证运动、交相刺激、相互演化的反映和结果。反思20世纪中国知识分子的"自觉"史，就是重新检讨近代以来、特别是"五四"新文化运动以来中国人在集体性历史境遇中形成观念和行动纲领、继而通过高度强化的主体、组织和规划来积极介入和改造社会、重建政治统一体和文化价值共同体的奋斗史。在这个分析框

---

* 本文为2012年7月28日在上海新华发行集团第三期"新华·知本读书会"上的演讲，原题《再论文化自觉——全球时代怎样做一个中国人》。原刊于《中国现代文学研究丛刊》2015年第4期。

架里看，“五四”以来的文化自觉和文化革命论，既充当了社会变革和国家建设的先锋，也因其内在的文化主义、人道主义、历史主义和个人主义倾向而不时偏离其存在的根本理由和目的，即以新中国主权国家为基础的文明价值体系的政治性重建。

概念的界定

从当今中国文化重建和政治自觉的角度看，我们可对作为自我意识（Self-Consciousness）的“自觉”作一个概念上的厘定。这包含三个步骤或环节：

一、“我”的感官确定性：明确自我与对象或他人的关系，从这种关系中意识到一个“我”，即通过主体—客体的矛盾形成主体概念，由此把外界感知和把握为一个为自己或针对自己而存在的已知的对象。

二、客观性与普遍性（外界）意义上的主体性，即自我［意识］＝自我［意识］＋他人［的自我意识］：主体性认识到这个自我意识视野内的外界包含着其他的自我意识（主体性），因此自我意识的客观内容必须包含主体间的关系、包含承认他者和被他者承认（Anerkennung），由此而达到其“客观性”和“普遍性”。

三、作为现实性和集体性的民族自我意识：用黑格尔的话说，就是——

> 精神只有认识了自身以后才是现实的，作为民族精神的国家构成贯串于国内一切关系的法律，同时也构成国内民众的风尚和意识，因此，每一个民族的国家制度总是取决于该民族的

自我意识的性质和形成；民族的自我意识包含着民族的主观自由，因而也包含着国家制度的现实性。①

这里特别需要强调的一点是，一个民族的自我意识不仅仅体现为它的主观自由，而且包含着其国家制度的现实性；反过来说，一个民族所选择的国家制度，也取决于其民族自我意识的性质和构成。正是在这个意义上，黑格尔所说的“作为民族精神的国家”才能获得具体的意义和价值，才可能获得共同体内部的认可和外部的承认。这种民族精神并不是什么神秘的本质，而是历史中的实实在在的东西。它的“内部”就是一个民族的伦理世界，即黑格尔所说的“国内民众的风尚和意识”；它的“外部”则是“贯串于国内一切关系的法律”。②这“内”与“外”两者的统一体就是国家本身。沿着这个思路，黑格尔所说的“精神只有认识了自身以后才是现实的”这句话就丝毫没有抽象思辨的晦涩，而是带有文化和政治的明晰性和具体性，其要点正是“自觉”的自我实现和外在化运动，即它同时落实在“国内民众的风尚和意识”和“贯串于国内一切关系的法律”两个方面的现实性。不过这种现实性已经不是由过去或他人意志强加于人的即纯粹外在的、被动的现实，而是精神认识了自

① 黑格尔：《法哲学原理》，第 274 节，范扬、张企泰译，商务印书馆 1961 年版，第 291 页。

② 参见黑格尔：《法哲学原理》相关段落：“整个伦理既有客观环节，又有主观环节，但是两者都只是伦理的形式。这里，善就是实体，就是说在客观的东西中充满着主观性。如果我们从客观方面来观察伦理，那末可以说，人们在其中不自觉具有伦理观念。安悌果尼就是从这一含义宣称，谁也不知道法律是从什么地方来的；法律是永恒的，这就是说，法律是自在自为地存在的，它们是从事物本性中产生出来的规定。但是这个实体性的东西同样具有意识，尽管这种意识总是处在环节的地位的。”（黑格尔：《法哲学原理》，第 144 节补充［实体性的伦理］，范扬、张企泰译，商务印书馆 1961 年版，第 164 页）

身后的主动、积极的现实。

四、主体＝实体：这种具有历史意义的自觉把自身历史境遇的客观内容和普遍内容作为自我的内在规定，所以它高于自然界的存在，也高于单纯文化风俗意义上的共同体，因为后者同样未经过主体自我认识及其政治化自我实现的洗礼。黑格尔继续写道：

> 实体在它这种现实的自我意识中认识自己，从而就是认识的客体。伦理性的实体，它的法律和权力，一方面作为对象，对主体说来都是存在的，而且是独立地——从独立这一词的最高涵义来说——存在着，它们是绝对的权威和力量，要比自然界的存在无限巩固。①

这种新型的存在之所以是“实体”甚至客体，是因为它脱胎于那种“在现实的自我意识中认识自己”的努力。黑格尔直截了当地把这种主体的实体化、客体化形态定义为伦理性的实体，即它的法律和权力的独立性。但反过来说同样重要：实体是主体，或者说主体在这种客观实体中感觉到的不是束缚，而是自由；不是陌生，而是熟悉；不是恐惧，而是亲切。因为——

> 伦理性的实体，它的法律和权力，对主体说来，不是一种陌生的东西，相反地，主体的精神证明它们是它所特有的本质。在它的这种本质中主体感觉到自己的价值，并且像在自己

① 黑格尔：《法哲学原理》，第146节，范扬、张企泰译，商务印书馆1961年版，第165—166页。

的、同自己没有区别的要素中一样地生活着。这是一种甚至比信仰和信任更其同一的直接关系。①

黑格尔又说：

一个民族的国家制度必须体现这一民族对自己权利和地位的感情，否则国家制度只能在外部存在着，而没有任何意义和价值。②

可见，黑格尔在这里描述的不是一般意义上的民族自觉或民族文化自觉，而是特殊意义上的近代市民社会的在政治领域、道德领域、文化领域里的自我肯定：市民阶级按自己的面目创造了一个世界，然后在这个自己创造出来的世界里享受自己的劳动成果，感受到外界（包括被改造的自然和社会性自然，即法律政治制度）并不是异己的、陌生的东西，而是“自己权利和地位”的客观化，这一切正是自己意志和价值的体现，因此能唤起情感的认同和共鸣。如果不理解这种政治意义上的自我肯定，就难免会以为黑格尔仅仅是在进行一种抽象的、同语反复式的循环论证。但事实上，黑格尔所描述的恰恰是主观与客观、理念与现实之间的辩证法和互为条件的相互转化，其理论意义在于指明主观性的实质内容只能来自历史现实及其矛盾，但通过主观性——自我意识或自觉——的介入，客观性通过主观性“认识到自身”，或不如说主观性通过对自己同客观

① 黑格尔：《法哲学原理》，第147节，范扬、张企泰译，商务印书馆1961年版，第166页。

② 黑格尔：《法哲学原理》，第274节补充，范扬、张企泰译，商务印书馆1961年版，第291—292页。

世界的具体、建设性关系、通过这种介入在现实界带来的改变而获得了一种更高的、更清晰的自我认识和自我理解。这才是“自觉”的真正含义。由此也可见，所谓自觉，包括启蒙意义上的文化自觉，实非只关涉主观领域的自我意识、个人自由、自我形象和自主性，而恰恰来自自我同集体性社会存在的伦理基础、法律，以及国家制度之间的批判性、建设性关系。

通过梳理新文化运动以来中国知识分子在文化、伦理、政治三个层面之间界定“启蒙”意义上的自觉的“新人”的种种努力，我们既可以看到20世纪中国“文化自觉”论的主要方向和精神实质，也能看到这种以自觉立人、立文化、立国的历程中所包含的种种偏颇和失误。一个结构性症状是，近代以来中国知识分子所谈的“觉醒”“启蒙”“觉悟”“自觉”“自决”（self-determination）虽在文化、伦理、政治三个界面之间摆动，但从当今中国文化、中国文明的政治性自我意识的要求看，仍存在相当的抽象化、非历史化、形式化的倾向，这些倾向所带来的种种问题集中在一点，即它们都或明或暗地预设了个人自由同社会现实、文化更新同伦理世界、自我意识同政治共同体的集体性呼唤之间的不可调和的矛盾与对立。表面上看，这是“文化”与“政治”之间的割裂和对立，但深究下去则可以看到，伦理世界及其内涵的价值体系本身缺乏强有力的形式化制度化转换、话语表述和意义阐释，造成了文化领域的政治强度匮乏和政治领域的文化强度匮乏，以至于在缺乏共同的伦理基础和价值基础的情况下，“文化”和“政治”彼此失去相互的依托和滋养，不但相互排斥，而且意欲以自身逻辑和形而上化、普遍化倾向取代对方，在政治范畴提出文化解决，在文化范畴提出政治解决，最终造成手段与目的的错位和混淆。因此黑格尔反复强调国家作为政治统一体和文化统一体，本身直接地植根于民族的伦理世界之中，同时仅仅是“间接”地存在于个体的意识和自我意识之中。因此单个人的自我意识只有在国家的实体性中看到自己的实体性，在法律中体会到自由，在限制中体验到自己活动的目的和成果，方才具备真实的历史内容。①在最糟糕的情况下，这种虚弱和混乱会造成一种脱离政治的文化和脱离文化的政治，而这种虚假的对立又往往演变为、甚至固化为“个人”“文化”“知识”为一方与“国家”“政党”“阶级”等范畴为另一方的习惯性对抗。②本来，在现代性条件下，

① 参见黑格尔：“国家是伦理理念的现实——是作为显示出来的、自知的实体性意志的伦理精神，这种伦理精神思考自身和知道自身，并完成一切它所知道的，而且只是完成它所知道的。国家直接存在于风俗习惯中，而间接存在于单个人的自我意识和他的知识和活动中。同样，单个人的自我意识由于它具有政治情绪而在国家中，即在它自己的实质中，在它自己活动的目的和成果中，获得了自己的实体性的自由。”（黑格尔：《法哲学原理》，第257节，范扬、张企泰译，商务印书馆1961年版，第253页）

② 黑格尔最早看到了“原子式”的个人观念对共同体的“实体性”观念的挑战，并明确地对原子式或“以单个的人为基础”看问题的方法提出了批判：“在考察伦理时永远只有两种观点可能：或者从实体性出发，或者原子式地进行探讨，即以单个的人为基础而逐渐提高。后一种观点是没有精神的，因为它只能做到集合并列，但是精神不是单一的东西，而是单一物和普遍物的统一。”（黑格尔：《法哲学原理》，第156节补充，范扬、张企泰译，商务印书馆1961年版，第173页）黑格尔在这个问题上立场之明确，可由下面这段批评卢梭、暗指法国大革命带来的混乱和恐怖的文字佐证：

“［卢梭］提出意志作为国家的原则。然而他所理解的意志，仅仅是特定形式的单个人意志（后来的费希特亦同），他所理解的普遍意志也不是意志中绝对合乎理性的东西，而只是共同的东西，即从作为自觉意志的这种单个人意志中产生出来的。这样一来，这些单个人的结合成为国家就变成了一种契约，而契约乃是以单个人的任性、意见和随心表达的同意为其基础的。此外又产生其他纯粹理智的结果，这些结果破坏了绝对的神物及其绝对的权威和尊严。因此之故，这些抽象推论一旦得时得势，就发生了人类有史以来第一次不可思议的惊人场面：在一个现实的大国中，随着一切存在着的现成的东西被推翻之后，人们根据抽象思想，从头开始建立国家制度，并希求仅仅给它以想象的理性东西为其基础。又因为这都是缺乏理念的一些抽象的东西，所以它们把这一场尝试终于搞成最可怕和最残酷的事变。”（黑格尔：《法哲学原理》，第258节附释，范扬、张企泰译，商务印书馆1961年版，第254—255页）

在民族国家的世界历史框架内，政治共同体和文化共同体本来应该是完全重合的，但这种以“启蒙”名义进行的人的解放，有时候带来的不是国家内部的政治与文化的重合，而是它们的分裂。这终将给作为国家存在的情感基础和道德基础的国民政治认同和文化向心力带来负面影响。黑格尔在《法哲学》里以讨论普遍与特殊的辩证法的方式对此作出了深刻的思考：

> 如果把国家想象为各个不同的人的统一，亦即仅仅是共同性的统一，其所想象的只是指市民社会的规定而言。许多现代的国家法学者都不能对国家提出除此之外任何其他看法。在市民社会中，每个人都以自身为目的，其他一切在他看来都是虚无。但是，如果他不同别人发生关系，他就不能达到他的全部目的，因此，其他人便成为特殊的人达到目的的手段。但是特殊目的通过同他人的关系就取得了普遍性的形式，并且在满足他人福利的同时，满足自己。由于特殊性必然以普遍性为其条件，所以整个市民社会是中介的基地；在这一基地上，一切癖性、一切禀赋、一切有关出生和幸运的偶然性都自由地活跃着；又在这一基地上一切激情的巨浪，汹涌澎湃，它们仅仅受到向它们放射光芒的理性的节制。受到普遍性限制的特殊性是衡量一切特殊性是否促进它的福利的唯一尺度。①

黑格尔把整个社会领域视为一个“中介的基地”，一个特殊性、偶然性活跃并相互作用、同时又受到“普遍性的限制”或“理性的

① 黑格尔：《法哲学原理》，第182节补充，范扬、张企泰译，商务印书馆1961年版，第197—198页。

节制”的激情澎湃的场域，最终以促进社会整体的福祉为衡量其意义和价值的标准，这迄今为止仍然是西方自由理论的最为宏大、深刻的表述，尤其被美国实用主义和社会改良传统视为对美国这场政治实验和文化实验的具有先见之明和持续指导意义的思想。①同时，这段话也表明近代思想对国家的文化主义理解，即单纯哲学上的“普遍之物”概念，是如何潜在地对立于国家概念的历史的、政治性的理解，即它是矛盾、冲突的现实中的“和解”，是主观性和特殊性自以为是的“无限性”被界定在国家整体的政治和文化力量之中。

纵观近代以来中国的历史经验，“自觉”问题虽然总是以思想讨论和文艺表现的方式提出，但却始终是植根于历史实质和历史行动中的“自觉”，其核心是文化自觉、伦理自觉与政治自觉的三位一体。晚清至“五四”的启蒙与新文化运动，在表面上造成文化世界同伦理世界的割裂，以及文化世界同政治世界的对立，但通过这种“否定性”，“新”的“时代精神”作为一种文化自觉为伦理世界和政治世界的改造提供了载体和中介，伦理世界（习俗、传统、规范等，对应德国古典哲学中的 Sittelichkeit 概念）经由新文化的淘洗，转变为一种新的关于生活、社会和人的想象，从而带来文明体系再确立问题。

不妨先来看看作为现代中国文化自觉和政治自觉外部因素的近代西方。在那里，市民阶级通过宗教、文化、海外殖民等手段，在打造新的经济秩序和政治秩序时，也把这个历史过程中生发出来的历史经验、心理结构、法律规范和文化视野定义为新生活世界的普

---

① 参见理查德·罗蒂：《筑就我们的国家：20世纪美国左派思想》，黄宗英译，生活·读书·新知三联书店2006年版，特别是其中有关惠特曼、杜威关于黑格尔的言论。

遍性，以此带来了内在于西方生活世界的文化与伦理的统一，即统一于政治自觉：伦理自觉构成政治自觉的历史实质，而文化自觉构成政治自觉的符号和情感表述。或者说，在现代性历史条件下，政治自觉是伦理自觉的外在化，而文化自觉则是政治自觉的内在化。西方市民社会兴起的历史过程不但提供了这一关系现实化、客观化的经典案例，也提供了对其历史经验的经典反思。黑格尔在《法哲学原理》中写道：

> 伦理是自由的理念。它是活的善，这活的善在自我意识中具有它的知识和意志，通过自我意识的行动而达到它的现实性；另一方面自我意识在伦理性的存在中具有它的绝对基础和起推动作用的目的。因此，伦理就是成为现存世界和自我意识本性的那种自由的概念。①

在伦理和自由之间直接画等号，对于近代以来追求觉醒的中国知识分子是难以理解的，但这种接受的困难刚好表明，中国新文化启蒙立场中所包含的自由概念，预设性地包含着与伦理世界和政治共同体之间的张力。“华族”“国民”和“中国人民”在追求新的政治自觉时，自觉地把文化自觉用作追求政治目标的手段，造成政治自觉和伦理自觉的一元同质体，伦理自觉成为政治自觉的必要延伸、条件、乃至内在化表现。但在近代中国摆脱不平等地位、追赶西方先进国家的过程中，由于经济、政治和社会力量的薄弱，文化或文化自觉就成为凝聚政治认同、追求经济和技术进步的手段。从

---

① 黑格尔：《法哲学原理》，第 142 节，范扬、张企泰译，商务印书馆 1961 年版，第 164 页。

晚清到毛泽东时代，文化既在此生存奋斗中从属于政治目的，又在语言、表象、观念、情感等领域“领先”于政治、经济、社会条件，甚至不惜与相对稳定的或滞后的伦理世界发生激烈冲突。在这种长期、深刻、激烈的冲突所产生的历史经验、心理定势、文化愿景乃至审美偏好，则成为20世纪中国“自由”观念逐步脱离、游离甚至对抗伦理世界和政治世界的温床。

我们下面比较仔细地看看“五四”新文化的“总司令”陈独秀是如何描绘和界定新文化的，甚至如何不惜把观念之“表”与伦理之“里”、文化之“心”与社会之“身”放在一个社会进化论意义上的尖锐的“优［新］胜劣［旧］汰”的对立关系之中。我们可以通过陈独秀的《敬告青年》来重温一下这个问题。

> 青年之于社会，犹新鲜活泼细胞之在人身。新陈代谢，陈腐朽败者无时不在天然淘汰之途，与新鲜活泼者以空间之位置及时间之生命。人身遵新陈代谢之道则健康，陈腐朽败之细胞充塞人身则人身死；社会遵新陈代谢之道则隆盛，陈腐朽败之分子充塞社会则社会亡。①

既然社会和生物意义上的人体一样遵循新陈代谢的自然法则，那么陈腐朽败的社会当然“无时不在天然淘汰之途”。对这种必然性的思想认识、道德信念、情感认同、文艺形象等方面构成的“文化自觉”，就成为青年人向旧伦理世界宣战、与之一刀两断的利器。下面这段话很能代表“五四”新文化革命的战斗姿态，同时也为其“文化自觉”的历史内容作了一个说明：

---

① 陈独秀：《敬告青年》，《青年杂志》1915年9月15日第1卷第1期。

> 予所欲涕泣陈词者，惟属望于新鲜活泼之青年，有以自觉而奋斗耳！自觉者何？自觉其新鲜活泼之价值与责任，而自视不可卑也。奋斗者何？奋其智能，力排陈腐朽败者以去，视之若仇敌，若洪水猛兽，而不可与为邻，而不为其菌毒所传染也。

不但如此，这种在为新世界、新生活而奋斗的姿态里，“自觉”还不自觉地蜕变为一种文化甚至文艺感觉和形式规范，一种镜子中的自我形象，即“自觉”其自身的“新鲜活泼之价值与责任”、“自视”自己“不可卑”的身份、价值和历史使命。由这种内生景观反观外物，具体的生活世界、伦理世界、政治世界只能显得“陈腐朽败”，唯有被新青年“视之若仇敌、若洪水猛兽，而不可与为邻”，甚至要像防菌毒传染那样被隔离开来了。任何文化世界、伦理世界、政治世界的分裂都必然是痛苦的，但比情感和文化痛苦更强大、更有力量的则是把情感和文化领域中撕裂性的“新旧”矛盾转化为社会进化、历史进步、生存竞争意义上你死我活的“新旧”。于是“新与旧”的问题激化为“生与死”问题，随即再进一步激化为“敌与我”问题，由此上升到一种政治强度。至此，存在于历史连续性之中的中国伦理世界、社会生活和政治体制第一次被彻底对象化，并摆放在一个不共戴天的敌人的位置上。不过这种激烈、决绝的政治的逻辑虽然触及种种国家政治内容（如破坏君权、否认教权、平均地权等），却并没有在政治范畴展开，而是绕过了或避开了政治领域，以对辛亥革命后的国家形态极度失望为背景（同时以辛亥以后若干年里出现的权力真空、政治混乱、社会自由、教育制度多样化、乃至相对的政治合法性为条件），在文化领域、以文化自觉和文化激进主义的方式对传统文化宣战。陈独秀为新文化“自觉”的出生而给旧伦理、旧思想、旧制度的母体罗列了六大罪状，并用以下气势磅礴的对比排列句式展开了新文化新道德的自我界定。注意此文发表于1915年，距清廷废科举十年，距辛亥革命和民国成立四年，但“五四”新文化运动爆发却还是四年之后的事情。让我们来仔细看看这六条罪状：

> 一、自主的而非奴隶的：……自人权平等之说兴，奴隶之名，非血气所忍受。世称近世欧洲历史为“解放历史”：破坏君权，求政治之解放也；否认教权，求宗教之解放也；均产说兴，求经济之解放也；女子参政运动，求男权之解放也。

这一段文字在宣言书中最具纲领性和历史实质，在“自主的而非奴隶的”这个相当“文化气”的口号下面，提出了政治解放、宗教解放、经济解放和男女平权等具体内容。

> 二、进步的而非保守的：……以人事之进化言之，笃古不变之族，日就衰亡；日新求进之民，方兴未已；存亡之数，可以逆睹。矧在吾国，大梦未觉，故步自封，精之政教文章，粗之布帛水火，无一不相形丑拙，而可与当世争衡？……固有之伦理、法律、学术、礼俗，无一非封建制度之遗，持较皙种之所为，以并世之人，而思想差迟，几及千载；尊重廿四朝之历史性，而不作改进之图，则驱吾民于二十世纪之世界以外，纳之奴隶牛马黑暗沟中而已，复何说哉！于此而言保守，诚不知为何项制度文物，可以适用生存于今世。吾宁忍过去国粹之消亡，而不忍现在及将来之民族，不适世界之生存而归削灭也。

第二段则是典型的进化论文化版，靶子是“精之政教文章，粗之布帛水火，无一不相形丑拙，而可与当世争衡?”的传统文化，但在集中精力于攻击目标同时，自身也陷入思想革命的文化主义逻辑之中。亮点是最后“吾宁忍过去国粹之消亡，而不忍现在及将来之民族，不适世界之生存而归削灭也”一句，在把生产方式、社会制度差异规约为“思想差迟”之余，点出文化—思想革命派的历史境遇依然是民族的生存危机，而他们的奋斗目的也同样是民族的生存和复兴。

> 三、进取的而非退隐的：……夫生存竞争，势所不免，一息尚存，即无守退安隐之余地。排万难而前行，乃人生之天职。以善意解之，退隐为高人出世之行；以恶意解之，退隐为弱者不适竞争之现象。欧俗以横厉无前为上德，亚洲以闲逸恬淡为美风，东西民族强弱之原因，斯其一矣。此退隐主义之根本缺点也。……呜呼！欧罗巴铁骑，入汝室矣，将高卧白云何处也?

这一段虽然接着上一段生存竞争历史情势的主题，但行文不免又回到文化主义、心理主义的路径，把东西方社会经济政治发展的历史差异规约为民族风俗性格导致的强弱之分（欧俗横厉无前，亚洲闲逸恬淡），最后归结为反“退隐主义”。

> 四、世界的而非锁国的：立国于今之世，其兴废存亡，视其国之内政者半，影响于国外者恒亦半焉。以吾国近事证之：日本勃兴，以促吾革命维新之局；欧洲战起，日本乃有对我之要求；此非其彰彰者耶？投一国于世界潮流之中，笃旧者固速

其危亡，善变者反因以竞进。吾国自通海以来，自悲观者言之，失地偿金，国力索矣；自乐观者言之，倘无甲午、庚子两次之福音，至今犹在八股、垂发时代。……国民而无世界知识，其国将何以图存于世界之中？语云：“闭户造车，出门未必合辙。”今之造车者，不但闭户，且欲以《周礼·考工》之制，行之欧美康庄，其患将不止不合辙已也！

这段强调欲图存于世界之中，国民不可无世界知识，是比较平实、中性化的议论。但把“笃旧”与“善变”的历史冲突转化为面对千年未有之变局时的主观态度（“悲观”或“乐观”），以及最后以“欲以‘周礼’‘考工’之制，行之欧美康庄”结尾，仍反映出文化主义的旨趣和思路。

五、实利的而非虚文的：……夫利用厚生，崇实际而薄虚玄，本吾国初民之俗；而今日之社会制度，人心思想，悉自周、汉两代而来，——周礼崇尚虚文，汉则罢黜百家而尊儒重道。——名教之所昭垂，人心之所祈向，无一不与社会现实生活背道而驰。倘不改弦而更张之，则国力莫由昭苏，社会永无宁日。……物之不切于实用者，虽金玉圭璋，不如布粟粪土。若事之无利于个人或社会现实生活者，皆虚文也，诳人之事也。诳人之事，虽祖宗之所遗留，圣贤之所垂教，政府之所提倡，社会之所崇尚，皆一文不值也！

这一段非常典型地显示出以文化革命推动社会变革、经济技术发展和制度变革的内在悖论，即文化思想领域的“启蒙”常常在语言、思维、情绪和目标上将历史情势所迫切要求的具体变革内容抽象化、普遍化、形式化为某种文化态度、人生态度或思想气质，于不自觉间以“文化自觉”对传统的文化主义批判（名教之所昭垂“皆虚文也”“诳人之事也”）取代了经济、社会、政治领域因追求统一富强而要求的文化、风俗、伦理、价值规范领域里的连续性。这样的文化激进主义或破偶像论虽可用一句“皆一文不值也”摒弃“祖宗之所遗留，圣贤之所垂教，政府之所提倡，社会之所崇尚”，但离它所追求的民族复兴的大目标，则不乏巨大且影响深远的副作用。这种副作用直到今天，仍然以历史虚无主义、对由国家体现的权威抱有逆反心理却又寻找和依傍想象中的“更高的”外部权威（如“普世主义”、市场万能论、议会民主，等等）、标榜个人至上而与国家民族离心离德、蔑视传统和集体性习俗、常规、情感方式和价值系统，等等。

> 六、科学的而非想象的：……近代欧洲之所以优越他族者，科学之兴，其功不在人权说下，若舟车之有两轮焉。今且日新月异，举凡一事之兴，一物之细，罔不诉之科学法则，以定其得失从违；其效将使人间之思想云为，一遵理性，而迷信斩焉，而无知妄作之风息焉。

这段谈科学与迷信的区分，本是启蒙理性主义的基本要义，但着眼于新文化运动整体上的文化主义、历史主义、科学主义倾向（“今且日新月异，举凡一事之兴，一物之细，罔不诉之科学法则，以定其得失从违”），又可以看出这种对理性和“科学法则”的尊奉，本身却又不可避免地带有一定神话乃至“迷信”色彩。

如果对这六条宣言作一个小结，人们可以看到，除第一条包含一些抽象的原则性的政治诉求之外（且不说这些本已包含在辛亥革命的理念之中），陈独秀在此大力提倡的乃是不折不扣的文化主义态度。这种以文化自觉的方式去进行一场文化革命，试图以此解决经济、政治领域不能解决的问题的思路或途径，不但为降生中的新文化提前预备好了一副几乎难以承受的重担，也有意无意地抽空了伦理世界的历史实质。更为严重的是，它回避了在近代条件下重建国家主权统摄下的新的政治统一体的自主性和优先性，却用一个文化自觉的“新青年”的自我形象和自我意识置换了那个作为共同体保护者的利维坦的形象。所以中国新文化启蒙运动的历史实质与其引为楷模的近代西方文明外形看似相似，实则有质的不同：前者再富激进性，其政治性限定在文化领域内部，以中国伦理世界和文化传统为批判对象，其灵魂是文化主义和虚无主义的创造—生成—转化概念；而后者则以近代主权型态为核心，其根基始终是作为“人造的神”“活着的神”、一架有灵魂的机器的国家本身。①霍布斯早在17世纪中叶就指出，

号称“国民的整体”或“国家”（拉丁语为Civitas）的这个庞然大物“利维坦”是用艺术造成的，它只是一个“人造的人”；虽然它远比自然人身高力大，但却是以保护自然人为其目的；在“利维坦”中，“主权”是使整体得到生命和活动的

① 霍布斯：“像这样统一在一个人格之中的一群人就称为国家，在拉丁文中称为城邦。这就是伟大的利维坦（Leviathan）的诞生，——用更尊敬的方式来说，这就是活的上帝的诞生；我们在永生不朽的上帝之下所获得的和平和安全保障就是从它那里得来的。因为根据国家中每一个人授权，他就能运用付托给他的权力与力量，通过其威慑组织大家的意志，对内谋求和平，对外互相帮助抗御外敌。国家的本质就存在于他身上。用一个定义来说，这就是一大群人相互订立信约，每人都对它的行为授权，以便使它能按其认为有利于大家的和平与共同防卫的方式运用全体的力量和手段的一个人格。”（见霍布斯：《利维坦》，黎思复、黎廷弼译，商务印书馆1985年版，第132页）

> “人造的灵魂”；官员和其他司法、行政人员是人造的“关节”；用以紧密连接最高主权职位并推动每一关节和成员执行其任务的“赏”和“罚”是“神经”，这同自然人身上的情况一样；一切个别成员的“资产”和“财富”是“实力”；人民的安全是它的“事业”；向它提供必要知识的顾问们是它的“记忆”；“公平”和“法律”是人造的“理智”和“意志”；“和睦”是它的“健康”；“动乱”是它的“疾病”，而“内战”是它的“死亡”。最后，用来把这个政治团体的各部分最初建立、联合和组织起来的“公约”和“盟约”也就是上帝在创世时所宣布的“命令”，那命令就是“我们要造人”。①

相对于近代中国为集体生存而被迫进行的“文化批判”和“思想解放”，近代西方历史经验的重心则是现代主权国家的创建以及在其政治统一和法律权威下得以展开的经济、社会、文化活动。这种超越人的生存的“自然状态”而过渡到法律保护下的和平与繁荣的社会性、政治性历史运动虽然必须伴以它与之相适应的文化革新和思想革命，但由于它脱胎于人与自然斗争和对社会生活“自然状态”的克服，仍然相对较好地保留、持续了风俗、习惯、伦理、宗教等传统因素及其历史连续性，客观上为经济技术和社会制度领域里的巨变提供了一个相对稳定的价值和情感基座。但这种价值领域相对连续性和稳固性的政治前提，则是在概念上先于市民社会自发的多元自由倾向的国家对暴力和政治权威的垄断。霍布斯为近代国家的存在理由所作的说明，虽然植根于西欧特别是英国社会发展的具体经验，且在界定国家保卫人民、同内外敌人斗争的基本功能上具有

① 霍布斯：《利维坦》，黎思复、黎廷弼译，商务印书馆 1985 年版，第 1—2 页。

不容置疑的说服力，但却不一定能够获得崇尚个性、知识、自由的中国启蒙文化主义的认同。但在霍布斯眼里，相对于主权国家的建立，经济领域和文化领域的发展都只是第二性的东西（这是以他为代表的近代政治哲学思想同后来的马克思主义历史唯物论的最根本的不同），因为当人的基本安全都没有保证时，整个社会的繁荣发达是无从谈起的。《利维坦》里最有名的一段话，讲的正是这个问题：

> 在人人相互为敌的战争时期所产生的一切，也会任人们只能依靠自己的体力与创造能力来保障生活的时期中产生。在这种状况下，产业是无法存在的，因为其成果不稳定。这样一来，举凡土地的栽培、航海、外洋进口商品的运用、舒适的建筑、移动与卸除须费巨大力量的物体的工具、地貌的知识、时间的记载、文艺、文学、社会等等都将不存在。最糟糕的是人们不断处于暴力死亡的恐惧和危险中，人的生活孤独、贫困、卑污、残忍而短寿。①

值得注意的是，霍布斯政治哲学所强调的不是或不仅仅是国家如何能为增进个人自由和幸福做出贡献，而是它界定了自由本身，换句话说，离开了国家和法，人无所谓自由可言，自由本是一个社会概念、一个政治概念。他写道：

> 当我们说雅典人和罗马人是自由的这句话时，指的是他们

---

① 霍布斯：《利维坦》，第十三章，黎思复、黎廷弼译，商务印书馆 1985 年版，第 94—95 页。

> 是自由的国家，这不是说任何个人有自由反抗自己的代表者，而是说他们的代表者有自由抵抗或侵略其他民族。①

这种17世纪古典自由主义政治哲学的自由观同国家观处在一种共生关系中，两者一道同18、19世纪自由主义的自由观形成了鲜明的对照。事实上，霍布斯所表述的近代国家及其主权型态不仅具有政治意义和文化意义，也具有惊人的经济、技术和社会组织意义。如德国法理学家、政治哲学家卡尔·施米特所指出的：

> [霍布斯意义上的主权国家] 甚至可以被认为是技术时代的第一个产物，现代机械装置的第一个伟大样式，即胡果—费舍尔精当地命名为“机器之母”的那种东西。随着这种状态的出现，不但随后而来的技术—工业时代最基本的思想及社会前提条件被创造出来，而且新技术纪元典型的、甚至是原型的工作，即国家本身的发展，也被创造出来了。②

尽管欧洲市民社会的经济基础与近代中国社会发展历史条件不同，但人们还是不能不对两种启蒙路线的巨大反差而感到惊异：一种是由经济到政治、由中世纪“自然权利”到市民社会“主权”形态的客观的辨证过程；一种是由教化道统的文明秩序到激进的反传统主义、从“文化蒙昧”到“文化自觉”的主观领域的不断革命。后者这种文化挂帅并包办一切、用意识领域的革命去冲决社会和体

---

① 霍布斯：《利维坦》，第二十一章，黎思复、黎廷弼译，商务印书馆1985年版，第167页。

② Carl Schmitt. *The Leviathan in the State Theory of Thomas Hobbes*. Westport，Connecticut：Greenwood Press，1996，p. 34.

制限制、乃至"克服"组织生产领域落后状态的思维此后绵延不绝，深刻决定了20世纪中国的思想气质和发展轨迹。

这种文化主义的态度必定选择传统文化作为自己的批判对象，以"日新求进"的现代精神去攻击"日就衰亡"的"笃古不变之族"；讥讽中华老大帝国为"精之政教文章、粗之布帛水火，无一不相形丑曲拙"，一言蔽之曰"大梦未觉"。这种激烈的文化批判和道德悬置本身并非没有历史根据，也并非不为当时迫切社会变革所急需，但问题在于这种单纯的"文化自觉论"在把中国传统简单化、抽象化地规约为文化—心理—思想特征时，在"封建"二字下被摒弃的不仅仅是"固有之伦理、法律、学术、礼俗"等生活世界的实质性内容；同样被遮蔽的，还有"制度"意义上的、作为传统改造和文明复兴真正参照物和竞争对手的近代西方政治体制。陈文鼓吹的"文化自觉"虽然建立在对生存环境的体认和生存斗争的需要之上，建立在要"国粹"还是要"现在及将来之民族"的痛苦选择上（这种自设的非此即彼的两难选项乃是"五四"新文化先锋群体的特殊精神遗产，鲁迅是另一个典型），但用"文化"或"文化自觉"救国，却只能说是手段与目的之间的错位。于是，国家越陷入危亡之境，文化主义的破偶像论、怀疑论、虚无主义、进步论、全盘西化论就越大行其道，结果是重建政治权威、国家统一、主权完整的努力就越缺乏来自社会领域和文化领域的道德支持、情感投入和思想认同，就越不可能在自然和历史的双重意义上确立自己的正当性与合法性。这种把政治危机和社会危机抽象地、全盘地归结为文化危机，再通过由这种危机感催生的激烈文化主义自我否定将克服危机的传统资源进一步消解和抽象化的循环，成为20世纪中国知识思想的一条歧途。幸运的是，另一个"五四"传统，即由"外争强权、内惩国贼"走向民间、走向社会、走向大众革命和武装夺权、最终建立国家统摄下新的政治统一体的那个“五四”，通过艰难曲折的道路，将中国带入“20世纪之世界”。

发动“五四”新文化运动的一代中国知识分子的思想和行动对尽管大体上处在前一种“文化自觉”的脉络里，但仍能够通过反思自身这种文化态度的历史条件、回顾其历史发展而触及后一种“社会解放”和“政治统一”的脉络。陈独秀在其名篇《吾人最后之觉悟》① 中，就正是通过回顾近代中国的生存挑战来确立其文化觉悟论的正当性和必然性。他写道：

> 人之动作必有其的，其生也亦然。洞明此的，斯真吾人最后之觉悟也。世界一切哲学宗教皆缘欲达此觉悟而起。兹之所论，非其伦也。兹所谓最后之觉悟者，吾人生聚于世界之一隅，历数十［千］年，至于今日，国力文明，果居何等？易词言之，即盱衡内外之大势，吾国吾民。果居何等地位，应取何等动作也。
>
> ……吾华国于亚洲之东，为世界古国之一，开化日久，环吾境者皆小蛮夷，闭户自大之局成，而一切学术政教悉自为风气，不知其他。魏晋以还，象教流入，朝野士夫，略开异见。然印土自己不振，且其说为出世之宗，故未能使华民根本丕变，资生事之所需也。其足使吾人生活状态变迁而日趋觉悟之途者，其欧化之输入乎？

陈独秀开宗明义地讲明，所谓觉悟问题，来自中国在对具体历史形势下对自己的国力文明居何等地位的思考，来自中国人因“生

① 陈独秀：《吾人最后之觉悟》，《青年杂志》1916年2月15日第1卷第6号。

活状态变迁”而产生的意识和态度上的转变。他随即指出，近代欧洲文化冲击（“欧化之输入”）是造成中国固有文化、价值体系和社会秩序出现“扰攘不安之像”的原因，而近代中国人虽然在冲突中处于下风而“日渐觉悟”，但终因“惰性过强，旋觉旋迷，甚至愈觉愈迷，昏聩糊涂。”他把这种觉悟史或“旋觉旋迷、愈觉愈迷”史分为七期：

> 第一期在有明之中叶，西教西器初入中国，知之者乃极少数之人，亦复惊为“河汉”，信之者为徐光启一人而已。
>
> 第二期在清之初世，火器历法，见纳于清帝，朝野旧儒，群起非之，是为中国新旧相争之始。
>
> 第三期在清之中世。鸦片战争以还，西洋武力，震惊中土，情见势绌，互市局成，曾、李当国，相继提倡西洋制械练兵之术，于是洋务西学之名词发现于朝野。当时所争者，在朝则为铁路非铁路问题，在野则为地圆地动地非圆不动问题。今之童稚皆可解决者，而当时之顽固士大夫奋笔鼓舌，哓哓不已，咸以息邪说正人心之圣贤自命。其睡眠无知之状态，当世必觉其可恶，后世只觉其可怜耳！
>
> 第四期在清之末季。甲午之役，军破国削，举国上中社会，大梦初觉，稍有知识者，多承认富强之策，虽圣人所不废。康、梁诸人，乘时进以变法之说，耸动国人，守旧党尼之，遂有戊戌之变。沉梦复酣，暗云满布，守旧之见，趋于极端，遂积成庚子之役。虽国几不国，而旧势力顿失凭依，新思想渐拓领土，遂由行政制度问题一折而入政治根本问题。
>
> 第五期在民国初元。甲午以还，新旧之所争论，康、梁之所提倡，皆不越行政制度良否问题之范围，而于政治根本问题

去之尚远。当世所说为新奇者，其实至为肤浅；顽固党当国，并此肤浅者而亦抑之，遂激动一部分优秀国民渐生政治根本问题之觉悟，进而为民主共和国君主立宪之讨论。辛亥之役，共和告成，昔日仇视新政之君臣，欲求高坐庙堂从容变法而不可得矣。

第六期则今兹之战役也。三年以来，吾人于共和国体之下，备受专制政治之痛苦。自经此次之实验，国中贤者，宝爱共和之心，因以勃发，厌弃专制之心，因以明确。

［第七期：民国宪法实行时代］今兹之役，可谓为新旧思潮之大激战。浅见者咸以吾人最后之觉悟期之，而不知尚难实现也。何以言之？今之所谓共和，所谓立宪者，乃少数政党之主张，多数国民不见有若何切身利害之感而有所取舍也。盖多数人之觉悟，少数人可为先导，而不可为代庖。共和立宪之大业，少数人可主张，而未可实现。人类进化恒有轨辙可寻，故予于今兹之战役，固不容怀悲观而取卑劣之消极态度，复不敢怀乐观而谓可踌躇满志也。故吾曰：此等政治根本解决问题，不得不待诸第七期吾人最后之觉悟。

陈独秀的七期阶段论，简要而准确地勾勒出晚清以来中国政治文化和文化政治的基本走向，特别是点出了甲午战败的转折点意义：在此之前，文化保守主义是社会变革与政治变革的绊脚石，（“顽固士大夫奋笔鼓舌，哓哓不已，咸以息邪说正人心之圣贤自命。其睡眠无知之状态，当世必觉其可恶，后世只觉其可怜耳!”）；在此之后，戊戌变法—庚子之役—“国几不国”—守旧势力失去依据；（戊戌之变。沉梦复酣，暗云满布，守旧之见，趋于极端，遂积成庚子之役。虽国几不国，而旧势力顿失凭依，新思想渐拓领土，遂有行政制度问题一折而入政治根本问题。）他正确地指出，近代中国的“政治根本解决”，在于巩固共和国国体，实现立宪政治。但他随即暗示这种根本解决的可能性并不存在于现实政治领域，也不存在于作为公民的中国人的社会行为方式、伦理规范和价值认同之中，而是寄希望于全体中国人尚不具有但必须达至的所谓“最后之觉悟”。对于这种“最后的觉悟”，陈独秀把它分为“政治的觉悟”和“伦理的觉悟”，并分别对之作出了精辟的说明：

> 此觉悟维何？请为我青年国民珍重陈之：
>
> [政治的觉悟]
>
> ……国家为人民公产，人类为政治动物。斯言也，欧美国民多知之。此其所以莫敢侮之也。是为吾人政治觉悟之第一步。
>
> ……吾国欲图世界的生存，必弃数千年相传之官僚的专制的个人政治，而易以自由的自治的国民政治也。是为吾人政治的觉悟之第二步。所谓立宪政体，所谓国民政治……以多数国民对于政治自觉其居于主人的主动的地位为唯一根本之条件。自居于主人的主动的地位，则应自进而建设政府，自立法度而自服从之，自定权利而自尊重之。倘立宪政治之主动地位属于政府而不属于人民，不独宪法乃一纸空文，无永久厉行之保障，且宪法上之自由权利，人民将视为不足重轻之物，而不以生命拥护之；则立宪政治之精神已完全丧失矣。
>
> 是以立宪政治而不出于多数国民之自觉，多数国民之自动，惟日仰望善良政府，贤人政治，其卑屈陋劣，与奴隶之希冀主恩，小民之希冀圣君贤相施行仁政，无以异也。古之人希

冀圣君贤相施行仁政，今之人希冀伟人大老建设共和宪政，其卑屈陋劣，亦无以异也。夫伟人大老，亦国民一分子，其欲建设共和宪政，岂吾之所否拒？第以共和宪政，非政府所能赐予，非一党一派人所能主持，更非一二伟人大老所能负之而趋。共和立宪而不出于多数国民之自觉与自动，皆伪共和也，伪立宪也，政治之装饰品也，与欧、美各国之共和立宪绝非一物。以其于多数国民之思想人格无变更，与多数国民之利害休戚无切身之观感也。是为吾人政治的觉悟之第三步。

政治自觉作为新文化革命的内核与本质，本来已经把讨论推到了一个相当的高度；视国家为公产而非一己之私；主人公姿态和主人公意识；多数国民的参与、认可和投入；良好的政体这四个方面都触到了问题的关键和实质。这里最为关键的转折点，则是由第三点提出的多数人少数人的问题。正是“多数人”概念在思想观念中的出场，带来了近代中国“觉悟史”上从文化（思想、观念等）向伦理世界和政治世界的决定性过渡。关于“伦理的觉悟”，陈独秀写道：

伦理思想，影响于政治，各国皆然，吾华尤甚。儒者三纲之说，为吾伦理政治之大原，共贯同条，莫可偏废。三纲之根本义，阶级制度是也。所谓名教，所谓礼教，皆以拥护此别尊卑明贵贱制度者也。近世西洋之道德政治，乃以自由平等独立之说为大原，与阶级制度极端相反。此东西文明之一大分水岭也。

吾人果欲于政治上采用共和立宪制，复欲于伦理上保守纲

> 常阶级制，以收新旧调和之效，自家冲撞，此绝对不可能之事。盖共和立宪制，以独立平等自由为原则，与纲常阶级制为绝对不可相容之物，存其一必废其一。倘于政治否认专制，于家族社会仍保守旧有之特权，则法律上权利平等经济上独立生产之原则，破坏无余，焉有并行之余地？
>
> 自西洋文明输入吾国，最初促吾人之觉悟者为学术，相形见绌，举国所知矣；其次为政治，年来政象所证明，已有不克守缺抱残之势。继今以往，国人所怀疑莫决者，当为伦理问题。此而不能觉悟，则前之所谓觉悟者，非彻底之觉悟，盖犹在惝恍迷离之境。吾敢断言曰：伦理的觉悟，为吾人最后觉悟之最后觉悟。

可以说，多数人的自觉，就是伦理自觉，而少数人的自觉从文化思想范畴进入伦理范畴本身是一个政治事件和政治化过程。这个“少数人还是多数人”问题，带来了近代启蒙思想的一次根本性的质的转变。它上承“七期论”中最后就共和革命失败而发的“今之所谓共和，所谓立宪者，乃少数政党之主张，多数国民不见有若何切身利害之感而有所取舍也”的议论，以及“盖多数人之觉悟，少数人可为先导，而不可为代庖。共和立宪之大业，少数人可主张，而未可实现”的沉痛总结，而终于把自由、民主、平等等启蒙个人主义自由主义观念同“多数人”的伦理世界及其集体性价值根基的复兴和再造联系在一起，最终服务于新的人民主权国家的政治统一的创建。可以说，“五四”新文化运动最终走向共产党领导下的大众革命，至此已透露出关键的思想根源和行动逻辑，而绝非自由主义修正史学所描绘的那样是对启蒙理念和个人权利初衷的背叛。反过来讲，新中国主权形态和政治权威的历史正当性和价值根基，也正植根于现代性条件下中国伦理世界的变与不变、一与多、高与低、新与旧、内与外等二元对立的辩证统一，植根于多数人的习俗、情感、道德、理想；植根于他们在有限的现实世界中对意义、价值的朴素理解。

陈独秀有关伦理自觉的思考固然达到“五四”前有关讨论的最高水准，对今天关于文化政治的讨论仍极具启发性，但他所谓的伦理自觉究其竟，仍未脱文化主义毕其功于一役的反传统立场，根本目的在于指出“政治上”的反专制与共和主义与“伦理上”的“旧有之特权”绝无调和之可能、新的独立平等自由原则与旧纲常绝不相容。“存其一必废其一”，因此陈独秀的“伦理自觉”或“吾人最后的自觉”的目标不是中国文明和伦理世界的连续性和内部丰富性和可适应性，而恰恰是向旧世界发起的最后的冲锋。这种“自觉”的战役展开就是“五四”文学文化传统中占显赫地位的“国民性改造”运动，它与其说是伦理世界对文化—思想世界和政治世界的观照、批判和反思，毋宁说是文化—思想世界和政治世界对伦理世界的最后的、根本的改造。然而离开国家的政治统一和基于国家意志的民族文化政策和经济政策，脱离生产方式的实质性、结构性变革，打着“伦理自觉”的文化革命和思想革命仍然只能是激进的启蒙文化主义与个人主义的又一次尝试。而真正的伦理革命，只能出现在国家主导的全面的经济、社会、文化变革之后；真正的“移风易俗”，只能来自“大多数”作为自己生活世界的主人塑造自身历史条件和物质—精神环境的过程。这种在历史中缓慢移动的意义和价值的根基并不需要其他的参照系来证明自身的连续性和正当性，而是自己为自己的行动提供价值说明和意义辩护，因为这“多数人”的集体实践本身就是“传统”的唯一的、变动的、自我否定并自我实现的载体：它就是传统本身。

几点总结性的观察

1. 晚清以降的“文化自觉”和“文化革命”本身是政治—社会革命的一部分；“新文化”的历史实质是新政治、新社会和新的价值体系；而后者又是为新的生产方式所要求、并以这种生产方式为条件；中国革命在所有制和社会结构方面带来的激烈变革，也决定了当代中国“文化自觉”内部结构的复杂型和多元性：政治革命的彻底性和超前性，注定要把经济、社会、伦理、价值和文化领域的发展的不均衡性囊括在国家的体制空间和意识形态空间之中，从而造成社会主义现代性条件下持久的价值冲突和文化冲突。

纵观20世纪中国历史，“文化自觉”的内在矛盾在于：对外部局势和历史压力作出理性回应的激进主义文化和政治运动，一方面必须在其体制内部不断地回应历史发展不均衡性所造成的延宕性压力，比如“启蒙”“反封建”“反专制”“民主”“科学”“自由”“人权”等历史性、“经典现代性”诉求，包括近代史上进步阶级的经济利益和政治诉求（“新民主主义”）；另一方面，随着现代性进程在器物层面和理性生活规范领域的完成，又必须不断地反思启蒙理性及其“政治自觉”，把它们从同中国生活世界的伦理、习俗、情感、价值的全面对立中解脱出来，从而完成从“民族国家”到“文明国家”的转型。

2. 社会革命和政治革命领域里面的未完成以及不均衡因素，不但在当代中国社会生活和政治话语中造成日益尖锐的矛盾和冲突，也在当代中国“文化自觉”或“文化意识”中造成定位和解释的困难。这种困难表现为在当代中国一切涉及自我、集体、国家、价值、身份认同、阶级和历史意识的理解及自我理解上的混乱、无力、滑稽或失语；表现为作为具体的文明载体的当代中国国家在合法性或正当性表述上的消极被动。在特定条件下，社会经济领域的矛盾不但表现为价值冲突，而且会激化为政治矛盾，即由对当代中国国家形态的“正当性”或“合法性”的“文化讨论”转化为制度变革乃至政权更迭（regime change）的直接诉求。

这同战后西方自由资本主义“福利国家”的“合法性危机”（哈贝马斯），表面上形成对照，实质上却是殊途同归：国家通过自身的理性化治理的成功，日益把经济领域的矛盾吸收进政治领域，造成国民政治认同和文化忠诚方面的“产出不足”。两者共同之处在于立足于经济理性的行政管理系统终将面对其“合法性危机”；区别仅在于：中国在“发展主义”政策和强势政府的条件下，主要从经济领域获得国家合法性，但却始终面对历史主义唯名论和不均衡发展的压力，必须回溯性、补偿性地应对国家内部的合法性空白、脱漏与间歇；而西方自由民主体制则主要面对理性化制度内部动力、资源的不足。①

3. 以“新”和“新生”为自己正名的政治—文化自觉，意识到更为深层的问题在于“伦理”层面。但“最后觉悟”的“最后”之处，在于政治自觉和伦理自觉之间的矛盾。具体而言，在于伦理世界不但需要在理性的层面为政治变革提供支持，而且最终还要在情感、信仰、习俗、行为规范等“下意识”层面为变革所带来的社会生活提供价值说明、辩护、屏障和根基，使变动中的社会得以维系、使作为“变”之结果的“新”在“旧”世界的基础上落座。在整个中国历史上一直被理性化过程予以否定和改造的最后的传统的堡垒，如今同时被作为积极因素被同一理性化过程再次引入到社会领域和政治领域。“五四”以来作为变革对象的伦理世界，在21世纪的中国日益被作为情感、价值、道德、信仰的基座，成为维系、

① 参看拙著《文化政治与中国道路》中讨论哈贝马斯“合法性危机”的部分。

推动、界定当代中国社会、中国文明的肯定性因素，并进而规定了“政治觉悟”的深层内容和最高形态。

4. 政治自觉与伦理自觉的有机结合，虽然在思想层面作理论表述并无困难，但在社会领域将遇到一系列问题：首先，伦理自觉的历史实质如果被等同于正在出现的当代中国社会领域内某一新兴阶级或阶层及其价值、信仰和情感构造，那么它所追求的政治表达也就必然复活阶级政治，最终随着具体社会力量对比的变化而带来当代中国国家形态的变化。这在理论上仍旧是仿效近代西方市民社会历史经验的思路。另一方面，如果当代中国伦理自觉的历史实质所对应的是全体中国人生活世界本身，它就将力图避免自身内部的分化矛盾，将自身界定在一个抽象的、前政治、非政治的“文化”概念上。这样做的弊端，在于无助于分析当前中国具体的社会矛盾和实质性力量对比，甚至在政治政党和政治国家“全民化”过程中沦为其文化注脚。

当代中国“文化自觉”的问题，不可避免地将我们带回到一个无可回避的历史情境：在此，思考的伦理实质和文化意义，都来自且只能来自具体的社会分析和政治判断，来自对一个基本历史问题的思考：什么是中华人民共和国的社会主体和价值根基，它是什么人的国家，为什么人服务，它的存在有什么样的目的和自我辩护的理由——文明传承的理由和世界历史的理由。

5. 对人民共和国的根基的思考，不能仅仅满足于有关历史理性意义上的正当性或合法性的争辩，而必须同时在文化政治层面上思考“新中国”的伦理实质。前者既然可以在历史理性层面被建构，也就可以在历史理性层面上被解构，结果是中国革命和当代中国国家都将在“历史代理人”的意义上被视为一个过渡乃至工具，为它的对立面和否定提供中介。相反，对伦理实质的思考，则有助于我们感受、认知、分析、评价当代中国个人、家庭、（市民）社会、国家制度与法律等各个层面上的“自然”与“习俗”、把它们视为法的实质性的起源和立足点、由此探讨当代中国国家形态和生活世界（伦理实体）的文明意义（civilizational significance）。

2012 年 8 月初稿

2014 年 6 月修改

“五四”新文化的深层结构性转换：再论白话革命的历史意义*

一、白话革命与“文化和政治的重合贯通”

今年是“五四”新文化运动100周年，我想借这个机会，以“白话革命”为中心，重新认识这场运动给现代中国文化思想结构秩序带来的奠基性影响。“新文化”的载体和媒介是“言文合一”的白话文，它是“新文化”思维、表达、沟通的形式和工具，也是自觉地使用它的中国人认识世界、整理经验、建构内心世界和集体性社会想象的媒介。离开白话文就没有新文化、没有新国民、没有新社会。在文化和历史的双重意义上，白话革命不仅再造了一种新的、具有制度意义的国民语言，而且在此基础上进一步开辟出一个全新的文化空间、思想空间、政治空间乃至道德—情感—审美空间。这种新的“符号秩序”（symbolic order）既是现代文化的形式基础，也是它的道德基础。

---

* 本文为纪念“五四”新文化运动100周年而作，首发于“观察者网”，2019年5月4日。

虽说现代中国及其自我意识是由白话文构造出来、并通过白话文显形、定型，但作为新文化载体和媒介的白话文本身却并不是一个“自然”、简单、透明、不言而喻的东西。白话文并非一个单一体，而是一个复合体。它有一个二重的基础，一个是“白话”，另一个则是“文”；两者同属一个统一的整体，但却仍然有各自的特殊性和自律性。白话乃至“俗文学”意义上的白话文学并不是在“五四”一代人手上发明的，而是古已有之。即便没有白话革命和五四运动，白话和俗文学依然会在日常生活领域继续存在。白话革命和新文学史上最有理论前瞻性和历史感的人物（如胡适、周作人等），都有意识地把这场文学革命称作“文艺复兴”，其用意正是要通过承认和发掘古已有之的俗文学源流、与之建立起新的继承关系、从内部将这种源流多样化，从而打破古文自定于一尊的“正统”、再造以新文学为其历史前沿的“传统”，最终将新文学界定为一个更为丰富、更有生命力的传统的合法继承者和希望所在。①

我们现在使用并仍在完善中的白话文是20世纪前期一场狂飙突进式的白话革命的产物，而不是经由相对漫长、和缓的社会经济与政治文化演化过程而瓜熟蒂落的结果。从但丁的“论俗语”（De vulgari eloquentia，1577）②和用佛罗伦萨日常语言创作的《神曲》算起，近代欧洲各民族的“白话”或“现代语文”经历了数百年的孕育和发展，而中国“新文学”却是在短短一两个十年里就将自己在理论和创作上确立起来。白话革命固然有自己的前史，推广白话的

① 这一历史过程可在当事人的诸种追述见到，如胡适：《白话文学史》（1928）、周作人：《中国新文学的源流》（1932）、郑振铎：《中国俗文学史》（1938）等。

② 但丁的篇名也许应该直译甚至“硬译”为“论白话之文彩”，与现代欧洲语言里的通译，如“On Eloquence in the Vernacular”对应。但丁说自己寻求的是一种“illustrious vernacular”（尊贵华美的俗语）。

努力固然贯穿晚清的维新自强运动、宪政改革、废科举、帝制覆灭和民国诞生，但在"五四"时期以前，这些努力都未能取得白话革命所具有的明晰的、强烈的理论自觉和文化政治自觉，在文学实践上也都未能企及——甚至在主观上未曾料想——能在短短一两个十年里将白话一举确立为新国民、新文化、新风俗、新世界唯一的、总体性的写作规范、风格追求、审美标准和道德要求。古已有之的白话和白话文同白话革命所带来的、作为在全社会和全体中国人中间推广、并进一步由国家行政系统确立为标准的新的国民语文是截然不同的。在历史上存在于街坊酒肆等娱乐场所、或仅仅为文人私下里玩赏的俗文学，甚至包括晚清得风气之先的文人努力尝试的白话创作，[①]同新文学自面世第一天起就当仁不让地占据的高级文学和"文学本身"的眼界、抱负不可同日而语。白话革命带来的新文学就其内在标准的革命性更迭而言，是以往中国文学史上从未有过的新事物，也许只有春秋战国时期"私学"和"士"的阶层的兴起可以与之相提并论。而就外部参照系而言，则是中国文明的语言编码系统和思维逻辑系统第一次从自身之外，即现代西洋文明中获得新语汇、新语法、以及新的描摹现实和叙述内心世界的形式与风格。

就这样的"新文化"的内在使命而言，白话革命带来的白话文不能仅仅是日常生活实践层面的"话"，而必须是终极意义上的"文"。它在风格、形式、结构、思维，乃至内在道德规范等所有层面必须同时经受中国古典文学所确立的典范和近代西洋文学所树立的新标杆的检验。虽然这场白话革命是由一批人文知识分子发动的，其创作成果也集中体现在新文学第一个十年和第二个十年的文

---

① 沿着历史脉络向前追溯，这些阶段性和局部的尝试和努力包括梁启超的"新文体"、裘廷梁（1857—1943）的《白话丛书》和"白话为维新之本"的认识、黄遵宪"我手写吾口"的诗歌写作实践、甚至可以上溯到太平天国时期的《戒浮文巧言谕》。

学成就中，但在一个更为基本、更为隐蔽的社会经济意义上，“五四”新文化运动和白话文则不过是那种发源于欧洲、随后向全世界范围扩张的、近代高级文化和文化政治的“普遍的媒质”（universal medium）的一个晚到的例子。在当代社会科学研究代表性著作看来，这种普遍的媒介的功能不过是通过共同的、同一化的教育（比如国民学校）和传媒系统（比如近代印刷文化），为资本主义条件下的经济活动和统一的国内市场准备一种便于沟通和交易的共同语言、同时为民族国家行政管理系统准备合格的官员和畅通的信息。白话革命和新文学当然符合这个标准，但却远远超过了这个标准。

“文化现实与政治现实的重合贯通”（congruence between culture and polity）是近代民族国家的基本诉求和核心特征，①若离开“言文合一”的白话文，这是绝对不可能想象、更是不可能实现的。在这个意义上，白话文和文言文之间的“断裂”无疑是“现代中国”和此前中国历史形态的分水岭，而如何称谓或规定此前的中国（如“古代中国”“近代中国”），则是一个相对次要的问题。在一个更为实质性的意义上，“白话革命”的历史地位是由随后发生在社会、政治、经济、伦理和风俗领域的全方位的制度变革和精神变革所回溯性地赋予的，否则它也许在相当长的历史时期内仍仅仅停留在一个孤立文化领域，同社会整体相隔绝。但反过来也可以说，白话革命的内在强度和号召力，即便在言语行为和写作风格的狭义范围里，也的确为更广阔深入持久的思想变革和社会变革提供了内在的结构和动力。“五四”之后的思想变革、社会变革和政治变革，无不在根本上得益于白话革命所取得的成果、在白话革命建立的全新的语言结构和思维结构中运行。

---

① 参看盖尔纳：《民族与民族主义》，Gellner，Ernest. *Nations and Nationalism*，Ithaca，NY：Cornell University Press，1983，p. 1.

二、白话与白话文

“五四”时期的知识分子多是作家，“五四”时期的作家也多是知识分子，他们在写作和思想层面都表现出高度的自觉，共同影响并塑造了一代新人，为他们提供了日后解释世界和改变世界的交流工具和战斗武器。“白话革命”以及它所承担、负载和激发的“思想革命”界定了“五四”新文化运动的最大的社会公约数，覆盖了从陈独秀、李大钊到胡适、钱玄同；从瞿秋白到傅斯年；从鲁迅到毛泽东的现代文学运动的完整的意识形态光谱和思想疆域。在今天，重访这一最大公约数或最广泛的统一战线，不但有助于再次确认中国新文化的共同的历史基础、道德基础和文化基础；更重要的是，它可以让我们进一步分析普遍历史趋势下特定的“交叠共识”内部的丰富性、复杂性和结构性矛盾。无疑，那些丰富性和复杂性还远没有被穷尽；有些矛盾直到今天也并没有获得完全的解决，甚至在新的条件下反复地、有时是尖锐地浮现出来。

“五四”前后白话革命的基本理念，归根到底是“白话胜文言”。这个在今天人看来不言而喻的观念，在当时却是一个争论和争辩的话题。“五四”一代白话革命者首先需要证明的是，“文言做得的，白话也做得”；其次是进一步论证为何白话文必将决定性地、不可逆转地胜出，成为现代中国人的“普遍性高级文化”的唯一媒介、载体、形式和风格。在这场争论中，白话革命的先驱们表现出空前的自信和傲慢（比如胡适就认为唯有白话文学史才算创造的文学史，活的文学史），①因为他们确信，这场白话革命同一场更为深刻、更为实在的思想革命互为表里，而后者的实质并非抽象意义上

① 参看胡适：《白话文学史》。

的“思想”，而是作为近代历史经验产物的活生生的中国人的具体而真实的内容。这种内容的丰富性和必然性、它的最终是不可遏制的自由和创造力自然而然地要求与此相适应的形式。这个形式就是白话文。

胡适在《文学改良刍议》中提出了八大主张（一曰须言之有物；二曰不摹仿古人；三曰须讲求文法；四曰不作无病之呻吟；五曰务去滥调套语；六曰不用典；七曰不讲对仗；八曰不避俗字俗语①），随后又在《建设的文学革命论》中概括为四条（要有话说方才说话；有什么话说什么话，话怎么说就怎么说；要说我自己的话，别说别人的话；是什么时代的人，说什么时代话②）。这些貌似温和、渐进的主张，实则已包含了白话革命的总体性和激进性的程序编码。到陈独秀笔下，同样的主张用更为热烈的（但也许过于“对仗”的）语言归纳为三大原则（推倒雕琢的阿谀的贵族文学，建设平易的抒情的国民文学；推倒陈腐的铺张的古典文学，建设新鲜的立诚的写实文学；推倒迂晦的艰涩的山林文学，建设明了的通俗的社会文学③）。如陈独秀所言，这在当时无疑是“甘冒全国学究之敌，高张文化革命军大旗”的造反行为。是什么让他“不顾迂儒之毁誉，明目张胆以与十八妖魔宣战”“愿拖四十二生之大炮，为之前驱”呢？答案无疑来自那个自晚清以来一直在中国人心中萦绕不去的问题，即为何近代中国的经济革命、社会革命和政治革命举步维艰、一次又一次以失败告终；为何近代中国人视变革为畏途而甘做“苟偷庸懦之国民”、任由自己的“精神界”和“根深蒂固

---

① 胡适：《文学改良刍议》，《胡适全集》第1卷，安徽教育出版社2003年版，第4页。
② 胡适：《建设的文学革命论》，《胡适全集》第1卷，安徽教育出版社2003年版，第53页。
③ 陈独秀：《文学革命论》，《新青年》第2卷第6号，1917年2月1日。

之伦理道德文学艺术诸端"处在"黑幕层张，垢污深积"①的状态？白话革命之所以被提上议事日程，成为"五四"知识分子的头等大事，正因为在胡适陈独秀等人眼里，白话和白话文是"开发文明之利器"。②由此可见，白话革命不仅仅是一场现代语文运动，更是晚清以来中国精英阶层"开启民智"努力的集大成、是五四"启蒙运动"的核心使命。

但白话革命又不能仅仅等同于、或被完全穷尽于其启蒙使命。白话革命是否能够成功，一方面固然取决于它的民众认可程度、社会普及程度和制度性成功，比如报刊、教材、政府官文的白话化程度。另一方面，白话革命作为一场文学革命，它还必须在特定的文学意义上确立白话文实践的地位和价值。鲁迅和周作人兄弟俩都曾一再指出，"白话文"不是白话，首先因为人也可以用白话谈旧思想，用白话写陈词滥调，做洋八股、党八股之类的东西。反之，用古文也可以写革命文章，如章太炎。"白话文"必须能够作为"文"同所有其他的"文"的形态抗衡和媲美，因此它虽然用"引车卖浆者之流"也能看懂的词汇和句法写作，但最终却必须证明，古文和外国文学能做到的，它也做得到。

"文"的概念不仅包含新文化的种种理念，也同中国文学传统和文化传统有着千丝万缕的联系，更不用说风格、形式、审美这些东西本身具有一定的稳定性，但它在"五四"时期，第一次在理论上可以并且应该抵达全体中国人，由此而成为一个政治—文化共同体的普遍的媒介。白话文从自我发明，自我结构到自我风格化和审美化，一步步为新文化、新人、新社会和新国家做开拓和定型的准备；它作为语言方式、思维方式和审美方式所达到的疆域和高度，

①② 陈独秀：《文学革命论》，《新青年》第2卷第6号，1917年2月1日。

也就是现代中国在世界文明范围里所达到的疆域和高度。

三、口袋和箱子

“五四”知识分子改造社会、再造国民的志向以及他们通过形象和叙事再现自我的意志，都要求他们取一种“一元的”作文态度。①也就是说，新经验、新思想、新道德需用与其内容相一致的新形式表达出来，并随这种新的历史内容的变化而变化。周作人后来在《中国新文学的源流》的收束处作了如下归纳，以阐明思想内容与文字形式的变化同步性：

一、“由于西洋思想的输入，人们对于政治、经济、道德等的观念，和对人生、社会的见解，都和从前不同了。应用这新的观点去观察一切，遂对一切问题又都有了新的意见要说要写。”②

二、“旧的皮囊盛不下新的东西，新的思想必须用新的文体以传达出来。”③

而上述两点。所体现出的“一元的”文章观，实际上也是新文学初期思想革命观念的重复与回响：1919年，鲁迅即在《新青年》的一篇《随感录》中指出：

---

① 周作人在《中国新文学的源流》中说：“现在我们作文的态度是一元的，就是无论对什么人，作什么事，无论是著书或随便的写一张字条儿，一律都用白话。而以前的态度则是二元的，不是凡文字都用白话写，只是为一般没有学识的平民和工人才写白话的。”这一段话，后又被周作人录于《〈中国新文学大系散文一集〉导言》一文中。

②③ 周作人：《中国新文学的源流》，《周作人散文全集》第6卷，广西师范大学出版社2009年版，第102页。

"要想进步，要想太平，总得连根的拔去了'二重思想。'"①

文体革命不仅仅是语言和书写方式的变革，更由思想革命的内在形式和结构所规定；后者对前者提出要求，前者为后者服务。甚至可以说，白话形式本身并没有自己独立的内容上的诉求，而是直接把"新思想"作为自己形式赖以成立的前提、内容和实质。白话革命意义上的"白话"并没有被赋予形式自律性或技术上的优先性，而是从一开始就被定义为符合表达新经验、新思想需要、与民众的时代需要相适应的问题。

正如新思想追求的不是对旧思想的"兼容并包"，而是对它的排斥和剪除，白话革命所追求的也不是同旧文学形式的混杂和交融，而是对它的彻底否定。白话革命的历史意义，在于它通过表达方式、交流方式、思维方式和文学风格一举将现代性历史经验和现代人的自我主张确立为一元的、无从分割的实体和整体，从而将一切与此不相适应的观念、习俗、行为和道德情感方式统统打入另册并做语言上的切割和封存。随着白话和白话文在社会生活各领域内的逐步确立，"旧世界"不仅是思想上的异端，更在语言的意义上变成一个"异域"和"他人"。从今天"文明复兴"的旨趣着眼，这种传统内部的断裂无疑是令人遗憾的、有问题的，但在"五四"白话革命时期，它却是一种义无反顾的历史选择，也即鲁迅所谓"一要生存，二要温饱，三要发展。有敢来阻碍这三事者，无论是谁，我们都反抗他，扑灭他"逻辑的体现。②"五四"新文化运动前后，中国读书人阶层阅读古文典籍的能力并不会因为使用白话、用白话文写作而丧失或衰退，但对于日后接受白话教育的新一代国民来说，

① 鲁迅：《随感录五十四》，《鲁迅全集》第1卷，人民文学出版社2005年版，第361页。
② 鲁迅：《北京通信》，《鲁迅全集》第3卷，人民文学出版社2005年版，第54页。

同传统的关系将永远不复为“天然”或给定的，而只能经过现代人自我意识的中介、选择和批判、基于现时代的需要被重新发现。

因此，所谓“一元的作文态度”的要害，在于它强调白话革命绝非什么风格上的选择、调和或多样化，而是一种决绝的否定和选择；是通过坚持文学革命和思想革命的一元化和整体性而引入一个社会本体论意义上的现代文化，从而把古文和它所代表的社会现实一劳永逸地从现代人的时间、经验和精神生活中排斥出去。在《思想革命》一文中，周作人对此作出再明白不过的表述：

> 我见中国许多淫书都用白话，由此想到白话前途的危险。中国人如不真是“洗心革面”的改悔，将旧有的荒谬思想弃去，无论用古文或白话文，都说不出好东西来。就是改学了德文或世界语，也未尝不可以拿来做“黑幕”，讲忠孝节烈，发表他们的荒谬思想。……所以我说，文学革命上，文字改革是第一步，思想改革是第二步，却比第一步更为重要。我们不可对于文字一方面过于乐观了，闲却了这一方面的重大问题。①

所谓“第一步、第二步”当然绝非就先后顺序或重要性而言，而是说如同走路，需双脚交替向前，否则只能跌倒或原地不动。内容决定形式是白话革命的内在原则，也是“五四”新文化运动自身的“新”赖以界定自身历史实质的形式机制和风格特征。周作人曾对文言文和白话文写作做过初听上去违反常识的、但却是十分精彩的观察。他写道：

---

① 周作人：《思想革命》，《周作人散文全集》第2卷，广西师范大学出版社2009年版，第133页。

写古文较之写白话容易很多，而写白话实有时是自讨苦吃。我常说，如有人想跟我学作白话文，一两年内实难保其必有成绩；如学古文，则一百天的工夫定可使他学好。因为教古文，只须从古书中选出百来篇形式不同格调不同的作为标本，让学生去熟读即可。……古文之容易在此，其毛病亦在此。①

周作人当然不是在一个玩笑的意义上谈文言和白话写作之间的难易。显然，看似深奥、高雅的古文，在白话革命者眼里不过是一套凝固的、容易模仿上手的形式和格调，一种八股。古文之所以是“容易的”，因为它是一种静止的、外在的、被动的形式主义的制度，一种空间化、物化的结构安排原则。相反，白话写作之所以不好掌握（“自讨苦吃”），原因恰恰在于它缺乏古文所据有的可凭恃、能依赖的形式格调上的确定性，只能赤裸裸地暴露在它所要表达的经验、思想、情绪的面前，每一写作都仿佛是第一次，每一次都是面对变化中的、不确定的意义世界所做的无所依傍的、小小的实验、搏斗、创造和发明。周作人接着总结道：

白话文的难处，是必须有感情或思想作内容，古文中可以没有这东西，而白话文缺少了内容便作不成。**白话文有如口袋，装进什么东西去都可以，但不能任何东西不装。而且无论装进什么，原物的形状都可以显现得出来。古文有如一只箱子，只能装方的东西，圆东西则盛不下，而最好还是让他空着，**任何东西都不装。大抵在无话可讲而又非讲不可时，古文

① 周作人：《中国新文学的源流》，《周作人散文全集》第6卷，广西师范大学出版社2009年版，第101页。

> 是最有用的。譬如远道接得一位亲属写来的信，觉得对他讲什么都不好，然而又必须回复他，在这样的时候，若写白话，简单的几句便可完事，当然是不相宜的，若用古文，则可以套用旧调，虽则空洞无物，但八行书准可写满。①

“必须有感情或思想内容”“少了内容便做不成”这个白话文的结构性“软肋”，却也正是白话文的制胜王牌。它在自身形式内部空间里的空洞性、不确定性与可塑性，恰恰是其语言优势和文学优势。这个“装进什么东西去都可以，但不能任何东西不装”的口袋，最终因为“无论装进什么，原物的形状都可以显现得出来”而成为现代性经验之丰富、无限、驳杂和变动不居的内容的最佳容器和载体，甚至是后者得以在感性世界里“显现”的最佳物质媒介，尽管这里的“物质”或“材料”只是语言、言语方式和文学写作风格。

在今天看，为“五四”白话革命所界定的这种永远在寻找内容、离开内容便无法存在的形式；这种让“原物的形状都可以显现得出来”的媒介、载体和风格，本身包含了一种理想：即内容与形式之间、思想与表达之间、历史与真理之间的同一性的理想。从这种同一性理想中，还可以引申出表达形式必须随表达内容之历史性的变化而变化的认识。相对于当代文学理论、语言理论和认知理论的进展（比如后结构主义文学理论关于差异性的论述），这样的同一性概念也许显得幼稚和不精确，但它在现代中国文化变革和文化意识上的历史贡献和历史意义却是毋庸置疑的。它提示我们，“新文化”从诞生之日起就抱定了一种实在论的真理观和表现论，表现

① 周作人：《中国新文学的源流》，《周作人散文全集》第6卷，广西师范大学出版社2009年版，第101页，重点为作者所加。

出对自身哪怕是尚不明确的、多变的历史内容的高度自信。这其中激进的、彻底的反形式主义、反教条主义、反矫饰主义姿态是无论怎样强调也不为过的。

四、"反对党八股"

与白话文这个随物赋形、相由心生的"口袋"相反，那种"能装方的东西，圆东西则盛不下，而最好还是让他空着"的"箱子"，如今在隐喻的意义上超越了具体的历史所指（"古文"），而包括一切空洞无物、形式大于内容或仅仅为形式而存在的套话、官腔、仿作和赝品；更可泛指一切夸大其词、故作姿态、或落入各种观念、风格、趣味和规范的窠臼而不自觉的哲学或审美上的过度表现。"口袋"和"箱子"的对比还告诫我们那种理论上永远存在的、甚至有时是必要的形式的过度"地域化"（territorialization）或"体制化"（institutionalization）危险。每一场文学运动、思想运动和理论建构运动，都在其过程中包括这样的过度物化（reification）和"官僚化"倾向，它让原本新鲜活泼的表达和这种表达原本所传达的新鲜活泼的经验在语言中枯萎，变成一种"过度表达"和"过渡形式"，最终变成经验和思想的桎梏和牢狱，变成死板、单调、令人生厌的教条，望之犹如一个"衙门"。这象征性地对应着这样一种历史现象：几乎每一场革命都包含着自身的"热月政变"，即革命者和革命运动本身的官僚化、特权化和固化。

作为白话革命自觉践行者的毛泽东终其一生都在同他所领导和驾驭的革命机器内部不断滋生出来的官僚主义、形式主义、教条主义文风、学风和思维方式做不懈的斗争。1942 年作于延安整风时期的《反对党八股》一文，正是对“五四”新文化的强有力的回应和继承，在社会革命历史运动的内部证明了白话革命基本原则的深远意义和长期有效性。毛泽东在文章里幽默地把“党八股”戏称为根据地的“创作”（“谁说我们这里没有创作?”），随即“仿照八股文章的笔法来一个‘八股’，以毒攻毒”，给这种文风一口气列了“八大罪状”（一、空话连篇，言之无物；二、装腔作势，借以吓人；三、无的放矢，不看对象；四、语言无味，像个瘪三；五、甲乙丙丁，开中药铺；六、不负责任，到处害人；七、流毒全党，妨害革命；八、传播出去，祸国殃民）。把“党八股”上升到“危害革命”“祸国殃民”高度并非毛泽东的夸张，而正是基于对“五四”白话革命历史功绩的体认。毛泽东写道：

> “五四运动”时期，一班新人物反对文言文，提倡白话文，反对旧教条，提倡科学和民主，这些都是很对的。在那时，这个运动是生动活泼的，前进的，革命的。那时的统治阶级都拿孔夫子的道理教学生，把孔夫子的一套当作宗教教条一样强迫人民信奉，做文章的人都用文言文。总之，那时统治阶级及其帮闲者们的文章和教育，不论它的内容和形式，都是八股式的，教条式的。这就是老八股、老教条。揭穿这种老八股、老教条的丑态给人民看，号召人民起来反对老八股、老教条，这就是“五四运动”时期的一个极大的功绩。①

毛泽东对各种八股、教条和形式主义的警惕和抵制，首先来自他自觉地把“五四”新文化运动和白话革命的“极大的功绩”作为一个根本性的历史参照系。这同鲁迅周作人等终其一生都时刻警惕

① 毛泽东：《反对党八股》，《毛泽东选集》第3卷，人民出版社1977年版，第788页。

和提防各种封建余孽借尸还魂、睁大眼睛捕捉民国社会政治文化和国民心理中一切拒不接受新文化洗礼的污泥浊水，不遗余力地予以揭露、讽刺、挖苦和嘲笑、必欲剿灭之而后快如出一辙。反对“党八股”的斗争，是在社会革命的新阶段、在共产党组织内部的进行的一场“白话革命”，也是新文化运动的“继续革命”。在毛泽东眼里，形形色色的“党八股”不仅仅“阻碍革命”，而且按“五四”白话革命的标准也是“死硬的”“后退的”。在毛泽东看来，在中国社会和中国文化前进的总方向上，革命不是“启蒙”的否定，而是它的继承，尽管在革命和社会主义国家内部，相对于白话革命和新文化的“反动”和“倒退”仍将不断出现，不会因革命国家的意识形态建制和有效行政管理而自行消失。在毛泽东的思维里，革命应把“启蒙”内在的“生动活泼的、前进的、革命的、反对封建主义老八股、老教条”时迸发出来的能量、活力、自发性、创造性和崇实精神保持继承下来并充分内在化，即把它变成革命者和革命运动本身的语言风格、思维风格，进而变成一种新的认识论和道德上的自我规定；否则，革命就有可能“被一些人发展到了它的反对方面。”①意味深长的是，毛泽东并没有把这种反动因素简单地归于“五四运动”的外部对立面，而是称之为“‘五四运动’消极因素的继承、继续或发展，并不是偶然的东西。”②这同马克思主义意识形态批判理论相符合，也符合当代文学理论对语言形式和文学风格内部的异化倾向的分析。

尽管毛泽东终其一生只写旧体诗，但在白话革命问题上却始终

① 毛泽东：“‘五四’时期的生动活泼的、前进的、革命的、反对封建主义的老八股、老教条的运动，后来被一些人发展到了它的反对方面，产生了新八股、新教条。它们不是生动活泼的东西，而是死硬的东西了；不是前进的东西，而是后退的东西了；不是革命的东西，而是阻碍革命的东西了。这就是说，洋八股或党八股，是‘五四运动’本来性质的反动。”毛泽东：《反对党八股》，《毛泽东选集》第3卷，人民出版社1977年版，第788页。

② 毛泽东：《反对党八股》，《毛泽东选集》第3卷，人民出版社1977年版，第789页。

不渝地认同“五四”一代人的最初理念。在自己的言语风格、写作风格和思维方式上，毛泽东始终保持高度的活力和自发性，始终没有失去鲜明的个人语言风格。毛泽东的写作是“五四”新文化开启的白话散文的典范之一，其文风在求实和求真的意义上是分析说理式的论证文，其特点是严肃、认真；在表述风格上则浅白易懂、生动活泼，体现出一个自觉的白话文作者所特有的敏感、灵活、讽刺性、幽默感、以及自省和自我批评的精神。在延安时期，毛泽东再一次强调语言革命和思想解放的内在联系，把从新老八股和新老教条的束缚中解放出来视为中国自由独立的希望之所系。他还看到，摆脱新老八股和教条统治的努力是“革命改造路上的一个大工程”、一个长期的斗争，途中必将出现曲折和反复。在此过程中，中国人的思想有时难免从一种形式主义的束缚落入另一种形式主义的束缚中去。但对于革命者来说，这场长期的斗争无可回避，因为没有生动活泼的语言，就没有生动活泼的革命精神，“真正的马克思主义就不能得到广泛的传播和发展。”①

---

① “这样看来，党八股这种东西，一方面是‘五四运动’的积极因素的反动，一方面也是‘五四运动’的消极因素的继承、继续或发展，并不是偶然的东西。我们懂得这一点是有好处的。如果‘五四’时期反对老八股和老教条主义是革命的和必需的，那末，今天我们用马克思主义来批判新八股和新教条主义也是革命的和必需的。如果‘五四’时期不反对老八股和老教条主义，中国人民的思想就不能从老八股和老教条主义的束缚下面获得解放，中国就不会有自由独立的希望。这个工作，‘五四运动’时期还不过是一个开端，要使全国人民完全脱离老八股和老教条主义的统治，还须费很大的气力，还是今后革命改造路上的一个大工程。如果我们今天不反对新八股和新教条主义，则中国人民的思想又将受另一个形式主义的束缚。至于我们党内一部分（当然只是一部分）同志所中的党八股的毒，所犯的教条主义的错误，如果不除去，那末，生动活泼的革命精神就不能启发，拿不正确态度对待马克思主义的恶习就不能肃清，真正的马克思主义就不能得到广泛的传播和发展；而对于老八股和老教条在全国人民中间的影响，以及洋八股和洋教条在全国许多人中间的影响，也就不能进行有力的斗争，也就达不到加以摧毁廓清的目的。”毛泽东：《反对党八股》，《毛泽东选集》第3卷，人民出版社1977年版，第790页。

五、白话革命与“礼”之重建

“五四”新文化运动和作为其核心的白话革命在现实层面带来的变革经久不息、在历史时空里势如破竹，但在其语言和思维的内部，却不可避免地处在一种结构性的紧张和矛盾之中。这种紧张和矛盾的表现往往沿着自身相对自律的逻辑展开，并不总符合社会革命和思想革命的总方向及其意识形态要求和组织要求。更具体地讲，在整个“五四”新文化运动和“五四”爱国运动所开辟的历史进程范围内，有时符合“革命”和“进步”的社会要求的写作样式，在语言自觉和文学自觉的意义上，反而可能是“保守”甚至“倒退”的，表现为（如毛泽东所列举的）说别人的话、说另一个时代的话、或无视受众无的放矢。20世纪中国历史上前浪推后浪的革命运动和国家建设运动每一次都创造出新的、鲜活的语言，但也不时出现种种“文以载道”的、“党八股”的、“本本主义”的和简单粗暴的宣传式、行政式话风和文风。与此同时，一些“五四”白话革命的“元老”，虽然随着社会革命的展开而变成政治上的落伍者，但就单方面地恪守白话革命和启蒙理想的初衷和“原点”而言，在语言革命、文学革命、甚至一定程度在“思想革命”基本原则上，却依然能给今天的人们带来启发和教益。周作人就是这样一个例子。这不仅仅是说“一只停摆的钟一天为也有两次是准时的”，而是表明了白话革命和“五四”新文化运动深刻的总体性和复杂性。它要求今天“五四”精神的继承者和发扬者对之做出新的体认与回应。

“五四”一代人明白，依托白话运动和白话文学确立的“五四”新文化关涉的不仅仅是表层“高级文化”和“纯文学”的缔造，而是整个文化和文明的重建。周作人在其《中国新文学的源流》一书中用下图对他所理解的“文学”作了这样一种描述：

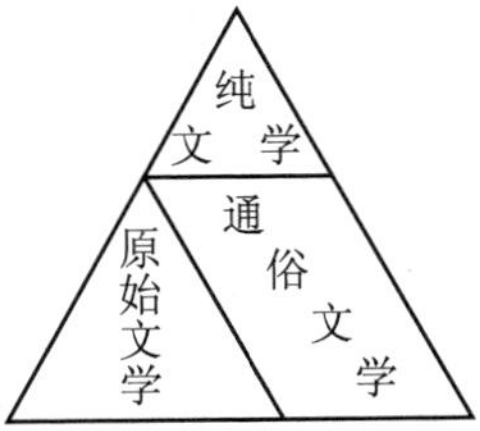

他解释道：“我们现在所偏重的纯粹文学，只是这山顶上的一小部分。实则文学和政治经济一样，是整个文化的一部分，是一层层累积起来的。我们必须拿它当作文化的一种去研究，必须注意到它的全体，只是山顶上的一部分是不够用的。”①

把通俗文学和“原始文学”包括在白话革命和白话文的符号建构和形式制度内，显示出“五四”新文化一代人所具有的、堪比春秋战国之际的“士”阶层的那种“礼失而求诸野”的历史意识和文化抱负。周作人曾在《生活之艺术》这篇文章中总结了这样的文化意识：

> 生活之艺术这个名词，用中国固有的字来说便是所谓礼。斯谛耳博士在《仪礼》序上说，“礼节并不单是一套仪式，空虚无用，如后世所沿袭者。这是用以养成自制与整饬的动作之习惯，唯有能领解万物感受一切之心的人才有这样安详的容止。”从前听说辜鸿铭先生批评英文《礼记》译名的不妥当，以为“礼”不是 Rite 而是 Art，当时觉得有点乖僻，其实却是对的，不过这是指本来的礼，后来的礼仪礼教都是堕落了的东

① 周作人：《中国新文学的源流》，《周作人散文全集》第 6 卷，广西师范大学出版社 2009 年版，第 53 页。

> 西，不足当这个称呼了。中国的礼早已丧失，只有如上文所说，还略存于茶酒之间而已。①

借讨论"礼"一字的英文翻译（"不是 Rite 而是 Art"），周作人透露出他心目中白话革命的根本性文化意旨，即通过把在现代器物文明和政治文明条件下中国人的日常生活领域和历史世界定义为"野"，而将尚在自我构建中的新文化定义为"文"。这个现代人所谓的"文"（Art）正是古代人所谓的"礼"（Rite），即贯通社会经验整体、关联起道德、风俗习惯、情感方式、审美、社会交往、言语表达和高级形式创作等各个层面的统摄性、指导性的"自制与整饬的动作之习惯"。这种养成为习惯的动作和被风格化了的自然就是生活形式，就是自制与自由之间的微妙共生的和谐。这种形式对外由对"真实存在"的寻求而不断获得佐证，对内则通过形式化、规程化的"安详的容止"而折射出那种"领解万物感受一切之心"，两方面共同界定了新文化沟通内外，为社会大变动中的行动的人提供自由之节制、进退之依据，理性的日常生活的富于意味、尊严但却不造作的安排。周作人写道：

> 中国现在所切要的是一种新的自由与新的节制，去建造中国的新文明，也就是复兴千年前的旧文明，也就是与西方文化

---

① 周作人：《生活之艺术》，《周作人散文全集》第 3 卷，广西师范大学出版社 2009 年版，第 513 页。作者还意犹未尽地继续写道："去年有西人反对上海禁娼，以为妓院是中国文化所在的地方，这句话的确难免有点荒谬，但仔细想来也不无若干理由。我们不必拉扯唐代的官妓，希腊的'女友'（Heaira）的韵事来作辩护，只想起某外人的警句，'中国挟妓如西洋的求婚，中国娶妻如西洋的宿娼'，或者不能不感到'爱之术'（Art Amatoria）真是只存在草野之间了。我们并不同某西人那样要保存妓院，只觉得在有些怪论里边，也常有真实存在罢了。"

> 的基础之希腊文明相合一了。这些话或者说的太大太高了，但据我想舍此中国别无得救之道，宋以来的道学家的禁欲主义总是无用的了，因为这只足以助成纵欲而不能收调节之功。其实这生活的艺术在有礼节重中庸的中国本来不是什么新奇的事物，如《中庸》的起头说，**“天命之谓性，率性之谓道，修道之谓教，”**照我的解说即是很明白的这种主张。不过后代的人都只拿去讲章旨节旨，没有人实行罢了。我不是说半部《中庸》可以济世，但以表示中国可以了解这个思想。日本虽然也很受到宋学的影响，生活上却可以说是承受平安朝的系统，还有许多唐代的流风馀韵，因此了解生活之艺术也更是容易。在许多风俗上日本的确保存这艺术的色彩，为我们中国人所不及，但由道学家看来，或者这正是他们的缺点也未可知罢。①

这种在“新的自由、新的节制”的文化建制中活动的人必然超越以往的雅/俗、文/野、高/低、贵/贱的界限，而创造出一种新人和新文化的气象。在《苦茶随笔》里的《论语小记》一文里，周作人抄录了《论语·公冶长》里面的这段描写：

> 颜渊季路侍，子曰，盍各言尔志。子路曰，愿车马衣轻裘，与朋友共，敝之而无憾。颜渊曰，愿无伐善，无施劳。子路曰，愿闻子之志。子曰，老者安之，朋友信之，少者怀之。

周作人接着评论道：

---

① 周作人：《生活之艺术》，《周作人散文全集》第 3 卷，广西师范大学出版社 2009 年版，第 514 页。重点为作者所加。

> 我喜欢这一章，与其说是因为思想还不如说因为它的境界好。师弟三人闲居述志，并不像后来文人的说大话，动不动就是揽辔澄清，现在却只是老老实实地说说自己的愿望，虽有大小广狭之不同，其志在博施济众则无异，而说得那么质素，又各有分寸，恰如其人，此正是妙文也。我以为此一章可以见孔门的真气象。①

最后这句话也从侧面印证了“五四”新文化运动只反“孔家店”不反孔子的姿态。新文化作者们都在践行自己信奉的“道”和“教”，但他们坚信这种作为生活形式的道和教（“礼”），在终极意义上来自人的率性、来自每个时代的人对自己的“天命”的体认。

六、 小品文与新文学的极致

发端自“五四”前后的白话革命和新文化运动，在30年代以周作人为代表的一支似乎走入“闲适”的末流，但其中一以贯之的文化意图，却仍旧是对一种自然、平实、诚恳、清明而有分寸感的新的语言方式、写作方式和思维方式的追求和操练；也是对种种虚假、矫饰、空洞、夸张、武断和颟顸的语言风格和思维风格的抵制。周作人曾被左翼作家讥为只顾“闭门读书”、只写“草木虫鱼”。但在他的《看云集》里的《金鱼》一文里，我们却看到这样

① 周作人：《〈论语〉小记》，《周作人散文全集》第6卷，广西师范大学出版社2009年版，第518页。

一段：

我每见金鱼一团肥红的身体，突出两只眼睛，转动不灵地在水中游泳，总会联想到中国的新嫁娘，身穿红布袄裤，扎裤腿，扬着一对小脚伶俜地走路。我知道自己有一种毛病，最怕看真的，或是类似的小脚。……我倒并不是怕做野蛮，现在的世界正如美国洛威教授的一本书名，谁都有“我们是文明么”的疑问，……女人小脚所引起的另一种感想乃是残废，这是极不愉快的事，……金鱼突出眼睛，便是这一类的现象。……照中国人喜欢小脚的常例推去，金鱼之爱可以说宜乎众矣，但在不佞实在是两者都不敢爱，我所爱的还只是平常的鱼而已。①

我们可以猜测，周作人所爱的“平常的鱼”，正是白话革命理想中的新文章、新文体和新思维。而与此相对的种种不自然的、受束缚的形式，在他眼里都只有一个“极不愉快,”甚至只能是“残废”和“不文明”的象征。只是那种“平常的鱼”并非随处可见，不是不费力气就可以得到，它需要在一种新的自然和新的社会环境里才能存活和游动。下面这段文字既是周作人高度个人化的美学理想，也是他白话文学理论和新文化理念的表白：

想象有一个大池，——池非大不可，须有活水，池底有种种水草才行，如从前碧云寺的那个石池，虽然老实说起来，人

① 周作人：《金鱼》，《周作人散文全集》第5卷，广西师范大学出版社2009年版，第630页。

> 造的死海似的水洼都没有多大意思，就是三海也是俗气寒伧气，无论这是那一个大皇帝所造，因为皇帝压根儿就非俗恶粗暴不可，假如他有点儿懂得风趣，那就得亡国完事，至于那些俗恶的朋友也会亡国，那是另一回事。如今话又说回来，一个大池，里边如养着鱼，那最好是天空或水的颜色的，如鲫鱼，其次是鲤鱼。我这样的分等级，好像是以肉的味道为标准，其实不然。我想水里游泳着的鱼应当是暗黑色的才好，身体又不可太大，人家从水上看下去，窥探好久，才看见隐隐的一条在那里，有时或者简直就在你的鼻子前面，等一忽儿却又不见了，这比一件红冬冬的东西渐渐地近摆来，好像望那西湖里的广告船，（据说是点着红灯笼，打着鼓），随后又渐渐地远开去，更为有趣得多。鲫鱼便具备这种资格，鲤鱼未免个儿太大一点，但他是要跳龙门去的，这又难怪他。此外有些白鲦，细长银白的身体，游来游去，仿佛是东南海边的泥鳅龙船，有时候不知为什么事出了惊，拨刺地翻身即逝，银光照眼，也能增加水界的活气。在这样地方，无论是金鱼，就是平眼的绯鲤，也是不适宜的。①

唯有理解了这样的审美理想、文化理想和文化政治偏好，我们才能明白何以周作人第一次为沈启无《近代散文抄》作序时，竟把小品文称作为"文学发达的极致"，这里的原因既是文学的，更是政治的。下面这段话再明白不过地表明了白话革命的内在理念和内在标准，却同时又在文学史和文学批评的意义上不失公允：

① 周作人：《金鱼》，《周作人散文全集》第5卷，广西师范大学出版社2009年版，第630页。

> 小品文是文艺的少子，年纪顶小的老头儿子。……小品文是文学发达的极致，他的兴盛必须在王纲解纽的时代。……在朝廷强盛，政教统一的时代，载道主义一定占势力。统是平伯所谓“大的高的正的”，可是又就“差不多总是一堆垃圾，读之昏昏欲睡”的东西，一直到了颓废时代，皇帝祖师等等要人没有多大力量了，处士横议，百家争鸣，正统家大叹其人心不古，可是我们觉得有许多新思想好文章都在这个时代发生，这自然因为我们是赞成诗言志派的缘故。小品文则又在个人的文学之尖端，是言志的散文，他集合叙事说理抒情的分子，都浸在自己的性情里，用了适宜的手法调理起来，所以是近代文学的一个潮头，他站在前头，假如碰了壁时自然也首先碰壁。①

五年后为《中国新文学大系·散文一集》做“导言”，周作人复又抄录了这一段话，足见其对此种观念的着重。

在言志和抒情、时代与个性、峻急与颓废的结合点上，周作人鼓吹的“小品文”也许的确代表着某种“极致”。但在他想象的水天一色的“大池”里，白话革命的创作实践却正在以多样的风格和形式展开，带给人种种出乎意料的惊喜，见证着、再现着历史的“活水”和时代的“活气”。在剧烈的大时代大变动中，周作人最终做出“苟全性命于乱世”的选择，尽管在他小小的苦雨斋里，他也并没有放弃白话革命的理想，而只是以一种极端个人的、近乎扭曲的方式独自写他的貌似闲适的小品文，向自己眼中一切新老皇帝及其文学体制（包括青年、左翼、马克思主义文学理论等等）施放暗

---

① 周作人：《〈冰雪小品选〉序》，《周作人散文全集》第5卷，广西师范大学出版社2009年版，第694页。

枪和冷箭。但白话革命理想更大的成就和更大的危险却在一个更为开阔的历史天空下展开，在这个更大的战场里继续战斗的鲁迅，则用他的晚期杂文和文学翻译（“硬译”）提供了一份全然不同的记录。

在他一生最后十年（即“上海十年”）里，鲁迅写作在经历了早期为思想革命摇旗呐喊的“听将令”阶段和中期苦苦寻找自身政治本体论依据、形式强度和文体自觉的“转折”阶段[①]之后，进入了炉火纯青的成熟期和炫技状态，同时也可说在更高层面上回到了白话革命的初始状态。在《三闲集》《花边文学》《准风月谈》《为自由书》和三部《且介亭杂文》里，我们看到鲁迅通过一系列“名/实”“表/里”“真/伪”“虚/实”“利/弊”“有用/无用”“现实/心理”的辨析，通过“立此存照”式的对当下的介入、讽刺和批判，再一次把作为白话革命灵魂的“形式与内容”、语言与真理、“诗”与“史”等辩证关系置于自己写作和思考的前景和中心。不过这一次，白话革命的文学实践不仅继续向僵化、停滞不前但却没有完全死灭的封建文化秩序发动攻击，而是同时也在表象、再现、叙事的层面，试图对以上海租界为具体形式的大都市现代性历史经验（包括其经济、社会、政治、文化和心理方面的高度的复杂性和多样性）作出系统的分析、阐释和批判。把“编年”体例上升到“诗史”的高度[②]，也可视为晚期鲁迅对种种“纯文学”的去政治化、去历史化臆想的回应，因此可以被理解为对自己在转折期写作（以《华盖集》《坟》《野草》《彷徨》等为标志）中所做的痛苦、艰难的

① 参看张旭东：《杂文的“自觉”——鲁迅“过渡期”写作的现代性与语言政治》（上、下），《文艺理论与批评》，2009年第1期、第2期。

② 鲁迅：《且介亭杂文·序言》，《鲁迅全集》第6卷，人民文学出版社2005年版，第4页。

选择的确认、发扬和超越。

“五四”一代的典范作家大多都能在作文时不避俗语和西洋词汇（包括日语词汇），在风格上取“混合文体”（mixed styles）的路径，“化俗为雅”、亦庄亦谐，朴素地展现出新文化和新人的历史实质和思想实质，体现出生活即艺术、自然即美的审美标准，展示出一种生产性、创造性和上升期文化内在的真诚和自信。这是基于内容的正当性的形式自信，也是基于一种形式正当性的内容的自信。这是“五四”白话革命时期的中国作家能够在新文明草创期取得经久不衰的文学魅力和精神魅力的深层原因。白话革命发动后短短几十年里出现的伟大作家在风格、审美和意识形态立场上各不相同，但他们都有一个共同点：他们都是新文化运动结构性转变的参与者，也都是白话革命精神的体现者和继承人。

2019 年 5 月 2 日于纽约

中国现代主义起源的“名”“言”之辨：重读《阿Q正传》*

一

从“现代主义”的概念出发重读《阿Q正传》，也意味着从作品出发对这个批评的框架作出说明。在鲁迅作品里，说《野草》是一部“现代派”作品大概不会招致激烈的反对，在风格、意象、气质等各个方面，鲁迅的散文诗带有鲜明的、有意识的现代主义色彩。但鲁迅的小说，除《狂人日记》之外，似乎很难在形式或审美意义上归入现代主义的范畴，而在所有小说作品里，《阿Q正传》也许是离一般人头脑中的“现代派”或“现代主义”观念最远的，如果不加说明地把它同《荒原》《芬尼根的守灵夜》《城堡》或《喧哗与骚动》相提并论，就会遭到怀疑和拒绝。这部作品最早是在北京《晨报副刊》上分九次连载，在1921年12月到1922年2月间每

* 本文由2008年5月29日在华东师范大学中文系和2008年6月9日在北京大学中文系所作的两次演讲录音记录稿的基础上修订而成。录音整理：华东师范大学中文系博士生朱康、朱羽。原刊于《鲁迅研究月刊》2009年第1期。

周或隔周刊登一次，署名巴人，明显是取“下里巴人”之意，可以说它是以一部通俗的滑稽小说或文学漫画的方式亮相的，在体裁和写作手法上，更接近白话章回体小说，既没有作为现代派作品标记的变形和张力，也没有现实主义小说情节上的蓄意性和紧张感。不要说按“高峰现代派”（high modernism）的标准，就用一般的“近代小说”标准衡量，《阿Q正传》都算不上是一部结构发达、细节充实的作品。相反，它表面上那种轻松调侃的语调、松散的结构、写意式的白描以及举例和图解式的叙事方法更像是在常识和公共舆论层面上展开的议论和讽刺，不但同“形式自律”“语言的自我指涉”“象征的单一体”等现代派特质相去甚远，而且同鲁迅其他小说相比，在形式创新和技巧性上似乎也没有特别的考虑。

但另一方面，没有人能否认，在鲁迅乃至所有新文学作品里面，《阿Q正传》是唯一一部达到或接近高峰现代派作品所心向往之的那种“纪念碑式的”“自足的象征宇宙般的”“源头性的”“涵盖一切、解释一切”的高度，以至于能以其形象的独一无二性（singularity）同历史对峙、以自身形式的力量确立某种形而上的“世界图景”的作品。不管是否经由“现代主义”的形式中介，《阿Q正传》通过自身的阅读史已经把自己牢牢地放置在一个民族寓言的顶端，在这里，阿Q就是中国。《阿Q正传》的现代性和现代主义性质先天地来自它作为一个象征体系的内在张力和自给自足性。但如果仅仅把《阿Q正传》视为国民性批判的思想史材料，就会同鲁迅这部文学作品的形式本身所包含的丰富内容失之交臂，从而限制了阅读和理解这部作品的丰富的可能性。事实上，即便我们把《阿Q正传》当作一本国民性批判教科书来读，我们最终也必然会面对这本教科书寓言意义上的高度的抽象性和概括性，以及如字典一般的高度的自我指涉性和下定义的权威性。在这个意义上我们可以说《阿Q正传》的确是一个文学的“小宇宙”，因为它自己创立了一个寓言的表意系统，一个语言指涉系统。如果小说里的人物、言论、行动等等都可以被视为这部辞典的词条的话，那么这种“国民性批判”的思想收获不应该被局限在机械地掌握或背诵个别词条的名词解释，而是应该包括这部寓言辞典的内在构成法则——它的语言学逻辑，它的编纂法、它的语言社会学基础，它的表意本体论。只有这样，我们的阅读才超越了朴素阅读的直接性，而进入到批评的文学阅读领域。在这个领域，《阿Q正传》不但显露出自己作为文学制品的种种考虑和工艺性，也在一个剧烈的文化范式变更的关头，把错综复杂的历史内容包容和吸纳在一种具有高度凝聚力的现代主义表意系统之内。而现代主义的形式批评，在其回应作品结构本身的要求之外，也包含了进一步解释那种历史内容的努力。

重读《阿Q正传》，必须在近代欧洲小说概念上的“形式的缺乏”和现代主义意义上的“极端的形式性”之间作出一种历史的和批评的说明。为此，我提出这样一个假设：《阿Q正传》的题材内容（subject content）既不是阿Q这个人物造型，也不是由这个“典型人物”照亮的“典型环境”（乡村、革命的失败，等等），而是建立在中国文化价值系统全面崩溃这样一个历史境遇中、以回应并“再现”这一历史境遇为叙事旨趣的极富现代派特色的作品。连接这一“现实的”历史文化冲突和激进的、高度自律的现代主义风格的诗学机制，是“寓言”（allegory）的表意方式。通过寓言写作，作为“内容”的中国意义世界和价值体系的瓦解被结晶在一个自给自足的形式空间里；通过对“名”“言”“行”“传”等传统基本表意单位的游戏性安排，《阿Q正传》把现代中国的“命名”“身份”“认同”“言说”“表意”和“价值”的困境乃至不可能性，转变为小说的叙事功能（因此《阿Q正传》没有“人物”）和叙事动力（因此《阿Q正传》没有“情节”），由此把一种集体性的存在危机和意义危机转化为新文学得天独厚的真理内容（truth content）。重读《阿Q正传》有助于我们把鲁迅的写作在一个严格的批评的意义上定义为中国现代主义的起源。

正因为如此，重读《阿Q正传》就需要通过一种严格的形式分析来把这种历史的形式化或形式的历史化过程破译出来。要把“阿Q就是中国”这句话说明白，就需要再一次打开这个文本，而打开文本并不是只是一种技术性的形式细读；不是拿着一个工具箱，像拆瑞士钟表一样把这个文本拆开细察，由此来操演新批评、解构、精神分析，或马克思主义批评技巧。打开文本的目的是重建文本与历史的关系，重建被作品封闭起来的这种关系同我们今天的相关性。如果我们接受“阿Q就是中国”这个鲁迅阅读史留给我们的遗产，那么今天的问题就是如何借助现代主义和现代性问题的批评中介，借助重读鲁迅，把一个貌不惊人的寓言故事的写作手法同“什么是中国”“现代中国的表意系统如何可能”这样大得不能再大的问题重新勾连在一起。

从这个角度看问题，我们在这里使用的“现代主义”就不能再依赖于80年代以来随着西方文学和审美“新潮”翻译介绍进来的种种意象性、风格化、形式创新、深度隐喻、叙事断裂和跳跃、意识流写作、元虚构等等的集合；也不能仅仅停留在90年代以来对所谓“现代性”问题所作的相对来说更为历史化和学术化的理解——比如在经济、技术、制度等方面所作的介绍；而是采用一个广义的历史概念和理论概念。新文学语境里的“现代主义”，不应该是欧美“高峰现代派”（high modernism）的苍白模仿或微弱回声，或是在几个西化的孤岛上生成的感官印象的文艺版（如半殖民地上海的所谓“文学现代性”），而是“内在化”这种外在的现代性条件、审美前提和技术可能性的一系列集体性的、系统性的努力。在这种内在化过程中，一种新的现代性经验和审美可能性出现了，它们标志了一种新的历史主体和文化主体的到场。

构成这种主体性内在空间的，不仅仅是对现代性一般历史条件（近代科学和近代物质文明；竞争和“进化”；个人自由；民主政治，等等）知性上的承认和接受；更关键或更“内在”的是对这种外在或“客观”条件主观上的激烈的“克服”。这种“克服”往往包含以下几个共时性的步骤：首先是对中国近代历史境况的痛苦体验，即对于作为文明体系的中国的失败之切身感受；其次，是这种失败体验所导致的对于中国历史的“现代”批判和悬置，这既包含以一个乌托邦式的“新”的概念取代“旧”的现代意志，也包含对传统文化体制和价值系统进行全面批判的“偶像破坏”的意志，它们共同的效果是以“未来”之名，为中国的“现在”扫清历史的重负和障碍，为此不惜全盘否定过去，借助一种尼采式的“积极的遗忘”，[①]把过去变成一种寓言的形而上图景（比如鲁迅的“狂人”在历史书的字缝里“看出字来，满本都写着两个字是‘吃人’”），由此反照出一种新的自我意识。在非西方现代主义文学实践中，虽然不能排除以“新”的现实为经验内容的正面意义的现代主义写作的可能性，但这种正面的或“实证的”现代主义写作，同负面的、否定的、寓言式的现代主义实践相比，只能居于非常次要的地位。

---

① 参看尼采：《历史对于人生的利弊》，姚可昆译，商务印书馆2000年版：“你们先给我生命吧，然后我也要从生活里给你们创造出一个文化!”；“历史的过量侵害了生命的造型的力……治历史病的治疗法叫作——‘无历史的’与‘超历史的’……［它］表示艺术与力量，就是能够忘记，而且把自己封闭在一个有限制的视界里，‘超历史的’，我用以称呼这些威力，它们使眼光离开演变的过程，转向以*具有永恒和稳定的意义为特征的存在者*……”第73—74页。斜体部分对姚译有所修改。

换句话说，非西方现代主义的内在能量和形式创造性，更多地来自对“失败”进行寓言式的现象学重构和再现；来自把对传统的（前现代）形而上学批判转化为现代的形式强度和审美自由的诗学机制。这是“克服”的第三层含义。

从这几层含义着眼，《阿Q正传》都不失为鲁迅前期创作的集大成者和寓言写作的典范。这种典范性不应该被局限在常规的“内容”层面，因为在一般所谓“思想性”意义上，这部作品并没有超出“五四”启蒙主义否定传统和国民性批判的范围。但《阿Q正传》的文学性强度和特殊的寓言构造，却在形式或“审美判断”的层面上展开了一个更为丰富、广阔的思想空间。如果我们把《阿Q正传》视作中国传统意义系统和价值系统瓦解的寓言，我们就能在作品特殊的诗的强度和作者表意活动的高度创造性里，把“传统中国”的自我瓦解和“现代中国”从寓言中的诞生放在同一个历史叙事和批评实践中考虑，而不是把两者割裂开来，使两者都受制于一种武断的外在标准和逻辑，比如种种“现代文明”、“普世价值”或“文学本身”的标准。正是在《阿Q正传》这样的寓言作品里，作为意义系统和价值系统的“旧中国”以其内在的自我瓦解，为一种新的道德、新的伦理、新的审美和新的“人”的概念扫清了道路。也正是在这个最基本、最关键的意义上，《阿Q正传》的形式才变成批评意识的焦点，它的“现代主义”重读才具有超越形式批评的历史意义和文化政治意义。

由此可见，尽管非西方现代主义同西方经典现代主义一样，从经验世界的冲突和震惊中获得自身的形式创意；但非西方现代主义的经验对象（一个被形而上学化、图景化的“传统”）和“震惊”来源（社会、文化、政治、经济等各个领域的“失败”），决定了它风格实质的独特性和特有的强度。更具体地说，非西方现代主义不但面对内在于一般的现代性体验的“历史的震惊”，更要面对竹内好所谓“欧洲一步步地前进，东洋则一步步地后退。这个后退是伴随着抵抗的后退”这个意义上的“文明的震惊”。[①]这种“震惊”的双重构造，决定了非西方现代主义作品在形式和审美层面上的特殊逻辑，也决定了它需要一种不同于西方现代主义文学批评标准的取向来“打开文本”。

二

《阿Q正传》看似结构松散，像微型的传统章回体小说和欧洲近代流浪汉小说漫不经心的结合，但细读就会发现，它又是鲁迅所有作品中完整性和人工性最高的作品之一。考虑到它首先是在报纸上连载，它的内在形式考虑就更引人注目了。报刊连载对作品提出了特殊的要求，即每一部分都需要相对独立成篇，在基本的人物、事件、情节发展和道德寓意上都要有所成就、相对完整。前面我指出《阿Q正传》其实是一个没有人物、没有情节、甚至没有事件的寓言结构，这无疑给小说的设计带来了非常苛刻的限制。同时，由于连载的每一个部分相对成篇，一开始出现时缺少作品整体框架的支持和援助，它就必须直接同意想的读者（the implied reader）取得相当程度的默契；甚至可以说，这种连载的形式预先设定了寓言同寓言的“听众”之间的某种阐释的循环，并遵循着某种不言自明的文学接受的逻辑或期待。

---

① 竹内好：《何谓近代》，收入《近代的超克》，李冬木、赵京华译，生活·读书·新知三联书店2005年版，第186页。

前面所说《阿Q正传》同某种“公共舆论”的呼应关系，一定程度上给这部作品带来了鲁迅其他作品所没有的“表演性”（这与后期《故事新编》里面一些篇目的戏谑性有质的不同）。可以想象，《阿Q正传》的连载是在某种“剧场效应”中展开和完成的，在这个过程中，作为“表演者”的作者不断得到观众/读者的掌声和喝彩。这种想象性的戏剧空间，有助于帮助读者理解《阿Q正传》内在的“时空整一性”和它外部接受的集体性——《阿Q正传》虽然貌似一出滑稽独角戏，但实际上它的背景不是江南水乡社戏的草台和灯火，而是一个唱诗班和一个半圆形露天剧场。这个文学剧场的情景与其说像希腊悲剧，不如说像现代审判。而所有读《阿Q正传》人，事实上都自觉不自觉地变成了一个庞大的陪审团的一员。审判席上的被告名叫“阿Q”，但公开的秘密早已不胫而走：那个姓名、籍贯、形状都无法弄清的被告，那个马上要被枪毙，却还不知道喊救命的家伙，就是中国本身。这既是一场文化的审判，也是一场自然的审判。而《阿Q正传》的行文风格忽而像某种法庭告示的喜剧，忽而又像是某种“使徒传”或“游侠列传”的闹剧版。在这里，没有写实主义意义上的叙事设计和观念性，有的只是一个又一个简短的、没头没脑的逸闻趣事、小道消息。这些高度简略的故事假设了某种接受情境和受众的默契，这既是公共领域里秘密流传的政治笑话的情境，也是小群体、小圈子里讲笑话、“编段子”的情境。所以《阿Q正传》可以说在情节上没有任何令人意外之处，甚至可以说根本没有情节，因为所有的“故事”不仅仅是似曾相识，而且是读者耳熟能详的事例；把它们以寓言的方式再讲一遍，只是通过一种具有表演性的重复，进一步确证寓言阅读共同体的存在。因此小说所有发生的事情本身都不具有常规意义上的叙事价值，而更像是法庭上出具的一系列证词，或供医生诊断所用的病理记录。这反过来说明为什么在《阿Q正传》里，事件的编排是纯线性的，一件接一件，像相声演员一个接着一个地“抖包袱”，几乎没有结构可言；语言文字也似乎对“表现力”和“戏剧性”之类的文学标记毫无兴趣，而只是高度程式化、高度“象征性”的，带有民间戏剧的脸谱化倾向。《阿Q正传》通篇好像只是一系列“奇闻逸事”的罗列，一切“意义”或“教训”都好像是预先确定好的，而它的喜剧性正来自这种可预料性：一切都只能如此，必然如此；一切都如此合乎逻辑；一切都在重复，阿Q的喜剧性在于他没有记性，没有记忆，既没有基于经验观察的反思能力，也没有基于内心活动的反思能力，因此阿Q没有改变的可能，只能一而再、再而三地重蹈覆辙，正如在特定的语言系统里，一个词的意义和功能是固定的，因为它来自它的结构功能，而不是它的使用情境。一切都是可笑的，滑稽的，但对于笑不起来的读者来说，一切都变成了寓言。

《阿Q正传》内在的完整性、质密性和寓意的强度本应是读者在阅读中最先感受到的东西，但由于寓言故事结构本身的破碎性、孤立性、却被一系列“故事”或“逸事”的可传达性所掩盖。《阿Q正传》无疑是所有鲁迅作品中最为人所熟知的一部，不夸张地讲，所有读过书的中国人都知道一些关于阿Q的事情，比如“精神胜利法”“不许姓赵”“假洋鬼子”，同吴妈的“恋爱的悲剧”，秀才娘子的床，同小D打架，等等。可以说阿Q仍在我们日常生活里、仍活在我们的心中。但这种对于奇闻逸事的熟悉往往会妨碍我们对文本的分析理解，因为它以一个虚假的、没有内容的阿Q形象阻断了细读（close-reading）的通道，阻断了批评的本能。这种阅读习惯使《阿Q正传》变成了一本还没有打开就已经被合上的书。所以重读《阿Q正传》，第一步就是从这个有关阿Q的种种形象和伪影像里挣脱出来，这是一种必须的阅读和批评的再陌生化过程。为此我愿意断言，阿Q不是一个形象，不是一个人物，更不是一个人，而是一个概念——一个由特殊的文学形式生产出来的寓言概念。寓言的表意手法使得这个概念栩栩如生，呼之欲出，但它最终带有概念的明确性、整体性、严格性和逻辑性。任何把阿Q作为“形象”来把握的阅读，都注定是模糊的、离题的。因此，当我们重读《阿Q正传》时，我们要问的不是“阿Q是谁?”，而是“阿Q”这个符号或观念属于一个什么样的符号系统、表意系统和价值系统？它是怎样被这个系统生产出来的，而它的产生又显示了系统内部怎样的秩序、危机和混乱？这种生产过程如何被纳入文学再现的领域，从把某种历史性的真实带入了寓言的世界？

所以，重读《阿Q正传》，首先要坚持阿Q是一个符号，一个被符号系统规定的“能指”（signifier），它是被一个特定的语言世界和象征秩序所支配和制造出来的。无论阿Q做什么、说什么，都是由这个符号系统和意义系统预先决定的。更准确地讲，阿Q是这个结构的剩余物，它由这个系统生产出来，但这个系统又无法安置它；也就是说，它在这个系统里找不到安身之处，没有身份，没有用处，是一种残余、废料，像人体内的一个活性电子，或电脑软件里面一个没有用的程序，或一个设计上的漏洞，甚至是一个病毒，虽然已经被系统删除了，可是它仍存在于系统的深处。在认识论意义上，阿Q就是鲁迅在业已崩溃的中国文化价值系统里面发现的一个怪胎，一个游魂，一个剩余物，一个鬼影。但正是这种剩余物最淋漓尽致地把它所赖以存在的系统的弊病揭示了出来。在叙事学意义上，阿Q是鲁迅这个程序员植入到“未庄”这个小世界和“传统”这个大世界里的一个系统病毒。通过描述这个病毒的活动方式和“心理活动”，鲁迅从根本上，也就是说在寓言的意义上，再现了“中国”这个意义系统的全面瘫痪。

小说第一章（即“序”）头两段的重要性是怎么说也不为过的，如果读者跳过“序”，直接阅读后面的“情节”，如“优胜纪略”、革命和反革命，阿Q的恋爱，阿Q之死，等等，就会错过小说结构和立意最关键之处。简单化的阅读往往把阿Q归结为一种典型人物，虽然他的性格弱点都由中国社会秩序和道德秩序所决定，但他的行为举止又违背了这个系统的规范，从而阿Q的死一方面批判了传统和传统所决定的“国民性”，另一方面也通过阿Q人性的悲剧，带来某种人道主义的净化效果。但这种阅读往往完全没有注意到鲁迅在“序”中煞费苦心的交待和安排，而这一切并不仅仅是铺垫，而是确定了小说的形式重心和批判指向。事实上，《阿Q正传》第一章或“序”表明，真正令人难堪的不在于阿Q如何在生活中走投无路，处处尴尬，而是某种叙事性困难或命名的困难。在小说的一开头，鲁迅将这种尴尬，这种语言、意义和价值系统的失谐表现得非常清楚。可以说，《阿Q正传》的叙事起点正是叙事人公然地、长篇大论地、戏剧性地向读者诉说作“阿Q正传”的困难乃至不可能性——这是命名、体裁和叙事的困难与不可能性，因为这种困难和不可能性正是小说的核心内容。

从字面上看，《阿Q正传》是一部传记小说，它的虚构性必须建立在一个虚构的“传”的可信性之上。但恰恰在这个最基本的问题上，小说有意支吾其词，或是遮掩，或是搪塞，或是得过且过，最后越解释传主的身世变得越不清楚，而“传”的定义也越模糊起来。如果我们追问这种有意为之的自暴其短、越描越黑的开场白用意何在，我们就抓住了进入《阿Q正传》文本的秘密通道。

在“序”的开头“不朽之笔传不朽之人”绝非戏言，而是在中国文化语境里“立传”的基本意义框架，这里的偶然性仅仅是“阿

Q”成为了传主，但这个事实本身就显示出传统儒家文化价值系统和表意系统的悬置状态：帝王将相随着中国沦为半殖民地而退出了历史舞台；新的历史主体，即类似于近代欧洲市民阶级的中国中等阶级还没有浮出历史地表；“大多数”农村贫民阶层在被真正的革命性因素带入历史世界之前，只是作为“文化”的被动产物复制着这种文化基因的全套编码，作为文化的活化石或殉葬品而存在于历史之外。这种历史的真空造成了价值的真空。众所周知，儒家的不朽观念有三个“事功”基础：立言、立德、立行，即建立语言的功业、建立道德的功业和建立行为的功业。对于儒家道德观来说，最重要的是立德，其次是立行，再次才是立言。但就作为负载价值体系的记载、表义和阐释系统的内部需要来看，情况恰恰相反：立言是一切的基础，因为历史和道德“最终”是作为“文本”被经验和把握的。大家也知道中国是一个对书写执迷的国度——书写代表一种超越时空的文化特权、政治特权和道德特权，因此带有近乎神秘的力量，引起人们的膜拜。直到 1949 年前，中国农村里普通的不识字的农民，还有“敬惜字纸”的风俗。所以说，在古代世界里，“立言”本身是最大的象征资本的活动，类似于今天的金融资本，其虚拟经济可以影响甚至支配实体经济。因此在儒家秩序的道德力量仍然大体完好无损的情况下，作传绝不是随随便便的事情。“因为从来不朽之笔，须传不朽之人”。换句话说，传主必须是有德有行之人。他的行为举止、道德情操要配得上文字记录所隐含的不朽意味。一旦行为被记载下来，它就通过一种高度程式化和体制化的语言，参与到不朽的排行里去了——或是名垂千古，或是遗臭万年。这就是自《春秋》以来“立言”的深意。但对于《阿 Q 正传》的叙事者来说，给阿 Q 做传的文化正当性在哪里是完全不清楚的。这是“命名的困难”的第一层含义：把“阿 Q”放在“言”的世界里如何才讲得通；这个叙事行为对于“言”“行”和“德”的传统概念有什么样的冲击。值得玩味的是，鲁迅并没有回答这个问题，即“阿Q”配不配有“传”、它的传所记录和传达的是怎样的一个行为世界和道德世界；他也没有回答“谁是阿Q?”（或更准确地讲，“阿Q是什么?”）的问题：是君子还是小人，是善还是恶，是人还是鬼，是例外还是常态，是实在还是虚无，等等。

所以“于是人以文传，文以人传”这句话在小说里非常重要，因为它点明了意义的双重的不可能性。这里的“焦虑感”不仅仅来自作为传统意义世界和价值观的“不朽”概念的空洞化，还在更为特殊的意义上，把鲁迅年轻时代的“立人”理念在新文学所代表的重建语言世界的努力中凸显了出来。在无已“立”之“人”足以为亟待成型之“言”的内容，也无可用之“言”足以为即将诞生之“人”的形式的意义的虚无状态下，鲁迅所凭依的叙事动机和叙事功能，唯有思想里的“鬼”——一个挥之不去的鬼影和秘密，一个随时会出现的幽灵。《阿Q正传》是以这种幽灵的显形学式开篇的。语言总是一面被创造，一面就被遗忘，变成已逝生命留下的坚硬外壳，是幽灵抽身离去后又回过来游荡其间的符号废墟。在某种意义上，这就是语言和人的关系，词的世界和活生生的世界之间的关系。这是对于鲁迅书写一般性的观察，不过似乎跟我们阅读阿Q特别相关。日本学者丸尾常喜曾就“究竟谁靠谁传，渐渐的不甚了然起来，而终于归结到传阿Q，仿佛思想里有鬼似的”①这句话的日文翻译中出现的歧义性或多义性做过有益的讨论。在竹内好的译法（“也许被什么怪物迷住了”）和松枝茂夫、和田武司的译法（“在

① 鲁迅：《鲁迅全集》第1卷，人民文学出版社2005年版，第512页。以下鲁迅引文只在正文中括号内注明卷数和页码。

我的头脑里，总好像有他的亡灵盘踞着似的”）之间，丸尾偏向后者，赞同“把本无限定的‘鬼’明确地界定为‘阿Q的亡灵’”，并进而建议把这一句话理解为“在我的脑海里总是有幽灵（鬼）的影像忽隐忽现不肯离去”。①

阿Q的幽灵性质，也决定了《阿Q正传》的形式构造：作为中国意义世界和价值世界的亡灵、游魂和怨鬼，“阿Q”萦绕不去的“精神性”、顽固性和无处不在的存在由寓言的超越时间的道德教诲确定下来。但这个幽灵的无家可归状态，它的无形、飘忽、虚弱和不确定性，却由寓言小说的简洁、破碎、点到为止、避免任何叙事或描写的展开而表现出来。只有这种“速朽的文章”才能避免形式的过度，才能把阿Q这个文化的游魂捕获并限制在不成型的、没有发展空间的、暂时性的语言碎片里，以阻绝它的系统化、体制化和宗教化形象。这种“渴望速朽”的寓言的意志对应着“现代精神”的双重性：即那种把过去浓缩为当下、凝聚为一个形而上意象的“诗化”倾向和那种把这个当下视为一个过渡性瞬间的“再历史化”倾向。“阿Q”作为对象和题材内容决定了这种“速朽的文章”的写作伦理，几年后在《野草》里，“速朽”进一步发展为一种文体自我意识，成为鲁迅现代主义诗学的核心概念。“速朽”的诗学，绝不仅仅是作者“否定”或“自我否定”那样简单，而是包含着一种历史和文化政治的基本判断、选择和决定，同时也代表着一种更为激进的现代主义态度：即语言形式和历史过程双重意义上的“不断革命”，即赋予“革命”的瞬间即逝以“不断”的“恒常性”，从而建立起时间与形式的新关系。

① 丸尾常喜：《人与“鬼”的纠葛——鲁迅小说论析》，秦弓译，人民文学出版社1995年版，第99—100页。

回过来说，《阿Q正传》遇到的第一个麻烦，是孔子所说的“名不正则言不顺”问题。这里的“言”具体讲是小说本身的“言语行为”（speech act）和叙事展开。在技术意义上，“名不正”的问题就是阿Q的存在无法套入现成传记格式和成规中去，即“传的名目很繁多：列传，自传，内传，外传，别传，家传，小传……，而可惜都不合。”（第1卷第512页）

但一般地讲，或者说在一个社会性象征的意义上讲，这就是作为生活世界的近代中国的存在方式、活动方式和思维方式。因此“阿Q”的传之所以不好立，在技术层面上是由于为他立传这个文学行为本身无法在“名”——命名、名分、名教——的层面上，即文化体制的意义上予以辩护和说明；但在更为实质的意义上，则是因为作为生活世界的中国已经处于意义的失序状态，无论“中国”做什么，都是无法自我说明、自我辩护、自我确证的。作为独立文明体系的中国，失去了对自己行为的最初命名权和最终阐释权。那个叫阿Q的人物或符号的每一个举动、行为和念头之所以都是荒谬可笑的，是因为整个中国已经进退失据，欲“言”无“词”。

《阿Q正传》的题目给了读者一个游戏性的保证——作者似乎要讲一个人的事迹。紧接着的问题是，这样一个传记应该归入哪一类？“本纪”“世家”“列传”，都不行。叙事人犯愁的是，给阿Q作传这件事，如何摆放在一个既定的、给与意义和合法性的系统和格局中？这些问题越具体，越技术性，也就越给小说增加了一种喜剧色彩。而最终问题以一种不了了之的方式得到解决：从“闲话休提，言归正传”中信手拈来的最后两个字，或对《书法正传》的挪用，解决了命名的困难。对此叙事人的解释是：“虽然字面上很相混，也顾不得了”（第1卷第513页）。这个权宜之计式的解决，表明既有的命名体系，已经不再被当作解决它自身系统危机的意义来源和价值来源了，它只是作为戏仿的材料，作为一个语言和符号的废墟，被一种新的寓言活动随意拆卸和搬动。读者马上会看到，不但在范畴、体裁、格式等意义上阿Q无法落座，就在基本的传主信息方面，这个“阿Q”也无法验明正身。他没有姓，没有名，没有籍，甚至也没有“事”——没有什么值得大书特书的行状。阿Q的故事其实是没有办法讲的。作为一个形式设计的《阿Q正传》，在最根本的意义上，就是在讲一个没有办法讲的故事，在说一种“不可说”的事情，在一个根本不可能有意义的叙事空间里去生产意义，所以它生产出来的只能是“没有意义”。但对这个“无意义”的意义生产之不可能性的复制，形式上的复制，却正是《阿Q正传》作品本身。《阿Q正传》形式上的全部复杂性和单纯性都在于此。

现代文学史上对《阿Q正传》的读解不计其数，但大多失于读得太实，比如“哀其不幸，怒其不争”，农民的落后性，需要启蒙，传统的“吃人”、资产阶级革命的有限性等等。它们都触及问题的某些方面，但却往往忽视了作为文学作品的《阿Q正传》的最表面、但却最基本的一个文学表意和叙事问题：这是一个把故事和意义的不可能性作为主题内容的形式安排；是对“名不正则言不顺”的意义悖论的戏剧性演示；是在给一个不存在也无法指认的东西（“阿Q”）作传，因为这种东西（“阿Q”）所属的意义系统或肌体同它自身所产生的意义细胞或功能发生了致命的同体排斥现象，因而导致了类似文化自杀的结果（《孔乙己》是另一个例子）。换句话说，《阿Q正传》的实际内容或“故事本身”同阿Q这个人物或形象无涉，而是跟“阿Q”这个符号同它所属的语言系统的紧张关系，即排斥与被排斥、决定与被决定这样的结构冲突有关。这是“名”的危机，但不是个别名字的危机，而是一个命名系统的危机，是“名”的背后的意义系统和价值系统的危机。“阿Q”作为这个系统的产物，按照这个系统的指令运行，却忽然到处碰壁。但这不是“阿Q”这个符号出了什么问题，而是生产并定义“阿Q”的系统出现了全面的故障；这不是“阿Q”的危机，而是所有“阿Q”赖以存在的意义系统和价值系统的危机。“名”在这个意义上是一个价值问题。“名不正、言不顺”在这个意义上是因为价值系统的空洞化混乱，任何一个意义指涉都变得不可能、滑稽化、空洞化。正是作品开头的两段，在故事开始之前，就已经把《阿Q正传》确立为近代中国集体传记的“元叙事”。

《阿Q正传》形式内的悲剧冲突，在于它在“再现”这种文明体系的崩溃时，却也在抗拒一种时代的诱惑，即把叙事角度移动到另一种稳妥而有效的命名体系，比如简单化的“西化”或“现代化”概念，从而对阿Q采取一种居高临下或“外来”的审视姿态。恰恰相反，《阿Q正传》在讲述一个“名不正言不顺”的故事的时候，明确地把自己限制在这个“名”与“言”的系统中，从而把这个系统本身的运行错误和结构性混乱，以“自暴其短”和“充分表演”的“示错”方式，淋漓尽致地表现出来。也就在这个意义上，我们应该进一步强调“阿Q”不是一个“人”或“人物”，而是一个被病理学家充分利用的病毒、一种显示剂、一种试错软件。它的叙事功能和有效性完全是寓言式的被动的，也就是说，被系统支配和决定的。作为文化游魂的阿Q并不是在泛泛的意义上为现代性条件下传统的崩坏和人的“无家可归”状态增加一个注脚，而是代表一种特殊的历史冲突和过渡状态。因此鲁迅的寓言策略也就获得了一种更为隐秘的文化政治含义。激烈的彻底的寓言写作，本身就是在形式和“审美判断”的层面上拒绝把阿Q这样的文化幽灵形而上学化、体制化、固定化。这同卢卡奇在《小说理论》里把人的“超验的无家可归状态”作为近代小说的本体论论证正相反。[①]以西方审美现代性的逻辑，作为现代性基本状态的无家可归和意义飘零越是规定了小说的历史内容，小说作为一种“灵魂的形式”就越以其自身的审美价值和形式复杂性把这种飘零、虚无和无家可归状态确立为一种审美和伦理的常态甚至体制性权威。但《阿Q正传》式的寓言写作，却通过悬置、阻断语言和叙事内部的形式化和系统化倾向，而把文化价值体系的崩溃限制在一个暂时性的、有待被克服的和临界的状态，从而在语言实践的内部，把一种历史批判的道德强度和政治强度同语言和形式的试探性、初级性、不确定性和开放性结合在一起，通过放弃审美范畴内部的物化和体制化特权，而为某种期待中的集体性变革预留了空间。作为鲁迅“叙事作品”高峰的《阿Q正传》，在“语言的政治”意义上为他后期自觉的杂文写作埋下了伏笔。

三

值得注意的是，《阿Q正传》的故事性展开，事实上是内含在“序”开头的“元叙事”之中，作为元叙事交待的一个分支展开的。从第三自然段开始，关于为阿Q作传的困难或不可能性的讨论，集中到阿Q身份的不确定问题上（“立传的通例，开首大抵该是‘某，字某，某地人也’，而我并不知道阿Q姓什么。”［第1卷第513页］）。但忽然间，随着赵太爷儿子进了秀才后赵家的“锣声镗

---

① Lukács, Georg. *The Theory of the Novel: A Historico-Philosophical Essay on the Forms of Great Epic Literature*. Transl. from the German by Anna Bostock. Cambridge, Mass: MIT Press, 1971, pp. 29—30.

镗”，作为一个意义幽灵的阿Q，“喝了两碗黄酒”，“手舞足蹈”地登场了。为阿Q“正名”，是小说故事性的最初叙事动力。《阿Q正传》的第一个“事件”，是阿Q无姓、无名、无籍、无后。

没有姓氏意味着没有家世，即阿Q不属于任何家族，更谈不上什么门第。阿Q吹嘘自己姓赵，和赵太爷是本家，但却被打了耳光，被告知“你怎么会姓赵！——你那里配姓赵！”（第1卷第513页）。因此阿Q不但姓氏不可考，而且被既有种姓、家族和谱系学系统所排斥，这意味着阿Q的无姓不是一个意外事故，而是被体制性的力量排除在外。他同样无名。如果无姓意味着没有家庭或“族裔”归属，无名则暗示阿Q同样不是一个“个体”：即没有类的身份也没有“原子式的个别性”。在符号和命名系统的意义上，阿Q是个不折不扣的野鬼和游魂。在“中国”的生死簿上，找不到“阿Q”的位置；而在阳世间，无名无姓意味着没有家谱，没有牌位，没有后世的香火。这个问题被阿Q对自己“无后”的烦恼进一步强化。

阿Q没有籍贯，具体说是没有老家和祖籍，抽象些讲是不属于任何共同体——没有故土，没有祖国，他仅仅是寄生在一个文化系统之中。事实上阿Q没有“在地性”，因为他其实也不属于“未庄”——寄居在土谷祠，出没在未庄这个“共同体”的边缘，游走在“城”与“乡”、“人”与“鬼”、“安分”和“造反”之间。不但小说中谁都不知道他从哪里来，就连他自己，也常常不知道自己要到哪里去。在空间的意义上，阿Q同样是一个野鬼和游魂。

这种身份和定位的不确定性和游离性，在某一瞬间，却也带有某种暧昧的乌托邦含义，从而把阿Q同新文学里的知识分子形象叠合在一起：他们都是村庄或城镇里的边缘人和“癫僧”；缺乏实际的谋生手段；抱有不切实际的幻想；置身于闲话、流言的对立面，永远作为后者的谈资，变成界定“常态”所需的“变态”；他们的心思永远在别处，永远在微醉的时候做起“飞翔”的梦或有一种飞起来的感觉，但在“飘飘然”（第1卷第540页）之余，内心却又充满恐惧，因为这恐惧的内容，正是他们的无意识本身，是“他人的语言”，是他们不知道的“常态”思维及其隐含的惩罚和暴力。下面这段话，描写阿Q走在离开未庄的路上：

> 他在路上走着要“求食”，看见熟识的酒店，看见熟识的馒头，但他都走过了，不但没有暂停，而且并不想要。他所求的不是这类东西了；他求的是什么东西，他自己不知道。（第1卷第531页）

在现代中国批评史和思想史上，恐怕再没有比“《阿Q正传》代表了启蒙知识分子对中国农民阶级的同情的批判”更自负的误读了。对于以批判地重建中国文化自主性的现代中国知识分子来说，阿Q不是一个可以对象化的“典型形象”，而是内在于中国文化系统本身的幽灵，是这个系统的历史境遇和内在品格的症候，它存在于他们自身的集体基因之中——我们都来自阿Q。在土谷祠里唯一的那个有烛光照明的夜晚，阿Q躺在自己的小屋里“说不出的新鲜而且高兴”，随着“烛火像元夜似的闪闪的跳”，阿Q的“思想也蹦跳起来”，充满了“造反”“革命党”“板刀、钢鞭、炸弹、洋炮”的意象，充满了对革命后社会秩序的设想（元宝、洋钱、秀才娘子的宁式床、钱家的桌椅，听使唤的小D，赵司晨的妹子、假洋鬼子的老婆）。这个小屋里的场景，连同阿Q种种“灵魂深处一闪念”，都具有现代中国思想和知识分子的原型意义。

阿Q没有姓名字导致了书写上的困难：阿Q的自然存在无法

在汉字的系统中标明，而只能借“洋字”或“英国的流行拼法”来获得确认——颇具讽刺意味的是，一个关于“中国本身”的故事（阿Q与中国的等号是我们接受的前提），却要借助声音和拉丁字母来命名。为阿Q“立传”时遇到的“名不正则言不顺”的问题，在命名和指示系统的具体层面上再次出现，进一步暗示了一个系统故障。阿Q的自然存在既是作为自然状态的“中国”构成性因素，又为“中国”这个意义和符号体系所无视和排斥，这种“名”与“言”、“名”与“实”、“文”与“质”、“文”与“野”的割裂状态，只能在讽刺性的寓言故事里被获得一种“统一”的形式。鲁迅在这里顺便也把《新青年》的同事胡适和钱玄同也捎带进来，讥讽了一下汉字拉丁化的提议。纯粹语言学意义上，把“阿桂”“阿贵”或“阿鬼”称作“Ah Quei”或“Ah Q”，同把“中国”（China/Cho-koku）称为“支那”（China/Shina）并无不同。离开汉字表意系统，阿Q可以命名了，但这个命名是以这个表意系统的贬值、无效、相对化和边缘化为前提的。但如果死守汉字的自给自足性，就无法命名和表意。因此“阿Q”作为命名一个无法命名的事物、讲述一个无法讲述的故事、为一个无传可立的“人”立传的寓言工作，本身是以一个文明系统的自我瓦解为前提、以这种瓦解作为写作的自我意识的。阿Q的诞生，是对一种空洞的内在性的讽刺性的外在化努力，也是对一种创伤性的外在化过程的痛苦的内在化努力。通过对阿Q命名的喜剧性说明，鲁迅既承认了强加于中国的外在命名体系的现实性，又同一心一意寻找和拥抱外在表意系统的启蒙知识分子保持距离。

“阿Q”无姓无名无籍无后的形式（或语言学）定义为《阿Q正传》“故事性”奠定了基础并提供了叙事展开的“情结”可能性。这既决定了小说抽象的寓言性质，也决定了解读这部作品的有效方式，即顺着寓言的腠理，通过符号分析和形式分析，追踪“阿Q”这个被意义系统的自相矛盾和不可能性生产出来的虚拟“人物”的“活动”，从而对这个系统的瓦解作出批评的“现象学还原”。

正如《阿Q正传》的“故事性”内含于有关“名不正则言不顺”的“元叙事”交待，对阿Q的命名困难的叙事性展开，也包含了小说的整个结构设计。从小说第三自然段开始，有关“阿Q”的奇闻轶事——首先是关于他的身份认同的不可能性的小故事——一边以一种近乎随意的、流水账的方式被一件一件抖出来，但同时，稍加留心就会发现，这些模糊、不成形的“行状”，又极富形式感地揭示出“阿Q”这个抽象符号活动的两重性：一方面，这个符号一直受到它本身所属的符号系统的排斥；另一方面，这个符号又在想尽一切办法，以一种可笑、绝望、徒劳的方式，一而再、再而三地试图返回这个系统，在这个系统中占据它理应占有的位置。第一个系列以“不许姓赵”“不许恋爱”“不许革命”等事件为代表，结果一律是阿Q被打出门去，像野狗一样落荒而逃——在种种有关阿Q这个符号的“抽象的肉感”中，阿Q在遭受劈头而来的痛击后拔腿逃窜，就是最生动的形象。

与此对称，像作曲的对位法一样同第一个系列交叉在一起的事件系列则从阿Q声称姓赵时“细细的排起来他还比秀才长三辈”（第1卷第513页）开始，从不同方面列举了阿Q寻找身份认同、并为此单枪匹马重建意义系统和价值体系的堂吉诃德式的努力。从第二章“优胜纪略”开始，阿Q的行状大都围绕这样一种悖论展开：阿Q没有身份，他希望改变身份获得承认；这是一种寻找归属感的斗争，因此阿Q的一系列没头没脑的愚蠢行为又都带有某种哲学意味：他所做的所有事情都是为了解决“我从哪里来？我到哪里去？我是谁？我的价值在哪里？”阿Q始终在为自己的认同而奋斗，始终在为自己争名分。但由于这里并没有新的价值体系，因此阿Q为身份认同和“承认”的奋斗就只能越俎代庖地、一厢情愿地去恢复那个已经分崩离析的、排斥他的意义系统和价值体系。在此过程中，阿Q的主观愿望和私人语言对自己的承认同“客观性”及“公共语言”的冲突及其滑稽的形式解决，就是所谓“精神胜利法”的基本结构。而“精神胜利法”，归根结底正是语言问题。把比自己强大的对手指认为儿子，挨揍后把自己确立为老子，这是在内心重建表意链，从而找到自身恰当位置的过程。但“精神胜利法”的喜剧性在于，这个修补完整的语言只是阿Q的“私人语言”，没有跟他人的可交流性。“精神胜利法”并不是一个心理现象，所谓“moral victory”只有严格的寓言意义。无论对实力较量中的“胜利”的想象性获得，还是对道德优越感的虚拟追求，作为心理活动，它都简单荒唐可笑到不足以被视为一种病灶，因此“精神胜利法”在心理学意义上无足轻重，也无法概括普通中国人面对近代以来西方列强时的复杂心情。但在意义系统的想象性重建的形式意义上，阿Q的创造性却在于他“克服”了传统的表意系统的断裂和不可能性，从而明确了他的存在的意义和价值，不过他的“正名”努力只是在“儿子打老子了”这样的私人语言的命名、定义和同语反复这样的内部循环之中才被认可。它在阿Q的私人语言里说通了，但在赵太爷、小D、假洋鬼子、吴妈和小尼姑那里是不被接受的。

在小说里，我们不仅要注意到“寻找身份认同的努力”形式上的喜剧色彩，还要注意到它的结构性“内容”。《阿Q正传》第二、三章“优胜纪略”和“续优胜纪略”，集中地表明了这种作为符号的“阿Q”的“意识活动”，即它在整个既定符号体系里的“正名”“复原”或“本位化”努力。因此这两章，又为后面各章里阿Q行状进一步的“故事性”展开奠定了寓言的概念基础。从阿 Q 寻找自己的名字开始，故事的真正寓言驱动力就同这种文化系统内部的“正名、复原、本位化”倾向重合起来。在谱系学意义上，如果阿 Q 要证明自己本姓赵，就必须同时证明自己在赵氏宗族里面的辈分，就必须“细细的排起来”。这个“正名”和“复位”的原型贯穿于阿 Q 所有的意识动作和行为动作。阿 Q 的不同寻常但似乎毫无来由的“自尊”（“阿 Q 又很自尊，所有未庄的居民，全不在他眼睛里，甚而至于对于两位‘文童’，也有以为不值一笑的神情”［第 1 卷第 515 页］），并不是什么性格特点，而是为阿 Q 这个符号的“结构潜意识”所决定。作为传统文化体制的野鬼游魂的阿 Q 所有徒劳的尝试和挣扎，都是在为自己正名的同时，要求这个体制和系统本身的修复、归位和“拨乱反正”。因此，在严格的叙事分析意义上，阿 Q 的荒唐行为没有任何偶然性，而是沿着一系列传统等级秩序内部的二元对立展开的“试错”和“修复”工作。这一系列二元对立的等级关系包括：“上下”“尊卑”“强弱”“贵贱”（“我们先前——比你阔的多啦!”［第 1 卷第 515 页］）、“官民”“城乡”“男女”“真假”“人与非人”，等等。

阿 Q 的“自尊”和“要强”，包含着强烈的肯定上下等级秩序的冲动。阿 Q 虽然身为农村无业游民，居无定所，身无分文，但自视甚高，不但不把王胡、小 D 之类放在眼里，就连读过书的人也不放在眼里。究其原因，无非是因为阿 Q 总在自觉不自觉地赞同和维护一个把他压在最底层的等级制度，并同这个等级的上端认同。这是阿 Q 抽象的“优胜”感的隐秘来源。被王胡打败后阿 Q 虽觉得屈辱，但更觉得“意外”，这表明屈辱不仅仅是个人意义上的，因为阿 Q 潜意识里已把它同科举的废止联系在一起，即同从皇帝到乡绅的文化和官僚制度的崩坏联系在一起。“而［王胡］现在竟动手，很意外，难道真如市上所说，皇帝已经停了考，不要秀才和举人了，因此赵家减了威风，因为他们也便小觑了么?”［第1卷第521页］阿Q没头没脑的行为中所包含的“道德勇气”，即说明这个等级秩序在何等程度上成为阿Q的“内在性”，从而说明这个空洞符号在何等程度上是这个系统“自我修复”努力的荒诞剧。阿Q最终只能“无所适从的站着”（第1卷第521页），因为他所认同和维护的意义系统和价值等级已经先行崩溃，弃他而去，留下阿Q这样残存在碎片中的“系统记忆”，盲目地寻找“组织”，按照“原则”行事，必然是“斯亦不足畏也矣”（第1卷第537页）。如果把未庄和县城里的“革命”归结为一种固有意义系统自身“名目”上的“改称”或改头换面（“知县大老爷还是原官，不过改称了什么，而且举人老爷也做了什么——这些名目，未庄人都说不明白——官，带兵的也还是先前的老把总。”［第1卷第542页］），那么我们也可以推断，传统对阿Q的背叛，逻辑地包含了“革命”对阿Q的排斥。这里暴露的绝不仅仅是“辛亥革命的局限性”，而是“革命”本身作为一个“词汇”，尚不足以改变历史的“语法”，因而它的意义仍然是被同一个语言系统决定的，因此也仍旧要排斥“阿Q”这样的成问题的符号；这进一步明确了小说的寓言意图，即通过“阿Q”这样看似游离于系统正常运行状态的“流氓符码”，来确认系统的“常态”，从而演示其整体性失序。

阿Q虽然常常处于微醺状态，但对这个等级秩序的符号表征却有着与生俱来的敏锐的读识能力。“忘八蛋”这话令他“格外怕”，因为“这话是未庄的乡下人从来不用，专是见过官府的阔人用的”（第1卷第527页）。与此相反，每当赵家的大竹杠落在头上，他却只会向野兽一样条件反射地逃窜，虽有生理上的“痛”感，隐隐能“悟到自己曾经被打”，但却不通过语言，因此也谈不上形成了

“怕”的经验、知识和概念。未庄“革命”后，阿Q被作为盗贼捉到大堂听审，仍能够透过紧张的心情和各种政治、社会符号的混乱，准确地判断出光头老头子“一定有些来历”，随之产生正常的身体反应，“膝关节立刻自然而然的宽松，便跪了下去”。这种“自然而然”的举动被两旁站立的“长衫人物”鄙夷地称作“奴隶性”，但他们“也没有叫他起来”。（第1卷第548页）撇开“鄙夷似的”神情和“奴隶性”这样口头上的——也就是说，名目上的，未庄人不明白的——羞辱，这是阿Q获得的第一次，也是最后一次实质性的“官方”承认。

《阿Q正传》称阿Q的“思想”“其实是样样合于圣经贤传的”（第1卷第524页）。这里不仅指他“女人，女人！……”的实际想法可以被翻译成“不孝有三无后为大”、“若敖之鬼馁而”的正统语言，也指他历来的“正人”品行和严于男女之大防、乃至排斥异端的“正气”。（第1卷第525页）这“正气”并非抽象或洁身自好式的，而是通过“排斥异端”的进攻性而达到了一种荒诞的严肃性。构成阿Q“思想”的一系列价值和意义的二元对立，最终达到一种“存在的政治”的本体论高度，即对“做人的资格”的辨别和鉴定：邻村的航船七斤因为被剪了辫子而被“弄得不像人样子了”（第1卷第542页）；假洋鬼子因为拖着条假辫子而失去了“做人的资格”；而他老婆因为会和没有辫子的男人睡觉也“不是好东西”（第1卷第540页）。在缺乏阶级敌人、民族敌人和历史的敌人（“过去”与“现在”的对立）这类概念的环境里，“人与非人”之辩，既是终极的文化政治之辩，也是自我封闭的、空洞化的文化普遍主义对社会领域里各种实质性冲突进行“非政治化”的模糊、取代、无视和抹杀。在《阿Q正传》的形式范围内，我们清楚地看到，阿Q的“人”的概念是完全地、整体性地通过一系列传统的意义和价值二元对立而建立起来的。阿Q的欲望最终是“要做人”的欲望（“我要姓赵”“我要体面”“我要女人”“我要造反”“我要活”“救命”，等等），但决定阿Q欲望之“能欲”和“所欲”的符号系统，结构性地决定了“做人的资格”的具体内容。

四

阿Q固然是一个幽灵，但作为一个符号系统的产物，作为这个系统的一个“程序错误”，其“存在方式”却又是自给自足的、规范性的。也就是说，阿Q既是一个纯文化、纯人工的产物，即一个符号或“观念”；又代表一种纯粹的“自然状态”，即一种没有记忆、没有反思的动物性生存。阿Q就像语言里的某一个词永远属于这个语言一样属于自己的系统生态，尽管它的存在同时又标明这个语言的系统故障。以“名不正则言不顺”的逻辑被发明出来的阿Q，注定跑不出这个“名”和“言”的秩序，在这个意义上，阿Q是最完满的——即处于纯粹的自然状态和纯粹的文化状态的——“中国人”（遵照“阿Q”的造词法或取名法，应该称为“China人”），又是这个概念最为寄生性的颓废、滥用、存疑和空洞化。

阿Q对这个体系的效忠令人想起孔乙己，他的半疯癫状态令人想起“狂人”。他们都是冰海沉船上的旅客，在海难时只能选择同船一道下沉——或者说，他们没有也不可能有别的选择。或许正是这种“文化忠诚”或“文化殉葬”的彻底性迫使鲁迅在自己的写作和政治选择里思考“生路”和“新生”的问题，生发出对“一二士”的期待和对“人国”的想象。鲁迅对未来的想象，都被这种阿Q式过度符号化的“自然的颓败”从反面决定。

同孔乙己一样，阿 Q 身上有一种健康、乐天的成分。阿 Q 嗜睡，睡眠是他把自己从现实逻辑的因果链中拯救出来，一次又一次回到一个没有记忆和创伤的“眼下”的必要手段，也是阻断通向持续的思考和想象的虚无的潮水。阿 Q 身上的“幸福意志”否定了一切不利于他的自我理解的客观证据，给与他一种坚信，让他通过一次又一次的碰壁，一次又一次地把他所属的价值系统的“意义的边缘”显示出来。睡眠把意义和无意义联系在一起，把两者一同归入混沌，超越了善恶、超越了羞耻感。

阿 Q 与此相关的另一个“性格特征”是健忘。在鲁迅笔下记忆和遗忘总是成对出现，反抗遗忘的斗争和反抗记忆的斗争无处不在，一同赋予鲁迅的写作以一种现代主义的紧张感和形式感。《为了忘却的记念》这一类的标题具有标志性，因为没有忘却，何来记念？没有遗忘，又何来记忆？鲁迅的记忆是遗忘下面的东西，是经历了遗忘的必要洗礼之后的剩余，是想忘但忘不掉的东西——正如希望在鲁迅是绝望之后、被绝望从反面决定的东西。在这个意义上，鲁迅不相信青年，不相信未来，不相信各种承诺和许诺。在鲁迅的散文诗作品和回忆性写作里，遗忘是正面的东西，它构成记忆，是通向记忆的唯一通道。而普通意义上的记忆只是为忘却做准备。真正的遗忘是记忆的开始，比如《伤逝》在结尾处说要用“遗忘和说谎做我的前导”，因为这是朝向新的生路迈进第一步的超越善恶的“存在的决定”，它超越了记忆的伦理和“不要忘记”的道德。尼采意义上的积极的、创造性的遗忘，是“现在”把自己从过去拯救出来的现代主义意志的表现。

从表面上看，阿 Q 的遗忘只是对这种现代主义“积极遗忘”的讽刺性戏仿。阿 Q 的健忘似乎无法为之辩解，也没有拯救的可能，因为它就是“不记事儿”，是“好了伤疤忘了疼”。事件和历史对于阿Q永远都是第一次，都是一个单纯的“此刻”：挨打、忘记；再挨打，再忘记，直至灭亡。因此阿Q的遗忘是现代主义遗忘的反面，是一种历史主义的遗忘：他总是被动地等着下一个事件、下一个打击，由此时间变得“匀质而空洞”；[①]而现代性的时间在终极意义上却是一种革命的时间，它把过去、现在和未来凝聚为一种紧张的构造，从这种构造的张力中获得“打破历史统一体”的能量和激情。[②]值得注意的是，阿Q的历史主义遗忘，不仅是对现代主义有关历史记忆的激进虚无主义立场的戏仿，更因为它内在的“匀质的、空洞的时间”，而变成近代中国一系列伪变化、伪革命的寓言批判。“从中兴到末路”“革命”“不许革命”等一系列小标题同晚清历史的一一对应关系，暗示了种种“进步”“改良”“西化”“革命”的历史主义实质，即那种淹没在表面的、令人眼花缭乱的“新”和“变”下面的虚无。这种虚无感，通过寓言特殊的表意逻辑，在寓意的形式内部及其批判旨趣上，把一种历史主义的遗忘直接转变为一种尼采意义上的积极的、创造性的空白，从而为一种新的历史实质，或者说一种新的人的概念扫清了道路。

《阿Q正传》无疑是鲁迅最具匠心的作品之一。这种形式上的精心安排在小说的结尾，即阿Q之死上，表现得尤为惊人。阿Q在整部小说里所做的事都不是为自己，而是为了自己的“名分”，也就是说，为了自己在一个意义和价值系统中的地位和承认。阿Q最终为自己做的唯一一件事，一个现代意义上的个人行为，是他临死前要喊但却没有喊出来的“救命”（第1卷第552页）。小说结尾的渲染性描写突出了阿Q死到临头还在操心观众效果，努力想死出

---

①② 本雅明：《历史哲学论纲》，汉娜·阿伦特编：《启迪》，张旭东、王斑译，生活·读书·新知三联书店2008年版，第273—274页。

个样子来，在判决书上画押时还拼命想画得圆一点。从维护意义指涉系统、以他人为驱动力这个意义上讲，阿Q可谓“鞠躬尽瘁、死而后已”。但最后这个悬在脑子里、含在口中的“救命”，却使这一切的意义都变得暧昧起来。这个想说而未说的呼救标志着作为主体的阿Q和以阿Q为记号的意义系统的“微尘似的迸散”。（第1卷第552页）新文学中的“人”的起源，和80年代朦胧诗、新小说里的“人的解构”（比如余华《1986》结尾所描写的那种解剖学意义上的迸散①），都在这个瞬间找到了自己的道德起源和审美起源。在更为严格的历史和政治意义上，阿Q对于真实的肉体死亡的恐惧，宣告了鲁迅意义上的“人”或“个人”的开始。这是霍布斯意义上的、以生命的“暴毙”（violent death）为徽记的“自然状态”（the state of nature）对“历史”的终止和否决。②阿Q的“救命”同狂人的“救救孩子”一样，都标志着一个形而上的文化断裂和历史起点。阿Q最终“没有说”，是因为阿Q并不代表一种新的主体的到来；他并不属于任何新的“人”的概念，但寓言家的文字却把一个未及发出的“心声”记录在案，它是来自“黑暗的闸门”③另一端的寂静，在“现代中国”所有的话语喧嚣下面发出更为低沉的咆哮。

阿Q临死前的恐惧唤起了记忆，因为对暴毙的恐惧最终如霍布斯所言，是对死于非命的“持续不断的危险”的“持续不断的恐惧”（第1卷第135页）。阿Q作为颓败文化的“自然之子”的健忘和乐观在“过了二十年又是一个……”这样“无师自通”的轮回思想中达到高峰，但围观者随即报以如同“豺狼的嗥叫”般的喝彩

---

①　余华：《现实一种》，上海文艺出版社2004年版。

②③　Hobbes, Thomas. “Of the Natural Condition of Mankind, As Concerning Their Felicity, and Misery”. *Leviathan*. Indianapolis: Hackett Pub. Co, 1994, pp. 74—78.

（第1卷第551页）。一刹那间，阿Q恢复了记忆，恢复了对危险境地的意识和恐惧：

> 这刹那中，他的思想又仿佛旋风似的在脑里一回旋了。四年之前，他曾在山脚下遇见一只饿狼，永是不近不远的跟定他，要吃他的肉。他那时吓得几乎要死，幸而手里有一柄斫柴刀，才得仗这壮了胆，支持到未庄；可是永远记得那狼眼睛，又凶又怯，闪闪的像两颗鬼火，似乎远远的来穿透了他的皮肉。而这回他又看见从来没有见过的更可怕的眼睛了，又钝又锋利，不但已经咀嚼了他的话，并且还要咀嚼他皮肉以外的东西，永是不远不近的跟他走。
>
> 这些眼睛们似乎连成一气，已经在那里咬他的灵魂。（第1卷第551—552页）

对恐惧的记忆随着死亡的迫近再次出现，两者在生命的边缘和绝境唤醒了生的意识。而随着“生”被“死”激活，危险和敌人也从昏暗的背景后面浮现出来，变为清晰的形象。这些连成一气的眼睛们不但在咬他的灵魂，更首先是作为幽灵的阿Q的塑造者。是他们把阿Q载上了他们的“口碑”，而原因不过是因为阿Q被一位名人（赵太爷）打了嘴巴（第1卷第519页）。“续优胜纪略”一节中对这种“费解”的尊敬作了如下“穿凿”的解释：

> 或者因为阿Q说是赵太爷的本家，虽然挨了打，大家也还怕有些真，总不如尊敬一些稳当。否则，也如孔庙里的太牢一般，虽然与猪羊一样，同是畜生，但既经圣人下箸，先儒们

便不敢妄动了。(第 1 卷第 520 页)

正是这样的语言把阿Q鬼魂似的存在确立为一个“现代英雄”，因为同由那些无形又无处不在的“又凶又怯”的眼神和“口碑”构成的背景相比，阿Q是一个忘我的戏子，一个卓然不群的牺牲品。如果他是摆放在传统祭坛上的猪羊，那么他四周的看客和说客只是群氓和畜群，其地位在寓言世界里还远在阿Q之下。但《阿Q正传》的意义绝不止于国民性批判。小说开始于儒家传统的“名言”之辩而终于城里看客对一个没有唱戏的死囚的失望和嘲弄，在结构上发挥了《狂人日记》开始时“序”的功能，也预示了《祝福》所展示的叙事者同故事本身反讽的、批判的距离。小说内部指涉上的种种交叉和循环，把“人言”“口碑”“舆论”“张着嘴的看客”和“豺狼的嗥叫”以及那些阴森恐怖的眼睛细密地、不露声色地编织在一起，从而建立起“历史”和“吃人”之间的具体联系——不是隐喻性质的抽象、间接的关联，而是寓言意义上的具体、直接的关联。而正是这种关联的文学强度和政治强度，使《阿Q正传》穿透了常规意义上的“现代主义”内涵(而这种内涵本身就已经具有对常规意义上的“文学”概念的突破)，而获得一种形式上的独一性、不确定性和激进性。

回到作为“阿Q”代名词的“精神胜利法”，我们看到，在现代性历史条件下，任何在“私人语言”范围里重建中国文化正当性和价值系统的努力，最终会沦为阿Q式的自己给自己命名、正名、册封、并把自己设想为“普遍”(无论以“赵家”还是以“革命”为其具体体现)的喜剧。这种命名和正名的斗争，既不能通过主观地把他者排斥在视野之外获得任何实际结果，也不会通过接受某种想象中的“普世价值”和“国际语言”而告终，而是永远在“自我与他人”“普遍与特殊”的辩证冲突中，不断地检验和确认种种个别性的内在强度和外延扩张力，从而不断厘定和修改“承认”的逻辑和价值的终极边界。①在这场远未结束的争夺价值世界的定义权的斗争中，阿Q的“精神胜利法”以“想象的胜利”标出了现代中国文化价值体系重建的历史低点和真实起点。而任何摆脱这个意义的零度和价值真空的努力，都必然意味着走出幻想的自给自足而朝向针对他人的历史冲突、矛盾、较量的迈进；意味着走出空洞的意识魔术，而向真实的自我实现迈进。

“主人的真理在于奴隶”，②黑格尔《精神现象学》中这个著名的论断，必须以一种新的、内在于劳动和生产活动之中的自由和伦理能够通过坚韧而漫长的“承认的斗争”而将自身确立为“普遍价值”为前提。否则，我们看到的只能是“奴隶的真理在于主人”。作为幽灵的阿Q，每当他飘飘然地飞起来的时候，实际上却仍是徒劳地游荡在“回家”的路上，不得其门而入，它的“鬼打墙”般的循环重复，时时在给一个业已倾塌的文化—权力体制的空洞和虚无赋形，将它作为性格和命运的轮回固定下来。在21世纪之初重读《阿Q正传》，在尊重“启蒙”精神遗产，把宗法制、等级意识和奴性“鬼”视为构成民族无意识的深层内容之外，更需要强调的是，

---

① 就“普遍与特殊”的辩证法在当代世界文化冲突里的意义，参看张旭东：《全球化时代的文化认同——西方普遍主义话语的历史批判》，北京大学出版社2006年第二版，特别是第一章，《文化政治的概念：普遍性与特殊性的辩证法》。

② 黑格尔：《精神现象学》，贺麟、王玖兴译，商务印书馆1987年版，第122—132页。黑格尔语境里的“Herr”和“Knecht”，由中世纪遗留下来的领主和服劳役的雇工之间的关系作为其具体历史背景，并非古代社会或奴隶制下的“主人与奴隶”关系。故米勒英译本将“Herr”和“Knecht”分别译作“Lord”和“Bondsman”，近似于中文里的“老爷与佃户”或“老爷与下人”。

《阿Q正传》不仅是一个特定社会历史转型的寓言（即“启蒙”和国民性批判），也是一个有关中国文明整体意义和价值表述“系统失序”的寓言。在后一种意义上，阿Q注定活得更长久，因为它所再现的语言、形式、身份认同和自我肯定的困难，将在中国文明历史复兴的漫长道路上一路同我们相伴。

2008年11月26日定稿于纽约 格林威治村

新文化的激进阐释学与传统的再发明：重读《中国新文学的源流》*

如果说“五四”启蒙运动初始阶段的特征主要体现为激烈地呼唤“人的解放”“个体的自我主张”这些“现代”观念，那么在接下来的那个阶段，也就是我们要处理的统称为“20世纪30年代”的这个历史阶段，我们看到的是一种规模庞大的、体系化的努力：即将现代的种子（作为从西方盗取的“火种”）栽种在中国独特的文化—历史的土壤里。对于那些深深赞同“世界主义”世界观（world-picture）——一个更具普遍性的意识形态，即进化论，强化了这一世界观——的“五四”知识分子们来说，着手处理传统绝非意味着重新召唤一个神话的年代，从而接纳一个由象征仪式和集体无意识（group psychology）构成的非历史的空间。事实上，正是在现代性的内在冲突中，他们重新发现了传统，在构造“现在的”文

---

* 本文为作者1995年完成的博士学位论文 *The Politics of Aestheticization: Zhou Zuoren and the Making of Modern Chinese Essay*（Duke University, Durham, NC）之第六章，英文标题为“The Essay and the Invention of Tradition, or, Toward A Radical Hermeneutics of Chinese Literary Criticism”，谢俊译，孙怡校。原刊于《现代中国》，陈平原主编，2009年4月号。

化的过程中，他们再次发明了传统。在社会和文化领域里同对手面对面地交战使“五四”知识分子意识到这样一个事实：即为了建立“中国新文化”体制并使其正当化，他们必须使传统也参与进来，也就是说，在这场真正的政治斗争中解构和重新激活一个“过去”。换句话说，在30年代的经济发展、社会理性化和文化体制化的进程中，“新文化”在什么意义上是“中国的”这个问题，和“中国文化在什么意义上是新的以及是同现代世界的生活息息相关的”同样重要。中国知识分子理解这一处境、介入这个问题的不同方式，穿越了显著的政治路线的分野，在文化生产的领域对于不同立场的形成起到了重要的作用。

我们在这里必须区分“历史”和“传统”，或者说，必须注意到这两者极富生产性的彼此交织的方式。在新文化的干将们看来，旧中国的“历史”是由统治阶级的历史、他们的意识形态正统和文化霸权支配着的。借助“过去”来理解“现在”，从策略上说，就是揭示出一个怪诞的连续统一体，它操纵着这一个转瞬即逝的现代阶段。为此，新文化运动的知识分子不能也不愿意放弃整个文化传统。30年代最具创新精神的作家和知识分子们，他们没有把“现在”浸染在整体性的“过去”中，或者以“现在”的棱镜来评价过去，而是以各自的方式默默地对传统进行着系统性的区分和识别，这一项工作，在每个意义上，都重新激发了历史的活力，将历史重构为一个持续冲突和矛盾的进程，因而，使历史成为现代性的一种叙事，甚至是现代性戏剧一个内部舞台。因此，激进的“五四”知识分子一个决定性的政治姿态就是尽力地把传统历史化，从而使它成为“新文化”建设中一个有意义的角色。同样，这项工作也变成了一个明白无误的招牌，保守主义借此坚持着对多样的传统进行非历史的、本质化的理解。

继历史和传统的区分而来的，是传统和正统的区分。事实上，一旦一种“非历史化”的传统成为一个无意义的范畴，那么对历史文本的诠释内部所出现的政治的或文化—政治的冲突就预示了权力状态。自从五四运动进入低潮之后，像鲁迅、胡适、周作人这样一些新文化阵营中的作家与知识分子逐步意识到，中国的启蒙运动必然是一场旷日持久的斗争，而且越来越明晰地意识到从他们试图变革的文化传统中获取道德资源和文化资本的必要性——借助这些道德资源和文化资本，新文化阵营可以保卫自己，也可以召集人们起来对社会—文化领域中的中国正统堡垒进行反攻。周作人在 30 年代的声望和以下这一新的文化转向密不可分：即从一场反对“传统”的全面战争转移到对“传统”（应该挽救的、重建的）与“正统”（必须拆解的、摧毁的）之间做出批判性的区分。正如耿云志观察到的，“五四”知识分子热衷于在中国历史中挖掘各式各样的文化和意识形态的异端分子，并且颇为自豪地宣扬这些个人或学派的思想、理论与文学创作，并欣然将其视为自己的同道。在耿云志看来，这些异端资源包括：（1）先秦的非儒家派别；（2）上起《诗经》，下迄明清白话小说的一切民谣、民歌和白话式的作品；（3）魏晋时代的反叛文人的写作、思想和举止；（4）从王充到康有为、章炳麟这一怀疑的、不迷信权威的传统；（5）从墨子经由王充、再到清中叶的实证主义和实用主义这一中国实用主义传统；（6）从王莽、王安石、张居正到“百日维新”康有为、梁启超、谭嗣同等人的政治和思想活动。①

周作人与这些文学、思想和政治倾向都有着极为密切的联系，这是由他的教育背景、阶级意识和他早年在白话文革命中形成的思

① 耿云志：《中国新文化的源流及其趋向》，《历史研究》1994 年第 2 期。

想状况共同决定的。即便早在五四运动时期，有意识地重建非正统的传统就已经是他最关心的议题了。他提倡研究中国的民间歌谣，并且在诗学上努力尝试将现代思想的灵感同在中国散文传统中滋生的平衡的美学风格结合在一起，这一努力在当时就被高度评价为新文化运动中最具有实质意义的“成就”之一。在文化上重新发掘一个非正统的“传统”，既为新文化开掘了资源，也成为了一个历史命题——将现代性视为“过去”的一道地平线。如果我们根据这一诠释学操作（operation）来看待周作人1927年的转变，我们将会发现这一转变不过是为他自己的思想和风格规划的逻辑发展添加了一个感伤的注脚，而这一规划在一个更深的层次上宣告了新文化的危机。

一、历史—文化差异与现代性的内化

1932年春，周作人在辅仁大学作了一系列演讲，这些演讲经由他的一位学生记录和汇编，最后形成了《中国新文学的源流》一书。这本书1932年在上海出版以后，立刻成为了一部经典。不仅因为这本书表明了周作人对文学的大体看法，尤其是对新文学的看法，而且通过对张力重重的中国文学史进行系统的重新解读，周作人阐发了他的散文理论。事实上，正如我将在下文中表明的那样，这一作品的重要性和它在理论上的意义远远超出了文学史的范围。毋宁说，它是在为“五四”知识分子的文化工程发言，亦即针对传统来定义白话文革命，针对日常生活和前美学状况来建构新文学（作为一种思想的话语和文体的实践）的经典，最后在一个文化—政治自我确认的过程中，使新文化重新建基于一个重新发明出来的传统之上。

《中国新文学的源流》试图提供一个新文学的系谱，并以自己的方式重新定义传统及其流变。在这一新的系谱中，“现在”不仅在传统中找到了它的根基，并且将一个业已存在的生活世界——作为一直与“主流”相互缠绕在一起的被压抑的过去——收归名下，以便用自己的方式定义传统和变革。为了实现这一目的，周作人把中国文学的历史区分为两个系统，并且把这一历史重建为这两个系统在时间维度上互相竞争、互相更替的过程。如其所言：“中国的文学，在过去所走并不是一条直路，而是像一道弯曲的河流，从甲处流到乙处，又从乙处流到甲处，遇到一次抵抗，其方向即起一次转变。”从而，他给出了整个中国文学发展的图示：

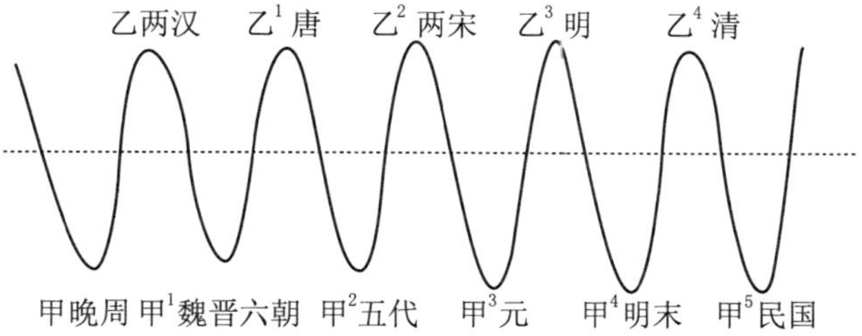

在上面的图示中，虚线表示中国文学在时间发展上的方向。周作人指出，这样一个直线的发展线条是纯粹空想的，实际并不存在。这条线的下方，是表现主义的传统，或者说是处在“诗言志”旗帜下的文学；而在这条线的上方则是教条主义的传统，或者说处在“文以载道”的教条统治下的文学创作。

周作人这样解释文学史，其本意当然不是要为中国文学史的研究提供一种新理论或新范式，毋宁说，这一解释完全是他文化批评活动的一个必要组成部分。在这样一种叙述中，中国文学史第一次成为了一个想象中的连续体，它建立在两种对立的倾向或力量的持续斗争之上。这一投射的能指，与其说具体体现了这两种倾向或力量的共同的、普遍的意义和价值，不如说它作为区分两个具有各自历史的疆域的边界而存在。更确切地说，它是作为这两种历史互相竞争和互相作用的场所而存在的，在这个空间中，各种文体样式、文学范式和文化霸权从支配、反抗和寻找替代性方案的过程中发展了起来。乍看之下，周作人描绘的中国文学史，就像一条蜿蜒穿越文化地貌的“自由自在的河流”，这如果不是出于纯粹的偶然而形成的一个超历史图式，就只能是一个非历史的圆圈（“遇到一次抵抗，其方向即起一次转变”）。然而当我们进一步仔细观察，就会发现周作人的图示旨在从一系列儒学正统文学经典所统领的文学史编纂中挖掘出具有内在差异性的历史。在这一描述过分简单的戏剧化伪装之下，周作人实际上指出了中国文学过往经验内部某种激进的异质性。这一内在的多样性或异质性不仅仅解构了“中国文学的伟大遗产”这一压迫性的同一性，而且它还通过一个关键的区分，进一步使这一复杂的经验呈现在一个现代的视角中，这一视角从西方以及从曾被它排斥的“传统”中寻求自己的同盟。

周作人在《中国新文学的源流》中详细地解释了自己的“理论”，值得我们来做一些更为细致的考察。对于周作人来说，文学的兴衰和社会—政治的处境密切相关：前者越好，后者就越糟。从春秋到战国这段时期，“正是大纷乱的时候，国家不统一，没有强有力的政府，社会上更无道德标准可言。”但正是在这样一个时代，我们看到了第一次文学和思想的创造性爆发，一次以诸子百家为代表的文化大繁荣，这是因为社会—政治的多样性和解体状态使得“文学上没有统治力量去约束它”，因此，“人人都得自由讲自己的话，各派思想都能自由发展。”周作人把这一时期定义为中国文学史上“第一次诗言志的潮流”。①

与这一状况相反，在西汉时期，社会比较稳定，经济发展比较顺畅，政治体制也相对公正。然而自从董仲舒以来，“思想定于一尊，儒家思想统治了整个的思想界”，其后“文学也走入了载道的路子”。在周作人看来，除了伟大的史学家司马迁的作品以外，这个时代很少有文学作品可以和晚周和随后的魏晋时代那些富于原创性的、充满生机的、在形式上独具禀赋的作品相媲美。②

既然中国的社会始终在乱与治、衰退与复兴中摇摆，中国文学也就经历了个人创造力的繁荣时期，以及在单调僵化的官方儒教意识形态影响下的集体平庸时期。周作人态度鲜明地认同那些自己所喜欢的作家作品，并批评那些他认为“无聊”的作品。比如说，他赞赏像六朝时期的《洛阳伽蓝记》《水经注》和《颜氏家训》这些相对生僻的非主流作品，不仅欣赏这些作品对日常经验平易自然的讲述，而且欣赏他们思想上的坦诚和豁达，用周作人自己的话来讲“即使叫现代的文人写，怕也很难写得那样好”。③相反，他对在中国文学史中几乎占据无可争辩的经典地位的唐代文学却评价很低。在他看来，唐朝诗歌的繁荣只不过是科举制度的副产品，因为当时的诗歌写作不仅在考试中是必需的，而且还是选拔官员最重要的标准。于是，“作品多了自然有很多的好诗”，周作人争辩说，这个情形与写作主要作为一种私人表达的“六朝时候的创作情形是很不同的”。④周作人进一步挑出堪称唐代最伟大的散文家、号称“文起八代之衰”的韩愈，以其作品为一种坏文学的“随手的举例”，这种

①② 周作人：《中国新文学的源流》，北平人文书店1934年版，第37页。

③ 周作人：《中国新文学的源流》，北平人文书店1934年版，第38页。

④ 周作人：《中国新文学的源流》，北平人文书店1934年版，第40页。

文学以宣扬儒家道统的说教目的为己任。

周作人明确地将“言志”传统和“载道”传统对立起来，这给人以这样的印象，即他更关心的是将中国文学史分成两个部分——一个好的，一个坏的——从而为他的追随者们指出正确的文学道路。周作人关于摇摆在两极之间的中国文学的看法，似乎与历史和美学的循环论有所接壤。这种笼统而言对于历史，具体而言对于文学史似乎是愤世嫉俗的观点——即把历史看作循环的、非历史化的一幕戏——招来了一些轻率而简单的质疑。周作人的确宣称，他更在意关于文学的一般观点或“态度”，而这可能强化了这样一种感觉：即他是以牺牲文学史为代价来构造某种“理论”观点，他的中国文学史是一条“自由自在的河流”的理论并不能处理由不同的文学创作思想所分割开的各个时代之间的复杂关联。然而一旦我们进行更仔细地观察，就会认识到，周作人并不是要在审美价值和政治立场上做出非此即彼的选择，毋宁说，他是将中国文学史处理成“一个”不断变革和转向的整体过程，一个充满着不连续性的连续体。比如说，在周作人看来，元代新文学运动，以元杂剧的兴起为代表，显示了中国文学从既存的回路和旧伎俩中解放出来的内在倾向。类似的，16 世纪上半期的前后七子，则是站在试图超越元代和明代早期文学范式的立场上，以一种复古——即回到数千年以前去继承春秋战国时期的遗产——的策略演化发展而来的。而周作人对公安和竟陵两派作家的欣赏则不仅因为他们在风格上有所创新，更在于他们看到了中国文学一以贯之的变革和再发明，这个想法甚至比“现代谈文学的人或者还更要清楚一点”。[①]周作人强调公安—竟陵作家和新文学知识分子的相似之处在于都坚持对文学进行变革，

---

① 周作人：《中国新文学的源流》，北平人文书店 1934 年版，第 43 页。

并且提醒我们这样一个事实，前者生活的时代是在利马窦来到中国之前（即西方文化尚未传到中国之时）。①

真正要紧的不是废弃传统，而是告诉我们继承传统意味着什么，以及怎样通过激进的历史变革来改造和发扬这一传统。因此，周作人的观点并不是要表明在传统中有好的和坏的部分，并且告诉我们应该把“言志”传统看成是好的、正当的传统遗产，从而站在它这一边去反对与之相反的“载道”传统（尽管这恰好是他在30年代的特殊情境中所呼吁过的）。周作人所推动的是对传统的重新定义，这一工作基于具体历史时刻的偶然性和必然性，这些时刻中的每一个都呼唤着和预示了再现自身的方式。因此，中国文学发展中的“摇摆”模式，意味着凸显意在表达这一特殊情境的抵抗、妥协和激进变革的偶然性和必然性。从这一角度看，传统并不是一个物化的结构，由那些试图保存它们自己的正当性、权威性和权力的僵化的经典所构成，相反，它是“一条自由自在的河流”，为适应变化了的社会生活的地形，它在不断地塑造自己，不断地重新寻找自己的方向。因此，在周作人那里“言志”并非指个人内在情感的主观象征化，它毋宁说是一套再现机制，通过借助相对透明和自然的个人自我流露，确保了它与社会日常生活的有机联系以及对后者的全面参与。同样，周作人主张的（在某些时候自我承认的）反说教的说教主义则体现了去寻找和再现真理——并非任何道德、正统意义上的真理，而是现代生活世界中的“物质”现实——的强烈意图。

周作人完全赞同袁宏道针对当时文人照搬前代经典习气的抨

① 周作人半开玩笑地假设说，如果从现代胡适的思想中减去他所受到的西洋影响，科学、哲学（杜威的实用主义）等，那便是公安派的思想和主张了。

击。他全文照录地引用了袁宏道在《序小修诗》中的评论来表明自己的主张。公安派在周作人的中国文学史中是“言志”文学的典范之作，而《序小修诗》一文则是定义公安派文学主张的重要文献，因而在下面所引的袁宏道的论述中所透露出来的“变”的哲学，对我们领会周作人“依时代再发明和再定义传统”这一观点非常重要。袁宏道这样写道：

> 盖诗文至近代而卑极矣。文则必欲准于秦汉，诗则必欲准于盛唐。剿袭模拟，影响步趋。见人有一语不相肖者，则共指以为野狐外道。曾不知文准秦汉矣，秦汉人曷尝字字准魏晋欤。诗准盛唐矣，盛唐人曷尝字字学汉魏欤。秦汉而学六经，岂复有秦汉之文？盛唐而学汉魏，岂复有盛唐之诗？惟夫代有升降而法不相沿，各极其变，各穷其趣，所以可贵，原不可以优劣论也。①

周作人认为这些话“说得都很得要领，也很像近代人所讲的话”。②除了赞赏袁宏道对崇古习气的批评及其对于变革的提倡外，周作人还颇欣赏他对文学发展的“法”的理解。事实上，这一理解为中国文学史提供了一种新的叙事模式：在这样一种描述中，中国文学史出于不断打破先前作品陈规的意愿，形成了一个不断创新的动态过程。在《雪涛阁集》的序文中，袁中郎这样写道：

> 夫法因于敝而成于过者也：矫六朝骈丽饤饾之习者以流丽

---

① 袁宏道：《序小修诗》，引自周作人：《中国新文学的源流》，北平人文书店 1934 年版，第 44 页。

② 周作人：《中国新文学的源流》，北平人文书店 1934 年版，第 45 页。

> 胜，饤饾者固流利之因也，然其过在于轻纤，盛唐诸人以阔大矫之；已阔矣又因阔而生莽，是故续盛唐者，以情实矫之；已实矣，又因实而生俚，是故续中唐者以奇僻矫之。然奇则境必狭，而僻则其务为不以根相胜。故诗之道至晚唐而益小。有宋欧苏辈出，大变晚习，于物无所不收，于法无所不有，于情无所不畅，于境无所不取，滔滔莽莽，有若江河。今人之徒见宋之不法唐，而不知宋因唐而有法者也。①

在这个段落里，袁宏道在“新的文学”内在的两种倾向或功能之间建立了一个微妙的平衡。一方面，“新的文学”通过修正前代的经典发动了一场范式革命；另一方面，它寻找和辨认着它自己的历史处境，把自己牢固地建立在“传统”之上，并既否定又肯定地汲取传统。这样一种平衡和周作人的努力相吻合。周作人一直试图在旧与新之间，在作为巨大而极为复杂的经验体的中国文学与作为在形式和风格上努力追求“肇始现代性”（incipient modernity）的白话文学之间，建立一种更具实质性因而也是更为辩证的关系。在周作人看来，袁宏道在这里所表达的中国文化史上的“变”的观念比生硬地认为“中国过去所走的全非正路，而只有现在所走的道路才对”要“高明得多”。②胡适的《白话文学史》阐发了后一种观念，“五四”时期那些试图建设“新的文学”的知识分子们共享着这一观念。周作人对新文学阵营里的同伴们所做出的微妙批评，与其说改变了新文学是一场文化革命这一看法，不如说表明了他更关心的

---

① 袁宏道：《雪涛阁序》，引自周作人：《中国新文学的源流》，北平人文书店 1934 年版，第 45—46 页。

② 袁宏道：《雪涛阁序》，引自周作人：《中国新文学的源流》，北平人文书店 1934 年版，第 46 页。

是依据它的历史、社会和文化条件重新定义这一革命。

作为一个启蒙知识分子，周作人迫切地想凭借着对现在的敏锐理解而穿透过去的世界，这使他获得了中国文学的历史发展的私密知识（intimate knowledge）；而这些知识反过来又使他在一个更广阔的历史动力机制的背景中重新审视现在的文学和文化革命。所有这一切，最终使周作人得以在不失其根基和立场的前提下锻造出一种关于现代性和启蒙问题的激进观念，使他可以在一个他所自觉归属的并且他首先在其中看到革命必要性的特殊的传统中来定义这一巨大的变革。从这个角度出发，周作人将“五四”以来的新文学运动看成是对清代主流文学、文化和意识形态的一个必要的反动（“清代”在文学和学术层面上，大致指1700年到1900年这段时间）。而清代文学本身也是对于像袁氏兄弟、李贽这些被周作人视为文学上遥远的同道和伙伴的晚明和前清作家的反动。由于把新文学看作是继“公安派”和“竟陵派”文人之后“反动力量所激起的反动”，周作人建议深入彻底地研究作为新文学运动的“原因”的清代文学。他总结到：“不看清楚清代文学的情景，则新文学运动所以起来的原因也将弄不清楚，要说明也便没有依据。”①他在这一立场上走得很远，以至于他极力主张北京大学需要开设课程研究已经臭名昭著、久已废弃的八股文——将八股文作为一种文体、一种制度、一种精神和文化遗产来研究——因为他看到了“八股文和现代文学，有着很大的关系”。②

因此，周作人关于中国文学弯弯曲曲的谱系的描述中，最有意思的部分不在于他对历史所进行的戏剧性的（并且看起来是相当简

①②　袁宏道：《雪涛阁序》，引自周作人：《中国新文学的源流》，北平人文书店1934年版，第55页。

单化的）划界，不在于他极为清晰地区分出“载道”和“言志”两极。毋宁说，这一理论的重要性在于它对中国文学范式变革的特殊情境和条件做出了精微的分析和叙事，这一分析/叙事不仅有助于人们对白话文学运动做出历史的理解，同时，它进一步为身陷社会巨变和文化冲突中的中国现代知识分子提供了一个思想模型，使他们能够在其中进行激烈的和相当复杂的斡旋、谈判和自我定位。

如果说，周作人对于公安派和竟陵派的挑战以及清代主流文学对这两者的反动进行的分析称得上是他的中国文学史理论路径的展示，那么在《中国新文学源流》的最后一章中，周作人则对白话文革命进行了详尽的历史化工作，他指出了这一革命复杂的史前史、它的多重条件以及这些条件的汇合聚集：正是这些使得 1919 年的新文化运动得以兴起。首先，他从四个方面勾勒了晚清文学所处的大致情境：

1. 在第一次鸦片战争以后，特别是在太平天国运动以后，八股文在政治上名誉扫地。在维新派看来，八股文是绝对空疏和无用的，因而在科举考试中它被策论所取代。八股文在社会和文化方面的影响经过很长一段时间才消亡，但西方新思想的引入和白话文愈加广泛的使用（即使用白话文从事社会动员和获取公众支持）显然使得整个古典文学越来越失去价值。

2. 随着作为清代学术基石的“汉学”的衰落，学者们渐渐将兴趣转移到了诗歌、散文、戏剧和小说上，有些人比如俞樾（曲园）、李渔（笠翁）、金圣叹、郑燮（板桥）和袁枚（子才）甚至成了脱离正统的非主流作家，因此在周作人看来，“于是，被章实斋骂倒的公安派，又得以复活在汉学家的手里。”

3. 作为传统的“载道”派，富有影响力的桐城派作家也被迫做出转变。比如严复转向翻译西洋科学和哲学方面的著作；而林纾则开始翻译西方小说。尽管在章太炎那样的激进主义者看来，严复的翻译依然有着“八股调”，而林纾翻译欧洲小说的动机在于显示西洋文学与《左传》《史记》并无二致。但周作人认为，这些新元素标志了一个意义深远的思想和意识形态上的分水岭。尽管严复和林纾依然是旧的写作形式的热忱捍卫者，但他们最终还是被新的形式——作为他们所引介的思想的合适形式——所抛弃。

4. 通俗文化，特别是通俗小说（比如说《孽海花》）照旧发达，这些作品构成了和精英主义者的主流文化截然不同的面向。

周作人的分析是沿着两个方向展开的。一方面，他简要描述了从1894年中日甲午战争以来的社会政治事件，这些事件极大地重塑了中华民族的思想和心灵，他提醒我们注意，（从严复到梁启超）文化改革中的最初创举是由彻底改造中国社会这一政治动机所驱动的。另一方面，周作人列举了文学和思想领域中业已存在的立场和选择，从桐城派和西方文学的译介，再到晚明散文的余绪和白话文在思想论争和文学实践中的悄然复兴。在将这两股事件和潮流拉拢在一起的过程中，周作人向我们揭示出，中国社会所发生的意义深远的历史变革，必须通过自己的文化和象征范式的内在变革来表达。因此他帮助我们认识到，尽管社会历史和文学形式的历史并不总是具有相同的结构，也不总是以一种共时的方式演进，但它们却创造出一个特定的情境，在这里，那些将自己表现为唯一的或最合理的选择的事物，必须在困境中闯出自己的道路从而开创一个新的范式。

事实上，在《中国新文学的源流》一书中，周作人向我们表明了，在清朝末年文化和思想的生产领域中，从宋学（哲学和形而上学）、汉学（语言学，语文学和史学）到文学中的各种倾向，诸如以桐城派为代表的古典散文，或者晚明浪漫主义的余韵等，每一种可能的立场和方向都被证明是枯竭的资源和风格的死胡同。当作为其话语结构的儒教意识形态或世界观遭遇到前所未有的危机之时，文言文的霸权地位也动摇了。就此而言，周作人认为严复、林纾甚至被称为“屠杀太平天国的刽子手”的曾国藩和其他一些儒家正统的热忱拥护者，都在白话文学的历史复兴中扮演了极为重要的角色。这是因为他们政治上和文化上的实用主义恰恰削弱了他们试图补救的那个象征秩序，并因此为新文学在1918年前后的最终突围铺平了道路。然而，最后的推动力或者说社会和文化能量发生聚变反应的来源却并不是“自然地”发生的。事实上，必须要有某种文化上的催化剂才能触发这一反应链。周作人借用古典小说《三国演义》中家喻户晓的名言，将这种情形称作“万事俱备，只欠东风”。周作人补充道：“所谓的‘东风’在这里却正改作‘西风’”，“即是西洋的科学、哲学和文学各方面的思想”。当民国初年西方的思想被足够多地输入到中国以后，“文学革命的主张便正式的提出来了”。①

周作人把新文学革命定义为一场文化“复古”或者说“文艺复兴”运动，绝不意味着他分享了保守主义的唏嘘感伤，这种感伤情绪在“五四”之后的十年中悄悄地潜返，并成为文化领域“自由”派的时尚。②然而，必须在以下两者之间划分出一道准确的界线：

① 参看周作人：《中国新文学的源流》，北平人文书店1934年版。

② 事实上，周作人与新文化阵营中的其他人一样，对任何一种关于传统的本质化概念都是非常无情的。和他的同志们一样，周作人早年所受的传统教育使得他对“中国文化遗产”的批判极具破坏力。他批评说传统中有四样“遗产”特别值得我们注意，那就是太监、小脚、八股文和鸦片。他就这四个题目写了大量的文字，并且从来没有为些许带有精英文化倾向的自我种族意识——这在世界主义的“五四”作家群里是非常普遍的（尽管“五四”知识分子在面对西方或日本帝国主义时同样显露出不可屈服的民族主义激情）——而辩解。我们已经在第五章中讨论了他对八股文的细致研究，他的散文《太监》收在《夜读抄》中。

一个是为作为神话时代的“过去”进行“美学”招魂，一个则是通过解构过去而使过去成为现代性问题必要组成部分的文化—批评工程。正如我在前文所讨论的那样，周作人研究在中国当代文学研究领域里的复兴与思想上的“文化寻根运动”密切相关，而这一“寻根”运动为文学和文化从中国社会主义的主流话语中脱离出来提供了象征资本。在这种背景下，被“重新发现”的周作人带来了一种危险，即与他本人的思想抱负和文化策略相抵触。钱理群在《周作人传》中，就周作人与后毛泽东时代的寻根运动的关联性给出了一个简短却重要的暗示，这一看法既是富于启示性的却又亟需一些基本限定。[①]说它富有启示性，是因为不论是周作人的晚期散文创作还是80年代寻根作家的作品，都试图以迂回传统的方式构建另一个可供选择的文化政治空间。当钱理群指出周作人关注的是“寻找‘五四’新文学与传统的内在联系”并“使‘五四’新文学真正在本民族的土壤上扎下根来”[②]时，他大体是正确的。然而一旦钱理群将“根”与周作人的活动联系起来，一个根本性的悖论就产生了。因为这一术语及其所代表的运动具有完全不同的文化—政治诉求和思想倾向。后毛泽东时代的中国作家试图通过对古老而遥远的时代进行“人类学发现”从而为中国的现代主义建立一套制度，周作人却尝试着为新文学及其内含的意识形态提供一整套具体的历史阐述。在寻根作家那里，“根”总是不加批判地指涉一些“空间性的”“形而上的”和“被神秘化了的”事物（地方风俗、宗教、集体无意识等等），也就是说，是一种最大程度上去历史化的“文化”，因此，“追溯”只不过是一个巨大的隐喻，通过它寻根作家们

① 钱理群：《周作人传》，北京十月文艺出版社1990年版，第364—369页。
② 钱理群：《周作人传》，北京十月文艺出版社1990年版，第369页。

才能够“向前”跃入日常生活的领域，进入审美性的生成，并由此进入“世界文学”（这本身是后革命时代和后现代语境中一种激进的政治行动）。相反，周作人所从事的却是一个历史化的区分，通过这一区分使得传统去神秘化，从而可以被新文学所利用。周作人从来不曾“倾向传统”——假如把这个“倾向”放在过去和现在之间来衡量的话。恰恰相反，他总是倾向于现在，以至于他急切地想在理论上定义什么是“新”，这个“新”可以充分地把“旧”归为己有，并将自身建构为现在的传统。

与寻“根”相反，周作人是在历史的荒蛮（wilderness）中播撒下现代的种子，他好像是要证明在正统之下总是存活着生命，去证明本土的土壤也能够抚育新文化的稼穑。因此，尽管钱理群的著作在别的方面深思熟虑，但在这一点上，它没能挑战一直以来的习惯性解读，情况正相反，周作人的《中国新文学的源流》是对中国文学的过去经验最不“伤感”和最不“怀旧”的作品之一。它并没有在过往中注入忧郁的情思或者移情于往昔的器物之中，周作人所表明的是新文学可以而且必须在一种期待着通过新文学的积极介入而获得解放的文学、文化历史中，找到自己的盟友，甚至是自身的谱系。

周作人书里所描述的中国现代文学史上的许多历史事件及其的运行轨迹，如今看来也许都已经变成了常识。但在组织和阐述自己看法的过程中，周作人为我们展示了很多有意思的理论触发点，它们的文化意义有待于进一步发掘。通过历史分析的方法，周作人破坏了作为统一实体的传统，并且向我们展示了传统内部的动力和种种可能性，它们最终捕捉到了新文学并将其作为自身的历史表达。在这个过程中，周作人不仅使传统最大程度地为现代经验所用，并且给我们提供了一个将变革和现代性本身内在化的纯熟的（sophisticated）机制。对于周作人来说，现代性不是一种外在的力量，它不是一种强加于中国原本封闭自足的文化系统并阻断其进程的力量。毋宁说，现代性是传统在当前的状况，这一状况由外部力量和内在冲突共同构成。内在冲突通过外部力量而解决自身矛盾，外部力量也只有依赖内在冲突才能发挥功能。这样一种“一元论书写”不仅标志了周作人的文学风格，同时也是他的话语和思想原则，他凭借着这一原则去生活并理解那个极端多变而异质的时间和空间。在这个意义上，周作人最好并且最有力地代表了“五四”“新文化”的传统。这一新文化令人震惊的稳定性（它总是使那些在后现代和后殖民世界中的追随者们显得苍白无力）在于它拒绝通过空间进行思考（即东方和西方对立的错误话语），也拒绝借助时间去思考（同样错误的一套话语，即传统和现代的对立）。换句话说，周作人的某些作品所表现出来的“五四”一代的文化视野，总是建立在一种可贵的“感性确定性”之上，其原因就在于这些人全力以赴地介入了由不同的象征秩序和时空（TimeSpaces）所带来的解放性的混乱之中。

由此看来，给周作人那一代知识分子贴上“传统中国知识分子的最后一代和现代中国知识分子的第一代”的惯用标签，[①]不仅感情用事，而且不得要领。因为在这种特殊的情境中重要的不是他们双重的生活经历和分裂的文化性格或文化身份。事实上，约瑟夫·列文森关于中国现代知识分子怀有“传统情结”这一著名诊断，即“在理智上疏离传统，在感情上倾向传统”这一说法，很难应用在

① 这类说法几乎已然成了中国学者研究“五四”知识分子时的基本常识乃至陈词滥调。即便是在最晚近的周作人研究的著作中，比如在钱理群的和舒芜的原创性著作中（两者在当下学术研究中被频繁征引），这一代作为沟通传统和现代的“桥”的意象仍然是不容置疑的。

周作人身上。因为事实是周作人恰恰在感情上要求与过去作本体论上的分离，却在理性上尽力去分析和重建过去与现在在文化和意识形态上的联系，以便为新的秩序奠定认识论的基础。①然而，这并不意味着列文森关于变革的连续性与断裂性的洞见是无效的，正如他在《儒教中国及其现代命运》第一卷序言中所说："在中国历史中的很多时候，新思想如果想要被接受，就必须被证明是与传统相融合的。而在更晚近的历史时期中，传统如果希望被保存，就必须被认为是与新思想相协调的。"②然而，在当下的语境中，列文森这一说法成立的必要前提是我们把现代性视为构成社会—文化系统的一个历史空间（即便不是一个"本体论的"背景），中国知识分子在其中遭遇到现代世界这个问题，由此调整着自己的方向，"传统"作为这个问题的一个面向，既是物理遗迹也是一种内在的经验。列文森对中国现代思想史的理解经常反映和投射了他自己，作为生活在20世纪美国、具有世界主义倾向的一位犹太知识分子，他所特有的焦虑和困境。和他的欧洲同胞不一样，列文森并没有将自己建立在犹太人这个身份认同上。但是，和卡夫卡与肖勒姆（Scholem）一样，列文森也一直关注着这样一个问题：在启蒙时代，作为一个衰退的传统和溃散的社群中的一员，这到底意味着什么？在普遍主义和世界主义的话语框架里思考，列文森提出了"我们是谁？我们往哪里走？我们有什么样的社会和文化方案？"等问题。这使他能够对儒教中国及其现代命运有着同情性的、个人化的解读，然而这

① Levenson, Joseph R. *Confucian China and Its Modern Fate: A Trilogy*. Berkeley: University of California Press, 1965. Levenson, Joseph R, and Frederic E. Wakeman. *Revolution and Cosmopolitanism: The Western Stage and the Chinese Stages*. Berkeley: Univ. of California Press, 1971.

② Levenson, Joseph R. *Confucian China and Its Modern Fate: A Trilogy*. Berkeley: University of California Press, 1965, p. 21.

也免除了他思考其他迫切相关的问题（诸如阶级、意识形态、权力关系以及历史本身）的任务。因而，他在文化和传统上的“悲观主义”可以视为对现代性和启蒙运动的某种温和的哀悼，而这一哀悼往往非常接近政治上的保守主义。这一意识形态抱负（ideological enterprise），即使抛开个人趣味不论，很明显未必——像“五四”知识分子身上所体现出来的那样——同情中国现代文学、文化和思想发展史。事实上，列文森所假设的中国现代知识分子面临的“困境”不仅早已在理论和文体上被正视，而且在1930年代已经导向了各种各样的“解决方案”。

作为20世纪中国一个充满激情的启蒙知识分子，周作人毫无保留地拥抱着启蒙运动。他攻击一切冥顽不化的愚昧、迷信和独裁统治。事实上，正是他对作为生活世界的“传统”的彻底拒绝，才使得他对于顽固的“过去”渗入到我们自己的时代非常警觉，并使他能够在理性的实验室里对之加以分析。在我看来，周作人处理“传统”的新意在于他对传统密切的参与和无情的区分，从而将现代性的冲突放置在了“传统”自身的舞台中心。在《中国新文学的源流》里，周作人向我们展示了一个混乱的、动荡的和多元的“传统”的概念何以成为一个有力的、解放性的源流：它不仅是新文学体制化的源流，事实上也是一个处于初始和脆弱状态的现代日常生活编码化的源流。对于周作人来说，只有当后传统时代的现代个人感到需要把传统收归己有时，传统才成了一个意义丰富的议题。正是从这一新浮现的主体—位置的视角出发，我们才能去考虑如下一种辩证关系：传统在被新事物穿透并成为其图景（image）的同时，被理解为是过去与现在的一种激进的重组，它将新事物包含在内使其成为自身的内在范畴，成为悬而未定的视域和矛盾的当下条件。我们从《中国新文学的源流》中学到的新东西正在于它轻而易举地将一个全新的传统带入到了当下正在展开的戏剧之中，而这一戏剧，反过来，也正是在唤醒了一个被压抑的过去之后才被赋予了新能量并得以存活。通过解读历史上那些与他志趣相投的人的作品，周作人编织了一个谱系学，但这并不是一个由传统的内在愿望所推动的自足的行动，而是一份久已失散的朋友们的清单，他把他们请回新文学的话语世界，和他们进行了一次惬意的闲谈。

二、 结缘：朋友，引用和救赎

毫不夸张地说，至少在周作人自己的文学作品中，“引用”成了被解放的传统参与到新文学中去的典型方式。如果说周作人 1927 年以前的散文中的大部分作品是文化、社会评论和诗化散文，那么在 1927 年以后就集中在读书笔记上了。周作人 1934 年的《夜读抄》，即《永日集》之后的一个集子，可以视作一个转折点，这标志了周作人在他晚期文学创作中有意识运用的“引用”策略已经发展成熟了。在 30 年代，周作人绝大部分的散文创作都是建立在对西方、日本尤其是对中国古代和近代作家作品的细读上。这种“读书笔记”类型的写作涵盖了他在 30 年代所著的大部分散文集，从《苦茶笔记》（1935），《苦竹杂记》（1936），《秉烛谈》（1936），《风雨谈》（1936），一直到《瓜豆集》（1937）。事实上，当周作人通过这些作品逐渐成为了“右翼”作家的精神领袖的同时，针对他退缩在图书馆一角当“文抄公”的批评也同样没有停止过。

在周作人对文章仔细而精心的组织安排中，这些看上去总有些超出正常比例的引用，却形成了它们自己的共同体。当我们试图将

“社群”（“共同体”）这个词应用到对于周作人的讨论中时，我们当然需要稍加说明。因为周作人“闭户读书”的形象，以及他有时候非常决绝的自我疏离的姿态，似乎排除了将他放置在任何社会或思想团体之中的可能性。事实上，30年代的文化和政治环境也似乎鼓励这些启蒙运动的老将们将他们关于新文学的独到观点安置在自己私人生活的内部，而不是外部的公共空间。自1927年起，尽管不情愿但还是断然地退出社会领域之后，周作人也就自觉响应了这一内在的必要性（周作人也就跟从了这一内心的召唤）。不过，正如我们在前面的章节中揭示的那样，在他苦涩地宣称失败的过程中，他却成功地拓展了现代散文的疆域，借着重新发明的“理性”和“个人风格”的体制，周作人坚持不懈地从事着重新组编“新文化”的工作，并且延续性地攻击任何他认为不属于“新文化”的事物。而事实上，如果没有这样一个既是符号和理念的网络、又是一个志同道合者之团体的共同体的存在，周作人作为所谓右翼作家的精神领袖的地位和他的文化—政治活动的展开是根本不可想象的。也正是通过周作人不倦地寻找，持续地探访和痴迷地召唤，这一共同体才能得以存活。周作人微妙的“复古”策略无疑显示了建设这样一个共同体的努力——正是这个共同体使得周作人的“知堂”斋得以安置、保护和加强。

在周作人1936年的散文《结缘豆》中，他从自己读过的“杂文学”中引用了几个段落，介绍了一个称作“结缘”的古老的地方风俗。这一风俗根据地域的不同略有区别，但通常都包含在三月八日佛诞日那天给陌生人东西的举动，诸如向乞丐散铜钱，给路人分烧饼，或者沿路邀人吃盐煮豆。根据周作人引用的材料，这一风俗的关键之处在于“结来世之缘”。周作人在文中写到，至从佛教传入了“结缘”的概念，中国人就很看重“缘”，有时候还把它说得很神秘，以至近乎于宿命。而在这个地方风俗里，周作人感兴趣的则是“温和的人情”和“十分积极”地邀请那些从未见过面的人的行为。在他看来，“缘”似乎和其他一些佛教概念诸如“出世”和“轮回”不大一样，因为其他一些概念总让人觉得“太冷太沉重”。①在文章开始部分的引用以及对于这一风俗做了一些人类学、社会学似的简单介绍之后，周作人对“结缘”作出了如下评论：

> 为什么这样的要结缘的呢？我想，这或者由于不安于孤寂的缘故吧。富贵子嗣是大众的愿望，不过这都有地方可以去求，如财神送子娘娘等处，然而此外还有一种苦痛却无法解除，即是上文所说的人生的孤寂。……人是喜群的，但他往往在人群中感到不可堪的寂寞，有如在庙会时挤在潮水般的人丛里，特别像是一片树叶，与一切绝缘而孤立着。念佛号的老公公老婆婆也不会不感到，或者比平常人还要深切吧，想用什么仪式来施行祓除，列位莫笑他们这几颗豆或小烧饼，有点近似小孩们的“办人家”，实在却是圣餐的面包蒲陶酒似的一种象征，很寄存着深重的情意呢。我们的确彼此太缺少缘分，假如可能实有多结之必要，因此我对于那些好善者着实同情，而且大有加入的意思，虽然青头白面的和尚我与刘青园同样的讨

① 总的来说，周作人对佛教感兴趣却不喜欢和尚。既然周作人把佛教看成是中国历史上很长时期内唯一一个可以和本土传统抗争的“外国”宗教，他就将某人对于佛教的态度作为测试其作品的宽容程度因此是可赎救程度的一块试金石。另外一块试金石是对女性的态度，周作人曾经对朋友这样谈到，中国历史上的任何作品，只要他看不起佛教或者女人就不值得读，不管它被评价得有多高。周作人这样的态度当然是一个政治的姿态或文化政治的策略而不是一种思想上的甄别。用周作人自己的话来说，他是“无宗教”的。

厌，觉得不必与他们去结缘，而朱漆盘中的五色香花豆盖亦本来不是献给我辈者也。①

如果说周作人“闭户读书”的姿态是努力让自己躲在紧闭的大门之后，那么，很多事实可以证实，他同样也在焦虑于如何打破社会强加在自己身上的束缚，从而参与到一个更大的象征和精神的社群（共同体）中去。在我前面的论述中已经说明，周作人的“隐退”并不是要放弃一种激进的启蒙想象，他不过是改变了策略去维护和阐发作为一种新的主体位置的日常规范和象征特性的新文化，而这一主体位置也反过来为原本“无根”的新文化提供了社会的和道德的落脚点。周作人作为一个“文抄公”的美誉或恶名显示了他有意识地通过阅读和摘抄的策略去建立一个思想团体和文化社群（共同体）的抱负。周作人坐在私人的书斋里，通过自己的散文穿越了时空，与众多新老朋友相遇。在这样一种“结缘”的仪式中，周作人使他的“苦茶庵”成为了与这些思想上的同道，也就是他所说的“近代人”聚会谈天的地方，也就是在这里，他发现自己被他们妙趣横生的语言和毫不恭敬的幽默所包围。对于周作人来说，除了在这样一群思想自由的朋友们中间，没有别处能使你更充分地成为“个人”；也再没有别处可以比融入这样一个情感同与之共鸣的事物相混合的象征世界更能让人感受到内在自由的活力与安心了。如果说作为自由主义者的周作人发现他被抛弃在一个现代性的沙漠中，被“人民”和政权所疏离，那么作为激进分子的周作人却从来没有停止过反击，在被迫的平静中，周作人一直在争取他的权力——事实上是他的特权——也就是作为一个顽固的启蒙知识分

① 周作人：《结缘豆》，《瓜豆集》，宇宙风出版社 1937 年版，第 253—254 页。

子，活在一个正常的，真实的，有意义的，有时候甚至是舒适惬意的生活中——在他散文的内部和外部都如此生活。就此而言，新文学的源流对他来说同时也是一个新的生活社群（共同体）的源流。

周作人想象中的朋友组成了一个象征的社群（共同体），这个社群（共同体）包含一个超越时空的世界。在他的“苦雨庵”里，我们碰到了西方哲人、日本作家、被他邀为同志的明清文学革命中的作家，他在古代找到的同道以及他在地方志这样的“杂文学”中漫步时偶然碰到的朋友。在这些人中，最常见到的是李贽（卓吾），傅山（青主），金圣叹，俞正燮（理初），这些人经常定期聚集在周作人创作小品文的书斋里，他们聊天、交换讯息、互相启发，共同分享着幽默与智慧。也许颇具讽刺意味的是，恰恰是在他书斋“自我封闭”的内在空间里，在这些古书“枯燥乏味的书页”上，文学革命才能安置下来；同时恰恰只有在这些已逝的士绅文人的反叛者中，一个激进的新文化知识分子发现了一个可以分享日常经验的朋友圈子。

然而也就在这些时刻，在自己这代人和一个根本上是异质的过去之间所共享的经验之中，周作人似乎获得了一个扩充了的自我。①只有在这个意义上，我们才能正确地领会钱理群的洞见：周作人转向过去所展示的绝非他思想上的无望，而是他对新文化的主体性“一种更深刻的把握”。②因此，周作人重新发明传统，以之作为中国新文学的源流，预示了一个双重过程：在努力将传统改造为现代的表征之外，通过把激进的现代融入一个社群（共同体）的文化符码和道德举止之中，通过将它作为一种日常的生活方式来实

① 钱理群：《周作人传》，北京十月文艺出版社 1990 年版，第 366 页。
② 钱理群：《周作人传》，北京十月文艺出版社 1990 年版，第 364 页。

践，他寻求着使激进的现代常规化的方案。这似乎是他的个人主义的底线，也表现出他对日常生活规范化的迷醉。他对“结缘”和建设社群（共同体）的热情，可以看作是他为建构更开阔的主体性空间及其日常生活美学这一冒险更加成熟的形式。

三、扩大的文学概念

周作人投身于传统和文化社群（共同体）的再发明，这使他得以从看似狭窄的小品文的写作空间内部提出了一个扩大了的文学概念。事实上，认为当周作人将自我放逐到札记和随笔的丛林中后就从理论思考的阵地上完全隐退了是一个错觉。的确，以白话文革命时期重要的文学批评家和理论家著称的周作人，作为《人的文学》《平民的文学》这些开创性理论文本作者的周作人，在 1927 年以后远离了宏大理论，转而灌溉他的小品文园地。他将精力集中在体裁的实践上，意图为“后五四”的主体性重建它的具体性和感觉性。他放弃了作为思想青春期症候的对于理论公式的热情——一种彻底改造国民精神的信仰曾经鼓动着这种理论热情；然而，在《中国新文学的源流》里，周作人却依然展示了在理论上重新定义文学的热诚。正如我想阐明的，在更广阔的社会生活及其再现的领域里重构文学概念这一努力，是与他在现代性的时空（TimeSpace）中再发明传统的计划互相缠绕并互为阐释的。

从这个复杂运作的一开始，周作人就表现得谨慎而富于策略。他首先宣布说这不是对于中国文学史学术性的、专业性的研究，而只不过是一个作家个人的、并且颇有些古怪的见解罢了，周作人借此微妙地批评了当时中国文学理论和文学批评的学院化、经院化倾向。考虑到周作人作为颇有名望的北京大学国文教授这一身份，而且专攻早期现代的中国散文，这一说法就不能被看作是逃避学术严谨性的托词或者单纯的谦虚，毋宁说，这样一种说法和周作人希望在书中展开的理论运作密切相关。通过宣称《中国新文学的源流》的内容是完全“无所根据的发想”，周作人讽刺了那些坚持儒家正统或者那些死命照搬西方（主要是俄国）和东方（即日本）教科书的学者。然而，在直接的文化—政治领域以外，周作人最关心的，似乎是为自己以散文写作为媒介的理论运作清理出一片文化的、文化—历史的空地。他甚至否认了自己与他极为赞赏的公安派、竟陵派的任何理论关联，在他看来，公安和竟陵两派的文学运动聚焦在风格和文体问题上，而他要处理的是“作为一个整体的文学，它的主义和态度”。通过一种标志着他的晚期写作的独特风格，周作人指出，他的“没有根据的”理论同时也可以被看作是“很有根基”的，这取决于你站在哪个立场来看。然而《中国新文学的源流》的作者仅仅向我们揭示了他理论操作的一个来源：即来自“说书的”。①

于是这位通常被认为是通过他一己的风格将白话文提升到美学领域，因此也提升到高雅文学的（大写的文学）体制中的作家，将自己的论述建立在对文学读者和批评家们广为接受的“极其狭义的文学概念，也就是说纯文学”的抨击之上。与这样一种常规看法相反，周作人给出了一个山型文学类型划分图：

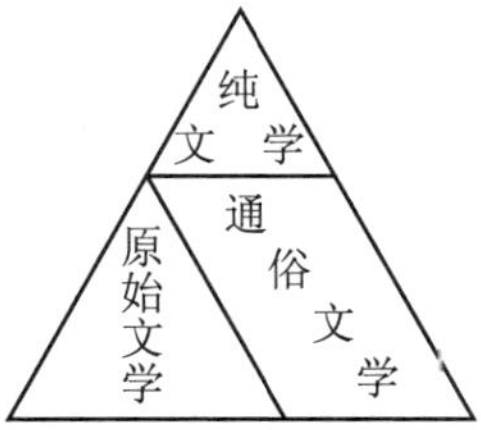

① 周作人：《中国新文学的源流》，北平人文书店 1934 年版，第 4 页。

周作人评论道:“我们现在所偏重的纯粹文学,只是这山顶上的一小部分。实则,文学和政治经济一样,是整个文化的一部分,是一层层累积起来的。我们必须拿它当作文化的一种去研究,必须注意到它的全体,只是山顶上的一部分是不够用的。”①

这一说法尽管极为简洁和清晰,听起来却像是从 20 世纪 90 年代当代文化研究理论教科书中直接引用过来的一样。然而周作人对文学研究方法论兴趣不大,他更感兴趣的是文学形式在一个充满创造性的、尚不具备形式的前文化世界(pre-world)中的历史发生论。因此,周作人在这里所做的不是重新将艺术作品安置在它的文化—历史语境中,而是去颠覆和拆毁这一文化—历史制度本身:去暴露它的史前史,这一史前史不单单是一个过去了的时刻,而且是文学艺术制度内部的永恒在场,正是这一“在场”将文艺制度本身与滋养了它的历史混乱和创造力,与它自身的解构和再发明联系了起来。

周作人是怎么定义“原始文学”和“通俗文学”的并不重要。对他来说,“原始文学”指的是像山歌民谣那样“由民间自己创造出来,供他们自己歌咏欣赏的”一种文学种类。在周作人那里,“这种东西所用的都是文学上最低级的形式,然而却是后来诗歌的本源。”②然而,这些并非是对“原始文学”总体的观察,而只是同儒家经典和中国文学史相关的特定观察。“现在,一般研究中国文学或者编著中国文学史的,多半是从《诗经》开始,但民间的歌谣是远在《诗经》之前便已产生了。”③在这里,将论述引入到前《诗经》阶段,本身就是一种削弱儒家制度对文学研究和文学阅读全面

① 周作人:《中国新文学的源流》,北平人文书店 1934 年版,第 13 页。
②③ 周作人:《中国新文学的源流》,北平人文书店 1934 年版,第 14 页。

统治的文化策略。尽管冒犯是在时间维度上发起的，它的含义却是哲学上的：将眼光瞄准一个异质性的、前儒教的世界观，对于那些正经历着全盘性的社会—文化秩序转变的现代中国人是富有启示意义的。作为一个启蒙作家，周作人将自己的使命界定为揭露那些被“物化”了的儒家正统，而不是去全盘拒绝传统。事实上，这个传统如此的活跃和异质，以至于无法完全拒绝它参与到现代性的现实化过程中来。

与之类似，周作人把“通俗文学”看成是在纯文学的影响下比原始文学高级一点的、由“低级文人”创作的一种文学再现方式。周作人告诉我们，在通俗文化中掺和进了很多封建思想，其主要包含的文类有通俗小说（比如《三国演义》和《水浒传》）、大鼓书曲本和现今报纸上每天刊登一段的连载小说。周作人认为这部分文学对中国社会的影响是最大的。他以一个去过现代希腊的英国学者为例，这个英国人回来后一味地抱怨说现代希腊人和苏格拉底、亚里士多德毫无瓜葛，周作人就此指出，在中国影响力最大的不是孔子和老子，或者说纯文学（比如唐诗），而是一种流行的准宗教，即作为“萨满教”迷信的道教。①如果说“原始文学”指向的是“前儒家”文化，那么“通俗文学”便是指“次儒家”文化了。这两个方面拓展了中国传统的定义，并且也预示了由新的文化实践所担纲的、对传统所作的激进的再诠释和再组织。

散文和诗歌在中国古典文学经典中占据了核心地位，而小说在传统视野中则是被边缘化而备受歧视的一个文类。因此，晚清以来的改良运动开始在文化干预行动中重视小说的复兴，梁启超的《论小说与群治之关系》是知识分子坚信小说力量的最为雄辩的论述。

① 周作人：《中国新文学的源流》，北平人文书店 1934 年版，第 15 页。

当新文学不断向前发展时，小说在政治和文化上的优越性被进一步强化了。周作人早年同样把小说放置在他的翻译、批评和理论建设工作的中心，后来他转向了散文领域，并且全神贯注于被他称为新文学“极致形式”的散文上。然而，这并不是说周作人努力将散文巩固为“纯文学”体制中的一种形式，相反，周作人不仅开拓了更加广阔的知识的疆域（人类学、神话学、心理学、性学等），而且“向下”深挖到一个令人眼花缭乱的通俗文化领域。这一切组成了周作人的“杂文学”，并且成为了其多姿多彩的散文世界的宽广地基。正如舒芜提醒我们的，这不是周作人在 1927 年转向的结果，这一杂文学要素在周作人的思想和文学发展中是一以贯之的。①

周作人 1921 年的集子《自己的园地》被广泛地称赞为“确立了中国新文艺批评的基石”（阿英）。但在这个集子里，周作人并没有在小说的议题上花费很大的篇幅，而极为倚赖对于“杂文学”的阅读。根据舒芜的统计，只有五篇文章是关于外国或中国小说作家的，却有五十五篇文章是关于这个“杂文学”的，这些文章涵盖了从神话、传说、童话、歌谣、小诗、日本的“川柳”、寓言、民间版画、儿童剧、谜语到日记和科学散文各个主题。之后这一个单子扩展到了随笔、札记、尺牍、家训、游记、笑话、滑稽文学、方志和地方风俗、流行宗教等等，其中以“随笔”为兴趣的焦点。

周作人对通俗文化和非正统表达形式的“发现”以及对之所持有的兴趣，不仅是他定义新文学“源流”策略的构成要素，也必须被视为他整个启蒙工程中必不可少的组成部分。在阅读通俗小说和戏剧时，他非常敏锐地意识到了两者既“低”又“高”的艺术特

① 舒芜：《周作人的是非功过》，人民文学出版社 1993 年版，第 182 页。

征；并且细致地区分出“活力的体现”，以及“僵尸”和“原始思想”两个不同面相。他既对神话和传说中平民百姓根深蒂固的迷信、愚昧与顺从进行批判，却也同时为他们一生经历无数痛苦却依然保持着力量、想象以及“健全和乐观”的精神状态所鼓舞。在评论日本浮世绘艺人的作品时，周作人认为他们应该被归为日本历史上的圣贤和哲人，指出，“假如要找出这民族的代表来问问他们的悲欢苦乐，则还该到小胡同大杂院去找，浮士绘工亦是其一。”①对于周作人来说，从事通俗文化研究不仅为新文学从儒教正统和士绅传统中解脱出来开辟了出生长的土壤，同时也使启蒙知识分子得以对其中所发现的文化和意识形态问题进行系统的批判。

尽管周作人在通俗文化中同时看到了希望和失望、梦想与现实，这却并非意味着周作人完全同情大众及其“粗俗的”文化表达。在谈到文化的时候，他从未持有平民主义的立场。恰恰相反，他对通俗文化的兴趣通常伴随着对于大众愈来愈强烈的消极看法，也伴随着他对于自己批判介入的精英性质有了日益明确的自我意识。当他在通俗文化中“披沙拣金”时，他充当着文化批评家和历史评判员的角色，从而在通俗文化中整理出能与现代性相容的思想和情感模式。然而，启蒙主义作家精英式的、经常赋予自我以特权的意识，似乎并没有阻碍他去寻求文学与其发源地——社会经验——的密切联系。不管是他对勒邦的群众心理学的简要赞赏，还是他根深蒂固的以进化论为基础的人类历史观，似乎都无损他对处在高雅文化之下的各种创造形式并能够孕育思想的力量的感受能力。从英国19—20世纪之交的文化哲学家，特别是赫伯特·斯宾塞（H. Spencer）那里，周作人自己引申出“文化全体的平均成绩”

① 周作人：《读日本文化书（其二）》，《瓜豆集》，宇宙风出版社1937年版，第85页。

概念。在他的文章《拥护〈达生编〉等》中，周作人支持北京大学图书馆整理收集各种混杂的亚文化作品的工作，这里的“达生编”就是这样一本非常流行的关于助产术的前科学小册子。他观察到：“关于性的现象，交接、孕娠、生产、哺乳、保育，种种民间的思想和习惯，如能收集研究，横的从地方上，纵的从年代上编成有系统的一种史志，我相信它能抓住中国文化的一面，会比《九通》一类还要多，还要精确。”①而早在1926年，他就已经写下：“我们自称以儒教立国的中华实际上还是在崇拜那正流行于东北亚洲的萨满教。有人背诵孔孟，有人注释老庄，但他们（孔老等）对于中国人民实在等于不曾有过这个人。海面的波浪是在走动，海底的水却千年如故。”②

在这篇文章里，周作人一再重复如上观察并且进一步主张“把这些成文的混合道教经典与不成文（却更为重要）的风俗礼节，广加收集，深加研究”③是很有必要的。考虑到周作人在30年代一以贯之地悉心为日常生活进行美学和思想上的重新编码，我们发现这个针对亚文化和“不成文”风俗的研究已经不再是一个针对物化传统的消极策略了。现在，它必须被视作一项重要工程的一部分，这项工程试图沟通遭到官僚文化（精英文化 mandarin）所否认的传统和想要超越官僚文化（精英文化）建立规范的新的文化系统。

在前面的一些章节中我们已经讨论过，从周作人最初变革民族国家的雄心到后来顽固的精英主义，再到能够“以平民的精神为基调，再加以贵族的洗礼”；从挫败的文化精英主义到建设一个启蒙了的个人（即他自己）的道德和象征规范的审慎努力（如果说不是

① 周作人：《拥护〈达生编〉等》，《看云集》，开明书店1932年版，第241—242页。
② 周作人：《回丧与买水》，《自己的园地》，北新书局1932年版，第225—226页。
③ 周作人：《拥护〈达生编〉等》，《看云集》，开明书店1932年版，第242页。

犬儒式的努力），周作人激进的启蒙哲学经历了“向下”但显然是更趋向于精致的过程。在整个过程中，他对通俗文化的关注占据了自己不断变化着的文化策略的中心。在1925年，也就是他人生中最幻灭的时期，他写道：“我想知道的一点都是关于野蛮人的事”，在这样一个目的之下，人类历史可以被划分为三个不同的状态来研究，即“古野蛮”“小野蛮”和“文明的野蛮”。[①]在一个新文化尚未建立之前，野蛮和文明之间的最后一条界线也已经崩塌了，周作人发现他面临着一个文化虚无主义的深渊。在他著名的散文《伟大的捕风》中，他写下：“察明同类之狂妄和愚昧，与思索个人之老死病苦，一样是伟大的事业。”[②]那么，面对这些绝望的言论，我们是不是可以得出结论说周作人对通俗文化的喜好来源于他对这些文化极度的憎恶呢——正如舒芜在分析周作人对他的“杂文学”的热爱时曾经提出的看似是深思熟虑的论断？在我看来，得出这样的结论还是有些过于草率了。[③]

周作人超越既存的文化历史等级的行动记录下了自1840年鸦片战争以来一连串思想和文化改革中的又一次尝试，这些改良一直试图重新定位、重新塑造和重建中华帝国的象征秩序。“五四”新文化运动在表面上看似乎是一场激进的破除偶像和“全盘西化”的运动，但它隐含的同样重要的本性却是由一个更为审慎的文化工程组成的，它将传统的碎片变为现代形成过程中的构成要素；它努力发掘和拯救“传统”中那些建设性的、能与新的中国文化相契合的资源；它使新事物的根基不仅建立在对于过去的激进否定上，而且也建立自身过去的内在连续性上，即传统的重新发明。值得注意的

① 周作人：《占阄》，《谈虎集》，北新书局1928年，第398页。
② 周作人：《伟大的捕风》，《看云集》，开明书店1932年版，第97页。
③ 舒芜：《周作人的是非功过》，人民文学出版社1993年版，第198—201页。

是，这一工程隐含在“五四”知识分子激进一翼的思想之中，对于他们来说，最紧迫的任务并不是在新的环境中通过赋予旧事物某些有用性从而保存它们；恰恰相反，对于周作人和他的同志们来说（比如胡适和鲁迅），关键是通过将过去宣布为其自身历史中的活的时代，从而为新事物建立文化和社会的正当性。

在《中国新文学的源流》一书中，周作人指出，即便是林纾和严复也通过介绍西方新思想和新的文学形式而为新文化的形成做出了各自的贡献。他们本质上是“载道派”，并且敏锐地察觉到了，新文学运动必然要冲破文学领域而从根本上动摇儒家思想的意识形态秩序。林纾还写了一封很长的公开信给当时国立北京大学校长蔡元培，在这封信里他指出，白话文运动将最终使中国人不能读古书，并因此最终将动摇中国的伦理道德根基。①周作人和他的同道们试图实现的方案却完全相反，他们追求的是在现代性时空中出现的新的生活世界（Lebenswelt）的再现和象征秩序。尽管新文化和作为文化和政治实体的儒家正统无关（事实上，新文化还不得不建立在这一“传统”的坟墓上），它却是日常生活及其文化表达这一悠长广阔的河流的一部分，这一连续体不仅定义了现在，并且从现在的观点出发定义并解放了过去，赋予了它新的内涵及与现在的关联。于是我们可以这么说，“新文学的源流”能够被开拓得有多深，新文化就能将它的历史性和普遍价值向最偏僻的领域推进得有多远。

尽管周作人从未做过孔子的“好学生”，他所做的却完全符合孔子的教导“礼失而求诸野”。②不管孔子在以后的几千年里如何受到崇拜和发生物化，他自己作为一个剧烈变动的社会和文化环境的

---

① 舒芜：《周作人的是非功过》，人民文学出版社 1993 年版，第 101 页。

② “礼失而求诸野”，据说出于孔子，语出班固《汉书·艺文志》，见《汉书》（第六册），中华书局 1962 年版，第 1746 页。

产物，却深深地意识到了变革和再发明文化的必要性和永恒性：只有这样才能将文化作为一个象征秩序建立起来并保存下去。作为儒教公开的敌人但同时也作为“孔子的朋友”，周作人有意识地寻找和界定这种新文学的“野”：在这里，那些尚未被编码的事件和经验将作为现代性文化的“仪式”得到展现；在这里“粗俗”的文化生活孕育了一个“优雅”文化的美学抱负；在这里新时代初生的思想，即将在时代的话语制度中正式形成；同时“自然的”和日常生活的经验渴望获得它们的确定性、特征和表达风格。正如我们在以上的章节中所展示的那样，周作人的散文创作着手处理了所有这些问题。

在中国“五四”一代知识分子中，周作人似乎特别意识到中国文化危机的核心在于形式和内容的脱节。在这个意义上，新文学的任务就是去重建社会及其文化在形式和内容上的关联性，这要通过打破“传统”在形式上的物化，从而使它能够与变化着的现代日常现实重新相遇来完成——这样一种重新相遇必然是新鲜而富有生产力的。周作人在通过散文写作不断开拓新文学的地平线时，也热衷于将新的形式建立在一个经过更新并加以区分的中国文学的总体概念上。事实上，周作人在新文化知识分子和作家中格外引人注目的原因，正在于他有意识地通过这一新的形式去反思传统，努力开拓这一新形式和历史的相关性。

周作人不同意胡适关于白话文学史的目的论式的观点：将中国文学的历史说成是一个白话文学自我实现并从边缘发展到中心的历史。换句话说，根据胡适的看法，文言文是一种死的语言，而白话文则是一种活的语言。中国文学总是而且将一直从古典文学向白话发展，克服所有的困难从而走向它既定的轨道。相反，周作人将中国文学史看作是一条自由流淌的河流，它漫无目的地蜿蜒着，根据社会、政治和文化事件改变着方向并使自己适应于新的环境。令人惊讶的是，这个看起来似乎是反目的论、反说教和反宏大叙述的立场却催生出一种彻底的“说教”的标准：即便周作人也同时强调文学唯一的作用是“得到愉快”，[①]并且文学“只有情感，没有目的”，[②]然而，无论言志或者载道，文学“必得于人生和社会有好处才行”。[③]

就此而言，周作人不同意对古文和白话文作一刀切式的区分，并且对胡适在前现代的中国文学中，将白话文从古文中割裂出来的做法有所保留。进一步，周作人列举了一些具体的例子（比如《晏子春秋》中“二桃杀三士”的例子）来说明很难从白话文中区分出古文来，更难确定到底谁是活的谁是死的。[④]周作人指出一些古代经典作品本身就是“白话的”而不是“古文的”或“文学的”（literary）。另一方面，一些文言作品（比如公安派和竟陵派的散文）应该在精神上被认为是“白话文”。它们以文言文的形式来表达仅仅因为在那时的文学创作中没有其他可供选择的方式。在某些观点上，周作人似乎是要争辩，只是在某一段时间内，语言才“成为”了书面的和“古文的”。至于那些文字的死或活，周作人指出仅仅

---

① 周作人：《中国新文学源流》，北平人文书店 1934 年版，第 103 页。

② 周作人：《中国新文学的源流》，北平人文书店 1934 年版，第 10 页。

③ 周作人：《中国新文学的源流》，北平人文书店 1934 年版，第 27 页。

④ 1923 年，文化保守主义者和后来的北洋政府的教育部长章士钊（1882—1973），写了一篇文章攻击白话文学运动。为了表达他对文言文节奏之美的赞赏，章士钊也使用了这个“二桃杀三士”的故事，不过章士钊却误将“士”解释成了“读书人”，并且把这个故事解释成“两个桃子杀了三个读书人”。这遭到了鲁迅如下的攻击：“旧文化也实在太难解，古典也诚然太难记，而那两个旧桃子也未免太作怪：不但那时使三个读书人因此送命，到现在还使一个读书人因此出丑。”鲁迅，《再来一次》，收入《华盖集续编》，见《鲁迅全集》第 3 卷，人民文学出版社 2005 年版，第 314—319 页。

是顺序和文字的安排，而并非文字本身决定了语言的性质。也就是说，对于周作人来说，“文言文”和“白话文”都必须在一个具体的历史和日常的语境中被审视和评判，而这两者在理论上都与文学的概念有关，并且这两者都服从于文化和意识形态语法的支配，正是这些语法决定了它们与现实的关系。在周作人看来，我们现在之所以要使用白话并不是因为文言是“死”的，而是因为其他一些原因。①

周作人认为，我们“现在（必须）用白话”的理由有两个方面：第一是因为要言志，要表达情感和实现交流。第二，因为思想和意识形态的现实有了很大的变动，因此表现形式也就要变化。他指出，“旧的皮囊盛不下新的东西，新的思想必须用新的文体传达出来。”②和“五四”阵营里的其他同伴一样，他毫不含糊地指出了变革的本质：“由于西洋思想的输入，人们对于政治、经济、道德等的挂念，和对人生、社会的见解都和从前不同了。应用这新的观点去观察一切，遂对一切问题都有了新的意见要说要写。”③周作人认为白话文是除了音乐和口语之外最贴近我们物质和精神现实的媒介。没有了文学语言在形式上的中介和扭曲（distortion），白话文最大程度地以书写的形式保存了我们的各种行动。

相比于书写系统周作人更倾向于口语系统，这一思想特点与周作人研究日本语言的态度是一致的。从更广泛的意义上来说，这一倾向与周作人“一元的作文态度”相关，即不管场合与对象，一律用白话形式去思考、说话和写作。事实上，对周作人来说，这一“一元论”是“五四”白话文革命和先前以社会政治改造为目的对白话文的运用（比如说我们在梁启超的主张中看到的，以新文学为

① 周作人：《中国新文学的源流》，北平人文书店 1934 年版，第 102—105 页。
②③ 周作人：《中国新文学的源流》，北平人文书店 1934 年版，第 111 页。

媒介培养新公民)[1]有着质的不同的关键标志之一。事实上，语言的一元论表现了“五四”知识分子全盘改造中国社会和文化的信念，表现了他们关于新文化的深刻的洞见，即新文化是现代总体性的一个必要的形式，同时也是这一总体性赋予了新文学的文化说服力和风格力量。鲁迅在评论保守主义者的折中主义时，在所谓的“二重思想”中辨认出了一种政治上的机会主义，也在“文化冲突”的修辞中发现了一种复古的态度，他因而强调：“要想进步，要想太平，总得连根的拔去了‘二重思想’。”[2]尽管周氏兄弟在 1923 年大打出手并且在整个 30 年代时而互相攻讦，但在这里他们明显地共享着同一种激进启蒙运动的信仰。

另一方面，周作人也同样清楚地认识到这一观点的简化倾向，他自己作为一个文体风格的大师，对于书写的二次建构的本质以及任何形式的思想和再现的直接性神话本质看得再清楚不过了。然而，文化领域里严峻的斗争形势，以及新文学革命性和建设性的本质都使得周作人没有必要参与任何关于“书写”（*ecriture*）、“延异”（*différance*）和“增补”（*supplément*）等解构话题，虽然这些话题，在某些方面看来，似乎与他意图拆解、重建传统的复杂的散文运作更为相关。对于周作人来说，能够挑战“写作白话文比写作文言文要容易”这样一种盛行的错觉就已经足够了。周作人评论到：

据我的经验说却不如是：写古文较之写白话容易很多，而

---

① 周作人：《中国新文学的源流》，北平人文书店 1934 年版，第 96—97 页。

② 鲁迅：《热风·五十四》，《鲁迅全集》第 1 卷，人民文学出版社 2005 年版，第 361 页。

写白话实有时是自讨苦吃。我常说，如有人想跟我学作白话文，一两年内实难保其必有成绩；如学古文，则一百天的功夫定可使他学好。因为教古文，只须从古书中选出百来篇形式不同格调不同的作为标本，让学生去熟读即可。……可按谱填词……这种办法，并非我自己想出的，……那时候便不得不削足适履了。古文之容易在此，其毛病亦在此。①

他接下来将古文与白话文作了比较：

白话文的难处，是必须有感情或思想作内容，古文中可以没有这东西，而白话文缺少了内容便作不成。白话文有如口袋，装进什么东西去都可以，但不能任何东西不装。而且无论装进什么，原物的形状都可以显现得出来。古文有如一只箱子，只能装方的东西，圆东西则盛不下，而最好还是让他空着。任何东西都不装，大抵在无话可讲而又非讲不可时，古文是最有用的。譬如远道接得一位亲属写来的信，觉得对他讲什么都不好，然而又必须回答，在这样的时候，若写白话，简单的几句便可完事，当然不相宜的，若用古文，则可以套用旧调，虽则空洞无物，但八行书准可写满。②

尽管这曾经很有趣，但所有这些论述对于经历了 20 世纪“语言学转型”以及高度自觉于作为中介和区分的动态系统的语言和文本性的批判型头脑来说，在理论上看，即使不很成问题，至少也是过于简单了。但这里，周作人的策略却是试图处理一个完全不同的

①② 参看周作人：《中国新文学的源流》，北平人文书店 1934 年版。

文化和历史情境。对于他和其他“五四”知识分子来说，新文化的理论必须在支持新的总体性的同时摧毁旧的总体性。在这样做的时候，新文化的理论不仅需要对人的生活及其表达持有“一元论”的立场，同时必须要用多元的、异质的观点来看待传统，或者说看待正在成形的新事物的过往经验。这一多元主义对于周作人和其他“五四”知识分子探索现代性的复杂性和西方之外其他世界的激情来说，至关重要。①它对于拆毁“传统”的整体神话是必要的，同时对于在旧正统的消亡之上发掘新文化的“源泉”也是紧要的。因此中国新文化的文化策略必须在拒绝或超越传统和现代性的“鸿沟”的同时，找到一条保卫激进的现代总体性的道路。在这一现代总体性和它哲学的永恒性基础之上，周作人带着他标志性的风格，投身于中国文学发展的轨道。在这里，“五四”时期的新文化，正如过去各个时期的“新的文学”一样，是内在于历史地形上有待实现的、充满活力的个人生活规范的一个范畴。在他“一元论”视野中，文学、社会个体性及其历史环境被封闭成单一的总体性，为的是能够面向作为一种生活方式的现代性视域来展开自身。当然，周作人的文化—政治诉求也主张以一种无所不包的一元论写作来保持文学和社会—政治之间的结构性分离。而事实上，他的散文创作也是在这一想象性的制度之内——而不是之外——运转的。然而周作人沉溺于这一制度的前提是对宇宙进化论（cosmological evolution）不可动摇的信仰，正是这一宇宙进化论带来了日常生活及其表达方

① 从周作人对纯文学的超越或者从他“化俗为雅”的策略中，我们可以看到他对各种各样前现代的、非西方的文学和文化形式的态度。除了他早年翻译的东欧和北欧文学以外，我们可以在他的散文创作中找到他关于日本流行文化、韩国童话、蒙古故事、印度史诗和佛教传说、阿拉伯寓言、中世纪欧洲流行文学的评论文字。所有这些似乎都包含在他的“杂文学”之内并且有助于他的新文学观念的形成。

式的彻底变革。

这就是周作人为什么拒绝接受胡适在白话和文言之间进行非历史划分的原由。在周作人看来，文言文并不总是死的，对他来说更为有趣的是判断这个媒介中死的部分和活的部分。同样，“新文学”也可能变成旧的，不仅因其潜在的风格是旧的，也可能因为它的表征方式的本质是旧的。然而，这就意味着对周作人来说，那些看似不可救药的旧事物，并非可以轻易地被抛弃。在《中国新文学的源流》的开篇，周作人就诚实地交待了他关注的是文学的“主义”和“态度”，而非它们的风格或类型差异。因为在他看来，“白话”和“文言”代表了两种对待文学的意识形态和态度：正如有人可以用文言文写作“白话”文学，也同样很容易以白话文构思某种类型的“古文”（比如“洋八股”和“党八股”）．通过削弱古文和白话文在“文体”上的划分，周作人构造了作为现代文学的新文学：它既是一种紧密联系日常生活世界的语言，也是一种具有历史—哲学的真理内容的语言。就此而言，过去以现在的形式被拯救和复苏了，我们可以非常公允地说，对于周作人来说，无论是一般的“新的文学”还是特指的“新文学”，都是过去经验形式的总和。换句话说，在他的文学观念里，现代性的绝对的自我同一性自身包含着一种解放了的传统的形式，正如现代人自己就是人的经验的意义的具体体现。于是，散文作为一种形式就可以被看作是一个风格上、政治上的行动，通过这一行动新文化不仅展示了它和现代性日常生活现实的亲密关系，同时也展示了它和现代性的哲学阐述的相关性。在这一过程中，散文必须使自己展现为根植于传统的活生生的记忆，并将挪用传统作为一种象征资源以服务于它自己的想象。在周作人的文学创作中，他向我们展示了作为“文学发达的极致”的“小品文”不仅是一场文化革命的“浪尖”，也是被压制的过去在一个常新的现代性地平线上涌动着的“浪尖”。

第二辑

新文学的自我与形式自觉

杂文的自觉

——鲁迅“过渡期”写作的现代性与语言政治*

鲁迅形象的基本轮廓最后可以说是通过他的杂文写作确定下来的。要谈鲁迅杂文的整体和全貌还需要做很多准备工作。今天我就谈谈我称之为“过渡期”的两三本杂文集，看看能否从这里总结出鲁迅杂文写作的某些特点。具体讲是分析《华盖集》《华盖集续编》和部分《而已集》的内容。我的假设是：1925 年至 1927 年间，是鲁迅的杂文写作走向“自觉”的过渡时期，也是鲁迅杂文的特殊质地逐渐定型的时期。

之所以从这个阶段入手探讨鲁迅的杂文写作，是因为我觉得为大家所熟悉的鲁迅早期论文、散文和小说写作，从文学批评的角度看，基本上还是属于比较规范的“思想”和“文学”范畴，但从《华盖集》开始，出现了一种独特的、难以规范的写作样式，我们只能在“杂文”的框架下来考察，而它也反过来构成了鲁迅杂文写作的一个坚硬的内核。鲁迅早期作品虽然奠定了他的文学史地位，涵盖了所有文体（包括《热风》“随感录”这样日后被发扬光大的

---

* 原刊于《文艺理论与批评》2009 年第 1、2 期。

写作方式），富于形式上的创造力，但就杂文写作的特殊状态来说，却还没有到“自觉”的阶段。这么讲当然不是要贬低鲁迅早期写作的重要性。因为恰恰是因为早期写作的巨大成功，鲁迅作为作家在这一阶段似乎有一种近乎无限的可能性：比方说他可以走“为艺术而艺术”的路子；他可以潜心于鸿篇巨制，争当中国的歌德或托尔斯泰；他可以做学问家，思想大师，舆论领袖，青年偶像，社会名流，等等。所以首先我们要看到，“杂文的自觉”从我们今天的角度看固然代表一种写作的更高阶段，但在当时看，却也是鲁迅个人的危机阶段，因为随同“杂文的自觉”一同来到的也是对自己人生境遇的自觉；对自己同这个时代的对抗关系的自觉；当然，也是对自身有限性的自觉：越来越明白自己不可能做什么或不愿意做什么。简单地说，鲁迅选择杂文的过程，也是杂文选择鲁迅的过程。这是一个带有点宿命味道的痛苦、挣扎的过程，但也是意识越来越明确地把握和“接受”这种宿命、这种痛苦和挣扎的过程。正是通过这个过程，通过持续不断的对抗和冲突，鲁迅的写作同它的时代真正融合在一起，杂文作为一种时代的文体方才确立下来。这同鲁迅《新青年》时期的启蒙、批判和文学形式探索是有质的不同的。所以我把这个“过渡期”当作自觉的鲁迅杂文写作的源头看，而《华盖集》等集子里面的文章，就是这种杂文自我意识的现象学材料。

另外，从风格上看，从《华盖集》开始，鲁迅的文字和写作风格出现了一些明显的变化。当然，即使在这个时间段范围内看，针对切身利害的世事和个人而写的战斗性杂文也并不一定是唯一的、占绝对主导地位的写作样式。比如收入《野草》的散文诗作品作于1924年至1926年；《彷徨》里面的几篇东西作于1925年；后来收入《两地书》的同许广平之间的通信，在1952年上半年达到高潮；

收入《朝花夕拾》的回忆性散文作品写于1926年。这些当然都是文学性比较强的作品，在气质和精神维度上同峻急的、徒手肉搏的杂文很不一样。同时，在鲁迅成熟期和后期杂文里大显身手的文体和写作母题在《热风》里早已经登场（特别是"随感录"这种形式），某种意义上可以说，杂文的样式是隐含在鲁迅白话写作的起点里的。但尽管《坟》和《热风》里的论文和议论文已经相当程度上具备了鲁迅中后期"杂文"写作的特点，它们更多则是来自鲁迅写作和思想内部的一贯性和一致性，还不足以说明使鲁迅杂文成为鲁迅杂文的某种特殊的规定，即所谓的 final distinction（终极特征）。

这种"终极特征"初看可能是比较极端的、看似偏颇甚至偶然的东西，但这却正是鲁迅杂文的隐秘内核，是它的筋骨和精髓；抽掉这些特质，或把它们弱化在鲁迅写作的一般特征里，或把它们作审美化、"文学化"稀释，就会与鲁迅杂文的隐秘内核失之交臂。所以在这个意义上，我们可以说《华盖集》等集子代表的是一种特例，是非常态，但却是一种证明了常态的真正精神基础的非常态。德国政治哲学家卡尔·施米特（Carl Schmitt）说过，在政治领域，非常态和例外状态能告诉我们常态的本质和基础；比如战争就通过阶级、民族、宗教、文化、经济领域里冲突的极端化，向人们表明这些范畴在平日隐而不显的政治强度（political intensity）。同样，从中国历史上看，乱世或许比治世更能说明中国政治和社会的本质。在一个转喻的意义上，我们可以说鲁迅杂文写作的极端状态或过渡状态，要比它早期和晚期的"常态"更能说明它文学本体论内部的"政治的逻辑"。

大家知道早期散文写作得益于以《新青年》同仁为先锋的白话革命和新文化运动，所以有较强的思想启蒙的色彩，它伴随着感情和理想的投入，所以也带有诗的色彩；伴随着"人的觉醒"，它又具有一定的人道主义的、存在主义的色彩与倾向。这一切当然都是许多人至今还很喜欢《坟》《热风》《野草》《朝花夕拾》（更不用说鲁迅的小说创作）的原因。但从《华盖集》开始，有一种非常不同的文风和作者形象出现了，鲁迅自己在《华盖集·题记》里有一个解释，我们下面会分析。可以说，同前期具有启蒙使命感与一定浪漫情调的散文以及后期炉火纯青的杂文写作相比，《华盖集》和《华盖集续编》里的文章不太好看，甚至有些枯燥：似乎文学性不高，个人意气太重，陷于具体的人事矛盾，按教科书上的说法是同恶势力不妥协地战斗；但在今天一般文学读者眼里，这简直就是一场笔墨官司，你一拳我一脚，打来打去纠缠不清，哪里还有什么精神内涵和审美超越。但如果我们把鲁迅的杂文写作看作一个整体，那么这个关头的重要性是怎么强调也不为过的。总之，尽管要做这样那样的背景交待，我们还是可以感到，从《华盖集》开始，一种特殊的杂文的自觉出现了；更确切地说，一种对杂文的必然性的认识和承担明确出现了。

这三个集子里的情况是，《华盖集》收入 1925 年所作杂文 31 篇；《华盖集续编》收入 1926 年所作杂文 32 篇和 1927 年所作杂文 1 篇。《而已集》收入 1926 年所作杂文 1 篇和 1927 年所作杂文 29 篇，包括“四一二”白色恐怖和国共分裂前后的东西。可以看到，这个阶段在鲁迅个人史上也是一个过渡期：“五四”前后思想启蒙、白话革命时代的那种观念上和风格上的朝气蓬勃，那种要在文化上打碎旧世界，建立新世界意气风发，那种理想主义已经在现实面前碰碎了。1923 年同周作人之间的兄弟失和，被迫搬出八道湾等变故对鲁迅的打击是很大的，以至于在此后一年左右的时间里，在鲁迅写作生涯上相对而言是一个空白，直到 1924 年下半年，创作才逐渐重新活跃起来。而以国共合作和北伐为代表的大革命，此时还没有展开，在北洋军阀控制下的北京，在气氛上仍然保守、反动和沉闷。

《华盖集》《华盖集续编》和《而已集》的文章，鲁迅自己统称为“杂感”，他自己这个时候还没有形成一个统一的杂文理论。杂感当然是有感而发；“感”把人的意识从内部带向外部，而“杂”却暗示这种外部并不听“内部”秩序的调遣，而是突如其来，常常令人措手不及，疲于应付。鲁迅杂文的自觉来自对这种随时陷入重围，“六面碰壁”状态的自觉；来自对自己的生命在这些无谓的搏斗中消耗、消逝的自觉；来自对外界无情的压力和自己对这种压力的抵抗的自觉。所有这些离理想中的人的生活和“文学”都越来越远了，但有一种写作却从中生发出来。杂文的自觉是对这种宿命的自觉。而杂文的成熟，可以说就是把那种令人震惊、痛苦的创伤性的外界的“杂”逐渐安排在一种意识结构和文字风格之中的过程；这个过程不是要简单地“克服”外界的杂，比如说把它“升华”为“美”或“不朽”或种种玲珑可鉴的“小玩意儿”，而恰恰是把外界粗暴丑恶的直接的“杂”转化为意识结构里的有条理、有意味的杂，即一种批判的认识能力和穿透力；同时也转化为文字世界内部的“杂”，即杂文。鲁迅杂文最终的文学性，就来自这种以写作形式承受、承当、抵抗和转化时代因素和历史因素的巨大的能力和韧性，而在此诗学意义和道德意义密不可分，是同一种存在状态和意识状态的两面。所以鲁迅杂文世界的两极，一是那种体验层面的抵御“震惊”的消耗战和白刃战，一是一种“诗史”意识，一种最高意义上的为时代“立此存照”，为生命留下“为了忘却的纪念”的意识。

《华盖集》时期所“感”的杂，包括这样几件具体的事情：一个是所谓女师大风潮。身为女师大兼职教授的鲁迅支持女师大的学生驱逐反动校长杨荫榆，这些学生被杨荫榆开除，鲁迅由此也站在杨和她教育部后台的对立面，最后被教育总长章士钊开除他在教育部的公职，鲁迅把章士钊告上法庭，最后得以官复原职，但已觉得北京不是久留之地。《华盖集》是鲁迅从自己角度对这一“风潮”所作的实录，说笔墨官司也好，说思想斗争也好，总之是一件非常牵扯精力、开仗后非打到底的一件事。第二件事就是《华盖集续编》里边涉及的“三一八”惨案，他自己有两个学生在执政府前被卫队开枪打死，总共有 47 个学生被打死，在当时引起社会各界的抗议，包括一些平日不问政治的、自命清高的人都写过非常激烈的文字，鲁迅为此写了《记念刘和珍君》。《而已集》里的事情就更大，即所谓“四一二清党”，是重大历史事变。鲁迅没有直接着笔这个事变，因为太危险了，稍不留神就会遭杀身之祸，但这件事情却让他确信自己不是活在人间，让他连杂感都不得不藏起来，只能“而已”而已。这三件事接踵而来，女师大风潮让他觉得自己陷入“鬼打墙”一般无路可走的境地；“三一八”让他感到年轻人的血使他窒息，难以呼吸；但到“四一二”他发现自己错了：原先以为黑暗已经到头，而现在发现远远有比这更黑暗的。北洋政府虽然在政治上非常黑暗、昏聩、反动，但是在文化上，至少给文人留下点互相吵架的自由，现在国内就有学者做翻案文章，说北洋军阀时期实际上从文化思想和教育上看不错，很宽松，很自由等等。这也许不全错，但并不是说军阀有开明的文艺政策，而是他们只顾着打仗，实在顾不过来抓“上层建筑”和“意识形态”领域。如果有可观赏的自由和呼吸空间，那是来自纯粹的混乱。但 1927 年后，国民党的白色恐怖一来，连那点空间都没有了，一时间如鲁迅所说，到处都在杀人，到处都见得到血。《而已集》跨越了 1927 年，从中国社会政治事件来说，这一年是个大变动之年，辛亥革命以来民国一次又一次的失败，此刻使鲁迅从隐痛状态变为公开的激烈对抗，从此鲁迅的文化批判和社会批判，同共产党领导的阶级对抗一直是一种平行关系，没有直接的交点，但却是彼此呼应，有着共同的未来指向。但这种方向感、对抗性和朝向未来的乌托邦指向在《华盖集》时期还没有清晰化，所以杂文的过渡期和自觉期，可以说又是在思想上和政治上的一个不明朗的时期完成的。

可以说1925—1926年间是鲁迅另一个苦闷期，虽然没有辛亥革命后抄古碑的时间长。《华盖集》《华盖集续编》和《而已集》是在没有一个明确的观念、信仰、运动和组织的依靠和支撑的情况下孤军奋战的记录，所谓“两间余一卒，荷戟独彷徨”，就是心境的写照。一个孤独的斗士在战斗，但为什么而战并不清楚，只知道自己“鬼打墙”一样四处碰壁，没有进路，但更没有退路。但这两年也是鲁迅极为多产的阶段，是他从抑郁和绝望中拼命杀出一条血路的阶段。在个人生活上，这种拼杀的结果是终于迈出了包办婚姻的樊笼而同自己的学生许广平公开同居。而在写作上，我以为就是以《华盖集》为标志，走上了自觉的杂文写作道路。鲁迅的杂文从此据有它自身的存在理由；有它自身的本体论根据；有自己的诗学和政治学辩护。它不再需要假借或依托某种思想、观念、艺术效果或文体定例或规范（比如散文诗、小品文、回忆性写作、政论文、时论、叙事、笔记、书信，等等）而存在，它开始按照自身的规则界定自己、自己为自己开辟道路，最终成为现代中国文学的一种主要文学样式。在这个意义上，尽管《华盖集》等在常规的“文学性”意义上远不如《野草》《彷徨》《朝花夕拾》耀眼，但却是鲁迅杂文自我意识的一个隐秘的诞生地。

所有这一切，都在作于1925年最后一天的《华盖集·题记》中或直白、或隐晦地谈到了。这篇文字可以说藏有鲁迅杂文自我意识的密码。下面我们来仔细考察一下。

> 在一年的尽头的深夜中，整理了这一年所写的杂感，竟比收在《热风》里的整四年中所写的还要多。意见大部分还是那样，而态度却没有那么质直了，措辞也时常弯弯曲曲，议论又往往执滞在几件小事情上，很足以贻笑于大方之家。然而那又有什么法子呢。我今年偏遇到这些小事情，而偏有执滞于小事情的脾气。

尽管一开头的“在一年的尽头的深夜中，整理了这一年所写的杂感”仍旧带给人一种熟悉的文人自画像式的感觉，但这第一段话已经给我们提供了关于杂文的新信息：首先是量很大，比《热风》里整整四年所写的还多，也就是说这种文体已变成鲁迅最得心应手的写作方式和主要的表达手段。其次，更重要的是为什么会这样，为什么不得不这样。鲁迅的交待是：“我今年偏遇到这些小事情，而偏有执滞于小事情的脾气。”这里几乎每个字都是关键词。首先是“小事情”。杂文的自觉，先要对自己的题材内容有一个清醒的认识。鲁迅知道在 1925 年遭遇到或找上门来的事情里面是找不出通向纯粹艺术伟大作品的通道，找不到能体现生命尊严和价值的东西。“小事情”的“小”不仅仅在于它的低俗、零碎、委琐、令人不耐烦和气闷，而且在于它本身所包含的必然性和真实性；种种理想和梦想，种种以“大事情”面目出现的东西，在这种“小事情”面前总是碰壁，因为是后者而不是前者跟“历史”站在一起，具有现实本身所具有的强度，尽管它往往是一种黑暗的强度。这种必然性和现实逻辑“偏”要找到鲁迅，而鲁迅的“脾气”也“偏”不能对此轻轻放过或取一种“潇洒”的逃避态度。这两个“偏”字，实在是道出了杂文的命运：性格即命运，反过来说，在杂文的命运里也预示了杂文的性格和使命，而这是别的体裁不具备的。

最后，在杂文的题材和使命都已经明确之后，杂文的气质和特点也变得清晰了，这就是“执滞”。这既是一种道德上的“较真”、执拗和认真；也是一种个人意义上的“不得不”，一种无奈的，但却是别无选择的投入和陷入；往往始于不得不战，但一旦开战，则奉陪到底。这是一种写作上的战斗状态，是短兵相接的遭遇战变成旷日持久的消耗战；是锱铢必较、以眼还眼、以牙还牙、以血还血的拉锯战；这种战斗的最低状态也是它的最高状态：为战而战，战斗为战斗提供最终的道德合法性依据。这里并没有也不需要“更高”的目的。在此我们看到内在于杂文写作的一种逻辑演变，起先是杂文的“功利决定”，即利害冲突（所谓“小事情”的本意），这是个人意义上的维护自身的生存权利，但同时也是令人生厌的无止境的人事缠斗和笔墨官司，这里占主导的情绪状态是厌烦、憎恶和虚无感；随即它变成一种道德领域的“善与恶”的冲突，并由此达到政治领域的“生与死”“敌与友”的激烈程度，这里占主导的情绪状态是恐惧、紧张、愤怒和冷酷，是置敌人于死地的专注和快意；最后从不情愿的、甚至引发厌恶感和虚无感的战斗伦理学达到一种“非功利”的战斗的审美自律性乃至游戏状态，即以战斗为快乐、以战斗为生活和写作本身。

在鲁迅的种种“脾气”里，“执滞于小事情”是最令人生畏的，可以说它是杂文的风格实质所在。如何理解这种被鲁迅杂文所“执滞于”的“小事情”呢？首先，这种小事情把人的意识从种种冠冕堂皇的“大事情”上转移开，从种种以“历史”“文化”“道德”“不朽”等名目的虚伪和颓废中转移开，从而把“当下”和“此刻”这些突如其来的瞬间同语言的新的可能性凝聚在一起。没有这种令人无法脱身的“小事情”，人的意识就无法突入事物表面或陷入时间的停顿，就无法获得一种超越时间性和概念体系的独一无二性。同样，没有那种“执滞”的脾气，这些“小事情”也无法在琐碎、无聊和令人厌恶之外获得诗学的和政治的意义。我们知道鲁迅明确意识到自己生于一个一切“可以由此得生，而也可以由此得死”的“大时代”,①在此，新与旧、生与死、光明与黑暗、文明与野蛮随时处于你死我活的搏斗状态，而生命在这个时代没有别的选择，它“不在沉默中爆发，就在沉默中死亡”。但鲁迅与这个大时代的关系，却正是通过“执滞于小事情”确立的。

在《华盖集·题记》中鲁迅已经明确写道：

> 我知道伟大的人物能洞见三世，观照一切，历大苦恼，尝大欢喜，发大慈悲。但我又知道这必须深入山林，坐古树下，静观默想，得天眼通，离人间愈远遥，而知人间也愈深，愈广；于是凡有言说，也愈高，愈大；于是而为天人师。我幼时虽曾梦想飞空，但至今还在地上，救小创伤尚且来不及，那有余暇使心开意豁，立论都公允妥洽，平正通达，像“正人君子”一般；正如沾水小蜂，只在泥土上爬来爬去，万不敢比附洋楼中的通人，但也自有悲苦愤激，决非洋楼中的通人所能领会。
>
> 这病痛的根柢就在我活在人间，又是一个常人，能够交着“华盖运”。(第3卷第3页)

这是《题记》中的第二段话，它紧接着“我今年偏遇到这些小

① 鲁迅：《鲁迅全集》第3卷，人民文学出版社2005年版，第571页。以下鲁迅引文只在正文中括号内注明卷数和页码。

事情，而偏有执滞于小事情的脾气”，进一步说明了杂文的自我意识：那种“深”而“广”，“高”而“大”的东西，是不属于杂文的世界的，因为杂文同生活相关联的媒介不是“静观默想”或“心开意阔”；不是距离和沉思；不是“正人君子”的“平正通达”，而是“碰钉子”“碰壁”；是“悲苦激愤”；是“创伤”和“病痛”；是交着“华盖运”的“常人”的“活在人间”；不如说，对于鲁迅，对于杂文的自觉来说，“华盖运”正是生活和存在的常态，在这种自我意识中包含了对种种“体面”或安全的生活方式的憎恶和决裂，以及对种种以“公理”代言人自居的权势的帮闲——“学者、文士、正人、君子”——的憎恶和决裂。

在更为个人的意义上，这也是在向自己年轻时的梦想告别；更重要的是，它是在一个文学或写作的岔路口上作最后的选择。对鲁迅这样以写作为业的人来说，这也是个体存在方式的选择，是一种“存在的政治”意义上的终极选择：

> 也有人劝我不要做这样的短评。那好意，我是很感激的，而且也并非不知道创作之可贵。然而要做这样的东西的时候，恐怕也还要做这样的东西，我以为如果艺术之宫里有这么麻烦的禁令，倒不如不进去；还是站在沙漠上，看看飞沙走石，乐则大笑，悲则大叫，愤则大骂，即使被沙砾打得遍身粗糙，头破血流，而时时抚摩自己的凝血，觉得若有花纹，也未必不及跟着中国的文士们去陪莎士比亚吃黄油面包之有趣。（第 3 卷第 4 页）

可以说，“站在沙漠上，看看飞沙走石，乐则大笑，悲则大叫，愤则大骂，即使被沙砾打得遍身粗糙，头破血流，而时时抚摩自己的凝血，觉得若有花纹"，正是自觉的杂文家的第一幅，或许也是最生动的一幅自画像。在语言的层面上，这样的表述本身既是写作强度的极端化，也是存在的政治的强度的极端化，两者间的无中介状态，正是作为中介或媒介的杂文写作形式的最根本的特点。对于任何熟悉鲁迅前期写作的读者来说，这样的表白无疑首先是一种文学内部的决定，也必然首先在语言世界的内部被理解，因为这关系到作为作家的鲁迅的最终定义。但作为鲁迅本人来讲，这样的决定却是在文学层面之上的决定，是一种超审美的决定，因为这个决定的前提，正是摆脱文学性和审美范畴的内部考虑：它最终是在生存的政治的层面所作的一个道德决定。这也决定了这个时代的文艺，"是往往给人不舒服的，没有法子"（第 3 卷第 571 页）。这里留给文人的选择是："要么是自己逃出文艺，或者从文艺推出人生"（第 3 卷第 571 页）。无疑，这是从杂文的自觉这个角度出发，对现代中国文艺形成的一般看法。但这个现实判断和道德决定的悖论和辩证法在于，这个决定是以"生命"的名义作出的，但却只能是通过杂文写作的语言实践表达的。在中国现代文学史上，再没有任何一种文体，像杂文这样达到了内容与形式的最极端的结合。

随同这个决定一起出现的"杂文的自觉"虽然是一种"否定的精神"，一种批判、嘲讽和对抗的姿态，但它归根结底是一种对生命的肯定，因为"世上如果还有真要活下去的人们，就先该敢说、敢笑、敢哭、敢怒、敢骂、敢打，在这可诅咒的地方击退了可诅咒的时代！"（第 3 卷第 45 页）这里作为生活和生命迹象出现的是"执着现在、执着地上的人们"，是他们的"真的愤怒"。（第 3 卷第 52—53 页）。这种姿态无疑是一种彻底的现代主义姿态，因为它以一个充满紧张的此刻取代了历史；用一种存在的状态和它所蕴含的创造的契机否定了传统；用体验的强度取消了种种经验、记忆和叙事的完整性；用一种瞬间的永恒性否定了历史主义的种种有关“公理”和“不朽”的神话。鲁迅甚至借用叔本华的寓言，把那些“自以为倒是不朽”的声音比作围着战死的战士飞舞的苍蝇的营营的叫声（第3卷第40页）。在《夏三虫》一文中，他用在叮人吸血之前总要“哼哼地发一大篇议论”的蚊子来比喻那些自以为是的文人雅士，而赞赏“肚子饿了，抓着就是一口，绝不谈道理、弄玄虚”的“鹰鹯虎狼”（第3卷第42页）；而在《革命时代的文学》里，鲁迅指出了文体的另一面，即“文学文学，是最不中用的，没有力量的人讲的；有实力的人并不开口，就杀人，被压迫的人讲几句话，写几个字，就要被杀”（第3卷第436页）。他嘲笑以“中庸”掩饰怯懦的、“纵为奴隶，也处之泰然，但又无往而不合于圣道”的“通人”和“伶俐人”（第3卷第27页），而推崇“失败的英雄”、“韧性的反抗”、胆敢“单身鏖战的武人”和“抚哭叛徒的吊客”（第3卷第153页）。他号召中国青年少读或者不读中国书，多看外国书，因为“少看中国书，其结果不过不能作文而已。但现在的青年最要紧的是‘行’，不是‘言’。只要是活人，不能作文算什么大不了的事情”（第3卷第12页）。他排斥一切让人“觉不出周围是进步还是退步，自然也就分不出遇见鬼还是人”的“古董和废物”（第3卷第101页）；反对一切“装腔作势”的读经，提倡“查账”式的读史，目的是从中得到“中国改革之不可缓”的觉悟（第3卷第148—149页）。所有这一切，同尼采在《历史对人生的利与弊》所倡导的那种创造性遗忘是相一致的。而在保罗·德曼看来，现代主义的本质正在于以“现代性”取消历史对人的统治，从而为一种新的价值体系的创造开辟一个空间，一个反时间性的空间。我们看到，伴随着杂文的自觉出现的，是进一步的反形而上学和更为彻底的“传统的悬置”：

> 仰慕往古的，回往古去罢！想出世的，快出世罢！想上天的，快上天罢！灵魂要离开肉体的，赶快离开罢！现在的地上，应该是执着现在，执着地上的人们居住的。（第3卷第52页）

从这个角度观察，鲁迅的杂文写作同《狂人日记》以来的具有形式意味的写作（小说、散文诗、美文等等）仍然具有形式上的关联，虽然这种关联只能在一个更为抽象的现代主义价值观、历史观和语言哲学的层面上才变得明确化。但鲁迅写作的现代主义精神和气质，却是不可避免地同一个语言的世界凝聚在一起，随同他的文字一道显现。而也只能在语言和文字的世界里，被鲁迅自己称为“一时的杂感一类的东西”或“这些无聊的东西”的杂文，才获得美学上的确定性，而这种审美和风格的确定性又是同为鲁迅杂文提供道德基础的政治彼此浑然一体的，它们共同构成了作为作家/杂文家的鲁迅的文学性自我形象。这一切在《华盖集·题记》的结尾得到了淋漓尽致的表现：

> 现在是一年的尽头的深夜，深得这夜将尽了，我的生命，至少是一部分的生命，已经耗费在写这些无聊的东西中，而我所获得的，乃是我自己的灵魂的荒凉和粗糙。但是我并不惧惮这些，也不想遮盖这些，而且实在有些爱他们了，因为这是我转辗而生活于风沙中的瘢痕。凡有自己也觉得在风沙中转辗而生活着的，会知道这意思。（第3卷第5页）

与开头“在一年的尽头的深夜中”的意象相呼应，这段文字不仅表明了“杂感”的文章笔法和形式考虑，更进一步揭示了作者内心的矛盾，即“我的生命，至少是一部分的生命，已经耗费在写这些无聊的东西中，而我所获得的，乃是我自己的灵魂的荒凉和粗糙”。对生命无谓的消耗的悲凉感和绝望感，贯穿于鲁迅所有的文字，在《野草·希望》篇里，青春的耗尽更是绝望/希望二重奏的引子。但只有在杂文里，鲁迅个体生命的自我意识（包括他早年基于进化论、尼采的哲学、“摩罗诗力”的天才观和“五四”启蒙理想主义所包含的种种有关“个人”的意识形态）才被“扬弃”于一种更高的存在的政治和审美判断：“但是我并不惧惮这些，也不想遮盖这些，而且实在有些爱他们了，因为这是我转辗而生活于风沙中的瘢痕。”杂文的自觉过程，就是把这种对迎面而来的世事的恐惧以及对它的克服一同敞开在语言世界里的过程。这个自觉是对自己命运的自觉，是对自己命运的爱，是把“转辗而生活于风沙中的瘢痕”作为生活的见证和写作本身的选择和决断。可以说，在杂文的自觉里，存在的自律性——归根结底是一种政治逻辑的自律性——压倒了审美的自律性；但内在于政治的逻辑的“生死搏斗”的含义，使得这种自觉专注于当下和此刻，从而在“现在”和“历史”、“语言”与“时间”的冲突中恢复了写作本身的道德本体论和文学本体论意义。

杂文的自觉包含了对“我自己的灵魂的荒凉和粗糙”的自觉，但后者不仅仅是对“幼时虽曾梦想飞空”的怀旧式的记忆。上面引述的那段的话结尾处的“凡有自己也觉得在风沙中转辗而生活着的，会知道这意思”这句话不应该轻轻放过，因为它表明，即便作为杂文的自觉“内在性”不足的寂寞和悲凉感，也并不是来自那种苍白的个人自恋或对“纯形式”的向往，而是指向一个潜在的集体性经验的可传达性和可交流性，这同那种在暗夜中看到匕首的寒光而发出会心一笑的孤独的集体性或“共谋性”是一致的。杂文的自觉，正因为它是被时代所决定并针对时代的，所以它最终不是一种内向的自我意识，而是指向语言的外部，指向寓言性真理的重新定义。在纯粹审美意义上，我们可以看到，无论是现代主义试图无情地超越历史、建立一个永恒的、常新的、指向未来的“此刻”的努力，还是历史不断把这种英雄主义的、创造的此刻同样无情地纳入自身的因果链的“吞噬”效应，都在一个“荒凉和粗糙”的历史环境里展开，并从各自不同的方向上进一步加强了这种“荒凉和粗糙”感。也就是说，“荒凉和粗糙”所代表的那种“崇高”（在这里取 sublime 的原意，即“令人畏惧的美”）要比一切优美、高雅、光滑的制作更接近生存的真实状态和生命的价值指向，而杂文正是这种“崇高”的得天独厚的形式，它的短小、破碎、灵活、粗糙、直接、激烈和狠毒无不内在于时代的现实以及与之相对抗的意识，或不如说正是这种现实和意识本身的语言的外化。

我们可以看到，在“杂文的自觉”里，包含着两种悖论性的矛盾。首先，它是写作本身的悖论：写作要达到它的自觉状态，就必须通过一种距离和“自律性”来“否定”现实的即时性和直接性；某种意义上，这要求写作专注于自己内在诉求，把自己看得比现实“更高”、“更持久”。其次，自觉地写作又必须同这种“写作的自觉”斗争，力图打破写作本身的神话和异化倾向，把写作最大限度地推出自身之外，向一个陌生的、未可知的存在边界冲击，把写作的形式、组织、体制和自律性打散、消解在一个同写作的“内在性”相对立的外部世界，从而把这个“外部”作为写作的内容确立在语言的内部。这种悖论性矛盾存在于一切现代主义写作样式之中，但在杂文样式中表现得尤为激烈和极端。对于杂文写作来说，写作的自我否定不是写作的自我意识的最高要求，而是它的起点；它不是风格的顶点，而是使得写作成为可能的前提。没有这种自我否定，就没有杂文，因为只有放弃自文学体制名义下的自由与安全，放弃“美”的保护伞，才有杂文的行动和实践。杂文可以说处在作为“有意味的形式”的文学写作的最外部的边界，在这里，语言和“自我意识”通过陷入同一个粗糙荒凉的外部世界的无止境的搏斗，通过“最低限度的文学”或“小文学”（minor literature）而展示出文学国度的终极意志和最大强度。

其次，“杂文的自觉”也非常集中地体现了“现代性”同“历史”之间的相互否定的冲突关系，而这种关系既是现代精神的核心，也是历史意识的核心。保罗·德曼在《文学史与文学现代性》一文中通过回顾尼采的历史哲学点出了“现代主义”概念内在的历史/反历史悖论：现代性通过否定以往历史过程的合法性而把自己确立为历史的终极视野，但这场否定历史的豪赌却最后不得不仍旧通过一个历史过程获得意义；也就是说，即便是现代主义以“永恒的此刻”或“常新”的名义所进行的否定历史的行为，最终也只能从它所否定的历史过程的连续性中获得其自身的（历史）价值和（历史）意义。所以现代精神最终不得不成为一种具有强烈的自我批判、自我否定倾向的历史意识，或不如说，历史通过这种现代性的介入而重新获得某种自我知识。①在现代主义文学对现代性“纯粹的当下”（the true present）的追求和这种非历史、超历史的瞬间自身不断被历史重新回收的冲突中，杂文代表了一种特殊的解决方式，即通过放弃或“悬置”文学性而无条件地投入历史事件和历史过程，但却在“执滞于小事情”的过程中把历史意识突然地、不间断提升到一种寓言的高度和强度上，从而把作为历史过程的中国社

① Man，Paul De. *Blindness and Insight*. Minneapolis，MN：University of Minnesota Press，pp. 150—151.

会、传统、文化重新纳入现代性的终极视野。这种在具体时间的流逝中体验到的无时间感并不来自某种“更高”的哲学洞察或对“更新”的东西的盲目信仰，而是来自它同历史过程的尖锐的、不妥协的对立，来自生命体验和语言世界经受的不断的压力和变形。在尼采和德曼的意义上，现代主义文学和现代性本身因为它相对于历史过程的胜利而立刻面对它那个“纯粹的当下”的自我否定，因而形式的胜利最终以其再历史化而宣告失败；但在鲁迅的意义上，杂文最终却因为它起点上的文学性的自我否定，即它相对于历史过程的自觉的失败而在语言的层面获得了对历史（它既包括传统也包括当下）的否定，因而在最终获得了某种寓言性的胜利，这种不仅使寓言性摆脱了现代主义对象征体系和文学本体论的迷恋，摆脱了“纯粹的当下”的封闭性，而且把现代精神及其语言表达时时确立在它同过去、现在和未来的紧张关系之中。这就是为什么鲁迅在《青年必读书》里面可以公然宣布，跟能不能活下去的问题相比，能不能写文章的问题算不了什么（“只要是活人，不能作文算什么大不了的事”［第 3 卷第 12 页］）。在此，让人摆脱“文化传统”和“文学体制”意义上的历史（以“中国书”为其具体的概念形象）的意志力，不但来自“活着”所代表的生命的“纯粹的此刻”，也来自“活下去”所代表的现实性和具体性（“与人生接触，想做点事”），来自生命延续所包含的时间过程和由此而来的“再历史化”倾向。但对“中国书”和“作文”的否定，最终却仍然是在文化政治的层面，通过“中国书”与“外国书”、“沉静下去”与奋发有为、“僵尸”与“活人”、“言”与“行”之间的取舍和选择而达到。正如“永恒的现在”对历史的否定最终要被“再历史化”，“行”对“言”的否定，最终仍然只能通过“言”的内在结构的激进化而确立下来。在此，杂文变成了语言中的行动和实践意义上的形式。这种文学自我否定的痕迹，本身又是现代性文学性的实质所在。为了“活人”，鲁迅可以不要“作文”，但“活人”只要活着，就会发出声音，就会哭、笑、怒、骂，就会挣扎和战斗，就会有“活人的写作”出现。这同鲁迅关于杂文的种种自觉的考虑、表述和实践是一致的。

鲁迅杂文概念的内涵当然不仅仅是一个形式问题，而是有其自身的特定的历史内容。同欧美现代派或日本现代主义运动相比，中国白话文学里面的现代精神或现代主义，自始至终是同一种集体性的社会斗争和文化命运结合在一起，受到各种激进的变革力量的激发和滋养。1925 年不只是鲁迅个人“运交华盖”、在苦闷中搏斗的一年，也是中国对外反帝国主义、反殖民主义，对内反对军阀统治的斗争风起云涌的一年。1924 年 11 月，孙中山离粤北上，并发表宣言，主张打倒军阀和帝国主义，废除不平等条约，召集国民会议以谋求中国的统一与建设。1925 年 1 月，年轻的中国共产党在上海召开了第四次代表大会，讨论在日益高涨的革命形势面前如何加强对群众运动的组织和领导。同年 2 月，全国铁路工人总罢工以及随后发生的“二七惨案”标志着中国劳工运动进入到一个新阶段。同月，广州革命政府在进行了针对陈炯明的第一次东征，三千多黄埔军校师生打败了号称有八九万之众的军阀武装，攻占汕头，揭开了北伐的序幕。3 月 12 日孙中山病逝，留下致苏联的遗嘱：“亲爱的同志，当与你们诀别之际，我愿表示我热烈的希望，希望不久即将破晓，斯时苏联以及良友及盟国而欢迎强盛独立之中国。两国在争世界被压迫民族自由之大战中，携手并进以取得胜利”。①可以说，

① 《鲁迅年谱》（增订版）第 2 卷，鲁迅博物馆编，人民文学出版社 2000 年版，第 179 页。

20 世纪中国的“变革”和“革命”大势决定了鲁迅杂文写作终极的道德远景和积极态度，但变革与革命所遇阻力的强大和顽固决定了鲁迅杂文峻急、深沉、强硬和锱铢必较的风格特点。这种民族历史境遇的不同决定了鲁迅与西方或日本现代主义文艺的差异。《华盖集》《华盖集续编》和《而已集》不仅记录了鲁迅杂文从“运交华盖”和“执滞于小事情”达到自觉，也涉及文学和革命的关系。以往在鲁迅研究领域里，凡是鲁迅涉及革命以及文学同革命的关系的文字，大都是放在“政治”“立场”“观点”的框架里来考察的。但实际上，文学与革命的关系对于鲁迅杂文写作来说，同样是一个事关语言实践的内在本质的问题，因为它关系到文学本身的有效性和激进性；关系到现代性自我意识同历史过程的关系；关系到那种“纯粹的当下”及其语言表述同一个时间构造的关系。

1927 年 4 月 8 日，在“四一二”事变发生前仅四天，鲁迅在广州黄埔军官学校作了题为《革命时代的文学》（《而已集》）的演讲。从各方面看，这个演讲都是他在过渡期所表达的有关杂文的想法的正面补足和对应，也就是说，鲁迅在种种逆境下对杂文所作的“消极的”“反面的”或“否定的”界定，在这里都能找到其在乐观向上的革命时代的积极、正面、肯定的对应。

对这篇讲演稿的常见的误读是认为鲁迅在这里谈的是革命文学，但事实上，鲁迅谈的是“革命时代”同文学的关系，更准确地讲，是谈何以在那时的中国，“革命”和“文学”之间尚没有发生有机的关系，因而还不具备产生“革命文学”的条件。在文学与革命孰轻孰重的问题上，鲁迅同在《青年必读书》里一样不含糊：有没有革命文学并不重要（“革命文学倒无须急”［第 3 卷第 437 页］），在呼唤革命的社会里，文学往往是“最不中用的”（第 3 卷第 436 页）；重要的是要有革命，在有革命的地方才可能有革命文学；更重要的是要有革命人，而只有革命人“不受别人命令，不顾利害，自然而然地从心中流露的东西”（第3卷第437页），才可能是文学，从而才可能是革命文学，否则命题作文，“又何异于八股”（第3卷第437页）。

鲁迅对革命同文学的关系的考虑，同他在《华盖集·题记》里所表现的（杂文）写作的自觉有一种潜在的呼应关系。但值得注意的是，鲁迅的演讲虽然谈的是革命和文学的关系，但核心问题和问题的实质都在革命，革命是主动的、创造性的、改变人类生活基本格局的大事，而文学不过是以一种特定方式传达被革命所决定和塑造的历史经验。以往文学史和文学理论往往自觉不自觉地把文学和革命的问题作为政治问题来处理，但在鲁迅杂文自我意识的脉络里，我们可以清楚地看到，文学与“革命时代”的关系，是文学现代性核心问题的一个特殊形式，这个问题就是文学如何在风格和形式的内部让“纯粹的此刻”打上时间的印记，让历史过程的流速和冲击力在语言和形式中变成一种赋形力量，从而把审美（距离、自律性、非功利、传统）与现代性（直接性、变动、新生事物、时尚、瞬间）的内在对立转变为一种文学生产力。

从这个角度看，我们可以进一步理解鲁迅为何按照革命的发展阶段，分三个部分谈大革命与文学的关系，即大革命之前、大革命当中、大革命之后，而把文学放在一个相对静止、看似被动的位置上。下面我们就来分段看一下：

> （一）大革命之前，所有的文学，大抵是对于种种社会状态，觉得不平，觉得痛苦，就叫苦，鸣不平，在世界文学中关于这类的文学颇不少。但这些叫苦鸣不平的文学对于革命没有什么影响，因为叫苦鸣不平，并无力量，压迫你们的人仍然不

> 理，老鼠虽然吱吱地叫，尽管叫出很好的文学，而猫儿吃起它来，还是不客气。所以仅仅有叫苦鸣不平的文学时，这个民族还没有希望，因为止于叫苦和鸣不平。例如人们打官司，失败的方面到了分发冤单的时候，对手就知道他没有力量再打官司，事情已经了结了；所以叫苦鸣不平的文学等于喊冤，压迫者对此倒觉得放心。有些民族因为叫苦无用，连苦也不叫了，他们便成为沉默的民族，渐渐更加衰颓下去，埃及，阿拉伯，波斯，印度就都没有什么声音了！至于富有反抗性，蕴有力量的民族，因为叫苦没用，他便觉悟起来，由哀音而变为怒吼。怒吼的文学一出现，反抗就快到了；他们已经很愤怒，所以与革命爆发时代接近的文学每每带有愤怒之音；他要反抗，他要复仇。（第3卷第438页）

某种程度上，这也是鲁迅杂文从中出现的社会环境的写照。但杂文的自觉虽然是对这种“叫苦，鸣不平”状态的自觉，但却拒绝其“无力量”状态和失败感，而是致力于不惜一切地将“官司”打下去。杂文家所写的不是“冤单”，他决不给“对手知道他没有力量再打官司，事情已经了结了”的机会。鲁迅借助青年时代常用的“声音”的比喻，强调在大革命之前，文学的革命性在于抵抗沉默和衰颓，坚持反抗性，在反抗中孕育力量和觉悟，以便终有一天把“哀音”变为“怒吼”、把“觉得不平，觉得痛苦”变为“复仇”。

> （二）到了大革命的时代，文学没有了，没有声音了，因为大家受革命潮流的鼓荡，大家由呼喊而转入行动，大家忙着革命，没有闲空谈文学了。还有一层，是那时民生凋敝，一心

> 寻面包吃尚且来不及，那里有心思谈文学呢？守旧的人因为受革命潮流的打击，气得发昏，也不能再唱所谓他们底文学了。有人说："文学是穷苦的时候做的"，其实未必，穷苦的时候必定没有文学作品的，我在北京时，一穷，就到处借钱，不写一个字，到薪俸发放时，才坐下来做文章。忙的时候也必定没有文学作品，挑担的人必要把担子放下，才能做文章；拉车的人也必要把车子放下，才能做文章。大革命时代忙得很，同时又穷得很，这一部分人和那一部分人斗争，非先行变换现代社会底状态不可，没有时间也没有心思做文章；所以大革命时代的文学便只好暂归沉寂了。（第3卷第438—439页）

这一段话最能够说明鲁迅对革命时代与文学关系的看法，即"大家忙着革命"的时候，是"没有闲空谈文学"的。鲁迅并不为"大革命时代的文学只好暂归沉寂"而惋惜，而是视为理所当然，因为做文章的人同所有人一样，都必须投入"变换现代社会的状态"的斗争中去，为了这种斗争，一时不能做文章大概也是算不了什么的。值得注意的是，鲁迅在这里不仅强调革命对于文学的优先性和决定性，也为文学写作自身的基本条件和相对自律性预留了空间，这就是"一穷，就到处借钱，不写一个字，到薪俸发放时，才坐下来做文章"和"挑担的人必要把担子放下，才能做文章"。这同他在后面以及其他文章里强调文学写作要有"余裕"和"余裕心"是一致的。但正因为如此，鲁迅把文学归入作为一般文化的历史领域，而革命却属于那种打破历史连续性的突发事件，属于为文化和历史确立新的起点和价值的断裂和"积极的遗忘"。所以大革命时代的文学的沉寂往往伴随着一种肯定生命、孕育新人和创造历史的行动，同这种行动的专注、紧张和严峻相比，文学的絮絮叨叨或叽叽喳喳只是一种颓废。

> （三）等到大革命成功后，社会底状态缓和了，大家底生活有余裕了，这时候就又产生文学。这时候底文学有二：一种文学是赞扬革命，称颂革命，——讴歌革命，因为进步的文学家想到社会改变，社会向前走，对于旧社会的破坏和新社会的建设，都觉得有意义，一方面对于旧制度的崩坏很高兴，一方面对于新的建设来讴歌。另有一种文学是吊旧社会的灭亡——挽歌——也是革命后会有的文学。（第 3 卷第 439 页）

既然鲁迅把文学同一般文化一道归入历史领域，视为常态的组成部分，那么大革命之后的社会，哪怕是革命社会，仍旧会重新历史化、常态化、体制化，从而生产出自己的一般性文化，包括文学。但鲁迅马上把问题转到处在大革命浪潮中的中国，并做出了以下的批判性观察：

> 不过中国没有这两种文学——对旧制度挽歌，对新制度讴歌；因为中国革命还没有成功，正是青黄不接，忙于革命的时候。不过旧文学仍然很多，报纸上的文章，几乎全是旧式。我想，这足见中国革命对于社会没有多大的改变，对于守旧的人没有多大的影响，所以旧人仍能超然物外。广东报纸所讲的文学，都是旧的，新的很少，也可以证明广东社会没有受革命影响；没有对新的讴歌，也没有对旧的挽歌，广东仍然是十年前底广东。不但如此，并且也没有叫苦，没有鸣不平；止看见工会参加游行，但这是政府允许的，不是因压迫而反抗的，也不过是奉旨革命。中国社会没有改变，所以没有怀旧的哀词，也

没有崭新的进行曲。(第 3 卷第 440 页)

显然，这段话才是鲁迅真正要讲的，是他黄埔军校讲演的点睛之笔。鲁迅从文学着眼，看到的却是历史过程不间断的连续性和一体性，是激进断裂的缺席，是现代性的不在场；而现代性的不在场决定了中国现代文学的迟到和难产，或不如说，鲁迅所谓的文学本身就是现代性的一种形式，相对于历史过程和历史统一体而言，文学从本质上讲永远是“现代”的，因为它同活着的人站在一起，同他们的存在、体验和创造性站在一起，从而同一切“传统”相对立。在现代性的条件下，对旧制度的挽歌同对新制度的赞歌一样，都是“现代”的，因为他们都以时代的激变为前提条件和政治内容，但在广东和全中国旧文学仍然充斥于世，旧人物仍“超然物外”，在鲁迅看来，“足见中国革命对于社会没有多大的改变，对于守旧的人没有多大的影响”。在现代性缺席的情况下，文学同“旧文学”的界限无法划清，“纯粹的当下”和历史噩梦的重现无法区分，因而“新文学”或“现代文学”必须以最激烈的方式摆脱一切文学固有体制和固有形式的羁绊，因为只有通过不断的、持之以恒的文学形式创新和文学体制批判，写作才能够颠覆种种文学的旧制度，而把语言内部的激进性同“纯粹的当下”凝聚在一起。在这个意义上，鲁迅的杂文正是尚没有“革命文学”的大时代里的激烈文学实践形式，它最极端的对立面，就是“诗词骈文”等国粹“正宗”(第 500 页)；与这种僵死的文学程式相比，杂文是文学从经验世界里的再出发，是没有“文学”的时代的文学寓言，是基于不可能性的可能性，是“纯粹的当下”在语言世界里留下的种种震惊、厌恶、绝望和痛苦的记录——个人化、风格化的记录，但鲁迅的语言风格不是把现代性体验转化为“不朽”的审美形式，而是指向它的震惊的源头，即现代性意义上的历史的自我否定。而没有这种自我否定，真正的“人的历史”和社会不断将自身历史化的过程就无从开始。这样，作为现代性承载者的个体自我意识就无法通过现代“瞬间”的再历史化过程而自我否定；既然这种自我否定的道路被堵死，现代性的自我意识也就无法同过去和未来“和解”，它就只能永远处在震惊和虚无的心脏，被困在永恒的“此刻”之中奋力挣扎。因此鲁迅的文学焦虑、现代性焦虑和（中国）文明焦虑是三位一体的。如果我们把革命理解为现代性的最高形式，把中国“新文学”理解为现代性的一种表达方式，我们就可以理解鲁迅大革命时代的文学理论和文学实践，就能在杂文写作对传统写作样式和有关“文学性”的种种神话和禁忌的超越中看到一种现代主义的激进性，这种激进性既内在于现代性本身，也内在于文学本身。这也就是为什么在鲁迅的短篇小说和散文诗之外，“杂文的自觉”代表了中国现代主义的又一个源头。在“杂文的自觉”和杂文写作同时代的亲密关系之外，我想进一步就鲁迅过渡期杂文写作里的写作“动机”或杂文“发生学”和“动力学”问题谈谈我的观察。在《华盖集·并非闲话（三）》里面，我们可以看到如下线索：

> 我何尝有什么白刃在前，烈火在后，还是钉住书桌，非写不可的“创作冲动”；虽然明知道这种冲动是纯洁，高尚，可贵的，然而其如没有何。前几天早晨，被一个朋友怒视了两眼，倒觉得脸有点热，心有点酸，颇近乎有什么冲动了，但后来被深秋的寒风一吹拂，脸上的温度便复原，——没有创作。至于已经印过的那些，那是被挤出来的。这“挤”字是挤牛乳之“挤”；这“挤牛乳”是专来说明“挤”字的，并非故意将我的作品比作牛乳，希冀装在玻璃瓶里，送进什么“艺术之

官”。（第 3 卷第 158 页）

作为一个已有高度写作成就的作家，一个老练的文人，鲁迅何尝不知道作文章要有“余裕”和“余裕心”。在《华盖集·忽然想到》里面，他就曾指出那种“不留余地”的“压迫和窘促之感”不利于读书之乐和文艺创作的活力，批评“现在器具之轻薄草率（世间误以为灵便），建筑之偷工减料，办事之敷衍一时，不要‘好看’，不想‘持久’”，甚至上纲上线到“人们到了失去余裕心，或不自觉地满抱了不留余地心时，这个民族的将来恐怕就可虑”的高度（第 3 卷第 16 页）。但鲁迅偏偏用一个“挤”字来说明自己的写作动机和写作条件，声明它们的“不纯”和“不雅”。“挤”这个动词的确非常生动直观地表明了鲁迅杂文写作的外部压力、在这种压力下形成的杂文的内部构造和质地，以及这“内”与“外”的特殊的、严丝合缝的对应关系。这种发生学构造是我们理解杂文的寓言特质的关键。

鲁迅说他的文章都是“挤”出来的：“所谓文章也者，不挤，便不做。挤了才有”（第 3 卷第 160 页）。“挤”的第一层含义是外界和他人挤过来，自己是被挤的一方，无处可躲，也无处可退；如果有“抵抗”，那是作用力反作用力的关系，因为这抵抗的环境是被“挤”的力量所限制和塑造的。反之，没有这种外界的挤压，也就没有创作；没有现实世界的“挤”的压力，也就没有语言世界里的变形、紧张、严峻、坚硬。这同我们上面讨论过的“杂文的自觉”，即接受杂文的命运，把“必然”变为“自由”，把负面的东西变为正面的力量的态度是相一致的。所以这个“不挤不写”既是无奈，也是有意识的选择，因为不是被挤出来的文字，缺少一种质地，是不值得信赖、甚至可有可无的。所以鲁迅进一步发挥道：

"总之，在我，是肚子一饱，应酬一少，便要心平气和，关起门来，什么也不写了；即使还写，也许不过是温暾之谈，两可之论，也即所谓执中之说，公允之言，其实等于不写而已。"（第 3 卷第 161 页）反过来讲，值得写的东西，一定是被"挤"出来的东西：时代就像一个无情的冲压机，而杂文是在它的不断变化的模具中、在时代的巨大力场里被一个一个铸造出来的硬币。在这个意识同历史的塑造与被塑过程里，没有"烟士披离纯""创作感兴"之类有关艺术天才的神话的位置，有的只是一种作为生存底线的道德质地和语言质地，它们通过"挤"而找到了自己的独特形式，即杂文的形式。

构成这个"挤"的境遇的，既包括那些让鲁迅觉得"运交华盖"的"小事情"，也包括后面发生的诸如"三一八""四一二"乃至"左联五烈士"被秘密枪杀于龙华这样的事件，那种让鲁迅觉得自己不是活在人间、让他觉得再不写点东西就要窒息的暗夜。这里我着重谈一下鲁迅的"碰壁"体验。在《华盖集·"碰壁"之后》，鲁迅仔细地记叙了自己在女师大风潮过程中作为一个兼职教员同杨荫榆把持的校方的种种不快和冲突，然后以顿悟的笔触写道：

> 碰壁，碰壁！我碰了杨家的壁了！
>
> 其时看看学生们，就像一群童养媳……。
>
> 这一种会议是照例没有结果的，几个自以为大胆的人物对于婆婆稍加微辞之后，即大家走散。我回家坐在自己的窗下的时候，天色已近黄昏，而阴惨惨的颜色却渐渐地退去，回忆到碰壁的学说，居然微笑起来了。
>
> 中国各处是壁，然而无形，像"鬼打墙"一般，使你随时能"碰"。能打这墙的，能碰而不感到痛苦的，是胜利

> 者。——但是，此刻太平湖饭店之宴已近阑珊，大家都已经吃到冰其淋，在那里“冷一冷”了罢……。
>
> 我于是仿佛看见雪白的桌布已经沾了许多酱油渍，男男女女围着桌子都吃冰其淋，而许多媳妇儿，就如中国历来的大多数媳妇儿在苦节的婆婆脚下似的，都决定了暗淡的运命。
>
> 我吸了两支烟，眼前也光明起来，幻出饭店里电灯的光彩，看见教育家在杯酒间谋害学生，看见杀人者于微笑后屠戮百姓，看见死尸在粪土中舞蹈，看见污秽洒满了风籁琴，我想取作画图，竟不能画成一线。我为什么要做教员，连自己也侮蔑自己起来。（第3卷第76页）

这种被诸如“杨家的壁”四面围堵、挤压、挫败的“碰壁”感，不但决定了一种特殊的、对抗性的经验内容（这是“失败者”的经验内容），更产生了一种寓言的幻象，随着“我于是仿佛看见”，现实被“魔幻”化、漫画化，但却由此省略了许多看似必要的表现上或逻辑上的中间步骤，直接达到了一种近乎武断的、带有胜利感和复仇意味的讽刺性和寓言性真实（“回忆到碰壁的学说，居然微笑起来了”）。杂文写作的核心，正在于这种通过寓言家的直观或“幻视”（比如上文中一系列的“看见……看见……看见……”）直达真实的能力；这种杂文的寓言性真实既带有概念的纯粹性和普遍性（“谋害”“屠戮”“死尸”“污秽”），又是感性的，直接的、特殊的（“在酒杯间”“于微笑后”“在粪土中”“洒满了风籁琴”）。这种杂文写作的寓言性逻辑既“执滞于小事情”，满足于在本雅明所谓的“堕落的具体性”中捕获思想和语言的战利品，也能够随时出其不意地摆脱一时一地的纠缠，在自造的象征世界里展现有关现实和历史的整体表象，比如“中国各处是壁，然而无形，像‘鬼打墙’一般，使你随时能碰”；或如下面这个更令人震惊的幻象：

> 华夏大概并非地狱，然而“境由心造”，我眼前总充塞着重迭的黑云，其中有故鬼，新鬼，游魂，牛首阿旁，畜生，化生，大叫唤，无叫唤，使我不堪闻见。（第3卷第72页）

可以说，“境由心造”是寓言家从“挤”的经验中、从通过“挤”而同外部世界形成的共生关系中得到的一种独特的自由。这比前面提到过的“敢说，敢笑，敢哭，敢怒，敢骂，敢打，在这可诅咒的地方击退了可诅咒的时代”更贴近杂文写作的内在机制。同时，一个“挤”字，把内与外的对抗关系说得淋漓尽致，这种对抗、压力、紧张、厌恶和愤怒不但对语言表达有内在的赋形作用，也预先决定了作品的接受。正是由于杂文是“挤”出来的，所以鲁迅可以对围绕杂文写作的种种闲话不屑一顾。“挤”使得杂文写作远离了绅士风度、费厄泼赖、“为艺术而艺术”“公理”“正人君子”等等造作空洞、自命超脱的派头和姿态，从而保证了杂文文体同时代的身体接触和战斗所需的认真和专注。那种“彼此迎面而来”，以摩擦、碰撞、推搡和搏斗为家常便饭乃至写作唯一理由的体验，使得杂文这种看似最随意、最个人化的写作样式远离了一切仅仅是个人的因素和随意性；远离了一切传统格式的游戏性；远离了一切轻浮、懦弱、无聊、自鸣得意、人云亦云和哗众取宠，从而在基本的写作伦理上摆脱了“旧文学”和“旧文人”的生活世界和文学生态，获得了一种作为“新文学”政治本体论基点的严肃性、实用性和现代性，因为再没有哪种写作方式能像杂文一样，把切关个人利害和生存的体验同被一般化、普遍化了的“纯粹的此刻”结合在一起，一同构成对历史的某种“危险的关头”的寓言性、批判性把握。

最后，我想用《华盖集续编》里的两篇文章来结尾。一篇是《学界的三魂》，另一篇是《一点比喻》，它们都从不同侧面把鲁迅杂文的内在生成机制和编制过程展示得淋漓尽致。在《学界的三魂》里，鲁迅从中国人的三魂六魄说或者七魂说入手，说中国国魂如果有三魂的话，第一个是官魂、第二个是匪魂、第三个是民魂。这种“灵魂鉴别”的来由，仍然是被“挤”和“执滞于小事情”：

去年，自从章士钊提了“整顿学风”的招牌，上了教育总长的大任之后，学界里就官气弥漫，顺我者“通”，逆我者“匪”，官腔官话的余气，至今还没有完。但学界却也幸而因此分清了颜色；只是代表官魂的还不是章士钊，因为上头还有“减膳”执政在，他至多不过做了一个官魄；现在是在天津“徐养兵力，以待时机”了。我不看《甲寅》，不知道说些什么话：官话呢，匪话呢，民话呢，衙役马弁话呢？（第3卷第222页）

最初于《语丝》周刊第六十四期发表时，篇末有作者的《附记》如下：

今天到东城去教书，在新潮社看见陈源教授的信，在北京大学门口看见《现代评论》，那《闲话》里正议论着章士钊的《甲寅》，说“也渐渐的有了生气了”。可见做时事文章的人官实在是做不得的，……自然有些“土匪”不妨同时做官僚，……这么一来，我上文的“逆我者‘匪’”，“官腔官话的余气”云云，就又有了“放冷箭”的嫌疑了。现在特地声明：

我原先是不过就一般而言，如果陈教授觉得痛了，那是中了流弹。要我在“至今还没有完”之后，加一句“如陈源等辈就是”，自然也可以。至于“顺我者‘通’”的通字，却是此刻所改的，那根据就在章士钊之曾称陈源为“通品”。别人的褒奖，本不应拿来讥笑本人，然而陈源现就用着“土匪”的字样。有一回的《闲话》(《现代评论》五十)道：“我们中国的批评家实在太宏博了。他们……在地上找寻窃贼，以致整大本的剽窃，他们倒往往视而不见。要举个例吗？还是不说吧，我实在不敢再开罪‘思想界的权威’。”按照他这回的慷慨激昂例，如果要免于“卑劣”且有“半分人气”，是早应该说明谁是土匪，积案怎样，谁是剽窃，证据如何的。现在倘有记得那括弧中的“思想界的权威”六字，即曾见于《民报副刊》广告上的我的姓名之上，就知道这位陈源教授的“人气”有几多。

从此，我就以别人所说的“东吉祥派”、“正人君子”、“通品”等字样，加于陈源之上了，这回是用了一个“通”字；我要“以眼还眼以牙还牙”，或者以半牙，以两牙还一牙，因为我是人，难于上帝似的铢两悉称。如果我没有做，那是我的无力，并非我大度，宽恕了加害于我的敌人。还有，有些下贱东西，每以秽物掷人，以为人必不屑较，一计较，倒是你自己失了人格。我可要照样的掷过去，要是他掷来。但对于没有这样举动的人，我却不肯先动手；而且也以文字为限，“捏造事实”和“散布‘流言’”的鬼蜮的长技，自信至今还不屑为。在马弁们的眼里虽然是“土匪”，然而“盗亦有道”的。记起一件别的事来了。前几天九校“索薪”的时候，我也当作一个代表，因此很会见了几个前“公理维持会”即“女大后援会”中人。幸而他们倒并不将我捆送三贝子花园或运入深山，“投畀

> 豺虎”，也没有实行“割席”，将板凳锯开。终于“学官”“学匪”，都化为“学丐”，同聚一堂，大讨其欠账，——自然是讨不来。记得有一个洋鬼子说过：中国先是官国，后来是土匪国，将来是乞丐国。单就学界而论，似乎很有点上这轨道了。（第 3 卷第 223 页）

这段看似交待背景的文字，实乃杂文写作的一个方法入门。“执滞于小事情”和“挤”决定了杂文发生的动力场，但要把所有这些内力和外力安排在文字和文章的格局内，还需要一种编织法，即把种种“小事”，按照“挤”的来路有条不紊地以引文和例证的形式镶嵌在“执滞”的脉络里。这段文字里密密麻麻的引号及其重叠，说明了杂文写作同它的具体环境的亲密关系。这个环境既是由“迎面而来”的种种“小事”所决定，也是由杂文家根据寓言的逻辑自由选择和界定的结果：它可以通过语言形式层面的游戏、征引和“用典”灵活多变地让杂文的行文自由出入在不同的语境：个人意气的语境（“我可要照样的掷过去，要是他掷来”）、论争语境（“如果要免于‘卑劣’且有‘半分人气’，是早应该说明谁是土匪，积案怎样，谁是剽窃，证据如何的”）、道德语境（“我就以别人所说的‘东吉祥派’、‘正人君子’、‘通品’等字样，加于陈源之上了”）、历史语境（“中国人的官瘾实在深，汉重孝廉而有埋儿刻木，宋重理学而有高帽破靴，清重帖括而有‘且夫’‘然则’”（第 3 卷第 220 页）乃至经济语境（“学丐”和“索薪”）。

这种编织法使得杂文家既可以全力投入一时一地的遭遇战，有保持一种寓言家“立此存照”“借此说彼”“以小见大”“忽然想到”的自由。这种“执滞”的方式不但针对时局和历史的种种经不起认真推敲和追问的浮皮潦草、似是而非的表面现象（包括“正人君子”“通品”“思想界的权威”之类唬人的头衔），也针对写作和语言本身的异化和物化倾向，即深入“旧文学”肌体和灵魂的“行官势、摆官腔、打官话”（第3卷第220页）。官腔在此当然有具体的历史所指，但对所有“腔”的反感和警惕，贯穿鲁迅杂文写作。他晚年就批评上海文艺青年的文艺腔和几个“拉大旗作虎皮”的理论家的马列腔。从鲁迅反对“官腔”和“文艺腔”到延安时期的毛泽东反对“党八股”，整个新文学的历史，从某种意义上说，也是反对语言的物化和体制化的历史。以此为鉴，我们也可以看到这种内在于“新文学”的语言的实质性和激进性在今天的中国又一次面临危机。我们今天的学界也免不了是各种学术腔充斥——国学腔、“海外汉学”腔、“西方理论腔”、实证研究腔、文人雅士或票友腔；思想争论和意识形态争论往往还没有充分展开，就很快落入各种“腔”和“调”的窠臼，被简化为某种立场和姿态，某种词藻的排列：“消极自由”腔、“左翼愤青”腔、“普世文化”腔、“文化保守主义”腔等等。在基本的语言实践层面，在种种体制性因素的影响下，由“新文学”奠基的当代汉语写作状态可以说非常恶劣，处在各种官话、广告词、大众媒体的哗众取宠、学院做派、劣质夹生的翻译体、城市小资“私人语言”等等的重重包围之中。

在语言伦理的基本层面上，杂文继承和发扬了“新文学”反对一切陈腐、造作、空洞、繁复、因循、高高在上的程式化写作的革命传统，因而是“平民写作”“国民写作”“个人写作”的自觉实践；它包含了反叛者对于“新”的近代意义上的合法性与合理性的高度自信，包含了“野”和“野人”对于一切“礼”或“礼教”的摒弃。站在新的“礼”从中生发出来的“野”的立场上，鲁迅作了“官之所谓匪”和“民之所谓匪”的区分，嘲笑以“官”自居、把所有挑战者都视为“匪”的旧文学和旧文人官学一体的习气，从而把文化批判、国民性批判和文明批判的道德制高点保持在自己这边，成为杂文的一种不言自明的内在力量。鲁迅写道：

> 所谓学界，是一种发生较新的阶级，本该可以有将旧魂灵略加湔洗之望了，但听到"学官"的官话，和"学匪"的新名，则似乎还走着旧道路。那末，当然也得打倒的。这来打倒他的是"民魂"，是国魂的第三种。先前不很发扬，所以一闹之后，终不自取政权，而只"任三五热心家将皇帝推倒，自己过皇帝瘾去"了。惟有民魂是值得宝贵的，惟有他发扬起来，中国才有真进步。但是，当此连学界也倒走旧路的时候，怎能轻易地发挥得出来呢？在乌烟瘴气之中，有官之所谓"匪"和民之所谓匪；有官之所谓"民"和民之所谓民；有官以为"匪"而其实是真的国民，有官以为"民"而其实是衙役和马弁。所以貌似"民魂"的，有时仍不免为"官魂"，这是鉴别魂灵者所应该十分注意的。（第3卷第222页）

第二个例子是《一点比喻》。因为北京接近塞外，常有绵羊一群群地被赶进城来，走上屠宰场。鲁迅在北京的街上看到羊群"挨挨挤挤，浩浩荡荡，凝着柔顺有余的眼色，跟定'牧羊人'匆匆地竞奔它们的前程"，忍不住要"开口向它们发一句愚不可及的疑问——'往那里去?!'"（第3卷第232页）

所谓"愚不可及"，是因为羊群通常也由脖子上挂着"作为智识阶级徽章"的小铃铎的"山羊"领导着。于是便有了下面这段同智识阶级的问答：

> 君子若曰："羊总是羊，不成了一长串顺从地走，还有什

么别的法子呢？君不见夫猪乎？拖延着，逃着，喊着，奔突着，终于也还是被捉到非去不可的地方去，那些暴动，不过是空费力气而已矣。”

这是说：虽死也应该如羊，使天下太平，彼此省力。

这计划当然是很妥帖，大可佩服的。然而，君不见夫野猪乎？它以两个牙，使老猎人也不免于退避。这牙，只要猪脱出了牧豕奴所造的猪圈，走入山野，不久就会长出来。（第 3 卷第 233 页）

这场想象的对话虽远不及有关“铁屋子”那场对话有名，但意思却是相近的。这种从羊到猪，从肉猪到山林里长着獠牙的野猪再到背上长着刺的豪猪（下面我们马上会讲到）的“逃逸的路径”（routes of flight/德勒兹），是无法用诗、小说或散文诗的语言捕捉和描述的；但用杂文的方式，就恰到好处，不但有论辩、有追问，又有观念的交锋，而且有文字上的戏剧性和紧张感，甚至有栩栩如生的形象，虽然这不是“纯文学”的形象，而是寓言的形象。

不仅如此，鲁迅还对这个野猪的寓言形象做了如下发挥，它可以作为“挤”字的一个进一步的注解：

有不守这距离的，在英国就这样叫，“Keep your distance!”但即使这样叫，恐怕也只能在豪猪和豪猪之间才有效力罢，因为它们彼此的守着距离，原因是在于痛而不在于叫的。

假使豪猪们中夹着一个别的，并没有刺，则无论怎么叫，它们总还是挤过来。孔子说：礼不下庶人。照现在的情形看，该是并非庶人不得接近豪猪，却是豪猪可以任意刺着庶人而取得温暖。受伤是当然要受伤的，但这也只能怪你自己独独没有刺，不足以让他守定适当的距离。孔子又说：刑不上大夫。这就又难怪人们的要做绅士。

这些豪猪们，自然也可以用牙角或棍棒来抵御的，但至少必须拼出背一条豪猪社会所制定的罪名："下流"或"无礼"。（第3卷第234页）

"刺"和"牙"，与其说是距离的保证，不如说是接触的媒介。这种针锋相对、"以牙还牙"的对峙、抵抗和挤来挤去，是杂文与时代关系的最直观的写照，是"挤"的有效性的基本前提，否则，"无论怎么叫，它们总还是挤过来"。杂文固然就是寓言家的"刺"和"牙"，即鲁迅所谓的匕首投枪；但在语言的范围之外，机枪大炮也同样是一个阶级或一个民族的"刺"和"牙"。这同鲁迅对中国人"见了狼就要像狼""见了羊就要像羊"（而不是相反：见了狼就变得像只羊，见了羊就变得像只狼）的最低期待是一致的。这种抵住时代的咽喉的杂文家的姿态，同时也具有认识论上的合目的性，即真实性。归根结底，杂文家引以为乐的并不来自"彼此迎面而来，总不免要挤擦、碰磕"；而是"倘使所有的只是暴戾之气，还是让它尽量发出来罢……我也知道将什么之气都放在心里，脸上笔下却全都'笑吟吟'，是极其好看的；可是掘不得，小小的挖一个洞，便什么之气都出来了。但其实这倒是真面目。"（第3卷第239页）

“小品文”与社会个体性的建构：论周作人30年代写作的审美政治*

对于周作人来说，散文世界是自由和个体性得以成形的象征性空间。因此，至少在理论上，将散文作为一个文类、文体和制度的同时，应该也是个体性的社会内涵和意识形态内涵得以冲破阻碍，形成一个表征秩序的过程。然而，正如我们在导论部分所讨论的，无论是现代中国的社会、经济条件，还是她的政治、法律文化，都从来没有赋予这个抽象的个体以具体的所有物。作为疏离于日益衰弱的儒教帝国的文化精英，现代中国的知识分子阶层，将自身的主体地位溯源于同西方的历史性遭遇。当中国正在急起追赶这个被物竞天择的法则所支配、民族国家林立的世界时，这一主体性从国家权力中取得合法性的程度是极为有限的。然而，国家仅仅将知识分子阶层作为实现国家意志的必不可少的工具，当知识分子试图超越国家给他指派的技术功能来确认自身时，国家对此却兴趣索然、缺乏容忍。没有证据表明，专制的南京政权，曾努力试图改变国家和知识分子阶层的这一长期性关系。它正忙于从事的“国家建

---

* 原刊于《中国现代文学研究丛刊》2009年第1期。谢俊译。

设”，在日渐加剧的日本侵略的提醒下，显得愈加紧迫。这也毫无疑问地促成它严厉的和总体上保守的文化政策。然而同时，它也在文化领域内和知识分子中，为有限的制度化或理性化提供了客观条件。

当现代性还只是昙花一现的、想象中的事物时，儒教帝国崩塌所暴露出的严峻的社会现实，并没有给这一主体性的形成提供任何解决方案。就此而言，现代散文的状况，成为现代中国文人的一个隐喻。散文作为古典写作的一种主要形式，无疑蕴藏着巨大的资源和声望。然而这些资源和声望，彻底地与士大夫阶层所生活的世界和它的意识形态相联系。这一意识形态在民国政权中的持久存在，使得“知识分子自由”被苟延残喘的封建正统所驱逐。白话文，在它亟待成为一个新生中国的文体之时，却面临着培养环境全面缺失的窘境，在这样的后儒家的文化中，自由知识分子实际上是不为人知的。对于文人来说，时代的真相，正如他们的文体的真相，在哲学上不证自明，却社会性地缺席着。他们与西方的遭遇，主要在于阅读上的经验。想象性的主体位置，从这一经验中获得了文本性的建构。尽管他们对西方思想的不同的态度，反映了他们在统治精英所组成的政治结构内部的不同位置，他们却不再完全地被这一结构所决定。因此，当他们作为少数社会精英，坚持掌控中国民族的未来时，抑或当他们把自己投射到社会文化系统之历史属性不同的外领地时，中国现代知识分子，基本上是一群被悬置在新的历史动力与社会现实之外，同时又在寻找着它们的人。中国知识分子的个体性是思想意识的战场。一方面，它是想象性、精神性的；另一方面，知识精英却意外地发现，他们和其他市民共享着相同的日常经验和渴望，其中也包括那些与西方列强在半殖民地中国的有形存在相关的看法。它们都植根于一个相同的民族寓言。在这个民族寓言里，个人的幸福不能和民族为了寻求“富强”①而进行的斗争相分离。在这种情形下，他们如果一味追求社会的和文学的个体性，将会冒着先去使他们首先赖以立身的“独立自主”及基本公民权利的危险。

在20世纪30年代，周作人作为一个散文家和一名知识分子同时产生着影响，这与他用来处理此两难困境的文化策略及文体策略密切配合。尽管自由主义在欧美现代性中上演的历程，从未在现代中国完全地实现，这一思想却确实出现过，而且还伴随着激烈的反应和随之而来的镇压。自由主义思想在30年代所面临的严峻形势，留给“五四”知识分子老将们的选择是有限的。他们只能在文化的象征性空间中构造自我，通过文学生产积累象征性资本，使之成为其社会自治、道德力量和知识领导的资源。只有将这一工程视为“五四”知识分子的最初梦想在20世纪30年代的延伸，它才能得到充分的理解，30年代作为文化的关键时刻，从来没有被国民党的“党国”和左翼所推崇的无产阶级大众文化清晰地分裂。周作人的隐退，不应该被理解为从先前的位置上退让，而应视为对内在精神的开掘和对新文化的区分，这个新文化正根据自己的社会、政治处境探求着文体的及范式的规范化。

这一章接下来将分析，周作人通过散文这一文体的自我合理化，而实现的对社会个体性的建构，在抒写散文的过程中，现代文人的自我确认提供了一种日常生活的美学。在他试图为文化现代性的日常生活进行编码时，当前的社会、政治环境由于深刻关涉日常

① 本杰明·史华兹的《寻求富强：严复与西方》的第一章提供了一个开创性的关于这一斗争的精英阶层形成的讨论。（Schwartz，Benjamin I. *In Search of Wealth and Power*：*Yen Fu and the West*. Cambridge：Belknap Press of Harvard University Press，1964，pp. 1—21.）

生活，亦被放置在这一文体的符号化操作中进行处理。伴随着它的文化职责和政治关联性，“个人”居住在“美学”的策略中，从来不是历史的奢华。这种错误的理解，加强了广泛流行的对周作人的误读。在后革命年代里，自由主义者对其作品的神话，不幸建立在“个人趣味”①这一庸俗的观念之上。正是在对“纯美学”的崇拜中，自由主义式的对周作人作品的解读，本身作为一种政治性的操作，却旨在批驳以“政治观点”看待文学的左翼传统。它倾向于剥夺个人化的散文所具有的思想内核和社会关联性，而这些，恰恰缠绕在作为一种文化现代性的新文化之历史处境中。

正如我接下来所要显示的，周作人通过使用一种不属于他的语言，其个体性的概念，引领了一种历史主义及结构主义的方法。周作人不能够、也不愿意，将个体性安置在 30 年代的社会政治环境中；于是改变方向，将它与对历史的颠覆性阅读，和未经培育的日常生活领域联系起来。在第一部分，我将立足于文学与社会的关系，来讨论周作人关于散文的理论。我试图说明，他与先辈作家的自觉联系，使得现代个体性永久驻居在了历史性的社群中。在第二部分，我将考察他为日常生活领域重新编码的小心翼翼的努力，在这个领域中，个人性通过“生活的艺术”这一最世俗的行为，来发表宣言。在这两个例子中，散文作为干预的手段被周作人理论化——更准确地说被证明——而成为乱世之中有影响力的文体。

---

① 在刘绪源最近对周作人的解读中，反对将周作人同林语堂和梁实秋这一些更加明确的“自由主义”散文家列在一起的传统看法。刘进一步攻击当代中国散文消费的世俗趣味；它们希望在周作人的散文中寻找平凡人生的精致“甜点”，却失误于无法面对周作人表面平静的个人化散文中深深的苦涩。（刘绪源：《解读周作人》，上海文艺出版社 1994 年版）。对大众阅读现代中国散文、特别是周作人散文，趣味恶化之批评，请参阅舒芜：《真赏尚存，斯文未坠》，《读书》1995 年第 5 期。

一　文学和乱世

周作人为总体的白话文学和具体的现代中国散文建立美学制度的努力，是二重性的运作。一方面，这一新的形式，不得不把自己表现为从旧有的象征秩序中决裂出来的、反形式的存在。在这里，“五四”知识分子视它的开放性和暂时性，为使新文学能拥抱社会领域中变动不居的日常现实，及其意识形态的品质。新文学也成为最熟悉的表现这一开放性与暂时性的文体。个人解放的理念或者说景象，被置于新的价值体系的中心，也使得文体的革命成为必要。另一方面，当投入生活的川流之中，去获取它历史存在的关联性和合法性时，现代散文也不得不与当前的政治、社会领域保持结构上的距离，从而能够掌控美学及思想的有利位置去直面日常生活。白话文转变为“美文”的内在动力，显示了它与古典文学持续的对抗，也显示了它作为刚刚浮现的文化秩序的本质。美学制度作为社会文化的个体性不可缺失的一部分，总是被理解为最可靠的标志之一，并且有时候是对孤独无根的个人唯一的有形保护。如果说，文体革命的趋势要求旧有的文化结构必须死亡，那么使得革命正式地长期存在下去的趋势，则预示了一种新的象征秩序。周作人十分清楚地认识到，对现代的个人世界之美学编码，并不总是、或者说并不必然需要社会经济世界作为它的指涉物或对象。对他来说，重要的是，切断任何在文学领域和社会指涉物之间的有机联系，以便将新文学与政治的关联性建构在它寓言性的自我指涉中。周作人将这个工程分为两个阶段：首先，以徘徊在旧时代的、具有解放性的混乱状态，取代新时代开端的图景，也就是用文学史上的模式作为现存状况的寓言。其次，将文体和风格的内在编码，引入日常生活的世界，即用“生活的艺术”的形式，将日常生活领域重新符码化。

作为现代中国散文的先驱和立法者，周作人被证实对于这一状况具有清醒的认识，并且倾向于用他的方式，策略性地转圜于文化、政治地带。周作人从来没有去费心反思他“言志”之热情，在多大程度上源于他对新文化启蒙运动那无情的、“载道”的推行；或者反过来，后者在多大程度上源于前者。相反的，他似乎可以轻松自如地对待自身模棱两可的形象：一个“平民的文学”的作家，却以他的文学风格和社会威望，为现代中国“美文”设置了最严格的文体规范和评价标准。

在“言志”的题目下，一提到文学作品的社会、文化的个人性，人们很容易转向探讨周作人和公安派、竟陵派之间在文人思想和美学上的联系。尽管这是无可否认的，然而，这一关联需要被更详细地审视。周作人那热情的表彰公安派和竟陵派之文学革命的文字，及他将新文学运动认定为晚明言志文学运动的复兴，给人以这样的印象：似乎周作人将袁氏兄弟的文学作品看作现代散文的典范，而他关于个体自由和文化创造性的概念，也来源于公安派和竟陵派的理论和实践。坦率地讲，事实并非如此。卜立德（David Pollard）正确地注意到，“周作人清楚拒绝将自己与公安派视为一体”，但是他将这一拒绝归因于周作人的折中主义和“随着年代而变化”的“思考方式”。①这一解释，很难面对周作人全力以赴将文学看作个人意志之表达的努力，和他一以贯之的反说教的姿态。它同样没有说明，将明朝的公安派和作为现代作家的周作人联系起来的策略性纽带。一个惯常的误解是，从文学、文体的方面来看，或者用卜

① Pollard, David E. *A Chinese Look at Literature*: *The Literary Values of Chou Tso-Jen in Relation to the Tradition*. Berkeley: University of California Press, 1973, p. 163.

立德的话说，通过他们“写作的门径”将周作人与晚明作家联系起来。事实上，这一联系既不是文类或文体上的，也无关文人思想的意气相投。周作人喜欢公安派“新鲜流畅”的散文，赞扬他们追随着自己的感觉和情绪。但他并不必从晚明作家那里汲取文体上的灵感，他也没有在他们的作品里发现任何思想上引人注目之处。事实上，周作人明白地说过，“本来也并没有人提倡要做公安派文”。①

周作人更关心的，毋宁说，是将公安派视为一个文学文体与社会变革发生历史性互动的寓言。在这个寓言中，个人形象通过大一统的裂隙变得具体可感了。因此，周作人和晚明、前清作家之间的“对应关系”或者说相似性，与其说是文学的，不如说是批评的；与其说他们在文体上的变革相同，不如说他们都如出一辙地、以含蓄消极的方式，处理总体的社会、文化处境。正如周作人 1929 年在给俞平伯（1900—1994）的散文集《杂拌儿》作的编后记中所言：

> 我们读明清有些名士的文章，觉得与现代文的情趣几乎一致，思想上固然难免有若干距离，但如明人所表示的对于礼法的反抗则又很有现代的气息了。……（公安派的人）虽然后代批评家贬斥它为浅率空疏，实际却是真实的个性的表现，其价值在竟陵派之上。……除了还是想要去以载道的老少同志以外，我想现在的人的文学意见大抵是这样。②

对于周作人来说，文学尽管对革命没有益处，却是某种形式的反抗。③在他寻找个体性的过程中，他对这些“隐遁的”作家的理

---

① 周作人：《广甸之二》，《苦茶随笔》，北新书局 1935 年版，第 40 页。
②③ 周作人：《杂拌儿跋》，《永日集》，北新书局 1929 年版，第 172—173 页。

解和常规的看法不同。他曾经写道："明朝的名士的文艺诚然是多有隐遁的色彩，但根本却是反抗的。"①他总是欣赏袁宏道、钟惺这些作家的勇气、想象力和创新性，热烈地赞扬他们打破了只遵从汉唐文学经典的沉闷氛围。但他从来没有对这些作家不加批判，或远离他们特殊的文化、历史语境来加以理解。在为1934年的《重刊袁中郎集序》中，周作人评论说：

> 中郎是明季的新文学运动的领袖，然而他的著作不见得样样都好，篇篇都好。……中郎的诗，据我这诗的门外汉看来，只是有消极的价值，即在他的反对七子的假古董处，虽然标举白乐天东坡，即使不重模仿，与瓣香李杜也只百步之差，且那种五七言的玩意儿在那时候也已经做不出什么花样来了。中郎于此不能大有作为原是当然。②

尽管周作人将晚明的反叛作家视为遥远的同道和文学的同盟者，他却并未将袁氏兄弟包括在核心的"友人"③圈内。（我将在下一部分讨论这一特殊的属于周作人的知识分子团体。）正如散文家（同时是周作人最杰出的弟子）废名（1901—1967）指出的，在晚明和前清的作家和知识分子之中，哲学家李贽（卓吾，1527—

① 周作人：《燕知草跋》，《永日集》，第180—181页。

② 周作人：《重刊袁中郎集序》，《苦茶随笔》，北新书局1935年版，第93—94页。

③ 同样的，尽管周作人将自己视为魏晋这另一个帝国秩序瓦解时期的反叛诗人和哲学家的同路人，他却很少谈论阮籍（210—263）和嵇康（223—262）这样具有冷峻的风格和引人注目的消极态度的作家，而正是这些人为魏晋时期的文学奠定了基调（并且他们斗争性的傲慢特别被鲁迅所欣赏）。取而代之的是，周作人更倾向于阅读陶潜（365—427）和颜之推（531—595）的作品，它们的作品或多或少显示出较为"温和"的风格，并且似乎对经典的人道主义和个人主义更具建设性和持久性的视野。这将在下一章讨论。

1602）和散文家傅山（青主）得到了周作人的欣赏和最亲密的友谊。对于这样的偏爱，废名评论如下，周作人“没有那些文采，兴酣笔落的情形我想是没有的，而此都是公安及其他古今才士的特色”。[①]废名很好地指出了这一点，因为周作人所提倡的言志文学、浪漫主义与个人主义，和我们在中国文学历史中所通常理解的，有着根本的不同。

周作人也许对这一华美的、自我沉醉的“名士气”，怀着某种含蓄的批评。这种名士气在三袁关于郊游、宴饮和赏柳等的文字中有所展示。但是，他会毫不犹豫地慷慨承认，新文学作家受益于他们那些遥远的、反抗“赋得”传统的盟友，受益于他们开辟的“自由天地”。周作人将袁宏道对佛教的借助，视为一个文人对儒家的离经叛道；尽管他提醒我们，佛教即便在那时也决不是一个“新思想”。[②]周作人自己对“逃禅避世”没有兴趣，却非常重视这些“隐逸作家”在意识形态高度一致及政治腐败的世界中，所展示出的道德的完整性，一个通过美学的自我放逐和自我引退所保持的完整性。他相信，将自身从旧有的文学正统和支撑这一正统的政治世界中脱离出来，对于文学的历史性复兴是至关重要的；而文学的历史性复兴，则由坚实的社会个体性的自我确认所驱动。换句话说，一个新的社会个体性的自我确认，和它所具有的文化主体性，总是为争取它们直面社会领域的“自主性”而奋斗。在这种自主性的要求下，他们要破坏旧有的秩序，并取而代之以一个新世界的图景，它包含了新诞生的主体之位置。周作人从来没有忽视退隐至“自主性”的行为，所具有的激进的政治本质。在谈及东方和西方“隐

① 废名：《关于派别》，转引自钱理群《周作人传》，北京十月文艺出版社 1990 年版，第 393 页。

② 周作人：《重刊袁中郎集序》，《苦茶随笔》，北新书局 1935 年版，第 40 页。

逸”的不同时，周作人谈到，大部分西方的隐士是宗教性的，他们“在大漠或深山里积极的修他的胜业”，然而，“中国的隐逸却是政治的，他们在山林或在城市一样的消极的度世。”①

从这个角度，我们可以重建周作人思想中，晚明言志文学与代表新的个体文化的新文学之间的真实联系。我将回到周作人在30年为《近代散文抄》所作之序言中提出的开创性主题：“小品文是文学发达的极致，它的兴盛必须在王纲解纽的时代。”②周作人清楚地表明，晚明作家吸引他的，是他们社会文化状况寓言性的相似，而不是他们的文学、哲学的价值。他写道：

> 明季的乱世有许多情形与现代相似，这很使我们对于明季人有亲近之感，公安派反抗正统派的复古运动，自然更引起我们的同感，但关系也至此为止，三百年间迟迟的思想变迁也就不会使我们再去企图复兴旧庙的香火。③

事实上，周作人关于散文的理论和他的文化哲学，总体而言，与他将动力学上的三要素“理论化”的企图彼此缠绕。这三个要素乃是历史的处境，作为制度的文学，及个人在整体秩序的崩塌中清理出一条新的表达路径的主动性。周作人将散文视为“文学发达的极致”。但是，为了将这象征性的建构置于文化与历史的动力学之中，他必须定义文学与文化政治的关联性，而又不对文学“自主性”造成任何损害。因为文学自主性，能给作家个人和他所持有的文化立场提供庇护。周作人对公安派的解读或挪用，给我们提供了

① 周作人：《重刊袁中郎集序》，《苦茶随笔》，北新书局1935年版，第94—95页。
② 周作人：《冰雪小品选序》，《看云集》，开明书店1932年版，第189页。
③ 周作人：《重刊袁中郎集序》，《苦茶随笔》，北新书局1935年版，第97页。

一个精致的例子，说明文学是如何通过它与社会政治领域在结构上的分离，来实现它的社会影响力的，反之亦然。在这一过程中，“王纲解纽”成为这一自我呈现的选择方案之社会文化空间。正如周作人写到的：

> 正统派骂公安竟陵为亡国之音，①我疑心这句话自从甲申以后一直用到如今了罢，因为明朝亡了是千真万确的事实，究竟明朝亡于何人何事也是公说公有理婆说婆有理，……但是什么是亡国之音。这件事似乎还可以来探讨一下。②

周作人继续阐述这一短语在最重要的儒学经典中的两种解释：第一种解释来自孔颖达（574—648）对《礼记》的权威注释，他主张“亡国之音”的意思是“亡国谓将欲灭亡之国，乐音悲哀而愁思”；另一方面，杰出的儒家学者郑玄（127—200）持有一种不同的解释，在他看来，“亡国之音”指的是商代的最后一个帝王所让演奏的颓废的音乐，此后，它用以称谓那些实际上导致国家没落的颓废文化。周作人反驳了郑玄的理论：指出郑玄的解释和《礼记》文本的矛盾之处，在《礼记》中“亡国之音”被描述为“乐音哀思”，而这并不是颓废音乐所必然具有的内在特征。③周作人指出悲

---

① 正如下面将更清晰地显示，“亡国之音”的意思是暧昧不清的，它可以同时被字面地理解为“一个灭亡的国家的音乐”或者“导致一个国家灭亡的音乐”。周作人将他的讨论建立在这一句式的含混性之上，并且坚定地支持这第一种解释。对他来说，传统的对言志的文学的攻击，把它们称为“亡国之音”，并意味着“导致一个国家灭亡的音乐”，是一种可笑的意识形态。因为文学无法驱使一个国家的瓦解，它只是对社会政治现实的反应而已。

② 周作人：《重刊袁中郎集序》，《苦茶随笔》，北新书局 1935 年版，第 100 页。

③ 周作人：《重刊袁中郎集序》，《苦茶随笔》，北新书局 1935 年版，第 95 页。

哀愁思在晚明作家中是很普遍的。这些情绪，不是将国家引向瓦解，而恰是总体上的不满的表达，它本身也是对神圣秩序加以拒绝的征兆。周作人因而设法做出了一个至关重要的转换，他转向了《礼记》中与上文引言相似的一个句子，在周作人看来是对这一情形的更好的描述：

> （中国文学的情形）还应用《乐记》里别一句话来包括才对，即是“乱世之音怨以怒，其政乖”。①

周作人发现孔颖达的解释同样不对，他没有对“亡国”作直截了当的解释，“亡国”对周作人来说就是“亡了的国”。但是这里的问题不在于是否文学——这里的文学指的是异端的个人主义和颓废倾向的文学——会毁灭一个国家。而在于什么样的社会条件引起了这样的文学，以及它对文学范式的革命和重建有着怎样的暗示，通过这样的革命和重建使人的新形象沿着一种新的表达形式发展起来。周作人将文学和国家命运之间的因果关系（如郑玄的解释所暗示的），转换为文学作品反映了产生它的历史环境。这当然不是试图强调个人想象和社会决定之间的关系。周作人并没费工夫继续分析《乐记》中接下来的句子，这一句子总结性地描述了不同种类的社会状况中不同种类的音乐形式，说到“声音之道，与政通矣”。恰恰相反，对于周作人来说，主张在特定的社会状况和特定的文学体裁之间，有一种天然的、结构性的关系，就是使作者从任何关于文学将祸害国家的道德、政治意图中解脱出来，也从文学用以保全现存政体的社会责任中解脱出来。周作人注意到：

① 周作人：《重刊袁中郎集序》，《苦茶随笔》，北新书局1935年版，第96—97页。

明末那些文学或可称之曰乱世之音，顾亭林傅青主陈老莲等人才是亡国之音，……闲话休提，说乱世也好，说亡国也好，反正这都是说明某种现象的原因，……并不是无缘无故的会忽发或怨怒或哀思之音，更不是有人忽发怨怒之音而不乱之世就乱，或忽发哀思之音而不亡之国会亡也。中郎的文章如其是怨以怒的，那便是乱世之音，因为他那时的明朝正是乱世，如其是哀以思的，那就可以算是亡国之音，因为明末正是亡国之际，"时当末造，非人力所能挽回"，所可说的如此而已，有什么可以"昭后世之炯戒"的地方呢？使后世无复乱世，则自无复乱世之音，使后世无复亡国，则自无复亡国之音，正如有饭吃饱便不面黄肌瘦，而不生杨梅疮也就不会鼻子烂落也。①

这些措辞看起来远非周作人自己所界定的写作标准："平静的，冲淡的，优雅的"；同时也与其他作家，比如说林语堂所推崇的"小品文"的形象，并不一致。周作人在这里的观点并非是，文学作为个体性的表达与社会政治，或者用他的话来说"集团利益"，毫无关系。他也从未提出过文学革命和社会变革之间毫无关系。一方面，他的确宣称"文体改变本来是极平常的事。于人心世道国计民生了无干系。"②但另一方面，通过将"乱世"作为散文这一"文学发达的极致"诞生的社会条件，他使自己参与到了对形式历史和社会历史交互作用的阐述。难道他坚持文学和社会政治的分离，和他试图将两者捆绑在一起的努力，不是自相矛盾的吗？要回答这个问题，我们必须留意周作人如何将形式历史和社会历史的绑缚，转

① 周作人：《重刊袁中郎集序》，《苦茶随笔》，北新书局 1935 年版，第 97—98 页。

② 周作人：《现代散文选序》，《苦茶随笔》，北新书局 1935 年版，第 104 页。

变为一个在文学表达中范式转变的动态模式。这一转变的结果，为个人从社会秩序符号性的整体之中脱离出来，创造了条件。周作人所拒绝的，是那些将文学、特别是“言志的文学”，放置在一个因果链条中的载道的指令。这些指令，将文学绑缚在儒家学说的符号性的整体之中：

正统派多以为国亡由于亡国之音，一个人之没有饭吃也正由于他的先面黄肌瘦，或生杨梅疮乃由于他的先没有鼻子。呜呼。熟读经典者乃不通《礼记》之文，一奇也。中郎死将三百年，事隔两朝，民国的文人乃尚欲声讨其亡国之罪，二奇也。①

他继续写道：

是的，我有时也说话也写字，更进一步说，即不说话不写字亦未始不可说是音，沉默本来也是一种态度。是或怨怒或哀思的表示。中国现在尚未亡国，但总是乱世罢，在这个时候，一个人如不归依天国，心不旁骛，或应会试作“赋得文治日光华”诗，手不停挥，便不免要思前想后，一言一动无不露出消极不祥之气味来，何则，时非治世，在理固不能有好音。②

一旦文学不再作为巩固意识形态的工具，它就对持续变动的社会世界开放和敏感起来。这一寓言性的、在某种程度上“生硬的”、

① 周作人：《重刊袁中郎集序》，《苦茶随笔》，北新书局1935年版，第98—99页。
② 周作人：《重刊袁中郎集序》，《苦茶随笔》，北新书局1935年版，第100—101页。

关于文学直面社会生活的总体见解，对我们理解周作人看似矛盾的努力至关重要。这一努力即是通过持续不懈的、对渴望逃离总体性的社会组织及其道德准则的个体的自我确认，来寻求使社会理性化和符号制度化的道路。周作人试图阐明的观点可以反过来表达：是社会历史的改变，引起了文学体裁的变迁，促使它频繁地改造；而在这种变迁中，个人的声音作为新秩序的话语浮现出来。因此这些自由流动的知识分子的非正统作品，这些“消极的”或者“反抗的”的作品构成了对历史的召唤的积极回应，并清出了一块崭新的社会文化领地。散文，作为个人表达和社会个体性的顶峰形式，因此成为这一周期性地汹涌而回之历史浪潮的浪尖。从这一观点出发，周作人提供了他关于散文的理论，它同样也是文学历史上关于社会变革的理论。

> 在朝廷强盛，政教统一的时代。载道主义一定占势力，文学大盛，统是平伯所谓“大的高的正的”，可是又就“差不多总是一堆垃圾，读之昏昏欲睡”的东西。一到了颓废时代，皇帝祖师等等要人没有多大力量了，处士横议，百家争鸣，正统家大叹其人心不古，可是我们觉得有许多新思想好文章都在这个时代发生……①

周作人在这里关心的不是文学和社会的关系，而是使个人的表达得以涌入另一个文化空间之象征秩序的历史条件。通过将体裁的变化考虑为一种历史的表征，从而将作家从与社会环境的因果链条中移开，周作人从文学历史范式变革的角度，抓住了创立个人主体

---

① 周作人：《冰雪小品选序》，《看云集》，开明书店 1932 年版，第 190—191 页。

位置的机会。这一主体位置通过它自己与社会领域的分离，成为它自己的社会特征的一个寓言。因而，周作人并非从他的激进立场上撤退，而只是将中国现代性的政治迫切性，引入了一个对日常生活和个体内心自由的建构中去。

强调公安派和竟陵派的文学重要性，并不意味着周作人将现代散文等同于这些派别的文学抱负。事实上，他非常敏锐地防止自己成为任何意识形态理论的拥护者。当被问到他自己是否是一个公安派或者竟陵派的作家，一个“亡国之音”的制作者时，周作人通过诉诸自己所受的教育和知识结构给出了一个婉转的回答，从而确证了他的个人主义的立场，正如周作人惯于留给人们的印象：

> 我所有的除国文和三四种外国文的粗浅知识以外，只有一点儿生物的知识，其程度只是丘浅治郎的《生物学讲话》，一点儿历史的知识，其程度只是《纲鉴易知录》而已。此外则从蔼理斯得来的一丝的性的心理。从茀来则得来的一毫的社会人类学，这些鸡零狗碎的东西别无用处，却尽够妨碍我做某一家的忠实的信徒。对于一切东西，凡是我所能懂的，无论何种主义理想信仰以至迷信，我都想也大抵能领取其若干部分，但难以全部接受，因为总有其一部分与我的私见相左。公安派也是如此。①

乍看之下，他从系统化知识中的脱离，似乎宣告了他的思想独立性和主体性。围绕着这一中心，符号世界得以建立。然而周作人所远离的不是系统的知识。恰恰相反，在他的一生中，他始终是各

① 周作人：《重刊袁中郎集序》，《苦茶随笔》，北新书局1935年版，第99—100页。

种知识的孜孜不倦的学习者——从生物学到地方民俗，从外国文学到性心理学，并且他似乎很愿意试着去给他的“杂学”带来秩序和连贯性，使它们成为一个知识的“体系”，而让它们凭借自己的资格进行论辩。比如说，在他的早年，正如他在其他方面一样，作为拥有渊博的儿童文学知识，且最坚定地提倡儿童文学研究的发起者之一；周作人最早的关于儿童文学的四篇文章写于1913年与1914年之间，并被收入到他1932年出版的、里程碑式的文集《儿童文学小论》。在这些文章里，周作人借用了西方人类学、心理学和民俗学，来阐明儿童文学的意义价值，和为中国的孩子培育文学的社会紧迫性。1923年，周作人翻译的西方和日本的神话故事，在有影响力的北京《晨报副刊》上连载。周作人把这些译作称为“（中国儿童文学大厦）建筑坛基的一片石屑”，认为他努力做的“随时抄录一点诗文，献给小朋友们”是取代以往“圣经贤传之高深”的儿童教育的重要组成部分。①事实上，他似乎从西方采纳了系统的关于孩子的教育理论，用来为个性解放这一整体的计划服务。连同他妇女解放的主张，他所号召的，视儿童为“完全的个人，有他自己的内外两面的生活”和“以儿童为本位的儿童文学”，显示了他的“人的文学”的一个重要的方面。②

周作人为“冲破帝国秩序”的时代编撰文学体裁之谱系的意图，可以根据他的“杂学”工程来思考。这些作家和作品，涵盖从异端到那些完全无人关注之作，它们通常被中国文学及思想的宏大历史所排斥。对于周作人来说，这些引用过来的知识，不仅帮助那些受压迫的“异端”文化冲破具体化的主流秩序；更重要的是，总

① 周作人：《土之盘筵小引》，《晨报副刊》1923年7月24日。

② 周作人：《儿童的书》，《晨报副刊》1923年8月17日。

体性的知识，乃是知识分子作为现代中国个人的典范，所生长和宣称他们的存在之处所。这就是为什么在周作人那里，从古代的圣贤到晚明的反叛者，从现代英国散文家到同时代的日本作家，那些拥有个人的自我确认和自由风格的终极形象，总是那些不仅仅从传统经典中获得解放，并且还制定下关于个人和集体经验的思想及美学符码的人。在这里，斯坦利·阿罗诺维兹（Stanley Aronowitz）关于知识分子和知识的社会学上的关系之评论，相当中肯：

> 不像政治，其合法性来源于外部的权力，知识是由它自己的进程来完成合法化的。……知识分子可以一方面保留他们代表他人的角色，另一方面，只要他们断定，自身的知识不必服从于经济生产或者政治统治的主流形式的支配，他们就可以发现他们自己拥有的权力……①

如果说个人自由的历史使命在"五四"时期表现为一场文化上的革命，那么在30年代，至少在留在新文化阵营中、最重要的知识分子那里，它被理解为一个谨慎地建立一种知识网络和文体制度的过程。在这过程中，新近浮现的主体位置通过它的美学实践、不着边际的散漫步骤和文化声望，而获得合法性。象征资本的积累，对于新文化运动达成自己的诉求，至关重要。这一诉求，不仅要在压迫性的和充满敌意的社会政治环境中立身，而且要求冲破强加在整个文化领域上的、同时来自国民党官僚和共产主义文化战线的政党路线言论。因此，阐明社会个体性，就是建立一个文化的、同时

---

① Aronowitz, Stanley. "On Intellectuals". *Intellectuals: Aesthetics, Politics, Academics. Edited by Bruce Robbins*. Minneapolis: University of Minnesota Press, 1990, p. 13.

也是日常生活的话语，在这里，有着“手不能提肩不能挑的文人”形象、孤独脆弱的个人，能够找到一条不受经济生产和“主流的政治统治的形势”所支配的道路。作为一个资产阶级在社会经济领域，缓慢而崎岖之发展的寓言，社会、文学个体性的建构，展示了新文化运动的知识分子阶层，对象征资本的积累，和为日常生活及其表征立法的最为重要的关注，与他们的集体困惑。

二 标准化的美学：作为日常生活文化的新文化

周作人将文学看作个人表达的观念，提供了他眼中的新文学的任务之内在的辩证性：解码和祛魅的过程，同时也是一个新的文化符码，通过对直观的个人生活的符号化和理性化，使自己永存的过程。作为一个文体家，他完全意识到，新文化对内容的追求，并非如此强烈地依赖于激进地脱离或废除传统的形式主义；甚至可以说，新文化作为一种新的现实主义的同时，也是一种新的形式主义；它的现代生活的“内容”，就文学的制度来说，是使得新开辟出来的领地变得可见的、另一种文学形式的风格化效果，是一种储存在文学形式中的现世的经验。然而，没有社会经济领域的彻底现代化，文化现代性的存在论基础，就只能寄居于现代个人日常生活建构起来的日常世界。

这一辩证的表述，处于周作人批判他所认为的二元论式写作的核心。通过对日常空间的编码将个体性发明出来的，正是一种社会文化的驱动力。这一驱动力，使散文转变成为文化现代性的普遍的媒介。在周作人的世界中，散文成为了一个“生活的方式”得以实现，和一个“生活的世界”得以浮现的象征性空间。通过理性化而实现自由化，构成了他写作的策略，和将文体操作与日常生活相缠绕的努力。

周作人从一开始就很清楚，新文学与日常生活相遇，并不仅仅是要表现、而同时也是在创造一个生活的世界。如果说国家的内部冲突和历史变革，被五四运动以来的诗歌、小说和理论著作所捕获；那么它的日常具体性的美学结构，也就是它的想象性的主体位置，在道德上的确定性和文体上的自由，却依然是模糊、松散和缺乏规范的。在他1936年的《〈绍兴儿歌述略〉序》中，周作人引用了自己出版于20年代早期的关于中国白话文学的言论：

> 我觉得现在中国语体文的缺点在于语汇之太贫弱，而文法之不密还在其次，这个救济的方法当然有采用古文及外来语这两件事，但采用方言也是同样重要的事情。①

在这一语境中，白话文的浮现既在字面上、也在隐喻层面上指涉着新的文化体系的形成。由此，方言看起来能够容许与日常生活更为亲密的接触；并且有助于一个新的象征秩序的诞生。周作人继续说道：

> 辞汇中感到缺乏的，动作与疏状字似还在其次，最显著的是名物，而这在方言中却多有，虽然不能普遍，其表现力常在古语或学名之上。②

如果这一理论能够被应用到儿歌和童谣中去，也就是说，孩

①② 周作人《〈绍兴儿歌述略〉序》，《风雨谈》，北新书局1936年版，第227页。

子、妈妈或者祖父母事实上通过命名事物来创造孩子们想象的世界，①那么它就也能被应用到现代文人对世界的想象中去。这一世界，只要它尚未落实到现实之物，并通过现实之物实现象征的空间化，就依然是想象性的。当 30 年代的社会空间继续被政治工程和他们的世俗变革所支配，当“文人”的社会和文化的自觉意识，似乎妨碍了对这些计划和变革的全面参与时，唯一的不是纯粹私人的、或者心理分析②的空间，就只能是日常生活的空间；唯一的具有最小限度的政治性的行为，似乎只能是在作品的空间里进行文化的介入。③

谨慎、然而“冷静”地注解和编撰着私人日常经验的“微小的细节”，周作人通过对“闲散”的生活常态的苦心经营，为现代中国文人提供了一个亟须的形象，或者说自我的形象。经由这些，他同时定义了一个可以持续的模式：“得体地活着”。④以此作为这个

---

① 周作人这一观点是从 Yanagida Knio 的 *Minkanden Shoron* 一书中借用过来的。同引自《〈绍兴儿歌述略〉序》。

② 作为 Havelock Ellis 的仰慕者，并忠实地介绍他的性心理学，周作人似乎至少知道弗洛伊德的作品。在他 20 年代晚期和 30 年代早期的散文中，我们能发现他自己在各处谈论到，使用精神分析，是“唯一”理解他作品的方式。他的建议后来并未被他的研究者所采纳，因为他自己也很快停止了向精神分析学求助。取而代之的是，他似乎在日常生活的文化建设中，用弗洛伊德的方式，将自身投入到一个象征性升华中去。然而，精神分析在这里并非完全无关，正如它为我们提供了一个关于文化工程之社会两难困境的隐喻。

③ 亨利·列斐伏尔关于社会空间是社会产品的观点，他对精神空间和“物理”空间辩证关系的介入，和他建立在对战后巴黎生活的分析基础上的、日常生活的政治文化概念，活跃了我对周作人晚期散文的阅读。当然，这些作品是从一个根本上不同的历史语境中演化而来，并且具有不同的文化和政治暗示。Lefebvre，Henri. *The Production of Space*，trans. by Donald Nicholson-Smith. Oxford：Blackwell，1991. Lefebvre，Henri. *Critique of Everyday Life*，trans. by John Moore. London & New York：Verso，1991.

④ 周作人：《中年》，《看云集》，开明书店 1932 年版，第 102 页。

尴尬的社会群体的乌托邦幻想，并与30年代中国显而易见的紊乱和严酷的社会状况接壤。因此，正如他在阐述个人化的散文与王纲解纽之间的关系时所说，周作人对乱世和异端美学的赞赏，同时指向了一种规范化的文化。周作人没有去展望一个意义重大的，令人欣喜若狂的集体生活的时刻，在那时，历史可以被创造，并被完整地捕捉到。他所做的，却是和“五四”时代“粉红色的梦”告别。周作人愈进入30年代，就愈显示出对创造一个该做什么、和该读什么的清单的关心。这一清单，是构造和保护一个自给自足、并且实际上是自我封闭的日常生活的空间，所需要的象征物和物质财富。在一个充满敌意的世界，他所自觉归属的那个社群的存在受到威胁。他的“文饭小品”①为一种生活方式创造了文化空间，舍此之外，这种生活方式便无法在政治和美学上达到。

周作人竟然把小说（特别是长篇小说），看作他的日常生活、工作的读书清单上，“顶不行”②的种类。尽管自晚清梁启超充满激情地鼓吹小说创作以来，这一文类始终占据着不可动摇的文学和政治的特权地位。自然而然，这一清单将个人化的散文放在第一的位置；在周作人将生活和工作视为一体的姿态中，这一题材是优先的。周作人“穿上近代的衣裳的士大夫”的声誉和骂名（许杰），③部分来自他的这一文化政治的策略性选择。然而，关于这一选择所携带的文化政治信息，却可以间接地从他拒绝把（文学）语言和（日常）讲话分离开来的“一元论”中，得到破解。这一拒绝显示

① 周作人：《文饭小品》，《夜读抄》，北新书局1934年版，第199—212页。这个标题借助于晚明作家王思仁（季重）的个人散文集，周作人在他自己的散文中广泛地讨论和引用它。来自山阴县（绍兴的古城）的王是周的同乡。周作人建立一个象征性的社区的努力，包括他对“同乡”的识别和他引用的策略，将在第六章中被讨论。

② 周作人：《入厕读书》，《苦竹杂记》，良友图书印刷公司1936年版，第143页。

③ 许杰：《周作人论》，《文学》第3卷第1号，1934年7月1日。

了某种政治激进主义，他决心抵抗亨利·列斐伏尔后来在一个不同的参照框架中所命名的“反抗生活的行动”。[①]通过婉转地提到他的同乡、晚明作家王思任，周作人展示了一个简陋而又尊贵的地区。在那里，写作和吃饭一样简单明了、不可缺少，并且吃饭和写作具有相同的美学与文化价值。通过暗示诗歌的社会经济学真实状况，即你必须通过写作养活自己，周作人沉醉于创造一个取代社会经济学的诗学替代物。那就是，阅读和写作自身，最为具体地建构的生活的概念；这种生活的概念，既世俗、又具有解放性。[②]

周作人对日常生活文化的建构，作为一个持续进行并精心制作的、构筑知识分子自由和社会个体性的工程，是从全面攻击文化和政治保守派所实行的“反抗生活的行动”开始的。在这里，我们应该意识到，周作人早年为打破形而上学的总体性传统而进行的抨击，与他后期的策略性阅读，及在批评上区分中国哲学、政治和文学行为的差异。在他后期的努力中，周作人决心将封建的与人道的，死亡的与鲜活的，膨胀的虚饰与简单诚实的表达，令人厌烦的、偏狭的教条主义与通情达理的人们常常提供的经验，区分开来。在谈到他为什么喜爱阅读古人的“家训”时，周作人认为，这类写作，“总是很老实近人情”。[③]在评论汉朝末年令人敬畏的将军马援劝他外甥不要从军，小心翼翼、精打细算的建议时，周作人写道：“我常想，一个人做文章，要时刻注意，这是给自己的子女去看去做的。这样写出来的无论平和或激烈，那才够得上算诚实，说

---

① Lefebvre, Henri. *Critique of Everyday Life*, trans. by John Moore. London & New York: Verso, 1991, p. 130.

② 周作人开掘“以文为饭”这个短语语言学上的含混性，这个短语可是同时解释为“通过文学获得食物”和“把文学当作饭”。

③ 周作人：《关于家训》，《风雨谈》，北新书局 1936 年版，第 83 页。

话负责。”周作人十分欣赏晚清作家蒋子潇关于“道”的评论，也主张“道”与其说是形而上学的，不如说体现在吃、喝等日常效用中，体现在我们的常识和日常行为中。通过引证他写在30年代早期的言论，周作人倡导一种建立在科学的常识之上的对生活的见解，这种见解从“明净的感情与清澈的理性”①中获得力量。阅读来自印度的佛教经典时，周作人高度赞赏“印度先贤十分周密地注意于人生各方面”：从劈柴到买肉再到性行为的具体建议，尽管后面两件事完全在佛教徒的生活范围之外。在和经典佛教的“具体的人”的对比中，周作人为他的一些同乡的日常生活文化所遗憾，“现在我们同胞恐怕是世间最不知礼节的人之一种”。他继续写道，“虽在满口仁义礼智，不必问他心里如何，只看日常举动很少顾虑到人情物理，就可以知道了”。②在他的《画蛇闲话》中，他作出这样的概括：对日常生活的无视和敌意定义了一切载道文学的特征。③稍后，他以一种以讽刺性的语调——这语调使人想起他写于1925年与1928年之间的作品——将这“文化的”症候，归因于中华民族长期的肉体死亡：

> 其实一个人整天到晚咯咯的吐痰，假如不真是十足好事去故意训练成这一套本领。那么其原因一定是实在有些痰，其为呼吸系统的毛病无疑，同样的可以知道多泄气者亦未必出于自愿，只因消化系统稍有障害，腹中发生这些气体，必须求一出路耳。上边所说的无论那一项，失态固然都是失态，但论其原因可以说是由于卫生状况之不良，而不知礼不知清洁还在其

① 周作人：《蒋子潇游艺录》，《苦竹杂记》，良友图书印刷公司1936年版，第177页。

② 周作人：《读戒律》，《风雨谈》，北新书局1936年版，第194—195页。

③ 周作人：《画蛇闲话》，《夜读抄》，北新书局1934年版，第291页。

> 次。……中国人许多缺点的原因都是病。如懒滑，浮嚣，狡猾，虚伪，投机，喜刺激麻醉，不负责任，都是因为虚弱之故，没有力气，神经衰弱，为善为恶均力不从心。①

不同于一些小说家和诗人，他们在此十年中，从事于将艺术作为隔绝及无功利领域的制度化建设（他们同样在新文化的变革中起到了重要的作用）。周作人却提供象征性编码，将美学转变为日常生活的内在构成性要素。李景彬精辟地捕捉到了这一“化俗为雅”②的策略（或者更准确地说，“使日常生活美学化”）。而这一策略，在周作人的文体运作中居于核心地位。当内部分化和制度化建设成为新文化在“第二个十年”中主要的动力，“使日常生活美学化”，通过它文化的和文件的现实化，处理了新文学的历史内容与社会内容。

周作人很多个人化的散文展示了这一策略。他 1935 年的《入厕读书》就是很好的佐证。这篇文章不足两千字，以一个同样题目的小故事开头，这个故事引自清代郝懿行的《晒书堂笔录》。此引用本身作为一篇微型的个人化的散文，用幽默的方法讲述了一些在厕所时读书的故事。比如一个虔诚的妇人死于入厕时亦讽诵佛经不辍——她后得善果，她的故事却被佛教的教义“传以为戒”；而《归田录》载钱思公言平生好读书，“坐则读经史，卧则读小说，上厕则阅小词”；宋代欧阳修谓其“平生所作文章多在三上，乃马上枕上厕上也”。郝懿行得出的结论是，他反对入厕时读书，因为

---

① 周作人：《论泄气》，《夜读抄》，北新书局 1934 年版，第 298—299 页。

② 李景彬：《周作人评析》，陕西人民出版社 1986 年版，第 242、253 页。遗憾的是，李没有详细描述他的洞见。事实上，他将“化俗为雅”看作写作的一个局部的技巧，而不是将他看作一个美学的抱负和一个文化政治策略。

“入厕脱裤，手又携卷，非惟太亵，亦苦甚忙，人即笃学，何至乃尔耶。”

周则继续谈到他赞成在厕所里读书：

> 小时候听祖父说，北京的跟班有一句口诀云，老爷吃饭快，小的拉矢快，跟班的话里含有一种讨便宜的意思，恐怕也是事实。一个人上厕的时间本来难以一定，但总未必很短，而且这与吃饭不同，无论时间怎么短总觉得这是白费的，想方法要来利用他一下。如吾乡老百姓上茅坑时多顺便喝一筒旱烟，或者有人在河沿石磴下淘米洗衣，或有人挑担走过，又可以高声谈话，说这米几个铜钱一升或是到什么地方去。读书，这无非是喝旱烟的意思罢了。
>
> 话虽如此，有些地方原来也只好喝旱烟，于读书是不大相宜的。

周作人接下来用一大页文章描述了各类破旧的，不适的，危险的和太阔气的厕所，它们存在于中国的乡间，日本多雨的山间村落及过去的时代。再往下，周作人突然转向了谷崎润一郎的散文《阴翳礼赞》：

> 第二节说到日本建筑的厕所的好处。在京都奈良的寺院里。厕所都是旧式的，阴暗而扫除清洁，设在闻得到绿叶的气味青苔的气味的草木丛中，与住房隔离，有板廊相通。蹲在这阴暗光线之中，受着微明的纸障的反射、耽于冥想，或望着窗外院中的景色，这种感觉真是说不出地好。

周作人进一步直接从谷崎润一郎那引用道：

> 我重复地说，这里须得有某种程度的阴暗，彻底的清洁，连蚊子的呻吟声也听得清楚地寂静，都是必须的条件。我很喜欢在这样的厕所里听萧萧地下着的雨声。……实在这厕所是宜于虫声，宜于鸟声，亦复宜于月夜。要赏识四季随时的物情之最相适的地方，恐怕古来的俳人曾从此处得到过无数的题材吧。

周作人评论说，作为诗人，谷崎润一郎漂亮的语言可能有点华饰，但他所说的是不错的。周作人接着提供了日本战国时代以来寺院文化的背景知识。寺院是文化保存和创造的主角，这其中茶室为之代表，而厕所亦是不错的范本。在委婉地讲述了相关文章中记载的、佛教徒对厕所的特别关注之后，周作人又一次突然转到了对中国寺院厕所粗劣低级状况的哀叹："在这种情形之下，中国寺院有普通厕所已经是大好了，想去找可以冥想或读书的地方如何可得。出家人那么拆烂污，难怪白衣矣。"

随之文章作了如下结语：

> 但是假如有干净的厕所，上厕时看点书却还是可以的，想作文则可不必。书也无须分好经史子集，随便看看都成，我有一个常例，便是不拿善本或难懂的书去，虽然看文法书也是寻常。据我的经验，看随笔一类最好，顶不行的是小说。至于朗诵，我们现在不读八大家文，自然可以无须了。①

① 周作人：《入厕读书》，《苦竹杂记》，良友图书印刷公司 1936 年版，第 138—143 页。

我们可以把《入厕读书》，作为周作人所作寓言的一个缩影。在这个既自然而然、又不同寻常的例子旦，这篇散文的题目本身，就把“文化的”（体现在阅读行为上）范畴和一个极端日常生活化的范畴（上厕所）联系起来。从一位非正统作家的幽默的阅读笔记到一个不被表现的日常生活的角落，也从不可救药的粗俗到最精致的东方文人的世界，这篇短文中的这些转角，形成了在周作人的写作中同时并存着的风格的回廊。不论是庸俗的日常生活领域还是精致的美学世界，都无法在这一过程中保持原初的完整。它们两者交织在这一美学的——从结尾的段落来看又是政治的——文人日常生活空间里。这一策略在周作人 30 年代为数众多的个人化散文中被反复重述，尽管它经历了令人眼花缭乱的变化。①

在周作人看来，规范的美学必须超越以下两个层面：一是士绅阶级的哲学和文学制度，它通过整体的压制、无情的攻击或者自我中心的肤浅的“赞美”，而遮蔽了日常生活；一是作为反抗腐朽的精英文化，和建设现代性的新文化之源泉的日常生活，在社会和文化上的不完备。在他对从孔子、颜之推到曾国藩等古今散文家的仔细阅读中，周作人进行了一项陌生化的工作；他试图在经典中重新发现日常生活的活力和美学。周作人对传统的系统改造将在第六章中讨论，在这里我们仅仅关注他以《论语》为例子的阅读。在他 1934 年的散文《论语小记》中，周作人写道：

---

① 李景彬注意到在周作人的后期，他经历了一个明显钓从生动的日常生活到沉闷的私人研究内部的“撤退”，这可以从周作人日益专注于“笔记”这一文体看出。我要争论的是，从一开始，周作人的“外部世界”（比如自然景象或街道）就“内在地”缠绕入他的个人散文的符号世界，并且反之亦然。李认为周作人的“杂学”，特别是他最喜爱的晚明和前清作家的散文，是“呆滞的”和“自我封闭”的。对我来说，他们同样也是构成日常生活文化之“物质”空间的材料。李景彬的评论参见同书第 265 页。

但是这里有好思想也是属于持身接物的，可以供后人的取法。却不能定作天经地义的教条，更没有什么政治哲学的精义，可以治国平天下，假如从这边去看，那么正是空虚了。平淡无奇，我凭了这个觉得《论语》仍可一读，足供常识完具的青年之参考。

……

周作人继续引证一个来自《公冶长》的场景：

颜渊季路侍，子曰，盍各言尔志。子路曰，愿车马衣轻裘，与朋友共，敝之而无憾。颜渊曰，愿无伐善，无施劳。子路曰，愿闻子之志。子曰，老者安之，朋友信之，少者怀之。

周作人接下来插入他的评论：

我喜欢这一章，与其说是因为思想还不如说因为它的境界好。师弟三人闲居述志，并不像后来文人的说大话，动不动就是揽辔澄清，现在却只是老老实实地说说自己的愿望，虽有大小广狭之不同，其志在博施济众则无异，而说得那么质素，又各有分寸，恰如其人，此正是妙文也。我以为此一章可以见孔门的真气象。①

对于周作人来说，如果新文化和新的个人性只能在日常生活的层面上才能被具体地定义，并且左翼大众文化运动是背离而不是适

① 周作人：《论语小记》，《苦茶随笔》，北新书局1935年版，第16—17页。

应了这一工程在文化上和政治上的要求，那么，他能预见的唯一选择，就只能是以“个人的”抱负，为保有一个特殊的意识形态，去收集、促进、探查、确保，简而言之，去创造对它来说可能的日常现实。按周作人自己的解释，他将 1927 年大屠杀（这一事件标志着“南京时期”和 30 年代的到来）后自己的第一个散文集命名为“看云集”的原因乃是：

> 看云的典故出于王右丞的诗，“行到水穷处，坐看云起时。”①

在很大程度上，作为现代中国的散文家和现代中国知识分子中首屈一指的人物，周作人“第二个十年”的生涯，可以用被迫对新文化的日常生活进行区分和符号化这一说法来定义。正如在散文《中年》里，他把自己描述为一个“专为贪看人物风景，不复去访求奇遇”的旅行家，而这也许将使得他拥有机会把世界看得为“平静仔细一点”。②

周作人最被铭记、最为人欣赏的个人化散文，可能就是那些关于日常生活中琐细、世俗的事物或现象的文章：比如说吃食、喝茶、藏书、街道风景、季节变更、散步、购物、细察植物、小动物、地方风俗等等。这些主题在他 30 年代的文学作品中绝不特殊。更准确地说，除了其他因素之外，他作为首要的散文家的早期名声，牢牢地建立在他平静、简单，然而优雅、颇具文体意识的关于雨、鸟、酒和他家乡水乡的乌篷船，这些熟悉事物的作品之上。正

---

① 周作人：《自序》，《看云集》，开明书店 1932 年版，第 2 页。

② 周作人：《中年》，《看云集》，开明书店 1932 年版，第 104 页。

是他的“艺术作品”使得新文化运动的发言人胡适相信，白话文可以转变为“美文”。然而周作人30年代的个人化散文，却和那些写在20年代早期的作品有着显著的不同，30年代的这些作品，对建设他自己日常生活的文化和符号具体性，有着突出意识和紧迫感。不像他的早期作品，那些作品，以一种对新的表现方式的自我确信，拥抱着一个被重新发现的世界的新鲜事实。周作人的后期作品与一个孤独的作家的周遭环境严丝合缝地结合，并且最终与作为社会寓言的作家之自我形象，和作为一个文化政治构造的日常生活概念，联结起来。

尽管其范围延伸得相当远，但周作人对日常生活的重新编码，仍然以一个现代文人的私人空间的构造为中心。与这一安逸的空间相联系，作家作为一个自有其文化视野的开明文人，同时又作为一个能够感知世俗生活具体肌理的普通人而出现。从他关于街头货郎吆喝声的编年史,①他充满深情地对地方节庆、集市和书店的观察，到他对于饮茶的不同方法和仪式的纵情列举;②从他关于北京的春天忽然来临的故事,③到他在乘车上班的途中对发现的都市景观的描绘，再到几乎如普鲁斯特似的对东京日常生活的“衣、饮、住”的每一瞬间的细节的回忆,④周作人将当时当地的具体日常生活，与作家自省的冥思和反复的自我写生混合起来。在这些个人化散文中，普通人的日常生活总是富有人情味并且能赋予形式的。“这是平民生活所以当然没有什么富丽，但是却也不寒伧。自有其一种丰

---

① 周作人:《一岁货声》,《夜读抄》，北新书局1934年版，第84—90页。

② 周作人:《再论吃茶》,《夜读抄》，北新书局1934年版，第243—251页。

③ 周作人:《北平的春天》,《风雨谈》，北新书局1936年版，第197—201页。

④ 周作人:《日本的衣食住》,《苦竹杂记》，良友图书印刷公司1936年版，第225—239页。

厚温润的空气。”①引人注目的是，日常生活“敞开的空间”，总是与文学世界的象征性空间相缠绕，而又纠葛于作家极大的内在自我，以至于北京的街道对他而言，仅仅在悠闲的淘书之旅中才有意义，货郎的尘世悲喜，也只有在午夜时分作家写下那些鲜明的诗句时，才能被这个相似的灵魂听到。

在这里我们获得了更近距离地思考周作人对日常文化编码的机会：在某种意义上，它所瞄准的，是一个通过象征资本和美学化策略，实现中产阶级化的内在化过程。这样看来，左翼对它的深刻怀疑，就不是粗暴的党派偏见，而是一种事实上的直觉。然而同时，这一不仅为了自由和生活，更为了它的秩序、优雅、风格和富足的冲动，却从不是完全的“资产阶级”的。周作人保持着对资本主义在政治上、美学上和“文化”形式上的清晰的批判。他对启蒙这一文化知识工程的忠诚，同时是民粹主义和精英主义的，却从来没有吻合民族资产阶级的政治蓝图。这当然不是因为他的风格给予了他一个超越政治的安心的处所。毋宁说，正因为新文化在中国只拥有形而上学意义上的具体性，而在社会内涵上却是抽象的。因此，周作人新的个体性及其日常生活领域被赋予了一个“普遍的”价值，尽管它事实上是历史的、特殊的。作为一个整体失序的时代的产物，周作人的个人化散文这一人为的产物，是要超越当前的社会和文化状况的。这一超脱于现实的努力，尽管它竭力克服着它的消极方面，似乎也使周作人不能“紧跟着我们的时代”，正如他30年代的左翼批评者所指控的那样。（这些批评者也以同样的方式给鲁迅打上“封建的”和“落伍的”的标签。）然而，就周作人的文化现代性是一种日常生活的文化并且反之亦是这一点来说，他的个人化

① 周作人：《一岁货声》，《夜读抄》，北新书局1934年版，第88页。

散文的写作，以某种方式回应了新文化的内在抱负，这种方式就是继续“五四”一代无拘无束的承诺。如果说他的批评者们是对的，那么他们只不过撞入了一个苦涩的反讽，这是一个被新文化、事实上是被整个中国现代性所不断造成的反讽的情境：先锋可能因为他们未能完成的使命而在一夜之间成为后卫。20 世纪 30 年代，毫无例外地成了一个陷入共时性的交错重叠关系中的历史性的运动。在这样的状况下，正如周作人这样的激进启蒙知识分子所恐惧的那样，最激进的工程往往由于它根本没有完成，而被证实是一个落后的东西，正如一个早先的、从未被完成的目标；或者用阿里夫·德里克的精辟语言来说就是，“这是一场谈不上革命的革命”。①

这里值得注意的，不是周作人所观察到的东西本身，而是这样一个事实：他似乎完全忽视了 30 年代社会政治混杂的环境，这个十年，“国家建设”持续地笼罩在日本全面侵华的阴影之下。在拆解爱国主义的专断话语和与外国帝国主义作斗争的大众情绪时，他似乎没有注意到当时当地的语境会把他放置在政治地图上，并把他钉死在妥协和通敌的话语中。事实上，渐渐迫近的中日战争，把任何拒绝妥协的启蒙日程推到了一个尴尬的境地中。在这一境地里，知识分子的行为不得不面对现实的抉择，并将因此得到各种迥异的政治牵连和相应后果。在这个意义上，战争成为一个转折点，新文化的危机和 30 年代的危机汇聚于此处；同样，在这里，“启蒙”或者说“现代”，被迫将它们自己显示为不仅是一个普遍的“历史的

---

① Dirlik, Arif. “The Revolution that Never Was: Anarchism in the Guomingdang”. *Anarchism in the Chinese Revolution*. Berkeley, CA: University of California Press, 1991. 这一不期而遇并非是纯粹偶然的，周作人在 20 年代早期是无政府主义的一个狂热的提倡者，他发动了一场一个人的战役来倡导新村运动。这一无政府主义者的公社的实验由 Mushakoju Saneatsu 领导，在日本实行。

工程”，同时也是一个有着社会具体性的政治的工程。就此而言，周作人在 30 年代的旅途，从未是完全自觉的。既作为自由主义“保守阵营”的实际领袖，又作为与侵华日军勾结的实际通敌者，周作人，这无情地与各式各样的古代神话和现代幻想做斗争的斗士，这个头脑冷静地为脆弱的个人构建符号世界的建设者，却在处理他自己的必然性和选择的有限性时，令人吃惊地失败了。

周作人将自己牢固地建立在一个启蒙世界观和一个被现代性引发的历史哲学的基础上，他从未乐意或者能够承认如下事实：这一世界观和历史哲学，并非坐落在想象的内在性及其象征性的实现，而坐落在被其具体的经济、政治、文化关系所限制的，社会性的个人上。似乎，他对将自己从这些总体性的关系中区分出来，并且为他的个体性建立一个象征住所的关注，理所应当地剥夺了他做出任何政治选择和参与政治联系的能力。但不管周作人怎样试图在书房中忘却政治，政治却从未将他忘记。作为一个散文家，周作人在用写作来为他内在的个人主权建立起象征性结构这方面，技艺精湛，但他似乎从未解决这样一个难题：在他的工作间以外，还有哪里能够安放以及怎么安放这个建设良好的、被严密保护起来的个体自主性。

作为现代寓言和政治哲学的《骆驼祥子》*

一、人，还是非人，这是一个问题

“我们所要介绍的是祥子，不是骆驼，因为‘骆驼’只是一个外号。”《骆驼祥子》这部中国新文学史上的伟大经典是以这样一个貌不惊人、闪烁其词的句子开始的。祥子和骆驼的关系是《骆驼祥子》的文学性起点，因此这个句子的复杂性乃至“欺骗性”不能被轻轻放过。

说“祥子是车夫”，读者得到的仅仅是社会学信息，但若说“祥子是骆驼”，作者就是在隐喻原则上确立了一个文学形象及其深度。然而同“阿喀琉斯是狮子”这样基本的文学隐喻相比，“祥子是骆驼”无疑指向一个更具体、更广阔，也更阴暗的意义空间。“骆驼的命运也就是他的命运”，①难道负重、耐渴、沉默、被动的沙漠行走者不构成30年代北平人力车夫形象的诗学韵味和哲学底色

---

* 原刊于《中国现代文学研究丛刊》2019年第7期。

① 老舍：《骆驼祥子》，香港中文大学出版社2005年双语版，第47页。以下只在正文中标注页码。

吗？骆驼日复一日的单调、机械、廉价的劳作，又如何不让人想到生命本身相对于社会化生产组织的渺小、低贱和无谓呢？不过，这样的理解仍可能流于肤浅。从表面上看，“骆驼只是外号”，而“我们所要介绍的是祥子”仍在“五四”新文学“人的故事”／“人的文学”的写实主义基调上展开叙事。同时这个句子似乎也在邀请读者加入一个日后同老舍“讲故事的人”的形象不可分割地联系在一起的口语化、市井气的（“老北京”）场景。但随着文本的徐徐展开，读者会发现问题绝非如此简单透明。我们甚至有理由怀疑，这种欲擒故纵的开场白，正是在暗示和鼓励读者从反面去领会这句话的字面意义，目的在于迂回地建立起一个根本性的阅读疑问，即这部小说的核心形象究竟是“人”（个人、个体、主体）还是“骆驼”，以及由这个动物形象所打开的一个“非人性”的隐喻空间和意义链。

祥子是人，还是非人，这个问题是作品阐释的首要问题。这个问题决定了文本分析的方法论原则，也决定着文学阅读的终极性的审美判断和哲学评价，即这部中国新文学史上伟大的长篇小说究竟是一部写实主义—人道主义作品，还是一部现代主义—反人道主义作品？它是在具象、写实地描绘一个人力车夫的形象，讲述他的故事，还是在隐喻和寓言的意义上抽象地——也就是说，在观念和结构的层面上——摹仿中国人的普遍性生存状态及其内在困境？显然，这些问题不仅影响我们怎样阅读这部作品，更决定了我们将在什么意义上将它经典化。

或许一些读者仍旧会对这样的问题抱有不解乃至拒斥的态度。毕竟，按常规的，即由主流文学史研究、语文教学经验和文学消费习惯建立起来的标准看，《骆驼祥子》分明有一个具体、有血有肉的核心人物形象；这个形象被包围在具体、逼真的历史环境和社会环境中；该人物的行为、语言、情感、思维是高度“个性化”、栩栩如生的；最终，祥子的经历和命运看上去具有无可争辩的“写实主义—人道主义”的再现力、揭示性和批判性。然而，这样不假思索的阅读习惯并不一定经得起进一步的分析和推敲。固然，《骆驼祥子》的核心形象是一个人的形象，但这个人却从一开始就是一个打引号的人，一个同时被其非人、非写实主义—人道主义特质所界定的人。贯穿整部小说，“骆驼祥子”之“人性”的呈现、发展和毁灭，无时无刻不也是其“非人”一面的呈现、发展和完成。19 世纪欧洲写实主义—人道主义意义上的“大写的人”，在《骆驼祥子》里面呈现出一个飘忽不定的幽灵般的面目。如果我们仅仅按小说字面去追溯这个人物的具体社会背景，探究其在历史舞台上的“情节”的意义，即其社会性存在所带来的位置、动作、功能和变化（“成长”）可能性，我们竟只能得到一些零星、模糊的信息；其“情节”更多是重复的、静止性质的、封闭在某种自我循环中的“逆生长”。即便我们从常规性写实主义—人道主义阅读习惯出发，假定作品里那个叫作祥子的人想做人，想被他人当作人来对待，从自身性格特点和特殊动机出发进入具体的社会关系中去，由此带来“人物性格”和“小说情节”的具体的丰富性，在整个阅读过程中，我们也无法避免被更为强大的隐喻性力量和结构力量一步步带离那种前批判的出发点，而一步步深入到一个幽灵的文学现象学空间中去。

我们不妨直接跳跃到小说的结尾，从首尾呼应的角度看，这个问题就得到一个清晰的答案：祥子形象最终落在“鬼”上，而不是“人”上，而“鬼”无非是小说开头所建立的那个“人还是非人（骆驼）”隐喻的终极意象。老舍在小说开头以近似说书的方式引入祥子，“那么，我们就先说祥子，随手儿把骆驼与祥子那点关系说过去，也就算了”，而在小说的结尾——绝对的结尾——老舍却回到了书面文学——知识分子语言的极致：

> 体面的，要强的，好梦想的，利己的，个人的，健壮的，伟大的，祥子，不知陪着人家送了多少回殡；不知道何时何地会埋起他自己来，埋起这堕落的，自私的，不幸的，社会病胎里的产儿，个人主义的末路鬼！（第 587 页）

可以说，作为一部长篇小说的《骆驼祥子》，其叙事结构为它自身的阐释提供了方法和具体步骤。但从“人学”到“鬼学”的转化绝不是“社会把人变成鬼”的写实主义个人史、风俗史、社会史描述，而是一种结构性的安排和设置。它不是历时性的而是共时性的，因为作者在作品中安排的事件和情节（即所谓祥子的遭遇和经历），尽管即便按写实主义标准衡量也是准确的，但其着重点并非在于通过丰富的细节和情节开展的内在逻辑去揭示 20 世纪初期中国社会的状态、矛盾和复杂性，而是突出其结构性的、游戏般的（也就是说，黑色幽默的、荒诞的）、无时间性的宿命的力量。富于阐释力的阅读，有必要在一开始就把祥子作为一种反人道主义、非写实主义的幽灵一般的存在，作为一种行为和价值的内在概念和逻辑来把握，而不是作为一般意义上的文学人物来观察、分析和理解。

在此，一种批评语汇和批评思维的转换是必要的，因为这种文学现象学分析手段无非是像实验科学观测物理空间一样，借助工具使得观测对象变得清晰可见。在《骆驼祥子》里，我们的观测对象有可能并不是一个写实主义—人道主义意义上的人的形象，而是一个现代主义意义上的空洞和虚无。这种现代主义文学分析对象的具体存在有时并非常规文学阐释经验的"肉眼"或观测仪器的焦距所能观察，有时只能得到模糊的感光和认知。但即便从写实主义—人道主义批评原则出发，我们也能够对"祥子人物形象"的飘忽、空洞和抽象有一个模糊的感觉和认识。作为一个形象，"祥子"的复杂性和"深度感"来自一种简单。这种简单并非一般意义上的身份识别所能说明，比如他并不是农民、城市贫民、体力劳动者的淳朴，而是带有一种高度复杂的概念的严格性和单纯性。老舍在《骆驼祥子》里惊人的艺术上的纯熟和创造性，很大程度上来自这样一个基本事实："静默寡言"的祥子不是一个语言主体；这个形象的创造者似乎并不打算通过人物的语言风格和语言交往去构建一个具体的历史现实和生活世界。即便"祥子"的自言自语或"内心独白"，也并非意在所谓"形象塑造"或"文学表现"；相反，它们大都以自由间接引语（free indirect style）的方式被提取到作者的观察和思维中来，①沿着一种严格的概念和逻辑，抵达寓言表意链的终点：谬误、失败、虚无。"祥子"是为再现这个虚无而设计、导演的一场能指（signifier）的游戏。

二、"鬼" 的现象学

他等着吸那最后的一口气，他是个还有口气的死鬼。（第 583 页）

---

① 刘禾（Lydia H. Liu）在《跨语际实践》（*Translingual Practice—Literature, National Culture, and Translated Modernity-China, 1900—1937*, Stanford: Stanford University Press, 1996）讨论《骆驼祥子》的章节里较早注意到老舍小说技法里频频使用的自由间接引语。

在祥子“从人到鬼”的路上，《骆驼祥子》的写实主义—人道主义读解和它的现代主义读解取得某种暂时的视觉错觉上的重合，但前者的阐释空间就此业已穷尽。所谓从“人”开始至“鬼”结束并不构成一个叙事学上或社会史意义上的过程，而仅仅是同一个隐喻结构的两个面向。从符号阐释的深度模式上讲，所谓“人”的表象无疑是表层，而“鬼”的内容则是深层结构。在写实的意义上，祥子是北平一个车夫，他终其一生一直奔跑在路上。他拉车的路，也就是他人生的路，是他走向衰老，沿着生命周期前进却哪里也去不了，最终无所进展的路。这个鬼打墙一般的路径毋宁说是一个迷宫，它只有单纯的空间意义而没有丝毫的时间意义；祥子何时去过哪里、做过什么，在永恒的重复和循环中没有也不可能有任何新意或意外之处。这个文学形象从年轻、健康到衰朽、糜烂的路并不是一个发现之旅，更谈不上任何个人或集体意义上的建设性。对此小说一而再地提醒读者：祥子即便在年轻力壮的时候，也不断地看到比他年老体衰的车夫一个个倒在路上。所以祥子知道，尽管自己是健壮、乐观、正派、规规矩矩的，可以靠自己的劳动买一辆车自己挣钱，娶一个好人家的姑娘做媳妇，但这一切只是被作者有意安排为一种围绕“人”的意识形态而不具有任何“人本身”的意义。祥子明白自己总有一天也会一头栽倒在路上：这是他和所有车夫的命。因此跑在这条路上的都是鬼，只是有的还尚有口气。祥子所具有的宿命意识并不是我们的阐发，而是文本字面上的规定。在这个意义上，老舍的确是把祥子作为一个鬼、一个还活着但终究要栽倒在路上的鬼来写的。末路鬼，就其字面意义而言，是本来就在末路上的，因此无须为其设计性格发展的情节和末路之外的其他道路，因为那样的话就还不是末路，小说结构和核心形象就必须相应作出全盘的、根本性的改动。可以说，老舍笔下的祥子从一开始就是一个幽灵，而《骆驼祥子》就其根本性的隐喻—寓言结构而言是一部幽灵学著作。

事实上，只有我们在文本分析和阐释上把祥子明确为一个鬼、一个幽灵，这个形象的具体特征方才具有叙事意义。在幽灵学的意义上，写祥子是个鬼，是一种高度抽象的，极为虚无缥缈的存在。但在另一个层面上却又是非常具体的，祥子是一个个人主义的末路鬼，“末路鬼”是主体的存在状态，而“个人主义”不过是这种鬼蜮存在的一个界定性特征。可以说，祥子身上的一切写实主义特征，都是为这个终极形象服务的外在标记，而非常规意义上的人物刻画、细节描写。对此我们不是要做一般意义上的写实主义性格分析，而是一个寓言训诫意义上的归类和条目化。只有这样，祥子身上的“人性”特点方才具有具体的文学阐释的意义。如果我们借用马斯洛心理学的人类需求层级模型来看祥子这个“人物”，立刻会发现，尽管祥子可以勉强被赋予生理需求、安全需求、爱与归属感、认知与理解、审美以及自我实现的追求等人类需求特征，但这个人物形象却在根本上讲既不欢迎也不需要为人本主义意义上的成功者而设计的心理构造。①祥子也许可以说是某种“典型环境中的典型人物”，但这个“典型人物”却是从一开始就已像自然现象一样，是已经完成、无须也无法在后天的社会化过程中“发展”的。事实上，这个设计上的“自然造物”特点是祥子形象文学DNA结构的秘密。小说的叙事运动整体上只为祥子这个“人物形象”的自然造物一般的实体性和顽固性服务，并由此而成为某种非历史、反社会、前政治环境和生存状况的象征和寓言。“骆驼”和“个人主

① 参看A.H.Maslow，“A Theory of Human Motivation”. *Psychological Review*. No.50，pp. 370—396。

义的末路鬼”都是自然史意义上的类型，而不是活的、在具体社会关系里发展、成长或毁灭的“个人”。这要求我们对“祥子”这个形象做一番全然不同于写实主义人物分析的现象学还原。《骆驼祥子》思想史上的伟大意义，正在于带来了一个启蒙主义、人道主义、个人主义历史想象中的那个大写的“人”的反面，一个照相底板负片一样的幽灵形象。

三、 正传比较：祥子与阿 Q

祥子的身世最接近中国现代文学上另一个伟大形象，这个形象就是阿 Q。他们一同站立在现代中国的起点，像找不到家的野鬼孤魂一样注视着所有后来的中国人。

在老舍的小说里，祥子不是一个具体的人（哪怕他可以算作某种“典型”），而是一种更为普遍、更令人恐怖的生存状态，严格讲是一种生存的焦虑和虚无状态。焦虑来自每日的重复、徒劳的挣扎和搏斗，这是同环境和宿命的搏斗，是为做人和被当作人对待而做的挣扎，但这一切却又全然不带一丝人道主义的味道。

祥子不是张家庄李家庄谁家的孩子，从身世、背景上来说，祥子无父无母，无名无姓，无来历。若说他是农村人，他却又从来都生活在城市里，更离不开城市而生存下去。小说中描写了许多祥子跟北京城“同呼吸共命运”的关系。祥子第一次被当兵的掳走，当他最终从西山逃出来要进北京城的时候，小说中描写祥子竟然趴在地上去亲吻北京城肮脏的土地。这当然是一种夸张、滑稽的描写，但是祥子的确要去亲吻这块土地，因为他离开这块不长庄稼只长洋钱的“土地”别无生存手段。

《骆驼祥子》同鲁迅的《阿Q正传》一样，在“五四”以来新文学作品中拥有最多的读者、最大的知名度，但却同时也是最难把握、最具有阅读和阐释的不确定性（或者说可能性）的文本。在《阿Q正传》的开篇，鲁迅对阿Q的身世有过仔细的交代，不厌其烦地告诉读者他的身世无从考稽；所谓“正传”，正是要为一个没有任何个人信息和传记材料的存在立传。所以阿Q在终极意义上是近代中国人集体身份认同缺失的寓言形象，是关于中国文明丢失了自己的谱系、归属、尊严、家园的漫画版故事连载。鲁迅为这样的一种鬼（此处取日本学者丸尾常喜“阿Q即阿鬼”的见解[①]）作传，本身是具有文学形式和道德上的双重的颠覆性，是一种超越文学的文学，因此并不具备常规写实主义文学和近代小说形式意义上的表现性或再现性，而属于现代主义整体性象征的诗学原则的标准操演。[②]这种颠覆性通过其寓言形式构造，在命名和结构的意义上，远远高于新文学草创时期写实主义小说所能抵达的对历史世界的再现能力，在文学和思想抱负上走得比所谓国民性批判、辛亥革命反思，或对中国农民同情的理解更远。在所有这些方面，在新文学不朽形象的画廊里，祥子是阿Q最亲密的兄弟，两者间的家族相似最为惊人。顺便说一句，正因为这两部作品内在的抽象性、隐喻深度、寓言结构和核心形象的幽灵性质，它们的影视改编也注定是最失败、最不可能成功的。这从一个侧面印证了两部作品共同的现代主义性质。

不过，末路鬼祥子和无家可归鬼阿Q相比，仍然具有较多具体

---

① 丸尾常喜：《“人”与“鬼”的纠葛——鲁迅小说论析》，秦弓译，人民文学出版社2006年版。

② 张旭东：《中国现代主义起源的“名”“言”之辨——重读〈阿Q正传〉》，《鲁迅研究月刊》2009年第1期。

的外部或内部的动作和行动。辛亥革命前后的未庄和 20 世纪 20 年代的北平，更准确看，“五四”白话革命前后的中国和 30 年代所谓民国“黄金十年”期的中国，也构成 20 世纪历史现实截然不同但却息息相关的两个情境。两部“正传”都通过高度的叙事抽象和寓言图示化，给一种无形、不可见的内在生存危机赋予总体形象，它们看上去写的都是“人的一生”，不约而同地选择了两个出处无从考稽的无名氏作为主角。当然，他们的“事迹”有相当的不同，阿Q居无定所，终日游手好闲、无所事事；喜欢指手画脚、惹是生非，像个标准的不事生产的“零余者”。相反，祥子却有固定的居所、固定的工作、固定的作息、固定的习惯，为着一个固定、长远、积累性的目标终日辛苦地劳作。“阿 Q”的鬼的形迹以其独有的结构描画出一个被打散、删除、归零的中国如何不得其门地试图找回自己的身份认同和道德归属，提出的是一个文明再造意义上的“路在哪里”的问题。“骆驼祥子”则以其末路奔跑的特有姿态揭示出近代中国人无论多么勤勉和执着，却因为一种固有的执念，仍然集体性地走在一条死路和绝路上。

动作和场景的开展，赋予《骆驼祥子》远超过《阿 Q 正传》的文学技巧和社会再现意义上的丰富性，但只有在“鬼学”或“幽灵学”分析的层面上，祥子形象的具体的“人”的特点才有意义。作者至少告知读者祥子身体强壮，而阿 Q 的身体则是猥琐、无关紧要到不用写。除了头上的癞疮，《阿 Q 正传》里没有关于阿 Q 任何的形体描写。但祥子的有血有肉有“性格”，同样是为一种飘忽、抽象、空洞、虚无的存在大行其道做铺垫和准备，而没有一丝一毫写实主义—人道主义叙事的意义。换句话说，祥子形象的血与骨、灵与肉，根本上讲都是一种动物性乃至植物性的存在（“他确乎有点儿像一棵树”，第 15 页）。

祥子和阿Q固然都有所谓的个性特征和脾气，比如都很自尊。祥子沉默寡言，阿Q爱管闲事。祥子只管自己的事，阿Q则喜欢挑别人毛病，做风俗和道德警察。但这些并不能构成写实主义小说意义上的人物性格，而只是在寓言的意义上强调人物形象相对于业已从内部败坏崩塌的道德秩序而言的某种自然属性。对于阿Q，这种自然属性构成一个被打散的文明—道德符号系统的孤魂野鬼和无家可归者徒劳地试图重建身份认同和归属感的喜剧性，如偏偏是阿Q要去为别人确立什么是人，什么是中国人，何谓男女、老子儿子、皇上奴才的规范和标准。同样，祥子的自尊、自傲、沉默、羞耻感所指涉的并非写实主义小说意义上的自然、健康、淳朴的乡村子弟在大城市和商品世界里的腐蚀与沉沦，而是突出一种存在方式的难以逾越的固有的价值规范、行为轨道和评判标准："坚壮、沉默，而有生气。他有自己的打算，有些心眼，但不好向别人讲论。"（第15页）祥子是有心思的人，天天拉车，天天算账，天天盘算着自己的小计划；他不会害人，但生活在一个与任何人和社会都缺乏有效交流单纯个人的轨道里。毫无疑问，这些所谓的性格因素实际上只是叙事结构的一部分，具有高度的寓言性质和概念色彩。祥子既是个成人，又是个孩子；尚未成熟就被推入社会自生自灭，但却已然未老先衰地走在了自身自然生命的前面。甚至这样的"孩子"也并不具有写实主义文学人物的具体性，而只是指示出人和动物、自然与社会之间的一种朦胧的存在。从根本上讲，祥子和阿Q同属于出现在《狂人日记》结尾处、被启蒙意识呼唤出来的那个需要被拯救的"孩子"系列。阿Q是一个符号意义上的、文明意义上的无家可归者，是一个中国传统的价值、名分框架中的孤魂野鬼。祥子则是一个误入歧途的劳作鬼，通过每天乐观、自足、井井有条、锲而不舍的劳动和计算，呈现出现代中国人集体经验和价值选择的一条“末路”。《阿Q正传》表现的是中国士大夫阶级向近代知识分子转变过程中对名分、身份的系统性混乱无序而作的寓言式再现和谱系学批判，最终指向一个文明的象征体系的崩溃和再造。《骆驼祥子》则在同样的寓言高度上再现了小生产者阶级对自身劳动和劳动价值的无效性的恐怖体认，它在自身的焦虑结构中揭示出一个政治经济学真理，并由此触及近代国家起源的政治哲学秘密。

四、 语言之外或“内在性”

他的闷葫芦罐是不会冤人的。（第197页）

祥子人的属性、动物属性和植物属性有一个共同的交汇点：静默寡言。祥子的写实主义形象似乎接近一个追求自给自足的小农或小生产者，但从寓言分析的角度看，祥子形象的“内容”并不是社会学经济学意义上的自给自足，而是语言意义上的沉默以及由此而来的某种深不可测的“内在性”。

从教育背景、知识上看，祥子不识字，除拉车外别无所长。他一般也不跟其他人交流或无法交流，只是时常处在一种自言自语状态。这种自言自语并没有现实主义小说“内心独白”的特点，并不能为读者提供有关他性格和情感活动的内部知识，除结尾处外也不包含作者从“上帝视角”对其人物形象所做的说明和诠释。祥子是一个单纯的白描的形象，是被剥夺了语言，被语言和文字封闭、排斥在外的一种存在。这种内在性不但是相对于祥子缺乏语言思维而言，也是相对于他缺乏语言交流能力而言。两者共同阻断了祥子的社会性和历史性，使之变成一种单纯的自然状态。祥子只有作为幽灵（即作为形象的“内容”）时才同读者发生交流，但这种交流必须通过一种非人化的语言——比如政治经济学的语言——才能完成，这点我们在后面还会谈到。祥子体格方面的强壮，对应着心理层面的晦暗模糊。祥子这个“人物”拒斥任何意义上的心理分析，正如阿 Q 的“精神胜利法”并非一种心理结构，而是一种单纯的符号结构或文字游戏，它的“精神”内容只能在历史和文化政治的意义上，作为一个文明体系整体性崩塌的寓言才具有文学阐释上的意义。祥子的动物性和其“内在性”是同一的，准确地说，动物性不过是祥子这个人物的前语言和非语言特征的外在形象，以其感官具体性使读者得以感知人物内部那种无名的空虚。

祥子的自我意识还是朦胧的，像黑格尔所写的斯芬克斯——人的头，动物的身体，甚至一半身体还埋在混沌的大地里。黑格尔通过斯芬克斯之谜提出精神如何穿透和驾驭物质材料的审美命题，同时也在历史哲学的面向建立起世界历史叙述的等级结构和近代西方优越论。在全球范围内，启蒙主义与这种世界历史等级论总是相伴相生。但祥子并不是一个简单的“蒙昧与落后”的形象，而是带有一种令人恐怖的超前性和普遍性。祥子并非没有强烈的自我实现的目标，他甚至建立起为实现这个目标的高度理性化的自我规训和自我管理。只是这个目标完全建立在一个外在对象上，祥子作为“人”的行动不过把这个外在对象转化为内在动机。这种存在的完全外在化、对象化和物化为祥子的沉默寡言带来一种神秘的深度，但这种深度无非是一种光学幻觉或视觉误差，“像将要灭的蜡烛，连自己也不能照明白了似的”（第 57 页）。祥子意识的内部是一片昏暗，与这种昏暗相对应的是外部世界的无差别的、但却是险恶的同质性：“他不敢想过去的那些委屈和危险，虽然不去想，可依然的存在，就好像连阴天的时候，不去看天也知道天是黑的。”（第 77

页）在《骆驼祥子》里，对这种内—外同一性和无差别性的表现具有强烈的现代主义色彩。

五、动物性与“经济人”

祥子与阿Q的不同，在于这个形象在隐喻和寓言的意义上与一个动物形象联系在一起。人性中套着动物性，人与动物之间的界限一直模糊。有的时候这在小说中表现为直接性的比喻，比如说祥子就是骆驼，虎妞就像老虎；有的时候又表现为祥子对其他动物的同情和体认，如他对丧家犬的同情。在小说中祥子跟骆驼、老虎、狗、鱼、鸟等动物联系在一起。祥子能够将自己跟动物进行比拟，但他的自我意识事实上可能也就停留至此了。他对自己的命运的感叹，或者老舍对他命运的观察，经常是用动物，偶尔是用植物来传达的。

从生理特征上来说，祥子和动物同病相怜，也有动物的求生本能，“骆驼的命运也就是祥子的命运”，祥子与骆驼同呼吸共命运，祥子就是骆驼，骆驼就是祥子。

祥子的动物性首先表现为单纯的存活本能。在人物形象表面上，这种本能表现为生存的目的性与“合目的性”的高度的单一。“他得买车……他不吃烟，不喝酒，不赌钱，没有任何嗜好，没有家庭的累赘”（第19—21页）；“因为父母死得早，他忘了生日是哪一天。自从到城里来，他没过过一次生日。好吧，今天买上了新车，就算是生日吧，人的也是车的，好记，而且车既是自己的心血，简直没什么不可以把人与车算到一块的地方”（第25页）。除了自己的车以外，祥子没有任何的挂碍。在我们今天看来，祥子不具备一切人的社会属性，他无父无母，没有任何共同体的认同，他是一个“赤裸裸的人”。而一个被剥夺了一切社会属性和社会意义上的可交流性的“赤裸裸的人”是反历史主义和反人道主义的“人”，即非人。“这是他的希望，志愿，甚至是宗教。”（第103页）所有这些描写都围绕着祥子生存的单一性，但这种单一性自身的存在理由却在别处，具体看，在于其经济理性的合目的性。可以说，那种单一的、赤裸裸的经济逻辑（“攒钱、买车！”）正是骆驼祥子神秘的动物性的内在语码，是那种前语言生存状态的符号学“深度”。小说《骆驼祥子》整体上的叙事动态和讽寓的深刻性，正来自耐心地、无情地揭示这种经济理性的合目的性的反理性、非人化（异化、物化）特征。“骆驼”祥子以其人物身上的动物性，为“经济人”（homo economicus）的某种原型提供了一个寓言形象。祥子每日的劳动和计算虽然因为数额有限而显得具体可感，但遵循的却是一种抽象的一般等价物交换原则。在祥子的计算公式里，人的自然和社会性损耗、道德—文化资源枯竭、价值空洞化是完全不作为因子被考虑进来的。这种剥削者和被剥削者、商品与交易员、工具理性与被它所计算和宰制的对象之间自愿的、几乎完美的重合让祥子变成了当代新自由主义过度竞争和过度消费时代“成功的个人”及其“理性选择"（rational choice）的讽刺性的前辈和榜样。但同“骆驼祥子”不可分割地结合在一起的那个失败者形象，又无可回避地提醒当代人积累与增长的潜在的徒劳和无效性，甚至预言了小生产者意识形态信奉的一般等价和简单扩大再生产原则终将会因为自身的局限性或外部条件的突变而被打断、悬置、归零。

在当代新自由主义氛围下，“经济人”和“理性选择”之间那个想象的等式预设了这样几种前提：（1）所有人都可能或应该像祥子那样去行动，而经济学意义上的社会不过是祥子们的总和；

(2) 这个理想形态（ideal type）的个人在决定/决策中有能力秉承严格的理性和逻辑原则；(3) 他充分掌握决定/决策所需的信息；(4) 他的行为完全由私利（self-interest）所驱动；(5) 他知道自己要的是什么，而且知道这种需求是稳定的、长期的。这样一个由经济学思维构造起来的模型追求的是分析社会行为时的可预见性。然而，尽管在叙事表层，即那种说此言彼的写实层面，祥子的行为似乎符合那种经济人理性选择的标准，但小说里决定性的、深层的、结构性的叙事动力不是可预见性（它只存在于祥子的幻想中），而恰恰是意外和不可预测性。后者标志着贯穿整部作品的现实原则和现代主义手法。祥子的“理性化选择”带来的不仅是“经济人”的具体的、实实在在的失败，而且进一步把这个概念的道德、哲学预设和历史前提置人疑问，由此揭示出经济人和动物性（而不是人性）间的深层关系，揭示出所谓“理性选择”的拜物教性质和幽灵气。

90 年代以来，中国当代文学中出现的退回“活着”本身的叙事冲动，就其从社会政治性领域退回到动物性生存意识的偏好而言，本身表明一种蓄意的非政治化、非历史化。尽管在文学和其他艺术类型（比如电影）中“活着”乃至“苟活”的叙事似乎要将文学带回生活的“事物本身”，但这个时代自身的经济主义和物质主义本质，却为这种抽象的动物性人生故事提供了具体的社会历史内容。相对于后革命时代的“活着”哲学，老舍 30 年代塑造的“经济人—动物”形象，无疑带有一种相反的道德寓意和政治期待。这个问题我们留到文本分析的最后再做展开。

六、纯粹时间

在小说中，祥子的“行动”主要不是在具体的生活环境和社会关系中展开，而是在一种纯粹的、机械的时间中流过。祥子的存在依靠纯粹时间来衡量——祥子活着，祥子死了。从活着到死去，这个过程不叫人生，而叫一段自然时间或纯粹时间。填充这段时间的不是写实主义意义上的“祥子的故事”，而是寓言意义上的一种严酷的结构设计，在不断的、日复一日的拉车、攒钱、买车的循环中消耗殆尽。小说的严酷之处表面上（即在一般的“情节”意义上）在于老舍把这一切都设置为一个无效的、不断被归零的过程。但在非人化隐喻和现代主义寓言结构的意义上，我们看到老舍在这里是在用一种表面上的人道主义历史主义的写法来摧毁历史主义和人道主义的预设。小说中当然有一些站在人道主义立场上的对人物的同情，以及道德控诉，等等，但老舍作品最重的形式和结构决断却是：作者最终写的不是祥子在社会环境里的成长故事（或反成长故事），而是一个抽象的、内在于一种无情的自然周期的生命衰变史，或内在于同样非人化的机械运动过程的折旧和报废史，即单纯的从生到死的衰变期。历史被简化成了一种自然时间。祥子在肉体的意义上是高度自恋的，祥子迷恋自己强壮的身体。老舍之所以这么写，除了文学戏谑成分以外，更是为了让读者更明确地意识到祥子存在的生物性、生理性、自然性。他是被封闭在自己的这种存在中的，无法跟外界沟通，构成了一个内部循环。但这种自我内部的循环也需要有外部的参照，小说中描写祥子看到其他车夫在从健壮到腐朽的这条路上接连倒下，这些车夫就构成了祥子的外部参照。小说中专门有一节处理这个问题，而这一节也写得最富有社会色彩，可视为小说叙事中“证明了法则的例外”。

虽然祥子是个自私自利的小生产者，但是偶尔也会意识到集体的存在。小说中描写祥子在一个寒冷的冬天，给一个老车夫和他的小孙子买奢侈的羊肉包子吃的情节，就充分体现了祥子被忽然唤醒的集体意识——他意识到他与别人同病相怜，祥子第一次看到了自己的同类。我们不能把这些描写仅仅视作一种感伤化的书写，因为小说中更精到的部分是老舍用一种内行人的口吻，一种略带残酷的口吻，像讲述老北京的民俗一样讲述车夫界的三六九等——完全是以时间、年龄来划分的，比如二十岁上下如何，四十岁上下如何，年老力衰后又如何。对车夫的社会学划分实际上是一种自然史划分。哪些人还有二十年的奔头，哪些人只有十来年的奔头了。老舍甚至用了许多令人毛骨悚然的细节描写——死在街头的车夫脸上甚至还带着笑意——来突出车夫们生命的赤裸。他们和祥子一样都是“赤裸裸的一条命”（第49页）。这不是从西方理论中生拉硬扯，而是老舍自己的语言，这些人都是一条条赤裸裸的命，所谓黄泉路上无老少。这种赤裸的生命是构成祥子沉默的另一要素：“他又恢复了他的静默寡言。一声不出的，他吃，他喝，他掏坏。”（第555页）祥子的身体有着一种条件反射的、机械的反应。他有的是筋肉，却缺乏头脑，有的是力气，以及很强的忍耐力和承受力。除了这些生理特点之外，在心理上、内在性的层面上，祥子习惯于遗忘，具有一种“当下性”。祥子就像是动物世界中一头还不懂得谨慎的猛兽，永远活在“此刻”，活在对“下一刻”的聚精会神、全力以赴的虚无的热情之中。

七、摹仿，或“行动中的人”

他为自己努力，也为自己完成了死亡。（第583页）

祥子形象从动物性（偶尔还呈现为植物性）向无机的“机器—

计算”的过渡，是小说人物从静态向“行动”转化的开始。也就是说，当我们不再去追问“祥子是什么”而是去追问“祥子做什么”的时候，我们才通过祥子在小说中的行为/行动进入了情节分析的层面。叙事意义上的动作、行动和情节，则是祥子想象的“幽灵学”本质自我呈现的具体过程。正是“行动中的人”这个亚里士多德对“摹仿”作出的古典定义，让我们得以进入《骆驼祥子》深刻的再现空间，并进一步在这部作品同它所表现的生活世界之关系中领会它的艺术风格、道德寓意，乃至它所包含的无情的政治哲学观察。

因此，我们关于祥子形象的寓言分析不能仅仅停留在动物性概念之中，尽管书名为两者间的隐喻性的紧密关联提供了支持。到目前为止，有关人物形象的静态分析表明，动物性为一种机械性的装置和企划（比如“攒钱”“买车”“娶媳妇”）提供能量和动力。祥子作为“人”的存在，仅仅是一个能量储备器和为实现一个简单目标而组合起来的“目的—手段”机制。祥子的“骆驼般”的动物性存在和“人性”的具体链接点恰恰是这种向无机世界的机器组织过渡。这个机器组织的外在对象或“生产手段”就是那辆车，而其内在理性组织原则则是围绕着要把那车挣来的目的建立起来的生活秩序、纪律性，以及伦理价值体系。祥子的每一天都是为了一个理性目的组织起来的劳动作息，带有新教伦理意义上的自律性：节省、最低消费、拒绝享乐。正是这种机器因素，将祥子的动物性存在转化为人的有目的的行动。只不过这种转化并不带有“人性”的光辉，因此没有给读者以悲剧或喜剧的暗示，而是通过动物性—机械性—人性的往复循环，在小说情节的意义上展开了一个关于失败的资本原始积累的寓言，一个关于“个人主义末路鬼”的自我毁灭的寓言。在这个循环当中，机器、动物、人都处在一种无可逆转的自然史衰败或物理学损耗过程中。祥子一开始出现在读者面前的身强力壮的形象，不过是为这样一个循环所准备的祭品。可以说，正是这种理性化因素及其对象化形象（计算、机械性重复劳动）的出现，才为这部寓言性质的小说带来了摹仿意义上的情节因素和情节分析的可能性。

1. 拉车

行动中的祥子是对人的工具化和异化状态的刻意摹仿。作为一部拉车机器，他与他的车融为一体。祥子的“工余”生活也完全是工具性的，表现为单纯地为维持劳动者简单劳动力再生产而从事的饮食、休息活动，或者不如说，表现为为维持机器工作性能而做的必要的维护检修工作。但在叙事意义上，祥子并非除拉车外没有任何其他功能。人力车夫特有的工作性质和工作节奏带来了小说在重复、循环中徐徐展开的北平日常生活长卷的阅读观感；铺垫了变化乃至突变的叙事期待（比如遭遇兵匪抢劫）；甚至引入了某种特殊的城市生活同自然界之间的关系（比如对车夫营生至关重要的天气因素和四季的回转，年龄、健康、体力状态等基本劳动条件）。然而，使祥子在车夫这个类中脱颖而出的不是其工具性的共相，而是他孜孜以求、坚忍不拔地为买下一辆为自己所有的车的特性或个性。

祥子似乎认为拥有一辆自己的人力车便能够获得经济学意义上的自给自足。显然，他混淆了简单的生产工具—生产手段同作为资本的对生产手段的所有权之间的重要区别。前者只是劳动的必要条件和外在工具，而后者是社会关系、社会组织、社会权力意义上的对他人劳动的系统的控制和占有。祥子的动物性和幽灵气息正来自他的工具性，来自他对工具的工具性、拜物教式的追求。这样的分析并不是苛求祥子没有读懂《资本论》，而是为了突出这个人物形象的行动主轴，即他是一台为了买车而组织运行起来的机器，这是他生活的唯一目的。这里所谓的机器既是物理意义上的和机械性质的，但更是一个抽象或符号意义上的，即围绕买车的人生规划和计算。

> 在他赁人家的车的时候，他从早到晚，由东到西，由南到北，像被人家抽着转的陀螺；他没有自己。可是在这种旋转之中，他的眼并没有花，心并没有乱，他老想着远远的一辆车，可以使他自由、独立，像自己手脚的那么一辆车。有了自己的车，他可以不再受拴车的人们的气，也无须敷衍别人；有自己的力气与洋车，睁开眼睛就可以有饭吃。（第 9—11 页）

为这个目的，祥子总体性地规划了自己的饮食起居、自己的身体消耗，甚至自己的脑力和心情。祥子是一个懂得自我管理的挣钱机器。挣钱是为了买车，买车则是为了实现自给自足的小生产者理想。“他一天到晚思索这回事，计算他的钱；设若一旦忘了这件事，他便忘了自己，而觉得自己只是个会跑路的畜生，没有一点儿起色与人味。”（第 103 页）不作为一个拉车、攒钱、买车的机器的话，祥子就觉得自己是个畜生，不是人。换句话说，祥子的人性建立在他的工具性、机器性上。而这种机器性又被外在化为一种动物的形象。自我的工具化是祥子的突出特点。祥子是自己开发自己的开发商、自己盘剥自己的包工头，祥子梦想成为一个食利者，但达到这个目的的手段只是将自己作为奴隶——即商品和雇佣劳动时代的无偿的劳动者——来随意驱使。除了自己的“赤裸裸的生命”，他没有别的资源可用来开发和征服。这种极端的异化、物化为祥子准备了一种特殊的朦胧但却执拗的自我意识。他觉得自己干净、正派、规矩，他看不起那些不如他体面的人，不屑于与他们交往。对那些在工作伦理和工作审美上与他不是同一个层次的人，祥子表现出一贯的洁身自好。《骆驼祥子》的叙事结构包含这样一个动态的三角关系：人—动物—机器（工具）。为了做人祥子就要变成动物，变成机器，但是一旦变成动物变成机器，他又离人越来越远了。所以这是一个西西弗斯式的神话，在这里，人越是朝向一个启蒙主义、人道主义、历史主义的“人”的概念去奔，就离其目标越来越远，越来越不像人。在拉车的路上，祥子每向前迈出一步都更接近死亡。这样一种叙事结构装置，既可以是写实主义的，也可以是现代主义的，但就其戏剧性结构的抽象性、形式自律性和审美强度而言，归根结底是现代主义性质的。

2. 攒钱

挣钱、攒钱，挣更多的钱、攒更多的钱，直到买车。祥子作为一个经济动物的线性思维，带有一种淳朴的小生产者乌托邦色彩。祥子的存在是一种高度量化的存在，其意义是用距离买车资金的差距来衡量的。他的生活目标就是要不断地接近买车所需要的钱的数目。为此目的祥子将自己的生命总体性地充分量化和商品化，他每天的工作就是拿命换钱，钱成为祥子存在及其意义的唯一佐证。单纯的动物性存在在单纯的量化增长中获得了行动感和社会性，但这种行动感和社会性一旦出现，就随即消失在数字的抽象和空洞之中。

> 猛然一想，一天要是能剩一角的话，一百元就是一千天，一千天！把一千天推到一边，他几乎算不过来这该有多么远。但是，他下了决心，一千天，一万天也好，他得买车！（第 19 页）

随着劳动价值被量化，对象物在价格中被放大到“算不过来”，为换取这个似乎无比遥远但又势在必得的目标，祥子必须通过一个总体规划将自己的生命“推到一边”。从此刻起，祥子变成一个“行动中的人”，但其行动带来的却是人本身的全盘抽象化和空洞化。人力车在此既是作为生产工具，也是作为商品出现，它的由巨大的量所代表的神秘性质，也就是祥子形象的幽灵性质的实质。上面引用的这段话因此又获得另一重意义，它表明，祥子的“起色”和“人味”同他的“思索”和“计算”是一而二、二而一的事情：

> 他一天到晚思索这回事，计算他的钱；设若一旦忘了这件事，他便忘了自己，而觉得自己只是个会跑路的畜生，没有一点儿起色与人味。（第 103 页）

小说叙事由此转动起来，而处在核心的却是一个空洞、一个鬼故事。小说里祥子常说觉得自己像一个被抽动的陀螺，在外力的鞭策下，转动起来，而这个状态既是小说叙事的动态，也是其核心人物形象的行动方式。两者一同确定了《骆驼祥子》的总的形式感，甚至为它带来了有血有肉、栩栩如生的细节。这部小说的语言在整个新文学中也许是艺术上最炉火纯青、最了不起的，但其伟大却绝不仅限于所谓京味儿写实的逼真，而在于它始终如一地在一个严格的隐喻和寓言系统内推动叙事发展，再现一个生活世界的内在结构。“人—动物—机器”这个三角转动起来，形成的是一个幽灵的故事。这样的一种生活是一个幽灵，是一种迷幻，是一个迷思，是一种自我欺骗。祥子自愿地欺骗自己，骗走了自己的生命，并且是乐观地、充满理想地、精力旺盛地、积极地消耗了自己的生命，干干净净，一点儿不剩。

信奉单纯线性的量的积累的祥子把自己的肉体生命当作了一台

没有损耗、可以无限重复下去的挣钱—攒钱的永动机，推动自己不断向目标接近。这样一种计算的漏洞当然是显而易见的：它未能把机械损耗，生命衰老、损耗、腐烂等有限性因素包括进来；也未能就风险和其他不可预见的因素做任何保险和对冲。因此，祥子的外在追求目标也像幽灵般难以企及（“三起三落，像个鬼影一般，永远抓不牢”，第 475 页）事实上，小说叙事正是沿着计划与意外这一对矛盾，沿着祥子貌似合理的预期和外部环境近乎荒诞的突然干预而有条不紊地展开的。

八、 反成长小说

从人变成动物、从动物变成机器、再从机器变成鬼，这样的过程可以叫作成长吗？换句话说，《骆驼祥子》能被视为一部个人奋斗史或人性堕落史意义上的哪怕是逆向的成长小说吗？祥子一生的起落或许的确在写实主义小说阅读习惯支配下给读者带来某种“成长”的错觉，但若细究推动这一“成长”的具体的戏剧动作和行为，我们会发现，它们都是某种抽象观念的寓言演绎，其外在表象是夸张、执著、重复的身体动作和心理—思维动作，但就其内在实质而言，却不过是一种错误和妄念被有条不紊地推到自身逻辑的极致和反面。如果我们把《骆驼祥子》的形式框架理解为一种现代主义的隐喻和寓言，问题立刻就变得明朗起来，因为这部小说的基本的叙事维度显然不是时间而是空间，不是成长而是毁灭，不是历史而是命运，不是社会而是自然。19 世纪德国的 Bildung 概念意思是陶冶、教养，成长小说（Bildungsroman）由这个词汇演变而来，所以成长小说有时又翻译为教育小说。但祥子的自我教育是什么？祥子的社会化意义上的个人发展和成长又是什么？回答只能是："教育"和"成长"的缺失和不可能性，因为祥子的世界里并不含有这种教育和成长的社会条件。换句话说，在严格的历史发展阶段论的意义上，前资本主义因素占主导地位的社会环境里，本没有把资产阶级个人孕育和锻炼成熟的可能性。莫莱蒂（Franco Moretti）著名的成长小说研究 *The Way of the World* 带有一种有意为之的歧义，因为"世界之路"即可理解为主人公进入世界、经验和世事沿路展开的教育和成长过程，也可以理解为读者和主人公一道理解和把握这个世界本来的样子，它的组织方式、社会结构、道德原则、经济秘密乃至阶级冲突的过程。①

归根结底，所谓"成长小说"只能是近代资产阶级历史经验的一种表述方式。只有在近代西方现代性社会条件下、在近代个人的社会性实践及其理论可能性的意义上，个体"教育"和"成长"方才变得可能、才成其为文学摹仿、文学再现和文学叙事的对象。《骆驼祥子》的惊人之处，不在于它同 19 世纪欧洲成长小说有某种纯然外在的相似性，而在于它在一个不存在成长小说能够得以成立的、落后的社会条件和文化条件下，却把主人公形象的内在紧张和命运般的谬误直接建立在一种"先进的"，即同资本主义生产方式的内在逻辑相匹配的经济学原则上。因此，祥子的失败和毁灭就不仅仅是一个城市环境中的小生产者的悲剧，而是更为普遍的现代性条件下的异化和恐怖。老舍笔下的"末路鬼"不会也不可能成长，他命中注定的绝路只能通过一种外力，一种所谓神的干预（divine intervention）才能被强行改变。只有那时，鬼才能变成人，末路的

① Moretti，Franco. *The Way of The World：The Bildungsroman in European Culture*. London：Verso，1987.

尽头才会出现一条新路，而这就是革命。老舍的《茶馆》在毫无希望、走投无路中落幕，但同时这也就是新世界呼之欲出的时候。只是这一切同近代资产阶级个人的成长没有关系。

祥子的世界如何通过祥子的行动展开呢？我们可以通过下面两个小节予以考察：

1. 祥子的路、祥子的命

> 好像全世界的黑暗都在等着他似的，由黑暗中迈步，再走入黑暗中，身后跟着那不声不响的骆驼。（第 55 页）①

拉车的人要看清楚脚下的路，但是祥子虽然浑身是劲、善于奔跑，却不怎么看路，也看不清路。祥子基本上是一个光拉车不看路的人，而最终又是一个走投无路的人。小说中时时出现的那种走着走着路却不见了的场面大多能从情节中跃出而变为独立而持久的隐喻和寓言意象，比如“大概的他觉出是顺着大路走呢；方向，地点都有些茫然”（第 53 页），“虽然知道自己还存在着，还往前迈步，可是没有别的东西来证明他准是在哪里走，就很像独自在荒海里浮着那样不敢相信自己”（第 57 页），“好像就这么跑下去，一直跑到不

① 这本应成为歌剧《骆驼祥子》中祥子的咏叹调。2014 年夏天在北京上演的歌剧版《骆驼祥子》音乐是现代主义的，而文学剧本却是写实主义的，甚至是“旅游文化主义”的，其重心放在所谓京味儿，雅俗共赏之上，因此音乐和剧本之间显得不和谐，现代派音乐难以在文学剧本中找到一个抓手。但其实可以设想这样一个场景。在黑夜里，祥子牵着骆驼走在从西山赶回北京的路上，夜里伸手不见五指，路在哪儿，北京在哪儿，祥子和走在他身后的骆驼一样沉默、不响，构成一种沉默的、无言的对话。音乐形式上的无调性循环、重复等都可得到恰当的运用。可以看到老舍的《骆驼祥子》虽然表面上是一个“祥子的故事”，但人物形象本质上是抽象的、高度形式化和结构化的，它的任何跨艺术门类的“转译”都更适合被嫁接在现代主义形式空间里。

知什么地方”（第 161 页）；又比如“白茫茫的一片，只有饿着肚子的小鸟与走投无路的人，才知道什么叫哀叹”（第 273 页）。

然而，《骆驼祥子》里面“路在何方?”的问题却并不是早期鲁迅“梦醒之后无路可走”的回声，因为它在批判的意义上标出了现代中国集体生存状态的另一个精神病灶和源头。与近代中国历史上的先行者们所选择的道路相比，祥子的路绝非荆棘丛生的荒郊野路，而是一条现成的路，祥子走在上面虽然不时感到茫然，但却并不孤独。但是，尽管祥子走的是一条看似具体而牢靠的路，但这条路到头来却证明远比鲁迅在本没有路的地方尝试去走的路更虚无、更没有希望。“祥子在街上丧胆游魂的走……他走他的，低着头像作着个梦，又像思索着点高深的道理。”（第 587 页）在这里，祥子无力思考的那个高深的道理似乎正是这条路的含义。老舍在小说的结尾处给这条路做了恰当而准确的命名。我们在后面还会从政治经济学和政治哲学的角度对这条小生产者乌托邦、经济人、动物和“个人主义末路鬼”的混合道路做进一步的反思。

活着拉车，死了认命，这概括了祥子的生死观，“命当如此，就如同一条狗必定挨打受气”（第 219 页）。老舍其他作品，如《我这一辈子》《四世同堂》《茶馆》里面的小人物也会发出这样的感叹，在写实主义的视野之外，在《骆驼祥子》的现代主义形式框架内，命运却展现出更为直观、更为凛冽的面目。它击穿了古代世界和当下以量化计算为标志的纯粹时间之间的幻想的、意识形态性质的隔离带，让一种神秘的、超自然的、混沌的力量直接突入近代个人“对幸福的追求”，将一切经济理性的规划和计算席卷而去，只留下被彻底掏空的人，即那个“个人主义的末路鬼”。

2. 厌女症

祥子并不是严格意义上的厌女者（misogynist），小说中描写他在生理上并不排斥女人。但在祥子身上更占主导地位的性格因素是他高度的自恋，以及为达到一个经济学目标而加于自身的纪律性和道德标准。祥子对自己身体的迷恋同布尔乔亚式的颓废和自恋并不是一回事，他似乎无师自通地认识到，自己的身体没有价值——因为所谓价值只能来自生产和爱护它所需的社会性劳动；祥子对自己身体的爱是对其使用价值的爱，即作为工具、手段和被剥削对象的爱，尽管他随即又在交换价值的领域里，通过每天的计算吞噬和消灭了作为使用价值的自己。

祥子面对虎妞时的自我保护意识是这种政治经济学意义上的自恋的感伤主义注脚。老虎和骆驼之间的关系是捕食者和猎物的关系。在同车行老板的女儿的肉体关系中祥子没有丝毫的愉悦，始终觉得自己是玩物和牺牲品，只有逃跑的本能。祥子无法在意识层面上认识清楚资本与劳动的权力关系、不平等的阶级关系统统在男女关系中获得了它的无意识的替代性表达，尽管这种表达只能是一种纯粹消极的情绪，如厌恶、屈辱感和恐惧。与此相反，在妓女小福子那里，祥子不再自恋，不再厌女，而是感受到了他跟他人的同病相怜、命运与共。“咱们卖汗，咱们的女人卖肉”（第 545 页）这样残酷的、一针见血的观察，是老舍通篇一以贯之的自由间接引语技法的典范，在此，祥子的未经反思的经验和朦胧的自我意识终于在老舍笔下进入语言世界，它比祥子为祖孙二人买羊肉包子的场面更为准确、不带主观色彩地呈现出祥子身份的具体真实性。在叙事设置上讲，小福子是祥子的真理和祥子的语言，祥子生活在幻觉中，而小福子让他看清了生存的真相。祥子只拉车不看路，而无路可走的小福子让他看到了命运。祥子充满虚妄的希望和欲求（买车、娶个好媳妇），但小福子却作为这种希望和欲求的现实兴趣对象（理想的异性）和终极目标（那个我们为之去希望和欲求的人、那个在冥冥中注视着我们的目光），带给祥子真实和具体的希望之破灭。小福子以自己的人性的但却是没有希望的存在把祥子这个动物、机器和幽灵带回到了人的世界，但同时也就把他归还给了作为真实性原则的死亡。

九、 自然史，或祥子的北平城

老舍对北平的描写长期以来被人称颂，但《骆驼祥子》一般却并不被作为“城市文学”来阅读。在小说里，城市的文学再现无疑服务于作品的核心形象和整体叙事结构。下面我们就从几个不同的侧面，重新考察一下祥子的北平城。祥子身份认同与他同北平城之间的认同密不可分，相辅相成。比如下面这段里我们看到：

> 祥子想趴下去吻一吻那个灰臭的地，可爱的地，生长洋钱的地。没有父母兄弟，没有本家亲戚，他的唯一的朋友是这座古城。这座城给了他一切，就是在这里饿着也比乡下可爱。这里有的看，有的听，到处是光色，到处是声音；只要自己卖力气，这里还有数不清的钱，吃不尽穿不完的万样好东西。（第 79—81 页）

“生长洋钱的地”这个超现实主义意象准确地呈现出北平城的自然史和社会学特征，也揭示出小生产者生产方式和经验方式的暧昧性。应该说，不是历史现实中的北平城，而是这个人工意象方才界定了祥子文学形象的真正的环境和氛围。在这个背景的反衬下，置于前景的祥子既是一个失去土地的庄稼汉，一个在商品社会和雇佣劳动条件下只顾拾掇想象中的一亩三分地的小农；也是一个尚没有被整合进资本主义生产方式，缺乏起码的知识、工具、劳动组织及与之相应的社会系统和社会制度（金融、法律、治安、教育、信息服务、政治权利等方面）支撑和保障的赤手空拳的准无产阶级。在这个意义上，北平的市井文化、名胜古迹和阴晴雨雪无论多么富于诗的韵味，在终极的政治哲学意义上，却仍然只不过是一个放大的未庄；祥子在北平的路上奔跑，仍然会不时与阿Q擦肩而过。

前面讨论过，祥子没有父母、没有家、没有来历，北京“给了他一切”。祥子虽然具有乡下人的简单朴实，但却是地道的城里人，离开城市无法生活。城市的市场经济和雇佣劳动是他唯一的生计，所以祥子完全是一个脱离了土地的人。但“生长洋钱的地”却暴露出祥子对商品经济的前资本主义观念，即一般意义上的小生产者对自给自足经济生产方式的留恋和向往，只是这种小农乌托邦必须在城市空间里，在市场中，通过雇佣劳动和商品交换来实现。

祥子喜欢城里的声光化电，相信“只要自己卖力气，这里还有数不清的钱，吃不尽穿不完的万样好东西”。老舍借祥子之口写出现代商品社会给人带来的特有的对无穷大的量的迷醉。祥子虽然表面上带有乡土气，但却是一个纯粹的现代性的产物，一个异化的人，与传统毫无瓜葛。小说里描写祥子一到城外便是黑夜，回到北平便是早晨。祥子的纯粹时间是现代性时间，尽管“城里有许多的事情他不明白”（第183页），他却宁肯挨饿也要留在城里。祥子是没有记忆的人，而在他朦胧的前景中，并没有乡村的位置。

但祥子的北平却不是现代意义上的大都会，而是一个奇特的城乡结合部，一个半自然状态、半历史状态的生存群落。小说前部出现的骆驼之所以成为作品冠名形象，除了它整体性的隐喻功能外，也在一个更为具体的意义上，提醒读者北平的地理位置、风土民俗、经济状态和生活方式，而所有这一切都向自然（包括兵匪、无赖、流氓侦探、黑社会等种种“前现代、前国家”因素）毫不设防地敞开着，并具体地在城市地图上由祥子拉车的路线标示、勾连在一起。小说叙事所展开的祥子的活动范围不限于城市，而是常常穿越城乡，两者间并没有明确的边界。同上海这样的近代化半殖民地城市相比，北京带有历史地质叠加意义上的多重性。历史上，它是一个汉族文明最北端的边塞城市（骆驼的在场不断在提醒读者这一点）；它的核心是一个皇城，围绕这个中心布局的是官宦居住区、市场和平民市井杂院。

在20年代北平的各种营生中，也许没有哪一种“职业”比人力车夫更受天气和气候的影响。春天的风沙、夏天的暴雨、冬天的白雪，《骆驼祥子》里面这种气象学意义上的自然，往往比社会学意义上的历史条件更直接地影响着、界定着祥子的存在状态。北平的冷暖风雨，是祥子最直接、最亲密的城市空间，也是最直接的工作条件。可以说，在《骆驼祥子》里，主人公的命运同时在历史和自然两个领域中飘摇，通过他的命运，历史和自然变成了同一个东西。这种自然/历史地貌是祥子的北平城的底色，也是主人公形象的鬼魂特征的恰当的布景。当然，自然在祥子的北平城中的直接的、无须中介和过渡的存在，也时时提醒读者祥子身体本身的自然属性，包括自然意义上的健康和生机，也包括自然意义上的不可逆转的衰败和腐烂。

在此背景下，且受这样背景和“社会条件”的制约，祥子的北平仍然可视为一种社会关系的总和。祥子同其他拉车人保持一种冷漠的超然态度（除了一次阶级意识、至少是同类间的兔死狐悲感的短暂爆发）。祥子在这个动物世界的优胜劣汰竞争中以强者的面目出现，但作者为他安排的宇宙秩序看似偏心，实际上却暗藏杀机，因为人力车夫的等级生死，只是由生理年龄来区分，如二十岁以下的如何、四十岁以上的如何，等等。因此，祥子对自身优势的沾沾自喜，不过是对自身不可逃避的命运的短暂遗忘。祥子与读书人和“当差的”关系在小说里只是轻轻带过，其篇幅和分量同这一中间阶层在具体现实社会中的经济地位和政治地位恰好相当。祥子有时思忖，当兵的不讲道理也就罢了，这些看上去体体面面的读书人为何也一样不讲道理，如强盗一般。只有曹先生是个例外。但曹先生在小说里却谈不上是个正面形象，而是一个“花瓶社会主义者”，自恋而自私（“只要把小小的家庭整理得美好，那么社会怎样满可以随便”，第 155 页）。在性关系和雇佣关系之外，这几乎就是祥子的社会关系的全部。因此可以假定，作为自然/历史存在的祥子，这个北平城的亲儿子，是没有也不需要中国或中国人意识的。

十、新旧交替

> 个人主义是他的灵魂，这个灵魂将随着他的身体一齐烂化在泥土中。（第 583 页）

老舍把祥子形容为在新环境里还能保持旧习惯的人。在当代语境下，我们不妨把“新的环境”理解为资本主义雇佣劳动、商品社会和都市环境，而把“旧的习惯”理解为农业社会长期形成的小生产者思维、习惯、伦理和价值。从经济史、社会史、政治史角度看，祥子处在新旧两种生产方式交替的过程中。祥子的矛盾、他自身的毁灭是这两种生产方式的之间脱节和冲突的结果；换句话说，是新的环境和旧的习惯之间的历史缝隙让祥子落入深渊。

这种时代和价值体系的二重性也具体体现在作为祥子奋斗目标的人力车上。它既是现代意义上的生产工具乃至小生产者的资本，同时也是一小块“能产生烙饼与一切吃食”的“万能的田地”（33页）。它既是抽象的、变动不居的劳动价值的表象，又是具体的、不动的、象征安全与家园的土地。祥子的理想是在商品社会抱有一块流动的、可以携带的土地。为此他用尽了一切个人努力、筹划和自律。祥子的毁灭是一种结构性的毁灭，它来自资本和商品社会的抽象性、复杂性和变幻莫测同单纯的“自给自足的人”的自我经营和计算之间的不可通约性。

> 祥子不想别人，不管别人，他只想着自己的钱与将来的成功。（第195页）

祥子在“无敌”（第191页）和“倒霉”的两极状态中摆荡，最终：

> 他才明白过来，悔悟过来，人是不能独自活着的。独立一个人是顶不住天的。（第227页）

这个时时以命运的形象出现的“天”，在历史意义上，却不过是小生产者伦理同资本主义生产方式及商品经济之间的交叠与矛盾，以及由此而来的历史结构与文化结构的错位。祥子刻意追求的成功和幸福无法在20年代北平的天空下获得，因为他的小生产者乌托邦立足的客观环境已在不断对组织、分工、团结和阶级意识提出要求，而这些要求的总的前提是与新的生产方式相适应的近代主权国家的确立。祥子对此不闻不问，一意孤行。老舍在《骆驼祥子》里的“个人主义”定义，要旨在于其徒劳性和自我毁灭倾向。

> 为个人努力的也知道怎样毁灭个人，这是个人主义的两端。（第 561 页）

祥子最后的自暴自弃是个人主义的意识形态和价值观念全面崩塌的逻辑结果。在这个崩塌过程中，读者看到一系列至关重要的社会体制和社会系统的先行瓦解或全面缺失，它们包括家庭、婚姻、社区、友谊、基本国民教育、职业行会、信贷系统、法律制度、基本社会保障和直达基层的统一的国家权力。“只有他自己会给自己挣饭吃，没有任何别的依赖与援助”（第 583 页）祥子像一匹荒漠中的骆驼一样静静地死于孤立无援、死于社会性的涣散和冷漠。最终，不但祥子的身体，就连他灵魂也随着他的身体一起烂化在泥土中。从泥土中来的又回到泥土中去，这块泥土是中国的泥土，是小生产者的泥土，是北京城的泥土，是祥子亲吻过拥抱过的唯一能养活他的泥土。在活着的时候就已经变成鬼的祥子，是这泥土的灵魂。

《骆驼祥子》问世二十年后（1956），在《茶馆》的结尾处，读者（观众）又一次看到了一个为自己送殡的小小队伍。王掌柜在任何意义上都可被看作是祥子的转世。完成于新社会的《茶馆》突出新旧对比，在戏剧结构上比《骆驼祥子》更为紧凑精致。然而，正是在《骆驼祥子》里，老舍做出了对中国人集体生存的政治危机的最深入、最有力量的思考。《骆驼祥子》是一部中国小农意识的毁灭史，也是巴尔扎克意义上的社会风俗史；它还是直接承接鲁迅《阿 Q 正传》的现代中国人的集体精神史。

十一、 不在场的国家与新文化的终结

在《骆驼祥子》种种阐释可能性中，政治经济学和政治哲学的读法仍有进一步展开的必要。在美国本科文学课堂上，常有学生问为何祥子不从银行借贷，分期付款买车，偏走攒钱全款买车的远路。也有学生认为祥子的悲剧可归咎于治安环境的恶劣和警察的渎职。还有学生会问，祥子为何不通过大众传媒留心时事，以避免因信息匮乏，在错误的时间进入错误的地点，给自己带来财物损失乃至生命危险。无疑，这些都是很好的问题。

然而，这些内置于小说中的基本问题不应将讨论引向一种启蒙意味上的对于愚昧落后的指责，而应最终指向“国家在哪里”这个正面议题。如果《阿Q正传》里面的“缺席的在场”是那个业已失去、有待重建的名分、身份、归属和意义系统，即现代中国的文明秩序，那么《骆驼祥子》中那个隐蔽的裁判者就是尚未到来的国家。这个国家在概念上不同于19世纪以来的民族国家，而是更接近于霍布斯在《利维坦》中所表述的国家观念，即那种终结“一切人反对一切人”的自然状态的、由个人向主权者让渡权力以获取安全保障的近代政治组织和政治概念。在20世纪的中国，这个近代国家最终通过先锋政党所领导的大众暴力革命道路而获得，而不是像近代欧洲那样，从中世纪开始，伴随文艺复兴以来的世俗化过程，随同城市工商市民阶级的兴起、贸易、海外殖民、工业化等资本主义历史进程而由一个现成的、事实上占有社会力量和社会权利（包括文化权利）的阶级来“自然而然地”完成。祥子的世界是利维坦国家的史前状态，它从反面确认了国家的作为一切社会发展和

个人幸福的必要前提的紧迫性，尽管这种明确的政治哲学认识是以耐心、高超、曲折的艺术手段，通过祥子形象的具体塑造和他“行动”的具体展开而暗示给读者。

在接近小说结尾的地方老舍写道：

> 人把自己从野兽中提拔出，可是到现在人还是把自己的同类驱逐到野兽里去……祥子还在那文化之城，可是变成了走兽。（第551页）

我们再看霍布斯是如何论证现代国家的必要性的。下面这段话是《利维坦》（第1651页）中最为经典的一段，在老舍《骆驼祥子》的上下文中却也极为贴切：

> 在没有一个共同权利使大家慑服的时候，人们便处在所谓的战争状态下。……这种战争是每一个人对每一个人的战争。……在人人互相为敌的战争时期所产生的一切，也会在人们只能依靠自己的体力和创造能力来保障生活的时期中产生。在这种状况下，产业是无法存在的，因为其成果不稳定。这样一来，举凡土地的栽培、航海、外洋进商品的运用、舒适的建筑、移动与卸除须费巨大力量的物体的工具、地貌的知识、时间的记载、文艺、文学、社会等等都将不存在。最糟糕的是人们不断处于暴力死亡的恐惧和危险中，人们的生活孤独、贫困、卑污、残忍而短寿。①

① 霍布斯：《利维坦》第十三章《论人类幸福与苦难的自然状况》，黎思复、黎廷弼译，杨昌裕校，商务印书馆2012年版，第95页。

在五四运动百年之际，我们不妨从《骆驼祥子》的再解读引申开来，谈谈新文化内部的一种紧张和矛盾。总体上看，百年来由中国知识分子引领和推动的文化启蒙、文化革命、道德革命、伦理革命、意识革命，意识革命后的再革命，直到新时期以来的“新启蒙”，在致力于社会变革的过程中，往往有意无意地滑向一种文化和政治的对立，即将文化、意识、审美领域的自觉、自尊、自立和自由同现实中的国家主权形态对立起来。从晚清到“五四”，再从“五四”到改革开放四十周年，现代中国人对文明、进步和解放的追求，基本沿着从器物层面的追赶和“自强”到文化自觉—伦理自觉再到政治自觉的思路循环向前。然而，在新文化发展的道路上，每每会出现这样一种现象，即在本需要政治解决的时候却开出文化革命的药方。

在晚清政治制度改革走入死胡同的历史关头，文化革命和思想革命的必然性和正当性毋庸置疑，启蒙因此也成为20世纪中国社会前进的一种内在追求和动力。然而，倘若文化革命和思想革命被当作冲破一切旧制度桎梏的王牌或灵丹妙药，那么在中国现代文明建设的道路上，有时就会出现这样的目的与手段的扭曲：在本该诉诸近代意义上的主权国家的时候，中国知识分子群体却阴差阳错地把目标转移到文化、传统、伦理领域的持续的革命和激进化。在文化意识层面的日益激进化过程中，作为启蒙、新启蒙载体的“自由的个人”往往同作为整个社会领域和文化领域的最后保障的国家形成一种结构性的对立。这就好比是假定，造成祥子或者是阿Q的生存状态和精神状态的不是作为社会关系总和的经济结构和政治制度，而是他们作为历史主义—人本主义个人内在本质的不足。这也好像就是说，国家形式和国家制度建设的空白可以用文化领域的不断革命来代替，而毋庸担心文化领域日益激进化所带来的、同主权国家处于对立或竞争状态的“间接权力”。

对老舍《骆驼祥子》和鲁迅《阿Q正传》这两部新文学经典的写实主义—人道主义误读，从根本上讲正是这种更为流行的政治哲学层面的历史主义—人道主义意识形态（包括那种把启蒙同主权国家对立起来的激进文化思维定式）的产物。但严肃的重读却可以表明，阿Q和祥子的诉求和理想并不是启蒙主义—人道主义的“真正的个人”，而是一个能够为集体性身份、归属提供有效参照的文明系统，以及一个能够合理地为劳动价值和劳动尊严定价的社会分工和社会交往体系。而这两者存在的基本的近代政治哲学前提，则是那个能够把芸芸众生的个人权利与诉求寄托在一个人工的、机器般的、有灵魂的巨兽身上以换取安全和幸福的利维坦，即作为暴力垄断者和生活世界终极保护者的主权国家。中国革命在现实中建立起了这样一个主权国家，20世纪中国知识分子是它的助产士，阿Q和祥子则在他们的沉默、无助、荒诞和死亡中遥望着它的到来。鲁迅和老舍这样的经典作家在自己的巅峰之作里为它的缺席留下一份历史和精神的记录，并提前为其正当性和必要性从反面作出了有力的证明。

附录：重读鲁迅与中国文学批评的反思

——在复旦大学中文系的演讲*

今天的题目是命题作文，但正好和我现在做的研究有关系。先交待一下背景：我本科虽然读的是中文系，但个人兴趣一直在批评理论。80 年代在北大读书时不守规矩惯了，到美国读博士，写博士论文前先写了本书（《改革开放时期的中国现代主义：文化热、先锋小说以及新电影》）。美国学术体制很严格，第一本书一般都是博士论文，但我却先写了本书，本想回头再花一两年时间写论文，但才写了两章就找到了一个正式教职，所以就在余下的五个月匆匆忙忙赶完了这个有关周作人、现代散文和现代文人意识的博士论文。郜元宝教授说我和他是在周氏兄弟研究上“交叉跑动”，他跑到这儿我跑到那儿。听说他现在做周作人，我又在做鲁迅了。我 20 年前写过一篇谈鲁迅和本雅明历史观比较的文章，虽然在美国教现代中国文学课的时候总会讲到鲁迅的作品，但直到两年前才开始系统阅读鲁迅，尝试把这种阅读融入我一般的理论和批评工作。我想国内读者对我批评理论方面的工作更熟悉，包括我在政治哲学和

---

* 原刊于《文艺理论与批评》2008 年第 6 期。

文化理论方面的工作，比如《全球化时代的文化认同》。但实际上，我从来没有离开过中国文学批评，如果我那本急就章的博士论文也算数的话，可以说在体制和“科班训练”意义上所做的研究和周氏兄弟有关吧。今年暑期回国已经在“重读鲁迅”的大标题下作了五六次不同内容的演讲，元宝希望我来谈谈文学批评的问题，很高兴有这个机会把这两方面结合起来讲，这可以说是我的初衷。今天我的问题很直截了当：第一，重读鲁迅能给我们关于文学批评的思考带来什么启示和新的东西；第二，反过来，对于文学批评概念的思考在什么程度上能帮助我们重读鲁迅——这是一个问题的两个方面。

第一个部分，就是“‘重读’怎么读”的问题。怎么来看文学史、文学性和文学批评。也就是说，重读鲁迅对于文学批评的理论意义。

我觉得对鲁迅的阅读本身不可能仅仅是语文教学和文学史训练意义上的细读或泛读，如果读得有味道，它肯定是有理论味道的——有理论含义和批评的方法论在里面的。我想从以下几个方面和角度展开这个问题。下面我们会看到一串名字：从本雅明到保罗·德曼，到德勒兹，到杰姆逊——我并不是来向大家介绍西方理论的思潮、模式和方法，我的兴趣不在这儿，而只是想借用这几个批评模式来说明我在读鲁迅的过程中的一些考虑，这样比较方便；但这些都是关于文学史、文学性和文学批评这几个基本概念的考虑。

我想先从本雅明讲起。先声明我不是要套用本雅明的方法来读鲁迅，我不主张这么做。读鲁迅就是读鲁迅，用一种老式的说法就是：用一种中国气派的读法读出自己的东西来——一切都在文本里。但是为了说明我们现在在做什么，在现代学术体制里边又不得不假借一些这样既成的符号来解释我们所做的中国内容。今天介绍的是大家不太熟悉的早期本雅明。在本雅明在搞青年学生运动、做博士论文、研究德国浪漫派这个时期的一系列没有发表过的小文章、手稿里面，专门谈到了文学史、文学批评和审美判断这三个范畴之间的关系问题。我有一个感觉：在 90 年代以来所谓国内学术界“思想被学术代替”的总的势态下，文学史概念变成学科范围里的笼罩性概念。我们的大学从本科到研究生到博士的训练，从对文学作品的感知到教授评职称，统统是在围绕文学史转。我们的学生到中文系来学习，实际上是来学习一大堆文学史，即有关文学生产、流播、研究和评价的种种通史、专门史、断代史。而本雅明的问题很简单，他那时还是个初出茅庐的青年学生，但简单的问题往往最难回答，这个问题就是：文学史和文学批评哪个重要——这的确是一个很基本、很要紧，而大家却不太去想的问题。

本雅明以他特有的出人意料的方式做了一个回答：文学批评是第一性的，文学史是派生的；没有文学批评就没有文学史，但好的批评家其实都已经是文学史家了。这观点在今天的学科氛围里看好像有点不专业，有点离经叛道。你搞作家评论、当代文学批评，这个怎么能代替文学史呢？我们文学史是学术，而批评家不过就是发发议论。但本雅明说，不然。他问道，“文学史”的重音是落在“文学”上，还是落在“史”上？如果说文学史基本上是个“史”，属于历史科学（historical science），那么西方从古希腊的史学写作传统，经维科以来的文艺复兴时期的历史科学，到 19 世纪实证主义史学，都有非常严格的“家法”。按照这个传统衡量，文学史不要说是个“边缘学科”，它基本上是个不够格的、没有严格标准的史学写作形态。也就是说，如果你把文学史放在近代西方历史科学的标准上来看，它没有一个史学的基础；它唯一能提供的历史知识，以及人们兴趣的来源，都是来自文学，而从来没有哪一部文学史作品能够跻身于伟大的史学著作之列（但我们知道有伟大的科学史、交通史、边疆史、战争史、外交史，等等）。所以，读文学史的人感兴趣的是文学，不是史；它存在的理由最终来自文学，而不是来自史学。但对文学感兴趣的读者从文学史里得到的是什么呢？有关文学的编年史、资料史、作家生平传记、文学活动纪事、关于文学的学术研究积累和整理，所有这一切加起来，能为人提供什么样的对于文学的理解呢？本雅明当然不是否定种种有关文学的知识的重要性，但他相信真正喜爱文学的人都会本能地吸收这样的知识而不受文学史窠臼的限制，因为文学史一方面不具有历史科学的严格性，另一方面也不能为“什么是文学”这样的问题提供答案。也就是说，它在终极意义上，对文学本质的理解无所裨益。放在今天，问题就是，我们读鲁迅究竟是要把它作为一个文学史的“物件”去读呢，还是作为文学批评的对象去读、从审美判断的方向去读？是作为文学史、学术史的材料，还是作为文学文本和写作来看？进入鲁迅文本的前提是什么？在这个意义上重读鲁迅，我觉得有助于提出新的问题——我们今天肯定不能解决这个争议，但这不要紧——关键是要把这个问题提出来，这样我们可能通过对鲁迅文本的又一次的接触、体会、分析，在试图确定我们和鲁迅这个文本的关系的同时，推动有关文学史、文学批评和审美判断的理论性讨论。

在本雅明看来，文学史附属于文学批评，文学史是由文学批评派生出来的。由于我们对文学的兴趣、对阅读的兴趣可以派生出来对文学的来龙去脉、文学的材料、传记性的知识、历史的传承，所有这些对文学史知识的热情来自对文学的热情。对文学的热情首先是对文本的关心，对文学性的关心。这种兴趣、热情和关心是无法被历史科学意义上的知识满足的，任何知性的、分析性的东西都不属于这个范畴。而文学批评则关系到文学作品和文学本身的“诗的使命”（the poetic task）和“诗的前提”（the poetic premise），就是说，一部文学作品不但最终通过阅读和批评完成自身的使命，它的存在本身都是由这种阅读和批评为前提条件的。最终本雅明指出，文学批评自己也不是第一性的，它的哲学基础来自审美判断或康德定义的“判断力”。打个比方说就是，文学史是三级学科，文学批评是二级学科，美学是一级学科。文学批评或艺术欣赏的最终问题是一个判断力的问题，康德意义上的“审美判断”。

我们知道康德写过三个批判：纯粹理性批判、实践理性批判和判断力批判，分别处理知性问题（认识论问题）、道德伦理问题和审美问题。这三种人类基本官能在康德看来各有其自律性，分属不同的范畴。如果仅从这个分析来看，文学批评和文学本身同属审美范畴，而文学史则属于认知范畴，远近亲疏，当然很明显了。我们读一个作品最后是要做判断，最终要对作品的艺术和审美价值作出评价和判断。批评的基础就来自这样一个基本范畴，而批评的活动范围在外延上涵盖了文学史的知识领域和认识旨趣。但这还不是最关键的。康德所谓的 Urteilskraft 不是一般意义上的审美判断，比如看见一件艺术品就可以发表议论，品头论足，最后下个判断“好看”“令人愉快”或“不好看”等。康德用的德文词 Urteilskraft 相当于“判断力”，中文翻译比英文翻译到位，因为它指的是一种“力”：能力、潜力、可能性和自由。正是这一层意思界定了康德“第三批判”的自律性，因为在文学艺术和审美判断的领域里，我们不需要知识和道德就可以获得这样一种确信，获得对世界的一种非知性、非道德的把握，它让我们感受到特殊之物（比如一个人物，一个意象，一个情结或一种旋律和节奏）内涵的一般性、普遍性真理，虽然后者不是由知性所把握的。这种感性和理性结合的

“直接性”，这种个别事物同普遍原则的“可结合性”和“可交流性”，就是审美判断（力）所代表的能力、潜力、可能性和自由，它体现了人类心灵的绝对的个别性与普遍原则之间奇妙的沟通；它不能以认识、分析、论述的方式获得，而只能通过一种创造性活动——创作和批评——来获得。我个人重读鲁迅的努力，就是尝试把文学史的东西暂时放在“括号”里，从文学批评的层面进入文本，在判断力（Urteilskraft）的层面展开鲁迅写作的特殊的能力、可能性、自由和批评的潜力。

第二点是保罗·德曼所谓的文学形式本体论的问题，它反映了他对新批评以来的文学研究和文学史的不满，某种意义上，这可以视为换一个角度来谈本雅明提出的问题。德曼指出，所有关于文学的认识性和分析性研究，归根结底都无法回答一个问题：文学是什么。我们所有人在做的工作最多都只是回答了文学不是什么。为什么不能回答文学是什么呢，德曼说这个问题是连问都没办法问的，因为“文学本体”的存在方式对“什么是文学”构成不断的颠覆，并通过这种颠覆和混乱使文学不断回到文学性的起点和根源：文学性。任何一个好作品都会颠覆前面一个好作品确定下的什么是好作品的概念，任何一种占主导地位的文学体裁和写作样式都会把以前确立的标准相对化。史诗确立起来了，悲剧把它打倒了；悲剧建立起来了，小说把它打倒了；小说建立起来了，散文、散文诗、现代诗把它打倒了；包括纪实与虚构的边界的打破，包括现在的网络文学，所有这些东西都是在不断地颠覆既定的文学的本体论。文学的本体论，换而言之，是一个永远在被重新界定的过程，它的“新”实际上是不断地要归向一个更古老的源头。在这个问题里，不考虑文学本体性内在的颠覆性，文学的“法”是个“无法之法”，是自身颠覆自己的一个“法”，始终是把一个成文法变成一个不成文法、再把不成文法变成一个成文法的这么一个循环往复的过程。德曼是用这个方式来回应新批评派以来的文学批评和文学史的研究，同时也是在对要把文学还原为历史、社会学以及意识形态的生产等等，它是强调文学内在的“法”，这个内在的“法”是一个自我颠覆、自我消解、又自我生成的一个虚无的本体，一个有生产性的nothing，就是“找不到”的一个东西。

联系到鲁迅的写作，我们不妨看看《野草》《朝花夕拾》，看看《呐喊》和《彷徨》里面的许多篇目，比如《社戏》《故乡》，更不用说他后期的杂文，就明白鲁迅的写作不是简单意义上的“形式创新”，而是一种不断的颠覆和重建，是在不断地探索文学的边界，是在看似离文学最远的地方把白话文学同中国文学的源头重新联系起来。《野草》是散文诗，某种程度上它既颠覆了诗的稳定性也颠覆了散文的稳定性，在这个互相颠覆中，诗在形式空间内部把散文这个形式变成了一种内容。《野草》这么难读，我想有一个原因，是它内部的形式空间是双重的，诗以散文为形式，散文以诗为形式，在纯形式的层面上，它开辟了一个新的形式与内容的辩证法。就是说文学形式之间互相形成了一个寓言式的互相生成的关系，这是把一个既定的文学法则既颠覆又重新确立起来的过程。《朝花夕拾》一般被认为是个人回忆性质的散文作品集，可是它里边有很强的叙事性、虚构性。有些篇目比如《阿长与〈山海经〉》《五猖会》，它都有文学的虚构的形式，有它的复杂性。《呐喊》与《彷徨》里边的作品又有些回忆和传记性的杂文和散文。我还有个比较离经叛道的说法是，《伤逝》不是个小说，是个哲学论文。还有杂文和杂感，到现在我也不知道要怎么界定这个杂文和杂感。杂文是鲁迅写作的一个高峰，集大成，这听上去是个很传统的说法，但我的意思是，在杂文里我们对文学性的理解可能是最极端的，最微妙的那种文学性是可以通过杂文来把握的。《新文学大系》第一个十年的散文编中几个大家都出现了，新文学第一个十年中成就最高的实际上是散文。因为会写欧洲意义上的短篇小说、长篇小说，会写三一律的戏剧、白话诗等这些符合既成的文学体制的文学样式，说难听点就是创造性地照搬。但是唯独杂文或说散文，一方面是没离开自己的文学传统，另一方面是它没有一个定规，既是最充分的西化又是最不充分的西化，既是最传统的又是最不传统的。更不用说鲁迅的那些杂文和杂感，比如《华盖集》前面那个序里说现在写杂感的人越来越少了，他是把自己写的东西当成杂感的，杂感是连基本的文学性都可以不要的，有个什么事我就发发议论，就是个杂感、时评。这个好像离文学的“核心”——形式自律性、体制性的物化——最远、最零散、最杂乱、最不成形，文学性简约到再也无法简约的地步，它已经没有任何外在化的依靠和凭借。在文字这个意义上，在“写”这个意义上，文学性在哪，鲁迅写的这部分文字在什么意义上是文学。如果我们把这个问题深入地讨论下去的话，将来是不是要重新界定文学的概念。说《荷塘月色》是文学，很美，这很容易，而杂文好像是最“粗放型”的一个定义，从这些杂感和杂文，特别是不那么“美”的杂感和杂文里边，比如骂人、那种“匕首投枪”式的文章，或者是报流水账那样的文章里，怎么看待文学性。我们把它当文章读的话，那对文章的理解，在西方的意义上，在文学判断的意义上，在有中国气派的意义上，什么是文学性的核心，这里面有这样一个重新界定的可能。

再下面一点我想借用德勒兹的“大文学”（major literature）和“小文学”（minor literature）这对概念来谈谈重读鲁迅的可能性。我觉得德勒兹这个“小文学”的概念很重要。“小文学”其实翻得不太好，或许该叫非主流写作、次文学，我还没有好好想过译名的问题。他的“大”和“小”是这么讲的：近代欧洲以来的大文学、主流文学、纪念碑式的文学都是关于中产阶级兴起以来他们的生活的世界、核心价值的，所谓资产阶级主旋律，如果用一个中性的词，不叫“资产阶级”，叫“市民阶层”。他们的“主”（主旋律）按照我们共产主义的教育体系来看其实是非常边缘的。资产阶级主流文学写的大部分是财产权（问题），比如《傲慢与偏见》写的是个嫁女儿的故事，陪嫁多少，底层阶级怎么和上层阶级联姻，财产交换；或者是性爱，比如《安娜·卡列尼娜》和《包法利夫人》，通奸、婚外恋，讨论女人内心的世界；一直到现代派，西方主流意义上的现代派，写潜意识、梦、变形，纯私人的内心孤岛。马克思说资产阶级这个阶级很奇怪，他是对权力意识比较清楚的一个阶层，他要权力，他有个目标，他革命要杀国王的头。但等革命完了他就把权给那些想去当官的人，这样以便于自己可以“埋头打理私人事务”，做生意做买卖，搞保险业，所以马克思说资产阶级国家不过是资本的管理委员会。这个主流文学是从资产阶级的主流生活生发出来的。按照学术和思想的观念，或者说从大的历史方面来看，它（资产阶级主流文学）不是史诗，它没有英雄，没有所谓的公共性，或者集体性，和我们社会主义、现实主义里面定义的文学的大问题不相干，比较而言是“小”的。在近代以来，只有往“小”里写才能写得出“大”，以小见大，这是中产阶级文学的一个特点，它的价值就在这里。

确定了这个资产阶级文学主旋律后，德勒兹就给他来了一个内部的颠覆，他讲的小文学的例子是卡夫卡，其实我觉得用来说鲁迅同样恰当，或者说在某种意义上更恰当。卡夫卡只有两部长篇小说，《美国》和《城堡》，就是篇幅较长也没有什么特别大的情节展开和人物描写，不像《安娜·卡列尼娜》，有线索有高峰，卡夫卡写的都是短小的、寓言式的东西。卡夫卡的大部分作品是书信、小说、日记、短篇寓言故事，像《伊索寓言》那样的东西。《在法律面前》《流放地》《变形记》等，都不太成形。德勒兹说你看这样的文学“小”吧，这个“小”一个指形式意义上的，没有成形；另一个指语言意义上的。卡夫卡的语言很别扭，他是用德语写作的，是住在捷克的犹太人，他的身份有好几层。他为什么用德语写呢，他说德语对于他像是“偷来的别人家的孩子”。德语至少在东欧是个高级的语言，哲学的语言，文学的语言，但他的身份是个犹太人，捷克犹太人，在语言内部他就包含一种前提，这语言不是我的，在语言的层面上有这样一个政治性的关系，我写来写去都不可能找到一种语言上的归属感，在语言的内部我时刻意识到语言本身的可能性和不可能性，它的压迫性和解放感，它的社会根源和阶级、种族、权力属性。德勒兹说这样的语言或语感肯定带有“内在的政治性”，这个政治性不是要接受任务，而是它把作家的自我意识变成了一种“群”的意识，给它注入了一种“集体性”。这样看，卡夫卡的写作就不仅仅是在表达个人的孤独感或疏离感，而是通过一种语言内部的挣扎和斗争写出了一种集体的命运：犹太人的命运、小人物的命运、知识分子的命运、边缘人的命运。所有这些都不是“自然而然”的，没有任何事物“理应如此”，这就使卡夫卡的写作脱离了主流文学的意识形态幻觉。“小文学”不是一种写作态度或立场，而是一种语言内部的存在状态和感知状态：这不是我的语言，这不是母语，这里面没有“自然”，通过语言内部多重的协商、斡旋，写作摆脱了“个人”或“私人”、“非功利”或“为艺术而艺术”“不朽”等偏见的束缚，而参与到一种集体政治性的寓意性表达之中。

德勒兹说你看它是零零碎碎的“小”寓言故事，minor 不是小的意思，是次要的意思，是边缘的东西，但是，你看卡夫卡的小说里写的那些东西，《地洞》里面那人像个冰冷的耗子似的觉得自己不安全，在这儿留一个出口，在那儿留一个出口。《变形记》里公司小职员早晨起来发现自己变成了大甲虫，甲虫有个特点，它翻过去就翻不回来了，陷入焦虑里边，吃饭的时候他就想下去看看亲戚看到我变成虫子会吓成什么样，人和虫子已经分不开了。这个东西与《傲慢与偏见》、狄更斯、巴尔扎克、托尔斯泰这样的主流文学比较，它没有写出历史，没有写出革命，没有写出现代性，看上去很小，但是，它写出了和整个现代社会的关系，简单概括就是“异化”这个问题，是人和整个现代世界在存在意义上的关系和政治意义上的关系，集体的关系。在这个意义上，卡夫卡的“小文学”就比主流文学更大，因为他没有天真到认为文学就是纯私人的东西，也没有认为文学是个纯自律的东西，不认为文学是资产阶级在打理完个人事务之余也想有娱乐、审美，有他们的梦、他们的性的问题、不能跟人交流但可以写出来无伤大雅的游戏性的事物。这样的一些主流文学的基本前提与卡夫卡的写作比起来又小了，不够大，它没有触及绝望、人类的命运、异化、语言内部的陌生感、流放感，这些现代性最深层的问题在现代主流文学里的体现往往不如在边缘次要的文学里更充分。

我们看鲁迅的写作，比如《阿Q正传》，不是长篇小说，你怎么把它往上拔也拔不到史诗的高度——是个滑稽故事，流浪汉体，报刊连载；是一个没有情节、没有任何意义上的复杂和不充分的东西；“正传”就是传记，一个传记有它自己的内部矛盾，开篇也有个交待：我这个“传”没有办法“作”，“本记”“世家”“列传”之类的“体”，可是它都不合，只好生造两个字来，不是“立言”，就随便抓出两个字来，就是“言归正传”或《书法正传》里抓出来的，说“顾不得了”。整个的故事就是东洋的漆棒、小D的事、秀才娘子绣花床、吴妈的事、不许姓赵的事、不许革命的事……这么一个完全没有充分展开的文本。80年代的文学焦虑很大程度上就是看了阿Q以后大家都很绝望，说我们为什么没有史诗，为什么没有长篇小说，凭这种东西怎么能拿到诺贝尔奖。但是《阿Q正传》从语言、形式、叙事和寓言的层面上来讲，某种意义上是中国文学最大的作品，因为阿Q就是中国，不是隐喻上的，阿Q就是中国，就是“中国的传”，是对中国人集体传记在语言和叙事形式上的不可能性和可能性的寓言性探索。以前我们说里面有民族性、落后性，哀其不幸怒其不争，其实还可以读出别的东西来，这就使整个中国文化作为“命名系统”的“不可能性”，“传”的“不可能性”被《阿Q正传》写出来了，从而把意义的命名行为、价值和“难堪状”在各个层面上给“再现”出来了。这要比电视剧式的叙事更具有文学性，像《闯关东》《金婚》这样的情节剧，一写几十年，好多故事，反而小了。这样的作品再怎么“大”不如《阿Q正传》大，因为《阿Q正传》不是写实的小说，不是现实主义的小说，也不是传统意义上的章回小说，什么“体”都套不进，完全是个边缘的、“次要的”、讽刺性的东西，但它却具备一种文学写作的张力和寓意能力，具有一种语言内部的激进性和艺术体制内部的颠覆性。这种内在的张力同作品外部环境形成一种对应或呼应关系，由此而确定了《阿Q正传》的伟大意义。

德勒兹最后亮出了自己在文学性问题上的立场：真正的文学是要能通过语言的实践和行动不断地保持、恢复、重新激发文学写作语言内在的激进性、革命性。革命是在这个意义上的，审美形式上的，只有在小文学里，只有向语言和写作可能的边界不断冲击，这样才能不断地让文学把自己建立起来。换句话说，文学要“小”就不能“大”，文学要“大”就必须“小”。这是德勒兹的结论，这是个非常反中产阶级主流、文学体制、文学消费、文学审美的力量。越读鲁迅就越觉得是这样。在客观的意义上说，当代中国批评是接受这一点的，但在意识的层面上不接受，我们在自身传统中接受了，但在今天的写作、论述、媒体和学术语言中还不接受。觉得返回 20 世纪 30 年代很老套，但中国文学研究界又反反复复离不开鲁迅，不断去读、去想。鲁迅的全集现在是 18 本（2005 年人民文学出版社版），它是个大文学还是小文学？它是个大文学，这在更大的传统中实际上是被接受下来了。但重读鲁迅对当前关于纯文学的讨论、文学形态的讨论、20 世纪中国文学的讨论都会非常有帮助。这一点我希望能反过来激发对文学批评的讨论。

下面我们谈一下民族寓言（National Allegory）的问题。在这里我们不要过多纠缠于为什么西方文学就是文学本身，就高级，而我们偏偏要被戴上个“民族寓言”的标签才能进入世界文学和文学批评的理论视野。这是不是在贬低我们，说我们没有那么厉害，写不出像西方作家那样的“纯文学”“真正的”文学作品。如果我们避开这个概念，从正面理解“民族寓言”，我觉得杰姆逊这个概念和德勒兹的大小文学概念非常相似，它指的无非是在一个中产阶级革命和体制化建设没有充分完成的社会，即一个没有充分分化、分层、法制化、私有财产的符号化、法律符码的科层化都没有充分完成的社会，人和人是休戚与共、命运与共，生活在一个共同体里，不管好坏。这就像以前我们住在大杂院里，一家人住一间房，亲戚朋友谁也分不开，你没有隐私，没有一点个性，可是现在我们有隐私了，同时也在哀叹人和人隔这么远，人都没有归属的感觉，没有共同体的感觉。在资产阶级市场和法制没有充分体制化的社会里边，任何一种写作都不可能是资产阶级的私人写作，哪怕你在写私人语言、私人身体，你还是会一不小心写到你的同事、领导或党、政府，因为你的“私”是被这个“公”界定的，或多或少是对这种“公”的指控或反叛。你不可能完全把自己从周围的环境中撇干净。这么看，杰姆逊就等于是在说，非中产阶级写的就不是中产阶级文学。关于这点有很多人抗议，抗议的名目是西方中心论，从意识形态的角度理解就是抗议你们这些已经充分中产阶级化的西方学院、教授不许我们做中产阶级，那等于是阿Q去抗议赵家不许他姓赵一样，为什么我们不能做中产阶级，不能有中产阶级的大文学，为什么我们一定要是小文学，谁说我们非要写出政治性、集体性，谁说我们一定要保持文学内在的张力或者说激进性，谁说我们一定要写出真正意义上的“重大题材”卡夫卡意义上的重大题材？因为与卡夫卡题材的重大性相比，一般意义上的现实主义小说的题材还不够重大。中国人在文学问题上对杰姆逊这个民族寓言说法的抗议实际是说，我们为什么要背这个担子，为什么我们不能把文学就当一幅画，就当作安乐椅，艺术就是安乐椅，下了班往那一坐，烤着火，喝着酒，很舒服，何必一定要与国家民族、国难当头搅在一起。杰姆逊不是说一定要把这些搅在一起，而只是说，客观上说，一个人写出纯粹内心的、私人空间的、潜意识、甚至是性这样的问题，总会投射出各种各样的集体、政治、历史的影子，这是个非常直白的观察。他是个在西方教文学的教授，他跟他的西方同事和学生们说，你们拿到一个非西方的作品，非洲的、阿拉伯的、亚洲的，你们首先有个标准就是说，比如写的是不是跟陀思妥耶夫斯基差不多，不够这个标准就不看。杰姆逊说，你们真亏啊，人家非西方人看得懂，中国人读鲁迅读得津津有味。当然他是个马克思主义者，他同情中国革命，愿意有一种对他人的想象，觉得如果没有办法去参与他人关于自身的历史和集体的命运的想象的话，这进一步印证了中产阶级彼此的孤立，私人空间的局限性。遗憾的是在非西方世界里，对杰姆逊理论的接受反而不好，很多人只是认为他是个傲慢的美国文学教授，觉得杰姆逊以为你们只能写出寓言，真正的文学是我们的事。其实恰好说反了。

我刚才已经讲到了鲁迅作品内在的含混性，文体学意义上的含混性，每一篇里面都有这样的含混性，散文诗、杂文、小说、政论、时感、杂感，道德文章，鲁迅最后还是道德文章。另外作为一个小注脚，我想把周作人给拉进来，周作人写《中国新文学的源流》，他实际上是通过所谓的文学起源、源流问题，拿文学史写作的方式打了个幌子，提出文学本体论的问题，这点非常狡猾。这实际上是德曼想做的工作，但好多人做得真是没有周作人漂亮。周作人说我们现在要写历史，但写历史碰到一个问题，凡是汉唐等盛世，文学都非常没意思，用俞平伯的话说都是一堆垃圾，汉赋、唐诗都很没意思。反倒是王纲解纽的乱世，有些人逃到山里、庙里去了，有些人作隐士了，那种乱世之音他觉得有意思，有颓废的东西、个性的东西，因为他们不做官了，用不着他们为天下操心了。写文学史如果回头看的话，是有“文武之道一张一弛”，文章里也有文武之道，乱就有治，治就有乱，他划出了一个共振幅似的弯弯曲曲的一个线，隐隐约约的中轴线就是中国文学史，但实际上没有这个东西，没有所谓的“中国文学史”这个东西，你把这个东西写出来，按俞平伯的话说完全就是垃圾。如果做文学史编年，把材料罗列起来就可以了，但如果做中国文学史，牵涉到对中国文学的理解，它应该是一个“共时性”的理解，而不是个“历时性”的理解，而共时性的理解是用历时性的方式去写的。这是很聪明的，他就划了个弧线。中国文学这个“源流”就像长江黄河似的，弯弯曲曲，一会流到治世这边，都很没劲，一会又流到乱世这边，都是有劲的，治世和乱世的文学其实是两个谱系，中国文学是两个谱系，两个谱系间完全是断裂的。从汉到魏晋，汉没意思，魏晋有意思，魏晋到隋唐又没劲，晚唐又有意思。但魏晋到晚唐之间没有关系，它中间隔了一个很大的盛世。而盛世和盛世之间也没有历时性的关系，唐代文学和汉文学之间没有直接的师承关系。你要是说韩愈“文起八代之衰”什么的，但周作人讨厌的正是韩愈，没意思。要把点和点之间的虚线拉实，周作人说这是很没意思的。中国文学实际上是两个谱系，都是断开的，虚线，唯一能让“中国文学史”这个概念成立的方式是提出“文学是什么”这个问题。这就回到刚才德曼的那个问题，文学史是个主观的东西，是个“判断”，它里面有两种传统的共振，一直到晚清，一直到民国。周作人是用文学史的方式回答了文学本体论的问题。更不用说他一直在通过自己的文学实践重新建立这个“文”的边界，周作人的文章“淡”得都没有了，那种素和净，是把文学放到一个再消就真没了的境地。像“奥卡姆剃刀”，剃到最后几乎真没有了，但那点若有若无的东西恰恰是文学最强的、最核心的，它会反弹回来。他的这个“文”的概念比西方的“文学”（literature）要灵活、复杂、微妙得多。这不是中国文化本位主义，而是，文学（literature）我们可以通过非常实的分析，通过历史的、实证的方式去找到这个体制的来龙去脉，它相对来说非常清楚，而“文”的历史外延是非常微妙的。

以这样的“文”的核心概念来衡量今天的散文，大多数是不够格的。最差的大概就是余秋雨写的那种文化大散文，这是离文学最远的，是一种做戏的、格式化的宣传文体。我不认识他，也不是想攻击他，只是作为一个读者谈我的感受。我觉得他的散文特别像中学生优秀作文，当然他在知识和辞藻上拉的架子大一点，但按周作人所谓的文章的标准，他的趣味基本上是个初三或高中的语文课好学生的趣味，他们班上所有同学都可能当作家，只有这个人不可能，因为他的写作在语言和形式的政治层面上没有任何紧张和激进性，同历史和集体境遇没有任何摩擦和冲突，而是一种借用、套用现有文学体制（包括文化消费体制）作一些演绎和发挥，归根结底是一种“投其所好”的应试、应制或应市的东西，这种消费品同真正意义上的写作是没有关系的。我的意思是说，“文”的内在活力在外在化的过程中一定要避免许多简单的、形式化的东西。

再谈谈竹内好。竹内好近年来在鲁迅研究界影响很大，这是个好事，但如果讲过了的话，又会把鲁迅自身的文学性、里面的复杂性遮掩掉，马上会变成一个竹内好的问题，东亚的现代性啊、抵抗啊等等。我觉得竹内好读鲁迅的读法是个非常好的读法，他体会很深，某种意义上来说，他有一种中国人都未必能感觉到的那种体会。就是那种“东洋的悲哀”，他在这一点上对鲁迅的把握是非常准的。但是如果细读竹内好对鲁迅的论述，可以发现它不是一个分析性的，或者不是知识性的、文学史的方式，而是所谓的一个文人读另一个文人，他最后所有最关键的话，都是作为文人说的话。也就是说，我不跟哲学家辩论，也不跟历史学家辩论，甚至不跟文学批评家辩论，我就这么说了。他说的“回心”“转向”“抵抗的双重性”，对于“新”和“旧”的辩证法，都讲得非常好。他说鲁迅的“新”和日本的“新”不一样，日本的新是把旧改造为新，是优等生文化，是基于日本的现代化。鲁迅不是要把旧变成新，而是证明了旧就是新。这个讲的是蛮不讲理，但我们一读就觉得它非常对。鲁迅的“新”，他不需要像日本那样把自己变成一个西方人，而是要比一般意义上的传统的中国人更传统，再以传统的方式原地摇身一变变成了新，变成一种革命性的、悲剧性的东西，在虚无和克服虚无的斗争当中变成新。鲁迅的“新”可以说是一个原地不动的东西，而原地不动的东西怎么成为新？实际上这个“新”是个反用的意思，不是简单的新东西的新。

这样的东西出现的原因，一个是因为竹内好有文人气，还有就是同他与日本浪漫派的瓜葛。日本学者自己不太讲日本浪漫派，因为它基本上是个法西斯外围的组织。它鼓吹日本是个“纯自然”的东西，自然本身就是一种浪漫。这种美学的语言翻译成政治的语言就是天皇制，万世一系的天皇制是自然的现象，所以当它受到威胁时，日本人自然要全体“一亿玉碎”了。日本自然而然要有个天皇，民主、革命等要有一个更高的自然的法，自然的正当性，自然的逻辑。竹内好和日本浪漫派的关系是非常复杂的，竹内好同情中国革命（但这与他和日本浪漫派的瓜葛不矛盾，有相通之处）。一方面，他觉得鲁迅代表中国革命和中国大众，通过大众革命的方式避免日本式的简单西化，中国在自己的原地、在自己的命运当中成为自己的主人，进入世界史，所以在这个意义上中国进入世界史了而日本没有进入。这是竹内好非常有批判性的一个观察。但从另一个角度看，他这种非常激进的、左翼的立场是由一种很保守的、右翼的东西支持的，而两者之间的相通处，一丝联系就是所谓“文人气”。竹内好自己的写作是很不守规矩的，而且是有意为之，经常在关键的地方摆出一副文人气来，你们学者要长篇大论，但我不跟你们在概念上周旋。

我想通过重读鲁迅反过来可以对文学批评在方法论意义、语言批评意义上促成一些反思，这个反思是沿着文学史的脉络来展开的，但核心是希望通过文学性这个概念来重新尝试文学史解读方法之外的文本解读。下面所讲的实际上是换个角度把刚才这些重新组织一遍，即重建文学批评概念对重读鲁迅的意义。带着批评的旨趣、理论的兴趣、哲学的兴趣、政治的兴趣读鲁迅，我们怎么读，这是个更具体的问题。

现在我们转过来看看一种理论的兴趣对于重读鲁迅能有什么提议。我想我们现在读鲁迅，首先要做一个“知识学上的悬置”。我们上本科的时候曾被北大中文系的教师敲打，说你们这帮狂妄分子整天不务正业，读现代派，搞理论创新，但你们要知道，像鲁迅这样的大作家我们一辈子也研究不完；别说你们，就是我们自己研究一辈子也还有好多事情搞不明白。这意思是说，鲁迅研究是“一入侯门深似海”，在知识上有些东西是不可企及的，不可能望其项背的。我不知道鲁迅现在是不是还像这么块大石头压在学生心上，在知识学的意义上鲁迅是一个没有办法去充分占有和了解的材料整体，我觉得这个错误意识要改掉。我们今天做鲁迅，先要做个全知的假定，当然我们生也有涯，知也有限，但必须假定没有任何关于鲁迅的知识是我们不可能去获得的。以前大部分做中国文学的人不懂外语，也不能出国，所以有关鲁迅的一些日文材料不能掌握，现在很简单，去一趟日本就行了；也用不着以德文不行为借口，大家都知道鲁迅和尼采这个关系很重要，可现在不要说鲁迅的德文材料，就是尼采本身的中译也越来越多，你完全可以把和鲁迅有关的尼采全部读一遍，这不是不可能的。鲁迅同进化论的关系，关于鲁迅传记类的材料肯定是越来越多，通过电子检索（很方便就能获得）。20 世纪 80 年代的时候，大家有种很实在的谦卑，说鲁迅的生活世界那么丰富，住在租界里边，有日本朋友，他的生活很国际化，视野很开阔，而我们（20 世纪 80 年代鲁迅研究界学者）50 年代上的大学，也没出过国，生活很局限，一直在国内校园里教书。而现在对于我们来说，没有鲁迅生活的任何一个方面对于我们来说是种秘密，他的消费形态，看什么电影，喝什么咖啡和茶，抽什么烟，见过什么人，这些传记意义上的、物质文化意义上的、文学史意义上的、比较文学意义上的，我们都可以了解。比如日本的北冈正子就做过，就是把鲁迅所有跟裴多菲的、跟莱蒙托夫的、跟拜伦的关系都可以理得清清楚楚。学术史的意义、思想史意义上的、比较哲学意义上的都可以达到。包括语言的准备，外语、古文等等。“知识悬置”说的就是我们要有“全知假定”。鲁迅的文本对于我们是不设防的，以前总认为鲁迅的文本对于我们是一个堡垒，攻一辈子也攻不进去的堡垒，但今天我们要假定鲁迅的文本是门窗大开，从里到外可以看得清清楚楚，不管做到做不到，但理论上我们可以做这么个假设，没有知识上到不了的地方。说难听点就是再不能用“不了解”做借口了，因为我们现在理论上是可以做到的，做不到的话是“非不能也，是不为也”。

第二点是“打开文本”（Unpacking the Text）。这个意思 20 世纪 80 年代后期先锋小说作家苏童、余华、格非他们都讲过，苏童说写小说就像叠纸鸽子一样，文学或艺术就是这么个东西，细心的读者会把它展开，看叠缝，这是读苏童他们小说的一个乐趣。在这个意义上，如果打开鲁迅的文本，跟所有既有的、更确定的阅读方式都发生关系，但是都不一样。在目前的学术体制内，包括民间学术，其中一些非常有活力的阅读方式和鲁迅既定的阅读方式都不合，但都有借鉴的作用。比如“经典阐释”这个路子，鲁迅文本当然是经典，但读鲁迅不是读柏拉图，不是读马基雅维利，也不是读孟子，鲁迅文本是个文学作品，作为“写作”来读和作为“经”来读是不一样的。其次，把鲁迅作品当作纯粹的学术史材料来读。我们大量的研究、所谓“鲁研”这个体制，大部分东西是学术史材料，这个工作有意义，但基本是个准备性的，不是说对一些老先生不尊重，但它确实是个学术史“材料”。同时，我们绝对不要把鲁迅当作“文学赏析”来读，拿鲁迅做“赏析”是跟他不太沾边的。

最后，打开文本不是去欣赏或崇拜一个道德形象。我们很多人读鲁迅其实触摸不到文本，直接进入到了“先生”这个道德形象的沐浴当中，跟一个虔诚的教徒和上帝间的关系一样，这样就没有文本的问题了。鲁迅是思想资源，但单纯把他当成一个思想资源则不可取，因为这个思想资源在认识论意义上终究是有限的，它是有时代性的，而不是没有时代性的。相反，吸取这个思想资源的最好的方式是通过文学性、形式、文本、写作这样的范畴，因为在语言实践的层面上，从审美判断的层面上，鲁迅写作中包含的自由和可能性，要比鲁迅思想里的道德提示丰富得多。单纯从鲁迅的文本中抽出一个口号来、抽出一个立场来、抽出一种态度来、抽出一种人生观来，这是对鲁迅的一个极大的压缩和简化，而不是完整的把握。

文学文本的处理方法很简单，就是细读、慢读。一定要细，一定要慢，做形式分析、句语分析，把审美自律的问题和历史、社会、政治联系起来，就是多元决定论的问题，多重决定，就是同时被各种各样的因素决定，但多元决定也有“过度”的意思，本来一个就可以决定的，可是它有三、四个因素，最后形成的结果就不是个“合力”这么简单，这里面有种重复性、重叠性、交叉性。

文字风格的辨析，这个还是很一般的，很常见的方法，我想特别提出来的是，如果我们要把它作为文学去处理的话，在读者和作者的关系之间——就像“知识悬置”一样，这是个比较主观的进入的路向——一定要坚持“作者已死”，作为作者的鲁迅是个死者，他不是作为一个活着的上帝、先知到现在还在指点我们，该怎么走、怎么读、怎么想，什么是有道德的、什么是没道德的、什么是保守的、什么是激进的。鲁迅只作为一个死了的作者，我们唯一能和这死去的上帝发生关系的就是通过这个上帝留下来的世界，借用神学的观点，我们能理解上帝的唯一途径是领悟、把握上帝的世界，整个世界是上帝的物化，道成肉身。我隐隐约约感觉到鲁迅对这一层是有考虑的，《野草》里有《墓碣文》这一篇。墓是洞开的，自己看着自己的墓志铭，尸体自己躺在里边，身体都打开了，这是个什么形象？鲁迅文本实际上整体上也要作为一个“墓碣文”来看的，他死后所有的东西都要作为一种象征、符号、文字、文本来看的，更不用说鲁迅《野草》的整个意象，他不愿意做个“老不死”，要通过自己的消亡来获得生命。承认作者已死是阅读鲁迅的一个基本态度。这是个前提，也只有这样才能进入文本。作者不死，我们进入文本就是见作者去了，作者死了，剩下的是我们和文本之间的事，没有作者的事。

这里面还有两层意思。第一，阅读鲁迅是我们和鲁迅文本的关系，不关任何人的事，尤其不关鲁迅的事。这个意思就是说，我们和作者是绝对的平等关系，不要仰视。当然也不要俯视，现在有人要把鲁迅从神坛上拉下来，这毫无必要。平视就可以，或者干脆把他放在括号里面，把他悬置起来。第二层意思就是，进入文本是我们和文本之间的事，这个“含义”是我们自己的事，我们在文本中最后做的是：通过文本把自己打散，然后在文本的另一头、在阅读的终端把自己再重新聚合起来，看看第二次收获的自己和在进入阅读之前的自己有什么不同，这是阅读的增值的过程。这是保罗·利科的一个最经典的阐释学论题，读者怎么进入文本的问题。这在隐喻意义上也是人和世界的关系，人进入世界后无时无刻不在“守住自我”，那个被守住的自我是个完全没有生产性、完全没有意义的自我，那就是我等于我，只有我，每天和别的东西混合起来、糅合起来，你中有我，我中有你，（最后）失去了自我，变得异化，在这个过程当中，作为世界的一部分的那个我才有意义。我们跟鲁迅的文本的关系其实也是这样，通过“我”的阐释学的不断地重新确立，鲁迅的文本是活在我们的生活世界里，而不是我们活在鲁迅的文本中间。

第二点更简单，就是文本的解放。这两者有因果关系，一旦作者死了，文本中所有的多义性和歧义性、不确定性和确定性、无限性和有限性在我们的意识里都是需要分析和探讨的。鲁迅作为一个解放了的文本对于我们今天的文学批评也好，对当代中国的思想生活也好，都是有意义的。而以往的鲁迅阅读，正是由于强调作者或者文本自身的实体性，都多多少少、有形无形、有意无意地把它限制在了一个位置上。

我想，今天对鲁迅的重读应该可以在这些方向上打开一个新的局面。

第三辑

当代性与文学史写作

“革命机器”与“普遍的启蒙”

——《在延安文艺座谈会上的讲话》的历史语境与政治哲学内涵再思考*

毛泽东《在延安文艺座谈会上的讲话》（以下简称《讲话》）是一个活的历史文献，作为毛泽东思想理论体系的一个组成部分、作为中国革命文艺实践和历史经验的阶段性总结，它在今天无疑仍具理论意义。不过，我的看法是，这种意义并不在于它仅提供可机械照搬的抽象教条和政策指导，而在于它向我们提出了一系列深刻而尖锐的问题，促使我们在今天的环境和历史条件下，面对新的挑战，像历史上的革命者和新文艺的创造者那样去分析和思考，去实践并探索实践的理论化。

一、历史语境的理论结构

在进入具体问题之前，我们应就《讲话》的具体历史情境和工

* 原刊于《中国现代文学研究丛刊》2018 年第 4 期。

作状态做一点梳理，作为审视它的特殊性和普遍性的准备。

《讲话》虽是在延安文艺座谈会上所做，但首先和最终谈论的却并不是文艺本身，而是在革命战争环境下“文艺工作和一般革命工作的关系”，①其目的是“求得革命文艺的正确发展、求得革命文艺对其他革命工作的更好的协助，借以打倒我们民族的敌人，完成民族解放的任务”（第847页）。《讲话》讲明是“邀集”大家来座谈，其缘起和内在的主客关系一目了然，即：这是革命领袖在自己所领导的组织系统内部召集的一次工作会议。文艺是革命工作和军事斗争的一部分，也是根据地文化生活和日常生活的一部分，无论它多么重要，它只是一部复杂的、高速运行的政治—军事机器的构成，其意义和重要性也只有在部分—整体的辩证关系中才能予以期待和确认。同样，《讲话》的对象固然是身在延安的文艺工作者，但他们作为文艺工作者的意义，始终还是由他们在革命队伍及其内部组织构架、专业分工中的位置、功能、觉悟和职守所确定。否则，毛泽东既无必要邀请他们来一起研究座谈，也无法期待并要求他们自觉地服务于革命的总目标；创造性地探索为谁服务、如何服务；并为此不惜经历“长期的甚至是痛苦的磨炼”，转移立场和感情，根本地改造自己的世界观。

今天重读《讲话》，在章句的再解读之外，我们尚需对其历史语境的特殊性和有效性做出必要的分析和判断。在“社会主义市场经济”时代和信息时代，中国社会日趋多元化；革命政党转型为革命的执政党，“工农兵”逐渐脱去其阶级属性和政治性，两者共同构成以法治、服务、权利意识和人的全面发展为基本内容的全民社会治理框架和文化—价值氛围。在新的历史条件下，作为《讲话》

① 《毛泽东选集》第3卷，人民出版社1991年版，第847页，以下只注页码。

前提的一体化组织原则、先锋队政党在观念领域的整体性、文艺工作者自身以阶级认同为核心的自我改造，以及社会革命阶段性目标（“反帝反封建”）所规定的中国“前进的总方向”在客观现实或主观奋斗目标的意义上都已不再对今天的思考和提问具有统摄性意义。那么，《讲话》已经过时了吗？它在今天的社会环境和文化氛围下已经没有自己的位置了吗？

当然不是。《讲话》是一个革命政党对自身文艺工作的一次缜密而系统的反思，也是毛泽东对自己《实践论》《矛盾论》以来理论思维的一次深思熟虑的应用。毛泽东在《讲话》里不时提醒党的文艺工作者思考自己工作的目标、对象和方法，通篇强调从现实出发、从具体性出发、从问题本身出发。今天重读《讲话》的题中应有之义，就是在方法的层面去重新认识《讲话》赖以成立的历史现实和历史条件，认识它的具体对象、具体问题和具体目标，以便在它自身所属的历史语境和概念框架内，尽量准确地把握问题和问题之间的结构性关系，从而在一个复杂的矛盾统一体内找到适合今天处理不同的、但具有结构相似性的问题时的“总的方向”。在我看来，《讲话》里两个核心概念对今天文艺批评和一般文化思想讨论最具意义：一是从当年“革命机器”对文艺工作的要求理解政治的第一性和总体性，从而在政治本体论内部（而非外部）厘定文艺自身的特殊性乃至自律性。二是从新文化和先锋队政党所承担的“普遍的启蒙”使命，看文艺自身所具有的广义的教育功能，由此进一步理解文艺创作和文艺批评所负载的文化政治使命。

二、“革命机器”内部的文艺

毛泽东在《讲话》里开门见山，挑明他所谈的不是一般的、泛泛的文艺，而是作为革命战争机器的一部分、为革命斗争所需要、由革命队伍中的文艺工作者及其同盟军自觉完成的那种文艺。它是中国人民争取解放的斗争必不可少的组成部分，是和拿枪的军队并列的“文化军队”，前者负责军事战线，后者负责“文化战线”。毛泽东一开始就指出，这个文化战线应该从现代中国社会进步的总方向去理解，它自“五四”以来就一直在战斗并取得了显著的成绩。不言而喻，延安和其他革命根据地的文艺是这个文化战线的“升级版”或“更高阶段”。但因为有这个地理和组织上的前提，《讲话》处理的显然就不是通常意义上的文艺与政治的关系，而是完全、直接在政治空间内部，在思想和组织上厘定革命文艺的位置、作用、功能，提出党对革命文艺和革命文艺人的期待与要求，并为后者满足和达到这样的期待和要求指出具体的努力方向。在毛泽东看来，革命作为中国人民解放斗争的最高组织形式和最高表达形式，本身为中国文艺规定了方向，提供历史经验、思想内容乃至形式创造的可能性。

虽然《讲话》第四部分（谈文艺批评）涉及文艺标准甚至创作风格手法，但其意不在界定“什么是文艺”或颁布中国共产党的审美标准，而是在“革命事业里的齿轮和螺丝钉”范围内谈文艺，在知识分子为群众服务、与工农相结合的意义上谈文艺人。基于这样的读解，我们可以得出，《讲话》是向革命根据地文艺工作者发出的政治动员，兼具组织动员和思想改造的双重含义，是延安整风的一个内在环节和组成部分。把《讲话》中涉及文艺的只言片语作为社会主义文艺的标准或文艺政策和管理的金科玉律，本身不但是教条主义、本本主义的表现，而且是基于对文本的历史脉络、思想脉络和政治关切性的误读而来，对当代中国文艺创作，当然也就不可能起到积极的作用。只是这个责任并不应该由《讲话》本身来负，因为毛泽东作为革命领袖，对革命根据地的文艺工作者提出期待、建议和要求，本质上同对军事战线人员提出要求没有区别，当然也没有"越界"，他在且只在革命事业这架机器内部的结构、功能和目的的层面上考虑问题。如果简单地将《讲话》当做常态下文艺事业内部评价和管理机制的绝对标准，就会对革命文艺，尤其是共和国文艺生产和文艺批评带来不必要的束缚、限制和干扰，在根本上也并不符合《讲话》的精神。这点我们后面再做展开。

遵循《讲话》内在的政治逻辑，我们可以推断，毛泽东举办座谈会的意图是要促使文艺更好成为革命机器的组成部分，也正是从这个逻辑和这个意图出发，毛泽东提出了两个"结合"问题：一是全中国范围内革命的文艺运动同革命战争及革命的社会运动的结合（但它被"反动派"从地理空间上隔断了）；二是来到延安和其他抗日根据地的革命文艺工作者同根据地人民群众之间的结合和"完全结合"，这就涉及文艺人或文艺工作者本身的"立场问题、态度问题、工作对象问题、工作问题和学习问题"。不解决这些问题，"革命机器"内部的磨合就无法完成，这部机器——首先是战争机器，其次是宣传教育机器，然后才是生产审美愉悦品的机器——就无法有效工作。磨合的障碍在于结合的困难，在知识分子文艺人一方，是对群众的语言、习俗、趣味和情感世界"不熟悉""不懂"；在群众一方，则是对自命清高的知识分子"不赏识"，让他们"英雄无用武之地"（第851页）。

应该说，大众化是革命机器的工作要求，而不一定或不总是文艺内在逻辑的要求，或者说，它是新文艺成为文艺的充分条件而非必要条件，即：精英文艺、阳春白雪、为艺术而艺术，包括私人写作、形式探索、心理深度等等都可以是文艺，但不是符合革命机器要求的新文艺和大众文艺。《讲话》的引言部分把革命中国"文化军队”的源头放在“五四”，指出它在文化战线上的成绩，寓意深刻，也为后面谈革命文艺的“党外关系”或统一战线性质做了铺垫。

为解决磨合问题就得解决“结合”问题，但结合不能是表面的、形式主义的结合，而必须是发自内心的自我再教育，必须在思想感情上打成一片，目标是发自内心地由一个阶级转变为另一个阶级的自我改造（毛泽东在此比较罕见地用自己的转变做例子，第851—852页）。毛泽东政治哲学的核心不但包括斗争哲学，也包括启蒙哲学和教育哲学，延安时期的写作——《从反对本本主义》《反对党八股》《改造我们的学习》《实践论》一直到《讲话》——是后者相对集中的表达。众所周知，在毛泽东日后的政治理论和政治实践中，这种思想得到了一以贯之的体现。在《讲话》的具体历史语境下，这种立场转移和认同转变客观上划出了“革命机器”的内部空间与外部空间的界限。相对于外部空间，这是通过教育和自我教育、改造和自我改造同“敌人”以及其他非革命性因素争夺人；相对于内部空间，则是完成其观念和组织上的纯化和一体化。

因此，这种从一个阶级到另一个阶级的人的自我启蒙、自我教育、自我改造不但要达到道德情感的深度，也必须伴以思想观念和理论上的学习和提升。文艺工作者学习和掌握文艺创作和文艺批评的方法固然重要，但“马克思列宁主义是一切革命者都应该学习的科学，文艺工作者不能是例外”（第852页）。这种透过特殊—普遍的辩证法看待艺术与科学（即知识、理论、普遍规律、真理、理性）之关系的论述，同样是“革命机器”的内在要求。这里的“文艺工作者”是作为革命机器组成部分、在革命的文化战线上战斗的文艺工作者。只有对于这样的文艺工作者，马克思列宁主义才意味着“丰富的内容和正确的方向”，因为这样文艺的本身就作为这样的历史实践及其观念性内容的“外观”存在的，即黑格尔意义上的“理性的感性显现”：它是一个精神共同体集体经验对自身的摹仿、叙事和形象塑造，它的接受对象是这个精神共同体的成员。《讲话》的政治是整体性政治，即这个共同体最高的政治。

三、政治的概念：党内关系与党外关系

《讲话》最鲜明的特点是强调政治的第一性，因为“只有经过政治，阶级和群众的需要才能集中地表现出来”（第866页）。毛泽东写道：

> 我们所说的文艺服从于政治，这政治是指阶级的政治、群众的政治，不是所谓少数政治家的政治。政治，不论革命的和反革命的，都是阶级对阶级的斗争，不是少数个人的行为。革命的思想斗争和艺术斗争，必须服从于政治的斗争，因为只有经过政治，阶级和群众的需要才能集中地表现出来。革命的政治家们，懂得革命的政治科学或政治艺术的政治专门家们，他们只是千千万万的群众政治家的领袖，他们的任务在于把群众政治家的意见集中起来，加以提炼，再使之回到群众中去，为群众所接受，所实践，而不是闭门造车，自作聪明，只此一家，别无分店的那种贵族式的所谓“政治家”，——这是无产阶级政治家同腐朽了的资产阶级政治家的原则区别。正因为这样，我们的文艺的政治性和真实性才能够完全一致。不认识这一点，把无产阶级的政治和政治家庸俗化，是不对的。（第866页）

与黑格尔不同的是，毛泽东对革命机器内部的观念灌注和感性外化并不是从业已存在的基督教社会共同体及其世俗化神学的概念体系出发，而是从生存斗争本体论意义上的政治性出发，去论证文艺相对于“科学”从属性及其特殊的、不可替代的作用。《讲话》不言自明的历史前提和逻辑前提本质上是政治哲学性质的（而非文化性质的或审美性质的）。《讲话》自发表以来之所以能够对此后中国文艺产生如此巨大的作用，原因在于它从严格的政治的逻辑出发，在政治斗争的组织形式和思想形式（即“革命机器”）内部，规定了文艺在其中的位置和作用，既反对高估，也反对低估，以“政治性和真实性的完全一致”（第866—867页）为标准，为革命文艺和革命文艺工作者规定了方向、方法和历史内容。无论《讲话》就具体文艺创作和文艺批评做出怎样的观察，提出怎样的期待和建议，它们都没有超出常识和技术的范围（比如“我们可以大声疾呼，而不要隐晦曲折，使人民大众不易看懂”，第872页），本身都不构成《讲话》的核心和重点，当然也就不能作为衡量一切文艺活动的机械标准。但恰恰因为《讲话》严格而精准地厘定了文艺在政治本体论和“革命机器”内部的位置和功能，它在政治范畴里的客观真理性，也就客观上触及文艺审美范畴自身的客观真理性，但后者不应在文艺审美范畴的内部关系当中去找，而是应该在其外部关系中，即它同政治本体论和革命机器的关系——严格讲，在它作为政治范畴和“革命机器”内部的从属性、局部性功能（“齿轮和螺丝钉”）——里面去找。

《讲话》因其严格从政治逻辑出发，在革命机器结构内部去谈文艺，所以并没有侵犯或损害文艺和审美范畴自身的自律性和自主性（对剥削阶级、小资产阶级文艺家的抽象艺术标准的批评，本身是政治斗争的一部分，而且因为政治逻辑的有效性，在文艺批评、文艺理论意义上也是有战斗力和说服力的）。恰恰相反，我们应该争辩的是：《讲话》所遵循的严格的政治概念，客观上为审美和文艺活动提供了充分的空间，甚至主观上期待着活跃的、自由的、积极的、富有个性和创造力的文艺和批评。这就是《讲话》所提倡、为人耳熟能详但在具体文艺批评和文艺管理中往往被置诸脑后的“又是政治标准，又是艺术标准”（第 869 页）的原则，毛泽东把它称作为“文艺问题上的两条战线斗争”。《讲话》明确表明：“缺乏艺术性的艺术品，无论政治上怎样进步，也是没有力量的。因此，我们既反对政治观点错误的艺术品，也反对只有正确的政治观点而没有艺术力量的所谓‘标语口号式’的倾向。”（第 870 页）

长期以来，在文艺生产和文艺批评管理中，教条、生硬、武断、不符合艺术规律的行为，不只是审美判断上的失败，更是政治认识和政治觉悟上的失败，未能充分把握《讲话》所论述的、在严格的政治逻辑内部的文艺和文艺批评的特殊性和重要性。这还只是从“党内关系”（即“党的文艺工作和党的整个工作的关系”）看文艺。若从“党外关系”（即“党的文艺工作和非党的文艺工作的关系”）看，在统一战线意义上对民族资产阶级、小资产阶级、地主阶级、农村和城市小生产者文艺生产和文艺观念做出判断，问题就会更多。后者同样是政治性的，因为它同样来自这种文艺的个体生产者（文艺家）所属的社会集团的生存斗争，是这种斗争经验的表达、组织和体现，尽管不同的阶级或社会集团的组织机器、思想机器的政治强度和精神要求是不一样的。

最后，《讲话》还谈到，“如果连最广义最普通的文学艺术也没有，那革命运动就不能行，就不能胜利。不认识这一点，是不对的”（第 866 页）。这里所说的“最广义最普通的文学艺术”，既包括根据地群众日常生活层面所需的看看戏、听听音乐，即愉悦享受意义上的文艺；也包括根据地以外，“五四”以来一切对社会革命有帮助、符合中国社会前进总方向的新文艺，而革命文艺或先锋队文艺实际上是镶嵌在这种“最广义最普通的文学艺术”的纹理之中。同时，革命文艺也是在社会历史的总的生产场域中，在同其他文艺路线、文艺风格、文艺观念的相互学习、相互滋养、相互竞争和相互斗争中成长起来的。《讲话》在基本方法论上强调从实际出发讨论问题，即“从客观存在的事实出发，从分析这些事实中找出方针、政策、办法来”（第853页），强调讨论文艺工作和讨论政治政策和策略的相似性。《讲话》沿用《矛盾论》对矛盾主次及不同方面关系的结构性辨析方法，对延安文艺所处历史环境的具体“事实”的各个方面做出了分析，在此，革命文艺或先锋队文艺作为被文艺的“党内关系”决定的文艺和批评，同由“党外关系”决定的文艺和文艺批评之间有着复杂的关系，两者共同构成当时的中国文艺生态，客观也必然通过形式风格审美和文化积累等中介相互渗透和影响。革命文艺或先锋队文艺如何在这样的文艺生产条件下保持自身艺术上的创造性，一方面是以艺术内部规律的方式回应《讲话》对文艺提出的政治要求；另一方面，却也同“五四”新文化运动以来的新文艺须在同“文言”和西洋文艺竞争中确立自己有着结构上的类似。①

文艺是小政治，政治是大文艺，这是《讲话》对文艺所做的一

① 就这个“客观事实”，毛泽东分为七个方面来谈：（1）中国的已经进行了五年的抗日战争；（2）世界反法西斯战争；（3）中国大地主大资产阶级在抗日战争中的动摇和对于人民的高压政策；（4）“五四”以来的革命文艺运动，它的贡献和缺点；（5）八路军新四军的抗日民主根据地，其中大批文艺工作者，以及他们同工农的结合；（6）根据地文艺工作者和国民党统治区文艺工作者的环境和任务的区别；（7）目前在延安和其他抗日根据地的文艺工作已经发生的争论问题。

个政治哲学的界定，结论是文艺彻底的政治性。这并不是说文艺应该有多少政治含量，而是说哪怕纯粹审美意义上的文艺也必然已经是彻头彻尾的政治，所以文艺必须是整个党的革命工作整体中一个不可或缺的部分。只有在确立了政治本体论的总体性之后，谈论文艺范畴的特殊规律或“自律性”才有意义，不过这种自律性并不存在于“革命机器”内部的“党的文艺工作”概念之中，因为后者从根本意义上从属于革命工作整体，直接服务于革命战争和社会动员的要求。只有当革命政党和革命国家的政治本体论本身所涵盖的社会和文化领域出现新的实质性变化后，特别是当“革命机器”转变为常规意义上针对全社会和全体国民的“国家机器”后，文艺和审美领域的自律范畴才作为客观存在出现在新中国文艺评论和文艺理论的视野中。此时，决定文艺工作的“党内关系”和“党外关系”才具有决定性意义。不尊重这样的客观事实和由此而来的理论复杂性，人民共和国文艺生产和文艺批评就无法进入正常发展的轨道，获得应有的生机，这同社会主义国家制度下市场经济发展的规律，也有着深刻的理论可比性。

四、有待消逝的中介与“普遍的启蒙”

《讲话》以政治的逻辑整合革命机器内部的结构与功能，所以在“齿轮与螺丝钉”这样的机械性比喻之外，必然要切入人的情感和主观意识层面，在教育革命和思想革命的深层次上去推动革命文艺人和革命知识分子同革命队伍里的广大群众之间的有机结合。知识分子和文艺人掌握高级文化资料和文化生产工具，但他们天然并不属于“无产阶级”，在观念的历史实质和内容方面是“空虚的”①（尽管可以是进步的、能动的，因为这种空虚本身也包含着他们对本阶级的经济利益、伦理关系和政治利益的放弃或拒绝）；后者不占有文化资本和文艺生产技术，甚至缺乏最基本的教育，但却是历史的主体、社会革命的实质和那种尚有待展开的革命文艺的理性内容。毛泽东在处理这个复杂的理论问题时没有陷入经院哲学的繁琐之中，而是简单明了地把历史主体的自我创造、自我建构问题（这也是列宁最早思考和实践的先锋队政党如何通过理论指导下的革命政治实践锻造出它所为之服务的阶级、缔造出工人阶级国家这个核心问题）直接转换为一个极具中国文化特色的问题：启蒙和教育领域里的“普及”和“提高”问题。从革命文艺工作者服务于革命群众（“工农兵”）这个基本出发点看，这同时也就是为谁服务、如何服务的问题；进一步讲，还是谁教育谁、谁启蒙谁、谁提高谁的问题。

《讲话》在处理“普及”问题时，并没有把问题限制在高级文化与通俗文化、雅与俗等常规范畴内，而是依旧从政治逻辑出发，提出了一个“普遍的启蒙”的要求。毛泽东写道：

> 普及的东西比较简单浅显，因此也比较容易为目前广大人民群众所迅速接受。高级的作品比较细致，因此也比较难于生产，并且往往比较难于在目前广大人民群众中迅速流传。现在工农兵面前的问题，是他们正在和敌人作残酷的流血斗争，而他们由于长时期的封建阶级和资产阶级的统治，不识字，无文

① 毛泽东的原话是“许多文艺工作者由于自己脱离群众、生活空虚，当然也就不熟悉人民的语言，因此他们的作品不但显得语言无味，而且里面常常夹着一些生造出来的和人民的语言相对立的不三不四的词句”（第850—851页）。

化，所以他们迫切要求一个普遍的启蒙运动，迫切要求得到他们所急需的和容易接受的文化知识和文艺作品，去提高他们的斗争热情和胜利信心，加强他们的团结，便于他们同心同德地去和敌人作斗争。（第 861—862 页）

"普遍的启蒙运动"无疑是针对"五四"启蒙运动（甚至西欧市民阶级的启蒙运动）作为一个特殊的、局部的、未完成的启蒙运动而言；在更广泛的意义上，也是针对新民主主义阶段整体而言。"五四"启蒙的知识分子和文艺家虽然构成一个"文化战线"，却并没有成为"革命机器"内在构造和功能的一部分，既缺乏政治哲学范畴的总体性，也没有涵盖智识阶级以外的各个社会阶层，没有建立社会解放和人民解放的政治组织和军事组织，没有形成人民主权国家的概念，当然更没有在先锋队政党和革命国家制度空间内推进全民启蒙、全民教育的可能。"新文化"只有同它所认同的新国民、新国家之间建立起积极的、建设性的关系，它才进入《讲话》所借以展开的政治的逻辑。由此也可反过来论证，《讲话》同革命根据地文艺工作者之间的关系，在政治哲学上讲是一种全新的关系。鲁迅曾在 1927 年黄埔军校演讲中谈到，没有革命人，就没有革命文学；旧世界不被推翻，不但新人描绘和讴歌新世界的文学无从谈起，即便旧世界的挽歌文艺也是不可能的，因为它还没有灭亡。①鲁迅所期盼的那种新人和新世界，在延安和其他八路军新四军抗日根据地，已经初露端倪，而《讲话》所面对的听众，在这个意义上正是鲁迅所向往的、作为历史事实和具体的生活世界—伦理世界的

① 鲁迅：《革命时代的文学》，《而已集》，《鲁迅全集》第三卷，人民文学出版社 2005 年版，第 436—442 页。在同收在《而已集》中的《革命文学》一文中，鲁迅又一次表达了相似的看法，认为"革命人"的历史要求相对于"革命文学"有其优先性。

载体和主体的新人。“五四”在文艺上可以是成功的，但在政治上是失败的。延安和根据地文艺或许在文艺上仍是粗糙的，但它在政治上却带来了“一个普遍的启蒙运动”——它已在观念上内含于“革命机器”的普遍性诉求和自我实现的方式之中。

在这个正在展开的“普遍的启蒙运动”过程中，启蒙者和被启蒙者、教育者和被教育者的关系被赋予了全新的意义。普及是人民的普及，提高是人民的提高。而这种提高不是从空中提高，而是在普及基础上的提高。但是提高又提高到哪里去呢？当然不是提高到革命的对立面或革命对象那里去，而只能是革命主体向着自己的提高，但这样的提高就涉及革命文艺、革命文化和革命教育的最内在的动力：它是革命的历史主体内部的“高”与“低”的辩证运动。“普遍的启蒙”归根结底是革命大众的自我教育、自我转化、自我超越和自我实现。《讲话》最精彩的部分正在于这种革命的教育哲学，毛泽东把它通俗化地解释为用工农兵自己的东西去提高自己，即通过革命文化战线的工作，完成新人的自我生产，在自己的历史基础上，自己把自己作为高于自己的东西创造出来。革命文艺在其内在逻辑构造上，同革命本身的历史运动是同构的，两者都是革命自己为自己开辟道路：

> 我们的文艺，既然基本上是为工农兵，那末所谓普及，也就是向工农兵普及，所谓提高，也就是从工农兵提高。用什么东西向他们普及呢？用封建地主阶级所需要、所便于接受的东西吗？用资产阶级所需要、所便于接受的东西吗？用小资产阶级知识分子所需要、所便于接受的东西吗？都不行，只有用工农兵自己所需要、所便于接受的东西。
>
> 因此在教育工农兵的任务之前，就先有一个学习工农兵的

任务。提高的问题更是如此。提高要有一个基础。比如一桶水，不是从地上去提高，难道是从空中去提高吗？那么所谓文艺的提高，是从什么基础上去提高呢？从封建阶级的基础吗？从资产阶级的基础吗？从小资产阶级知识分子的基础吗？都不是，只能是从工农兵群众的基础上去提高。也不是把工农兵提到封建阶级、资产阶级、小资产阶级知识分子的“高度”去，而是沿着工农兵自己前进的方向去提高，沿着无产阶级前进的方向去提高。而这里也就提出了学习工农兵的任务。只有从工农兵出发，我们对于普及和提高才能有正确的了解，也才能找到普及和提高的正确关系。（第859—860页）

《讲话》中看似通俗的关于“普及”与“提高”的辩证关系，在革命的文艺理论和政治哲学意义上，关系到新人、新文化、新社会如何为自己奠定基础，如何通过把抽象的革命观念落实（“普及”）到革命阶级，而将这个革命阶级提高到具体化、理论化、组织化、行动化的革命观念高度上。就这个革命阶级和历史主体实现自身的伦理实质和政治实质而言，“普及”与“提高”是一枚硬币的两面，是同一个文化和价值翻转过程的不同瞬间。这也为读者提供了理解毛泽东为何坚持把政治放在第一位的另一个角度，因为在这个历史主体的自我实现过程中，一个最大的危险是自我认同的置换和丧失，比如“提高”到封建地主阶级、买办阶级或小资产阶级的文化里边去，或“提高”到西洋市民阶级文化的“高度”里边去。另一个危险则是方向的改变，即失去那种“中国社会前进的总的方向”。在这场文化斗争中，工农兵自己并不能够直接参加战斗，必须依靠文艺工作者、知识分子这样的代理人和中介来完成自身的转化、超越和自我实现。这就要求“教育者”不断进行自身的再教育，从而完成阶级属性的转化，在利益、立场、情感和自我牺牲精神等方面，通过向群众学习而成为历史主体，进而在各个战线上以他们的名义、为他们的利益而进行有效的战斗。

就革命和启蒙的内在要求而言，教育者必须自觉地接受被教育者的教育，以便把被教育者的道德情感、价值和政治强度转化为教育者的观念、形象和方法。作为社会革命和人民解放的内在要求，“普遍的启蒙”规定了教育者本身是而且首先是被教育者，教育的本质是把被教育者自身“自在的”历史实质和价值内涵转化为“自为”和自觉的主观能动性，从而完成历史主体的自我实现。作为教育者的文艺工作者，不过是这个群众自觉和自我实现过程的技术环节，即通过语言、观念、形象、叙事和知识，把抽象的历史真实具体化，把理论变成社会动力。这种工作在革命时代自然由先锋队政党承担，其中的“文艺工作者”不过是这架革命机器里的齿轮和螺丝钉，虽然在分工和技术的意义上，他们仍需研究文艺创作和文艺批评的内部规律。就此而言，无论是党内文艺工作还是党外文艺工作，只要它们在历史运动的总方向上与革命机器的运行大体保持一致，就在其历史功能和认识功能上变成一种有待消失、有待终结的先锋，也就是说，他们的历史创造性在终极意义上不具有自身独特的利益和价值，而仅仅被包含在集体性历史运动的轨迹里，构成其各个环节之间的矛盾和中介，除了残存的审美剩余和形式半自律性外，最终都将被吸收、消亡在新的矛盾统一体的总体性当中。

五、 作为教化与服务的中国革命

从理论上讲，启蒙和革命的普遍性内含了其历史性：在和平建设时代，特别是当"人民"概念和"国家"概念基本重合，法治成为社会治理的常态性运作，而政治哲学意义上的（即"超法律"意义上的）国家只需作为"例外状态"出场时，文艺和它的服务对象之间的关系，就回到历史上的常态：一个民族和一个阶级的斗争史变成了生活史，其记录、表象、价值和意志的艺术表达逐步落实在审美自律的范畴里，同其他自律性范畴（比如经济、宗教、科学、道德等等）保持合理的距离甚至隔离。但即便在这样的常态化情形下，《讲话》里阐发的教育者和被教育者、文艺工作和读者大众之间的关系也仍旧适用，因为在文化生产和思想斗争的最高意义上，文艺仍然是一个民族和一个阶级历史经验和生活经验的表达和自我建构，是集体性人的再造或再生产，是对一个社会共同体价值基础和精神实质的自我确认和自我实现。除了人民群众本身所具备的精神内容，文艺、政党或国家并没有其他更高或更新的历史实质，因为后者是前者的集体表达，是前者生成中的、有待成形的形象、概念和形式的守护者和催生婆，同时只有在后者自觉的加工、提高、创造过程中，我们才能更为具体而清晰地看到前者的价值根基和历史可能性。

在这个意义上，《讲话》也提示我们中国革命和社会主义国家的"教育"本质和文明本质。就其教化（civilizing）作用而言，"普遍的启蒙"既是革命也是服务，它同中国儒家政教传统和现代国家机器的治理—服务原则是相同的，也是革命根本的合法性来源。黑格尔在《法哲学》里以"服务"（service/Dienst）概念定义"公务员"（civil servant）阶层，指出他们虽有一定地位但却并非实质性的、主观的（仅仅代表其私利的）阶层，因为他们致力于服务他人和国家，因此倾向于代表种种普遍的利益、观点和功能（universal interest，views and function），是作为仆人的主人和作为主人的仆人。

这个“公务员”形象同近代德国国家和德国思想的社会发展和历史构造有着深刻的内在关联。在谱系上，普鲁士“公务员”介于法国启蒙时代和俄国19世纪“知识分子”形象之间，在更大的历史语境里介于儒家士大夫和韦伯意义上的现代科层制技术官僚之间，是我们探讨知识分子同国家和其他普遍性事业正面、建设性关系的重要思想资源。黑格尔特别强调了公务员植根于民族伦理（ethics/Sitte）和思想的教育，认为教育能够抗衡市民社会的私利和近代工商业所需的机械技能与科学主义，确立人的“具体的但却是精神性的存在”。①而这种普遍的教育的核心，就是服务或服务精神，因为它（以及它所服务的国家）是特殊向普遍超越的链接纽带。“服务”和“普遍性的自我”之间养成性的关系，同《讲话》里提倡的“普及与提高”的革命文艺辩证法之间有着明显的相似性，但后者没有前者与生俱来的基督教神学意味。

现代国家作为人的自由和内在普遍意志的外在确证形式，必须通过这种普遍的启蒙、普遍的教育和普遍的批评和自我批评不断沟通它的外在具体形式、它的价值基础和观念普遍性，确保这两者间的思想和组织上的一致性。在这个一般性问题之外，中国革命和中国社会主义国家制度还必须通过这种“服务”和“普遍的启蒙”完成一个特殊的任务，即由其历史特殊性决定的“两步并作一步走”的问题。按照机械唯物论，半封建半殖民地的小生产者的中国必须经由近代资本主义的“阵痛”才能取得发展社会主义的资格。但作为启蒙者和服务者的先锋队政党和它所建立的革命性国家组织，却在理论和实践两方面保留了在发展社会化大生产、雇佣劳动、商品

① 参看黑格尔：《法哲学原理》，范扬、张企泰译，商务印书馆1961年版，第296节。崔之元教授最早和我讨论这个问题，在此表示感谢。

经济和市场化交换的同时，探索超越资本主义所有制、价值系统和意识形态的制度、文化、审美系统的可能。从革命时代“普遍的启蒙”观念保留下来的教育者—被教育者之间自觉的互动关系，是我们今天有可能将一种自在的（在客观的、往往是丑陋和残酷的历史必然性意义上）物化和异化过程，保持在“人的自我客体化、对象化”的自我批判、自我否定、自我实现的经典辩证法思想水准和政治理想主义上的宝贵的精神资源。《讲话》自身的普遍性，最终来自它把“为人民服务”等同于普遍自由和普遍解放的历史主体自己为自己开辟道路，构建意义生产和意义阐释框架的思想行动和政治实践。虽然《讲话》自始至终仅仅从政治出发谈文艺，但因为它遵从丰富的革命历史经验及其严格的政治逻辑，客观上为“新人”的文化世界和审美世界厘定了终极性的历史内容：它就是人类追求普遍的（而非特权性质的）平等、自由、解放的集体斗争经验的史诗性自我表达。

随着革命国家自身普遍性运动的展开，随着它的政治本体论所对应的历史经验世界的不断扩大和复杂化，以“革命机器”内部关系出发对文艺提出的要求，虽然仍可能局部存在，但显然已不能适应社会主义市场经济时代、信息时代和小康社会的需要。《讲话》里区分的文艺工作的“党内关系”和“党外关系”业已日益打通，混为一体。文艺的政治性日益转变为审美判断和文艺批评内部立场、趣味、流派、手法之间的争论，虽然它们必然反映社会领域价值和意识形态立场的多样化和矛盾，但一般情况下是没有突破宪法框架的“人民内部矛盾”。作为毛泽东政治哲学一个核心的“敌我”矛盾，在文艺和思想领域，如今主要在文化政治（cultural politics）的意义上，反映生存斗争本身固有的“存在的政治”（existential politics），即不同文明、宗教信仰、社会制度、经济利益集团之间的自我肯定之间的冲突。

今天，这样的思想斗争既存在于整个社会领域，也同样存在于执政党观念领域和组织系统的内部，是当代中国整体性思想斗争和文化斗争的一部分，客观上决定后者的活力、创造性、想象力，包括艺术上的赋形能力和批评领域的概念建构、理论分析和方法论创新能力。如果在最基本的意义上追问《讲话》在今天的意义，我们或许把它比作宪法之外确保国家政治实质的那个决定“例外状态”的“主权者”：作为文艺内在终极性政治逻辑的理论表述，它在理论上提醒我们文艺本身的政治性和战斗性，提醒我们去研究文艺自身规律对那种存在的战斗的深刻意义，提醒我们个体的思想探索和审美创造最终处在同集体性普遍历史运动的关系之中。这正犹如教育者和被教育者始终处于“普遍的启蒙”前提下的肯定与否定、实在虚无、“服务”与被服务的关系之中。

当代性与文学史*

这个会议虽然是纽约大学与上海大学合作主办，但纽约大学在会议安排上的唯一贡献，就是提供了这个圆桌讨论会的构想。讨论的题目是我建议的——“当代性与文学史”。正如晓明所说，这个题目涵盖很广。但是它背后有一个特殊的含义，不是一个泛泛的、国内当代文学学科意义上的当代文学史，而是借用了保罗·德曼的一篇很著名的文章《文学现代性与文学史》（*Literature Modernity and Literature History*）。这里我不打算详细介绍这篇文章，而是想在“重新考虑当代性和文学史这两者的关系”的理论层面上，借助德曼的思路提出一些我们自己的问题。问题的核心，就是我们如何理解当代文学，如何把握最高意义上的当代性和文学性，进而把握批评和文学史写作的内部矛盾和理论挑战。

首先我想谈谈“当代性”的问题。我们必须——或者说不得不——把一切有关我们自己的经验——包括文学经验、政治经验、社会经验、个人经验等——高度当代化，也就是说，作为当下的、

---

* 本文根据2009年在由上海大学和纽约大学联合主办的“中国当代文学六十年”国际学术研讨会上的发言稿整理而成。原刊于《学术月刊》2009年第10期。

眼前的瞬间来把握。此刻我们不知道未来会怎样，也并不在一个历史主义（historicism）的时间轴上思考，这是单纯的经验和体验的本质，是海德格尔所谓的“存在的冒险”。“当代”的第一层意思就是仍然在展开的，尚没有被充分历史化的经验。“当代”不属于已知的过去，甚至可以说它悬置在历史之外，因此具有一种特定的紧张感和不确定性。没有当代化或者当代性的基本含义，我们就没有当代文学这个问题，而只有文学史和文学研究意义上的文学作品和文学经验。我从来不觉得当代文学是现代文学的弃儿，被现代文学所排斥，这种被边缘化的感觉大概只有在一种狭隘的专业主义氛围里才有可能。相反，在一个更高的意义上来说，当代文学却是要有意识地把现代文学排斥出去，把它作为“历史”归入另册，从而为把作为当代经验有机组成部分的当代文学经验从“过去”分离出来，把它保持在一种特殊的思想张力和理论可能性之中。通过这种非历史化的自觉意识，当代把自己变成了所有历史矛盾的聚焦点，当代文学则把自己变成了所有文学史的最前沿和问题的集中体现。尼采曾说，“所有的历史最终都来到了现代性”，这里的“现代性”就是我们所说的“当代性”。我们也可以说，所有的文学最终都来到了当代文学。

最高意义上的当代，必然是现代性的最激烈、最充分、最政治化的形态；而最高意义上的当代文学，必然是文学本身最政治化、最具有矛盾性的状态，这种状态不仅仅界定当代文学，它事实上在一个特定的意义上界定着文学性本身，由此回溯性地界定一切关于文学和文学史的思考和讨论。当代文学自身的不确定性，同时也具有批评和理论的蕴涵，除此之外，一切都属于历史，属于过去，属于当代意识的对象领域。现代文学也好，古代文学也好，作为知识的文学理论也好，都只有“史”的含义，而当代文学总体上同“历史”和“知识”对应或对抗，因为它存在的本体论形态是行动，是实践，是试验，是冒险，是选择、判断和决定。文学虽然是一种表象或再现，但就其最内在的想象力和赋形能力来讲，它不属于反思和观念的谱系，而是属于一种不确定的、尝试性的生产性或创造性活动，即一般意义上的艺术活动，并通过这种自身的内在属性而进入了广义的“当代”和“当代文学”所包含的文学本体论和政治本体论。这是我想谈的第一点。

其次，一旦把当代性最为历史的对立面确立起来，它马上就碰到这样一个问题：“当下”把自己非历史化或形而上学化之后，马上会意识到自己仍将面临下一个当代、下一个此刻、下一个把此前的一切视为过去的再历史化倾向。这里的矛盾类似于保罗·德曼借用尼采的《历史对人生的利弊》(*Use and Abuse of History to Life*)所指出的问题。尼采讲的是整个欧洲意义上的现代性要摆脱历史的重负，可是当它把自己作为一个创造的瞬间建立起来的时候，又不得不随即把自己历史化，在一个历史的过程中审视和反思自己。这个张力，我觉得在当代文学里存在和展开得最充分的，但在当代文学研究界对此好像恰恰也最缺乏理论性的反思。相对于即将到来的下一个此刻，下一个当代，这个“此刻”只能是历史。所以在“当代性”内部，又必须不断地产生“作为历史的当代”或“当代史”意识。因此，“当代文学史”在严格意义讲是一个自相矛盾的概念，因为“当代”不应该有“史”，“当代”就是一个永恒的“当下”，它有一个张力，而一旦当“永恒的当下”不得不自己把自己历史化了的时候，实际上是自己把自己否定了，我们所能获得的不过是一连串既相关又彼此割裂的过去的“当下”和“此刻”，它们被文学捕获、赋形，而所谓当代文学史，在罗列这些文学作品和文学事件之外，不过是将过去历史化的努力，包括将正在展开的当下作为过去历史化的努力。比如说我们今天上午讨论 80 年代先锋派的问题，先锋派当年对我们在座的很多人来说是进入当代文学的切口，而正因为它们是当代性和文学性本身，它在当时对于我们来说是无历史或非历史的，因为它是我们正在展开的存在的命运、语言的命运、思想的命运的组成部分。但是现在它不得不被历史化，被作为历史批判和意识形态批判的对象，被作为一个过去时代的主观幻想、神话和偏见来审视。如果我们还要把先锋文学或实验小说包含在当代文学的范畴中的话，我们就必须承认，当代文学本身包含着把自身历史化的倾向，这是意识把自身对象化，即作为认识和批判的对象的努力。

今天我的引言时间越短越好，因为讨论会更有意思。所以在这个开场白之后，我接下来想简单地谈那么几点：

第一个问题，“当代”是怎么来的？开会前我翻了一下陈晓明送给我的他写的《当代文学史》，前面有一些非常有用的讨论，比如“当代文学”这个概念是什么时候产生的。有些事情我以前也不知道。但是我想在一个摆脱学科意义的层面上，就“当代”这个字眼所具有的理论可能性谈谈“当代”从哪里来。肯定不全面，但以下是我目前所想到的几点：

首先我就想到俄苏传统对整个 20 世纪中国文学、思想以及知识分子自我意识的强大的影响。我们知道俄国文学变成一种世界文学的起点是普希金，后来有莱蒙托夫的《当代英雄》，直到 19 世纪后期的小说和戏剧。在俄国文学当中一直存在一个问题即如何在自己的文化中做世界的同代人。“当代”在英语里叫做“contemporary”，晓明的书里面也提到这个问题，它本来的意思就是同时代的，我们大家都共享的这个东西。我们是当代人，是同代人，所以我们享有同代人的文学。俄国文学第一次带来了这个问题，即我们如何在自己的文学和时间里做世界的同代人。这个“世界”当然不是指任何一个地方，而是特指西欧，即怎么做英国人、法国人、德国人的同代人，也就是说，我们怎么样跟他们处在同样的世界历史的时间当中，思考同样的普遍性的问题，面对同样的自由和不自由，但却是在用我们自己的语言写我们自己的文学。我们的文学怎么样能把我们同最先进民族的（因为我们是落后的，这是俄国和中国相对于西方的一个共同的相似的位置）文学放在同一个“当代”的时空中，或者说，通过文学把这个想象的时空产生出来，再反过来用这种时间概念来理解自己的经验。这个世界历史的时间差及其克服的问题，我想可能是“当代”概念的一层未曾言及的含义。与新中国和革命新人同步的当代文学，也许在某种程度上带有这种世界文学和世界历史的诉求与梦想。我们似乎从来没有把这层意思提出来讨论，但或许值得做一些意识史的考察。至少我们可以看出，在不同时期，这种世界文学和世界历史的冲动在中国当代文学中具有不同的意识形态内容和指向。

第二，随着近现代日本文学思想和批评，包括竹内好、丸山真男，以及鲁迅研究里面我们很熟悉的一些日本文学研究者进入当代中国的知识视野，日本思想界所作的近代和现代的区分，在中国的语境里面，也许已经成为常识性问题。简单地说，日本意义上的“近代”，就是明治时代以来的“文明开化”“脱亚入欧”，一切以西方为圭臬的行为和意识范式。而日本意义上的“现代”，则是在亚洲建立殖民势力范围，最终以太平洋战争和所谓“大东亚共荣圈”为手段，挑战欧美现代性，建立作为“世界历史”的日本的主体性的失败的努力。可以说，即便在今天的，在日本“近代”自由主义主流思想下面，仍然涌动着种种“现代”的骚动，如左翼和右翼的反美情绪、文化保守主义、和比日共更激进的批判意识，等等。在中国语境里，现代和当代之间的紧张关系在结构上类似于日本近代和现代的一个紧张关系，即 19 世纪与 20 世纪的交叠和对抗。现代或“现代化”（包括“改革”的意识形态）在中国对应于“文明开化”的追求，如工业化、政治改革，建立制度上的理性化等等。但中国的“现代”同日本的“近代”相比，包含着更为深刻、更为激烈的现代性的自我否定和自我颠覆，它最终是通过毛泽东式的大众革命完成的，并由此而进入它更高的“当代”阶段。所谓 19 世纪与 20 世纪的冲突，也就现代性内部矛盾的激烈化和政治化，它的结果是“当代中国”（人民共和国）的确立。但在今天，我们的当代其实又是一个被重新历史化了的当代，是一个把革命的当代（新中国）放回到一个更长的历史过程之中，对之作历史主义的非政治化和理性化处理的“后当代”。这个历史构造和价值冲突也在“当代文学”里表现出来。“新时期”文学的基本母题，实际上是从人道主义到现代主义先锋派的整个的 19 世纪布尔乔亚文学传统的快速回放。文学在这里的社会意识形态作用，可以说是一种“回到 19 世纪”的想象的媒介。所以今天中国思想领域的论争，是内在于当代文学研究领域的，因为当代文学在“根子”上就有 19 世纪和 20 世纪的矛盾和冲突。从这种矛盾冲突的角度看，“当代文学”概念的原始含义和政治激进性首先来自“当代中国”的前三十年，这是一个英雄主义的、创造性的“非历史化”过程，是“当代性”的正面含义；而后三十年则是这个当代性本身的历史化，或者说颓废化和神话化——我们应该看到，这个克服了 20 世纪的 19 世纪，本身又是一个形而上学的概念，是“历史终结论”的一个版本。目前年轻一代当代文学研究者越来越多地关注前三十年，是一点也不奇怪的。

“当代”含义的第三个组成部分，也是最主要的部分，当然是

20 世纪中国自身的革命经验，以及革命实践和社会主义现实在“新人”的意识构造上留下的持久印记，或者说对新中国人的主体性的赋形在作用。在我很高兴看到陈晓明在他的《当代文学史》里面建议把当代文学的起点放在 1942 年，而不是 1949 年。在最近一个访谈里，我也表达了相似的看法。如果从鲁迅 1927 年黄埔演讲里从革命现实和革命人的向往出发，那么我们会觉得 1942 年毛泽东的《在延安文艺座谈会上的讲话》是一个顺理成章的起点，因为针对新文学来说，讲话标志着基于一个实现了的革命现实和革命人的具体而实在的确立。这鲁迅这一代对于新人、新现实、新文学的想象有本质的不同。在这些意义上我们可以回到一开始谈的一点，即针对严格意义上的当代文学或当代文学研究来说，现代、现代史、现代性，现代文学、现代文化，都只是当代文学的史前史，它们都最终来到了当代，也就是说当代性涵盖了所有这一切，把它们统统都作为自身发展的环节，包含在它的内在矛盾之中。换句话说，一个扩大了的当代文学的含义，包含着现代文学，甚至包含着古代文学，也包含着外国文学，它把这一切都视为自身经验和自身实践的必要元素，包含在自己的结构当中，作为自身矛盾和问题性的一部分，包含在自己的批评空间和概念空间当中，包含在自己时间的构造之中。

话已到此，我干脆就用一个容易引起争论的说法来表明的我的立场：现代文学是被当代文学生产出来的，正如历史是被当代生产出来的：一切历史都是当代史，一切文学其实最终都是当代文学。当代文学无论在研究的意义上、还是在批评的意义上、还是在“史”的意义上，都在把整个文学现代性的从自身内部不断地、反复地生产出来。最好的现代文学乃至古代文学研究，应该是由当代文学的人去做，因为只有搞当代文学的人才能真正地把握现代文学，这是在批评和批判（这既是康德"判断力批判"意义上的批判，也是马克思"意识形态批判"意义上的批判）意义上的把握，而不是历史主义、经验主义和学科专业主义的把握。反之，做现代文学的人，如果本身不处在当代文学的激流中，对当代文学无话可说，那么他们对现代文学或古代文学，其实也说不出什么有意思的东西来，除了基本的资料整理和语文教学意义上的知识传授。当代文学如果不仅仅把自己看作一个教研室或专业行会意义上的"界"，就不会有什么焦虑感，因为当代文学，就我们的有生之年来说，其实就是文学本身，或者说是我们通向真正的文学和文学的全部丰富性的唯一的通道。

说到当代文学生产出整个文学性，就不得不再次谈到德曼借尼采的说法谈的文学现代性和文学史之间的张力。德曼的逻辑我们通过文学批评把握文学现代性，特别是把握文学内部的"此刻"性和本体论层面的拒绝历史，在同混乱、激情、死亡相对峙的过程中产生的现代性。这种文学现代性一方面带来文学的永恒，但另一方面，却又不得不悲剧性地把自己交给历史，即文学史。我觉得这里面最有意思的部分并不在于历史最后的胜利，哪怕是反讽性质的胜利，而是这个问题让我们又一次看到了所谓"文学本质"的反历史、超历史特性，虽然这种反历史、超历史的形式本体论最终也仍将以历史和知识的方式流传下去。这个观察可以让我们再一次较真，一步步去追问"什么是文学?"这样的堂吉诃德式的问题。这种追问方法当然只能由一个答案：文学概念必须由文学本身来界定，而不是由文学史来决定。这也就是说，没有当代文学意义上的第一线批评，没有当代文学或文学当代性意义上的面对文学文本的阅读经验，一切都无从谈起。当我们第一次与一个陌生的文本遭遇，我们要去分析它，要去阐释它，要去对它下判断，这时候我们不得不调动起所有的情感、知识、智慧、能力和资源；这时我们是脆弱的、不安全的、因为我们要为我们的判断力负责，此时我们同自身环境的政治性关系时完全暴露在他人眼前的，正如第一次被我们阅读的文学作品，它文学自身的不稳定性，脆弱性，也暴露在我们眼前。文学的概念，说到底是在这个边缘地带一次一次被重新生产出来的。如果种种当代文学经验出了问题，我们实际上就没有文学概念了，因为它成了无源之水，只能借助于死板的文学史、学术史、或文学概论式的教条苟延残喘。这样的文学概念自然是没有生气的、没有内在问题、没有内部的紧张感和问题性的东西，只能是个伪文学的概念。而当代文学生产出的文学概念则是有机的，总体性的。它最终是政治性的文学概念，因为我们所有的生存危机凝聚在当下，文学和这种存在的危机是共生的，它们在同一个空间里。所以我的第二个观点，就是当代文学研究通过批评不断地为文学提供定义。

这个“文学”包括文学的分析，文学的阐释和文学史的写作这三层含义。这里可以稍微展开一点点，被定义的文学是什么呢？是文学的单纯的文本性，当我们第一次面对文本的时候，比如说我们今天上午所谈论的格非——我还记得我第一次面对格非的文本，我之前并不知道格非这个作家，某天香港三联的编辑林道群忽然从香港寄来一本书，格非的《迷舟》，请我为香港的《八方》杂志写一篇长篇评论。我那时对格非一无所知，面对这样的文本，第一次去看，那个感觉是非常奇妙的。我有时候怀旧，怀的是第一次面对这样一个完全陌生的、不确定的文本的旧。在当代性的问题里面，我们直接可以面对文学单纯的文本性，它的陌生性，不确定性，它的绝对的个别性，不受任何文学史、知识结构、意识形态干扰。与此同时，这时候我们又是被结构的，除在各种关系之中。但是在这里我们必须要把这种单纯性和直接性这种当代文学的经验的原点分离出来。这种单纯性也决定了批评的单纯性，因为这样的批评是一个直接的单纯的批评，这样的批评是一个绝对的中介，通过这样绝对的中介，单纯的文学概念走向了一个文学的总体概念，也就是说它会跟社会发生关系，会跟政治发生关系，会跟我们自己的潜意识、无意识、焦虑等等的一系列意识形态的，所谓的政治无意识发生关系。但发生关系的前提，是文学变成了文学研究的材料，意识形态批判的材料，它的前提是要经过单纯的批评的中介，而这个单纯的批评的中介的前提，又是要有文学的单纯的文本性，而这种单纯的文本性又必然是被当下这种经验方式决定的。

昨天晚上跟蔡翔在咖啡馆聊天时谈到今天的圆桌讨论会该怎么开，他问了一个关于“批评的中介”的问题，蔡翔对我说，你要把当代文学最后落实、植根于批评，是不是想从批评里开拓出一个当代文学的空间，开拓出当代文学史的空间，一切都基于批评？我说确实这样。这是我第三个希望能引起讨论的观点，就是批评是第一性的，文学史是第二性的。我在另外一个场合，在谈鲁迅的时候我也曾半开玩笑地说，如果硬要分学科的高下的话，那么美学，即康德意义上的判断力、审美判断是一级学科；文学批评是二级学科；文学史只能是三级学科，因为文学史在文学或判断力的范畴里已经比较边缘，一大半已经在知识领域，而非判断力领域。但蔡翔马上提出一个疑问：如果批评这么关键，这么重要，这么核心，那么批评的前提是什么？凭什么批评，拿什么批评？批评的原动力又是什么？要详细地回答这个问题会说得非常复杂，但我今天可以把结论直接跟坦白一下：我觉得批评最根本的前提，就是存在的政治性。我们面对文本的时候，我们在这个时代存在自身的政治性决定了我们的批评冲动，不然的话没有必要去批评。我们不妨想想 30 年代左翼作家和批评家。他们为什么会进行文学批评的活动？是因为他们在一个大的政治环境里面，需要有政治性的行为、判断和行动。这种存在的政治性把一切都调动起来，因为你对一切都由一种牵扯到利害、美丑、真伪、对错的关心。我们今天同样如此：存在的政治性决定批评。

以这样的政治的甚至是意志论的方式谈当代性和当下，人们或许要问，难道你的当下不会整个是一个错觉或错误吗？有什么能保证这个当下和你对这个当下的投入不是个错误？还有什么比“过去”“知识”和“历史”更安全呢？这确实曾是尼采的问题，即这个被当作存在本身接受下来的当下会不会整个就是一个幻觉？也许这个问题是跟哈姆莱特关于人死以后还会不会有噩梦的问题一样没有解。对这样的质疑，我想我们只能从另一个角度来回答，即把它还原为存在的政治性本身。所有的危险其实都在这里，因为谈政治性就不得不面对可能的错误。这不是会受惩罚和处分这个意义上的错误，也不是由可能会遭受重大经济损失意义上的错误，而最终是一个生死问题。牵扯到政治范畴，人犯的错误就可能是致命的错误，你的存在就可能会被毁灭，这个意义上的错误也许不是个人在有生之年可以克服或被宽恕的，而错误的代价可能是你的全部的存在。因此这个“当下”的确是一个非常危险的东西。但当代文学最有意思的地方正在于它是一个不安全的领域，而脱离当下的东西都是一个安全的：历史、知识、文化、理论、观念，都是安全的，但当下或当代性是个不安全的，它需要我们用自己的整个的存在去努力、去判断，去行动。当代文学内的政治性和文学性，都来自这种努力、判断和行动。

对当代和当代性的强调尽管是最终是政治性的，但它离不开对历史复杂性把握。我非常同意蔡翔所说的要避免凭感觉，凭印象，凭小聪明和即兴的灵感去界定当下。感觉有肤浅的感觉、深刻的感觉，但即使是再深刻的感觉，海德格尔式的感觉，它还是一种感觉，一种所谓的决定主义（decisionism）。所以我们对存在主义的批判其实非常好。但这个问题并不复杂，而原因正因为任何对于当下的形而上学的、审美的、判断意义上的定义最后都会被无情的带入历史。尼采要价值重估一切，但尼采现在自身已经是历史的一部分了，是现代性历史的一部分了。我们刚刚谈到的关于“当下的错觉”问题，我想借此回到刘复生上午的发言。我觉得这个发言很有意思，也很有启发性。对先锋文学的批评，是我自己批评活动的开始，而格非、余华、苏童这些人，我是把他们作为同代人来看的。我在文学史的意义上，我们当时对于先锋派的把握，的确是对于一个“当下”的把握。那个当下是有未来指向的，是有政治性的，甚至是有真理性的，它表明的是我们个人的存在、对世界的想象、对未来的期待，对某种历史真理性到场的兴奋。它早已不只是一个文本的问题，不是简单意义上的批评和文本的合谋，而是一个更大意义上的文本和批评的合谋，即批评与一个时代根本的政治可能性的合谋。但在今天，我觉得先锋文学在 80 年代后期所表象的当下的真理，在今天只有神话意义了，因为在今天很难不把它看作是某种主流意识形态——个人自由，私有财产，等等——的想象性的符号预演。正因为是想象性的审美预演，所以它在当时仍然是“非功利”的。但在今天，它的非功利性和形式创新色彩就不得不被放在一个历史语境里，作为一个大的历史趋势的注脚来看。所以在这个意义上我很同意刘复生的阅读，那个时候的当下在今天已经被历史化了。这是对当代性的冒险和自我神话倾向的历史批判的克服。刘复生的文章里还引了我早先的一段话，我都忘了自己在 80 年代，在激赏几个同代人的写作的时候，还说过那么刻薄的话——我说这些先锋派的小说家，他们想象和经营文本自律性的方式，其实同个体户、小老板经营私有经济蚕食公有经济，建立自己在经济领域的尚未充分合法化的自由的方式是差不多的。在没有私有财产权、没有国际化、没有全球化的时候，在文本里已经游戏性地出现了，这是康德意义上的审美愉悦。但是，在今天，一切已经昭然若揭，一切已经在充分历史化的过程中被充分政治化，我们还能够为那种审美游戏作什么样的辩护？当我们已经可以通过文学史和文学批评的严格分析把“自我意识的童话”理解为“私有财产的神话”的时候，我很想问复生和晓明，也想问自己，这些文学经验究竟在文学史材料之外给文学留下了什么？如果先锋派只不过是一个意识形态的神话，只不过是当时的一种中产阶级化的以艺术自律的形式，语言游戏形式的一个预演，那就很可悲，因为那说明我们的文学最后只有历史意义而没有文学意义。而当代文学的内部张力是一方面要把文学历史化，另一方面是要在历史化的过程中为文学作出一个解释，什么是好的文学，我们这一代人留下了什么经验，这个经验不只是要强调我们曾经多么想做中产阶级，而是要在今天一部分人终于已经做到了的时候，回过头去审视我们个人奋斗和集体奋斗的轨迹，看看那些东西仍让我们自豪，而哪些东西让我们羞愧难当。我的意思并不是当代文学一定要给文学史流下一些正面的东西，而是说我们如何在文学的当下性中，不断地提示出文学和存在的可能性。

一个常见的关于当代文学的质疑，是当代文学缺乏伟大作品，以至于它不值得我们为之付出过多的精力。对这个问题的回答很简单：我们谈的不是《楚辞》《红楼梦》或鲁迅作品是否在价值上超过同代人的作品，我们谈的是即便经典文学的判断，仍旧来自当代经验对传统的接受和理解，而这种当代的接受和理解同接受和理解的当代的意识和经验出自同一个时空。至于伟大的文学怎么来，今天的中国文学何处去，还有没有“真正的文学”，大众消费意义上的虚构作品、网络写作还算不算文学等等，对于这些问题，我觉得，我们根本不需要考虑。我前面提到文学的单纯的文本性，前提就是我们要承认它单纯的自发性，只要我们承认存在是政治性的，存在是一种斗争，是一种想象，是一种乌托邦式的指向未来的冲动，那么这种政治性的存在就一定会找到文学，找到不满足于现状的东西、指向内心的东西。如果我们承认基本的存在的政治前提，文学就是这种存在斗争的一部分，它的命运不用我们去操心：文学会有的，伟大的文学会有的，虽然不一定在这个月或今年，甚至不一定在这个十年或下个十年，但这不是我们该操心或能操心的事情。现在有多少人写小说读小说，还有多少文学刊物，有多少文学奖，这不是我们需要关心的问题。同样，读者最多的东西并不一定是文学，韩寒安妮宝贝之类，并不在我们讨论的文学范围之内，而实际上是属于大众娱乐和文化工业，倒是同时尚、传媒、消费等归在一类，值得研究，但它们并不需要文学研究的方法和方式。

最后，我想回到当代性自身的时间构造问题。这里面又分两点，一个是它的时间构造。当下虽然是一个瞬间——永远的“此刻”，这是我们当下最严格的定义——但是这个瞬间之所以能够成为一个瞬间，这个当下的概念之所以能够确立，是因为这个瞬间必然已经是一个构造，这不是以人的意志为转移的，因为这个瞬间只能是在过去、现在和未来的紧张关系中形成的。也就是说，一个激进的当代概念，不仅仅明确地来自一种历史意识，而且能够把历史意识激进化，也就是说，把变成当代问题的内在组成部分。每一个“当下”都要被历史化，但每一个当下在出现的时候，当它把自身同历史分离开，对立起来的时候，都改变了历史本身，改变了历史化的整体格局。这是本雅明所说的“历史天空的星座”的含义。更进一步地说，也就是第二点，我想特别强调的是当代的未来指向。当代文学和文学史的关系是非常暧昧的，因为当代性既要把自身非历史化，又要产生出自己的当代文学史，要把自身历史化。但无论如何，是有一点是不会被历史化掉，不会在被历史化、文学史化的过程中完全被消解掉的，或者被完全异化的，这就是当下始终的未来指向。当下对下一个瞬间的开放性，是任何文学史都没有的，现代文学没有，古代文学没有，或者任何文学史化的对文学的理解也不包含这个东西，只有当代文学，最严格意义上的当代文学、批评意义上的当代文学，直面文本的，直面文学生产的政治性的文学概念始终包含一个强烈的、根本性的未来指向。我想这当代性和当代文学的一个终极含义，也是它最终回到历史的唯一通道和全部意义所在。

文艺文化思想领域40年回顾（1979—2019）*

今年，国内媒体上陆续开始纪念“改革开放40周年”。从学术的角度讲，这个起点也可以说是一个“话语构建”。如果从1978年12月十一届三中全会到起草《关于建国以来党的若干历史问题的决议》算起，今年刚好是40年；如果从党的工作中心开始转向社会主义经济建设算起，那么改革元年也可以说是1979年；如果从毛泽东逝世、“粉碎‘四人帮’”“文革结束”算起，那么起点早在1976年。应该说，“改革时代”的起源是一个历史关头，没有哪个单一事件可以作为它的单一起点，它带有多点、多头、多重的特点，是某种更为深层、持久的历史运动的契机，是一个历史转折的萌动时刻。

今天的年轻人中有不少人已不知华国锋是谁，但华国锋主政时，为推进“四个现代化”，采取过一些按当时眼光看尺度不小的开放措施，比如对南斯拉夫、罗马尼亚等东欧社会主义国家经济建设成就、社会发展、思想文化自由度的推崇和借鉴；又比如大举引进西方技术设备的所谓“洋跃进”。当时制定了宏伟的国民经济发

---

* 原刊于《东方学刊》2018年秋季刊（创刊号）。

展目标，口号是“三年初见成效，五年大见成效”。与此同时，许多中外文学、艺术、学术名著大量系统重印，经典电影解禁，文艺演出和广播电视节目日渐开放，大学恢复招生，学习气氛日渐浓厚。所以1976—1979年这三年时间可以视作一连串准备活动或预热活动，构成完整的“改革开放的第一个十年”的潜伏期或“前史”。一方面，这个前史自然而然地过渡到了“新时期”，所以邓小平以副总理职务行使党政军最高权力在国内外都被视为名正言顺；另一方面，这个过渡期也同毛泽东时代保持着相当程度的一致性和连贯性。

众所周知，“四个现代化”的口号在20世纪60年代中叶，毛泽东、周恩来等第一代领导人就提出来了。而早在70年代初，中国就已经退出了冷战体系，同美国取得战略缓和，甚至进行一些方面的战略合作，也同美苏超级大国之外的西方阵营，即所谓“第二世界”（西欧、日本）建立了比较正常的经济技术交往。在更为关键的意义上，中华人民共和国的前30年（1949—1976）奠定了中国近代史上第一个建立在国家主权和工业化基础上的完整国民经济布局的基础，为后30年在资本主义世界市场环境里的竞争和发展准备了物质和制度基础。在纪念“改革开放40周年”的今天，人们其实比以往任何时候都更能感受到这个基础的重要性。

在起点问题之外，这“40年”的大叙事框架在学理层面也有可以讨论的余地。我对1979年以来“改革时代”三个十年间的文化思想发展做过比较系统的研究，前两个十年的研究早已成书，目前正在完成有关“第三个十年”的专著。我的感觉是，这三个十年构成了一个历史写作（historiography）意义上的单位或整体，甚至可以说，经过这三个十年，当代文化思想史意义上的“新时期”或“改革时代”业已终结。后面的历史时间和历史经验正在以不同的方式展开，显示出与头 30 年不同的构造、问题和外观特征。所以，如果一定要以“40 年”为单位谈毛泽东时代之后的共和国历史，或许以“30 + 10”的方式谈较为容易把握。

这三个十年也不都能以数字意义上的十年为单位，比如“第一个十年”若从 1976 年算起，就长达 13 年，如果从 1978—1979 年算起则正好是十年；“第二个十年”从“80 年代”的终结开始算，以 2001 年中国加入世贸组织（WTO）收尾，应该没有什么争议，时间长度为 12 年，其中包括从 1990 年到 1992 年邓小平南方谈话之间为期三年的过渡期。若从过渡期完成的 1992 年算起，则大致是一个完整的十年周期。“第三个十年”从“入世”开始，近年来有越来越多的国际政论家看到，这个事件其实比美国遭遇“9・11”恐怖主义袭击后投入阿富汗—伊拉克战争更具有世界性的历史意义。这个十年跨度，若以 2010 年上海世界博览会为终点，就是 9 年，若以 2012 年中国共产党的十八大召开为标志，则为期 11 年。

我觉得从 2012 年十八大召开之后，一个新的时代正在展开，出现了 30 多年来未曾有过的变化和气象，严格来讲应该同前面的三个十年做一个区分。这种变化预示着一种深刻的转向还是一种新的综合，目前下结论还为时过早。黑格尔说，密涅瓦的猫头鹰只在黄昏时起飞，哲学和思想所做的不是预测未来，而是总结和分析业已发生的历史。也就是说，只有当一个历史阶段“终结”了，我们才有可能较为完整地把握它。而当一个时代正在展开的时候，人们在历史运动当中面对的往往是一个政治选择问题，是一个感觉、行动和信念的问题，而不是或者主要不是认识问题。所以我认为我们今天在“回顾”的姿态下应该把讨论的范围限定在“三个十年”的范围里。2012 年以来的六年，虽然时间也不算短了，但似乎仍属于正在展开的“当下瞬间”，所以尚不属于本文研究的范畴。

当回顾和总结中国30年改革开放的历史、把它作为一个整体阶段来看时，我觉得最关键的总体性特征可以从两个方面进行观察和分析：一是这个整体阶段同毛泽东时代中国国家性质的关系；二是它同资本主义世界市场及其制度、行为、价值秩序的关系。在界定和调整这两个关系的过程中，我们应该认识到当代中国历史行动的主体并不是存在于真空或一张白板上，而是有具体的历史条件，这些条件既为集体性的思考和行动提供了动力和可能性，也带来了种种限制，决定其实践、理论和想象的边界。在这样一个分析框架里看，这三个十年作为一个“范式”可称之为“后毛泽东时代”。与此相对，我们今天所处的、正在展开的时代或许可称之为“后邓小平时代”。必须看到，我们谈论“改革开放40年”时，实际上包含了这样一种内部的分期和复杂性。

我自己阅读和分析改革30年文化思想历程的具体方法，是以“十年”为一个单位，在此范围里做多学科、跨媒介的断代研究，通过对精心筛选出来的文本案例或思想论争的细读，力求找出其中关于整个时代的总体性问题，包括审美风格、思想难题和政治理想里面的矛盾及其“对立统一”。在语言、艺术作品和思想话语论争的微观分析层面上，我把我的方法称为“批判的政治阐释学”，即从文本的形式、概念、风格、叙述手法出发，通过持续深入的语义分析和结构分析，达到对特定历史时代的内部意识结构和价值取向的深度解释。不过从历史的维度看，这种阐释性、批判性的断代史写作，不可避免地也带有某种“当代生活的考古学”色彩。用更传统一点的讲法，我的研究也可算是变动中的当代中国文化—政治精神状况的“意识的经验学、意识的形态学、意识的现象学”建构的一部分。这种研究方法带有鲜明的20世纪80年代“文化热”的胎记，包含80年代以来中国学界对各种西方批评理论和阐释理论的大规模吸收，也反映了我本人 90 年代留学期间所受的专业训练，但归根结底，这种方法仍然是当代中国文化思想生活自身的历史发展的产物。这里所谓的“意识”或“精神”虽然带有强烈的黑格尔气息，但仍然植根于 80 年代以来中国知识界的共同经历和具体经验，包含了过去 30 年里我们对文化自觉、政治自觉的追求，包含了我们为理解中国的深刻的历史变动而做的知识上的努力，也包含了当代中国人对世界的观察和思考。我想强调的是，尽管这种努力不可避免地带有个人色彩，但它的问题指向始终是集体性的，换句话说，这个“意识”或“精神”的主语从来都是“中国”；不管它如何不时地陷入专业化术语的泥淖，它的内容始终同当代中国人在经济、政治、社会、文化和艺术创造领域里的集体性经验息息相通。

下面具体谈谈这几个“十年”。

第一个十年（1976—1979；1979—1989）与“现代主义”

所谓“80 年代”这个十年的关键在于，很多大方向，乃至总的方向，是这个时候确定的。从 1976 年到 1979 年这个“三年调整期”一般被忽略，但是其间其实发生了很多事情。从文艺、文化思想等方面看，80 年代前半期和后半期的议题不尽相同，但在后来出现的 80 年代知识分子“自我经典化”过程中，对 70 年代末到 80 年代初这个前半期的讨论和研究相对薄弱。比如我自己的知识准备、学术训练乃至早年的思想兴奋点和审美趣味，都使得我更关注那些当时看来比较精致、比较经得起形式分析的所谓现代派或实验主义作品，但这种作品成气候基本上是 1985 年以后的事情了。“朦胧诗”当然更早一点，但“现代派”引起国内外关注，形成自己的批评话语场，在专业性、社会性讨论中压倒比较僵化陈旧的“社会主义现实主义”范式，应该说是 80 年代中期的事，因为它需要知识上和体制上的积累和准备。但在今天看来，把 80 年代文艺、文化和思想研究局限在种种“新潮”范围里是一种思想和历史上的局限。这也是我对自己的 80 年代精神史研究感到不足或遗憾的地方。或许这个遗憾一定程度上可以通过更年轻一代（比如我们的学生们）学术上的成长和研究的不断深入获得比较系统的弥补。比如纽约大学东亚系谢俊就研究 80 年代前期，他现在已回清华任教，可以期待他博士论文作为专著出版后对 80 年代研究领域的精英主义、“世界主义”和唯美主义偏颇作出一定程度的矫正。

尽管内部分期上有这样的复杂性，但 80 年代总体上还是有一种鲜明的气质和方向上的一致性。我这里想强调社会存在和意识形态意义上的“原动力”为它提供的一种强大的价值定向性和社会共识，不妨称之为“噩梦醒来是早晨”的“文革后”效应。当“文革”随毛泽东的去世而终结，中国人一步步发现了外面的世界；发现了记忆或想象中的 20 世纪 50 年代这个“黄金时代”；发现了按部就班的现代社会日常生活的常态，特别是其中关于个人幸福和自我实现的常规通道，比如通过高考上大学；知道我们错过了“绿色革命”，错过了东亚资本主义发展的起飞期；看到了日本“新干线”、看到了休斯敦宇航中心；意识到自己在人均收入上几乎是地球上最贫穷的国家。这种从迷梦中醒来时所感到的“觉今是而昨非”的紧迫感，构成了又一次“时间开始了”（胡风语）般的历史断裂和历史重启。围绕“实事求是”和“实践是检验真理的唯一标准”的讨论，乃至整个“思想解放”运动，都在为摆脱“文革”十年的意识形态阴影做舆论和思想准备。在此后相当长的时间里，“文革”都是当代中国历史发展的“零点”。一方面，以此为基础的价值定向和社会共识（特别是政治精英和知识精英之间的共识），为此后30年的发展奠定了社会基础和观念框架，另一方面，这种“后文革意识”也因自身历史视野和理论视野的局限性和简单化倾向，为整个“改革40年”进程带来种种思想上的迷茫和行动上的困扰。

这些迷茫和困扰随着时间的展开逐步变得清晰化，但在“第一个十年”期间，总体的氛围是乐观进取、生机勃勃。所罗门瓶盖打开后，里边种种可能性都会被释放出来，但在刚刚打开的时候，人们直接感到的是压力的释放所带来的个人和社会能量的爆发。所以，今天人们说起80年代来，更多地带有一种怀旧感。但如果排除感伤主义的成分，我们今天在回顾80年代时可以看到，那种所谓“民间的”“个人的”“西化的”“世界主义的”“向前看”或“未来指向的”新世界想象，无一没有党的政策和国家体制在后面推动。所以从单纯的知识社会学角度看，改革开放“第一个十年”的最主要的特色恐怕应该是“官民合一”、上下一体，换句话说，是在由“后文革意识”从负面界定的改革共识统摄下的国家与社会、官方与民间、体制内与体制外及精英与大众的高度整合。从“朦胧诗”到交谊舞，从“包产到户”到现代美术展览，从个体户到大规模译介西方学术经典，都有“官方”正式或非正式的支持和赞助。国家的目标和普通人的追求高度一致，所以改革共识绝对不是空话。体制内部的开放和活力形成对全社会积极因素的吸纳能力，是弥漫在80年代空气中的乐观情绪的一个重要原因。反过来这也说明为什么1989年的政治风波以后，所谓“党内改革派”和“民间外围力量”一旦同国家体制脱钩，就立刻坠入普遍的失落、郁闷、绝望境地，很多人去了海外或几年后“下海”经商，文化知识界各种“80年代精英”圈子一时作鸟兽散，总体上没有能够把“第一个十年”在知识、文化、思想观念和人员组织上的积累和影响成建制地移交给下一个时代。

这就需要连带谈到一个问题。在今天的怀旧式回忆中，80 年代似乎是一个百无禁忌、非常自由的时代。但事实上，按今天的标准，改革开放的“第一个十年”在政治、意识形态和组织上都管得很严。一方面，“文革”时期遗留下来的人员、思想、组织和做法都在。另一方面，在党、国家和社会探索一条新的道路的过程中，来自“左”的和“右”的挑战都直接而尖锐，政策上的应对也都带有立规矩、建“先例”的意识，通过比较明确和严厉的措施为改革开放的主航道做出标记。纵观整个 80 年代，我们看到叫停“人道主义和异化”讨论、“反精神污染”“反资产阶级自由化”，直到 1989 年春夏之交的政治风波，意识形态和国家机器的运行始终没有放松。在经济上虽然倡导改革开放，但由于计划经济体制和思维的并存，市场的作用仍然有限，中国人无论在物质上还是在精神上仍然生活在由国家支配的社会空间里。80 年代精神气质其实恰恰离不开国家在经济、社会、文化、思想、组织等关键领域的具体的在场和作为，因为是后者为这种精神气质提供了合法性来源、资源上的支持、精神上的鼓励乃至物质上的奖赏。举个例子，80 年代大学生具有“精神追求”和“精神自由”，并不仅仅是因为那时候年轻人思想更开放、更富有探索精神和进取心，而在相当程度上是因为大学教育免费、毕业时由国家统一分配工作。应该说，“第一个十年”的精神自由和积极进取是真实的，但这是同国家主导的历史走向和观念框架高度一致的，是那种全社会范围里的共识与合力的一部分。

回顾“80 年代”中国文化意识的集体历程和历史遗产，非常核心的问题是重新认识这种由国家主导的、全社会的共识与合力的基础。邓小平担任领导核心时代的基本路线，现在看来其实是所谓的“两手硬”：走改革开放的道路要硬，“坚持四项基本原则”也要硬，两者不但不矛盾，而且相互依赖、相辅相成、缺一不可。无论从历史经验看还是从政治学逻辑看，中国的“改革开放”从一开始就是、在今后相当长时间内仍将是在党和国家控制、保护、引导下的改革与开放，其目的是强化而不是弱化党和国家对整个经济和社会领域的组织、管理能力。换句话说，在“改革开放”的途中，党和国家不会也不应该退场，而是应该继续作为这一过程的真正主导力量和精神能动性源泉，发挥越来越广泛、深入的作用。在今天以怀旧的方式去谈 80 年代有多么自由和开放的人，谈的其实是一种想象性的一般的自由和开放，而不是“第一个十年”里那种特殊的个人能量和集体能量的有组织的定向迸发。从这个初始的坐标看，每当我们寻求“改革开放”的再出发，我们都是自觉或不自觉地回到邓，而不是回到毛。几年前纪念邓小平诞辰 110 周年之际，我曾谈到邓小平如何作为毛泽东之后第一位真正的“主权者”，又一次明确了中国革命和中华人民共和国的“法外之法”，在修正和搁置曾经具有宪法地位的“无产阶级专政下的继续革命”路线的同时，使得社会主义中国得以延续和发展。这是作为一个整体的“改革开放 40 年”历史阶段的政治哲学内核。

在过去三四十年过程中，这个内核时而显白时而隐晦，但它的明确无误的存在，可以帮助我们理解和认识“80 年代”一些看似自相矛盾的特征。比如它的精神气质在外观上是“向前看”“向外看”的，但在当代中国更为深刻的自我认同的寻找和建构意义上，“第一个十年”又何尝不同样是一个“向后看”“向内看”的时代：看毛泽东的中国、看“五四”以来的启蒙和新文化、看整个追求“富强”的近代史、看作为“现代性”对立面的“传统”，以此为参照系探索和思考自己的下一步和未来。

“80年代”作为改革开放历史阶段的第一个十年，为一种补偿式的追赶心态和学习心态所界定，因而呈现出一种特殊的积极、乐观、肯定的精神气质；从今天看也不无肤浅、简单化、片面的遗憾。放在世界历史格局中看，这也是冷战的最后十年，中美关系的蜜月期，整个西方世界以含情脉脉的眼光看着中国，张开双臂欢迎她加入“国际社会”、加入美国主导的战后世界秩序和国际劳动分工体系。当时中国的经济体量不及美国的十分之一，技术落后，GDP排在意大利、加拿大之后，人均收入更是低于大多数亚洲国家和许多非洲国家，除了苏联“霸权主义”的进攻性政策对中国形成了局部的、象征性大于实质性的威胁和压力，改革开放的外部环境可以说风平浪静，有利于国门的逐步打开。

应该说，“80年代”如今留给人们的记忆主要是这个十年在“思想解放”上带来的新气象，特别是在文艺、文化和思想领域各种“新潮”“实验”和“论争”。至于这些新潮、实验和论争本身留下什么样的艺术经验和学术思想遗产，反倒是一个次要的问题。我在《改革时代的中国现代主义》①里把这个当代文化史上的阶段放在“现代主义”的总标题下分析，并不是因为80年代的文学、艺术、电影和学术思想作品在世界范围内的现代主义运动中取得了何等成就和地位，而是试图借助现代主义—现代性—现代化这个分析框架对一个历史转折时代作一番总体性的描述和分析。也就是说，80年代的“中国现代主义”作品，包括以北岛、顾城为代表的“朦胧诗”，以余华、格非等人为先锋的“实验小说”，以陈凯歌等人为

---

① 张旭东：《改革时代的中国现代主义》，崔问津等译，北京大学出版社2014年版。Zhang，Xudong. *Chinese Modernism in the Era of Reforms：Cultural Fever，Avant-Garde Fiction，and the New Chinese Cinema*. London：Duke University Press. 1996.

代表的“第五代”“新电影”和以甘阳、刘小枫为代表的“文化：中国与世界”青年哲学阐释学流派，并不是因为它们能够涵盖这十年间的文艺文化思想主潮、或代表着这十年间的最高成就而被选为细读和理论性分析的对象。实际上，在不同的领域里，我们都可以举出大量的“例外”：比如文学领域里王安忆、莫言和“寻根派”作家的创作（他们的文学成就和社会影响都不亚于甚至大大超过了“朦胧诗”和“先锋小说”）以及思想领域里的李泽厚等。集中选择80年代后期带有鲜明“现代主义”特征的作品作为改革时代中国“精神现象学”经验材料和自我意识表述样本的原因，更主要的还是这些作品同整个时代的历史经验结构之间的关系。在这里可以借助马歇尔·伯曼（Marshall Berman）在其《一切坚固的东西都烟消云散了》一书中使用的简单明了的表述来说明“现代主义”历史范式的基本概念和它们之间的关系：如果现代化指的是资本主义工业化大生产所带来的技术变革和社会经济层面上的变化，那么现代性指的是与这种物理上的变化相适应的社会历史经验，包括法律制度、社会组织和行为规范；而现代主义或现代派则是基于这种物质环境变化和社会历史经验基础之上的“文化愿景”、精神面貌和风格创意。

显然，“后毛泽东时代”第一个十年期间的社会经济状况、历史经验都带有强烈的追赶型现代化特征，而与之相适应的精神气质、哲学思考和审美想象更是进一步复制了这种现代化努力带有的紧迫感和兴奋感，将之内在化并转化为一种形式意义上的时空压缩和时空跳跃。无论出于突破墨守成规的文艺思想体制的需要，还是受到20世纪世界文艺特别是西方文艺主潮的影响（它本身构成了文艺和文化领域内的“补课”和“追赶”心态），80年代文艺的特殊的时代意味和趣味指向无疑都具有某种现代主义和先锋派实验主义特征，其审美、形式创新、概念方法论构造等文艺和哲学“内部关系”建构的外部参照，无疑是业已经典化的 20 世纪欧美现代派作品和哲学流派，这也是它相对于 20 世纪中国文艺和思想史其他阶段的区别特征；否则人们可以争辩，即便是社会主义现实主义小说也可以说属于广义的“现代派作品”。作为当代文化史阶段的“80 年代”在其“文化愿景”和风格追求上具有西化和现代派特征，刻意追求同“世界文学”“现代电影”和“现代性思想”经典表述体系接轨——特别是海德格尔、阐释学、西方马克思主义、后结构主义等等对资本主义主流价值观和思想具有批判性和颠覆性的理论体系。就 80 年代文艺思想观念和自我观念的内部风景看，最具刺激和吸引力的概念则是个人天才、自律性、形式创新、审美强度、哲学概念的深度或“存在底蕴”之类的未经批判的假设性范畴。以这样的作品文本或意识形态构造作为意识的形态学、经验学、胚胎学研究基本材料，目的自然不是办一个黑格尔所谓的“哲学史上的谬误陈列馆”，而是试图在历史经验的二次性形式创造和概念建构中，对当代中国文化意识的生产性和幻想性同时做出批判性的分析，也就是说，既把它作为正面的、创造性的、将自我对象化的、客观的知识来分析研究，也把它作为某种时代性执迷的征候，当作自我神话和意识形态偏见来分析，从而把历史叙事“介入”的切入点和批判的距离感都明确化、具体化。

“改革时代的中国现代主义”故事归根结蒂讲的不是 20 世纪 80 年代中国人在何等程度上达到了国际标准的现代文艺和现代思想标杆，而是他们在向往、追求和实验性建构一个哪怕是想象中的现代派符号体系的过程中，寻找到、组织起、表述出什么样的社会能量、文化资源和历史想象力—创造性。但如果这种能量、资源和想象力—创造性是中国现代主义的真正内容的话，我们或许可以说，它的历史实质乃至革命性的造型能力相当程度上来自毛泽东时代的集体经验，而“改革开放”不过为这种深层结构和集体无意识的自我表达创造了外部条件，为它浓缩、压抑的经验记忆和政治能量提供了滞后性表达的可能性。共和国早期（“十七年”）的教育和文化特权、“文革”时期的激情、混乱和幻灭、“上山下乡”运动带来的知识上的空白和经验领域的扩展和多样化、所谓“红卫兵心态”所暗示的反权威、天不怕地不怕、追求为最高的真理和信仰所指引的行动，都在这种延期爆发中得到了形式上、审美上、叙事组织和概念建构上的补偿和升华。上述经验造成了巨大的知识饥渴，知识空白，生命时间损失感；蹉跎的岁月，虚掷的十年，幻灭，怀疑，造成了一个巨大的真空，可是一旦 80 年代可以为这个真空找到一个形式的时候，这个形式好像自动把那一段时间缺失的，或者是被个人意识屏蔽的历史经验又重新吸收了进来。

历史地看，支撑 20 世纪 80 年代现代派美学成就的心理能量、政治激情、艺术想象力和创造性恰恰是毛泽东时代一个迟到的表达回归。这是一场典型的借尸还魂：这个尸是西方现代派的尸，讲得文雅点是一件外衣；从审美的“感性外观”或哲学概念的理论建构看，80 年代的作品多是一些文化符号和政治符号（比如“黄土地”“红高粱”），并没有太多的创造性。这是一种双重的摹仿，在空间维度上，具体讲在形式创新和审美游戏上，它摹仿了一个更“现代”更“世界”的艺术建制和哲学建制，但在自身“政治无意识”的表达和叙述上，也就是说，在时间维度上，80 年代文艺和文化思想讨论却在象征和“自律性”层面摹仿了新中国前 30 年历史运动和社会运动的创造性和内在韵律。通过把政治元素变成艺术符号，通过把政治行动中积蓄和扭曲的集体经验“解码”到审美和哲学领域，80 年代的“现代主义”运动通过种种高度个人化的虚无、怀疑、批判、颠覆、断裂、跳跃、狂欢的形象，成功地把当代中国集体经验里蕴含的乌托邦渴望和“不破不立”、创造历史的主体意识传递到现代主义的“普遍性高级文化”的符号编码体系中去，从而也在意识形态层面配合完成了现代化国家和全社会的期待和目标。所以即便80年代文化人在各自的领域和话语场里都追求个人风格、不惜标新立异，刻意同国家建制下的文化生产标准保持距离，但他们一旦获得一定程度上的“形式自律性”，在这种来之不易的“自律”和“自由”范围里，谈的仍然是国家民族历史文化等集体性话题，往往不假思索地把个人探索的主体性等同于集体行动的主体性。在这个意义上，“改革时代的中国现代主义”最为集中地体现了80年代精神世界的矛盾统一体，是当代中国现实的一种曲折的、高度浓缩的、大体符合“现代艺术”和“现代哲学”技术工艺标准的编码和再现。综上所述，在文艺、文化和思想领域，我仍旧坚持把“改革开放40年”的第一个十年称为“现代主义的十年”，尽管在史学材料编纂的意义上，这是一种以偏概全的写法。

第二个十年（1989—1992；1992—2001）与“后社会主义”

“90年代”以同上一个十年的突然断裂为起点，随即“国际大环境”发生戏剧性变化，苏联东欧社会主义阵营消失，西方“不战而胜”赢得冷战，宣布“历史的终结”。在思想文化上，这个十年是一个低迷期和盘整期，中国社会从上一个十年的激动和1989年的大震荡中逐步恢复，同时在变化中的世界历史格局中寻找自己的定位、道路，思考一系列为“现代化—现代性—现代派”所遮蔽的基本问题。这些问题包括：革命/告别革命（“重回19世纪”的问题)；现代/后现代（对“现代性”的批判性反思和超越的问题)；民族主义和国家的文化认同问题（社会主义与资本主义的制度差异和意识形态对立不再是思考普遍性问题的决定性，甚至唯一的框架)。

1992年邓小平的南方谈话标志着“90年代”的开始，伴随着经济领域恢复活力，文化思想界也渐渐复苏。但邓小平所说的“国际大环境”和“国内小环境”已发生了深刻变化。人们习惯性地把1992年以后经济领域里力度更大的改革开放称为“市场化”和“私有化”，但毋庸置疑，这个过程并非资本主义世界市场对中国国内市场自然而然的占领，而是由国家主导的体制性变革的结果。可以说，20世纪90年代以来的“市场经济”本身是国家干预调控培育的产物，同政府有着制约和被制约的关系乃至从属关系，其“自由”是不折不扣的“被保护的自由”。一旦这个市场因素和私有制因素获得合法性和相对独立的社会地位，它们就作为一种半自律的力量，一种“间接权力”（霍布斯—施米特）在国家和国家笼罩的社会空间内部形成一种结构性的冲击。自由交换和自发性资源配置意义上的市场在不同程度上是“内置”于整个社会的，20世纪80年代改革开放以来的市场或市场因素也一般性地被认为是对社会主义计划经济的必要补充。但20世纪90年代初开始的大规模市场化和私有化，则对既有的社会肌理和国民经济建制形成一种席卷性的冲击。这种冲击表现在文化部门，就是作为价值导向和追求目标的市场化、商品化、大众化。比如北京大学拆了南墙改为商店。在全国范围的经商热潮下，80年代大批集中在文教部门、科研部门、文化部门的知识分子“分流”到市场经济领域（所谓“下海”）或出国。留在学院和文化部门的人，则面对收入低、条件差、在政治和社会意义上被边缘化等问题，士气低落。直到1998年北大一百周年校庆江泽民讲话提出“985 计划”，国家才开始对教育和文化事业予以扶持。

90 年代，市场化在既有计划经济体制内部带来震荡（比如数千万人规模的“下岗潮”、一些工业部门奉行中外合资、“市场换技术”带来相当数量老企业的消失），但零余的 80 年代文化思想界总体来说对这个变化已经没有了回应能力。总的来讲，这十年间是一个不断应付来自市场、来自世界一波接一波的震惊和挫折感的过程，在这个过程中，中国文学艺术和思想文化在退却和“抵抗”中试图为自己筑起一道又一道防线和壁垒，基本姿态是守势，是寻求一个“安身立命”的领域。从发生在上海、具有一定全国性影响的“人文精神讨论”，到北京一些“民间学术”同人团体和刊物的出现，到当年的“先锋派”作家和电影导演转向“讲人生故事”，到批评界在“后现代”标签下对“民族”“国家”“大众”“消费”“日常生活”叙事和影像制造的肯定，无不带有这种重新寻找社会存在的确定性、寻找话语表述的稳定模式、从而为个人和集体划定新的社会立足点和思想立足点的色彩。

谈到 1989 年的政治风波时邓小平曾说，这场风波迟早要来，这是国内小环境和国际大环境决定的。“国际大环境”指苏联的终结，东欧社会主义阵营崩溃，冷战结束，中国成为唯一社会主义大国。美国领导的西方阵营和中国的蜜月期也随之结束，伴随而来的是由于制度、经济发展阶段、文化不同而发生的常态化的意识冲突。90 年代，一方面中国寻求加大改革开放力度，在经济上向世界市场并轨；另一方面则不断有挑明中国在国际社会的特殊地位、刺激国内民族主义情绪的事件发生。从 1991 年美国入侵伊拉克的“沙漠风暴”行动中高精尖武器的展示，到 1993 年中国申请 2000 年奥运会主办权被西方国家集体阻击、1996 年台海危机（其间美国曾派遣两个航母战斗群接近台海)、1998 年北约通过军事干预肢解前南斯拉夫期间“意外”轰炸贝尔格莱德中国大使馆、美国国会每年一度对是否延续中国“最惠国”待遇的辩论等，这些事件都是这种外部环境的标志，直到 1998 年“亚洲金融风暴”发生，伴随经济自由化进程的始终是意识形态领域的紧张和矛盾。在文化思想意识形态领域内，尽管 1989 年风波后的严格控制在具体或象征意义上并没有完全解除，但历史形势的巨变和日益尖锐的社会矛盾和思想矛盾，仍旧为这个十年带来了持续的争论和活力。思想史领域里的“激进—保守”争论、文化理论领域里的现代性—后现代性争论，民族主义—世界主义争论，精英文化—大众文化争论，最终所谓“自由派”与“新左派”知识分子的争论，构成了这个十年基本的回忆线索。值得注意的是，这些争论大多跨越狭义的意识形态或政治立场的分野，涉及不同政治立场的人们对当代中国社会性质、发展阶段、方向的共同认识或迷茫。比如在同样信奉现代化理论和“启蒙”立场的人中间，对“现代性”和“后现代性”的不同看法可以导致尖锐的对立和争论：认为中国现代化和启蒙进程仍任重而道远的人，对“后现代”概念嗤之以鼻；但认为“现代性”概念是对社会历史发展经验和道路的单一化、线性化、西方中心论的处理，是一件观念的紧身衣的人，则试图通过对“后现代”概念的讨论，为中国社会文化发展寻找更为多元、开放的理论参照系和价值前景。又比如，“新左派”和“自由主义者”(特别是“新自由主义者”)虽然在意识形态上对立，但在对中国社会经济生活主要矛盾的判断上却有相似性，即认为主要问题是资本主义生产方式，所以两者相对于“新权威主义”和“文化保守主义”都表示出不同程度的戒心和知识上的蔑视。单纯就学术性和理论性而言，这些争论本身未必令人满意，但它们仍旧构成了一份当代中国思想生活的社会学资料。令人玩味的是，在所有这些争论中，国家或“官方”基本持中立态度，并未过多介入。这同国家对经济领域里多元生产方式并存的现实保持超然、非政治化的态度具有某种相似性。换句话说，一个逐步走向“全民国家”的意识形态机器，已无需对“自然生成”的意识形态领域内的分裂和矛盾做出政治性干预和回应，而只需在“治理”和“仲裁权”的意义上保留权威性。这也同邓小平著名的“不争论”原则保持了某种一致性。

对90年代或“第二个十年”的基本分析，必须包括对当代中国文化思想界如何回应冷战后西方主导的“全球化”及其意识形态攻势做出某种批判的、具有思想史意义的描述。与这种排他性、自我肯定的“普遍性”相伴而来的，是包括中国在内的非西方世界如何处理自身内部的多样性、差异化和分裂倾向，如何在退守进种种“特殊性”范畴的同时，参与“普遍性”议题的建构，从而为自身历史正当性建立完整叙述，作出正面辩护。所以我以《全球化与文化政治》作为我研究“第二个十年”的专著的书名。此处的“文化政治”同我在《全球化时代的文化认同》及《文化政治与中国道路》里面进一步展开的文化政治概念有所不同，后者主要在政治哲学和文明论层面上讨论普遍与特殊的辩证法，而前者则是具体特指面对冷战后“社会主义失败”和“资本主义（全球化）胜利”这两个挑战，中国社会仓促间所做的一系列思想和认识上的调整。这本书的英文题目是*Postsocialism and Cultural Politics*，中文版出版时用“全球化”替下了容易引起误解和不必要争议的“postsocialism”一词，但后者这个只能被硬译为“后社会主义”的词的意思当然不是“社会主义的终结”，而是在20世纪国际共产主义运动遭受重大挫折（以苏联解体为标志）、中国革命和早期社会主义建设经过“文革”的极点转入“改革开放”阶段后，如何在“（资本主义）全球化”和“后现代性”（它本身是“现代性”的更高阶段）条件下，在生产方式、社会制度、文化价值体系等方面继续探索一条适合中国国情的发展道路，以及中国社会主义制度的高级版本。在这本书的导论中我写道：

> 中国现代性并没有消失在后现代性之中，而是与后者交织在一起——无论人们怎样用后工业化、信息时代、消费社会时代还是全球化如此种种多变的名号来称呼这种“后现代性”。同时，中国社会主义即是历史上的社会主义，在某种程度上也是中国现代性的文化形式，它也并没有消失在全球资本主义所定义的新的普遍性之中。相反，中国社会主义嵌入在后者里面，通过自己与世界资本主义进行繁复的协商，决定了自身的半自主性。它将后者看作自己的自然环境，但是并不视其为自己的社会文化和道德构造。①

“后社会主义”不是不要社会主义，也不是没有社会主义，而是社会主义状态本身回归到经典马克思主义所理解的“内置”于资本主义生产方式、从后者结构性矛盾中寻求变革和较为理想的社会制度和价值的实验。全球化条件下的中国社会主义必然带有深刻的复杂性和模棱两可的色彩，因为中国经济事实上是在资本主义国际分工、国际交换和国际化扩大再生产的循环中竞争和增长的，作为一种生产方式的“中国特色的社会主义”就其内部构成来讲也是一个混合经济，包括所有制、雇佣关系和劳动组织方面不同的，甚至意识形态上对立的体制的多元并存。这种混合的、内置于资本主义

---

① 张旭东：《全球化与文化政治》，朱羽译，北京大学出版社 2013 年版，第 15 页。

生产方式的实验，具有明确的理念和意志，即超越资本主义生产方式内在结构的不合理性。在这个社会劳动组织系统最终释放出更为强大的、具有创造性和人类的全面解放意义的生产力和价值之前，它事实上只能作为一个特殊的政治经济实体和文化实体存在于国际政治经济格局和文化意识形态格局之中，同其他并存的，在相当长一段时期内居优势地位的社会—经济和政治—文化系统处在“和而不同”或“和平竞赛”的关系之中。在 80 年代或“第一个十年”期间，这个复杂的处境和站位并不需要中国人过于费神，因为“社会主义”和“资本主义”两种普遍性叙事框架在“毛泽东之后的中国”奇特地找到了重合点或共识。换句话说，在这个初始阶段，“改革开放”的意义是两个普遍性意义框架共同给定的；“落后就要挨打”和“告别革命”不言自明又无需言明地合二为一。

纵观整个 90 年代或“第二个十年”，“中国往何处去”和“世界往何处去”之间的张力日益明显。中国经济发展的客观需要，迫使中国国家政策和主导意识形态必须将这种差异和矛盾内化、吸收在自身的矛盾统一体中。这种统一性不但是针对中国社会内部的多样性、复杂性和结构性紧张，而且也针对外部环境。后面一种针对性在整个“90 年代”过程中表现为对外保持低调，在国际政治上奉行“韬光养晦”“不出头”的政策，集中精力发展经济，以图通过中国经济同世界市场的接轨，对内保持增长，对外为中国政治意识形态赢得更大的空间和更多的时间。在全球性“新自由主义”泛滥的时候，中国国有经济体制的基本框架和自主性大体上得以保全，避免了俄罗斯“休克疗法”带来的震荡与毁灭。在此经济基础之上，民营和私有经济，特别是乡镇企业得到长足发展，在一个大体上相当于“新民主主义”阶段的“民族资产阶级”和“小资产阶级”的水平上为中国发展模式带来了不同的期待和想象。正是在这样的经济基础上，以王绍光为代表的“国家能力”论述；以崔之元为代表的“以俄为鉴”的“理论创新+第二次思想解放”论述；和以费孝通—甘阳为代表的“乡土中国”论述奠定了90年代中国“新左派”知识阵营的基本轮廓。这个思想界旗帜或标签下各种思想观点的最大公约数，就是拒绝唯西方马首是瞻，通过经验研究和理论辨析打开新的思路和眼界；特别是通过西方思想内部种种批判性的自我分析，来为当代中国社会思想理论创新寻找新的平台。与90年代知识思想论争场域里的其他立场、话语、流派相比，“新左派”无论从知识兴趣和学术视野上看，还是从问题意识和强烈的理论创新冲动上看，都是同80年代文化热期间的“批判的阐释学”传统最为接近的一派，也同90年代凸显出来的有关“后现代主义”的讨论形成某种或隐或现的呼应之势。

与“新左派”针锋相对的则是所谓“自由主义”立场。这个流派的主体构成包括所谓“党内改革派”及其周边“知识精英”、认同西方自由民主“普世价值”的制度接轨论者（即后来所谓的“带路党”“推墙党”）以及照搬市场原教旨主义经济学观点的中国版“震荡疗法”鼓吹者。应该说，虽然主观上讲中国“自由主义者”真诚地认为自己是西方主流自由主义价值和理论的信奉者和追随者，但在实际上，当代中国“自由主义”的思想光谱和理论视野比西方自由主义理论要窄得多，其主要兴趣在于通过简单的“好与坏”“善与恶”“民主与专制”“自由与禁锢”的对比，将一个理想化的西方现实作为一个抽象的范本，急切地希望移植和照搬。所以在社会变革的政治学理论意义上，当代中国的“自由主义”不是温和渐进派而是急进革命派；不是宽容的平等的辩论方而是以绝对普世真理自居的传教士。作为政府和社会现实的批评者，自由主义言论自有其博得人们同情或起码是谅解的地方，但在知识上、学理上常年在拾人牙慧、人云亦云的低水准上徘徊，在政策和政治领域更是难以获得任何具体实际的效能，基本上只能作为一种情绪化的存在，标识出当代中国社会内部的认同的分裂。

90年代文艺文化思想领域的成就总体上比较浅显粗糙，表现出剧烈转型期的茫然和匆忙。其中比较引人注目的“亮点”是民族主义、大众消费趣味、日常生活在表象层面的浮现，通过形象、故事、评论和争议构成“第二个十年”的一道风景线。对此，80年代遗留下来的文化精英从“左边”和“右边”都表示出极度的不满和不屑，但知识精英的否定态度丝毫也没有能够压制或左右这个趋势的蓬勃发展。事实上，民族国家、消费大众、私人生活恰恰是作为有关以阶级和阶级斗争为主导的历史规律、以“升华”和“创造”为核心的精英主义高级文化和推崇集体性、公共性和服务奉献精神的社会主义生活哲学的替代品而出现在当代历史舞台上的。在文艺生产领域一个有意思的现象是，比较成功的、赢得国际国内广泛赞誉的作品，大多能成功地调和矛盾、搭配这些不同的社会基本要素。比如余华的《活着》、陈凯歌的影片《霸王别姬》和王安忆的《长恨歌》。当然，80年代他们就都已崭露头角了。

90年代是一个艰难的转折期和爬坡期，能够应付来自各方面的挑战，平稳走出来相当不容易。面对如此紧张的局面，仍能够在文艺思想、文化政策上保持相当程度的开放、宽容和灵活性，在今天看来更是了不起。“第二个十年”的文艺文化思想生活，虽然不如上一个十年那样意气风发、斗志昂扬，但历经时代的巨变劫后余生，仍能够缓过气来、大体上自然地回应和反映社会历史变化，并随着中国经济和日常生活领域的发展和发育，随着经验和知识的积累，逐步形成了自己内部的积累、脉络和走向。

第三个十年（2001—2012）与“中国道路”

第三个十年可以说是前两个十年在更高层次上的综合。所谓“更高”，首先是指中国经济的爆炸式增长，从 2001 年“入关”起，中国经济接连追上意大利、法国、德国、日本，仅次于美国居世界第二，而且在几年后（2014 年左右），制造业产值超过美国，之后经济体量按购买力平价（PPP）计算也超过美国居世界第一。在这十年期间，以美国为首的西方世界从 2001 年起将主要精力转向打击伊斯兰原教旨主义势力，2008 年又经历了金融危机的巨大震荡，客观上给中国经济、社会和文化的成长提供了一个相对平静的外部环境。内政意义上的“和谐社会”“科学发展观”“不折腾”等在客观上也与这一轮爆发式经济增长所需的社会环境和思想环境相适应。在经济飞速成长和大环境相对稳定的基础上，借助 2008 年美国金融危机、中国成功举办北京奥运会等外界因素的刺激，中国人的集体自信得到了空前的恢复，中国经验、中国道路、中国模式乃至“中国梦”这样的议题表明，当代中国文化思想已经开始在“文明”的层面重新认识自己、认识自己在世界上的位置、认识自己同普遍性概念的关系、认识中国道路的世界意义。

经过 20 年的努力，以 2001 年中国加入世界贸易组织为标志，中国产品大举进入世界市场，首先表现是低端产品，此后迅速在产业链、价值链往上攀升。很快人们就发现，进入世界竞争体系的不仅仅是中国的廉价商品，更是覆盖整个产业链的中国制造业和组织这个世界上最庞大工业生产体系的政府，最终是作为当代中国人终极形象的劳动者大军。所以我研究“第三个十年”的方法论，是从摹仿、表现、再现、语言风格和叙事结构的范畴出发，去分析当代中国文艺文化思想领域对“行动中的人”的系统摹仿和再现。摹仿（mimesis）是“摹仿行动中的人”，这是亚里士多德《诗学》里对艺术和艺术所表现的现实之间关系的基本定义。这种方法当然也是马克思主义经济基础决定上层建筑、社会存在决定社会意识的基本方法的运用。

所谓“行动中的人”就是人的历史性实践，包括生产实践和政治实践，它们一同构成了当代中国这出戏剧的最基本的“动作”和“情节”。进入改革开放“第三个十年”后，我们回溯性地看到，正是中国人的集体劳动塑造了并正在塑造着当代中国的历史世界和生活场景。当代中国人的社会行为、心理动机、语言表述、情绪律动、想象方式总体上是这种生产活动和与之相适应的社会组织的“表象”和“再现”。这一观察视角和分析对象的调整，也是对前两个十年间文艺文化思想活动呈现给研究者的方法论问题的一个修正。“80年代”和“90年代”的思想文化和艺术生产，除了对当时政策和社会情绪的直接回应（比如“伤痕文学”“改革文学”，等等）或简单的“政治波普”样式的材料拼贴（在当代中国先锋艺术圈子一度盛行）外，在自觉追求“艺术规律”“学术规律”“理论创新”方面，总体上带有某种幻想和“超前”特点。所谓“幻想”指的是在某种现代化未来学想象暗示下对所谓世界性、普遍性的主观投射、认同和自居；同时，这种幻想风格也一定程度上建立在对过去（毛泽东时代）的简单否定造成的历史虚无和价值真空之中，表现为对某种绝对人性和个性的孤立而盲目的膜拜，以及对任何“新事物、新观点”的无批判无分析的接受和赞赏。在这样的价值空洞和意识形态幼稚病基础上能搭建什么样的艺术作品和思想作品，结果是可想而知的。所谓“超前”，指的是脱离中国社会发展的实践（包括其可能性和局限性两个方面），以“觉醒的个人”和“创造性天才”的身份在某种“更先进”“更高级”、更为一个想象的西方所接受的文化体制和审美—哲学脉络中去炮制“中国故事”“中国影像”，营造一个海市蜃楼般的形式自足体。不能不说，这是整个“中国现代主义”和“自律性”风格的一个软肋，使之始终难以摆脱形式主义、抽象晦涩、主观性和高蹈特征。这种倾向在主流现代化、发展主义论述里的表现，就是想当然地照搬西方经济学教科书，以宗教狂热般的态度鼓吹私有化市场化而无视中国社会发展的特殊性，无视中国革命和中国社会主义国家的法理基础、政治正当性以及政府和社会政策在生产领域和民生领域的重要性。

如果说前20年中国经济的绝对落后和相对落后一定程度上造成了新时期中国知识分子习惯性地把自己的头脑嫁接在一个想象性的“世界文明主流”上去思考，那么在“第三个十年”里中国经济的“史诗般的增长”曾有助于人们发现中国社会发展和文化思想活力的真正的源泉：中国社会主义工业化带来的新的生产能力、新的劳动组织和新的自主创新能力。而这一切在整体上是对中国发展道路的肯定，也为在知识、思想、艺术、审美层面上感受、观照、分析和表述中国提供了基本的历史实质和历史内容。它让我们看到，真正改变中国的既是组织在中国社会化大生产体系中的普通劳动者，也是作为这个系统能动因素之一的那个“看得见的手”，即中国各级政府和各行各业的管理者。他们一同构成了那个集体性的“行动中的人”；他们的动机和动作构成了“中国故事”的最基本的情节。这个情节在前20年处在隐晦边缘的状态，但在第三个十年则作为故事的核心摆在了读者的面前。

所以毫不奇怪，在“第三个十年”中，长篇小说、多集电视剧和大型表演（比如各文化古都和旅游胜地打造的“印象”系列）成为文艺创作中最为抢眼的样式。80年代曾经有人呼唤“史诗”，评论界指责文艺创作“对不起我们的大时代”，但史诗千呼万唤也没有出来。到了“第三个十年”没有人再谈这个问题了，整个社会的注意力都在房产、股市，但真正的关于“改革开放时代”及其前史的大叙事出现了。我目前正在完稿的对于这“第三个十年”的研究集中处理这种鸿篇巨制。2018年春季学期，我在北京大学中文系开设了“21世纪中国文学的现实表象”讨论班，课上集中讨论了《兄弟》（余华）、《生死疲劳》（莫言）、《一句顶一万句》（刘震云）、《天香》（王安忆）等长篇小说；讨论了西川的汪洋恣肆不拘一格的诗歌创作；也对《大工匠》《士兵突击》《潜伏》和2008年北京奥运会开幕式、2009年六十周年国庆阅兵式的影像资料展开了分析和讨论。

这几部小说在时空跨度上都很大，比如《兄弟》上下部写了40年的历史，分别处理改革开放前后两个20年；《生死疲劳》写了从1950年1月1日至2000年12月31日整整50年中间的五道轮回；《天香》写晚明上海地区的三代女性把闺阁变成绣坊，在负起大家族经济责任的同时，完成了从“女红”到“商品”到“艺术品”的三级跳；《一句顶一万句》则由“出延津记”和“回延津记”勾连起了晚清—民国和改革开放后两个世界。不过它们都不是传统意义上的历史小说、传记小说或家族史—地方志小说，而是通过语言、风格、结构对当代现实进行摹仿，表现出当代中国独有的动感、创造力和历史可能性。这几位作家虽然背景和风格卓然独立，但都在颇具个性的艺术手法之外，带有强烈的写实和“叙事”倾向和高度的摹仿性。比如《兄弟》里李光头对等价交换及其真实性的摹仿和作者对李光头经验风格和语言风格的摹仿；比如《生死疲劳》里人的意识对动物意识状态的摹仿；比如《一句顶一万句》人物对话的“绕”和“码放”对解体过程中的礼俗社会内在的“理”的情感结构和逻辑结构的摹仿；比如《天香》里人物刺绣编织活动对作家本人写作劳动的摹仿。这些小说同它们时代的关系，让我们想起但丁、塞万提斯、果戈理这样的经典作家同他们所处的世界之间的关系，它们像是在当代中国人面前举起的一面镜子，让我们在其中看到了自己，看到了自己的外在行为和内在行为的戏剧化、喜剧化的对象化形态。

这里我想特别提一下莫言在《生死疲劳》中对人和动物关系的混合式寓言表现手法。这 50 年来的集体经验和个人经历对任何“再现”的企图都提出了巨大挑战，这种挑战既是对形式手法技巧的挑战，也是对情感方式、伦理道德、政治判断和历史判断的挑战。显然，在理性、“智慧”和“技艺”层面，当代中国人的准备尚不能说充分，在种种历史问题和价值问题上仍存在深刻的争议的裂隙。于是主人公轮回托生的动物形态，就成为一种特殊有效的感知方式和表现方式。中国几十年来、特别是近二三十年来的变化太快太剧烈，令人震惊不断、应接不暇、难以消化。“作为一头猪我是清醒的，作为一个人我是糊涂的”；或“作为狗我风情万种，作为人我冷酷无情”的意识的双重性、暧昧型和游移不定，就成为一种寓言性地把握现实、结构行动、表达情感和记录经验的有效方式。它使得作家能够更为自由地去摹仿人在历史中的行动、把实践安置在意识和语言的世界，尽管这要求在意识和语言的形态和结构内部进行某种颠覆和再创造。在这样的叙事框架里，历史经验和历史实践的“动作”保留了其生动性和意义的复杂性，从而在语言的艺术作品里复制了历史经验的震惊力量。这种力量决定了作品的史诗性和喜剧性（黑格尔意义上的喜剧），具有文学语言本身那种解放，那种自如，让语言回到自身世界、找到受众语言人、模仿受众语言人他们的语言、用这样一种共享的语言去像一面镜子一样模仿我们自己的动作，让中国人在文学作品里面像照镜子一样看到自己。

从文学这个特殊门类我们看到“第三个十年”带来了一种叙事艺术的回归，回归到观照自己。这本来是天经地义的事情，正常的文艺生产一般就是自身集体行动和集体经验的观照。但80年代是拿外部镜子照自己，所以往往自惭形秽。90年代则是拿着一面四分五裂的镜子看自己，难于拼凑出一个完整的形象。到“第三个十年”，这个形象终于出现了。这个形象包括长篇小说中的讽喻形象和寓言形象；流行电视剧里的即时形象或幻想形象；也包括在汶川抗震救灾、奥运会开幕式、六十周年国庆阅兵式、世界博览会开幕式等事件里折射出来的国家形象和集体形象。从这些形象里，中国人直观地看到了自己作为实践者的行动、成就和可能性。所以“中国道路”“中国模式”乃至“中国梦”这样的话语出现在这个十年是一点也不奇怪的。随着这种“中国实践”“中国形象”“中国故事”的出现，知识思想界、特别是青年学者群体中间出现了阐发这种实践、形象、故事中的意义，介入世界性的意义争夺和价值建构的要求和期待。这对于“第三个十年”学术思想的走向，具有深刻的意义。

“第四个十年” 与“新时代”

按中国共产党和中国政府换届算，“笋四个十年”始于2012年，迄今只有六年。这六年来在政治、经济、组织、宣传各个部门出现了许多重大变化，给人感觉是一个新时代、新局面的开始。但在文艺文化思想生产领域，大体上我们看到旳仍是上一个十年的延续和发展，比如“中国道路”“中国梦”话题的深入讨论，比如对马克思主义政治经济学作为基础理论对分析当代中国社会的重要性的认识，比如“现实主义”在当代中国文艺生产中的回归。随着中国知识界开始在“文明”层面上介入普遍性问题的思考和讨论，随着中国文学、艺术、思想的当代传统不断向历史纵深开拓，随着中国人平均教育水平的迅速提高，我们可以期待有更吸引人、更鼓舞人心的作品出现。随着中国经济的快速增长，中国大学如何跻身世界一流大学之列也被提上议事日程。在人文社会科学领域，对中国过去 40 年做深入、细致、长期的经验研究，应该是中国学术成长的路径。这一切都有待中国学界迈出具体、坚实的步伐。

“第四个十年”的基本特征，应该是中国文化更为自觉地成为当代中国集体实践和集体行动的一部分，与中国社会主义生产方式形成有效的互动。“中华民族的伟大复兴”的具体内涵，是由经济范畴、政治范畴、文化范畴共同构成的政治经济和文化政治统一体的形成。这个统一体的形成必然是一个同各种各样分裂和肢解这种统一体的力量作斗争的过程，其中包括将经济与政治、政治与文化、文化与经济分割开来的倾向和企图，也包括在各个范畴内部的分割分裂，比如政治范畴内的所谓“三权分立”，或经济范畴里的“市场原教旨主义”，和文化领域里的种种形式主义“自律性”“原子式个人”“普世价值”和唯美倾向。所有这一切都对今后中国文化思想和文艺创作构成了观念上的禁锢、诱惑和挑战。

假定中国经济的持续高速增长能够继续保持 20 年到 30 年，中国社会主义工业化和“后工业化”的生产方式不但将“生产”出世界史上最大的经济实体，也将生产出全新的生活世界和全新的中国人。在消灭“小生产者的汪洋大海”（包括消灭“农民工”这样的半无产阶级）的意义上，中国正在向一个充分“无产阶级化”的

“新人”的国家转变；但这是一个充分掌握现代生产技术、生产组织管理和自主研发能力的“无产阶级”，也将是一个在文化艺术和思想上富于创造性、体现“人的全面发展”并在追求自己的自由和幸福同时带来一种新的价值的人。在这个过程中，对中国主权形态、社会制度以及政治文化正当性的辩护将逐步让位于对人类发展的积极实验和正面价值论述；换句话说，中国文艺界、知识界和学术界应该逐步适应和引导一场由“弱势”“守势”向均势乃至强势的过渡。但即便这个时刻早于我们的预期到来，相信中国生活世界的社会主义性质和中国文明得以保持的习俗、审美和道德规范能够有助于为当今世界带来一种更为平等、宽容、合作共赢的格局。而这一切都要始于足下，通过中国劳动者的生产效能和精神面貌，通过中国人在改造现实和改造自我过程中创造出来的形象、故事、意义和价值而获得客观世界中的接受与承认。

附录：政治为文艺确立主体

——就《在延安文艺座谈会上的讲话》发表67周年答《中国社会科学院报》*

在中国革命的整体历史脉络中理解《讲话》

记　者：《在延安文艺座谈会上的讲话》（以下简称《讲话》）谈到了“革命文艺”“‘五四’以来的文化战线”等概念，并指出革命文艺应当服从于“完成民族解放的任务”。那么，如何在中国革命的整体历史脉络中理解《讲话》的意义？

张旭东：这里所说的中国革命，实际上包含历史层面的和政治层面的，一个是广义的革命，即“五四”乃至辛亥以来的“反帝、反封建”的社会革命和文化革命；另一个是共产党领导的阶级革命，毛泽东把它们统一于“我们为中国人民解放的斗争”，但无疑后者（阶级革命）是前者的更高阶段、为前者提供政治实质——它更自觉、更有组织、更具有历史抱负和理论意义。在我看来，《讲

* 原刊于《中国社会科学院报》2009年6月2日，记者何兰芳。

话》是要在这个交叠处和转折点上，根据一种更为明确而严格的政治的逻辑，来整合一个相对混杂的文化领域。这个明确而严格的政治的概念，在《讲话》里是这样表达的："政治，不论革命的和反革命的，都是阶级对阶级的斗争，不是少数个人的行为。革命的思想斗争和艺术斗争，必须服从于政治的斗争，因为只有经过政治，阶级和群众的需要才能集中地表现出来。"与此相比，当时的文艺思想要模糊得多，因为在文艺生产空间的内部，阶级问题一直是复杂的、不清晰的。

我们都记得鲁迅1927年国共分裂前夕在黄埔军校所作的题为《革命时代的文学》的演讲。很多读者以为鲁迅在这里谈的是革命文学，实际上鲁迅讲的是革命时代与文学的关系，更准确地讲，是指出在那时候的中国，革命和文学之间尚没有发生有机的关联。鲁迅表面上是在劝告革命军队里的文学青年，在革命时代抛掉没有用的文学幻想，投身革命，因为只有革命缔造的现实和从革命中涌现出来的"革命人"，才可能带来革命文学。这一点同托洛茨基《文学与革命》的看法并无不同。但鲁迅话里的另一层用意，则是作为一个辛亥革命的目击者、一个在革命之后沉寂了多年的幻灭者和怀疑者，在大革命的当口，提醒青年（和他自己），那时的中国仍旧不是革命的国度，中国文学的历史境况介乎"大革命之前"（此时，文学的基本样式是"哀音"和"怒吼"）和"大革命时代"（文学"暂归沉寂"）。鲁迅特别提到，在中国，因为旧世界和旧阶级还远没有被埋葬，所以我们也没有像样的、可以同苏俄传统中"挽歌式"文学相媲美的作品。

可见，"五四"之后中国新文化的内在紧张，仍是意识的"新"同现实的"旧"之间的矛盾，是对历史和时间限于停顿的恐惧感和虚无感。尽管鲁迅的黄埔演讲充满希望，但大革命还是失败了，革命文学被提上议事日程也似乎变得遥遥无期。放在这个历史脉络里看，《讲话》的出现是极为惊人的。距血腥的 1927 年才仅仅 15 年，毛泽东已经在延安这个“革命的现实”中，面对投身革命事业的“革命人”，具体地讨论革命文学的内在性质和技术细节了。鲁迅在悲观、怀疑的时刻，仍强调革命的第一性、主动性和创造性，期待革命塑造的现实和新人能产生出真正的新文学和新文化。毛泽东却是在大众革命的历史运动中，依照政治的逻辑，把革命文学的观念，转化为革命文学的行动；把革命文学的理论，同革命和革命文学的实践有机地结合起来。

所以《讲话》不仅仅以新的革命的现实（或者说作为现实的革命）规定了中国新文艺的内在性质，也通过一系列对新文艺的期待和要求，反过来肯定了革命的现实性、具体性和作为历史主体的创造性。《讲话》不只是呼吁新的政治和新的文艺之间的有机的、有意识的结合，而且是通过对这种结合的必要性和必然性的严密论述，在理论上建构出一种全新的历史意识和主体性。这种意识和主体性一旦在理论上确立起来，就会对它们所观照的现实产生巨大的、积极的反作用。从土改到新中国成立，到共和国最初 30 年的社会主义文化现代性建设，《讲话》一直具有规范性的指导意义。当它在 1942 年的延安出场时，它对“五四”孕育出来的一代新文化人的激动人心的划时代意义，在今天恐怕是难以想象的。

从文化与政治的互渗重叠来看《讲话》

记　者：《讲话》指出：“文艺是从属于政治的，但又反转来给予伟大的影响于政治。”如何在文化政治的意义上理解毛泽东的这一看法？

张旭东：我想这里我们同样有必要区分出两个不同的层面。在一个较为抽象的层面上，文化与政治的相互渗透和重叠，是“五四”白话革命和新文化运动的核心，也是中国现代性的核心。“文化政治”的概念，是我在系统地阅读和分析西方政治哲学和文化哲学的谱系后得出的结论，它贯穿于现代西方民族国家的兴起、市民阶级自我意识的价值论述，乃至当前全球化背后种种有关“普遍性”与“特殊性”的辩证冲突。中国现代性内部的文化政治的逻辑，是通过革命和革命的意识形态论述展开的，只有在这个大前提下，我们才可能理解文艺与政治的关系。如果承认20世纪中国的文艺是20世纪中国人生存斗争的记录和表达，那么这种文艺内在的政治性和价值指向是不言而喻的，《讲话》中说革命的文学艺术运动和当时的革命战争，“在总的方向上是一致的”，就是对这种内在于文艺的政治性的肯定。否认这种政治性，无疑等于否认文艺自身最为内在的规定和可能性。在这个意义上，现代中国任何“唯美主义”倾向都注定是没有出息的、琐碎的、无聊的。

但在一个具体的、特殊的层面上，我们应该看到，《讲话》的直接语境是，战争环境下革命文艺如何为革命斗争服务，如何成为革命斗争机器的有效组成部分，如何服务于一个总体性的政治目标。所以这个“从属”，又带有一种特殊的军事意味，《讲话》在它的世界观改造意义和理论意义之外，也的确对战时军队文艺工作具有指导意义。人民共和国的社会空间、意识形态空间和文化空间相当程度上都是从这个军事化或准军事化结构中派生出来的。在和平建设时期，在社会主义现代性自身的“常态化”趋势下，如果《讲话》被机械地、教条地当做指导文艺生产和文艺批评的金科玉律，就会蜕变为一种官僚主义的条条框框，从而同它所要求的积极的、创造性地将新的现实主体化、将新的主体现实化的文艺活动规律相背。《讲话》所期待的新的历史主体及其审美表达的形成，本身有一个基本的前提，就是个人和集体的政治认同形成过程中充分的选择自由；是对“新中国”（“中国是向前的，不是向后的”）的执著追求和活跃想象；是通过新的文艺媒介去寻找新的读者大众、界定新的阶级主体和国民主体的意愿和决心。所有这一切，在延安时代都是给定的、不言而喻的历史前提和思想前提。但在日后的社会发展过程中，随着社会生活的日益复杂化，这些基本前提是需要不断地修正、反思和重新理解的。当代读者对于《讲话》的隔阂，说到底是由对《讲话》产生的历史条件和思想条件的陌生感所致。但这也反过来告诉我们，我们对于自身经验，是多么缺乏历史反思和政治意识。很多前人想过的事情，我们今天得自己想了。

《讲话》的指导意义：文艺批评应挺立政治主体性

记　者：《讲话》谈到了文艺批评的重要性。我们知道，自 20 世纪 80 年代以来到现在，发生在中国的文艺批评界的一个重要现象是西方后现代理论的大量引进，这给中国学术界的文艺批评带来了活力，但也导致了严重的问题。毛泽东一直强调文艺批评的双重标准：文艺标准与政治标准。那么，对于文艺批评工作者来说，如何结合当前的现实来理解、贯彻文艺批评的政治性，且既不致因教条主义的政治批评而压制了文艺创作的自由，又不致因标榜所谓文艺的自主性而在政治上失去应有的立场？

张旭东：这是个很好的问题。套用西方理论无的放矢地乱谈一气，的确是一个问题。更大的问题是文艺批评的商业化、功利化、大众传媒化、垃圾广告化、江湖化。这些都是当前中国文化乱象的一部分。它们当然不属于严肃的批评，但这种现象的普遍存在使得严肃的批评越来越难了。批评本来是确立标准的——它在终极意义上要下判断，要告诉人们什么是好，什么是坏；什么是美，什么是丑；好在哪里，美在哪里；为什么一件文艺作品同我们个人和集体的存在息息相关——可如今偏偏批评本身变成一种没有标准、随意、缺乏独立性、受时尚和利益左右的东西。所以对今天中国的文艺批评界来说，达到《讲话》所说的那种双重标准，实在是太高的要求。毛泽东讲过，世界上怕就怕“认真”二字，而共产党最讲认真。读《讲话》，我们能感到那种认真，这是“要做天下的主人”的阶级才有的认真。反观我们今天大多数文艺创作和文艺批评的马虎和不认真，也许正是“主人”意识丧失的表现。这种政治上的无主体性能带来什么文艺上的“自主性”，也就可想而知了。

第四辑

当代文学里的城市与自然史

上海的意象：城市偶像批判、“小文学”与现代性神话的消解*

一

在《都市感与现代主义的出现》一文中，雷蒙德·威廉斯展示了现代与城市之间的共生关系是怎样通过五个连续的步骤，被历史地、概念性地重构出来。首先，现代都市体验是同出现在大城市里的“陌生者的人群”分不开的，这一现象在历史上曾造成巨大的新奇感和震惊。其次，这群人中的个体在孤立的状态下实现着自我，其矛盾冲突表现为“意识的极端性和不稳定性”，这种冲突在主体的流浪中达到顶点。第三个环节是想象的客体性与新生的主体性之间的对抗，威廉斯把这种主体性称为城市的“隐蔽性”和“不可穿透性”，如同柯南道尔笔下的伦敦，雾气蒙蒙、昏暗幽深、错综复杂，像一个巨大的犯罪现场，这一切经过侦探小说独到、敏锐而理

---

* 原刊于《文学评论》2002 年第 5 期，发表时名为《上海的意象：城市偶像批判与现代神话的消解》，张维维译。

性的描写得以表现。[1]

在第四个环节上，威廉斯对城市/现代性的分析来了个辩证的急转弯：城市中那些彼此疏离的男男女女却也是一个新的联合体，或称为“人类的团结”。从这个角度看，乌合之众的形象变成了有民主革命潜能的“各种群体”和“大众”的现象。现代都市最终成为“超越城市与民族旧观念的新的社会、经济和文化关系开始形成的地方”（第 44 页）。最初的陌生感在“城市的活力、变化，以及正在释放的多样性的灵活性中”被消解（第 43 页）。但是，威廉斯的语调并不乐观，他接着指出第五个环节，我们不能把大都市的新形式与资本主义的不均衡发展、帝国主义和殖民主义割裂开，因为后者通过“财富和权力的磁性集中”而为“各种亚文化向帝国的首都汇聚”奠定了基础（第 45 页）。这一等级制度不仅表现在军事方面，而且“从发展主义的立场”，往往被“理解为启蒙和现代性的进步”（第 44 页）。然而，由于这一庞大系统的社会关系极其复杂，它也产生非同一般、富于创造性的思想与艺术，为“多样性和政治异议”创造了条件。因此，所有那些资本主义全球体系中不平等和暴力的因素，并不能将大都市的世界主义文化一笔抹杀（第 44 页）。

大都市的这种二元性特征，把我们引向现代性的两个关键问题。一是商品、市场和资本令人迷惑的运作，包括新的形式、欲望和意识形态，以及源源不断地产生这一切的动力；这种现象依然是历史解码学、现象学和叙事学研究的中心任务。在这方面，雅克·德里达 1994 年的惊世骇俗之作《马克思的幽灵》，不仅及时地暗示

---

① Williams, Raymond, and Pinkney, Tony. *The Politics of Modernism: Against the New Conformists*. London: Verso, 1989, pp. 37—47. 本文下文中只在括号中给出页码。

我们，昔日那个被压抑的幽灵从未消失，而且更是在召唤幽灵的知性意识。也就是说，它在召唤资本自身的幽灵学。这必将激发我们对城市展开新的阅读，如果没有对资本主义历史材料的分析，就不可能有对现代大都市富有成果的阅读。①于是便有了阅读大都市的第二个问题。实际上，在最为复杂和重要的层面，对大都市的阅读是一种文化阅读。在《历史哲学论纲》（1940）一文中，瓦尔特·本雅明说：“任何文明的记载同时也是野蛮的记载。”②在城市的语境中，我们不仅要从经济与权利的关系这一角度来理解作为文本和文化纪念碑的城市，而且要从城市的符号表达和组织机构这一领域来理解，即考察各种各样的对社区、经验、记忆和记述的任意消除或改写。正如本雅明所说，这里有一条连续的权力链，它不仅玷污了“文化财富”自身，也玷污了文化财富从一代人向另一代人的流传。③与其他社会/文化的人工作品相比，大都会更贴切本雅明关于人类文化遗产的观念，而一个历史唯物主义者必须对这种“文化财富”尽力保持“谨慎的超然态度”，并且必须带着与崇敬和迷恋同样多的“恐惧”去对之进行观照。

波德莱尔等早期现代主义者把对现代大城市的诗性直觉作为自己的中心任务。这就是在瞬间中抓住永恒，在永恒中捕捉瞬间。在威廉斯笔下，这一诗性任务变成了批评、分析的命题。在他看来，新的疑问是由都市经验中的张力形成的，这种张力由两种对立的倾向造成，即人的解放和人的异化，激发灵感的刺激和趣味的标准

---

① Derrida, Jacques. *Specters of Marx: The State of the Debt, the Work of Mourning, and the New International*. London: Routledge, 1994.
德里达：《马克思的幽灵》，何一译，人民大学出版社 1999 年版。

②③ Benjamin, Walter. *Illuminations*. New York, N. Y.: Schocken, 1969, p. 256.（中译本可参考本雅明：《启迪》，张旭东、王斑译，牛津大学出版社 1998 年版。）

化，对生活的生机勃勃的多样性和死气沉沉的物化。现代人在社会、知识和艺术上的困境，有种种历史条件的多重决定，但现代人又渴望超越困境，现代性的生存境况就在这一语境下展开。

二

参照威廉斯关于现代性的政治学观点，上海主题这个符号再现的过程，在社会经济史上被看作是一种普遍性的意识形态冲突。在此意义上，上海这个最现代的中国城市，表现为不同的意识形态和物质力量的汇聚，表现为这些力量在控制和争夺中彼此间的冲突与妥协。然而，从文体政治的角度，对上海城市文本产生的历史条件及其特有的张力的讨论则较为少见。1931 年，周乐山的散文《上海之春》所描写的这个现代大城市里的个人遭遇，很容易让人联想到波德莱尔的《巴黎的忧郁》。作者描写一个无聊、忧郁而伤感的都市人在自然消失殆尽的野蛮的城市，徒劳地寻找春天。他徘徊于城市，为的是把城市的异化和颓废与漫无目的的行走进行比照。作品的情节与波德莱尔笔下的诗人冒着生命危险穿行在巴黎街道上，为寻找失去的光环的自传性经历相似。然而波德莱尔的结尾是诗人把失去光环看作不祥之兆，而周乐山的第一人称叙事者却在一个卖花的小贩那儿最终发现了供出售的“春天”的迹象。①

作者列举了各种人拒绝亲近自然的理由，于是得出结论：上海人根本看不见春天。他们住在城市的封闭体内，这个封闭体使他们

① 周乐山：《上海之春》，最初发表于《良友》杂志，1935 年第 56 期，收入《上海：记忆与想象》，文汇出版社 1996 年版，第 71、78、75、74 页。

浑然不觉，陷于一连串令人眼花缭乱的事物：有声电影、剧院、赛马、百货大楼、赌博、舞厅派对，还有起起落落的商业、战争和城市犯罪，这一切充斥着报纸和广告，他们的城市生活仅仅是孤立的个体在与外界冲突时表现出的被动和无能为力，人与城市相互作用的关系濒于瓦解。作为一个渴望扩大生存范围（“春天”或“自然”不过是这一存在的寓言性替代）的文人，作者发现他的日常生活已经萎缩为整日躺在床上读报：“还是用看小说的态度去看‘本埠新闻’的最多”，“例如，看绑架案，好像看《水浒传》；看烟、赌、娼案，好像看《海上繁华梦》；男女私姘的新闻，好像看《玉梨魂》；看弃妇在法院的诉苦词，好像看《红楼梦》……”①

在都市众多事物中，作者却单独强调把报纸新闻当旧小说阅读这件事。他突出了一种心理幻象，并在传统与现代之间展开的叙述，充分表现了现代大都市造成的冲突与刺激的体验。在带有寓言性的、对社会历史时空不连续的置换中，令人感觉突兀的现代上海被当作日常经验呈现出来。然而，这只能说明现代经验和思考能力的匮乏。因为在城市物质文明的旋涡里，旧小说仍然是“上海受教育阶层的背景”。《上海之春》还表现了经济、社会乃至种族方面的极端差异与矛盾，春天只在“静安寺路与法国公园的附近，那儿有美丽的园林，但那是给白种人和高等华人栖息之所，住龌龊弄堂的人是欣赏不着的呀”。②对作者来说，现代上海令人懊恼的不仅仅是城市人口“沉浸在一个他们不停工作的模型（机器）里”，还有内部的断裂——现代大都市内部彼此疏离的各部分之间的不可兼容性。

---

①② 周乐山：《上海之春》，最初发表于《良友》杂志，1935 年第 56 期，收入《上海：记忆与想象》，文汇出版社 1996 年版，第 71、78、75、74 页。

张爱玲作品中也有类似“旧式”意象的寓言。张爱玲在上海和香港长大，生活经历基本上是城市的；她对城市极端的爱恋需要一种艺术的框架，一种经过独特的、常常是在对传统趣味和情感的反讽中形成的诗性的过滤。在《公寓生活记趣》这篇关于个人生活的散文中，她写道：

> 我喜欢听市声。比我较有诗意的人在枕上听松涛，听海啸，我是非听得见电车声才睡的觉的。在香港山上，只有冬季里，北风彻夜吹着常青树，还有一点车的韵味。常年住在闹市里的人大约非得出了城以后才知道他离不了一些什么。城里人的思想，背景是条纹布的幔子，淡淡的白条子便是行驶着的电车——平行的，匀净的，声响的河流，汩汩流入下意识里去。①

熟悉张爱玲冷峻而优雅风格的人，都知道她的语言和鉴赏力是中国“旧”文学塑造的。其文本与后者的共生关系到了无法分割的程度，但作品中的反讽又使作者和“旧”时代保持着不可跨越的距离。这些构成她对城市详尽描述的核心。正是张爱玲相当真实地观察到，上海是新旧文化交叠扭曲的产品，上海人不过是“传统的中国人加上近代高压生活”被“磨炼”出来的。②也就是说，在张爱玲眼里，每一个现代中国人都是不折不扣的上海人。这样的归纳也许并非过于简单化：上海的现代主要不是来自已成现实的这个物质

---

① 张爱玲：《公寓生活记趣》，最初发表于《天地》杂志，1943年8月第3期，收入《上海：记忆与想象》，第95—101页。

② 张爱玲：《到底是上海人》，最初发表于《杂志》月刊，1943年8月第5期，卷11，收入《上海：记忆与想象》，第82—84页。

上的现代化孤岛，而是来自它尚待成形的、不稳定的、探索性的地位。其表现力似乎总存在于人与城市的连续不断的遭遇。这一遭遇究竟是令人因痛苦而难忘，还是令人心醉神迷，取决于叙事者的个人视角。

然而，上海的现代性与国内其他地方相比，又是极不均衡、异质和自相矛盾的，它在世界资本主义体系中既不算边缘但又不够稳定的地位，使它产生出一种永远无法满足的欲望，这是它较为清晰的自我图景和自我属性。上海渴望由普遍现代性来界定自己的“本质”。然而它只能在有关现代性本质的一系列海市蜃楼般的幻影中去拼凑这座城市“起源”的神话。与巴黎或纽约的现代社会文化相比，上海的城市文本主要表现为物质、社会和政治意义都处于分裂状态的一种脆弱的现代性。这形成了它的形式、风格和意识形态的特殊的力度和紧张感。①因此在我看来，对上海城市现代性进行批评性分析的核心，不在于对现代都市特征的罗列。如果执意描述外表摩登的上海，结果就往往会陷入未经深思熟虑的“唯名论”，自觉不自觉地用一系列统计和符号，如建筑、消费时尚、娱乐、文学风格等，来检查上海是否符合一般现代大都市的形象，并用这种缺乏创见的攀比来代替对城市文本的历史分析。

其实从上海的角度看，由于每一种现代性观念总是在受到热情拥抱和辩护时受到彻底的怀疑、挑战和批评，它就总是在被极端地相对化同时又绝对化，而每种倾向都依靠其对立面的政治能量和形

① 班德（Thomas Bender）在比较纽约和巴黎的城市现代性时，认为纽约在社会学意义上的现代远早于巴黎，后者对“把现代作为一个整体秩序化和概念化”的呼吁不仅是以彻底的现代性为条件的，而且还是以其已经确立的，在文化上很重要的传统秩序为条件的。这一观察肯定与上海—巴黎或上海—纽约的比较相关。见 Angela Vistarchi 编《作为文本的城市》中班德著《作为文本和语境的城市：纽约的公共文化》，*Rivista di Studi Anglo*，《美国百科全书》，卷 VI 第 8 册，第 15—34 页。

式化激情而存在。上海的现代性不是完整的现代性，而是在不平衡的、过度编码方面的不稳定的现代性。这样的现代性往往是纯粹的虚构，但它又同时作为意识形态和乌托邦，在各种相互矛盾的语境中被阅读。在创造更具体的神话和本体论形式时，上海这片滋生现代神话的沼泽地又动摇了它的确定性和明晰性。从这个意义上说，上海也许是目睹现代性普遍的核心困境的最佳地点。正如霍克海默和阿多诺在《启蒙的辩证法》中所描述的，现代性是由神话发蒙的历史过程；启蒙总是创造现代性自己的迷思(myth)。①其实，毫无批判地描述和再造上面提到的有关上海现代性模式本身就是知识/意识形态冲突的一部分。因为想象中的冒险和文化上的考古只有在系统地重写中国现代史的过程中，在重写个体和集体的日常生活领域的过程中，才能完整、充分地得到实现和证明。

上海的现代始终是一种非地域化的现代，并且只能在它追逐某些与众不同的东西中，在其变异和变体中被捕捉到。通过制造一张复杂的符号、形象和叙事之网，上海跟其他主要的现代大都市一样，成为一个活生生的造物，其存在与自己的各种镜像、影像和神话叙述密不可分。没有有关上海的各种镜像、影像和神话叙述，这座城市在历史地图上的坐标是无法确定的。对这样一个文本的批评性阅读，其目的不是解释文本，而在于把握它的政治寓意。城市作为一种感官上的抽象物，总是通过政治抓住其物质意义，并形成它自己的拜物主义。这就是瓦尔特·本雅明列举的对卡夫卡，以及对“19 世纪首都”巴黎的阅读所要表明的看法。曾有人认为卡夫卡之于现代性就如同古典神话之于传统社会，但本雅明指出，我们应照

---

① Horkheimer, Max, and W. Adorno, Theodor. *Dialectic of Enlightenment*. New York: Continuum, 1990, Chapter 1.

字面来理解卡夫卡。因此他不把卡夫卡作品中无所不在的父子关系视为一种心理分析的比喻，而看作是对人类历史上武断的司法和政治体系的比喻。父亲是“惩戒着”，“在卡夫卡的世界里，许多事物都表明官僚的世界与父亲的世界是相同的”。①

从“字面上”理解上海，并不意味着我们要纵身跃入有关上海的文化工业批量生产，这种批量生产作为现代神话，在充斥城市空间的广告中有最纯粹的表现。相反，我们是要通过城市层出不穷的材料、社会政治语境来阅读和揭示城市掩盖的多元决定关系。这意味着关于上海的阅读和书写是在题材、风格和话语之间、之外、之上创造一种特别的语言、知识和政治空间，来揭示其多元的杂交性，以及由各种对历史的宏大叙事造成的看不见的缝隙，这些宏大叙事也包括那些号召回到个人的、日常的、琐碎的、常态的反宏大叙事语言（anti-grand narrative rhetoric）。王如彼得·奥斯本所以，这种“反宏大叙事”修辞早已成为我们这个时代最流行且最不容忍异议的宏大叙事。②如果存在着关于上海的非主流文学，那么它们在知识结构和表现手法上都带有意识形态的倾向性。有关历史材料的正确性和比喻的多样性，不可能只通过把一个文本、一个事件或一个时代从概念和意识形态的框架中孤立起来得以保存；它们只能通过批评的力量来保持历史的张力、推移，以及连续性和偶然性。本雅明研究城市的方法表明，把时间作为研究复杂的城市历史和文化的线索有其方法论上的有效性。他在解读卡夫卡时曾说：

那些被忘记的永远不是纯粹的个体的东西。所有被遗忘的

---

① Benjamin, Walter. *Illuminations*. New York, N. Y.: Schocken, 1969, p. 75.

② Osborne, Peter. *The Politics of Time: Modernity and Avant-Garde*. London: Verso, 1995, p. 27.

都与在史前世界中已经被遗忘的相混合，形成不计其数的、不确定的、不断变化的复合物，产生各种不断流动的新奇产品。遗忘是一种容器，在这里，卡夫卡故事中无穷无尽的中间性事物不断地从黑暗中涌向可见的世界。①

循着本雅明的精神，我们可以把上海的非主流文学既看作遗忘的文学又看作记忆的文学。更进一步，我们还应把它看作是对上海具体形象的现象学和政治学的恢复、修补和拯救。上海的形象回到了历史沉思的凝视中。如果这种光环是由西方的殖民飞地或与城市中产阶级的自我想象有直接关系的话，那么上海在这一互动过程中并不像传说中的那样通体摩登，光彩照人。它其实是不可归约的历史之流中的一些碎片，其流动性和复杂性，都在不断建构和解构着空间、文化及商品等变幻无常的风景。

近来媒体和学术在重新探索中国启蒙和革命大叙述（master-narrative）方面颇有成果，但是要复原当地城市及资产阶级日常文化的“真实性”的努力——如程乃珊有关旧上海的作品，文化业为大众消费制造的老上海形象的暗示——显露出一种意识形态的热情和形而上的语法规则，而这两者作为日常生活史，又都依赖于同一种使上海屈服于遗忘的抽象。与此相反，我们的注意力应该转向对上海形象的历史连续性和不连续性的发掘，这种形象研究实际上是批判的偶像学研究的母题。

一种流行的观点认为，上海只要保持相对于国内其他地域的差异性和特殊性，就在民族国家之外获得了一种更具有全球性和普遍

---

① Benjamin，Walter. *Illuminations*. New York，N. Y.：Schocken，1969，p. 131. 中译：张旭东、王斑译，牛津大学出版社 1998 年版。

性的身份认同。在日常生活领域，这意味着上海的国际魅力与中国其他地方乏味的村俗气，以及由社会主义体制打造出来的千篇一律的单调性不可同日而语，但这种观点表现了论者对历史和理论研究范围的意识形态的假设。这种假设试图通过对中国启蒙和革命话语进行意识形态上的修正，来颠覆激进的普遍主义话语，但却没有考虑到革命、战争、社会主义改造等，都是中国现代性经验不可缺少的组成部分。因此，90 年代和 30 年代在上海的怀旧式的大团圆，只能是全球化消费时代的一出意识形态肥皂剧。以当今流行的意识形态作为重建上海新形象的文化语法，可以使上海形象前所未有地适合于世界政治，但它却忽略了上海在不同的时间构造之间的充满了内在裂缝和交叠的历史经验的积淀。

三

如果说 1949 年以前和 1992 年以后的上海，在当前的国际性“上海热”中占尽优势，那么我们应怎样看待 1959 年的上海，把它列为城市偶像批判的一个历史环节呢？《上海解放十周年》这本书使我们得以窥见那个历史的瞬间。该书通过第一篇文章《攀登新的胜利高峰》，引出由著名作家（巴金、胡万春）、理论批评家（靳以）、艺术家（童芷苓、黄宗英）和“民族资本家”（刘鸿生）等撰写的文章所组成的历史叙述。该书开篇就表明一个强有力的、充分自信的主体的到场：

攀登高山同在平原上走路不同，当你登上一座高峰，擦一擦脸上的汗水，迎着清风，回头看一看走过来的道路，你就会发现：路是艰难的，可是，我们已经走得多么高了呵！①

当然，这种主体性是用于对抗一个强大的意识形态敌人。文中所说的“高峰”是从前的百老汇大厦（1951 年重新命名为上海大厦），这是可以俯瞰苏州河外白渡桥的 21 层标志性建筑。②为了提供一个更好的角度来表现这幅图画，这里还有一位正在上海做客的“证人”，这位“证人”就是 W.E.B.杜勃依斯（Dubois），他是美国“知名的黑人学者，我们时代众多历史事件的见证人”。几天前他刚刚在北京和毛泽东、周恩来一起庆祝了他的 90 岁生日。

一九三六年，他到过上海，在外滩一带住过几天。二十三年以后，当我们登上上海大厦的阳台，俯瞰市区全景的时候，他指着外白渡桥以南的那一片绿化地带，再三地问：“这确实是外滩吗？”这里没有了帝国主义国家的军队和水兵，没有了流氓和妓女。这是人们比较容易想象得到的；变得这样干净，这样美丽，这样景色迷人，是人们比较不大容易想象得到的。这就难怪杜勃依斯不敢相信他所看到的就是当年住过的外滩了。当他再次得到肯定的答复以后，他说：“变化太大了。”风很大，我们劝他到屋里休息。这位历史学家却站在那里，迟迟不动，像钻进了一部描写天翻地覆的伟大历史事变的书册里，

① 参见《上海解放十周年》，上海文艺出版社 1960 年版，第 3 页。

② 百老汇大厦，1934 年完工，被认为是上海建筑国际风格的早期代表，市中心三个最高的建筑之一。直到 80 年代早期它仍然是个主要的豪华宾馆，在 90 年代东方明珠电视塔修建以前，这座建筑宽敞的阳台是个享有特权的地点，在那儿可以从空中看到码头及整个上海市区。周瘦鹃是鸳鸯蝴蝶派小说的旗手，1956 年他参加鲁迅遗体重新安葬的仪式时，曾写了一篇对这座建筑表示敬佩的文章。1970 年以来，由于苏州河的污染，难以忍受的恶臭对这座建筑物的魅力构成威胁。参见杨嘉佑：《上海老房子的故事》，上海人民出版社 1999 年版。

舍不得出来一样。①

于是，上海新形象把自己作为时间真正的开端；它必须使这个城市的旧形象作为一种被否定的前历史而相形见绌，并迅速而完全地被新形象所吞没。

根据可靠的统计材料，一九四九年上海工业总产值不过是三十亿九千万元，只相当于一九五七年上海轻工业局一个系统一年的产值。这当然不是说，中国人民经过一百年以上的时间，只创造了这么样一个并不大得惊人的工业基地。我们创造的财富，要到纽约和伦敦、东京和巴黎，到那些百万富翁的金碧辉煌的宫殿里去找。帝国主义王冠上的最美丽的宝石中，凝结着中国劳动人民的心血。留在我们这里的，却不过是他们压榨中国人民的牢狱和屠场，强迫中国工人进行不折不扣的奴隶劳动的工厂和企业。上海真正成为我国人民的工业基地和文化中心之一，是在中国人民掌握了自己的命运以后。而当人们一旦认识到是为自己劳动、使用自己的劳动为自己创造幸福的时候，我们上海的面貌也就迅速改变了。②

这种革命历史的正统观念在提醒人们，在殖民主义和帝国主义存在的历史框架里，上海的形象有一个不容忽略的历史根源。这也是现代都市的物质条件和社会政治语境的有机组成部分。把过去的具体性从历史视野中消除掉是构成新的上海城市偶像的先决条件：政治/经济的观念，阶级斗争的观念，世界解放，以及最为重要的

①② 参见《上海解放十周年》，上海文艺出版社 1960 年版，第 3 页。

技术进步的观念。这种目的论和人们不遗余力努力的结果，在 1949 年后大规模的工业化中可以得到证实，而且它很快就把上海从以消费为主导的丰富多彩的城市转换成统一的社会主义工业中心。①

《上海解放十周年》的作者们毫不含糊地制定了新上海的叙述规则，以及新旧对比的语法规则核心，因此我们开始读到冗长的统计数据，有关工业产量的（1949 年至 1958 年间增长了 5.5 倍），钢产量的（18.5 倍），纺织产量的（2 倍），以及上海在全国工业产量中的份额“令人振奋的下降”（从 1949 年的 30％降到 1958 年的 14.3％）。②从巴金把受到流氓骚扰和外国人欺辱的万恶的旧上海与像“一个充满阳光的大公园”的新上海进行对比的描写，到刘鸿生传奇般地由资本主义企业家转化成自愿的“共产党的拥护者”的有力、简洁而坦诚的讲述，这本书的其他撰写人也都体现了这样的叙述规则。③

为了给新的大叙事进一步提供道德和政治理由，这一叙述规则进而被提到形而上学的高度。但我们不应忘记，历史上它曾经是大多数中国知识分子所认同的跨意识形态话语，是把中国现代性作为启蒙、解放和“先进的生产力”的正当性话语的顶峰。④新生的历

---

① 上海 1952 年—1978 年间经济结构的变化是一个证据。这一时期，上海工业部门的国民生产总值的额度从 52.9％上升到 1978 年的 77.4％；但服务部门的国民生产总值从 41.3％急剧下降到 18.6％。参见高汝熹、余亦虹：《上海经济的停滞与再起飞 1953—1993》，汪晖、余国梁编：《上海：城市社会与文化》，香港中文大学出版社 1998 年版，第 79 页。

② 高汝熹、余亦虹：《上海经济的停滞与再起飞 1953—1993》，第 74、82 页。

③ 参见巴金：《上海，美丽的土地，我们的》，《上海解放十周年》，上海文艺出版社 1960 年版，第 9—16 页；刘鸿生：《为什么我拥护共产党》，《上海解放十周年》，上海文艺出版社 1960 年版，第 174—185 页。

④ 2000 年 10 月，谢晋，上海人，也是国内第五代导演产生世界性影响之前大陆最重要的电影工作者，在美国史瓦斯摩学院（Swarthmore College）的中国电影讨论会上对听众说，他的作品可以“文革”为界被分为两部分，前一部分的每一部作品都统一于同一个主题：新旧对比。

史主体把新出现的历史母题同旧上海的形象谱系分离开来。这一跨历史的断裂最终带来了有关对上海写作的反拨。打着“情趣”“颓废”“为艺术而艺术”旗号出现的新城市文化偶像（外滩、酒吧、舞场、广告、新感觉派、张爱玲，等等），一跃而成为新的现代性主流话语。

一种新的时间和空间的辩证法在酝酿中，它包含了对“历史新纪元”（50 年代）和“历史终结”（90 年代）的双重扬弃。

四

鲁迅对上海日常生活的复杂性有着鞭辟入里的观察。这使他超然于北京与上海文人小圈子的敌对，也避开了已经形成的叙述形式（如茅盾所尝试的那样）所描摹的上海图像。他的杂文是对日常世界的勾勒，而不是知识的概括。这标志着上海在非主流文学（minor literature）中的历史性出场。1935 年，他在《上海的少女》中为上海的少女画了幅肖像，可以说，在城市文学的长廊里，鲁迅的这篇作品可与波德莱尔笔下的巴黎妓女和普鲁斯特笔下的上流社会女仆相比肩。文章从对势利的上海服饰——对于时刻处于社会地位和经济状况变化中的上海市民阶层来说，这是性命攸关的大事——进行社会学观察开始。这种观察很快就转向购物的仪式和禁忌上，那些讨价还价的上海妙龄时髦女郎认为这些才是城市最重要的秘密。

> 挑选不完，决断不下，店员也还是很能忍耐的。不过时间太长，就须有一重必要的条件，是带着一点风骚，能受几句调

笑。否则，也会终于引出普通的白眼来。

鲁迅继续着他的观察：

> 惯在上海生活了的女性，早已分明地自觉着这种自己所具有的光荣，同时也明白着这种光荣中所含的危险。所以凡有时髦女子表现的神气，是在招摇，也在固守，在罗致，也在抵御，像一切异性的亲人，也像一切异性的敌人，她在喜欢，也正在愤怒。这神气也传染了未成年的少女，我们有时会看见她们在店铺里购买东西，侧着头，佯嗔薄怒，如临大敌。自然，店员们是能像对于成年女性一样，加以调笑的，而她们也早明白着这调笑的意义。总之：她们大抵早熟了。①

我们可以把鲁迅这篇暗色调的小品视为上海非主流文学隐蔽的起源。这种非主流文学传统，也是一种女性话语，与种种潜在的意义相交织。这是上海现代性神话的基础，它的主题往往是日常生活的艰辛。在拥挤的社会空间里各种人共存的忍耐和聪慧；家庭幸福飞逝的惆怅。城市记忆借以流传的语言是闲话，是日常生活的具体形式，是女性。

在王安忆 90 年代的作品中，上海形象通过女性获得了详尽的叙述和变异的象征。1995 年，王安忆在《我爱比尔》中，讲述从艺术院校退学的学生阿三和 80 年代在上海的外国人之间浪漫而又斤斤计较的感情纠葛。阿三生活在自己的想象中，以为只有西方人才

① 鲁迅：《上海的少女》，《申报月刊》第 2 期，1933 年 9 月 9 日，收入《上海：记忆与想象》，文汇出版社 1996 年版，第 91 页。

有生活。王安忆这样描述阿三的生存方式：

> 现在，阿三已经划进专门为外国人准备的那类女孩子，本国的男孩子放弃了打她们的主意。这就是阿三至今没有遇上一个中国求爱者的缘故。她生活在一个神秘的圈子里，外人不可企及。谁也无法知道她们日常起居的真实内容，那就是有时候在最豪华的酒店，吃着空运来的新鲜牦肉，有时候在偏远的郊区房子，泡方便面吃，只是因为停电而点着蜡烛。她们的时装就挂在石灰水粉白的墙上，罩着一方纱巾。还有她们摩登的鞋子，东一双，西一双的。①

当阿三不稳定的生活以其松散的直观意象把这个城市的形象拉在一起的时候，她也受到城市的凝视，这很容易让人想到鲁迅笔下店员的注视，这种注视使上海少女过早地成熟。当阿三穿好衣服，在豪华酒店对面的旅游纪念品商店做决定时，她的犹豫看上去就像一场规定好的游戏中一个必需的时刻：

> 阿三细长的发梢在微风中轻轻飘荡，她用一个小玻璃珠子坠住它们，使它们不致太过扬起。她的细带细跟镂空鞋有一只伸下了街沿，好像一个准备涉水的人在试着水的流速和凉热。她的身姿从后看来，像是一个舞蹈里的静止场面，忽然间她的身体跃然一动，她跨下了人行道，向马路对面的宾馆走去。女老板的脸上浮起了微笑，似乎是，果然不出她所料。②

---

① 王安忆：《我爱比尔》，南海出版公司 2000 年版，第 80—81 页。
② 王安忆：《我爱比尔》，南海出版公司 2000 年版，第 83 页。

然而对阿三来说，豪华酒店不仅仅是城市中的又一座建筑，而是有一种有关存在生活本身的巨大的象征意义，甚至有着某种乌托邦的成分：

> 她喜欢这个地方。虽然只隔着一层玻璃窗，却是两个世界。她觉得，这个建筑就好像是一个命运的玻璃罩子，凡是被罩进来的人，彼此间都隐藏着一种关系，只要时机一到，便会呈现出来。①

可以肯定地说，要在那个命运的玻璃罩子下实现这种“隐藏的关系”，也是上海的集体想象与一种想象的、理想化的现代性相联系的一种方式。这就是为什么每次阿三想逃离不完美的现实时——具体表现为堆满垃圾和塑料袋的肮脏的房间，她总是发现自己已经坐在了豪华酒店的大堂里。“与这些外国人频繁建立又频繁破灭的亲密关系，磨蚀着她的信心，她甚至已经忘了期望什么”，但“有些东西，越是看不明白，才越是给予人希望”。②就像她用来跟她的情人/顾客交流但从没掌握好的外语，“与她隔着一层膜的，必须要留意它的发音和句法的语言，是供她制造梦境的材料，它使梦境有了实体”。③用本质上非常抽象和理想化的东西来表现上海居民对感觉和细节的沉溺，在表现这种特有的浪漫方面，也许没有什么能比得上阿三对那些白种男人“希腊式的侧影”的迷恋和她带有白日梦色彩的外语癖。有一次，阿三和法国美术品贩子马丁热烈地拥抱在一起准备过夜。王安忆用不动声色的评论迅速打断了他们：“阿三

---

① 王安忆：《我爱比尔》，南海出版公司 2000 年版，第 86 页。
② 王安忆：《我爱比尔》，南海出版公司 2000 年版，第 106 页。
③ 王安忆：《我爱比尔》，南海出版公司 2000 年版，第 98 页。

也抱着他，两人都十分动情，所为的理由却不同。马丁是抱着他的一瞬间，阿三却是抱着她的一生。”①上海对现代性的自恋常常就表现为它试图抓住历史飞逝的瞬间，而使其转化成某种无时间、可依托的东西。对于怀旧的上海来说，世界资本主义全球冒险的一个瞬间往往成为这个城市的全部——她失去的光彩，她现在的焦虑，她对自己逝去的黄金时代之未来再现的温柔憧憬。

与此相应或相对的是，上海下层居民把琐细的日常生活坚定不移地变成一种具体的抽象。这是王安忆近期作品一再出现的主题，其中资产阶级生活方式——作为一种模式，一个原版，一种理念——似是而非地为上海中等阶层平民生活提供了一种理想形态。这样被想象、被怀念出来的上海从来就没存在过，但它也永远不会消失；它比真实存在过的布尔乔亚日常生活形式更具有神话般的持久性。王安忆曾描述了“文革”中期，在下放同伴的父母居住的老公寓里，主人公与上海隐居的资本家邂逅。作者声称：“这公寓里竟是这样的生活（布尔乔亚式的生活）保存得这样完好，连皮毛都没有伤着。时间和变故一点都没影响到它似的。”②

> 这客厅，你说放在哪个年代不成？三十年代，四十年代，五十、六十也勉强可以，然而，这是七十年代风起云涌的关头。说他们没希望了，可他们却依然故我，静静地穿越了时代的关隘。它们也可以说是落伍，和时代脱节，可看起来它们完全能够自给自足，并不倚仗时代，也就一代一代地下来了。③

---

① 王安忆：《我爱比尔》，南海出版公司 2000 年版，第 73 页。

② 王安忆：《生死契阔，与子相悦》，《妹头》，南海出版公司 2002 年版，第 161 页。

③ 王安忆：《生死契阔，与子相悦》，《妹头》，南海出版公司 2002 年版，第 162 页。

上海资产阶级在时间流逝中沉默、像幽灵般地浮动，这是王安忆 90 年代的作品中值得记忆的形象之一。她对这个阶层既真诚又反讽的挽歌，也同样可以在那个阶层的存在与消亡中得到很好的理解。上海布尔乔亚死得似是而非，因为它是在其意识形态的复活和胜利中，在汹涌的商品和消费大众的海洋里遭到灭顶之灾。资产阶级文化的残余实际上不是作为概念或形象，而是在具体的事物中，被市民阶层的都市人作为非地域化的城市幽灵进行复制和消费，并被延岩，被仪式化、普遍化和神圣化了。在近年来的作品中，王安忆越来越倾向于把上海描写为变与不变、忧郁和理想、清醒和神话的迷宫。1999 年她在小说《妹头》中，女主人公妹头是一个上海弄堂里中下层居民“摔摔打打的宝贝”。这是王安忆笔下又一个值得记住的城市人物形象。上海市民阶层按照其心中模糊而又琐碎的布尔乔亚形象，充满激情，百折不挠地建立起日常生活的具体性和神话性。关于妹头父母公寓的“大”房间，王安忆写道：

> ……那两张床，也并没有一点因为涉及私人生活而生出狎昵气，相反，它们使得整个房间有了居家的气氛，因而变得温馨和实惠。并且，它还在某种程度上缓解了房间的俗丽格调，它们是堆砌过度了……但它们由于是那样的满满当当，实实足足，倒正好反映出他们实是出自一颗纯朴的心，它本着勤劳的原则，照着中产阶级的摹本，描画了自己的生活。①

对上海中下层社会风俗的研究，使王安忆得以用惊人的细节和准确的近距离描写，表现日常生活领域的物质空间。这种细描手法

---

① 王安忆：《生死契阔，与子相悦》，《妹头》，南海出版公司 2002 年版，第 8 页。

非但没有陷入自然主义的“细节肥大症”，反倒揭示出当代消费大众在日常生活形态下的原始状态。她在1991年的散文《上海的洋房》里，给上海的日常生活画了幅肖像：

> 今天，上海洋房里的生涯已经变得十分可疑。浴缸和洗脸池上的热水器龙头由于年久不用生了锈，洗澡须用水壶提了热水倒进浴盆，偌大个浴盆内倒进一壶热水仅够铺底。并且这样的房子，厨房往往是在底层，提一壶热水走上楼梯总有点冒险的味道。房间里的壁炉成了装饰，且还妨碍面积的利用。映着壁炉的火光沉思默想的美丽图画，隐退到极远的历史中去了……这样的房子，原是供一户人家享用的，如今却由许多家分享。一扇后门几乎被信箱、牛奶箱，电铃分割完毕，分别写着赵家，李家，王家、张家，孙家，顾家和刘家。……昔日的洋房只留下一个名誉了，内中的生活是不堪推敲的。①

社会主义大杂院对“上海的洋房”的消解，紧接着又在商品化时代对社会主义现代性和集体价值的消解那里获得了喜剧式的再现。在此，不同时代之间的亲密关系被赋予了一种微妙的历史意味。城市传奇毫无自我，甚至在城市衰老的面孔上喜气洋洋地茁壮成长和繁衍生息。它与文学中的对应物——《长恨歌》中一个衰老的女人，一位前上海小姐——混合在一起。

把两种不同的事物、两个不同的时代联系在一起的是一种抽象：赋予虚幻的人物、缺席者和已故者以一张脸、一种声音的活现法，赋予它们一种根本没有意义的意义。正如德勒兹讨论的那样，

---

① 王安忆：《上海的洋房》，《接近世纪初》，浙江文艺出版社1999年版，第50、51页。

“活现法（prosopopeia）是一种修辞，它赋予无形的、无法理解的世界以有形和意义，它是一种被自身的比喻性所标记和缠绕的比喻，在现实中，这种比喻性只是模糊地掩饰了这一语言背后的虚无”。[①]正如德曼所说，活现法是“对缺席者，死者或无声的实体的一种虚构，它赋予后者回答的可能性和言说的权利”。[②]王安忆小说所记录的忧郁，是在历史死亡的面具背后虚无的挣扎，或者是对这一虚无的恐惧。[③]

这就是使王安忆笔下的上海女人画像变得清晰的城市背景。实际上所有的女主人公都有某种共同点，王安忆认为这种共同点却惟独在老套的、矫揉造作的上海模式里找不到。因为它完全是反浪漫的，而且与上海日常生活残酷的物质和社会条件缠绕在一起：

> 切莫以为有那几行悬铃木，上海这城市就是罗曼蒂克的了，这里面都是硬功夫，一砖一瓦堆砌起来。你使劲地嗅嗅这风，便可嗅出风里沥青味，还有海水的咸味和湿味，别看它拂你的脸时，很柔媚。爬上哪一座房子的楼顶平台，看这城市，城市的粗粝便尽收你眼，那水泥的密密匝匝的匣子，蜂巢蚁穴似的，竟是有些狰狞的表情。你也莫对那二十年，三十年的旧梦有什么怀想，那只是前台的灯火，幕后也是这

---

① Deleuze, Gilles, and Guattari, Félix. *A Thousand Plateaus: Capitalism and Schizophrenia*. Minneapolis: University of Minnesota Press, 1987, p. 188.

② de Man, Paul. “Autobiography as Defacement”, *Blindness and Insight*. Minneapolis: University of Minnesota Press, 1984, pp. 75—76.

③ 对《长恨歌》的具体讨论，详见张旭东《上海怀旧：寓言、悼亡，与王安忆 90 年代的文学创作》，见《立场》杂志（positions: east asia cultures critique），第 8 卷第 2 册，2000 年秋季号。中译发表于《中国学术》2000 年第 2 期。

密密匝匝的蜂巢蚁穴，里头藏着的，也是咬牙切齿，摩拳擦掌的决心。①

在王安忆笔下，城市的“粗粝的”“狰狞的”外表，它的“密密匝匝的蜂巢蚁穴”，它的总体形式包含着连接不同时代的时间的秘密隧道。在《长恨歌》里，后革命时代的上海纨绔子弟（如“老克腊”）试图从外滩上那些外国洋行的乔治风格的建筑后面找到通往过去的时间的秘密管道。但他们只能无功而返，因为他们着迷的只是这座城市的浮华而感伤的外表。王安忆却从没有漏掉过由上海女人承载着的颠倒的上海城市形象。在这一寓言身份和意义上，不连续的时间和空间找到了一种叙述和语言。在与《长恨歌》几乎同期完成的散文《寻找苏青》中，王安忆在40年代这位流行小说女作家的形象里捕捉到上海作为一个被解构的“传说”的时间/空间结构：

说起来也是，这城市流失了多少人的经历和变故，虽说都是上不了历史书的，只能是街谈巷议，可缺了它，有些事就不好解释，就有了传奇的色彩，这也就是人们常说的，上海历史的传奇性的意思，其实，每一日都是柴米油盐，勤勤恳恳地过着，没一点非分之想，猛然间一回头，却成了传奇。上海的传奇均是这样的。传奇中人度的也是平常日用，还须格外地将这日用夯得结实，才可有心力体力演绎变故。别的地方的历史都是循序渐进的，上海城市的历史却好像三级跳

① 王安忆：《上海的女性》，《人世的沉浮》，文汇出版社1996年版，第359、360页。

那么过来的，所以必须牢牢地抓住做人的最实处，才不至恍惚若梦。①

上海女人的强韧和实际，与上海的中产阶层男人形象形成鲜明对比。②被男性现代主义者施蛰存以自我解嘲的眼光看作“上海的多愁善感”的事物，而在王安忆看来，却是被上海都市人当中的中产阶级作为“秘密”行乐或“偷”乐来源而仔细收集的平凡的具体。这是一个主体问题，同时也是非主流文学传统的真实内容，王安忆试图用这一传统作为现代都市上海的社会文化谱系。③在这个“小块、边角料、碎枝末节”的文学中，苏青的形象明确了上海女人的形象，这一点又回过头来使得他们居住的城市变得可见而持久。最终，在文学寓言化的无情循环里，上海的轻浮外表下面的厚重的基础和结构凸现出来：

人们只看见上海女市民的摩登，因这摩登是欧美风的，尤以巴黎为推崇，于是便以为上海女市民高贵优雅。却不知道她们的泼辣。……那能言善辩，是能占男人上风的。什么样的事，她不懂？能瞒过她的眼睛？她厉害，刻薄，却也不讨人厌，这便是骨子里的世故了，是明事理的表现，也是经事多的表现。面上放开着手脚，无所不往的样子，心里却计算着分寸，小不忍却不乱大谋。是悉心做人的意思，晓得这世界表面上没规矩，暗底下却是有着钢筋铁骨的大原则，让你几分是客气，得陇望蜀却不可。所以她不是革命者，没有颠

① 王安忆：《寻找苏青》，《重建象牙塔》，上海远东出版社1997年版，第45页。
② 师陀：《师陀散文选》，天津人民出版社1992年版，第223页。
③ 王安忆：《寻找苏青》，《重建象牙塔》，上海远东出版社1997年版，第44页。

覆的野心。①

通过对日常的具体化，通过上海形象，首先是上海女人形象，王安忆耐心地接近一种有效的生物政治学，它填平了现代都市的鸿沟、遗漏和遗忘的真空。在女性智慧与取之不尽的活力之间，在狡黠与坚定不移之间，在“巨大的、百折不挠的、颠扑不破的规律和法则”之间，关于城市/现代的新的辩证法和语言正在成型。

五

有关上海的各种话语，似乎都默认这样一个不言自明的假设，中国城市只要是中国的就不是现代的，只要是现代的就不是中国的。这一假设奠定了整个中国现代史上产生于国家和全球语境中对上海文化迷恋或厌恶的基础。1959 年塑造的那个激进的跨历史的上海形象与新中国的主体形象同构同形，但它却使一个中国的问题消失在阶级革命绝对话语的普遍性之中。90 年代才出现的反话语，寻求的是一种对元历史叙事的颠覆，但它的局限性在于把被压抑的中国城市市民文化当作受害者，当作国际布尔乔亚文化的地方性变种。

在《一千座高原》中，德勒兹和瓜塔里引用了亨利·米勒很长的一段话，用一种近似于鲁迅和王安忆的方式在讨论上海：“中国是人类白菜地里的野草，是人类努力所无法抗拒的事物……百合花

① 王安忆：《寻找苏青》，《重建象牙塔》，上海远东出版社 1997 年版，第 47—48 页。

是美的，罂粟花是令人发狂的——但野草永远茂密地生长着。它指向一种道德。”德勒兹和瓜塔里没让自己被米勒糊弄过去，接着问：“米勒说的是哪一个中国？旧中国，新中国，想象中的中国，还是在另一个位于不断变化的地图上的中国?”①

这当然都是不错的问题。但是，我想转换到另一个话题上来结束这篇论文，这就是：语言，写作和文学。在《卡夫卡：关于非主流文学》中，德勒兹与瓜塔里是这样给“非主流文学”下定义的：(1) 其语言受到高系数的非地域化的侵袭，就是说，由主流语言里的少数书写，比如布拉格的犹太人卡夫卡用德语书写；(2) 所写的一切都是政治；(3) 所写的一切都表现出一种集体的价值。②显然，“非主流文学”自觉地探索语言内部的矛盾以及文学和社会政治的关系，从而把自己与标榜审美自律性和私人生活内容的布尔乔亚的“主流文学”对立起来。而我们的问题就是：上海是用什么语言写成的？如果上海话语的写作机器来自“少数”或“边缘”身份，那么对后者的政治性和集体性价值又作何理解？其中把非主流文学与主流文学（即关于彻底个体性的文学）进行对照的那个挥之不去的故事又是什么？这种非主流文学本身是否就是主流文学，至少它梦想成为主流文学？

杰姆逊关于民族寓言颇有争议的观点和关于第三世界文学的理论强调了非主流文学的概念与批判性地重审中国现代文学之间的相关性。从这一角度来看，“五四”新文学传统，包括它在中华人民共和国文学作品中的延伸，必须被看作是非主流文学的一个范例。

① Deleuze, Gilles, and Guattari, Félix. *A Thousand Plateaus: Capitalism and Schizophrenia*. Minneapolis: University of Minnesota Press, 1987, pp. 18—19.

② Deleuze, Gilles, and Guattari, Félix. *Kafka: Toward a Minor Literature*. Minneapolis: University of Minnesota Press, 1986, p. 19.

然而，上海话语出现在国内作为多数而国际作为少数——中国左翼知识分子的新文学和现代性话语中，通过非地域化的世界的真正“主流”即资产阶级个人主义和唯美主义传统来反对现代中国进步的文学主流，并把它自己界定为“非主流”的传统来表现对国家和统一的逃离。对历史、文化，阶级意识和这一语境中政治认同的解读，暗示着现代中国不同话语、范式和象征秩序间共存、交叠、甚至是共生的关系。这一切使得上海故事变成了所有人的问题。

“启蒙”的精神现象学：谈谈王安忆《启蒙时代》里的虚无与实在*

读《启蒙时代》的第一个感觉是，同《长恨歌》相比，它立意更大，结构上也更难处理。《长恨歌》虽然时间跨度大，但可以依托情节剧的套路，讲一个女子的传奇故事。1949年把一个“上海小姐”的人生一分为二，接下来是命运的演绎，基本上是怎么写怎么好看，因为符合一般读者的预期和想象。在今天看，我觉得《长恨歌》最好的地方不是它的故事性展开，而是它大段大段的景物描写和议论，这是王安忆自己亮相的地方，也最有当代经验的底色，比如对20世纪50年代，60、70年代直到80年代初的感觉和把握。总体上讲，《长恨歌》的思想内涵和叙事结构都不如《启蒙时代》具有挑战性——写《启蒙时代》这样的作品，作家不拿出浑身解数，把自己意识层面和无意识层面的积累都拿出来，是支撑不下来的，因为无论在内容上还是在形式上，它都是个无所依托的东西，所以一定是观念和内心动力的产物。那么王安忆为什么要写这么一个大

---

* 本文根据2007年7月2日于华东师范大学的讲稿整理而成。整理人：薛羽。原刊于《开放时代》2008年第3期。

东西？这种欲望是从何而来的呢？这是第一个问题。

接下来第二个问题是，为什么这部小说叫《启蒙时代》？“启蒙时代”这个书名，对当前文学研究界也好，知识界也好，都还是有一点刺激的。因为按照我们后革命时代的“正史”来说，“文革”这段时间被定义为新的蒙昧——政治狂热、群众运动、直到上山下乡，学校都关门了，连基本的教育都中断了，“十年动乱”，需要后人来“拨乱反正”，有什么思想性可言，又谈何启蒙？王安忆告诉我，这本小说最初的名字叫“思想者”，后来改做《启蒙时代》。从这里可以看出，这个“启蒙”的命名不是心血来潮或刻意制造戏剧性，而是深思熟虑的结果，实际上提出的问题是：那个时代产生了什么样的思想、什么样的精神生活？那种特定的精神生活造就了什么样的人格、什么样的人，又给我们留下了什么样的精神遗产？通过这个问题，王安忆的文学创作就触及了我们时代的大问题，即当代中国集体性的自我理解，说白了就是“我们是谁?”“我们从哪里来、要到哪里去?”这样的问题。要思考这个问题，不回过头去重新看中国革命，包括“文化大革命”，是不可能有完整的答案的。这还只是“思想者”的含义。而“启蒙”就更进一步了。因为“启蒙”的基本含义是从蒙昧状态中摆脱出来，成为有自我意识、独立精神和方向感的人。启蒙是一个精神上的成人礼。自“五四”以来，“启蒙”一直是一个正面的、让人——特别是知识分子——热血沸腾的词。那么在王安忆的这部小说里，“启蒙”还是这个意思么？启蒙的内容是什么？谁启谁的蒙？谁受谁的教育？谁的自我教育和成长史将成为当代集体经验定性，变成历史叙事的主干和基本内容？这些问题都可以一步步追问下去。

不过，我们读这本小说时会看到，《启蒙时代》里的“启蒙”概念是具有一定的反讽性的，就是说，在作为名词、口号、概念的启蒙和作为思想实质和生活实质的启蒙之间有一个预设的批判性间隙。《启蒙时代》自身的叙事空间和思想空间，就是在这个间隙里展开的。这部小说虽然名字叫作“启蒙时代”，但却不一定是简单地站在启蒙或“思想者”这一边。就是说，在这部小说里，“启蒙”的定义是不能在主人公们时时挂在嘴边上的话里面去找，而是要到别的地方去找，也就是由作者推着她的人物去找；这些人物的经历、体验、困惑、痛苦、欢乐、思想认识等等既是“成长小说”的文学内容，也是王安忆有关“启蒙”所做思考的思想内容。这里的启蒙者自己需要被启蒙，而不可以自居在一个精神贵族的位置上。启蒙的理想性，本身要受到具体的历史条件的限制，也要受具体的日常生活世界的检验，要受启蒙和革命的对立面的检验。那些大概念、大教条、自以为是的主人翁心态、特权心态，都要在实实在在的经验领域里——比如怎样待人接物，怎样对待自己的父母，怎样同女孩子打交道，怎样获得知识、形成自己的判断——落到实处，否则的话就应该被修正，被超越。所以在小说里，这个概念本身又带有自我批判的指向，是被“生活”这个更大、更基本的概念包容着、界定着的。《启蒙时代》里的“启蒙”观念本身的矛盾冲突，本身包含的正题和反题，也构成了这部小说的思想张力。如果否定的、负面的因素压倒了正面的、积极的因素，这本小说是一种讲法；反之又是另一种讲法。但无论如何，80 年代以来的“新启蒙”思路都不会喜欢这样一个命名，因为它重新把那个时代带回到我们今天的精神生活之中，而不是把它仅仅作为“反面教材”或干脆一笔勾销。把那个时代的这样一批人、把他们的生活放在“启蒙”的大标题下面来审视，王安忆肯定是有一番用心在里面的。

这部作品的时间跨度很小，只有一年多一点点。人物是群像式的，是那种“时代的人物画廊”式的写法，但又很有王安忆写人物的特色：每个人都有来历，都有各自的社会史、风俗史上的定位，都带着自己的问题进入故事。从王安忆作品整体上的发展和变化来看，这种写法既有些总结的味道，又有些实验的意思。我们可以看出这些人物哪些是在既有的脉络里，哪些脱离那些脉络，打开了新的领域。

这个小说人物很多，我把他们分成四个系列：第一个是主角，或男主角系列。这里面有陈卓然、南昌、小老大、阿明，基本上是这四个；还有次一级的，小兔子、七月等，是外围的，是为了叙事的推进造出一点人物来，这样他们可以跟女孩子接近，可以到谁家去玩，可以有哪些交往，等等，是叙事上的设置。四个主角里面，中心的男主角是南昌，因为南昌是最麻烦的一个，问题最大，身份或“自我认同”最不确定，跟谁都处在一种紧张关系之中，因为他自己就很紧张，很不自在。在这个意义上，南昌也最有“自我意识”，因为他一天到晚得想这些问题，想不清楚就陷在里面，不能自拔。他的言谈和行动也常常生硬、鲁莽、欠考虑，带着些突围的意思。陈卓然比南昌大几岁，就显得从容自信一些，他的阶级身份、思想上的自我定位也都非常明确。他是老区长大的，作为乡下孩子抱到上海来，政治地位和社会地位高人一等，在学校里总是出人头地，显得比别人能，然后又很快进入一种精神的修行状态，最后竟变成一架阅读机器，什么都读，读不懂也要读，很像“老三届”那种阅读方法，拿来什么都生吞活剥硬读进去。那天跟王安忆聊天，她说陈卓然最后变成了“社科院”。同陈卓然比，南昌的认同危机首先来自不和谐的父子关系，其次来自他跟几个女孩子的关系，然后是他跟整个上海市民社会和日常生活的关系，他跟所谓小市民的关系。这当然就不仅仅是一个个人故事了，它变成了这样一个集体寓言：中国革命的第二代如何从概念领域降落或落实在生活领域——怎样从“国家”到“社会”、从思想到行动、从书本到实际、从自以为是和自我中心到理解这个世界的有机的、复杂的关系。他在每一个关系里都没有摆好自己的位置，都在苦苦探索，所以是一个很难办的男孩子。但他的能量、傲气使得他无路可退，只能往前走，争取解决自己的问题。他既没有退路，也不能留在原地；虽然有《路易·波拿巴的雾月十八日》上看来的华丽的句子作心理支撑，但实际上却是孤立无援。这是一个非常骚动不安的形象。通过这样一个人物，王安忆就把整个小说组织起来了。如果说整个小说是一个旋涡，那么旋涡眼就是南昌。

小老大可能是《启蒙时代》男主角中最能让人记住的人物。当然还有阿明，他们两个从叙事上来讲，是南昌的对话者，有时候像是对手，有时候像是对立面，但是一种 narrativecouple，就像堂吉诃德和桑丘，是一对儿，或者打，或者吵，或者互相补足，这样才有戏。小老大和阿明是从不同方向上来给南昌空洞激烈的精神状态和生存状态提供一种侧面的支持。这种支持有时候是补充，有时候是挑战。小老大大体算南昌他们的同代人，但年龄比他们大几岁，经历也稍稍不同。陈卓然虽然也大一点，但只是稍微成熟早一点，还不构成知识谱系上的不同。而小老大不但知识谱系不一样，而且家谱也不一样。他的妈妈是一个戏班子里的女演员，几乎一半在风尘里，可以跟上海小姐王琦瑶和王安忆其他作品里的人物系列联系上的。和王琦瑶不一样的是，小老大的妈妈最后嫁给了一位新四军高级干部，这才一脚踏入了新社会。所以小老大的身世背后，其实有两条不同的谱系，这跟一般的军队子弟是不大一样的。南昌和陈卓然在自己的小圈子里再傲气，碰到小老大就完全傻眼了，因为小老大在知识、阅历、机智上都压他们一头。小老大身上的确有一种很怪的东西，当然他首先是个病人，在这个意义上就不符合常规，但他的魅力仍然来自他的知识和阅历。王安忆把阅历、经验、眼光和智慧放在一个足不出户的人身上，是独具匠心。小老大“补充”了南昌，因为南昌的麻烦在于太“正”，没有一点歪的、斜的、边边角角的东西，没有任何市民生活的经验，没有生活里面那种带点泥，带点垢，带点阴暗面，却很真实的东西，用王安忆自己的话说，是“水至清则无鱼”。南昌这样的男孩子生活在一个理想的，纯粹的，实际上是一个不通人情的、教条的、空洞的世界里。这是红色贵族日常生活的空洞性，但这反过来给了他寻找生活真理的愿望和动力。王安忆从自己的立场来说，当然不会用恶狠狠的语言去“重写”历史，所以她挑选了年轻人的“启蒙”这个角度。这样的批判，还是有原谅和同情的理解在里面。要是她挑选一个成人，一个革命干部来写，就一定会比《叔叔的故事》更有批判和讽刺的意味，那就要变成控诉了。

小老大是处在一种病态，完全是一个不正常的人，但是他的病态对常态有一个冲击和补足，甚至可以说，他的病态相对于“文革”初年的“常态”，反倒显得从容而富于情趣。小老大的客厅有种不真实的，或者说“超现实”的味道，但如果南昌和其他的年轻人被小老大的客厅所吸引，那么窗外的现实反倒变得不真实，像做梦一样了。南昌他们穿着军装，扎着腰带，骑着自行车在上海街道上呼啸而过，是征服者的后代。小老大虽然也属于高干子弟，但是病怏怏的，只能是裹着毯子坐在自己家阳台上往外看。他的阳台像一个观景台，一个检阅台，这很有意思——他是一个旁观者。他不参与，但由此获得了一个智性的视角，一种超脱。他的知识谱系完全不是学校的教育，他的很多话比如“人就是菌类”，“生命就是腐烂”“短命是清洁的代价”“林黛玉就是草”，都是怪里怪气的，但却很有魅力。大家老到他家去聊天，他的屋子也总是有一些莫名其妙的人，小芭蕾舞演员、回国外交官的孩子，等等，不知道从哪里冒出来的，但集合在一起，反倒有点五湖四海的意思。这种今天看似不可信的场面，实际上在“文革”期间和“文革”刚刚结束后的北京、上海都是有的，我自己也亲眼见过。不过在那时候的学校里、操场上、教室里、大街上是看不到的。也就是说，在那种正统的生活表象下面，其实总有种种类似秘密小团体似的群体活动着，补充着、颠覆着、丰富着时代，同它的教条性和空洞性形成一种微妙的关系。

最后是阿明（何向明）。阿明是一个很关键的人物，因为他不是高干子弟，而是作为一个下层市民阶级的子弟出现在小说里的。他实实在在，没有空洞的幻想，凭手艺，凭本事吃饭，是南昌、陈卓然这样孩子的反面。在上海这个特定的环境里面，他们是互相补足的。阿明如果不是会画画，通过自己的手艺、通过为造反派画巨幅宣传画而获得了一个新的视角或制高点，本来是不会跟陈卓然、南昌这样不同阶级、不同意识的男孩子发生关系的。但艺术让他接触到了革命的表象，他喜欢画大场面，群众场面，这在审美层面上让他隐隐感到一种摆脱和超越庸庸碌碌的市民生活的渴望。但他接触“精神”和“思想”的手段，又是实实在在的，他只是为不同的造反派组织画画，他并没有自己的理论，也没有自己的空想。但这个时代仍然把阿明这样的人卷进来了，他也在经受着启蒙时代的考验。

这个主角系列，虽然着墨最多，但分析起来最不好讲，因为他们在其精神实质上都是一些空洞的、不成形、模模糊糊的人物（除了阿明，但阿明也有他自己的暧昧性）。他们的实质性，反倒要通过其他几个人物系列才能看清楚。所以我们要到后面回过头来接着讲这个系列才讲得清楚。

《启蒙时代》说是成长小说、青春小说、教育小说都讲得通，但我觉得成长小说比较贴切。主要人物都是男的，这里的性别关系也可以讨论。为什么思想的主角都是男生，女孩子谈不上思想，所以也谈不上启蒙，好像只有男孩子才有启蒙，有精神生活，有黑格尔意义上的自我意识和自我意识的历史？是王安忆觉得女孩子根本就没有精神生活吗，所以也就是这个动荡时代里的局外人吗？我想大概不是。我们前面讲过，王安忆在叙事上需要为“启蒙”设一个对立面，这个对立面不是80年代以来的“反激进主义”，而是一种积极的补充和“否定”。所以女孩子在《启蒙时代》里“先天”地就是一种自然状态，一种日常生活意义上的自然状态、生理上的自然状态、感情上的自然状态。她们虽然被动，还常常被男孩子讥为“小市民”，但是她们的存在就显出男孩子的不谙世事，不懂人情，无论嘴上挂着怎样的大道理，脑子里面有哪些大概念在纵横驰骋，但在情感生活里还是空白状态，还没有发蒙。这就同前面一开始说到的谁启蒙谁的问题联系上了。王安忆在这里表面上暧昧，其实却是很清楚的：这些男主角本身亟待成熟，他们需要把自己从一个模糊、抽象、似是而非的存在变成一个明确、实在、坚定的东西，只有这样别人才能判断他们的伦理价值和社会价值。这倒不是说，最后实际上是女孩子给男孩子启蒙，而是说女孩子外在于“精神生活”的状态，正好把男孩子架在火上烤，让他们常常显出淡薄、苍白、笨拙、过于冲动、缺乏真正的教养。一句话，他们在成长的路上还有很长一段路要走。毛泽东意义上的“启蒙”，要求知识分子要受人民的再教育，这些男孩子不是知识分子，是中学生，但是他们想要有思想，认为自己有思想，或者有意无意想要自己生活在一种思想的状态，在这个意义上是启蒙的。但日常生活领域，这些“思想者”又往往是不通人情，不懂事，没有经验，男女之情不懂，父子之情也不懂。在《启蒙时代》里，最亲密的关系反而是男孩子和男孩子之间的关系。这不是同性恋，但是同性之间的确有很亲密的感觉，因为有思想，是精神层面上的亲近，倒有点符合柏拉图对爱的定义：爱只能是同性之间的，因为那时候女人不能受教育。在这里，启蒙的含义是比较复杂的。但我们一定要看到，《启蒙时代》对“启蒙”这个符号所代表的种种正面价值是持正面态度的，这种正面的东西并没有被叙事里的反讽瓦解掉，而是被突出出来，被明确化了。这种正面的东西，在男主角们的形象中也是有体现的。

第二个是父母系列：陈卓然的父母、南昌的父母、小老大的母亲、阿明的父母，还有陈卓然的大姑和南昌的大姐，虽然一个是姑姑一个是姐姐，但在习俗上是从上一个时代来的。这里最关键的是父与子的关系，或许应该单独列出来。这涉及中国革命的传承问题。在中国革命的特殊语境里，“启蒙”某种意义上也是继承父母一代人的革命遗产，把“火炬”接过来。可南昌的父母一代究竟给了他们什么，这是一个很大的问题。我看在这部小说里，王安忆对父母一代留下的精神遗产并不是很满意，有时候好像在说他们其实并没有给他们的孩子辈留下什么靠得住、经得起时间考验、货真价实的东西，否则他们也用不着在黑夜里自己从头摸索了。陈卓然、南昌这样的革命后代，享有特权、自命不凡、在上海这样的大都会长大，但却是在一个思想真空和社会真空里面开始寻找自己、建立自己的知识谱系和权力谱系的。虽然有一个字面上清晰的家谱，但这个家谱自身的断裂、自我否定却迫使新一代重新寻找自己的思想资源和文化资源，以便重新建立自己的道德基础和社会基础，因为父辈的遗产不足以支撑他们的自我教育、自我发现，为他们的青春期骚动提供必要的纪律和指引。

从这个意义上，父母一代的虚弱、颓唐、潦倒，甚至是有点荒诞，使孩子迫切需要从其他地方找到思想资源给自己启蒙。在《启蒙时代》里，这几乎是一种生理的需要。王安忆这本书几乎是纯粹意义上的思想剧，但是她把这个观念的需求写得那么有身体的感觉，好像是出于一种生理需要，就像一个人生长需要养料一样，那几个年轻人需要思想，需要观念，需要概念，需要符号，需要理论。父母这一代人没有给孩子们留下一个明确实在的精神生活和日常生活的框架，实际上也成为他们被"继续革命"的理念所吸引、急于在社会主义国家和社会内部"打破旧世界、建立新世界"、以各自的方式投入"文革"的动因之一吧。从父母这一代的缺憾的这个角度看，"小老大"这个人物就会更有意思。

第三个是女孩子系列，这本来是王安忆写得最拿手的，但在《启蒙时代》里，反倒出现了一点问题。王安忆这本书并不"好看"，读起来有时候觉得磕磕绊绊，拖拖沓沓，有时候很慢，没有一般意义上的可读性，需要有另外的动力或好奇心推动阅读。但女孩子系列是写得最流畅的部分，轻车熟路，如鱼得水。作为女孩子生活背景的上海弄堂，女孩子之间的小勾心斗角，男女孩子之间的朦胧感觉和暧昧关系，都写得非常老练。但正因为太驾轻就熟了，这些女孩子所代表的经验，有时候就变成了一个索引，一个类型的陈列，更像是象征符号。这些"类型"的内部都很精彩，但也许是王安忆写她们写得太多了，在《启蒙时代》里面就透出有点不耐烦，本来可以展开得更细腻，笔法可以更炉火纯青，但作为"思想剧"的背景，就三言两语匆匆带过了。所以我感觉是在读上海女性经验类型汇编和索引，这本身也很有意思。这也加大了这本书的含量。

我曾问过跟王安忆，为什么她要南昌最后和嘉宝发生肉体关系，而不是珠珠，不是舒拉。王安忆的回答让我有点吃惊，但细想是很有说服力的：王安忆说南昌这种人只敢对嘉宝下手，因为她是资产阶级，是被打倒了被踩在脚下了的，说白了，我即使强迫你，你也不敢声张。这是王安忆对“文革”期间那种看似天真烂漫的红卫兵的内在的“青春残酷物语”的个人体察。这简直就是挑明了，南昌再性苦闷，也知道得找一个比较安全的出路，他绝对不会找另一个共产党高干的女儿，因为再怎么说也是自家人，闹出事情来不好交代，而资产阶级子女就不一样了。嘉宝在小说里面非常肉感，很壮硕、充实，肉体的充实性诱惑精神的空虚性，这也很有意思。而另外一个市民阶层的女孩子丁宜男，则是干干净净，好像所有的生活都不能在她身上留下痕迹似的。丁家只有女性，外婆、妈妈、丁宜男，这种生活的底色对南昌是没有吸引力的。所以尽管丁宜男很女性化，但却不是南昌需要的，他需要的是肉体性，物质性，不是那种精致沉静苍白的东西。敏敏是一个好玩的女孩子，外交官的女儿。这是女孩子系列里面比较新的一个形象。其他形象我们都见过，似曾相识，王安忆写的时候也多少有点草率，敏敏是花了点笔墨写的。敏敏穿得土里土气，因为她根本赶不上上海的时髦，不知道怎么来的，说话也不对，中文都不太好，但大家都喜欢她。她和上海女孩形成了一种非常奇怪的对比，这是小说里面新的东西。但是南昌也不会跟敏敏好，因为太近了，他们都是属于革命干部家庭。

《启蒙时代》的基本结构是一个观念剧或者思想剧，它的叙事结构的密度，某种程度上正是通过靠各种精神谱系来完成的。谱系、家史、知识谱系、阅读史、日常生活的礼仪规范的综合体，是有一种编目和类型学的成分在里面，这就形成一种结构感，一种密度。这里每一个部分都没有充分展开，而只是作为一种类型被编制进一个更大的画面。我们看这些女孩子的时候，会觉得很熟悉，因为会看到富萍、妹头、王琦瑶、王琦瑶的女儿，但是看男孩子的时候类型就没有那么清楚。这里会造成阅读上的一点困难，至少是造成阅读经验的不均匀。这种不均匀比较和杂糅的感觉给予小说一种特殊的质地，是我喜欢的地方，而不是不喜欢的地方。

最后一个系列可以姑且称之为“对话者”系列。它同样非常重要，很多前面的伏笔实际是在最后一个系列里融会在一起了。这部分也是思想剧展开的又一个高潮。

第一个对话者——我不是按出场顺序，是按戏剧性的程度来排序——是嘉宝的爷爷，民族资本家顾老头子。南昌他们作为红卫兵权力很大，所有的门都可以一脚踹开进去，要抄家就抄家，要什么就什么，可是他们一天无聊或好奇到要半夜穿着衣服戴着口罩，偷偷摸摸跑到嘉宝家去找她爷爷聊天。明明是要找人家聊天，听人家讲故事，可是还摆出一副审讯人家的样子，交代交代你的资产阶级思想啊，什么是剥削，什么是剩余价值，我们给你上课来啦。但实际上是要想跟人家聊天，好知道一些自己不懂的事情。这个对话最离奇的一点是，老奸巨猾的顾老头居然动了感情，跟一帮不相干的毛孩子回顾生平，送人家走的时候还怅然若有所失。这牵涉《启蒙时代》的主角陈卓然他们的性格问题，一方面他们什么都没有，也就是说虽然处在一个革命的中心，是启蒙者的位置，但是他们启蒙的含义是还要被别人启蒙，被一个实实在在的东西启蒙。这个意义上，也就是黑格尔、马克思说的，真正的思想上的内容，真正的思想性只可能从现实中来，不可能从思想当中来，思想有什么东西要看思想所对应的时代。哲学是为思想所把握的时代，这是黑格尔的话，马克思是把这个话接过来讲的。那么这些人自以为有思想，但是时代没有被他们所把握，毛泽东的时代他们不懂，祖父辈的历史他们也不知道，在这个意义上他们的思想是没有内容的，当然要去找顾老头聊天了。可好玩的是顾老头也非常愿意跟他们谈，开始很油滑，称他们为“小将”，一方称“先生”，一方称“小将”，彼此回避彼此的身份，但是又不失自己的尊严，这里面很多很细腻的东西王安忆拿捏得非常好。

第二个对话者是高医生。南昌让嘉宝怀孕之后吓坏了，去找小老大，小老大给他写了一个条儿，就跑到浦东去找高医生。高医生也有自己的故事，教会医大毕业的，然后做了老姑娘，等等，这个小说里每个人都有自己的谱系。高医生是对于这个世界有一种作为医生的怜悯心，想要拯救这个世界，所以她碰到南昌想帮他，但也给南昌讲了很多他不懂的事情。这个人物出场时间不多，但给人的印象很深。

第三个当然是王校长。王校长这个对话者很有意思，可以说王安忆在结构布局上是考虑得非常用心的，这有一个对位的关系。阿明是为了给南昌补市民生活具体性的一课发明出来的人物，可是他救不了南昌，正因为他市民生活的具体性，不能升华，达不到启蒙的理想性的高度。他只能是实实在在的孩子，生活在弄堂里，他有反抗也是在市民社会的那个空间里，跳不出来的，跳不出自己日常生活的实体性的。所以阿明虽然是要给南昌他们带来一种日常生活的启蒙，但他自己又必须被另一种东西启蒙，被王校长启蒙。王校长是教数学的，带有中国近代知识分子的激情、聪明、韧性，有点书呆子气。王校长的人格魅力来自他对知识，特别是像数学这样的“普遍”的、价值中立的知识的追求，是跟市民生活很不一样的东西。

第四个是小老大，这里有一点重叠，他又属于主角系列，又属于对话者。他是一个小老头，带着一种病态的智慧，是一个杂家，懂得很多，不成系统。实际上是他暗示南昌，你该有女朋友了，你该懂得男女之间是怎么回事，所以南昌捅出娄子来，第一个也是去找他。这就是四个系列，另外主角系列还有一个小兔子，一个七月，属于黏合剂，是叙事上的设置。大体上人物就是这样。

构成“启蒙”的对话者的这个群体是远离了陈卓然南昌小老大他们这些主角的人，同父母系列相比，这个系列更有个性、个人经验上更完整、精神面貌也更清晰——他们是数学家、中学校长、教会学校训练的女医生、祖父辈的民族资本家。他们的共同特点是都被“文化大革命”的时代浪潮推到了社会的边缘，在不同程度上，作为旧时代顽强的残余，同新时代的新人展开对话和善意的交锋。他们也都多多少少是被动地被带入这场对话，是“被质询的人”。同女孩子系列相比，这组人物不在前台，而是在后台，不是作为活生生的、青春期的女孩子摆在男主角儿眼前，而是像隐身人一样出现又消失。但这两个系列的相似处在于，他们都是类型的系列。如果说女孩子们总的来说她们是作为“启蒙”这个观念的对立面，代表肉体、情感意义上的自然，那么对话者们就代表一种社会性的习俗和价值观念意义上的自然，即相对于新时代的观念性和人工气而言较为合乎常识、人性和传统规范的日常生活价值。所以这个系列同样是在为以南昌为代表的红色贵族子弟的内心生活及其空洞性找实质、找有意义的对立面。我感觉王安忆写这个部分写得很苦，因为是在为“启蒙”找补药，这一味那一味地抓来，看如何把他们这些人的空虚病、无聊病、教条病和空想治好。这种共产主义接班人所体会到的无聊感，不是巴黎小布尔乔亚的颓废感，而是红色贵族子弟的空洞和无聊，它最终来自社会主义现代性经验内在的不充实，因为它太新了，太观念性了，太唯意志论了，缺少传统生活、礼仪和教养的厚积，也没有市民生活或资产阶级生活领域的物质上、文化上的优裕。这是社会主义现代性特有的一种现象，这就是一种寓言，是在思想和启蒙的层面上谈社会主义经验的时候必须面对的东西。社会主义和革命可以提前给你一种先进性和一种理想性，在概念上已经超越资本主义了，但在物质、文化财富的创造和社会政治秩序的构造方面，还是很薄弱的。

但切切实实的"启蒙"最终不能是从一种蒙昧的虚空跳到一种理想的虚空，而是要有一种理性的、经验的实在，归根结底是要有一种新的生活形式。这些年轻人如果要成为历史的主体，成为他们自己的主人，是需要获得和占有很多东西的，是要放在现实里受检验的。所以王安忆是要先把他们放在女孩子面前检验一下，放在父母面前检验一下，放在这些"对话者"前检验一下。通过这一系列小测验，他们有什么、缺什么；身上有什么魅力或潜力，必须克服什么毛病，就比较清楚了。所以这些对话者的意义，一方面在于他们所代表的历史经验，一方面在于为这些特殊的经验或阅历所塑造的个性、脾气、智慧，等等。相对于南昌等的概念和口号，这些人物代表的是具体性的世界。这个世界无法与概念的、理论的世界对抗，因为后者占据着权力赋予他们的居高临下的位置，具有不容置疑、不容辩驳的合法性。但这个具体性的世界也不会顺从地退出历史舞台和生活世界，因为它是具体的、实在的东西，背后也不是没有它自身的一套理论论述，只不过它的理论支持被毛泽东的中国在气势和形势上压倒了。不是一劳永逸地压倒了，而是在一时压倒了，日后还会随着"大气候"的变化卷土重来——而这正是 20 世纪中国历史的基本矛盾。这样看，《启蒙时代》就真的卷入我们这个时代意识形态争论的核心了。王安忆实际是在以一个作家的笔法、资源和能力来处理一个中国当代思想界应该来处理的问题，她在考虑"启蒙"的历史实质、它的客观的组成部分、它的家谱。不把这些问题搞清楚，南昌就永远长不大，永远痛苦，永远不可能获得爱情，永远不可能跟他爸爸和解，也永远不可能跟阿明这样的市民阶级的孩子有实质性接触，也就是说，他会重蹈前辈“思想者”或“启蒙者”的覆辙，在孤独中生活。《启蒙时代》里的启蒙不是我们以前说的那种“资产阶级启蒙”或“小资产阶级启蒙”，而是社会主义革命和文化革命意义上的启蒙，所以南昌的成长，也必须是他克服自己、超越自己的过程。在这个意义上，王安忆的作品在精神气质上是属于革命文学和现实主义文学范式的。这也是她说“我就是我”，“张爱玲对我们这一代的影响并不大”“我不是海派文学的传人”的底气所在。

把《启蒙时代》的四个人物系列看清楚后，小说的结构和叙事发展也就清楚了。读者一开始看到的青春期的苦闷，这构成了第一层叙事动力，推动着他们的行为，言谈、交往和内心生活。他们先是在自己之间谈，后来是跟女孩子谈，再后来是找到一些对话者，最后回过头来看到了自己的父辈。这个基本的布局又有一个转折点，把小说分成前后两部分。大家可能觉得第三章写得比较慢，比较拖沓。我也曾经问王安忆为什么。她的回答很直截了当：她说她举棋不定，想不清南昌到底能跟哪个女孩子好，所以写的过程就慢下来了。王安忆真像是在给南昌找女朋友，看来看去，这个不合适，那个也不合适。在写作空间内部，好的作家其实是按照或然性的规律展开的，有些事情是不可能、不可信的，写出来很造作。只有写到嘉宝出场了，王安忆才觉得可以让南昌跟她好。南昌的这个性启蒙，在象征意义上，构成了小说的转折点。

我想再谈一点“启蒙时代”这个题目所包含的复杂性。我们要问启蒙的实质是什么，它在什么意义上引进了全新的东西，比如说全新的世界观、人生观，带来了一个新的意识的主体；又在什么意义上能够把这个主体确立在传统、习俗、日常生活形式和种种文化心理的积累的基础上，使它从一个观念的空中楼阁，变成一种实实在在的历史的、社会的力量。通过分析小说的人物构造，我们可以看到，“启蒙”的第一层含义几乎是生理意义上的成长，这是最基本的一层。男孩子身体渐渐长成了，从一个小孩子变成一个成人，在这个过渡期，在很自然的意义上是一个身体要从幼稚期、从天真无知的沉睡中苏醒过来。最明显的就是看到女孩子有感觉了；其次是活动范围大了；再其次是能够接触到新观念、新思想，可以开始独立地思考问题，可以参加公共辩论，可以造老师和父辈的反了。由此可见，“文革”这个特定背景，作为“启蒙”的外在条件，是非常重要的，它规定了这代人的“启蒙”的特殊性。《启蒙时代》里男主角所有的内心活动都有很强的身体性、肉体性。反过来讲，肉体的苏醒，本身也要求一种思想性的东西。这可以说是那个时代的特色，禁欲时代的思想和欲望总是特别紧密地拧在一起的。从参加这个造反派或那个战斗队，到在大庭广众之下发表意见了，到囫囵吞枣地读《路易·波拿巴的雾月十八日》，再试图在脑子里处理一些非常庞大、也非常抽象的概念——如阶级、世界历史、革命等等。在今天的消费时代、商业化时代，“启蒙”是不大会以这种方式展开的。

“启蒙”的第二层含义是教育或自我教育，也就是读什么书，包括社会这本大书。《启蒙时代》不时向我们介绍这些男孩子的阅读。今天读这个，明天读那个，当然我们知道他们是读不懂的，但不管怎么样，能够搬弄这些大词汇还是有一种特殊的快感。再下来就是读社会了，从书本里面跳出来，从户内到户外，再回到户内，有很多转圈的东西。所以几个基本的母题，如“教育”“成长”“觉醒”“启蒙”都是首尾相连，搅在一起的。在这样的一个“阐释循环”之中，从哪一点进入人物的内心世界都是可以的，但王安忆选择了从严格意义上的革命、启蒙的这个方向上进入，但一个循环下来，问题的实质就变了，原先的假设被置换掉了，取而代之的是一个更具体，也更迫切的苏醒、觉醒和成长的问题。这已经有一点梦的色彩，不是纯粹的观念意义上的启蒙了。再一个循环下来，苏醒和成长的问题变成了一个更实实在在的生理意义上的生长。与之相比，“成长”还是太概念化了，太抽象了。而生长是挡也挡不住的。在这一年里，所有的人都在长，而且长得非常快，这是青春期的一个特征。一切都长得那么快，一切都不稳定。生长于是就带来另一个问题——自然。任何生命的生长都是有规律的，都需要一定的客观条件，需要充足的养分，阳光雨水等等。如果我们假定“文革”期间的社会环境和思想环境十分恶劣，那么是什么供养了这批青年的成长和生长呢？退一步说，通过审视南昌、陈卓然、何向明这批“作物”的长势，我们可以了解那个历史年代的气候、土壤、耕作工艺、社会生产的组织方式、市场行情。这些人物的贫瘠或丰富，他们身上的能量和局限性，都带有这样的历史的含义。

因为在观念领域处理这样的题材的条件还不具备，《启蒙时代》对“启蒙”的把握带有一种近乎“自然史”写作的味道。南昌陈卓然这些男孩子值得救的，也就是他们即使在最不自然、最造作、最教条、最抽象、最概念化的想法中，他们身上也有一种自然的生机，这样的话，“启蒙”就在内部，从抽象性、概念性一点一点过渡到一个具体性的东西，一个不这么概念化的东西。这个大的趋势，我觉得王安忆把握得非常好，不知道是有意把握的，还是客观上刚好是造成这样一种效果。我读的时候很吃惊，这需要读完了以后，才能感受到。就像一个电影外景持续拍了一天，最后看到把日出到日落的光线变化细致地记录下来了一样。但“自然”还不是王安忆感觉性的、具体的东西的最后落脚点。因为“自然”对于王安忆来说还是太概念化，太观念化，它还是需要在另一个阐释循环里被还原到更具体、更基本的东西上去。我觉得小说最后落到的是一个人间的、日常生活的概念，是一种正直、平淡、人道的而富于理想性的生活。这部小说最终的思想上的模糊性或歧义性，就来自我们对这种正直、朴素、富于精神追求的日常生活形式的理解。

从某一角度看，如果《启蒙时代》只是单纯地把由这几个男孩子女孩子组成的思想剧，从激烈空洞苍白的内心领域，推入平平常常的人间的生活，那么它是很容易被理解成一种随大流的、市场经济时代的市侩哲学的见解的。比如远离理想主义，强调日常生活，反对乌托邦，反对鲁迅，支持张爱玲，等等。好像从“呐喊”到“流言”是20世纪中国的基本轨迹，只有否定启蒙、革命、理想主义、集体时间才能回到人性的、个人的世界，才有永恒的人生、真正的历史、真正的现代性等等。但王安忆显然不这样看。她的回到所谓正常的、平淡的、人道的、人间的生活，踏踏实实过日子，并不拒绝历史，并不拒绝启蒙，并不拒绝理想性，而是对启蒙的激情保持一种批判性的怀旧或怀旧式的批判。所以在“日常生活”的循环之后，她最后的结尾又回到一种诗意、浪漫，赞叹的东西。在一个非常个人的意义上，“启蒙”意味着一个漫长的“生长期”，一种“精神转变的苦痛”，在王安忆笔下，它就像古希腊诗人萨福所描写的爱情体验（包括同性之间的基于精神交流的友谊体验），是一种bitter-sweet（又苦又甜）的体验。所以尽管《启蒙时代》里的男主角都生长在一个“一无所有”的文化环境里，时时陷于走投无路的境地，但他们的内心生活是丰富的，他们的痛苦也是“欢乐”，用王安忆的话说，是“欢乐的变相，本质是单纯”。

从这种单纯的本质出发，《启蒙时代》的人物和故事就不仅仅只是构织出一代人的道德谱系，而且也为中国革命的心灵史“虚构"出一个具体的精神现象学的空间。中国革命的源头蕴含在它自身的史前史之中，但它的现实性，它的价值实体，却必须在革命所创造出来的生活世界中被具体地确立下来。这个确立过程包括"继续革命"（即"文化革命"）条件下的革命"第二代"的成长过程。在20世纪前半叶的中国，启蒙的观念通过革命变成政治行动和社会现实，但只有在新的"立人"（鲁迅）的个体实践中，革命才获得其价值世界的确定性。这也就是说，虽然新一轮的启蒙又一次在抽象的观念的空间里展开，但它却已经进一步指向了一种作为新生命和新文化的统一体的新的个人。离开这种生命和精神的统一，就无法理解贯穿于小说中的那种寓于痛苦中的"欢乐"。正是这种全新的个人概念，这种新的自我意识的探索，通过"正直的思考"（王安忆），把自己确立为一个指向未来的新的源泉。无论在一开头这个新的源泉如涓细、其精神内容如何贫瘠空洞，它仍是当代中国一切"主体性"的道德内核，并规定着这种主体性的历史实质。

今天的读者必需思考一下，这种作为痛苦体验的欢乐，或作为欢乐体验的痛苦，这种单纯的本质，是否同"新中国"的历史实质和道德基础息息相关。我们仔细看会发现，只有到这个时候，上海这座城市的形式，无论是它的空间形式还是它的日常生活形式，在小说里才确定下来。它"自有一种定律，兀自生存与生长，"但这种现代大都会的自在状态，只有"经受了大革命的洗礼"，才获得一种精神形式，才有审美意义，才成其为审美对象。这是被一种内心的光明照亮了的现实，这才是"启蒙"的最终含义——它既是成长，也是认识；既是外在的，也是内在的。如果谁在这样的精神强度中度过青春成长期，那么他就可以说，最贫瘠、最痛苦、最暧昧、最渺茫、最无助的时刻，也正是"成长的辉煌时辰"。这种

“不知道何去何从，可是心里充满光明”的状态对应着一种超越的人生态度。另一处更具体的意象出现在小说的最后，写的是南昌看见舒拉在奔跑，“像她这样年龄的孩子，总是那么执着地奔跑，就像前途有什么确定的目标似的”。这种全力奔跑的姿态本身，蕴含、指向一个尚不确定的目标，像雕塑一样，把一个抽象概念以美的、感性的方式固定下来了。这种内心的光明和奔跑的姿态，在当代中国意识史或心灵史上，标志着一个高点，而不是一个低点；一个亮点，而不是一个污点。它们代表了一种纯粹的内在性，一种纯粹的历史和道德的可能性。不理解这一点，小说接近结尾处的这段议论就会显得不可思议：

在成长里，确实有着一些辉煌的时辰，在更长久的盲目的时间之后，厚积而薄发。简直就像母腹中的婴儿，在昏暗中沉睡，汲取养料，突然那一个诞生的时刻来到了，陡地降临光明。当你渐渐适应着光明，光明便转为昏暗，醒又转变为睡眠，汲取养分，等待下一次光明。这一次光明是比前一次更为堂皇，更为亮，可你还是会适应它，将它再转入暗，然后期望着下下次的光明。你就从一重光明走入再重光明，继而走入三重、四重、五重、无数重光明。那光明的亮度无可限量，没有止境，就看你有没有生长的激情。多么欢乐啊！……在这一时刻里，他们忘记了时代的暧昧，前途的暧昧，他们甚至不知道何去何从，可是心里充满光明。街市在华灯初上的那一刻里焕发出光芒，随后，又沉陷于比先前更浓郁的阴影。梧桐枝静止不动，连成影的穹窿，两叶光的舟，从底下穿越而过。①

① 王安忆：《启蒙时代》，麦田出版社2007年4月版，第269页。

我们不妨把这一段描写同黑格尔《精神现象学》序言里暗指法国大革命的那段著名文字作一比较。黑格尔写道：

> 我们这个时代是一个新时期的降生和过渡的时代。人的精神已经跟他旧日的生活与观念世界决裂，正使旧日的一切葬入于过去而着手进行他的自我改造。事实上，精神从来没有停止不动，它永远是在前进运动着。但是，犹如在母亲长期怀胎之后，第一次呼吸才把过去仅仅是逐渐增长的那种渐变性打断——一个质的飞跃——从而生出一个小孩来那样，成长着的精神也是慢慢地静悄悄地向着它新的形态发展，一块一块地拆除了它旧有的世界结构。只有通过个别的征象才预示着旧世界行将倒塌。现存世界里充满了的那种粗率和无聊，以及对某种未知的东西的那种模模糊糊若有所感，在在都预示着有什么别的东西正在到来。可是这种逐渐的、并未改变整个面貌的颓毁败坏，突然为日出所中断，升起的太阳就如闪电般一下子建立起了新世界的形象。①

在20世纪中国这个“降生和过渡的时代”，精神的每一次前进运动都伴随着同旧日的生活与观念世界的决裂。新中国的日出的确若同闪电一般建立起一个新世界的形象，但在倒塌的旧世界的基础上建立一个新的生活世界和精神世界，却并不仅仅是一次“呼吸”，一次“质的飞跃”就能完成。事实上，伴随每一次革命，每一次社会大变动，我们都不难听到新的生命的艰难呼吸。在这一系列反抗窒息的本能的斗争中，而不是在新生命的整体面像中，我们或许能

---

① 黑格尔：《精神现象学》，贺麟、王玖兴译，商务印书馆1987年版，第6—7页。

更清晰地看到一种成长的历史，并对之作出公正的评价。正如新生儿受制于母体的孕育和营养，新的生活形态和观念形态的体质，也受制于被它所脱胎而来的旧环境。在《启蒙时代》里，南昌、陈卓然在文化世界里的贫瘠，一如小老大生理上与生俱来的欠缺，带着他们父辈所建立的新世界的“粗率和无聊”。但正因为如此，当革命沿着自身的逻辑走向“文化革命”，革命第二代所致力于的“启蒙”就不但是挣脱和打碎旧世界（包括父辈建立起来的国家、社会秩序和道德观念），而且还是自然意义上的寻觅和吸收一切为生存和成长所必需的养分。这种努力也是为克服贫乏所做的本能的斗争，这种贫乏既是政治父辈的哲学贫乏，也是历史母体的文化贫乏，而在他们的成长过程中，这种贫乏首先是作为所谓“生活的贫乏”而被体验到的。所以，在王安忆的《启蒙时代》里，就出现了一种由尚未完成的中国革命的历史经验所决定的特殊的“启蒙的辩证法”：那种试图建立起一个新世界的精神的“质的飞跃”不但像日出一样“中断”了生活世界，它也在个体经验的具体性层面上不断地力图重建生活世界——在此，精神既作为现实的对立面寻求对现实的克服和超越，又同时在这种克服和超越过程寻找和界定自身的现实性，寻求被现实所克服和超越，寻求在对现实的感悟和把握中超越自身。这种辩证法的自身的否定和再否定过程，构成了那种从光明进入昏暗，再过渡到更高一层的光明的“启蒙”。这种充满紧张的自我否定过程，构成了作为思想剧的《启蒙时代》的特殊张力。而《启蒙时代》这部作品的“政治无意识”，正在于通过对文革一代的集体成长史中的精神张力和矛盾的“虚构”，将我们当今所处时代自身的过渡性质、不确定性和矛盾再现出来。如果小说不是这样结尾，它的叙事轨迹也许会让人感到太朝向日常生活，太留恋那种“乱世中一点如水的月光”，市民生活和市民价值观的指向性就太强了。王安忆本人在访谈中认为，她很可能已经高估了南昌陈卓然这样的红色后代，很可能是阿明那样的市民阶层子弟才能踏踏实实地通过实践担负起“启蒙”和“思想”的重任。但王安忆的小说不是这样结尾的，而是对理想本身给予肯定，希望它能在具体的现实中为自己找到一条道路，一种正直的、踏实而不庸俗的生活形式。我们看小说的结尾：

> 南昌出门，下楼，推出自行车，骑上去。是一九六八和一九六九年的相交之际，梧桐树落了叶，裸出粗壮的枝，树身上的图案。直射的阳光炫了他的眼睛。街道上的人似乎少了许多，他不知道是不是因为青年们相继在离开，但他感觉到，这城市的静谧，使它变得庄严了。他想起陈卓然关于“小市民”的观点，他承认，这城市有着它的思想，不是深邃，而是隐匿。在假浪漫主义的壁饰，楼型，弯曲街角的微妙处理，在这些多少是轻浮的华丽的格调里面，流淌着正直的思索。

王安忆想写出上海作为一个市民城市的庄严，它的正直和它本身的一种形式感、理想性甚至是崇高的东西，这是她对上海的文学再现的基本兴趣。南昌这样的人物，也是把他放在这里面的。王安忆并没有回避，哪怕是对南昌、陈卓然这样思想能力的年轻人来说，上海也是一种非常肤浅的华丽，非常轻浮，一种假浪漫主义，对于革命后代来说是太小家子气的，但这里有一种正直的思想。反过来说，这样的生活本身，包括这里的女孩子，这里的历史记忆，顾老头、高医生、王校长这些所有的被革命扫到边边角角又回来的东西，为处在世界历史舞台中心的空洞的灵魂，提供了正直思索的可能性。这又是一个否定之后的综合。王安忆最后有一个综合，一个和解，好像是军事上征服这个城市的阶级和意识形态，要跟这个城市所代表的日常生活的具体性，甚至历史的具体性讲和。不是庸俗意义上的，住在一起就不要吵了的那种和解，而是否定之否定意义上的综合：我要在你的日常生活里面看出我自己的历史性，要我空洞的精神里面看到一种坚实的内容。一旦达到一种和解的状态，空洞的理想就不再空洞了，而是具有一种成长之后的魅力。这种魅力在小说开头部分好像只能以男孩子天然的讨人喜欢的气质被暗示出来，但在小说后面就不一样了。当然南昌还得继续探索他自己的身份认同，同一种危机感搏斗。这里有很多 19 世纪俄国文学式的问题：我们是谁？我们从哪里来？要到哪里去？我们在干什么？这个世界是怎么回事？什么是正义？什么是真理？什么是爱情？这么大的问题由非常具体的男孩子女孩子在反常的语境里面认认真真的思考，是有一种非常打动人的东西。所以总的说来，《启蒙时代》还是在正面地讲启蒙，讲一个启蒙的时代。王安忆并没有放弃启蒙正面意义，而是在为它提供各种各样的增补，到最后，原来是对立的东西，可能在一个新的辩证法里获得一种新的综合。成长小说或教育小说当然是探讨这种综合的很好的形式。在“启蒙”和“教养”的标题下，我们可以重新审视新社会的“礼”和“野”的互动关系，从而为一种能够持久的、现代的、理性的、批判但又合乎传统习俗的人格和社会秩序找到更深的根据。由一种“礼”来规范“野”固然是教养意义上的“启蒙”；但有时候由一种“野”来重新界定“礼”的实质，在“文化革命”的意义上，又何尝不也是“启蒙”。《启蒙时代》作为文学作品当然不用回答这一系列理论问题，但它为我们描绘了一种个人精神面貌和精神气质的原型，一种“启蒙时代”的人格。那种综合的可能性在文学上、以审美的方式由王安忆提出来了，但我们目前在思想上似乎还没有做好准备。我们还没有准备好理解自己的过去，也就是说，我们对"我是谁?""我们从何处来，要到何处去?"的问题还只能持一种回避的、存而不论的态度。由此可以推断，我们对自己的未来，也是缺乏思考的。

最后，我想脱开《启蒙时代》的文本谈谈上海。上海中等阶层人家的孩子，人很规矩，但缺乏超越性，用王安忆的话说不能升华。这种本分的生活形式有种天然的反理论倾向。小时候去同学家串门，推门进去，会发现不是走到另一个公寓，而是走到另一个时代：你根本想不到这个时代还在这里。小孩子再不懂，但气味不对还是能感觉到的。你往往不知道推开一扇门，在"私生活"的帷幕后面是哪个时代，哪个阶级，哪个阶级的社会空间。上海日常生活空间内部的复杂性，就像岩石里面的气泡一样，有许多空洞，尽管有革命的、文化革命的地壳运动，但那些空洞还是存在着。王安忆在《文革佚事》里面对此有很精彩的描写。近代以来，上海的家庭财富和文化财富的传承相对连贯，比如顾老头资本家的谱系，小老大的妈妈和外婆的谱系，王校长和高医生所谓受近代西式教育，近代科学的谱系都很清楚，所以不同的谱系都并存在新时代，都是"潜文本""潜台词"，它们之间的关系并非井水不犯河水，但谁也消灭不了谁，不管上层建筑领域刮什么风，日常生活领域的地形学仍然是那个样子。我们如果知道新中国社会主义改造的彻底性，就可以想见，在上海，布尔乔亚生活方式和意识形态有多么顽强、坚韧。相对而言，构成中国几千年封建社会基础的那些东西真是一扫就扫光了，地主阶级好几千年的积累，一个土改就搞掉了，但是近代资产阶级在上海这个半殖民地的那点积累，就怎么也搞不掉它，有些"野火烧不尽，春风吹又生"的味道。这虽然跟国际大环境有关，但在上海这个"孤岛"，确实也有种种特殊性。所以阅读上海就是阅读一本阶级斗争的大书。上海能做阶级史、文化构造史、思想史田野调查的最佳地点，因为这里是矛盾的焦点，是斗争的前沿，是一个无声的战场。王安忆作品的“内容”跟这种历史地质学构造的复杂性和内在的紧张是密切相关的。那些有关上海的风花雪月、浮皮潦草的文学就把握不了这种复杂性和紧张，有关上海的赶时髦、随大流、望文生义的学术和批评也根本读不出这种复杂性和紧张。我这些年关注王安忆的写作，就是觉得她在文学经验里呈现出一种历史的复杂性。这种复杂性指向尚未解决的历史矛盾，而这些现在进行时的矛盾都有实实在在的社会载体和生活形式，具体到活生生的人和他们的日常行为和价值判断。近代中国的各个阶级、各种阶级立场和它们的意识形态表述，日常生活仪式，在上海都有充分的发展——不仅是资产阶级意识形态，无产阶级意识形态也有充分的发展——上海也是近代中国产业工人的中心，现代中国激进主义的中心，直到 60 年代都是如此。甚至每个行业在上海都发展出自己的一套行规和生活规范。这在中国其他地方要么看不到，要么只能看到发展不太充分的形态。在这个特定意义上，上海的确是中国最现代的城市。在这个意义上，当代文学创作里缺乏真正意义上的“城市文学”或“都市文学”，是一个很大的遗憾。

“妖精现实主义”：莫言《酒国》的叙事结构与自然史寓言*

对于那些努力为市场经济时代的中国寻求定义，或是寻求某种具有一致性描述的人来说，莫言的《酒国》提供了一种想象中的解决方案，一种审美快感，甚至一种道德净化。这当然并非是说，我们可以从莫言的小说中看到关于中国的清晰图画，而是说，在《酒国》中，所有与当代中国联系在一起的幽暗、矛盾、混沌，尽管在分析理性看来，非常令人费解，但在一种叙事艺术品的界定中，则变为一种“诗学规范”（poetic norm），并由此达到了在“可能”的世界中（与“现实”世界相对立），亚里士多德意义上的“更具哲学性”。这部奇异、滑稽、令人反胃但又极具诱惑力的小说，是“文学粗糙性”（literary coarseness）与“风格无边性”（stylistic boundlessness）的实验。在这一实验中，写作的“绝对能量”（sheer energy）、

* 本文为作者英文著作 *Postsocialism and Cultural Politics: China in the Last Decade of the Twentieth Century* 第六章，原题为“Demonic Realism” and the “Socialist Market Economy”: Landscape Game, Natural History, and Social Allegory in Mo Yan's The Republic of Wine，陈丹丹译，张屏瑾校。原刊于《人民论坛·学术前沿》2012 年第 11 期。发表时题为《魔幻现实主义的政治文化语境构造——莫言〈酒国〉中的语言游戏、自然史与社会寓言》。

多样性、游戏性，在不断将叙事的特定形式推向崩塌边缘的同时，为“再现”提供了各种新的可能性。在这一坐落于幻想与纪实之间的虚构空间之中，总有一些令人激动的“现实主义”的东西，既因为它对我们来说是熟悉的、可辨识的，也因为它触及“历史真理”与“价值判断”这些更重要的层面。所有这些使得读者不得不产生疑虑，《酒国》中高强度的语言与形式游戏，是否仅被用来提供一种“审美庇护所”，并借此以对社会主义市场经济的社会景象发动一场最无情、最轻蔑的进攻——既在社会讽刺的意义上，也在“道德—寓言”的意义上。

但我们也必须看到，作为一个农民出身的现代主义者，莫言从一开始就没有对社会分析、道德批评、政治介入表现出明显的现实主义倾向，对于中国文学生产领域令人眼花缭乱的多样风格，他也并未表现出任何固定立场，尽管莫言的文学生产具备明显的风格延续性，这可以追溯到 20 世纪 80 年代中期他被命名为“魔幻现实主义”时。人们看到的莫言更像是一个带着农民的智慧与诡计的游击队战士，始终对日常生活的快速都市化与商品化投以厌烦的目光，而他在社会政治领域的规避（evasiveness）与看似超然的态度，则与其在形式与寓言层面的“强度”“激进”与“大胆”相匹配。在莫言的世界中，现象的世界（the phenomenological reality）很少得到再现，而是被“形式—叙述”空间所吞没，并由一种无情的虚构逻辑转化为寓言性形象。在这个意义上，颠倒的反而成为真实的。莫言小说的“叙事”，显然并非作为反映“真实”（the real）的渠道，但也正是在其作品的“叙事构造”（narrative enterprise）中，后社会主义语境的诸种碎片化现实，找到了自身形式与道德的确定性，甚或意义性——常常栖身于“眼花缭乱的暧昧性”、过剩、亵渎、“无意义”的形式中。对于一个缺乏“社会—历史构架”和“道德—政治构成”的时代来说，这是 90 年代种种失了根的、无家的、彷徨的经验、意象、记忆与幽灵的“象征性落座”（symbolic dwelling）——这种“象征性落座”即便不是注定的，也是一种优先之物。从这点看来，《酒国》中的“酒国市”恰恰象征醉汉眼中呈现出的中国：模糊但依旧鲜明；奇异、荒诞但仍具有一种独特的逻辑性；令人发狂的不一致，但又具有令人惊异、不知羞耻的清晰感。一方面，这里有一种“自然史”的陷落，伴随着所有或陈旧过时，或刚被创造出来的表达、姿态、理念的混乱的咕哝。在另一方面，借用拉康对“无意识”的观察，“酒国”也是像“语言”一样被组织起来的。倘要用一种超越犬儒主义的态度阅读《酒国》，并抵制从最负面的态度，最具“颠覆性”的眼光去看待今日社会的诱惑，就要抓住《酒国》中处于活动状态的语言，去辨识出这一语言的语法，一种旨在与交际、再现、编码的传统理性的语言相对抗的语法。《酒国》中所截取的世界，是与清醒意识相对立的梦的世界。这也是一种被挫败的心灵状态，一种方向错乱的、精神分裂的心灵状态，被投射到后社会主义语境的客观世界。在这样一座镜子屋（mirror house）里，内在领域与外在领域都被消解为属于“震惊”经验的各种破碎的“身体部分”，在社会—文化的幻景（phantasmagoria）中无助地飘浮。在这样的幻景中，那些不敢在社会主义市场经济的光天化日下说出自己名字的人们，在一个放荡、狂饮、吃人、谄媚、诱惑、欲望、贿赂、阴谋、野蛮、死亡的“夜”的世界，一个地下的、但仍具正当性的世界中，发现了他们的自由与迷狂。

叙事的划分

《酒国》包含了三段并置又相互联系的叙事，这些分化而又统一的叙事处于这个小说结构设计的中心位置，反过来加强了小说辩证的张力，而这一张力有助于凸显小说寓言性上的“尖锐”和再现层面上的生产性。

处在最前面的是小说文本主要部分，也就是特级侦察员丁钩儿对“酒国”所谓“吃人案件”的调查。为了便于区分，我们可以将这一叙述称之为“叙事1”：“全然虚构”（the properly fictional）。

第二种叙事则由“莫言”与业余写作者李一斗（或酒博士，酒国市酿造学院勾兑专业博士研究生）的通信构成。他们来回信件的主要内容，大多是李一斗要求“莫言”帮助他在《国民文学》杂志上发表小说，这个叙事最终结束于小说结尾“莫言”的酒国之行，他在那里与人的会晤及其他活动。像大多数私人通信一样，这些信件谈到了范围相当广的、大大小小的事情，并对当代中国社会进行了指涉与议论。在各种各样的话题所触及的众多事情之中，有两条脉络的持续发展值得注意：一是“莫言”对李一斗从事文学职业的鼓励意见，这些鼓励意见，在“真实”与双重虚构的层面上，都不仅具有社会批判性，而且也是自我指涉、甚至是自传性的；另一条脉络是李一斗仿佛永不衰竭的“语言性”特质与语言过剩，大量的奇闻逸事、流言、抱怨、小报告，来自自封为“政府线人”的这样一个爱出风头的、谄媚的、竭力要讨得一个大作家的欣赏与帮助的乡下业余作者之笔。这里，我们看到作者在小说中以真名与他的一个书迷交流，这个书迷不只是普遍意义上虚构的产物，而是一个在“叙事1”所虚构出的地点——“酒国”中生活、工作并不断打小报告的“真实人物”。我们可以称这个叙事为“叙事2”：“虚构性的‘非虚构’”（the fictional nonfiction）。

第三个层面或维度则由一个“迷你系列”构成，它包含了“叙事2”所设定的“真实人物”或是“非虚构人物”李一斗所写的九部带有半关联性的短篇小说。这些故事当然很“糟糕”（但也正是作家本人极具创造性地，故意将它们写得如此之糟糕）：没有任何虚构作品的一致性，缺乏基本的恰当的形式，更不用说（审美）自律性，但与此同时，这些失败之处也恰恰反映出在这三种叙事中贯穿着一个重叠、平行、空白、省略的网络。在这个意义上，由“小说”的传统概念所界定的“糟糕”或“低于标准”，在“寓言”的领域，转化为一种非常欢闹的、具有生产性的、引人入胜的东西。在某种程度上，这些短篇小说序列构成了对现代中国文学史主要范式的半系统化的戏仿（parody），模仿其主流写作风格以及涉及的话题，其中最明显的是李一斗用《肉孩》戏仿鲁迅的《药》。但在更直接的意义上，这些作品似乎更是在气喘吁吁地追赶改革开放年代以“创新”或“现代化”的名义横扫中国的世界文学潮流。这些故事，可以视为结合了两种对立的性质，即对“酒国”中现实与超现实之物最“现实主义”的描绘，与一种最具幻想性、无形式感的、反传统的“说故事”形式结合在了一起。这一结合使这些故事构成了一本记录种种笨拙手法的“文学写作”手册，以及对各种风格尝试的“实验”与多变的标签的夸张铺陈：它们被“作者”李一斗一一命名，诸如“严酷现实主义”“妖精现实主义”“魔幻现实主义”“新现实主义”“革命现实主义与革命浪漫主义的结合”，等等。我们可以将此称为“叙事 3”：“虚构性的虚构”（the fictitious fiction）。

叙事的分化，以及这三个被区分的、半自律的叙事领域的互相重叠和渗透，对于这部小说的组织性结构与“再现—寓言”野心来说，是非常关键的。首先，它通过叙事的分化，扩大、深化了小说的形式空间，同时也回应了“社会—经验”总体的复杂性与多样性——而这种总体“社会—经验”同时也指向一种“象征—寓言”层面的总体性。相对于单一叙述声音或叙述视角，小说的多重叙述声音与叙述视角——莫言、莫言—李一斗、李一斗——创造了一个高度柔软，且具有生产性的“流动视角”，这一“流动视角”带来对同一个寓言空间反复进入（从不同的角度，带着不同的道德和再现诉求）——这样的叙述设计也从一种貌似“现代主义”或“实验性”，实际却深陷于自身诸种“形式—风格”界线内的传统“虚构写作”之中，发动并诞生出一种“前虚构”与“元虚构”。“前虚构”包括“虚构的非虚构”、信件体等等；“元虚构”则呈现为莫言这篇小说在虚构性上的悖论，或者叙述者对小说整个生产过程的揭露、展示、示范——在此之中有着作为生产者之作者的活动。有意思的是，对“前虚构”与“元虚构”的发明，并未破坏小说最根本的现实主义本质——“摹仿”与“再现”，而是通过将“全然虚构”重新配置并重新建构为“全然现实主义”（这一“现实主义”既与“叙述 2”中通信体的、记录体的叙述相对，也与“叙述 3”中“幻想的”“寓言的”叙述相对），最终加强了小说的现实主义本质。如果莫言在 90 年代最具野心的风格实验可以视为对现代主义的追求，那么它也是一种期望实现、同时也有能力实现与现实主义联盟的一种“晚期现代主义”——这一对现实主义联盟的期待，具有一种历史性与政治性上的必然。在莫言 20 世纪 90 年代的作品中，“现实主义”与“现代主义”这两个传统似乎在一个更严酷、更“妖魔”的寓言的领地实现了一种结合，这样一种寓言化的写作，既是遥远的、古代的，也至少潜在地在后现代的意义上是更加“现代”的。

这可以从《酒国》对后社会主义现实性的多层面展现中看出。首先是它惊人的再现能力：通过“叙事”的内在分裂、碎片化，以及向某个“寓言”领地的迈进与拓展（这一“寓言”领地，正坐落于形式本身的坍塌与弥散之上），达到一种叙事的扩散，借此来容纳并覆盖一种断裂的（令人迷乱的断裂）、精神分裂的但又极具生产性与能量的现实。审美探险（或冒险）似乎已经以"主体位置"或"自我意识"为代价，还清了债务——这一代价表现为：由"世界的异化"带来的"主体位置"或"自我意识"的崩溃、中断、分解、挪用。比如：通过自身内质与对立面的交换，"主体位置"或"自我意识"变为"动物""物""他者"，变为"反自我"（anti-self）——这些都作为"叙述"的有效、积极的元素，被"动员"起来，以此呈现一个脱节了的时代，这个时代在"思想"中被把握，或者更准确地说，在一种寓言"沉思"中被把握。值得注意的是，这样一种"再现性"上的总体性的实现，并没有掉入一个固定的道德、意识形态或审美的位置与"一致性"（uniformity），而是通过与一个活生生的世界的共存，或者就活在其中来获得，这个活生生的世界既包括商品经济的新的恶魔，也包括多重传统的旧的幽灵——旧朝代的与革命的、以都市为中心的与以乡土为基础的、世界主义的与地方的。所有这些都证明莫言的作品对今日中国的社会与日常生活有所诉求，并邀请它们进入其作品中的寓言化狂欢，尽管这一狂欢带有某种寓言式的诡诈、讽刺和疏离，却仍然全心全意地欢迎现实中的一切事物。

主体的崩溃

侦探小说的文体在《酒国》的开篇几章很快就被消解为一种"混成物"（pastiche）。所有可能搞错的事情，果然应验在了这位"顶呱呱"的侦察员身上。在到达酒国前，丁钩儿和一个女司机调情，后来和她上了床，最终却发现这个粗俗却难以抗拒的勾引者原来是市委宣传部副部长、也是丁钩儿"吃人案"调查的主要嫌疑人

“金刚钻”的老婆，是金刚钻派来的诱饵。在叙事中可以看到，丁钩儿这个调查者的荒唐行为，总是伴随着既清醒，又常常是自我批评、自我嘲弄式的对情境的反映与估计。有意思的也正是，尽管丁钩儿很具自我意识，他却从未试图抵抗诱惑；即便他早知真相，恐怕也是既不愿也不能抵抗住诱惑。这种不可避免性可以从下面的细节中看出。当经过一圈粗俗的交换后，丁钩儿带着难以抑制的兴奋，感到“自己的精神像一只生满蓝色幼芽的土豆一样，滴溜溜滚到她的筐里去。”①从一开始，丁钩儿从女司机身上所感受到的吸引力就与一种“警戒”“怀疑”，甚至“恶心”联系在一起——对于她的粗俗、她的粗暴甚至暴力的动作、她的生理特征的反感——比如，小说中描写道：“她的唇凉飕飕的，软绵绵的，没有一点弹性，异常怪诞，如同一块败絮。”②在这里，悖论的是，判断力与自制的丧失，并非是缺乏经验或不够职业化的结果，而恰恰是由于经验太丰富，太过职业性了。

尽管如此，他们之间猫和老鼠一样的游戏依然在不间断地继续，伴随着早已注定的厌倦，以及对诸种欲望、嫉妒、想要自我证明的种种冲动的瞬间满足——所有这些并非要对上述这些主题进行批判性审视，而是仅仅发挥了一种“形式主义”功能，即将叙事推向寓言的层面。“尽管肩负重任，但一个够腕的侦察员是不会把女人与重任对立起来的。”③丁钩儿脑海中划过的这个念头，成了他超乎寻常的职业技能和职业荣誉的提示。这位特级侦察员最终爱上了那位女司机，而且当他知道她也是“一尺酒店”的侏儒店主余一尺的第9号情妇，出于嫉妒，他向她开了枪。

---

① 莫言：《酒国》，南海出版公司2000年版，第2页。
② 莫言：《酒国》，南海出版公司2000年版，第4页。
③ 莫言：《酒国》，南海出版公司2000年版，第3页。

这位特级侦察员对诱惑无抵抗的屈服，或者说，他对自己的经验与技能的过度自信（这反而证实了他行为的不够“职业”、不计后果），在小说中，并没有被描绘为其个性上的缺点，反而成为主角的中心性格。考虑到他并非一个现实主义意义上的主角，而是一个经验丰富的现代主义作家充满野心的创新作品中的“寓言”式人物，丁钩儿的中心性格，反过来应当被理解为一个既具再现性又有寓言性的双重构造，后者既指向社会讽刺和道德批判，也同时与叙事中的“形式必要性”（formal necessity）相得益彰。对“意识—无意识”这一上下层级的颠覆，或者在面对“利比多”时权威性（authority）的崩溃，同时伴随着性别角色的颠倒，甚至是特级侦察员与女司机饱含色情、怪异与暴力的做爱场景中身体位置的颠倒。在这一系列场景之中，对女司机既渴望又厌倦的男性追逐者，被描绘为一个“无力”的被强奸者，用小说中的话来说，就是：“猫变成耗子，审判者变成了被审判者。”①甚至他的手枪也被女司机夺去，在性爱前戏中对准了他。在追逐自己的欲望对象，并力图“正当化”这一对侦察任务中的“越轨”时，丁钩儿这个特级侦察员，完全处于一个模糊的犯罪世界的支配之下，并已全然被一种比致命的诱惑更神秘的“力场”所“事先决定”，甚至“过度决定”。

我们还可以从丁钩儿与酒的关系中看出同样的逻辑。如果说这个特级侦察员对性的追逐既是偶然性的，又是不知足的，那么他对狂饮的拒绝则要坚定得多，就好像他是唯一的节制者，这是因为他的身份总是将他放在一个谢绝饮酒的最佳位置上。如果说这个特级侦察员是自动地进入性的陷阱，那么对于酒来说，他就总是要与之争斗一番——只是因为酒宴离“虎穴”及吃人主题非常接近——可

① 莫言：《酒国》，南海出版公司2000年版，第175页。

是每一次的挣扎总是很不幸地失败。丁钩儿与酒的第一次相遇，不亚于一场酣战，一场关于词语、诡计、智慧的激烈决斗，与之相关的问题是：怎样动员，甚至滥用各种有案可查或尚未写就的社会风俗、文化规范和道德—情感构造，从而让自己占上风并让对方屈服，所有这些爆发出一大套无休无止的语言狂欢，而这正是莫言小说的标志。

第一章第一部分的喝酒场景，正是由典型的中国式不知疲倦的敬酒（以及强迫客人在酒席上喝酒）拉开帷幕。特级侦察员丁钩儿已经向接待他的主人——酒国郊外的罗山煤矿矿长和党委书记解释了自己的任务，并宣布了自己的“不喝酒政策”。但在接下去的章节中，地方上的主人不断说服、哄骗丁钩儿越喝越多，直到他醉得像一条鱼。随着越发迷醉以至“中毒”，丁钩儿不断放松警惕、失去意识的过程，在一拨接一拨的要求“喝干”的语言狂欢中，以一种欢闹的、细节毕现的甚至极具宗教性的方式呈现出来。必须喝的理由当然仿佛是无穷无尽的，而且总那么具有说服力：爱国主义的修辞（抵制洋酒，喝中国酒）、为国家做贡献（酒是国家的重要税源）、显示上下级亲密关系、地方风俗（所谓“入座三杯”）、代表煤矿工人阶级、打着“孝”的幌子（敬酒者以自己“八十四岁老母亲的名义”），等等。伴随着必然发生的、带有色情意味的走神（丁钩儿看到：“几位像红旗一样鲜艳的服务员在餐厅里飘来飘去。”①），这一长串敬酒词可以视为在后社会主义语境仍然有效的一整套“说服性”与“正当性”话语的索引——同时也是这些话语背后杂乱而相互矛盾、相互重叠的社会、伦理、文化、心理代码的客观索引。每次当别人敬酒并力劝之后，丁钩儿最终都一杯一杯地

---

① 莫言：《酒国》，南海出版公司 2000 年版，第 44 页。

喝干了。很快，他所面对的就不再是潜藏着的罪犯，而仿佛是他的亲兄弟，故而他听到的只能是这些话：

> 老丁同志，其实咱们是一家人，咱们是一母同胞亲兄弟，亲兄弟喝酒必须尽兴，人生得意须尽欢，欢天喜地走向坟墓……再来……三十杯……代替金副部长……敬你三十杯……喝喝喝……谁不喝不是好汉……金金金……金刚钻能喝……他老人家海量……无边无涯……①

酒席上的道德和酒徒间的平等，只不过是莫言对今日中国的寓言性再现的一个线索。当丁钩儿被人陪同走向位于地下的酒宴，他感到脚下的道路不是通向酒宴而是通向法庭，并且“处在被押解的位置”的并非他要侦察的人，而是丁钩儿自己。这里我们已经可以看到，法律、道德角色与价值、权力的交换与颠倒。在被酒精彻底打倒之后，丁钩儿发现他已经完全处于他所怀疑的地方主宰——矿长与书记的控制之下：

> 党委书记与矿长一左一右夹着他，用拳头擂着他的脊梁，用宽慰的话儿、劝导的话儿喂着他的耳朵，好像两位乡村医生抢救一位溺水儿童，好像两位青年导师教育一位失足青年。②

与敌同饮同眠，在某种程度上将他送入黑暗中心——以金刚钻（既是所谓的领导，也是酒桌上的无冕之王）、传说中的红烧婴儿、

---

① 莫言：《酒国》，南海出版公司2000年版，第49页。
② 莫言：《酒国》，南海出版公司2000年版，第50页。

驴街上的一尺酒店为代表。由此，在到达酒国后，丁钩儿即便事实上并非同谋者与叛徒，他的形象也始终呈现为一个失败者，一个牺牲品，一个背弃者，一个俘虏。也就是说，他不辞辛苦来到犯罪场景的中心，唯一的目的似乎只是为了宣告犯罪世界的胜利，以及为这种胜利的必然性提供解释。最终，在他对处于同一条船上的罪犯想象性的追逐中，"饱受苦难的特级侦察员"跌进了一个露天的大茅坑，"那里边稀汤薄水地发酵着酒国人呕出来的酒肉和屙出来的肉酒，飘浮着一些鼓胀的避孕套等等一切可以想象的脏东西。那里是各种病毒、细菌、微生物生长的沃土，是苍蝇的天国、蛆虫的乐园"。在"地球引力不可抗拒地吸他堕落"，脏物封了他的嘴之前，他发出了最后的喊叫："我抗议！我抗——"①

如果说主体的瓦解在"全然虚构"的层面，是借丁钩儿的死亡折射出来的——它的寓言性意义很显明地植根于"讲故事"中，那么小说的主题或论证则是在"虚构性的非虚构"与"虚构性的虚构"这样的层面呈现出来。它所借助的形式恰是李一斗"无形式"(formless)的语言与过剩的想象力，这也要求某种不同的解释途径。在他给莫言的信和他自己的短篇小说中，李一斗显示出一个倾向：从广泛而不同的社会、政治、历史、文化语境中，将词语、成语、各种表达打包，随意地使用它们却不加任何界定或辨析，不断影射它们却完全脱离语境地使用它们，任意扭曲这些词语以给出自己的观察和论证。《酒国》的英文译者葛浩文，一方面承认："莫言的这部作品充满了双关语、风格化散文、影射——古典与现代、政治与文学、文雅的与粗俗的——还有许多山东方言"；另一方面又下结论说："说明这些并没有太多意义，倘若读者不是中国人，就

① 莫言：《酒国》，南海出版公司2000年版，第338页。

更不能明白其中的意思。"但对具有批判性的读者来说，这样的说明可能是必要的，而且似乎是很有道理的——如果读者可以欣赏"语言层面"与"语义层面"之间、"语言建构"与"社会经验"之间、"话语沉淀"（discursive sedimentations）与历史记忆的多重性之间的相互联系——所有这些也都指向"主体的断裂"的寓言与其"社会—道德"及"文化—思想"形式之间的相互联系。

李一斗如何使用语言的一个例子，可以从他最初写给莫言，表达他想做作家的信中看到："您的话像一声嘹亮的号角、像一阵庄严的呼啸，唤起了我蓬勃斗志。我要像当年的您一样，卧薪吃苦胆，双眼冒金星，头悬梁，锥刺骨［股］，拿起笔，当刀枪，宁可死，不退却，不成功，便成仁。"①乍一看，这些话都像是纯粹的废话，一种"语言腹泻般"的症候，如此看来，英文译者认为这些对外国作者都是无意义的论点也是对的。但这里显然还有扎根于特定的、截然不同的历史时期的"口头用语"："号角""唤醒""斗志"——这些都是"文化大革命"时期社论与宣传材料的半军事化语言与意象。接下去是"卧薪尝胆"这样的成语，却被口语化、粗俗化了。"拿起笔，当刀枪"恐怕牵涉毛泽东对鲁迅的评价，"不成功，便成仁"则是早期蒋介石对将领的要求，这句话通过新中国成立后战争电影变得普及起来。

在李一斗给莫言的信以及他颇具个性的短篇小说中，还有许多别的例子。语言的漂泊、偏离、平面化与坍塌作为一种"社会惯例"，及其"去中心化""去历史化""过剩—强迫延展"，最终在"叙事 2""叙事 3"中的"现在"这个无时间的空间中自由飘浮式弥散（dispersal）——所有这些，都是对"叙事 1"里"自我解构"

---

① 莫言：《酒国》，南海出版公司 2000 年版，第 58 页。

之“再现”的某种自在自为的、潜在的寓言性补充。放纵的能量的“无主体”过剩，成为对所有过去时代（古代与现代，跨越了政治光谱）的语言残余进行“挪用”的不可见之力量。李一斗成了当代中国“赶超崇拜者”的作家之化身，这充分显示了，在90年代商品经济的巨变之中，“形式”“主体”“传统”的断裂。但作为莫言创造出的人物，李一斗似乎也以其欢快的、没头没脑的方式，提供了对遗忘的沼泽进行忧郁沉思的可能，辩证地来看，这一遗忘的沼泽在寓言的意义上也充当了记忆的寄居之所。

“无家可归” 与“怀旧”

吊诡的是，对丁钩儿来说，命运的封印并不是“死亡冲动”，而恰是“吸引”与“爱”，简单说来，即一种对“爱”与“拥有”的特殊渴望，这种特殊渴望同时被他的酒国探险所规划与界定。如果说，远处灯火通明的酒国市带给他的伤感显得有点奇怪，这是因为他对“家”有一种秘密的渴望，同时也与一种致命的直觉与预感（他感觉到他将付出他的生命）混杂在一起。丁钩儿的酒国之旅，伴随着一个致命的女人：一个从可疑地方来的可疑的女司机。这个女人作为丁钩儿欲望的对象，给了他原本目的不明的漂流与漫游一种目的，尽管这与“侦察”这一使命完全相反。这样一种在社会—道德的意义上对“无目的”的补充，通过一种存在主义的、利比多意义上的“目的”，在外在于叙事的说教层面，以及内在于叙事肌理的阐释学的层面，照出了“个体”与“集体”的疏离，后者通过丁钩儿在沮丧忿恨与乌托邦式的乐观之间来回摇摆的心情显现了出来，而那种失落感与无目的感，则在下面的引文中得到呈现：

> 狗跑了，丁钩儿怅然若失。他想如果冷静地一想我真是无聊之极。我从哪里来？你从省城来。你来干什么？调查大案件。在茫茫太空中一个小如微尘的星球上，在这个星球的人海里，站着一个名叫丁钩儿的侦察员，他心中迷糊，缺乏上进心，情绪低落，悲观孤独，目标失落，他漫无目标地、无所得也无所失地，朝着装煤场上那些喧闹的车辆走去。①

这里值得注意的，不是世俗动机和方向感的骤然缺失，而是丁钩儿感到他与自身所归属的“社会—伦理”共同体的联系消失了。从对于作为社会组织的连接点的省城之机械记忆（正是省城赋予了丁钩儿社会权力、声望与责任），到“一个小如微尘的星球”的宇宙形象，我们可以看到一个从“历史”到“自然史”的转变。这一转变呼应了任何关于“时间”“历史”“价值”的集体概念的崩溃。这样一种根本性的虚无主义，为后来丁钩儿情绪的变化过渡奠定了基础。这种情绪的转变，即从倦怠（ennui）这样的存在主义式情绪，过渡到与女司机调情的情欲享乐（jouissance）之中，这种身体性快感（plaisir）的表达，既具有表现力，也具有一种“社会—文化”具体性：“这是个富有诗意，健康活泼的夜晚，因为在这个夜晚里，探险与发现手拉手，学习与工作肩并肩，恋爱与革命相结合，天上的星光与地下的灯光遥相呼应，照亮了一切黑暗的角落。”②

这些我们非常熟悉的二元表达：“探险与发现”“学习与工作”“恋爱与革命”，通过对革命与社会主义传统的道德编码，构成了对

① 莫言：《酒国》，南海出版公司2000年版，第125页。

② 莫言：《酒国》，南海出版公司2000年版，第134页。

"利比多"具有讽刺性的辩护，同时也为这些"官方意识形态"空壳那种苍白的唯名论式的能指，找到了一种悖谬的"利比多价值"（以此加以平衡），这些官方意识形态空壳的诸种"能指"在这儿，更像是在当下"社会主义市场经济"的奇异风景中对过去生活的一种闪回。尽管丁钩儿将诱惑的"塞壬之歌"理解成一种凶兆，一种坏运气的标志，但他再也没有能量或决心鼓起某种"史诗般"的意志，即奥德赛将自己绑在桅杆上以抵御诱惑的意志。相反，丁钩儿所经历的，是在后社会主义语境的海洋中无舵的漂流，它呈现出一种充满震惊而又饱含情欲的自我探险与自我实现——通过诱惑与勾引而达成。丁钩儿的快乐与满足，总是被厌倦、自我怀疑与"忧郁"不合时宜却相当有节奏地扰乱。女司机不是象征远离家之外的另一个家，而是通向下一个虚无主义幻象的虚无主义幻象。在热情地拥吻女司机之后，丁钩儿和她一起爬上驾驶楼，像一匹找寻猎物的狼。但当他看到"前方酒国市区辉煌的灯火"时，他"突然感到自己孤孤单单，好像一只失群的羔羊"。①

经过一系列迂回与转折，丁钩儿最终承认，事情发展得比他最初想的还坏："最糟糕的事情发生了——已经爱上了这个魔鬼一样的女人，好像一根线上拴两个蚂蚱一样。"②当这样一种致命的结合已经建立起来，并且丁钩儿也认识到了这种状况，这一不合法关系的中心，就从意识坍塌到无意识，从理性坍塌到非理性，坍塌到一种无意识与非理性的"心灵之眼"——作为"再现"的寓言化"真理性"（truthful）视点。这样，小说中的形象在虚构的维度上越奇异、扭曲、不可信、超现实，在"社会—寓言"的维度上就越客

① 莫言：《酒国》，南海出版公司2000年版，第173页。
② 莫言：《酒国》，南海出版公司2000年版，第240页。

观、明晰、可信、真实。从这个瞬间起，女司机不再是性的陷阱了，反而转变为一个导游和旅行同伴，伴随着丁钩儿开始经历“酒国”那种卡夫卡式的都市迷宫。

这种受到压抑的“思乡病”似乎成了丁钩儿“感伤情绪”的内容，这可以从这样一个情节中看出：当他在那个异化与自我异化了的、深不可测的酒国中越陷越深时，他的眼前突然跳出了自己儿子的形象。在这个不可返回的放逐与自我放逐的过程中，甚至最熟悉的人和事都变得陌生了。那些在过去某个时期与社会主义生产、技术、国家机构、单位系统紧密联系在一起的诸种名称——解放牌卡车、胜利大道（Victory Avenue）、英雄金笔（Hero 800 gold fountain pen）……还包括一整套、几乎无所遗漏的各种官僚部门列举：技术科、生产科、统计科、财会科、档案室、资料室、实验室、录像室，①这是丁钩儿在“特种粮食栽培研究中心”那儿看到的——丁钩儿与女司机到达酒国，一时无路可走，一头撞进了这个“特种粮食栽培研究中心”。必须注意的是，在这样的列举中有一种对社会主义时期“单位”的怀旧。这样一种怀旧其实很难和熟悉的事物以及正在展开的事物区分开，后者现在仍然引起我们的排斥，让我们心生厌恶。另一幅更为生动的图画，可以在接下来对于通向酒国郊外罗山煤矿的道路之描绘中看到：

> 通往矿区的道路肮脏狭窄，像一条弯弯曲曲的肠子。卡车、拖拉机、马车、牛车……形形色色的车辆，像一长串咬着尾巴的怪兽。有的车熄了火，有的没熄火。拖拉机头上竖起的铁皮烟筒里和汽车藏在屁股下边的铁皮烟筒里，喷吐着一圈圈

---

① 莫言：《酒国》，南海出版公司2000年版，第137页。

> 浅蓝色的烟雾。燃烧未尽的汽油、柴油味儿，与拉车的牲畜口腔里散出的气味混合在一起，汇成一股屁屎狼烟般的潮流，满散流淌。为了向矿区前进，他有时不得不紧贴着车皮，有时必须用肩背蹭着矮树干上的疤节。驾驶棚里的司机和靠在车辕杆上的车夫几乎都在喝酒，可见那条不准酒后驾车的规定在这里已经不起作用，不知往前挤了多久，猛一抬头他便看到了矗立在矿区中央的卷扬机高大铁架子的三分之二。①

事实上，这里所呈现的一系列隐藏的符码（管理单位、级别、分区、交通工具、社会主义工业生产的社会主义组织方式），也可以从小说的第一句话中找到："省人民检察院的特级侦察员丁钩儿搭乘一辆拉煤的解放牌卡车到市郊的罗山煤矿进行一项特别调查。"②

"省人民检察院""特级侦察员""解放牌卡车"这样的名称，在一种奇异的、陌生化的层面，同时代表怀旧与遗忘。它们总是突然出现于无名地带，或完全脱离了语境。对于这些"专有名称"的列举，围绕并标明了某个"社会主义过去"被孤立了的、"石化了"的空间，它就如同商品与欲望荒野中的废墟。在丁钩儿追逐快乐幻象的过程中，他注定会不期然地撞见这一空间。从这一点看来，丁钩儿生存意义上的"坏心情"与情欲意义上的"好心情"之间所缺失的联系或中介，恰好可以坐落于这一由熟悉变为不熟悉，由不熟悉又变为熟悉的空间旅程之中，而这一中间地带恰好就是城郊地区，在那儿，旧式中国的乡村的消失，与 90 年代中国未定型的、

---

① 莫言：《酒国》，南海出版公司 2000 年版，第 5 页。

② 莫言：《酒国》，南海出版公司 2000 年版，第 1 页。

也并不令人愉快的都市兴起相遇了：

> 丁钩儿有些恋恋不舍地看她一眼，提着桶，拨开路边柔软的灌木，越过干涸的平浅路沟，站在收割后的农田里。这已经不是他熟悉的那种一望无际的农田了——那样的农田也就是广袤的原野——由于逼近市郊，城市的胳膊或者手指已经伸到这里，这里一栋孤独的小楼，那里一根冒烟的烟囱，把农田分割得七零八碎。丁钩儿站在那里，心里不免有些忧伤。后来他抬头看到层层叠叠压在西边地平线上那些血红的晚霞，便排除掉忧伤情绪，朝着那一片距己最近的、奇形怪状的建筑物大步奔去。①

那些被"城市的胳膊或者手指"探入的农田铺展在那里，如同一个连接着过去与将来的时间通道。它也是一个迷宫，一个茫然的特级侦察员在这儿与自己已经失落了的归属感，一种寻找家园而不得的深刻悲哀相遇了。如同那些"专有名称"，它们更像一个从早已逝去的时代返回来探询此刻这个活生生世界的鬼魂或幽灵。但它们并非要在"存在的世界"中找回自己的权利，而是彻底地混入了"酒国"这个可怕的"魔鬼与怪物之域"，完全同那些构成其自然史沼泽的事物难以分辨开来了。

这样一种被压抑的思乡病，并不能被丁钩儿在酒国迷宫中的迷失所平息，甚至也不能被女司机的陪伴和引导所治愈。更直接地说，或者从更技术的角度看来，丁钩儿从英雄堕落为罪犯，以及之后在酒国无目的、无效果的逃亡，并非由敌人所设的陷阱造成，也

---

① 莫言：《酒国》，南海出版公司 2000 年版，第 132 页。

不是因为敌人的追赶，而是因为他杀了女司机——那个“魔鬼般的女人”，那个“蛇蝎美人”。

自然史

如果说在小说中，以酒为基础的“迷醉”充当了叙事的润滑剂，从而将丁钩儿推入了一个“异化”的世界，并使他获得了对于这个世界的模糊认识，那么，这种迷醉也是一种自然史意义上的“不变”，使身处“当下”的每样事物都获得了一种平等，并将它们抛入了一个无边界的、无时间性的过去——这个“过去”也在向远古时代回溯延展。在李一斗的小说《猿酒》中，通过大段摘抄岳父的讲义，李一斗列举了“酒”在不同语言中的名字（汉语中的“醴”，古印度语中的“Bojah”，埃塞俄比亚部族语中的“Bosa”，古高卢语中的“Cer visia”，古德语中的“Pior”，斯堪的纳维亚古语中的“eolo”，盎格鲁—撒克逊古语中的“Bere”，蒙古草原上的古代游牧民族语言中的“Koumiss”，美索不达米亚人用的“Mazoun”，古罗马人用的“Aquamusla”，凯尔特人用的“Chouchen”），并继而下结论：“酒的自然生成与地球上出现含糖植物的时间应该基本同步，所以我们说，在没有人类之前，地球上就已经酒香四溢。”①这样一种自然史取景，很快超越了单纯的想象视角，将自身展开为一种寓言性的相互关系，正是这“寓言性”的相互关系，构成了《酒国》的叙事本质。在《猿酒》中，人类与动物、文化与自然之间的“相借”“交换”“挪用”，都演变为一种讽刺性的欢闹：

① 莫言：《酒国》，南海出版公司2000年版，第291页。

> 更加令人兴奋的是，我岳父袁教授只身上了白猿岭，蓬头垢面，鹤发童颜，与猿猴交友，向野兽学习，汲取了猴子的智慧，继承了祖宗的传统，借鉴了外来的经验，古为今用，洋为中用，猴为人用，终于试验成功了独步世界，一滴倾城的猿酒！①

如果在这篇李一斗“严酷的魔鬼新现实主义”（severe-demonic-neorealist）小说中，袁教授去原始地带是为了发现传说中“猿酒”的配方，那么在酒国中，在莫言的“全然虚构”里面，丁钩儿也被相同的困扰所驱使，被驱入一种自然史的场景，去找回寓言的财富。在这里，超越理性抵抗的引诱装置显然是：性——不是作为目的，而是触发了某种略带抽象的追求，触发了“焦虑”“心不在焉”“空无”“无目的”状态。一路上隔着超然、失落、厌倦与忧郁，通过这条酒国之路，展开了一片陌生又熟悉的风景：“路两边是几株遍体畸瘤的矮树和生满野草杂花的路沟，树叶和草茎上，都沾着黑色的粉末。路沟两边，是深秋的枯燥的田野，黄色和灰色的庄稼秸秆在似有似无的秋风中肃立着，没有欢乐也没有悲伤。时间已是半上午。高大的矸石山耸立在矿区中，山上冒着焦黄的烟雾。”②

正是在这阴沉的背景下，丁钩儿遭遇到了城市（酒国市）。那场怪异的偷情（“偷情”搞得这次调查心乱如麻），将他最终从酒国外围带到了酒国都城的消费、颓废、阴谋、神秘的中心：“驴街上空空荡荡，坑洼里的积水像毛玻璃一样，闪烁着模模糊糊的光芒。

① 莫言：《酒国》，南海出版公司 2000 年版，第 331 页。
② 莫言：《酒国》，南海出版公司 2000 年版，第 3 页。

来到酒国不知多少日子之后，他一直在城市的外围转圈子，城市神秘，夜晚的城市更神秘，他终于在夜晚踏入了神秘的城市。这条古老的驴街令他联想到女司机的双腿之间的神圣管道。”①

“狭窄的驴街阴森恐怖，是犯罪分子的巢穴。”②只要注意到驴街是酒国消费与娱乐的中心，就不难看到，这个“黑暗之心”不过是“商品”的神秘权力和“灵魂”。马克思所谓的早期欧洲的商品拜物教所提供的“神学外衣”，在此种奇幻、古怪、诡异的语境之中，在前资本主义或后社会主义语境的腐败、放任的权力关系之中，找到了自身的替代品，或者说寓言性的变异。驴街的鹅卵石带给丁钩儿的神秘感，恐怕正像19世纪的巴黎街道上，石头被搬动起来搭建街垒时带给那些资产阶级观察者的感觉一样。对后者而言，正如本雅明所尖锐地指出的，他们看不见的东西，正是无产阶级反叛者搬动石头的手。对于前一个例子来说，最终是初生的商品经济，所有社会、政治、性的能量及其所动员的活动赋予了石头某种神秘。在这里，驴街上的鹅卵石充当了一个被动的、古代的、没有时间性的见证，一个寓言的视角，甚至一种审美形式，通过这些我们可以来把握历史本质全然的“无形式”(formlessness)。

当丁钩儿在驴街滑溜溜的鹅卵石道路上摔倒后，他不得不靠在女司机的身上，具有讽刺意味的是，这时的女司机，看上去竟像一个“战地护士”。更有意思的是，当这个女性身体此时在城市中找到了自己“社会—寓言”层面的对应物（反之亦然），向这一身体—政治层面的历险，也早已透过丁钩儿感伤的眼睛揭开了面纱。但丁钩儿看到的却是这样一幅毫无感伤可言的“形而上”画面：酒

① 莫言：《酒国》，南海出版公司2000年版，第212页。
② 莫言：《酒国》，南海出版公司2000年版，第213页。

国在自然史意义上的存在，投射在了失败、衰落、忧郁的光影中：

> 他们搂搂抱抱地走到驴街上时，天色已经很暗，凭着生物的特有感觉，侦察员知道太阳已经落山，不，正在落山。他努力想象着日暮黄昏的瑰丽景象：一轮巨大的红太阳无可奈何地往地上坠落，放射出万道光芒，房屋上、树木上、行人的脸上、驴街光滑的青石上，都表现出一种英雄末路、英勇悲壮的色彩。楚霸王项羽拄着长枪，牵着骏马，站在乌江上发呆，江水滔滔，不舍昼夜。但现在驴街上没有太阳。侦察员沉浸在蒙蒙细雨中，沉浸在惆怅、忧伤的情绪里。一瞬间他感到自己的酒国之行无聊透顶，荒唐至极，滑稽可笑。驴街旁边的污水沟里，狼藉着一颗腐烂的大白菜，半截蒜瓣子，一根光秃秃的驴尾巴，它们静静地挤在一起，在昏暗的街灯照耀下发着青色、褐色和灰蓝色的光芒。侦察员悲痛地想到，这三件死气沉沉的静物，应该变成某一个衰败王朝国旗的徽记，或者干脆刻到自己的墓碑上。①

当丁钩儿凝视着这个陌生的地方时，太阳正缓缓落下。他的凝视将这片陌生的土地消解为某个纯粹的自然，即某种被“去历史化”了的风景：它是外在的、无时间性的，但仍将他包裹在一个庞大的、细致筹划的阴谋之中，这样，这一风景就呈现为某个超验的无家可归状态中的“家”，或者，更具体地说，一片墓地中的一座坟。“霸王别姬”的经典形象，跃入了丁钩儿的脑海，这暗示了回归家园的不可能，也暗示了在一个陌生的、偶然的地方的死亡。

---

① 莫言：《酒国》，南海出版公司 2000 年版，第 210—211 页。

但在这片废墟中，最令人惊愕的形象并不是腐烂与死亡的象征，而是一群穿过驴街的沉默的驴，它们正由此走向屠宰场，走向一家专卖驴肉的饭馆：

> 毛驴的队伍拥挤不堪。他粗略地数了一下，驴群由二十四或者二十五头毛驴组成。它们一律黑色，一根杂毛也没有。雨水打湿了它们的身体。它们的身体都油光闪闪。它们都肌肉丰满，面孔俊秀，似乎都很年轻。它们似乎怕冷，更可能是驴街上的气息造成的巨大恐怖驱赶着它们拥挤在一起……它们就这样拥拥挤挤地前进着。驴蹄在石板上敲击着、滑动着，发出群众鼓掌般的声响。驴群像一个移动的山丘，从他们面前滑过去。①

很难去确定丁钩儿与沉默地走向屠宰场的驴群之间的象征性联系、类似性，以及“移情认同”（empathic identification）的充实内容或者说精确内容，但是找出部分线索也并非难事。首先，经由冒险，丁钩儿表现出对动物的强烈兴趣（即便未经反思）。与其说令他着迷的是它们非人类的动物性，不如说是它们身上的某种神秘的深度。比如，当一只狗看见他就跑，他就很想问它为什么跑。②我们可以假设，丁钩儿对动物的迷恋是出于叙事的需要——并不一定是莫言的叙事需要，而是来自他虚构的“形式必然性”，这一“形式必然性”是为了实现某种“客观的”，也就是寓言性的框架，通过这个框架，社会世界的全然混沌可以采取一种漂浮的、低于人的

① 莫言：《酒国》，南海出版公司 2000 年版，第 213 页。
② 莫言：《酒国》，南海出版公司 2000 年版，第 8 页。

视角组织起来，从而在"自然史"的层面，在异化了的经验的层面获得意义。

再者，在"叙事"与"再现"的形式考虑之外，人与动物之间的联系似乎是为了巩固主角破碎的经验。这些破碎的经验，常常被消减为一种纯粹的抽象，也就是，在身体与神经—生物的层面（疼痛、害怕、焦虑、欣快、陶醉、抑郁，等等）。在这些身体的层面，唯一具有连续性、反思性的元素，就是对他自己被猎杀，并最终归于毁灭的不祥预感。

第三点，也是醒目的一点，我们会发现，很难不将沉默地迈向屠宰场的驴群读作一个隐喻，即：大众也正在沉默地穿过一个新的劳动分工、竞争、剥削、牺牲的社会达尔文竞技场的险道。这一"道德—寓言"批判，尽管被施以一层浅浅的伪装，仍与李一斗对鲁迅《狂人日记》中关于"吃人"与"妄想狂"的中心主题，具有同样的清晰性。如果说丁钩儿的最后一呼（"我抗议，我抗……"）可以被读作为鲁迅作品中"救救孩子"这一悲剧性呼号的喜剧性重复与戏仿，那么象征性的"平等化"与"同一化"，则被尖锐而明智地区别于一种对于变化的历史环境的敏感。驴蹄在鹅卵石路上的踢踏声，激起了"群众鼓掌声"一样的声响，这明白地指向了如今已成为资本、技术与商品经济发展新起点的社会主义政治、文化与社会条件。我们在这里再一次看到了某种重叠与并置，即社会主义时代的诸种感性（sensibilities）和形式的记忆，与"新"所带来的震惊并置在一起，与过去发生过实在功能而现在仅仅充当掩护物与保护屏，或者充当陈旧形象（stock images）的再现工具与暂居之所的东西重叠在一起。正是那些陈旧形象的重新组合——成为各种破碎的、自由飘浮的语言、视觉或象征性的"剩余物"——使得除此之外无法得到再现的后社会主义现实得以客观地成形。

寓言交换与道德批判

莫言小说中人与动物并置产生的寓言张力，并没有在隐性或显性的道德、政治直觉或者政治谴责上打住。在讽刺强度更高的层面，人在自然史意义上的“寓言化”（通过人变为动物），与动物在社会层面的“寓言化”（通过动物变为人），似乎总是搅和在一起：仿佛它们是同一件事。它们都是被某种无情的、完全非道德的力所生产、交换、毁伤、屠杀与吞没。酒国中那个虽处“地下”，却具合法性的消费与犯罪团体，不过是这一无情的、非道德之力的滑稽的化身。因此，我们无法在现代主义者莫言的“叙事 1”中轻易找到莫言叙事的道德、形式—审美必然性，反而是在“叙事 3”中，也就是在李一斗的“魔鬼现实主义”作品中容易找到它们。李一斗以其一肚子坏水、不知羞耻的写作，提供了一个“客观”的、超历史的、荒唐的、没头脑的、快乐又充满寓言性的、关于“自然史沼泽”之“社会—历史”内容的精确索引。在“驴街”，自然与历史在屠宰与消费的编年史中被混杂在了一起。这是一种以“遗忘”的特殊形式保留下来的记忆。这种“遗忘”是无时间性的，可又是对于某个惊人的特殊时刻的欢庆，即欢庆某种社会生产和消费的广度与深度（特别指向 20 世纪 90 年代和 21 世纪开端时的中国）。

> 这条驴街是咱酒国的耻辱也是咱酒国的光荣。不走驴街等于没来酒国。驴街上有二十四家杀驴铺，从明朝开杀，杀了一个清朝又加一个中华民国。共产党来了，驴成了生产资料，杀驴犯法，驴街十分萧条。这几年对内搞活对外开放，人民生活水平不断提高，需要吃肉提高人种质量，驴街又大大繁荣……

> 站在驴街，放眼酒国，真正是美吃如云，目不暇接：驴街杀驴，鹿街杀鹿，牛街宰牛，羊巷宰羊，猪厂杀猪，马胡同杀马，狗集猫市杀狗宰猫……数不胜数，令人心烦意乱唇干舌燥，总之，举凡山珍海味飞禽走兽鱼鳞虫介地球上能吃的东西在咱酒国都能吃到。外地有的咱有，外地没有的咱还有。不但有而且最关键的、最重要的、最了不起的是有特色有风格有历史有传统有思想有文化有道德。听起来好像吹牛皮实际不是吹牛皮。在举国上下轰轰烈烈的致富高潮中，咱酒国市领导人独具慧眼、独辟蹊径，走出了一条独具特色的致富道路。①

这一长段唠叨话表明，在缔造"酒国"的过程中，"莫言"始终离不开李一斗，尽管后者是前者创造的人物。李一斗一旦被创造了出来，他就获得了自己的生命，而且能够抓住某种"莫言"以自己的方式无法企及的现实。李一斗不只是作者的延伸或者技术意义上的叙述代理人，因为他所提供的不只是一个视角——哪怕在最充分的寓言的层面也不是。反之，他代表着被客观化的意识，代表"自在存在"（being-in-itself），即主体崩溃（立场、经验、诡计、政治诸方面的同时断裂）之后，一个幽灵般的无自我的主体。这个无自我的主体，作为从自然（即酒国）的子宫里发出的有机声音，成为史诗智慧堕落的、扭曲的、对立的、甚或否定的形式之"结晶"。这一史诗智慧有益于对中国进行批判性的把握——不仅在其自身的意义上，也在更大的"自然史"语境中把握之（全球资本的力场是这个语境的核心组成部分）。在整部《酒国》之中，作者不断策略性地暗示与说明着这种作为经验与感知模式的堕落、扭曲、对立和

① 莫言：《酒国》，南海出版公司2000年版，第146页。

否定。这样，紧接着丁钩儿跌倒在驴街滑滑的鹅卵石之上的某个瞬间，他突然感到头痛欲裂，“眼前的景物都像照相的底片一样，他看到女司机的头发、眼睛、嘴巴像水银一样苍白。”①

不同于李一斗这个被制造出来的对话者——他只是单纯地存在，主角丁钩儿则必须不断追问、努力搞清楚自己是谁，自己将变成什么。“变成什么”，对丁钩儿来说，意味着成为自己的对立面。这是一个他既接受又抵抗的过程，但最终他带着恐惧与自艾自怜，意识到在追逐违背其自身利益与自身存在的“不可抗拒之物”之时，他已沦为某种异化了的东西，就“像投奔光明的飞蛾”。②灯光，在这里是“罪恶滔天”的，③是霓虹广告与一尺酒店灯火通明的内景的结合。酒国市在黑暗中生机勃勃，女司机也被丁钩儿的欲望之焰所照亮。在面对灯光时，丁钩儿感觉自己像“一堆城市垃圾”。④通过戏剧性的、令人震惊的寓言式“移情”与变形，丁钩儿得以从“物”的视角来观看这条街：

> 痛苦撬开了他的嘴，他想嚎叫，嚎叫声便冲出喉咙，像装着木头轮子的运水车，在石头的巷道里，“格格”地滚动着。在声音的驱使下，他的身体也不由自主地滚动起来，滚动着追赶着木轮子，滚动着逃避木轮子的碾压，身体滚动成木轮子，与木轮子粘在一起，随着木轮子的隆隆转动他看到街道、石墙、树木、人群、建筑物……一切的景物，都在转动，翻来覆去，从零角度到三百六十角度，永不停息地转动。⑤

---

① 莫言：《酒国》，南海出版公司2000年版，第214页。
② 莫言：《酒国》，南海出版公司2000年版，第243页。
③④⑤ 莫言：《酒国》，南海出版公司2000年版，第242页。

看起来，似乎只有通过这个“异化”的视角，只有丁钩儿与木轮子一起滚动、隆隆转动，在潮湿坚硬的石头巷道上滚动，在这样无穷无尽的、令人眩晕的旋转中，关于都市风景的全景描绘或某种视觉一致性才变得可能。这一段的关键词正是“不由自主”。似乎要让小说中三种叙事之间的跨文本指涉变得更紧密，莫言在小说最后的场景，即作家“莫言”到达酒国的时候，又不断重复使用了“不由自主”这个词。在欢迎酒宴上，当他想向敬酒的王副市长（女性）表示礼貌时，却“不由自主地钻到桌子底下去了”。紧接着，又“不由自主地张开了大嘴，让那仙人一样的王副市长把那一大碗酒灌下去”。当他“嗅着王副市长胳膊上闪出来的肉香”，他又“止不住”地留下了快乐、感激的泪水。①正是通过这样标志着自然史“多元决定”（overdetermination）的“不由自主”之力，寓言得以贯穿《酒国》全篇，并在各个层面施行着它的力量与霸权。

这样一种“寓言”的暧昧、变形、均等化（equalization）或“同一化”，提供了某种叙述动机，这一动机将所有象征性的碎片、废渣，以及在酒国之中漂浮的零碎躯体，推向某种寓言式的综合。这一综合在道德向度上的批判力，只有通过风格、审美向度上的“形式的游戏感”（formal playfulness），才能被全面把握。这样，“叙事 1”中那位粗线条的“老革命”轻蔑的观察——它通过被“女魔鬼蒙了心的”特级侦察员表现出来——必须从字面上来理解，这位代表过去时代的“老革命”嘲讽代表今日的丁钩儿：“我们播下虎狼种，收获了一群鼻涕虫。”②同样的讽刺性、寓言性的逻辑，也让“叙事 3”中李一斗的岳母，酿造学院的一位顶尖的研究者，以一种

---

① 莫言：《酒国》，南海出版公司 2000 年版，第 365—366 页。
② 莫言：《酒国》，南海出版公司 2000 年版，第 257 页。

职业的方式提醒她的学生："我们即将宰杀、烹制的婴儿其实并不是人，它们仅仅是一些根据严格的、两相情愿的合同，为满足发展经济、繁荣酒国的特殊需要而生产出来人形小兽。它们在本质上与这些游弋在水柜里待宰的鸭嘴兽是一样的……"①我们可以在酒国的许多地方发现可疑的"相似"与"同一"：比如，"叙事 1"中的女司机，与"叙事 3"中的女船夫像是孪生姐妹；罗山煤矿的书记与矿长是让丁钩儿永远分不清的孪生兄弟，因为他们长得太像，"叙事 1"提到其中的任何一位时，只好说："书记或者矿长"。对一尺酒店前台的两个侏儒女侍者的描写也与此类似："摆满花朵的大门两侧站着两个身高不足一米的女侍者。她们穿着同样鲜红的制服，梳着同样高耸的发型，生着同样的面孔，脸上挂着同样的微笑。极端地相似便显出了虚假，侦察员认为她们是两个用塑料、石膏之类物质做成的假人。她们身后的鲜花也因为过分美丽而显得虚假，美丽过度便失去了生命感觉。"②"极端地相似"不仅暗示着性质、本质和身份的缺乏与可替换性，而且通过对于"人工性"的感知，进一步将"个体"的人造本质（类似于"无生命的商品"的人造本质）也揭示了出来。上述那些相同与相似，带来一种幻觉性的感知——这一感知建立在对于更为普遍的拟像性（simulacrum）、统一性、虚假性的体验的基础之上。当丁钩儿看到船上的矫健女子"探颈引臂、划动大橹"，他感到："她的动作带着很多的矫揉造作，仿佛她不是在船上摇橹而是在舞台上表演摇橹一样。一条船滑过去，又一条船滑过去，一条一条又一条。船上客都是那种痴迷迷的情侣模样，船尾女都是那种矫揉造作模样。……船上客和摇橹女都

① 莫言：《酒国》，南海出版公司 2000 年版，第 231 页。
② 莫言：《酒国》，南海出版公司 2000 年版，第 214—215 页。

仿佛是从一家专门学校里严格训练出来的。”①这构成了丁钩儿体验城市的背景。在这段描写之后，作家写道，丁钩儿“进入街市，感觉到一种虚假的历史气氛。街上行人，都像鬼影一样。这种飘忽不定的感觉使他身心放松，他感到自己的脚步也飘了起来。”②

酒国市表面上的“人造感”“标准感”“塑料感”与“骇人感”，只是跟场景背后特殊的组织化与生产力相匹配，具体在这儿，就是一尺酒店的厨房。传说中由驴的阴户与阳具做成的驴街名菜“龙凤呈祥”，同传说中的“红烧婴儿”显然属于同一个寓言领域。这并不是因为在这两道菜中我们都可以看到，人与动物、文明与野蛮、合法世界与不法世界的边界被模糊并且最终消除；而是因为，它们两者作为某个过程的产物，都指向某个繁忙、有力、精巧的世界，这正是对劳动力进行社会性组织的世界。为了保命逃离了犯罪现场之后，丁钩儿最终撞入了一尺酒店的内在空间，借助他的外围视野（peripheral vision）给读者带来对厨房（与酒宴屋完全不同）的匆忙一瞥：

> 他顺着走廊拐弯，推开一扇油腻的门，甜酸苦辣的味道扑鼻，热嘟嘟的蒸汽包围上来。蒸汽中有些小人们在忙碌着，影影绰绰，匆匆忙忙，都像小鬼一样。他看到那些小人们有操刀的、有拔毛的，有洗碗的、有调料的，看似乱七八糟，实则井井有条。③

这种井井有条的感觉，显然是从今日中国混乱的生产方式中滋

①② 莫言：《酒国》，海口：南海出版公司2000年版，第337页。

③ 莫言：《酒国》，南海出版公司2000年版，第239页。

生出来的，后者把发达消费社会所有的尖端技术、先进的组织形式和管理以及广告技艺，同惊人的“原始”“异域”原料的地方特征（比如陈列在地上的冰冻的驴生殖器，到了“全驴大宴”上，就是所谓“龙凤呈祥”）混合在了一起。莫言正是以叙事的寓言逻辑把握了这种“秩序”，这一叙事将这一秩序底下坚硬的现实性，吸纳进入了自身，从而与无序、异质、爆炸性的意象、奇闻逸事构成了某种不恭敬的、狂欢式的、游戏性的平衡（equilibrium）。

“仅仅追求美”

在李一斗寄给“莫言”的最后一个短篇小说《酒城》里，他宣称：“不是我魔幻，而是我写实。”①而这话出自他描写波音飞机飞到酒城上空翻筋斗之前。也正是出于绘画式细节的迷恋，他详尽地描写了驴街名菜“龙凤呈祥”的制作过程。②以此为基础，李一斗建立了自己关于“文学是什么”的基本理论或方法论上的反思，那就是，将文学理解为这道驴街名菜“龙凤呈祥”的加工制作过程：

> 我们追求的是美，仅仅追求美，不去创造美不是真美。用美去创造美也不是真美，真正的美是化丑为美。……老师，我忽然觉得，这盘驴街名菜的加工制作过程与我们的文学艺术的创作过程何其相似乃尔。都是源于生活高于生活嘛！都是改造自然造福人类嘛！都是化流氓为高尚，化肉欲为艺术、化粮食

---

① 莫言：《酒国》，南海出版公司 2000 年版，第 325 页。
② 莫言：《酒国》，南海出版公司 2000 年版，第 168 页。

为酒精、化悲痛为力量嘛！①

在《酒国》所建立的寓言式的歧义、矛盾与反讽的世界里，“化丑为美”很容易就与别的符号、意义、姿态混杂起来。如果我们将正在进行中的中国现代化与资本化看作某种仍在受到质疑的转型，那么“美的”与“审美性的”东西，就可以看成是诸种“形而上”的“形式”与“现象”之一，通过它们，时代的概念也变得可感可知了。在这个意义上，驴街名菜的生产过程，与文学艺术的创作过程，事实上没有任何区别，与广告或其他文化工业形式的创作过程，或意识形态生产的创造过程，都没有任何区别——不管它们是经由政府批准，还是市场推动，或者两者兼有。但由李一斗的魔鬼现实主义所呈现出的怪诞、超现实、幻想，以及“严酷现实主义”的景象，与莫言“全然虚构”世界有所平行，或是前者得到了后者的确证，这使读者不能不去思考，是否颠倒的才是真实的：当酒国市为了自己的审美形式而奋斗，那些来自日常生活的东西，似乎在它的异化形式中被生活超越了；人的世界、历史的世界被自然或自然史克服了；（具体化与寓言化的）“高贵的”东西，被“提升”（elevated）为“粗俗”与“猥亵”之物；艺术被更换为感官欲望或无法掌控的迷醉；权力，在个体与集体的意义上，都被转化为“悲悼”（grief）——哀悼的固着与忧郁的空洞，正是这两者构成了《酒国》中“虚构”与“元虚构”狂欢之寓言性的真理内容。如果说美在“外观”与“形式”（Schein）的意义上提供了对于历史运动的“前概念”把握，那么下面这段话里的批判性观察与敏锐的寓言式视角，则比执迷于“纯审美”，更加牢牢地抓住了我们这个自然

① 莫言：《酒国》，南海出版公司2000年版，第168页。

史年代的脉搏，不只是其感性形式，还包括其无情的法则："没有一个创造物有自己固定的位置，有明确的和不可变换的轮廓；没有一个创造物不可以不是出于盛衰沉浮之中；没有一个创造物不可以同自己的敌手或邻居易位；没有一个创造物不是精疲力竭的，然而仍然出于一个漫长过程的开端。在这里，根本谈不上秩序与等级。"①自然，这是本雅明对卡夫卡的世界所作出的评论。与卡夫卡的世界相比，甚至许诺给我们"救赎"的神话世界，也要"年轻多了"。②但这一段话似乎也为莫言的虚构世界"酒国"度身而作，这既偶然，也发人深省。酒国市里的每一件事物都与其他事物交换着属性，每一件事物都非升即降，不是悬挂在它所借来的时间上，就是企图从自身旧的藩篱中挣得自由。没有谁已被耗尽，也没有谁准备安居下来，这暗示着"漫长的存在"的开始，我们必须逆着当下所有的喧嚣与"无意义"来解读这一"漫长的存在"的意义，并从中将其拯救出来。

① 本雅明:《启迪》，张旭东、王斑译，生活·读书·新知三联书店 2008 年版，第 126 页。

② 本雅明:《启迪》，张旭东、王斑译，生活·读书·新知三联书店 2008 年版，第 121 页。

如果上海开口说话

——《繁花》与现代性经验的叙事增补*

上海一直生产着各种各样关于自己的信息、经验、知识和形象，并不是哑巴，需要别人代言。但《繁花》面世后，读者和评论界的确感觉到上海好像有了一种自己的声音，至少是多了一种话语的层面和色调。不过这一切并不仅仅指文学意义上的上海方言特色，而是一种借助一种特殊写作样式和叙事结构再现出某种相对隐秘的、难以言表的、甚至"秘传"的社会经验。我下面引一段话，是德国评论家本雅明评论法国作家普鲁斯特时写的：

> 最重要的话并不总由人高声宣告，同样我们也并不总是私下里与那些最接近的人、最亲密的朋友，或那些最乐意聆听忏悔的人分享非说不可的话。如果不仅人是这样，而且时代也是以这种天真的，误入歧途的，琐碎的方式同一个陌生人交流纯属自身的东西，那么19世纪，与之倾诉衷肠的不是法郎士，

---

* 本文由2014年4月19日上海思南读书会座谈发言修订而成。座谈主持人：孙甘露；与谈人：金宇澄。由"观察者网"李楚悦、北京大学中文系叶青博士整理。

> 而是年轻的普鲁斯特，这个无足轻重的势利眼，这个花花公子，竟若无其事地捕获了这个颓废时代最惊人的秘密，好像它不过是另一个疲惫不堪的斯旺。普鲁斯特被挑中了，要为记忆把 19 世纪孕育成熟。①

法郎士是 19 世纪法国文豪，相比之下普鲁斯特那时只是一个尚未出名的年轻作家，而且习性怪癖，写作手法明显是“非主流”的、“现代派”的。内容上看，普鲁斯特写的多是上流社会的个人琐事，边边角角，比如沙龙夜宴、女仆，童年记忆之类，显得很颓废。此人是“富二代”，晚上不睡觉，白天不起床，因为有严重的哮喘，整日关在房间里边，好像与时代不相干。但本雅明通过深入的分析揭示出，普鲁斯特的小说其实捕捉到了时代的真正的秘密，即这个时代的统治阶级藏得最深、伪装得最好的秘密。这种历史真理只能以非常的、病态的手法，通过一种极为特殊的、私人化的侦探、体验、模仿和讽刺，甚至需要通过发明新的叙事方法重建经验与记忆、经验与时间的关系才能把握。普鲁斯特毕生的大作就是现在大家熟知的《追忆逝水年华》，国内也早有译本了。本雅明自己也翻译过普鲁斯特作品的一些片断。他认为，如果 19 世纪会开口说话，吐露私人秘密，它会跟普鲁斯特说，因为他听得懂，会欣赏；而不是跟那些主流作家讲，跟他们讲就是“话不投机”，或干脆因为语言障碍而无法交流。于是，普鲁斯特这个“于家于国无望”的花花公子，反而听到了 19 世纪内心深处的秘密、把握住了时代的脉搏，还用一种新的文学形式把这种历史经验呈现了出来。

---

① 本雅明：《普鲁斯特的形象》，《启迪》，张旭东、王斑译，生活 · 读书 · 新知三联书店。

现在的问题是：如果上海有只属于它自己的记忆和隐私的话，它要以什么方式传达出来、对谁讲、谁能够听得懂、记录得下来？或者从文学批评的角度出发，我们可以问：能够捕捉、再现这个城市内部的窃窃私语的文学需要怎样的语言风格和叙事结构？只有找到这样一个合适的记录者，这座城市蕴藏的经验和记忆才能从喑哑、空虚、抽象和混乱中找到一种稳定、牢固的语言形式和叙事形式；才会从一种松松垮垮、若有若无、欲言还休的状态转变到扎实细密、久而弥坚的状态。这就是我们说的经验在语言中定型。在西文中，“文本”的本意是编织，就像织毛衣，哪种织法、哪种花纹能够让经线纬线更密集地交织在一起，让它成为一个非常好看的、耐久的作品？如果把“19 世纪的巴黎”换成“60 年代到 90 年代的上海”，如果上海要开口说话的话，它是以中央电视台或《人民日报》的语言说话呢？还是以市井流言的方式说话呢？是以所谓“纯文学”的方式说话呢，还是以俗文学的方式说话？钢筋水泥和沥青不会说话，但是大家知道上海作为一个历史生命不断地生产着自己的符号世界和想象世界，这才有了我们个人意义和文学意义上的街道、城市空间、城市文化和城市身份认同。这可以是我们进入文本的一个入口。我们可以假设这个城市有话要说，但这个话不是人话，不是我们习以为常的文学语言、科学语言或者宣传语言，而是有它自己的词汇和语法，有它自己的传播方式和传播对象、接受方式和接受对象。这个讲法和我们固定的书面语言的语言方式未必兼容，所以有时需要一种翻译机制。阅读有时候也是一个翻译过程，所以某种程度上，读《繁花》这样的小说，也是在寻找上海究竟在用哪些嘴巴、哪些发声途径在向同代人或后世传递“仅仅属于自己的秘密”。

中国有句老话叫做“肺腑若能语，医师面如土”，是说五脏六腑能说话的话，医生大概就可以歇业了，因为医师的诊断往往不准确，倒不如让“病灶”自己交待或坦白来得直截了当。如果“内在性”能够直接和外部沟通，就不需要巫师、医生、精神分析师、文学批评家等现代监测分析解释方面的专业人员了。但问题是这种表达的直接性和真理性恰恰是不可能的。所以上海“若能语”，虽然好多作家或学者也许真的会“面如土”，但文学同这个时代的终极关系，恰恰又是同这个“能语”的“肺腑”之间的一种隔阂和阻断，是一种间接、曲折、暧昧的关系。批评的工作，就是要在这个时代和文学的关系中去发现和建立这样一种隐秘关系，像地质勘探一样去寻找和发现这个特殊语言层面的具体落座。在历史上，有时整个民族是没有语言的，或发不出声来，有时是说不出，有时是不想说，有时是想说不让说。但即便在这样相对沉默无声的时代，或者说特别是在这样相对沉默无声的时代，一些词汇、句式、笑话、段子乃至整套讲故事的方式和故事流传的方式，就往往具有特殊的张力、特殊的创造性。比方说我们在乔伊斯的小说里，就能看到英国殖民统治下的爱尔兰人是怎样讲话、怎样回忆、怎样讲故事、怎样一方面喋喋不休出口成章、一方面又欲言又止或者干脆保持沉默的。上海有它的相对沉默期，也有过声音很响的时候。现时今总的来讲上海各种各样的声音越来越多、越来越响，都要发声。但问题是我们听得到听不到，听得懂听不懂，听懂了以后如何做一种审美上的和历史上的分析、判断和理解。在这个意义上，《繁花》的出现很及时，也对我们的阅读习惯和解释框架提出了挑战。

如何让上海开口说话

那么《繁花》是如何让上海开口的呢？在作品里开口说话的上

海又对我们交流了什么样的经验和秘密呢？这部作品出版后有这么多人喜欢，我觉得还是有道理的。这些“同情的读者”想必是感到一种默契，有一种惊喜，觉得作品搔到了他们的痒处，或触到了他们的痛处，或是帮他们把某些噎在喉咙里的话说了出来。这些读者一定是觉得他们在小说人物的语言里听到了自己的声音；或者在“叙事者的声音”里找到自己理想中的观察和体验上海的角度和方式。如果在《繁花》里上海发出了自己的真实的声音，那读者接受就是一个共鸣箱。这也说明，或许在过去很长一段时间里，上海是缺乏这种自己的声音的，至少在许多以“上海人”自居的读者的心目中是这样。至少，当代文学里的“上海经验”本应包含的不同群体、不同层次的复杂性、个性特色和真实性，在主流文学里在一定程度上是被过滤掉了。《繁花》的到来可以帮助读者在文学经验里重建上海经验的多样性、丰富性、生动性、细腻度和感性具体性；另一方面，小说的结构和生成方式似乎也在暗示，这种经验本身一直是生机勃勃的，甚至一直在“野蛮生长”。所以《繁花》的“繁”大概也是“自我繁殖”的繁。

上海是如何通过《繁花》开口的呢，它说了哪些在别处说不出来、说不到位、或难以启齿的东西呢？

首先，我们从人物来看。《繁花》虽没有明确的故事情节线索，但的确有人物：主角级别的有阿宝、沪生、小毛三个；次一级的男性人物还有陶陶、徐老板等。女性系列里，主角级的有李李、梅瑞、汪小姐、银凤、姝华等。此外还有一个很独特的人物，是个小女孩儿，一个很令人称奇的形象，就是蓓蒂。蓓蒂这个形象，和她外婆搭档出场，坐在屋顶上一问一答，有些童话甚至神秘色彩，或可以说是一种“上海本身”，一种无形的、消逝的但却是某种不断会被唤起的、源头性的东西。通过这些人物的语言，通过对他们的行为动作、心理的动作，上海不但获得了一种形象，而且获得了一种声音，一种属于自己的秘密语言。这是最表面的理解。但《繁花》真正让上海说话的机制恐怕并不是建立在一般意义的文学人物层面上。虽然人物有话说，说的大都是上海话，但他们的话未必总是“上海若能语”就会讲出来的话。

小说情节是第二个层面。《繁花》的“情节摘要”或故事梗概恐怕并不是很好写，因为小说虽有很多故事段落、场景，但这些小故事或情节动作的“短小动机”并不能汇合起一个19世纪欧洲现实主义小说意义上的主线和结构。《繁花》有小说意义上的峰回路转、跌宕起伏，也有线索，但叙事学意义上的情节不太好讲，原因大概正是因为它的语言生产方式是上海通过一组人物自言自语，仿佛是一个特定时代的上海人的集体回忆录和社交言论汇编。从小说的尾声入手，我们看到《繁花》的网络文学、集体创作，甚至“自动写作”的语言生产特征，比如弄堂网的话题自我生成这个东西，作者好像只是把这个机制很好地利用了起来，但在文学批评的意义上，这当然毫无疑问是作者的构思和设计。《繁花》仍有个形式上的收束，“尾声”部分给每个主要人物一个交待，比如李李的出家，男主人公阿宝很难过。我大致数了一下，这个不长的尾声里面竟有48个“不响”。相对于小说通篇各种对白，这个“不响”更精准地标记出上海言说的内容。某种意义上，整部《繁花》都是一种顾左右而言他的方式，通过种种“不响”记录自己的经验、表达自己的内心、发出自己的声音。

小毛之死是另一个收尾的装置。蓓蒂和姝华这两个女性在梦境里又一次重现，也是在收尾里面出现的情节。汪小姐是个比较庸俗、比较算计的女性形象，一定要生孩子，坚持说这是徐老板的孩子，这也是一个情节的收束和交待。最后是两个法国人无缘无故跑到上海来，住在老街区，要拍关于上海的电影，整部小说以此结尾。作为小说，《繁花》其实还是有很强的设计感的，但这个作者经营的构造并不是上海言语的核心信息。此外还有场景、对话、流言、段子、男女之间的算计或者搏斗，在亲密程度上都更接近于某种城市絮语，但也只是接近。

如果上海已经通过《繁花》向我们说话，那这个话是怎么说出来的？我想提出这样一个分析框架：《繁花》作为一个让上海说话的机制，一个文学装置，一般是通过一个叫“寓言对应物”方式让上海说话。大家知道伊索寓言，一般是一个很具体的小故事，比如会说话的动物，狐狸吃不到葡萄说葡萄酸等，然后讲出一个比较大而且比较抽象的道理来，这是一个基本的文学写作的方式。《繁花》里有很多事情，但它们并不是就事论事的事情，而是写着写着这件事就变成了另一件事；具体的、直白的事情是个别人物“不自觉”的行为和心理活动，但另一件事情、另一层意思却在象征和寓意层面上记录、传达出上海本身的存在方式。《繁花》里那个“内在的”上海，即小说所要再现、要赋予其自己的声音的上海是在这个层面上被读出来的。所以在《繁花》里，人物着了魔一般的行为或滔滔不绝的长篇大论，一般可看作是表演性质的，它们“本身”是什么并不重要，姿态、弦外之音这种在叙事中增添出来的效果才是戏眼。小说人物间用上海话进行的交谈、谈判、吵架等等都是被客体化对象化了的不自觉行为，种种斤斤计较、搏斗、无奈都是通过一种反讽性的距离——即人物和叙事之间的结构性距离——表现出来，成为一种深层集体无意识的语言载体。

让上海进入一种无意识的写作状态，找到一种意识流的客观对应物，是《繁花》文本的一个基本样态。这里有一个关键性的矛盾：究竟是让文学说上海话，还是让上海自己说话，即，说出别人无法替它说出来、自己也未曾说过的话？后面这层意思，才是上海无意识的“寓言对应物”的题中之义。这也决定了对《繁花》的两种截然不同的理解方式。网上对《繁花》的正面反应大致有两种，一是：《繁花》终于让上海读者扬眉吐气，因为它证明用上海方言也可以写出好小说，上海人和上海话在当代文学里的存在感增强了。简单说，这是听到“文学终于说上海话了”以后的兴奋感。但我认为这是对《繁花》的一种比较个人化、表面化的阅读感受。这背后的逻辑我觉得还是黑格尔式的，是一种“让哲学说德语”的志向。但德语哲学说的还是世界历史、自我意识的辩证法、“绝对”等“普遍的东西”；隐含在这里的对文学的观念仍旧是集体性的、事关国家民族及其精神实质的。这种“理性的感性显现”式的文学观同《繁花》的风格样式、文学感觉和背后的政治其实是对立的。

另一种文学表意样式比较接近《繁花》的实际情况，那就是为一种尚未充分获得表达合法性的个人经验寻找寓言意义上的“客观对应物”。如果《繁花》的内容实质是一种建立在作者—读者某种默契之上的、半隐秘的、有待言明的“上海话”“上海人”和“上海经验”，那么它一般是作为一种“政治无意识”、通过种种暗语、口误、习俗、偏见或其他话语—心理症候传达出来的。这种传达方式有时带有表演性和戏谑色彩，但更多时候则把读者放在一种类似窥视和偷听的状态，仿佛我们通过小说人物对话获得了一种进入上海内心和梦境的通道。这种“无意识”并不是什么深不可测的精神世界的底部，而更像法国理论家拉康所说的“他人的语言”。

在鲁迅《狂人日记》里面，主人公自问赵家的狗为什么看了自己一眼，被它看了一眼，就觉得周边的人是不是都在惦记着吃他，觉得所有人都要害他，直到晚上翻书在字里行间看到“吃人”二字，才确认这就是大家心里的想法，这里的“他人的语言”既是别人心里的想法，也是两千年来的“文明”用文字固定下来的道德伦理结构。狂人的“无意识”是被人吃掉的恐惧，具体表现就是因为不确定别人在如何议论和算计自己时产生的焦虑和妄想。但在结构对应关系上，这种无意识的内容，正是“他人”所代表的社会性象征结构和秩序，即“他人的语言”。因为“狂人”一时找不到或无法破译“他人的语言”，所以一切在他看来都是阴谋和陷阱，一切都因为暗示性和暧昧而变得意味深长，套用波德莱尔的诗句，就是“一切于我都成为寓言”。整体上看，《繁花》的写作样式不是现实主义表现，而是挑选出一组寓言式的人物和故事来传达人物和故事之外的、不能由他们所把握和理解的某种意义。

拉康不是把“无意识”仅仅看作一种心理焦虑，而是指出它“有着他人的语言一样的结构”，这样就为文学分析带来新的方法论的启发。在《狂人日记》里，“他人的语言”对于“我”是不可知的、引起焦虑的，但从社会经济和意识形态角度看，它却是像语言一样被结构起来的，也就是一般五四启蒙话语的批判对象：传统宗法制度、停滞、禁忌和压抑、祖辈父辈靠吞噬子孙辈的血和肉来苟延残喘，等等。这种“传统吞噬未来”的话语结构，可以说从反面结构了“新文化”政治无意识的内容。至于传统“他人的语言”具体在想什么，它如果开口说话会讲出什么来，则是可以在客观层面找到“表征”的，比如可以是真实的或想象中的慈禧太后的语言、清朝总督的语言、传统卫道士的语言、麻木百姓看客的语言，等等。《繁花》里面各种各样的人物通篇在发声、不响、吃饭、欢爱、彼此算计、搏斗、依赖、背叛，所有语言和动作可以说都指向了“上海”这个想象中的社会主体在历史中的尴尬位置，它的种种憋屈和无奈，它的既有话要讲又无话可说的两难境地。

这种“上海故事”里面包含的无意识，如果也是像他人的语言那样被结构起来的话，那么这个“自我与他人”之间的结构性关系首先是上海和国家、市民阶级生活方式—价值观与社会主义改造之间的某种或明或暗的紧张关系。《繁花》作为一个绵密繁复的话语场，整体上就像一个精心编纂的“症候群”，通过各种各样的语言方式和行为方式，寓言性地讲了一个上海童话故事。为了准确地记录这些症候，作品采用了类似自动写作、自动生成、自我生长的开放式、滚动式结构；有意吸收和运用各种俗文学和通俗文化资源，显示出对新时期主流文学那种由外部主观强加的思想主题和语言方式的抗拒。从具体的题材内容看，《繁花》把小说世界限定在普通人日常生活领域之内，只通过主人公彼此间的交流来隔绝同时标记出外部“他人的话语”的在场和冲击力，以此来处理上海同它所处的时代环境之间的差异、矛盾、疏离和对抗。

按这样的逻辑推演下去，可以说《繁花》里的“上海”是在无意识状态下被把握住的行为、思想和价值观念，这才是“如果上海能开口说话”时说出来的话。它不是上海有意要说的，而是它不知道自己已经在说的。上海自己不知道自己说了什么，但是别人（比如今天的读者）却可以破译这套密码，接收到各种信息。前提当然是小说找到了或者说安排了一系列人物，他们要么能够潜入到上海集体无意识存在的内部，要么本身就是这种集体无意识的样品、傀儡和传声筒，因此能够“自在而非自为地”把某种真理性内容不加过滤地摆在读者面前。在这个意义上讲，《繁花》出现的意义，就是当上海还没有获得自己在语言世界和价值世界里的合法性的时候，为它找到了一种曲折的表达方式。这种表达方式所暗示的那种“社会意识”和“社会存在”，才是小说的真正主角和真正内容。这种内容无论在题材上多么世俗化、日常生活化、私人性质，无论在叙事语言和叙事方式上多么“自律”，比方说更接近近代章回小说的写法，但实质上却带有强烈的意识形态色彩和政治性。喜欢《繁花》的读者无论是在怎样的“个人化”和审美的意义上喜欢小说的形式风格，都不可能脱离开对这种意识形态和政治性的认同和兴趣。

现代性经验与叙事性增补

“增补”是一个文学批评的术语，即后结构主义文学批评所说的 supplement，大致意思是任何东西都是不完整的，任何文本、概念都有补足的余地，可是补足并不能把文本补充完整、完满，而是在补足的过程带入一种异质的甚至颠覆性的东西。比方刚才主持人介绍演讲人的时候，提供的信息是出生在北京，在北大上学；但我就想补充，我其实从 1 岁到 17 岁是在上海度过的。这个补充信息就把身份认同问题复杂化了：那么他到底算北京人还是上海人？一般简介里并没有这个信息，但在谈论文学里的上海的时候，这个“增补”有没有意义呢？更何况它不仅仅只是增加或补充了信息，而是改变了甚至颠覆了一个“叙事结构”。Supplement 实际上是一种延伸，这是文学文本或任何文本本身所固有的可延展性，就是说，它们似乎会自己做增量、通过阐释改变原本似乎是稳定、明确的意义。增补之后可能出现更多的增补和修改，并没有绝对的完整、封闭的意义系统。随着新的信息、新的读解出现，我们可以不断就这个文本提出新的问题，它在不断的增补过程中也变得越来越丰富、越来越有歧义性。可以说，任何一个文本都是有待补足的文本，也都是随着增补改变原有意义结构的文本。《繁花》和它所表现的上海经验都包含着这样一个不断增加、不断修改、不断加入新的阐释可能性的特征。且不说这部小说的出现本身就是对“文学中的上海”这个大文本的一个增补，它自身结构里，也吸收许多原先被正统上海话语系统排斥或忽视的多样性、异质性，因此它的意义结构本身也是不稳定的，有很大的伸缩的空间，而不是一个固定、封闭的作品。《繁花》文本的另一个特点就是，它似乎可以延绵不断一直写下去，不断地增加新内容。似乎很难想象《繁花》需要写第二部，因为不需要，因为《繁花》“第一部”本身就是一个“未完成的”、开放的文本，可以一直被“增补”下去。

上海和现代性有一个非常复杂的关系，或不妨说只有在上海才能看到中国现代性这么复杂的地层，包括阶级关系、文化关系、价值关系、趣味关系等等，而且每一种关系和立场都发育得相对成熟，因为背后有比较坚实甚至顽固的经济学、物质文化、生活方式和价值观依托。现代性并不是一个普通读者都能充分了解的日常概念，但说简单也简单，可以分三个层面来讲：(1) 现代化，简单说就是工业化，现代生产技术等等，这是经济层面和器物层面的变化。(2) 有了物质和技术领域的现代化，就需要有与之配套的经验层面和制度层面的适应过程。这个过程所产生的新历史经验，以及为固定这种经验所建立的社会制度、行为规范，比如从乡村生活到城市生活、从航海到喷气飞机带来的距离的缩小、与工业文明技术时代和世界市场相适应的心理、法律、伦理准则等等可总称为“现代性”，即生产和器物层面变化所带来的社会组织和历史经验的变化的沉淀。(3) 最后还有一个“现代派”，这就是在前两项条件下形成的精神、气质、想象力、审美创造力等等，这是人为适应新的生存条件和生产方式所做的主观调整和内心准备，也包括新的历史条件所带来的种种主观感受和精神状态，它同时包含观念和观念的创造，包括文学艺术批评等现代人内心世界的表达。

如果现代性总的方向是新取代旧，工业文明取代农业文明，现代社会取代传统社会，中产阶级取代贵族阶级，甚至无产阶级取代资产阶级，那么把上海放置在中国现代性历史经验的总体结构里看是一种什么样的景观呢？大家都知道，上海是一个新与旧犬牙交错的地方，上海人用张爱玲的话说是“传统中国人在近代生活的高压下”磨炼出来的一个群体。20 世纪 90 年代以来国际性的上海研究热潮起潮落，各种近代考古学、翻案学此起彼伏，但目前看，一个比较“价值中立”的结论是：在上海这个地方，新与旧、左与右、雅与俗、土与洋、私人生活与集体性公共性谁也没有压倒谁，谁也没能吃掉谁。不但如此，上海还可以说是中国现代性内部各种立场和社会细胞发育得最充分的地方，因此也是各种经验、价值、记忆、立场、趣味并存、对峙、竞争的舞台。《繁花》在这个意义上，也可以说是一部呼之欲出的、迟到的小说。

参看王安忆写“文革”的作品，包括长篇小说里面写到“文革”时期的部分。比较典型的场面就是，革命小将到同学家去串门或抄家，却发现“资产阶级”在上海其实活得好好的，他们的私人生活内部风景并没有被摧毁，做派举止规范礼仪都没有垮掉，可以说在物质文明和精神文明两个维度都在顽强地同“新社会”软磨硬抗，而且在局部还保持着优势，好比布尔乔亚的“上甘岭”，表面阵地都被无产阶级占领了，但坑道还在，还可以随时发动反攻。王安忆的身世、立场和感受力总体上是由新社会决定的，但作为写实主义作家，她却不得不正视和惊叹这种市民阶级的社会基础和价值观念的坚韧性，这种坚韧性表现在市民阶级女性身上尤其令人刮目相看。可以说，在弄堂、亭子间、私人生活的空间里，政治上被打倒的阶级，在价值系统和生活形式上反而是稳定的、坚实的。相对而言，不安定、没着落、不时陷入苦恼的反而是革命接班人，特别是家庭出身好、有理想、有热情的学生和有文化、有技能、有生活品位追求的青年工人，因为他们虽然在理论上是国家的主人，但在日常生活和个人成长领域却常常陷入迷茫，置身于空洞虚无、孤立无援的境地，因为他们的成长往往缺乏历史上资产阶级和市民阶级所具有的经验和伦理领域的丰富性、具体性，在文化意识形态领域则更缺乏价值、理论等“符号资源”。也就是说，他们的“教育小说”或“成长小说”是很难写的。

《繁花》里的人物除极个别的外都是土生土长的上海人，王安忆的“成长小说”里的主角则不少是北方人、革命军人或国家干部子弟，喜欢读书思考，虽然那时候书不多，读得也是一知半解，但爱思考、爱想问题，多少觉得自己是改造社会的精英分子。但是，当他们以这个改造者或者革命事业的天然继承者的身份去接触社会时，他们就立刻发现种种具体的社会经验、社会立场都要比他们想象的要坚实、顽固，而且往往比他们自己不假思索的立场更坚实、顽固。他们会直觉地意识到，他们要去改造的对象比他们自己活得更好，至少是活在一种更具体、更有规矩、更“俗”但却更脚踏实地的世界里。反过来看革命接班人，虽然会背诵《路易波拿巴的雾月十八日》里面的豪华段落，但在家庭、亲情、邻里、朋友圈等“过日子”层面上却往往是一无所有，在个人生活的意义上是空虚的。从《长恨歌》到《启蒙时代》，包括《文革轶事》这样的中篇小说都非常精准、生动地描绘了这种历史的尴尬。

《繁花》里面也有各个社会阶层、各种生活方式、价值体系之间的共存问题，虽然处理手法和隐含的价值判断很不一样，但面对的是同一个上海和“上海现代性历史经验”。如果拿地质学做比喻，上海恐怕是一个地质运动的断裂带，有各种的地质断裂和巨变，形成了不同的地层，一层压一层，各种的“后来居上”，但很难说是东风压倒了西风，还是西风压倒了东风。各个地层内部还有各种各样的溶洞、气泡、各种矿物质储备层，那些在近代中国正史叙事上已经被埋葬和清理掉的生活方式，就躲在这些气泡里继续存在，有机会还会像地下天然气或地热那样从地下被开采出来，变成能量和资源，再一次流入寻常百姓家。在整个世界范围的现代性状况中，上海现代性的趋同性是它的相对现代、西化的生产方式、消费方式和城市生活规训；它的特异性则来自它和周边地区、国家和国家意识形态之间的或明或显的张力。应该说，现代性在上海的相对充分的发展或发达，使得上海社会领域各种经验、立场、价值、想象都获得相对充分的发展、找到了各自落地生根的条件，所以50年代以来的社会主义改造和文化革命，并不能像“秋风扫落叶”那样将他们一举送进“历史的垃圾堆”。

这种不同生产方式及其意识形态在同一社会空间并存的情况，是上海现代性的根本特点，也是《繁花》小说内容和形式上的新意甚至独树一帜的可能性条件。虽然我们还有很多其他的可以讲，但是我觉得上海市民生活的独特的经验构造，为它的语言表现和叙事可能性提供了最基本的材料和动力。写上海普通人日常生活的作品或许给人某种细碎、精致、俗气可人、女性化的观感，但其实上海现代性历史经验本质上却是一种坚硬、扎实、不带伤感色彩的东西。王安忆就曾借叙事人的口吻说上海是很硬的城市，从高处看是钢铁、水泥、石头密密麻麻堆起来的，而不是什么温柔的风从悬铃木树叶中穿过。在这点上《繁花》其实和王安忆的看法是一致的。表面看见的只是几个老朋友围桌吃饭，流言蜚语打情骂俏，但饭局上种种不言之处，细听都有点小小的惊悚，也常常是无情的。也就是说，《繁花》下面仍然是某种硬的东西，它没有逃脱，也没想逃脱上海现代性本身的理性构造和严酷的矛盾。

“增补”最后还有一种针对“上海怀旧”的意义。“上海怀旧”是20世纪90年代后期兴起的国际性“上海热”的核心内容，这种特殊的话语构造有意无意地经营出一种关于“旧”的乡愁，再通过“愁”的心理学和意识形态的仪式，把1949年前的上海确立为历史本体论和文化本体论意义上的家园和家乡，令人无比神往。不言而喻，这是冷战结束、“历史终结”后20世纪中国社会史、文化史在国际大环境下所做的内部修正和调整的一个环节，而上海本身作为一个历史经验和叙事的节点，必然是这种边界推移过程中的兵家必争之地。这里要提出的一个和文学相关的问题是：常识意义上的“怀旧”是思乡的意思，是人离开或失去熟悉的家园故土后的忧郁和乡愁，言下之意是曾经拥有和体验过这个家的个人和群体才有可能思恋它、并因为这种思恋而产生伤感、抑郁、焦虑、痛苦等心理问题。但《繁花》和90年代后期出版的《长恨歌》一样，它的作者并不是1949年以前上海的亲历者，甚至不能说是一个被改造和埋葬的阶级和共同体的成员；相反，他们都是“新社会”的一员，在人民共和国的体制内成长、成名。

我在对《长恨歌》的分析中把作品中的“上海怀旧”解释为对消逝的毛泽东时代和父母一辈建立的生活世界、价值体系的无意识的悼亡，指出这种因情感寄托的消失而产生的“忧郁”，通过一个女性故事被象征性地投射在、寄托在了一个想象中的老上海身上。《长恨歌》除了开头关于上海小姐选美的引子之外，场景、现实再现和情节展开其实都是在五六十年代；后面作为“高潮”的戏剧冲突和叙事断裂，对应的则是毛泽东时代和“改革开放”时代之间的反差。同样，在《繁花》叙事中平行交错的两个时代一是60年代，一是90年代，都和“上海怀旧”指向的1949年前的生活世界无关。大家如果看过伍迪·艾伦导演的《午夜巴黎》，就知道电影里面的主人公从来没亲历过 20 世纪 20 年代的巴黎，但却对那个时代充满怀旧情绪，非要穿越回去生活在那个世界里面。英文里有一个词叫 anemoia，指的就是对自己并没有经历过、也不真正了解的时代的怀旧。《繁花》里面透露出来、或被读者讲出来的“上海怀旧”，本身也属于这种想象性的怀旧，是当下经验对上海现代性历史经验的一种想象的补足和回溯性的修正，所以它的情感基调、历史判断和审美构造，也都应该放在当下的环境里分析。这种上海怀旧与其说表明了上海现代性的“未完成”状态，不如说提醒读者，现代性本身是一个复杂的历史地层构造，与其去幻想一种单纯的、“充分完成”的现代性形态，不如去分析和研究这种复杂性本身的完成度和具体性。

《繁花》的叙事结构

《繁花》可以让读者停留在文字、语句、人物、情节的表面，得到像读话本小说或欣赏浮世绘图画般的审美快感。与此同时，这部小说也时时诱惑和挑战读者，让我们想通过某种阅读的“深度模式”进入它的内部结构和“政治无意识”。

《繁花》形式结构的最主要的特点同前面讲到的那种“寓言对应物”的基本手法和表现方式是联系在一起的。这种手法或文学机制决定了作品是一个关于上海的寓言故事。也就是说，作者不是居高临下地选取几个切入点、编织主题线索去“再现现实”，也不是先入为主地把上海经验改编为某种宏观观念或“大叙事”的实现和确认。相反，小说通过对一组上海小人物的语言摹仿，让他们“直接地”在自己个人习俗和命运的不可改变的独特性和有限性中说出了许多言者无心、听者有意的东西，即一种客观存在、但游离于主流话语之外的关于上海现代性的复杂性的体验。前面提到“肺腑若能语，医师面如土”这句话，在这个寓意下，《繁花》里面的人物可说都不是在一个完整的病人的社会理性的层面上存在，而是在支离破碎的、生理或物理意义上的器官、肢体或细胞层面上存在。这是一种被设计出来的无意识的、偶然的存在。唯其如此，他们才能“说”出某些让医师诊疗手段无法抵达的经验领域，让人大惊失色、自愧不如。也只有这样，他们说的话才能算作“上海本身开口说话”，否则只是作家在代表上海说话。作为寓言客观对应物的小说人物，本质上不再是现实主义小说里面那种“饱满的人物性格”，他们也不再受各自客观社会地位、立场、利益和信念的决定，能通过行动去推动情节发展、去构建一个意义整体。他们只是孤立无援地存在着，但他们的存在本身让读者能够提取关于他们存在环境的种种气象信息和数据。他们本身都不是这种历史环境的积极的参与者、建设者和推动者，并不处在现实主义小说所要求的那种社会关系和社会矛盾的特定的枢纽位置，因此大概都不能入选写实主义现实表象的人物表。但他们却作为这种环境和生存状态的不自觉的、多少有些不堪的样品，直接被摆上了展台。

在这个总的文学写作样式和表现机制下，我们可以进一步分析这些人物和人物语言特色的环境坐标和参照系，因为离开了后者，前者的存在就仅仅是偶然的、游离的、琐碎的。下面分几个层面来谈：

一个层面是物理意义上的城市空间。上海的公共空间，比如街道、市场、商店、餐厅、娱乐场、居民区等，在相当程度上仍延续着“租界/华界”、消费区域/生产区域、“上只角/下只角”的划分和对立。《繁花》在这些界限两边游动，但在“公与私”这个相对抽象的分界线上，则完全站在“私”的一边，即便写到工厂、学校，也只是私人世界的外在背景。小说里有一处写到工人新村，曹杨新村“两万户”，也是从市井生活角度写，而不是表现社会主义城市新空间，顺便还把苏联老大哥（“罗宋瘪三”）的设计挖苦了一下，因为按照老上海租界或半租界的生活标准，这种新村生活环境仍旧是比较粗糙和简陋的。小说里多处写到上海一些城市地标，比如外滩的大自鸣钟、襄阳路上的东正教教堂、淮海路旧货商店、国泰电影院等，语调就不再是反讽的，有距离感的，而是透露出一种留恋和伤感。可以说，这些老上海遗留下来的建筑、街道、商店、电影院、教堂，乃至于整个租界的建筑布局和格调，才是《繁花》讲述的“上海故事”的城市历史的参照系。在小说 140 页到 141 页之间的插图，就叫“城市史初稿”。顺便说，《繁花》里面的作者手绘插图都很有意思，这个插图系列和小说叙事之间的关联和相互引证也是这部小说的一个特点。他们一起表明，《繁花》本身的写作方式带有一种城市风俗研究、文化人类学田野调查的特点，同时也透露出作者和他心目中的读者群体对上海的文化认同和情感投入，我想正是这种情感投入，加上前面讲到的语言和政治合法性问题，给《繁花》里的上海打上了谜一般的色彩。

另一个层面是日常生活的场景。不过在《繁花》对日常生活场景一般都不做写实主义细节描写式的呈现，而更多是以“自然主义静物画”的手法，像作者的插图一道，像幽灵一样在文本里面穿插。事实上，作为“社会物质背景”的上海更重要的在场方式不是视觉性质的，而是听觉性质的：每当小说里的人物沉溺在彼此的交流中，“上海”就是一种被言语的声音构造出来的物理空间和象征空间。因为同言语行为的同构关系，“上海”作为一种日常生活的场景也自然而然地变成小说整体性象征和寓意结构的一部分，也就是说，变成一种独立于小说字面意义和人物情节本身的某种想象、意义、价值的寄托。

不过《繁花》高度自觉的“俗文学”风格在现代小说一般性结构意义上的寓意性之外，仍然制造出或者说收获了一种审美意义上的剩余价值，作为审美效果，它大大增强了作品和它“意想的读者”之间的可交流性甚至“共谋”关系：这就是小说人物语言和叙事语言的游戏性、谐谑性，包括有意为之的、总体上还是“发乎情止乎礼”的粗俗和情色趣味。这就是小说里专门提示过的“亵”字的意思。如果《繁花》里能找到一种有意识的生活哲学，那它就集中体现在“不可以不亵”这句话里：言语不可不亵，不亵就没有欢乐，不亵就不值得信任。在艰难严酷的时世里，“亵”为芸芸众生提供了最后的保护色、庇护所，也是“俗人”对政治社会能做的最后的抵抗。

《繁花》里的“外部环境”其实是内在于小说的语言构造和叙事风格的。顺着这个线索，我们不妨把最后这个层面单列出来，看作是作品结构的第三个层面。小说里有大量的叠加在人物性格和情节发展之上的、专门经营的笑话、段子、口角、流言蜚语和其他表演性的语言行为，如果把它们统统删掉，《繁花》就不成其为《繁花》了。这从反面加强了我们前面的分析，即《繁花》叙事本体的寓言性质，决定了我们不能从一般的现象/本质、枝节/主干、局部/整体那样的两分法出发去分析，因为小说的结构就像是一个花丛，但如果把单个的花瓣一瓣一瓣全摘下来，结构和“总体”也就消失了。在这里，《繁花》的“俗文学”味道，比如同话本、言情小说、鸳鸯蝴蝶派和弄堂网段子跟帖之间的相似性，有多出某种“现代派”味道，因为小说通篇词语和意像的涌现更像是沿着某种梦的逻辑，是集体无意识向语言和意识层面的冲击。作品中大量的对话和描写只是空间上的“呈现”，而完全没有时间上的整理经验、归纳意义的功能，而后者是写实主义叙事的根本特征。套用弗洛伊德精神分析的说法，《繁花》是“上海”这个病人的一份“口误”或“说漏嘴”的病例；也在分析师诱导和精心策划下的一次“真情袒露”和向分析师的“移情”，即在一种催眠状态下不自觉地说出了自己的童年创伤、压抑、欲望和想象中的欲望满足。这是“让上海开口说话”的本意。至于《繁花》人物对话词汇和句法学意义上的方言特色，其实倒只是一种局部的、装饰性的技术处理。

段子:《繁花》 叙事的基本单位

叙事风格既是一种历史现象，也是一种审美现象，从这两个方面分别考察，才能看清一部作品的结构。一部作品成功与否，不但要看它包含了怎样的历史经验和社会冲突，更要看这种经验、冲突、难题怎样在作品里带来某种形式和审美上的可能性和突破。《繁花》体量不小，但基本的叙事单位却不大，这就是段子。段子单个看很小，彼此间的联系可松可紧，但聚合起来，就构成了一个“花团锦簇”的复合体和整体。

如果说整个新文学传统是故事和小说的对立，鲁迅、老舍代表的是小说的传统，张爱玲、赵树理代表的则是故事的传统。《繁花》明显站在故事这一边，其根本特点是地域性、草根性、民间性、自发性和私人写作。段子可以说是张爱玲“流言”的升级版或网络版。这个升级首先是在结构意义上讲的，因为可以稍稍夸张地说，《繁花》不是一部包含很多段子的小说，而是一本完全由段子构成的小说，段子决定了整部小说的材料和质地，更进一步决定小说的性质和写法。其次，段子的相对独立性、突兀性、“原生态”和“无作者”特性极大增强了小说总体上的寓言表意方式，因为它们都是“直接摘引自一个亵渎神圣的时代”（本雅明），甚至带着这个时代的物质印记和体温。无论是类似前苏联政治笑话的大众牢骚和交流暗语，还是市井生活里的飞短流长、打情骂俏，段子都是不折不扣的“情报”，像“国风”一般提供“兴、观、群、怨”意义上的信息；同时，段子也是游离于时代意识形态主流之外的“异质”“夹心”“冗余”和“窃窃私语”，代表着一种拒绝崇高、拒绝审美和谐的“粗粝的真实性”（本雅明）。这些当然都是“寓言”表现方式的经典特征。

一些读者喜欢把《繁花》看作是中国俗文学一路的笔记小说，是对《金瓶梅》、《海上花》、张爱玲这个传统的复归。这种感觉不是没有道理，但从文学生产机制的历史条件和技术特征来看，“繁花工作坊”或“金宇澄工作室”是信息时代、网络时代的产物，也是多媒体文化生产方式的产物，其中包含了集体写作、自动写作、作者—读者/作者—评论者互动写作等比较“先进”和“前卫”的特点。这里说“先进”当然不是经济发展和生活水平“发达与落后”意义上的先进，但它的确又是以某种后工业、后现代、后革命状况为总条件的。

以“段子”为单位看《繁花》的写作风格，可以简单地归纳出下面几个特点：

自发性

《繁花》的素材、语言、人物都好像是通过“段子”这个渠道主动找上门来，汇聚到小说文本当中。这是“语言说我”（兰波）而不是“我说语言”，也是“上海开口说话”的寓言可能性的基本前提。在创作论意义上，作者不是一个居高临下的认识主体、思考主体；他没有去体验生活、将现实做一番“去粗取精”、化繁为简的提炼和提升的处理，使之达到某种观念的高度和整一性。相反，不如说作者自己有意识地投身于一个语言场、语言流，做的是一种搜集、捕捞、汇总、铺排和繁衍的工作，有时似乎只需要做好信息流量闸口的管控。通过段子，私人语言的自发性、它的社会流通方式被保存和记录下来。

从文学内容和“思想性”看，《繁花》同五四新文学以来的左翼写实主义或浪漫主义传统、国家民族关怀、知识分子“启蒙”“救国”“现代化”这些“大叙事”刻意保持距离，恪守私人话语、个人叙事的原则，但段子这种基本叙事构成单位又无疑给这种私人语言打上了群众性、集体性的烙印。作者在弄堂网上的博客跟帖、从发帖到写小说的转化，一直到小说在《收获》上刊行后受到的读者追捧，都是这种“集体性”的重要的注脚。事实上，《繁花》在某种意义上可以说是一种集体创作。这个集聚在网络上的“想象的共同体”也是一个语言、思想、情感、价值的共鸣箱，它决定了《繁花》的文学语言既是“私人语言”又具有天然的可交流性和“公共性”，这种吊诡性质的矛盾是我们理解这部作品的关键。

同19世纪欧洲现实主义小说和20世纪现代派的“深度模式”相比，《繁花》的叙事是扁平化、网络状的；它拒绝所谓的内在性和“思想深度”，也不鼓励读者从“内部与外部”“现象与本质”“感情与理性”“主观与客观”“个人与社会”这样传统的二元对立出发去尝试打开作品的文学空间。《繁花》里面的人物都不是英雄，大部分是醉生梦死、随遇而安、得过且过，但小说对他们的情感偏爱和道德关怀仍然是很明显的、不容置疑的，因为他们在日常生活领域，在“俗”的层面上都有生活的情趣和理想，带着一种有局限、琐碎而无奈的真诚和天真。

暴露癖

《繁花》里面的赤裸和暴露不仅仅局限于具体的器官、身体、利益盘算或内心想法，甚至突破了语言交流的戏剧性，而作为写作法则贯穿于整个叙事肌体。可以说，小说所有的“内面”都是向外翻转、裸露的，好像就是“上海开口说话”的一种“声音显象学”(sound imaging)。虽然小说里有一些“亵”的场面，但暴露癖应该被当作写作手法和表现技巧，而不是单纯的情色描写看待。比如小说开篇不久写到一个男人“搞腐化”被当场抓获，赤条条地押出楼来走到街上，是这样描绘的：“这一件家生，真正少见的宝货，不改本色，精神饱满，十足金的分量，有勇无谋，朝天乱抖。”（第10页）“不改本色”“有勇无谋”这类“自由间接引语”般的打通主观—客观界限的笔法，也许正是作者向读者透露上海向我们“窃窃私语”的方式：它是隐私的但却又是直露的、尴尬的但却是神气活现的，可令人一窥欲望和欲望满足的逻辑是多么不识时务地一意孤行、勇往直前。

那么，需要通过文字暴露癖敞露在读者眼前的是一种什么样的内在性和“深度”呢？其实，稍加反思就会发现，上海市民阶级生活世界的想象性怀旧，就其内容来说，与其说是一种内在性深度，不如说是一种赤裸裸的外在、表层的东西，包括日常生活领域的具体的物质性和物质的具体性，也包括与生俱来的、“半殖民地现代性”条件下形成的、对稳定安逸的生活的攀比、摹仿、羡慕和追求。这些东西在革命理想主义占据舆论的表面阵地的时候，一概都被归在“庸俗”的名下。所以，只是在1949年后和90年代初之前这段时间里，这些具有高度阶级、价值、趣味的可识别性的外在形式、规范、标准才变成了上海人的“难言之隐”，变成了那种“想象的怀旧”（anemoia而非nostalgia）的对象，最终变成为一种集体性压抑和失语。但是，在社会主义国家涵盖范围之外，它们难道不一直是“国际标准”和“常态”吗？难道它们不就代表着后革命时代跨国市民阶级心目中的“生活本来的样子”吗？这个话语场的游移和错位，为前面提到的“无意识是他人的语言”的批评方法提供了一个很好的例子。

《繁花》在文学史上的意义，则是通过文学表意和文学叙事上的“裸露”和暴露，把这种本来就明明白白的东西再一次植入语言，是它们再一次浅白化、明确化、戏谑化、合法化。上海特殊的日常生活的空间和社会交往方式，也特别有利于把这种无处不在的私密空间暴露在公共领域、或至少是他人有意无意的窥视之下。比如在上海老房子里，你能听到隔壁邻居在说什么做什么，甚至能透过楼板看到楼下邻居的一举一动。这个叙事的空间组织原则在小说中是一以贯之的，就连老上海平民居住区促狭和尴尬的反面，也服务于暴露和裸露的叙事动机。比如梅瑞不无得意地提到一位老板一上来就对她搂搂抱抱，动作很猛很急切，但《繁花》的叙事声音立刻不动声色地补充了一段房地产信息，说她家住的房子是“钢窗蜡地”，房间隔音好，所以这个女子胆子也就比较大。如果家住老阁楼，大概就需要打太极拳了，弄出一点声音整幢楼里的人都会知道。梅瑞的性爱方式和她住房的构造相关，主观行为规范与外部空间形态相关，这也从一个小细节说明，《繁花》有意要通过人物行为和叙事语言的“暴露癖”打通内与外、深度与浅层，结果是让内统一于外，深度统一于表面、“官话”统一于“俗话”和“亵语”、圣像画宣传画统一于浮世绘。

无目的性或非功利性

无目的和非功利性是康德对审美经验、审美活动和审美判断的基本定义，否则就要归在人类官能的其他部类去，比如科学认知（“纯粹理性”）或道德政治实践（“实践理性”）。我们可以从两个分开的层面考察《繁花》的无目的性和非功利性。一是小说中具体人物行为、语言和情感方式的层面，指的是主要人物仿佛都生活在一种社会习俗的自然状态，醉生梦死，欲罢不能，或者说都只被偶然的习惯、成规和环境制约，或只能按着自己的情欲或固有观念生活，缺乏反省，更谈不上否定性、批判性和自我超越、自我塑造的能力。而后面这些特征是近代欧洲小说主人公的总的特质。小毛爱跟人吃饭可以说是没有目的，并不是说要求人办个事或拉关系从中得益，也不是因为“三人行必有吾师”，要从别人身上学到什么。对小毛来说，吃饭就是吃饭，聚会就是聚会，大家在一起吃个饭说说笑笑说些段子本身就是最高目的。同样，编段子对《繁花》人物和作者来说也没有功利性，因为段子本身就是它存在的理由。不是为了显示谁更信息灵通，也不是为了赚钱，更不是为了给政府找麻烦。这有些类似于我们今天所说的“娱乐至死”的境界，只不过更收敛、抑郁一些。这种非功利性同小说的语言方式和寓言表意方式是相当一致的。以段子这个叙事基本单位为转轴，非功利性和无目的性也渗透进《繁花》的整体结构，成为小说的基本审美特色。就是说，它遵循的不是“文以载道”的创作原则，也不是追求或承载外在与作品世界的认识功能，而只是“为讲段子而讲段子”。任何寓言性质的作品，因为它们本身“借此言彼”的性质和不愿被收编进“更高的”象征意义系统中去的直接性和顽固性，归根结底都带有政治性，只不过这是由读者和批评家中介和发挥出来的政治性，同作品的构成原则是两回事。

《繁花》的叙事留白：“不响”

《繁花》由段子组成，有很多精彩的段子，但最大的段子、最反复出现的段子却是空白和沉默。可以说，“不响”是这个小说的空洞的核心。在隐喻的意义上，它就是“上海开口说话”说出来的东西。通篇“不响”比比皆是，我们集中看看它在小说《尾声》部分里面的分布。

从第 424 页到第 442 页，在 18 页的篇幅里边大致可以数出 48 个“不响”。细分一下，计有 23 次阿宝“不响”，外加一次“大怒”，由此也可见阿宝是当然的男一号；有的读者还猜测他是不是就是作者本人的化身。八次沪生“不响”；七次“大家不响”；三次“小毛不响”，是由沪生转述的，称赞病中的小毛有种，是条汉子。此外李李“不响”一次，外加“不讲了”一次。蓓蒂“不响”一次，她是在别人的梦里“不响”。姝华“不响”一次，也是在别人梦中。电影里边有一次“不响”。“黑衫女人不响”一次。黑衫女人是半夜里跑来跟小毛做爱的一个人物，有些神秘。小毛房间里的那个痴呆老先生“不响”一次。和汪小姐有一腿的徐总“不响”一次。最后，上帝“不响”一次。这个上帝在书前边的题词里出现过一次，就是“上帝不响，一切由我来决定”。此外还有一个勉强可加入“不响”队伍的观察，就是床头那个氧气玻璃瓶不断地在冒泡，仿佛有话要说，欲言又止。

“不响”虽然在字面上费解，但在具体语境里其实意思都还是明白的，至少是可以会意的。一定要做语义梳理的话，可以说有的“不响”是难言之隐，意思是这个不好说。有的意思是无话可说，无可奉告。有得则是拒绝回答，不想搭理你的意思。还有的似乎是“太荒唐，看不上”。有的“不响”是内心痛苦所致，比如阿宝见到李李出家时心如刀绞。有的是因为愤怒而“不响”，也有的是因为有所思而“不响”。还有一种“不响”是精于世故的沉默，别人等你接茬时偏不接茬，不说为妙。如此等等，不一而足。

“不响”在行文里的具体含义虽然微妙，但更关键的还在于它作为叙事留白更有一种结构意义，这同前面讲到的“增补”概念有关。就它的结构功能来说，所有的“不响”其实都是很响的，甚至是震耳欲聋的。换句话说，“不响”本身不仅阻断了叙事和人物之间的“正常”交流和事情的“正常”流动，而且本身就是一个叙事事件。这种阻断、延迟、悬置和空白迫使读者去听、去猜测一种“此地无声胜有声”的东西，那种“弦外之音”。无论它们指向其他连带的事件，还是让读者意识到某种经验和意义的断裂、缺失和虚无，效果都是把“如果上海开口说话”这个问题提到了台面上。“不响”之所以有结构意义，正在于某种程度上《繁花》的叙事可说是埋伏和布置在种种“不响”周围的，围绕着这些“不响”，各种本来未免有些琐碎声音和事件才获得了一种“言不及义”的尴尬、紧张和焦虑，而“不响”正是这种尴尬、紧张和焦虑深处的爆炸声。这是“增补”的原始意义，就是说言语和叙事的空白与缺失恰恰是一种补足，而且这种补足往往扩展、篡改、颠覆了由说了出来和说得出来的话构成的前提和假设，生出新的意义，或把原来的意义引向了另外的方向。

如果《繁花》在终极意义上是想象中的“地道的上海人”的梦话和私人交流，是上海经验、上海身份和上海认同的无意识的自言自语，那么它的“真理内容”大多是蕴藏在“不响”这个矿床里，需要通过“出声”和“不响”两套语言的互证互释才能被开采和破译出来。这里说得出来、听得见的话虽然在单纯的量上占篇幅的绝大多数，但就结构比例和寓言表意的内部权重来讲，倒像是冰山露出水面的部分，更为巨大的“不响”部分则潜伏在水下。《繁花》出版后读者的接受方式证实了这一点：一方面，对小说的好评集中在文本的语言特色和叙事本事，好像这是一部拒绝写实主义或现代派“深度模式”的俗文学精品；但另一方面，它又多多少少像一部地下文学秘笈一样在特定读者群里流传，其阅读快感一定程度正来自某种想象中打开文本所需的密码、默契，来自某种长期压抑的释放。“不响”在这个意义上就是一种密码和编码、也是一种参与解码活动的邀请。参与读解和分享被打包进《繁花》的种种经验和情感，就是进入一种审美默契和意识形态默契，并通过这种默契找到一个想象的共同体。小说里的“不响”可以是单人的，也可以是多人的，比如“三人不响”，“大家不响”；通过这些“不响”，共享“不响”的那几个人结成了一个小团体，变成了真正的兄弟姐妹、生死同盟，共享着一个生活世界。

这种建立在“不响”的语义学默契上的共同体，也可以说是对种种主流表意体系、价值体系和行为规范的微弱的但持久的抵抗。这种沉默让人感觉到主人公或者“上海人”的种种无奈，同时也暗示了语言之外的存在。那并不是什么神秘的东西，而只是别的语言，别人的语言、别处的语言。上海现代性的独特之处，或者说上海相对于中国现代性经验的独特之处，正在于它自诞生以来就既在这里，又在那里；同时又既不在这里，又不在那里。上海经验是多重社会、经济、政治、文化和心理—道德环境里的产物，它的意识/无意识结构也只有在一个多重的话语场和价值体系里面才能被有效地分析和理解。

最后，我想“不响”恐怕还有一层“硬着头皮熬下去”的意思，类似于英文里的 tough it out。无论如何，在“不响”里读者还是能听出普通上海人的坚忍。这个坚忍的“最低限度的道德”是“好死不如赖活着”；但是拔高说也是一种任性和自信，自有其社会基础和价值支持，并不能轻易被占据着社会空间表面阵地的主流观念一举歼灭。达则呼朋唤友戏谑终日，穷则“不响”，这些上海小人物的生活虽然和“崇高”沾不上边，但在各自的小小的目标和追求中，他们都死死抓住了“上海”这个生活世界提供给他们的、让他们觉得值得活下去的东西，从几个朋友到流水饭局，从男欢女爱到城市的一砖一瓦、一草一木。“不响”透露出来的那种死硬，本身又是一种柔情，一种留恋，营造出一种是市民阶级生活形式的沧桑感。这层“情动”（affect）的内容，在《繁花》中一般选择用通俗文化点题，比如《尾声》结尾处引用邓丽君、梅艳芳的唱词、沪上歌谣等，最后以黄安的“悠扬的歌声”结束：“看似个鸳鸯蝴蝶/不应该的年代/可是谁又能摆脱人世间的悲哀/花花世界/鸳鸯蝴蝶/在人间已是癫/何苦要上青天/不如温柔同眠。”

《繁花》里面的“不响”也可以从性别关系角度来分析。陷入“不响”的多数是男性角色，女性角色虽然也有但次数不多。我想这是因为在《繁花》里，女性相对男性而言更是行动者，无论在俗的领域还是雅的领域，包括在性爱方面，女性角色都比较主动，男性角色基本上只是接招，常常还接不住，只有躲、逃、死三条退路。女性行动更多，受挫也就更直接，也就更多地面对绝望。李李最后出家是一个例子。小毛在最后虽说是死去了，但感觉上无奈、犹豫多于行动和决绝。女性形象的主动性和在推动情节上的主导作用，可以说是近代以来关于上海的文学写作的共同特征。

代码共享

19 世纪欧洲文学对摩登都会表现的极致是巴黎。进入 20 世纪后，随着影像工业兴起，纽约逐渐成为“上镜最多的城市”。19 世纪的巴黎曾经是“相面术”和“生理学”研究的对象，在这个标签下，作家、记者、艺术家、史学家对现代大都市的方方面面做了详尽的探究。欧仁·苏的《巴黎的秘密》，巴尔扎克《人间喜剧》里的“风俗研究”“妇女研究”系列等都受到这一潮流的影响。此外，伦敦、柏林、东京、维也纳、彼得堡也都在不同时间段、不同媒介里得到大量表现，形成了稳定的意象系统和表意结构。上海在世界性资本主义大都会谱系里是一个晚来者，它从开埠直到 1945 年二战结束，都在所谓“半殖民地半封建”历史条件下发展；1949 年以后被改造为一个社会主义工商业中心，总体上从一座消费型城市变成了一座生产型城市。进入 90 年代后。以浦东开发为标志，上海大举进入全球化市场的分工体系，在短短二十年的时间里，在各种主要经济指标上和城市基础设施上，已经跻身于世界级大都会的行列。但是，同上海在器物层面的突飞猛进相比，这座城市在形象、叙事、符号和意义层面上的开发和整理，仍然是相对不充分的。

《繁花》问世后，批评界把它同韩邦庆（《海上花列传》）、张爱玲、王安忆的作品一道列为研究上海文学“绕不过去”的文本，这固然是很高的评价，但这个短书单也让我们发现，上海的文学表现面对的一直是一个多样化的、不均匀、不稳定的、缺乏连贯性的、甚至有些零碎的社会生活形态。从“经济基础”上讲，上海从来没有一个统一的生产方式和生活形式，所以它的社会经验、社会意识和审美感受力也高度混杂的，各种因素有时可以并存，井水不犯河水；有时也难免冲突。有时某些因素在某些领域里共存，但另一些因素却在另外的领域里冲突。

大家知道，上海虽然是近代中国最发达最现代化的城市，但在很长一段时间里，城市生活空间内部仍有大量的农村、乡镇和区域性生活方式和习惯混杂其间。对外，在民族国家的范围里有北京、南京这样的政治中心；在世界范围里则有西方资本主义先进国的“标准”和“先例”。巴黎资产阶级对于外省破落贵族、乡绅和地主阶级形成的绝对的经济优势、政治优势和文化优势，在上海是无从谈起的。历史上“民族资产阶级”和“小资产阶级”在上海城市空间内部聚集的资本和占据的位置，前有帝国主义列强优势资本和政治军事力量的挤压，后有社会主义公有制、集体所有制的限制，一直未能得到充分发展，必须和处在同一社会空间的其他力量、立场、习俗、价值体系妥协方能生存。另一方面，同苏联那种以其欧洲部分为中心的无产阶级普世主义高级文化相比，社会主义中国的文化领导权和意识形态主导地位都受“新民主主义革命”阶段历史条件的制约，也就是说，受到“小生产者”和前半殖民度社会经济文化落后状况的制约，同时也受到长期的政治干预和准军事化管理习惯的制约。在全国范围，特别是在上海，新中国国家意识形态、价值体系和文化伦理审美观念长时期来一直处在同各种“非无产阶级”“非社会主义”“非马克思主义”的因素暗中较劲，局面往往是你中有我，我中有你；你进我退、犬牙交错。客观结果就是，在文化领域，多种合法性或正当性论述体系并存，在政治上取得绝对领导权的一方，往往并不能在伦理、审美、日常生活方式等领域建立起压倒性的优势地位；反之，在政治上被边缘化、压制甚至“批倒批臭”的东西，在价值、文化、审美领域却往往长期保持着吸引力。这种经济、政治、道德、审美领域各自保持着某种半自律性的情况，在全国范围里上海可说是独此一家。

《繁花》的文学抱负显然不在于探索表现上海的整体性原则。前面分析所讲的那种“寓言表现方式”，指的是小说为“上海”这个无声的存在寻找个别的、孤立的、片面的但却是能够传达深层信息的声音，为上海这个支离破碎、充满矛盾的形象找到虽无法升华、但却能传达形而上意义的形象。这些声音和形象的目的不是要统摄和驾驭全局，而只是以小见大、以偏概全地为一种集体无意识找到寓言形象的寄托。《繁花》里的人物虽然不是为反映上海现实整体而设置的写实主义形象，但“谁代表上海”的问题仍然存在，而且其实是一个关键问题。在小说结尾处，两个法国人来到上海拍故事片，阿宝说“法国人不懂上海，就敢乱拍”。（第442页）又说：“乡下人拍上海，就只能拍外滩和十里洋场，这是洋人的天下，和上海人有关系么？没关系。”（第430页）外滩、酒吧街、老月份牌香烟广告固然不能代表上海的城市面相学真实，但工厂、码头或曹杨新村就一定更真实、更有代表性吗？当然也不是。

上海并没有一个在相对自然的社会历史演进中形成的主导的城市风格和城市面貌，也就是说，没有哪一种特定立场、特定经验和特定身份的内心独白可以直接被当作上海本身的独白。如果《繁花》整体上可以说是按一种想象的“上海独白”写出来的，那么这个独白其实是一个多声部的、混杂的独白，比如一会儿是阿宝的独白，一会儿是小毛的独白；一会儿是梅瑞的独白，有时候还是蓓蒂和她阿婆的独白。把它们并列在一起并不是为了交流或理解，也不是为了寻求一种叙事的矛盾解决乃至“更高的综合”；这些考虑相对于《繁花》的风格样式，都过于写实主义、也过于知识分子习气了。其实，所有这些独白在小说里都不是为对话、交流而存在，甚至不是为了铺垫和推动情节而存在，而仅仅只是作为字面意义上的独白和自言自语而存在：它们就是故事本身。这是这部作品让上海开口说话、给城市赋予一种自己的声音的基本技巧。所以《繁花》里的独白其实不要求也不依赖别人的理解，比如“不响”其实也并不对应着任何准确的、唯一的理解。但这些并列、穿插、交织在一起的独白却共同表现出一种语言状态和语言行为的社会性。《繁花》这个书名似乎也在暗示读者，作品的抱负就是要表现出上海在历史语言学的田野里如何自言自语、野蛮生长。

在《繁花》里，如何把零碎的、游离的、孤立的、只顾自言自语的独白协调成为一个“他人的语言”的整体，同时又不削弱它们各自无意识的个别性和直接性，乃是一个形式和技巧上的挑战。这里我想提出一个“语码交叠”或“语码共享”的分析假设。简单讲，这就是说在小说里，不同人物都用且仅仅以他们自己的话语系统和价值系统命名和定义事物，彼此间没有中介、互动、否定之否定意义上的吸收、理解或超越；它们没有也不能被纳入一个更高的、辩证的“对立统一”，但却可以通过作者的寓言戏仿，讽刺性、戏谑性地互换和借用，就好比辩论或争论的敌对双方乐于采用对方的命名来称呼自己。两组语码交叠在同一个对象、同一种经验上。双方的观感、认识、价值、审美是对立的、不相容的，但却共享同一套语码。两组交叠和共享的密码并不是等价的，因为一组语码往往要比另一组更达意、更精准、同时也更讽刺、更有趣，因此能够颠覆对照组语码，显出另一方、通常是合法的自我命名系统的苍白、空洞、缺乏经验的具体性和丰富性。

小说里有一个不妨称之为“蓓蒂看上海”的想象视角，在叙事功能上类似于这部“上海往事”的内心眼。蓓蒂是解放初期上海有钱人家的一位美丽的、“冰雪聪明”的小女孩，只有六岁，自然对改变着本阶级命运的“社会主义”或“无产阶级”一无所知。《繁花》并没有兴趣用社会主义或无产阶级自己的语码来谈论上海历史变迁，而是用一种天真的儿童语言来为叙事人确定一种情动（affect）的基调。虽然这个角色只是像流星一样划过上海的夜空，但因为她同小说男主人公阿宝的青梅竹马关系，蓓蒂的眼光可以说一直暗中界定着、影响着阿宝的经验视野和内心情感。这种设置在叙事结构深层的情绪和情调的缠绕、叠加、延续本身并不需要带有具体的社会意识形态指涉，但却为《繁花》里的双重或多重语码彼此交织提供了一种情感氛围上的铺垫。

阿宝家小阿姨口中的“罗宋瘪三，苏联人搞的名堂”（第139页）是这种共享语码在命名上的一个例子。“罗宋”在老上海话里是“Russian”的转音词，“瘪三”指的是无业游民、小流氓。小阿姨用“罗宋瘪三”称谓当时的苏联老大哥，在“一边倒”亲苏的政治环境下，自然不是主流社会的语言，更不是官方语言。那时的口号是“苏联的今天就是我们的明天，”但一个上海小阿姨，从日常生活领域里残留的崇尚英美法、鄙视其余的势利眼眼光出发，竟快人快语地道出了苏联援建住宅项目的粗糙，毫无顾忌地用不加过滤的歧视性语言表达出自己的不屑。曹杨新村是当年上海社会主义建设的一项比较有名、带有政治象征意义的工人居住区。但用今天的眼光看可能建造设计和用材都不是很讲究，可能有所谓“非人性化设计”的一面，但在当年的条件下肯定代表了一种政治荣誉，肯定也代表了劳动人民居住条件的改善。相对于小说里对曹杨新村“两万户”日常生活场面的具体描写（可参看第 138 页），这种似乎不经意间的语码交叠和语码转换更促成了某种意识形态翻转和大叙事的瓦解，从而不动声色地给市民阶级的生活记忆、标准和期待赋予了规范意义。

姝华口中的“农业习惯”则为这种语码的认识功能和理解功能提供了一个注脚。姝华是地地道道的上海人，城市人。她看共产党领导的社会主义初期城市化，看到的不是现代化建设，而是“农业习惯”。小说里这样写道：“就是挖，祖祖辈辈挖芦根，挖荸荠，挖芋艿，山药，胡萝卜白萝卜，样样要挖……房子就像一块田”（第 145 页），戴着城里人看乡下人的有色眼镜，说出来的话虽然都带偏见，但却也歪打正着地揭示出“农村包围城市”“人民战争”这样的组织原则（“工人，等于农民，到城里来上班”），其纯粹的语言冷幽默仍具有小小的震惊效果。这样的例子还有码头武术师傅记不住“阶级斗争”这个拗口的词，更不会使用，所以从他口里说出来，都成了“斗阶级”，其实是把“阶级斗争”翻译成了“其实跟过去的帮会、党派搞罢工差不多，是斗人”（第 171 页），无意间打通了高级政治文化和下层社会俗语的边界，与其说暴露了底层上海市民阶级同国家政治和政治教育的隔膜，不如说这一阶层自有它自己的更稳定、更“长时段”的历史参照系和理解事物的方式。

小说第十三章里有一幅插图，画面里是堆放在“时称远东最大旧货店”里的抄家物资，底下附有文字说明；“任何大革命，也即财产大转移……上海淮海路国营旧货商店，开门迎来千年难得寄售旺季……”。亲历过“文革”初期抄家潮的人知道，那时淮国旧里堆满了抄家物资，钢琴、沙发、相机等在当时很名贵的东西，都放在那里贱价出售。小说通过人物之口或叙事声音把一个阶级推翻另一个阶级的暴力斗争就事论事地、“庸俗地”理解为“财产大转移，”把上海民众在“文化大革命”高潮期间仍旧不失去对商品的迷恋和追逐定义为“保卫个人财产，或侦查他人财产……寻宝，是世界永恒的主题”（第167—168页），以滑稽和反讽的笔调写出了一种与大时代脱节的、有待改造的认知方式，但实际上却在一个更大的历史框架内把商品交换、私有财产、消费主义和商品拜物等“世界永恒的主题”重新放置在上海故事的舞台中央。深植于上海市民生活世界的非政治化、去政治化的“政治无意识”，就这样通过语码交叠和语码共享，象征性地瓦解了、去除了政治社会强加于它的政治性，把一种国家主导的、全国性的官版和正版，戏谑性地篡改成了一种地方性知识、智慧和价值的“盗版”，表明一种对国家政治动员冷眼旁观、我行我素的市民阶级生活态度。

《繁花》里面基本、最重要的语码差异和语码冲突自然是普通话和上海方言之间的差异和冲突，但细读作品马上会发现，上海方言并不是《繁花》文学语言的决定性构成因素，倒不如说，沪方言在小说里的功能始终只是暗示性的、挑逗性的、象征性的，严格讲上海话的使用被作者精心设计、限制为一种语码转换的提示，而非真正原封不动地、大段地出现在对白中。所以我们看到叙事里不时出现“某某某用北方话说”“梅瑞忽然用北方话说”这样的句子。这时读者意识到，原来这些人物“平时”或此前说的是上海话。这当然是普通话和上海话之间语码交叠和语码共享的一种方式。引申一步也可以说，有时候上海话说什么、怎么讲，反倒只能用普通话才能说清楚；反之亦然。叙事和对白中突然冒出“北方话”的地方，往往也是上海话表意功能的边界，提示的是上海经验的穷尽处，虽然这个“上海”之外，仍需要用想象中的上海话标记出来，就像某种危险的禁区用特殊交通标志围起来。在普通话里潜伏运行的上海话，虽然只是由叙事声音提示出来，但足以表明一种语言民族主义意义上的“身在曹营心在汉”，一种固执的文化身份认同，客观上是坚持了一种表达的多样性、歧义性和独特性。尽管整部小说其实是用标准的当代文学语言写成的，但上海话的象征性在场，对于《繁花》的整体风格来说，依然是重要的，不可缺的。

摹仿：上海的尘世

《繁花》的风格和表现在一个更为久远、更为基本的意义上仍旧是“传统”的，它最终是对上海人的尘世生活的摹仿（mimesis），是对自己生活于其中的历史世界的再现。这部作品首先是、最终也是对这个具体尘世的语言摹仿。这种摹仿进行得如此彻底，以至于作者需要把人物对白从引号下解放出来，和叙事语言打成一体。让上海开口说话，就是让小说里的形形色色的上海人各说各的话，就是尽可能高保真地摹仿他们的说话内容和说话方式。书里的插图进一步加强了、明确了摹仿的意图，同时也从侧面说明，文学语言在“描摹物体”方面的能力，是如何远远逊色于通过对话表现人物性格和内心世界的能力。作者在各种访谈问答里常常提到，有时候几千字也说不清楚的事情，比如小毛住房结构和邻里间相互窥视的空间关系，一张手绘建筑剖面图就说清楚了。

摹仿原则也表现为《繁花》语言风格的表演性和示意性。在这部作品里，无论人物对白还是叙事语言都仿佛在一个想象的舞台上表演和炫技，时刻期待着、聆听着观众/听众同自己的互动，受到阵阵掌声和喝彩声的鼓励。小说里每一句话，都必须在一种同情的、默契的剧场效果中才可能达到它的预设效果。在这个过程中，许多人物像段子手一样，会不时从字里行间回过头来对读者眨眨眼睛，问道：你说地道不地道？妙不妙？过瘾不过瘾？喜欢不喜欢？这种剧场共鸣箱效果，是理解《繁花》创作手法、文学风格和接受方式的关键。

这样的剧场共鸣箱效果虽然只能由身在其中的个体所感受，但却带有不言自明的群体性和政治性。粗俗也好，色情（“亵”）也好，妙趣横生也好，俗气可人也好，它们无不带有专注于自身的、欢庆的、亵渎神圣的弦外之音。这是力图摆脱“北方话”或“官话”宰制和规范的快感，带着小小的自恋和自以为是，在一个半地下半地上的空间里，以一种半隐秘半公开、半合法半不合法的方式，一逞话语的口腹之快。

大量有关19世纪末、20世纪初爱尔兰文学的研究和评论都指出，近代爱尔兰的殖民地状况，是爱尔兰文学繁荣的社会学和语言学条件，因为被压抑和剥夺的政治主体性、社会能量、个人才华和想象力，统统在酒吧里、餐桌上，通过滔滔不绝的言谈得到释放。这里语言既是政治的替代品，社会能量的消耗方式，也是未来政治实践的想象性、象征性预演。《繁花》的政治性更带有一种“消极自由”的色彩，严格局限在私人领域，但它所依据和凭恃的城市生活方式，本身却带有市民阶级历史经验和意识形态的具体性和强度，即便在其最消极、负面的状态也仍然具备其积极、乐观的、进攻性的面向。套用法国哲学家德勒兹（Giles Deleuze）分析卡夫卡作品时提出的“小文学”概念，我们或可以说，《繁花》的政治性来自它文学语言上的限制和创新的必要性：即这部作品（1）“不能用上海话写”，因为大部分读者看不懂也不感兴趣；（2）“不能用普通话写”，因为它的抱负是“让上海自己开口说话”；（3）“不能不写”，因为舍此之外别无他途。

德勒兹的“小文学”概念针对的是19世纪欧洲资产阶级写私

人生活、财产、家庭、个人心理成长的主流文学或“大文学”，目的是为卡夫卡和其他超越资产阶级主体叙事模式的文学先锋派、形式创新和道德批判提供理论说明，因此十分强调文学的集体性、阶级性、政治性。《繁花》在当代中国国家体制空间和主流文化内部复制了某种“小文学”的形式特色，但在内容上却是朝向市民阶级生活世界和主流价值的回归。这种因历史语境和权力关系的不同而造成的叙事策略含义的差异性，对于我们理解小说寓言层面的集体性、政治无意识乃至中国现代性历史经验内部的复杂性十分重要，是需要格外留意的。

摹仿是对具体生活世界的表现，是对“行动着的人”的再现，因此亚里士多德在《诗学》里认为它“比历史更富于哲理”。《繁花》所摹仿、再现的“行动着的人”不是那种试图以自己的行动去改变世界的人，甚至不是要通过认识自己的行为而认识自己的人。这是这部寓言作品的根本特征之一。《繁花》里的人物和他们的行动都离不开他们的环境，甚至像是寄生在上海这个社会生态暖房里的某种自然物种。这种人物生存和活动方式的根本的被动性和静态，在小说里通过大量的城市景物描写、器物和对象描写而得到支持和加强。

《繁花》的杂学是作品必不可少的补充和补足，它扩展、充实了叙事情节的空间，把时间上的迟缓、悬置和延宕转变为一种对上海物质环境和物质文化的人类学、社会学、博物馆学考察。《繁花》里面的段子相当一部分不是故事性段子，而是城市考古学和城市民俗学的知识性段子，包括史料、传闻、流言、八卦、各式地图、示意图、建筑草图、房型图、使用说明书、各式名录、清单、漫画。第九章里的抄家物资“登记唱名”、第十三章旧货商店的库存盘点等段落，则直接把物质文化清单、特别是进口货品清单转化为叙事戏剧性的情节本身。类似的段子还有关于集邮的描写，叙事人以堪比集邮大家的狂热、细致和专业精神，把“文革”期间悄悄流行于上海的集邮活动和邮票珍品一笔一笔记录在案。类似的精心搜集和编纂的上海风物名录和日常用品清单还有包括航模系列；上海地标街区、马路和建筑系列（或称“记忆地图”系列）；女性穿着系列（包括旧上海、“破四旧”对象、当代时尚几个次系列）、男性鞋帽裤管时尚系列；文学读物系列；菜肴系列（包括上海及周边本帮菜与西餐两个次系列）；流氓阿飞械斗用具系列；住宅结构系列；新老上海室内家具摆设系列；耐用消费品系列；周边蔬菜瓜果农副产品系列；外国电影和电影明星系列；留声机唱片和音乐作品系列；钳工 DIY 汽水开瓶器系列等等。

这种城市民族志（urban ethnography）不应该被打入“自然主义的细节肥大症”（卢卡奇）行列，而是应该看作是《繁花》基本风格、结构和表意系统的有机组成部分。小说中写物和写人手法根本上是相通的，它们都是诗学上的客观对象化、寓言化表现方法。《繁花》的摹仿冲动是如此强烈，以至于作者把人和物同时且不加区别地变成了摹仿的对象、倾听的对象、形象拜物教的对象。这部小说在情节和人物对话表面上的节制和距离感，也应该看作是作者对自己倾注在小说和上海尘世里的情感与归属感的一种“逃避”方式。当然，这个逃避是艾略特谈现代派诗歌时所说的逃避，即“有情感的人方才需要逃避情感”。

2020 年 7 月 25 日改定

纽约

附录：语言、诗歌与时代

——关于当代中国文学的创造力的对谈*

张旭东：你的《水渍》中有这样的句子："影子越聚越多在这夜晚/我看见了，我不说"。我认为这是你对当下诗歌的一种表态。问题是：你看到了什么？你为什么不说？

西　川：它表达了我对当下诗歌的一种不满。诗歌写作有时会变成一种风气或一种趣味，有些趣味又很容易变成一种小技巧的玩弄。对此我一直保持警惕，因为我认为那是精英文化中最末流的东西，它会影响诗人的创作力。中国古诗自唐以后越来越偏于文人化，到明清时代越发衰落，就是因为这种"趣味"削弱了创作力。现代汉语诗歌也有同样的问题：在小圈子里流行着一些观念和术语，它们赖以存在的氛围则是对创作力一种背叛。这就是我看见的东西，但是我不说。因为如果一个诗人已经不能感受创造力，那么别人对他说什么都没用。

在历史和社会生活的层面，我同样看到了一些"影子"似的东西。从90年代初开始，我逐渐意识到，生活中的荒谬往往不是那

---

* 原刊于《中华读书报》2003年1月20日。

些企图制造荒谬的人制造的，而是那些不想制造荒谬的人制造的。就像托勒密通过正确的计算却得到“地球是宇宙核心”的错误结论一样。这不是科学层面上的问题，而可能涉及历史、伦理等等。这个想法使我对很多问题产生怀疑。我仿佛看到一种秘密的、幽暗的“影子”，它们越聚越多。

张旭东：我觉得你使用“影子越聚越多”这个意象很有意味。90 年代的中国和世界其他地方越来越像的一个地方就是，无论在物质生产还是文化生产领域，量的堆积变成了决定性因素。这种量带来的不是质，而是更多的量。量的优势硬行规定了历史的走向，界定了新的“真理”。量也决定了人们欲望的内容和形式。

西　川：对。量的堆积会给人造成幻觉。因为它似乎取消了正确与不正确的价值判断。现在当然没有绝对判断标准。但仍有个基本判断。但经常是量的多少决定一切。它能造势。我对通过数量来把持一起感到特别厌恶。除了量，还有人们对体积的热爱。这东西铺天盖地，让我承受不起。如果我对世界根本看法特别坚实，我还能泰然处之。可是量的垄断和我对世界看法不稳定同时到来，让我承受不起。同时，我觉得在西方社会中，一个物体呈现一个影子；而在中国则是一个物体有几个影子。这是因为中国世俗化社会的复杂性比西方大得多。多重光源造成了多个影子。

张旭东：这很有意思。这好像是在说，中国可能达不到像美国那样的理性化程度。中国有一种无法简化的复杂性和含混性。这本身包含着极为丰富的可能性。

西　川：对。多重影子意味有多重欲望。中国人的欲望不一定比美国人多。但中国人对欲望的表达是多重的，不同的表达之间有着极其丰富的细微差别。

张旭东：你对“影子”有什么具体的不满？

西　川：我不满于中国人在日常经验中的满足感。

张旭东：或者说你不满于当下诗歌的那种对现世性的追求；不满于他们以临时性的策略术语武装自己，抢占时代舞台。我也有相同的观察，我发现越是对西方不了解的人越是拼命响应西方学术新动向，致使以中文写作的人完全走到中文的反面。

当代中国的诗歌领域充满了西方现当代诗的小学生，他们最细微的语言冲动都好像来自某种有意识或无意识的模仿，都让人觉得似曾相识。宇文所安曾说新诗，具体说是“朦胧诗”以来的当代中国诗歌，根本上都是翻译诗。他的意思是，当代中国诗歌写到头不过是中国诗人想象中的“全球诗”的英译汉；假如你把它再翻回到英文就变成一种毫无意义的赝品。我们对此应该深思，而不是急于作辩解。

西　川：具体到诗歌界，有一种“抢话筒”的现象。既然抢过话筒，总要说点东西，总要把自己打扮成走在时代前沿的人。于是很多人从西方借来一些东西，那些东西具有很强的西学背景，拿到中国来，背景却往往被割裂，成为了“标签”。比如对你曾经讨论过的“后现代”问题。有些人用西方的东西把自己给镇住了，忘记自己到底要说什么话。

张旭东：所以我的问题是（一）诗人能不能拿自己的作品说话；（二）这些作品是否对自己的时代说话。

西　川：在中国，一个诗人只写诗似乎就不被承认；同时，一首作品不被解说也就没有意义。因此每个诗人都想成为理论家，这也许也反映了诗歌批评界的无能，迫使诗人自己出来阐释自己。但他们的阐释往往不是理论而是策略，而且是用以对付别人的策略，要把别人赶下台，自己自圆其说，都想在诗歌里成为一个小哲学家，好像各自都要在沙发上拱出一个位置来打盹一样。对我来说最核心的问题是创造力从哪走，但最终这些屁话和创造力没关系。即使用了个人写作这词，这词也没有个人容身之地。个人是什么东西？中国社会只有怪人，你要想成为个人首先得成为一个怪人。如果你要正儿八经过日子，你就不是一个个人。在我看来，这些策略都远离了创造力，而创造力才是最重要的东西。

张旭东：我看现在的诗人越来越依靠一个小圈子，就像海明威的比喻：作家就像生活在玻璃瓶中的蚯蚓，靠吸取彼此身上水分而生存。其实他们与外界是隔绝的。这是很坏意义上的“相濡以沫”，倒不如在更大的世界里“相忘于江湖”。

西　川：就像布罗斯基说的，“献给无限的少数人”。很多人不理解“无限”的涵义，只强调“少数人”，因此形成了小圈子。这和朦胧诗是从沙龙走过来有关。不为人知。诗人就是生活中的一群特殊的人，和社会生活是对立的。诗歌界有这么一个小传统。现在小圈子政治含义现在越来越少，完全变成一个趣味小圈子。这是非常有害的。

张旭东：我觉得中国诗界有一种“唯名论”倾向，一种概念的拜物教、恋物癖。单单“诗”这个概念似乎足以制约诗人。似乎诗歌就应该这样或那样，而诗歌本身的不稳定状态完全不被考虑。这种盲目崇拜形式的异化，一层层地剥夺了诗人创作力。于是，现在有些诗人表现为“只知有文不知有道”，在写作与思想、文化、伦理和历史之间，既无发现更无创作。光标榜汉语写作的独立性，没有自己的语言和判断能力。有时我想，如果在汉语流通领域把“诗”或“诗人”统统加上引号或打上一个叉，向德里达对待“存在”这个词那样，当代中国的写作实践也许就不会再这么本能地作茧自缚，就会和一个粗糙的生活世界发生关系。只有这样，他才有可能变成当代中国文化的一部分，而不像现在这样是一个游离于集体性政治生活的个人心理的流水账。

西　川：托马斯曼曾经说，他走到哪里德国文化就在哪里。中国的诗人不敢这样说，没有人敢说“我走到哪里中国文化就在哪里”。我们在韩愈和陈寅恪等人身上可以发现存在于语言中的必然性，但在当代诗歌中，却感觉不到这一点。以我自己为例，我可以经常制造出一些亮色，好像我抓住了现代汉语，我创造了现代汉语，但我不能说我觉得我是被现代汉语抓住了。

张旭东：韩波说：“是语言在说我。”这是西方文艺理论中“灵感”概念的结构主义版。用中国话说，就是诗抢诗人的嘴说话，所以真正的诗人不是将自己作为一种自我形象摆出来，而是变成一个语言之流、存在之流的“被动”的通道。语言在一瞬间找到一种途径传达这种东西。诗和生活对应关系理应如此。在古代中国，这种对应是不言而喻的。“文以载道”，在今天看，是一种表意系统的绝对自信。在古代汉语里，文就是道，道就是文。

西　川：对。我觉得古汉语是成熟语言。成熟的标志就是可以自由地排斥或完全吸收新的东西。现代汉语没有达到这个阶段，因此显得造作。而中国的先锋派就是造作里的造作。西方现代主义被中国的造作所接受，我们把这种造作理解为现代主义。这是一个很大的问题。

张旭东：这也就是我在我关于“80 年代中国现代主义”那本书中讨论的主要问题。但这种造作还应该被还原到产生它的特定语境，去分析为什么当一种社会欲望被表述的时候，会产生美学层面的扭曲。

在西方，先锋意味反资产阶级趣味。家庭，博物馆，室内乐，歌剧等。艺术首先要从这种体制性的生活幻象中摆脱出来，才有真实可言。阿多诺说现代艺术的“不真实”，他指的是反写实，非具象、变形等等，带有对真实性的激烈指向，因为在商业大众社会，艺术只要看上去“真实”，就必然是不真实的。

问题有意思的地方是，文艺的形式历史和社会历史关系。中国在70年代末显现出现代化进程，后出现其在文化，美学层面的表象。一方面是艺术家把现代化了的现实通过相应的技术表现出来。也有对现代化进程的批判。充满了搏斗和挣扎。最反现代的总是最现代的。我们能否说在充分都市化和国际化的北京和上海会出现真正的现代派？

西 川：这是个特别有意思的问题。我认为现代派不是一个“现在时”的概念。现代派其实是“双向”的。比如庞德身上，他虽是先锋派，却有对所有古代文明的热爱，超过那些来自古代文明的人。艾略特思想中“右”的、保守东西非常强烈。毕加索那么著名的现代派艺术家，似乎也不完全相信自己，晚年说自己就是一个骗子。他对巴尔丢斯很尊重。他说他和巴是一个硬币的两面。比如说达利特别瞧不起毕加索。他说一千个毕加索也顶不上一个达利，但一千个达利也顶不上一个维米尔。乔伊斯小说中执行分行押韵的写法。可以说，没有“彻头彻尾”地不顾及传统的现代派，如果中国诗人想作“彻头彻尾”的现代派，反而显得做作了。

张旭东：很多“现代派”作家都曾理直气壮地说，要当现代派的理由是反封建。问题一下变成了进步与落后的问题。其实西方的现代派是不考虑这种问题的。他们考虑保守与激进不是在“进步与落后”的这样的现代化论述的框架下讨论。且不说我们的“现代化”带有很强的“与国际接轨”的倾向，除了个别人，总体上缺乏风格上的颠覆性和创造性。

西 川：唐晓渡、沈超和欧阳江河有个对话录。谈到时间的神话问题，就是批判庸俗的进化论。

张旭东：庞德和艾略特是对布尔乔亚文明的批判。他们认为只有贵族文化才叫文化。商人或大众搞的那些玩意什么也不是。这是现代派的反动。向回走与往前走的绝对值是相等的，如本雅明所说，历史的天使的脸是向后看的，他要唤醒死者，把破碎的时间修补完整。波德莱尔说过，想象古代人的总是现代人。他的诗中写巴黎，把那个正在进行现代化改造的巴黎，忽然写成未来上千年从河床挖出的城市。这一点与雨果大不相同。雨果笔下的巴黎正从一个中世纪城市进入现代，而波德莱尔的巴黎，却因其现代意义的写作中的跳跃、隐喻、象征和变形，而呈现为古代罗马式的巴黎，这是现代主义的理解。

西　川：真正的现代主义应该充满“纵深感”而中国的现代主义却往往表现为单向的。

张旭东：我觉得当代诗歌和文化界有两个核心问题，一个是与现代派关系问题，另一个是文道之关系问题。我们有没有可能在保持个体写作风格时回到悟道方向来？

每个作家在写作时都自信自己写的东西有价值。比如卢梭，他在作品中暴露自己的不检点，但他非常自信，他说，这就是我，我把我自己敞露在读者面前，你们哪个敢说比我好？波德莱尔从来不是布尔乔亚生活的典范，他没结婚，只跟妓女有过性关系，可是他自信在自己作品中包含了现代生活的秘密。他们都有信念，知道自己是一个特殊时代的一部分。在这个意义上，中国当代作家是否对自己的时代，对自己与时代的关系，对自己生活世界的正当性和其本身的文化价值持有这种自信？中国诗人是不是觉得自己生活本身就是诗，是“恶之花”，而它之所以为诗不是因为它符合某些小儿科的“诗”的幻想，也不是因为它围绕着某种自我形象或“自我意识”的圈子，而是因为它不带任何感伤地把握了现代生活的秘密？

我们是不是能写出这个时代能站得住的东西，或者向本雅明谈普鲁斯特所讲的那样，我们能否变成这个时代精力的汇聚之所，我们的时代能否通过我们的作品而变得紧凑、结实、经久，在风格上丰富多彩。

西　川：你涉及的是一个天大的问题。90 年代有种风气，就是知识分子只管自己的事。周国平说过，现代人是要管好自己的事情，而不是别人的事情。现在诗人在写作时追求的不是真正的自信，而是成功——自信与成功是两回事——他们和卢梭等人的追求不同。我对语言自信来自我觉得我在语言中获得了自由。在我语言获得自由时我的生活也获得自由。可能作为一个作家在中国与在西方还不太一样。

张旭东：中国当代作家的自由不是靠在语言内部不断突破获得的，不是以语言的方式解放生活，而是以唯名论的武断和偏执来制造假象。遮掩自己贫乏。把生活极度简化。用造作的自娱性来达到相对历史的安全。80 年代还被社会变革推动，可到了 90 年代，失去社会推动力，先锋派只能在自己小圈子里娱乐了。

西　川：你说的安全很有意思，你准确地说出了文学小圈子的小规矩。大家都想安全地进入文学史，安全地获得声望，安全地变得懒惰。因此不愿在创作中付出代价。这是很可怕的，也让人感到丧气。

张旭东：现在，按照那种唯名论的想象和写作方式，现代诗的外表越来越光滑，越来越“像诗”了。就像阿多诺说的，这是一个由“相似性”支配的世界。

西　川：这种唯名论很有效。如果你抗拒，你变得无效了，可它依然有效。这又和学术空气的形成有关。有些 80 年代的优秀诗人在 90 年代似乎衰落了，其实不是他的诗真不行了，而是他没赶上和学术圈子建立起关系，因此他的诗歌创造力被忽略不计了。

张旭东：90 年代文学现象不一定是文学现象，是通过各种文化机制，硬给造出来的。它们好像一上来就只有社会学或心理学的意义。

西　川：现在基本上没有人愿意当流浪汉了。人人抖自己的家谱，爷爷是谁，爹是谁。我自己对家谱也有兴趣。从一个人到另一个人的神秘联系是我感兴趣的。但那是另一个问题。记得布鲁姆说过莎士比亚，在文学的万神殿门口，站了许多人要进去，只有莎士比亚跟谁都不打招呼，昂首挺胸就进去了。跟谁都不打招呼这种东西让人着迷。

张旭东：上海一位学者曾说，现代学术界都在排队。新左派一队，自由派一队，新权威主义一队，不一而足。现在的学者如果没有判断力，就只能像精明的上海主妇排队买菜那样，带好多个篮子去菜场，在每一个队后面都放一个篮子。哪个队快就跟那个，在哪里都不落后。是不是这种时尚在写作圈子里也能看到？

西　川：我原则上不反对排家谱。西方也有道德的谱系论。

张旭东：这种东西借着福柯，尼采进入中国就变了味道。变成了站队。市场化要求人站队。大学和文化生产的体制化或“专业化”也要求人站队。

西　川：变成一个可兑换货币。博尔赫斯这点真正让人着迷。他不是去站到一个家谱中，而是唤起了一个家谱。所有死去的人都站起来了。

张旭东：本雅明说过，有意义的时代都是在历史的天空下唤醒了其他的时代。不同的时代就像黑暗天空中的一个个恒星，这就是我们看到的时间和经验的构图。它如同星座，它的光亮照耀下的天空不再是混乱一片。在这个星座里，每一颗星星的出现都改变了星座原有的构型。这是时代接续和再造传统的方式。任何时代都要融入星座整体之中。周作人写中国新文学源流中就有这意识。他讲新文学，忽然在晚明找到源流。又往前找到晚唐，再往前找到魏晋，再往前找到战国。为了论证新文学合理性，他就自然找到家谱。与韩愈文以载道不一样的。什么颓废的，市井的，隐士的，都是新文学的老祖宗。现在炒作方式是，先造出一个神，然后说我跟它是一个姓。当前中国的写作都在各种很小的境界里造神。

张旭东：巴尔特去过日本写了一本符号帝国的书。就是说东方只有符号，符号背后没有内容。在某种特定上下文里，他说得有点对。但现代中国确实生产许多东西，尽管很粗糙。

西　川：中国每个人都跟着什么时尚乱跑，这里面有种悲哀，但同时也特别快乐。我弄不清为什么这两种情感全会在这里面。盲目的，不知所终的，同时又是快乐的。我想美国文化中不知所终的虚无感可能很少。

张旭东：这和美国的宗教和立国背景有关系。他们也有悲伤的东西。

西　川：霍桑有过一个悲观的看法。英国人到了美国，晚上支起篝火跳舞，把一切都烧了，连圣经都烧了。后来有一个人说，你可以烧掉一切，但你烧不掉这个心。美国不管怎么样依靠理性建构了自信。可中国文化缺乏这个。缩小到诗歌范围，中国现代诗歌整个发展过程是一个和传统，西方文化虚与委蛇的过程。我要对付一点中国的，明天对付对付西方。捡点用点。可能只有到我们放弃唯名论，承认自己不知走到哪里，甚至不在乎我还要不要再写诗了。也许我们能做点什么。别人会说，那就是诗了。这种工作是非常迷人的。其背景非常寥廓。但也许看见了不能做到。也许需要整体力量。就像庞德评价惠特曼。

张旭东：在庞德眼里，惠特曼是以传统的方式写作，但不是彻底回到传统。

西　川：等于是重新发明了一种传统。

张旭东：惠特曼似乎是美国自信的源头。找到惠特曼，就不用再往前找了。回头就可以干自己事情了。任何文化都需要有这么几个桩子。鲁迅可以说是中国新文化的一根桩子。他的文字至今是我们很多人内心的一种依托，一种证明。我倒是觉得，我们应该在“新中国”这个概念的视域内建设一种新的文化。“新”中国不一定从 1949 年开始，也不一定从 1911 年开始。新中国是美国意义上的新的民族。这个新民族的文化应该是一个新文化。

西　川：唐代人老称自己是汉人。纽约中国城又称自己是唐人街。民国口号是复明。很奇怪，中国人老想做一个古人。现代中国人应该努力做一个现代人，我就做我自己。我不再是唐人和汉人。

张旭东：中国和自己传统关系某种意义更像美国和欧洲关系。

西　川：生命力这种东西照到哪里哪里亮。中国人应该珍惜自己能量。

张旭东：我现在仍对朦胧诗有感情。它的优点谈不上是技巧上的。徐敬亚说的好。朦胧诗是一代人之间兄弟般的呼唤。一个时代在文化史意义上说就是这个时代的创造者彼此间的相互寻找，互相呼应。70 年代时，北岛在这里写，顾城在那里写，你又在别处写，彼此不知道，但时代忽然就让你们聚合在一起了。这时候你就会发现，你不是孤零零的，你属于一个集体。你的那个抒情诗的“我”最终是你的兄弟姐妹们共同的声音。一个时代就这样诞生了。到了 90 年代，我们好像相互间谁也听不到谁了。

西　川：我觉得中国诗歌不但要加入诗人之间的呼唤，而且要加入到小说、散文、戏剧、歌舞彼此的呼唤中去。

张旭东：曾几何时，诗歌是人们进入精神生活的入口，它意味着集体记忆。80 年代的大学生跟诗歌好像都有段瓜葛。就像 70 年代的年轻人好像都会唱样板戏一样。这种集体性的参照点是在四分五裂的时代中把人黏合在一起的东西。现在还有没有这样的东西呢？

西　川：摇滚乐。诗歌还是要求一定技巧、一定训练的。我们上大学时流传的诗是，你要是船，我就是帆。现在这种东西就不行了。现在的诗歌完全没有直接性。这是那种唯名论把诗歌推出历史舞台的前兆。

2002 年 11 月于纽约

图书在版编目(CIP)数据

批判的文学史:现代性与形式自觉/张旭东著. —
上海:上海人民出版社,2020
ISBN 978-7-208-16730-8

Ⅰ.①批… Ⅱ.①张… Ⅲ.①中国文学-现代文学-
文学批评史 ②中国文学-当代文学-文学批评史 Ⅳ.
①I206.09

中国版本图书馆 CIP 数据核字(2020)第 192998 号

策划编辑 薛 羽
责任编辑 张婧易
封面设计 梯工作室·周安迪

批判的文学史
——现代性与形式自觉
张旭东 著

出　　版 上海人民出版社
　　　　 (200001 上海福建中路 193 号)
发　　行 上海人民出版社发行中心
印　　刷 常熟市新骅印刷有限公司
开　　本 890×1240 1/32
印　　张 15.75
插　　页 5
字　　数 374,000
版　　次 2020 年 11 月第 1 版
印　　次 2020 年 11 月第 1 次印刷
ISBN 978-7-208-16730-8/I·1928
定　　价 79.00 元